# *CARL REINHARDT* DER FÜNFTE MAI

CARL REINHARDT

# Der fünfte Mai

Ein Roman aus dem alten Hamburg

*Mit 59 Holzschnitten*
*des Verfassers*

BROSCHEK VERLAG · HAMBURG

Neu durchgesehen und mit einem Nachwort versehen
von Dr. Harald Busch
Schutzumschlag nach einem Aquarell von C. Suhr
„Lombardsbrücke um 1820“ mit freundlicher Genehmigung
des Museums für Hamburgische Geschichte

66. bis 70. Tausend

Vertrieb Hans Christians Verlag, Hamburg 36
Gesamtherstellung Clausen & Bosse, Leck
ISBN 3-7672-0498-3
Printed in Germany

# Einleitung

Eine Landpartie mit der Droschke – nach Eimsbüttel; Schmuggelabenteuer – zwischen St. Pauli und Neumühlen; Frühlingsrauschen – in den Kajen; Hochwasser in der Innenstadt, wobei sich hübsche Dienstmädchen gegen einen Kuß über die durchflutete Straße tragen lassen; schließlich der große Brand von 1842: das ist Carl Reinhardts Welt. Niemand hat das alte Hamburg um die Mitte des vorigen Jahrhunderts so farbenfroh und lebensvoll geschildert wie er, und hier liegt der Grund, weshalb immer wieder Neuausgaben seines Hamburg-Romans „Der 5. Mai" verlangt werden.

Dennoch ist dem Werk zu Lebzeiten des Verfassers kein weitreichender Erfolg beschieden gewesen, und zwar wegen seiner oftmals weitschweifenden Breite. Erst die gekürzten Ausgaben dieses Jahrhunderts sind volkstümlich geworden. Gegen Kürzungen lassen sich grundsätzlich Einwände erheben, aber hier sind sie unumgänglich nötig, auch im Sinne des Verfassers. Es wäre eine falsch verstandene Pietät, wenn man hinnehmen wollte, daß der lebendige Kern seines Werkes durch den entbehrlichen Ballast in die Tiefe des Vergessens gezogen wird.

Bei der vorliegenden neu durchgesehenen Ausgabe kam es uns darauf an, das Rankenwerk einschließlich solcher Stellen, die als fragwürdig empfunden worden sind oder politische Diskussionen hervorgerufen haben, zu beseitigen, damit der wesentliche Kern in Reinhardts Buch klarer als bisher sichtbar wird: das bunte und betriebsame, merkwürdige und beharrliche, stets aber vorwärtsstrebende Hamburg, wie er es erlebt hat und wie es heute noch ist.

DER VERLAG

# Inhaltsverzeichnis

mit den Bildunterschriften zu den Holzschnitten

Bei der Petrikirche

Erstes Kapitel

# Landpartien

An einem Sonntag zu Ende April des Jahres 1840 stieg die Sonne wolkenlos über den Vierlanden herauf, um ihrer Gewohnheit nach einen Blick von da in das alte Hamburg zu werfen und zu sehen, ob der hochedle und weise Rat noch in den Federn liege oder schon für das Wohl der Stadt wache. Da sie den Herrn Senator Eiskuhl mit seiner holländischen Tonpfeife am Fenster erblickte, der offenbar wartete, um ihren Aufgang zu kontrollieren, so setzte sie ihren Weg fort.

Es war indes eine eitle Einbildung der Sonne, daß sie glaubte, Herr Eiskuhl stehe ihretwegen am Fenster. Er wartete vielmehr auf seinen Barbier und blies, da dieser bereits drei Minuten über die Zeit ausblieb, schnaubend seine Nasenflügel auf, denn er betrachtete es für das unleugbare Zeichen eines schlechten Charakters, einen Millionär und Senator drei Minuten warten zu lassen. Ja, wenn es noch Salomon Heine gewesen, der ihn warten ließ, oder Rothschild! Aber ein Barbier! Das war zu arg.

Die Woche hätte jedenfalls mit einem Gewitter für den pflichtvergessenen Bartscherer begonnen, wenn sich nicht auf dem Platz vor der Petrikirche, welchen der Herr Senator überschaute, ein Blitzableiter befunden hätte, der in diesem Augenblick die Aufmerksamkeit des hochedlen und weisen Herrn in Anspruch nahm, und in dessen Nähe er sogar den Barbier erblickte.

So ungewöhnlich früh es für die Hamburger war, so hatte sich doch schon ein Kreis von Menschen angesammelt, in dessen Mitte eine Droschke neben ihren zwei Pferden stand. Diese böswillige Maschine hatte es vorgezogen, eine Achse zu brechen und sich in der Stadt auf die Seite zu legen, als sich draußen auf der Landstraße herumschleppen zu lassen.

Aus dem einen Fenster des Wagens, das direkt nach dem Zenit statt nach dem Horizont gerichtet war, drängte sich eine solche Masse Menschenköpfe, daß einer der Umstehenden die Vermutung aussprach, der Fuhrmann müsse eine Ladung Köpfe haben; denn die Leiber, die eigentlich dazugehörten, könnten unmöglich alle im Wagen Platz finden.

Daß die weiblichen Köpfe indes an Körpern mit guten Lungen saßen, konnte man aus dem Jammergeschrei entnehmen, das aus und in dem Innern des Wagens erschallte. Es gelang endlich dem Familienoberhaupt, sich den Gliedern seiner Familie zu entwinden und aus dem Fenster wie aus einer Schiffsluke zu steigen. An seinem Rock zog er dabei einen kleinen Jungen mit heraus, der sich, in der Meinung, er sei mit einem Dampfschiff gekentert, krampfhaft festhielt und furchtbar schrie.

Man hätte nun glauben sollen, daß der Familienvater sich sofort an die Rettung seiner Angehörigen aus dem gekenterten Fahrzeug machen würde. Dieser stand jedoch kaum auf den Füßen, als er seinen Sprößling abschüttelte und sich unter den Umstehenden jemand aussuchte, den er für den Unfall zur Verantwortung ziehen könnte. Die geeignetste Person zu diesem Zweck wäre jedenfalls der Kutscher gewesen; da indes die Augen des Familienvaters zunächst auf einen jungen Mann mit einem weißen Hut fielen, der ihn mit unnennbarem Vergnügen betrachtete, so hielt er diesem ohne weiteres die Faust unter die Nase und fragte ihn, was es bedeuten solle, daß er ihn so anstiere!

Der junge Mann schüttelte wehmütig den Kopf und sagte mit bewegter Stimme: „Mitleid", worauf er sein Taschentuch herauszog, um sich die Augen damit zu wischen, was die Umstehenden sehr heiter stimmte und den Familienvater dahin brachte, daß er wie ein ergrimmter Löwe im Kreis umherblickte, ein Opfer suchend, das sein Zorn zermalmen könnte.

Dem Wagen entstieg indes eine solche Menge Personen, daß einer aus dem Publikum die Bemerkung machte, es müsse unten eine Falltür sein.

Selbst der Herr Senator oben am Fenster war erstaunt über die Fassungskraft des Wagens, und da er sich eben mit dem Bau von Auswandererschiffen beschäftigte, so benutzte er den Vorfall als praktischer Mann zu seinem Besten, verglich den Raum der Droschke mit den Kojen auf seinen Schiffen und zog den Schluß, daß darin ebensoviel Personen Platz haben müßten, was gegen seine frühere Kalkulation einen Mehrertrag von hunderttausend Mark jährlich machte.

Herr Eiskuhl war gewohnt, jeden Vorfall so auszubeuten, und dies hatte ihn zum Millionär gemacht.

Als die letzte Person aus dem Wagen auftauchte, entfuhr den Umstehenden ein allgemeines „Ah", denn die Dame war geeignet, einen Wagen ganz allein auszufüllen und umzuwerfen. Ihr Erscheinen kam dem unglücklichen Kutscher, auf den sich der grimmige Familienvater eben geworfen hatte, sehr zustatten, denn des Fiakers Frage an das Publikum, ob eine Achse, außer der Erdachse, eine solche Last tragen könne, rief allgemeinen Beifall hervor und brachte den Familienvater dahin, zu erklären, daß er alle vom Teufel geholt zu sehen wünsche, worauf er mit seinen Angehörigen den Unglücksplatz verließ, nachdem seine Frau dem mit Viktualien beladenen Lehrjungen zur Sühne für den Umsturz eine Handvoll Haare ausgerissen.

Damit diesem Fiaker eine entsprechende Musik nicht fehle, hob das wackelige alte Glockenspiel oben am Turme an und begann die Melodie „Nun danket alle Gott" langsam abzuhämmern.

Der pflichtvergessene Barbier hatte bis zu dieser Schlußszene den Senator ganz vergessen. Der Undankbare, der doch alle Weihnachten eine Flasche Rum zum Geschenk erhalten sollte, die Herrn Eiskuhl selbst drei Schillinge kostete! Zufällig blickte er jetzt zu ihm hinauf, als er einige Worte mit dem jungen Mann sprach, der vorhin so gerührt von des Familienvaters Unglück wurde. Ein kleiner Schreck durchfuhr den Bartkünstler, und er setzte, die Unterhaltung kurz abbrechend, mit zwei Sprüngen in das Haus, da er den strengen Blick des Senators auf sich ruhen sah.

Herr Eiskuhl überlegte einen Augenblick, ob er den Barbier abkanzeln solle; da die Neugier jedoch die Oberhand bei ihm gewann, so fragte er ihn, sobald er sich auf seinem Lehnstuhl zum Rasieren niedergelassen hatte: „Wat weer dat for Volk, dat ut den Wogen kreup?"

„Es war der Schneidermeister Wöllers, der eine Landpartie machen wollte, Herr Senator", sagte der Barbier demütig, indem er in halbgebückter Stellung, ein Bein vorgeschoben und des Senators silberne Seifenschüssel respektvoll haltend, den Schaum schlug.

„Hm – hm –" murmelte Herr Eiskuhl mit bedenklichem Kopfschütteln, „de Snieders fangt also an, mit 'n Wogen uttofohrn? So'n Volk, was froh sein müßte, wenn es zu Fuß nach Eimsbüttel gehn könnte! Nu, teuf man, mien Jung, denn köhnt se ook noch wat mehr an Stüern betohlen! Ick mark mi dat."

Der Barbier strich sein Messer, oder vielmehr das Messer des Herrn Eiskuhl, denn dieser hätte sich um keinen Preis mit fremden Messern anrühren lassen, welche vielleicht tags vorher die Bärte von Lumpen, die unter einer Million besitzen, abgemäht hatten. Das wäre ein schauderhafter Gedanke. Es hatte stets in seiner Familie jeder Sohn schon bei der Geburt ein eigenes silbernes Rasierzeug erhalten, und es gehörte mit zu den Funktionen des Hauslehrers, seine Schüler zu rasieren, was Herr Eiskuhl oft versicherte und was seinen Schulkenntnissen nach auch sehr wahrscheinlich war, vielleicht auch in der entlegenen Lüneburger Heide, wo sein Familiensitz lag, gar nicht auffiel, da dort der Schulmeister mitunter auch noch den Bauern die Stiefel besohlte.

Der Barbier wetzte also mit einem etwas kannibalischen Lächeln sein Messer und dachte dabei, welches Vergnügen es ihm machen würde, dem steuerlustigen Senator den Hals abzuschneiden, wenn er sich gerade auf einer wüsten Insel von ihm barbieren ließ. Da eine solche Operation, obgleich vielleicht zum Besten der Bürgerschaft, dennoch auch gefährlich für den eigenen Hals werden konnte, so beschloß er, ihn für seine Kalkulation wenigstens etwas zu kratzen, und begann, nachdem er mit dem Messer vor dem Gesicht des hochweisen Herrn einige gefährliche Lufthiebe ausgeführt hatte, sein Werk.

Emil Schnepfe – oder „der schöne Emil", wie man ihn bei Peter Ahrens und im Joachimstal[1] nannte –, der Barbier, der eben Herrn Eiskuhl etwas kratzte, so daß dieser ein weniges mit den Beinen zappelte und bei sich beschloß, dem Verbrecher zu Weihnachten nur von dem Rum zu anderthalb Schilling zu geben – Schnepfe also hatte bald eine Erbschaft zu erheben und beabsichtigte, Bürger zu werden und seine eigenen Geschäfte zu treiben. Es konnte ihm deshalb nicht gleichgültig sein, solche Steuererhöhungsprojekte zu entdecken. Da er es jedoch mit dem Senator nicht verderben durfte, so kratzte er ihn bloß. Er hätte ihn gar zu gern geschnitten!

„Was war das für 'ne Art Mensch, der mit 'n Schnurrbart und der Brille, mit dem Sie unten sprachen?" fragte Herr Eiskuhl.

„Das war der Maler Bernhart", erklärte Schnepfe.

„Hm", knurrte der Senator, „'n Hiesiger?"

„Nein, Herr Senat'r, 'n Sachse aus Leipzig. Ich habe ihn kennengelernt, als ich dort konditionierte."

„Dachte mir doch, daß es kein Kaufmann war", murrte Herr Eiskuhl. „Was macht er hier? Wir brauchen solche Tagediebe hier nicht! Streicht er Häuser an oder ist er Schiffsmaler?"

„Herr Bernhart malt allerdings Häuser und Schiffe, er malt aber auch Bäume und Wasser, Wolken, Menschen und Vieh dabei. Wenn Sie sich einmal etwas malen lassen wollen, so wenden Sie sich nur an ihn, er versteht seine Sache. Er ist sogar Professor!" sagte Schnepfe nachdrücklich.

„Ein Schildereimaler also", knurrte der Senator verächtlich. Plötzlich fiel ihm jedoch ein, daß er unvorsichtigerweise seinem Schwager ein Bild von seinem Landhaus in Neumühlen versprochen hatte. Als er deshalb bei einem kunstsinnigen Bekannten um die Adresse eines Malers fragte, von dem er eine Landschaft sah, dabei aber erfuhr, daß das Bild zweihundert Taler koste, ließ er die Sache ruhen, weil er nicht wußte, ob er den Maler oder den, der das Bild für eine solche Summe gekauft, für verrückt halten sollte. Jetzt dachte er wieder daran und glaubte hier vielleicht eine Gelegenheit zu finden, die ihn billig zu dem Bilde brächte. Er sagte also sehr herablassend: „So! Na, wenn er seine Sache versteht, dann muß man den Mann unterstützen. Sagen Sie ihm doch mal, wenn er mir mein Landhaus an der Elbe recht billig und gut abmalen will, dann werde ich ihn empfehlen. Aber viel darf es nicht kosten, denn ich tue es nur um der Empfehlung willen. Wenn es etwa so 'n verrückter Schmierer ist, der gleich von ein- bis zweihundert Talern spricht", fuhr Herr Eiskuhl vorbeugend fort, „dann ist es nichts mit der Sache. Ist es aber ein bescheidener Mann – na, dann kann er heute nachmittag mal 'rauskommen. Sie können ihm ja mein Landhaus zeigen."

„Mit Vergnügen", sagte der über diese Munifizenz erstaunte Barbier. Kaum fertig, packte er sein Zeug in eine elegante Schreibmappe, die ihm als Scherbeutel diente, denn er war von Leipzig aus gewohnt, den Studenten zu spielen, und empfahl sich mit einem tiefen Bückling, um seinen Freund aufzusuchen und ihn mit seinem Glück bekannt zu machen.

Herr Eiskuhl war sehr guter Laune. Die umgefallene Droschke hatte ihm als Reeder, Beamten und Kunstkenner genützt, und die Woche fing gut an, wie er bemerkte, indem er sich eine neue Pfeife stopfte.

Es klopfte an der Tür, die sich dann öffnete, um einen jungen Mann mit sorgfältig frisiertem Haar einzulassen, dem der Hausherr einen grimmigen Blick zuwarf. „Herr Senat'r möchten die Güte haben, gefälligst zum Kaffee erscheinen zu wollen – Frau Senat'r warten schon", sagte der Jüngling so herablassend, als es ihm möglich war. Es war Henri, der Diener, der von der Dame des Hauses neben Jost, dem alten Diener Eiskuhls, der jetzt gleichfalls in der Tür erschien, engagiert worden war. Jost, der die Kleider seines Herrn auf dem Arm trug, sah seinen Kameraden an, wie der Löwe die Katze anblicken würde, die sich in seinem Revier zeigt. Henri schien Jost gar nicht zu bemerken und schaute mit einem milden Lächeln nach dem Senator, der ihm mit der Pfeife abwinkte, eine Pantomime, die sehr deutlich sagte: „Scheren Sie sich ins Pfefferland!" wozu Herr Eiskuhl etwas wie „Pomadenbengel" brummte.

Lassen wir den Herrn Senator mit höchst ärgerlichem Gesicht, aber steifgestärkten Vatermördern und ebensolchem Gilet in den Salon eintreten, während der Barbier dem Maler in der Alsterhalle den Auftrag überbringt, und sehen uns nach dem gekenterten Familienvater um, der voller Zorn nach dem Jungfernstieg schritt, ohne sich nach seinen Angehörigen auch nur einmal umzusehen.

An der Alster angekommen, setzte sich Herr Wöllers auf eine Bank, stemmte die Arme herausfordernd in die Seite und fragte seine eben nachkommende Frau mit offenbarer Schadenfreude: „Wat seggst nu?"

Madame sagte gar nichts, sondern blickte in ärgerlicher Verlegenheit umher, was sonst nicht ihre Art war. Meister Wöllers war nämlich eine Art Seehund, ein ehrlicher Haifisch, wie seine Frau behauptete. Er hielt sich stets ein Ruderboot und wollte alle Vergnügungspartien nur mit diesem ausgeführt wissen. Der Lehrjunge Christian oder, wie die Hamburger sagen, Krischaan mußte ihn auf seinen Wikingerfahrten begleiten und lernte, da Wöllers ein wohlhabender Mann war und viel Zeit auf diese Liebhaberei verwenden konnte, besser kalfatern und Teer kochen als Knopflöcher nähen. Da der Meister sehr viel mit Seeleuten zu tun hatte, so schwärzte er sich bald in die Geheimnisse der Schiffskunde ein und brachte ungemein gern nautische Ausdrücke an, so daß er z. B. von seinem rechten Bein als vom Steuerbordbein und vom linken als vom Backbordbein sprach. Diese liederliche Umhertreiberei auf dem Wasser war nun der Meisterin ein Greuel, denn erstens fand sie keinen Gefallen daran, und zweitens war es nicht möglich, den Mann auf dem Wasser so genau zu kontrollieren wie auf dem Lande, wo man ihn viel leichter finden und überraschen konnte.

„Da hast du ja nun dein Vergnügen per Achse", sagte Wöllers vorwurfsvoll zu seiner Ehehälfte. „Wir können nur noch froh sein, daß wir nicht Hals und Bein gebrochen haben."

„Das wäre doch immer noch besser, als wenn wir wie Katzen hätten ersaufen müssen", murmelte die Meisterin.

„Im Wasser ersäuft man nicht gleich und fällt wenigstens weich. Wenn übrigens jemand dabei ist, der es versteht", entgegnete der Meister, sich auf die Brust schlagend, „dann geht weder ein Boot durch, noch schlägt es um. Nur rohe Seelen können die Rumpelei auf einer staubigen Chaussee der schönen Fahrt auf dem freien Wasser vorziehen, wo man sich in der Natur umsieht."

„Rohe Seelen? Rohe Seelen?“ fragte die Meisterin spitzig und rückte dabei dem Lehrjungen auf den Leib, weil dieser bei der Anspielung des Meisters ein vergnügtes Grinsen nicht unterlassen konnte. Da Krischaan jedoch keine Lust zeigte, sich vollständig skalpieren zu lassen und in der nächsten Zeit eine Perücke anzuschaffen, so zog er sich hinter den Meister zurück.

„Stopp!“ sagte Wöllers, seine Hand zwischen die Meisterin und seinen Schiffsjungen streckend, „du wirst an den Wind brassen und jetzt den Kurs anlegen, den ich laufen will. Du siehst, daß wir mit deinem Fahrzeug auf den Strand geraten sind. Nun werden wir es mit meinem versuchen und nach Neumühlen statt nach Wandsbek kommen. Wer mit will, der geht mit mir an Bord.“ Mit diesen Worten stand Wöllers auf und ging, ohne sich auch nur noch einmal umzusehen, ob ihm jemand folge, nach dem Gänsemarkt zu. Da er zufällig die Kasse bei sich trug und man überhaupt nichts Besseres tun konnte, so trollte Madame Wöllers mit der Verwandtschaft trübselig hinterher, wobei die Meisterin indes fortwährend murmelte: „Na wart' nur! Ich krieg' dich schon! Na wart' nur!“

Vor dem Alsterpavillon stand aber wieder der junge Mann mit dem Barbier und sah, das tiefste Mitleid in seinen Blicken, den Zug vorüberwandeln, was Meister Wöllers beinahe veranlaßte, am Sonntagmorgen einen Faustkampf zum besten zu geben. Er zog jedoch weiter nach St. Pauli hinaus, wo sein Boot lag, in das er die Nachfolgenden packte.

Der Maler Bernhart hatte kaum den Auftrag vernommen, der ihm von einem hochmögenden Senator der Republik Hamburg zuteil werden sollte, als er auch gleich die rosigste Zukunft vor sich aufdämmern sah und ernstlich überlegte, ob es nicht geraten sei, schon in den nächsten Tagen einen Salon am Jungfernstieg als Atelier zu mieten. Bernhart gehörte zur Familie, die von jenem Milchmädchen abstammt, die aus ihrem Milchtopf Eier, Hühner, Kälber, Schweine und endlich ganze Rittergüter aufwachsen sah und nur durch den kleinen Umstand nicht zur Ahnfrau eines Millionengeschlechts ward, weil ihr der Milchtopf vom Kopfe fiel.

Obgleich der Maler und Schnepfe nachmittags zum Senator kommen sollten, so war ihrer Ansicht nach dennoch keine Zeit zu verlieren. Bernhart glaubte die möglichst feinste Toilette machen zu müssen, wozu er alles besaß bis auf eine vorschriftsmäßige schwarze Angströhre. Er hatte sich, dem Rat des Barbiers folgend, nach seiner Ankunft in Hamburg einen weißen Zylinder gekauft, weil ihm dieser ganz besonders gut stand und nach Ansicht des Barbiers kein weibliches Herz imstande war, ihm in diesem Hut zu widerstehen. Dieses Argument hatte gesiegt und Bernhart trug seinen weißen Hut mit großer Zufriedenheit bis zu diesem Augenblick, wo er plötzlich zu der Überzeugung kam, daß es ihm unmöglich sei, sich in ihm dem hochmögenden und hochweisen Herrn vorzustellen.

Der Barbier trug unglücklicherweise den Zwillingsbruder von Bernharts Pinch auf seinem gelockten Haupt. Er machte zwar den Versuch, von einem seiner Kollegen eine schwarze Angströhre zu borgen, mußte jedoch verschiedene Anzüglichkeiten über das tolle Ansinnen, einen Staatszylinder am Sonntag borgen zu wollen, hinnehmen.

Es wäre nun allerdings das leichteste gewesen, einen Hut zu kaufen. Dies ist aber nur in dem Fall leicht, wenn Geld oder Kredit genug vorhanden ist. An beiden war jedoch einiger Mangel – dieser Weg also verschlossen. Ein schwarzer Hut mußte jedoch beschafft werden, wie Bernhart seinem Freund bestimmt erklärte, und wenn er ihn dem Geistlichen vor dem Altar vom Kopfe rauben sollte.

Bernhart begab sich vorderhand wieder in sein Atelier, um sich in den höchstmöglichen Glanz zu werfen, während der Barbier noch ein paar Stunden zu tun hatte. Als sich beide eben trennen wollten, sagte dieser plötzlich: „Halt, ich habe ihn!"

„Wen?" fragte Bernhart, sich ganz verwundert umsehend.

„Den Hut! den Hut!" schrie Schnepfe freudig. „Ich werde den meinigen bei irgendeinem Kunden aus Versehen vertauschen und morgen wieder auswechseln. Verlaß dich darauf, ich bringe einen schwarzen Hut." Mit diesen Worten verschwand er.

„Er weiß immer Rat", murmelte Bernhart lachend und nach dem Burstah zugehend, wo er sein „Atelier" aufgeschlagen hatte. „Er hat verteufelte Projekte und wird noch einmal ein Millionär werden. Er wird wahrhaftig seine Landhäuser noch von mir ausmalen lassen."

Bernhart war während dieses Selbstgespräches bis vor das Haus des Senators gekommen, vor dem dessen Equipage stand. Die Frau Senatorin nebst ihren zwei Töchtern stiegen eben mit Henris Beihilfe in den Wagen, worauf sich dieser junge Mann herabließ, seinen Platz neben dem Kutscher zu nehmen, ohne sich im geringsten um den Senator zu kümmern, der eben aus dem Hause trat.

Herr Eiskuhl erschien auf der Türschwelle mit einem sehr roten Gesicht und sehr weißen Hemd, das wie ein Marssegel über die gute Hälfte seiner Person ausgespannt war. Dies schneeweiße Hemd war sein Stolz, und er war unter den schwierigsten Umständen stets damit gesehen worden. Er konnte bei einem Diner noch so viele Toaste trinken, nie ließ ein Tropfen Rotwein seine Spuren darauf zurück. Er war schon oft in der Nacht sehr schwer nach Hause gegangen und oftmals gekentert, aber immer „über Steuer", wie Meister Wöllers gesagt haben würde, oder rückwärts, ohne auf sein Hemd zu fallen. Die Weste war zum Vorteil dieses Hemdes so weit ausgeschnitten, daß man Herrn Eiskuhl im Verdacht haben konnte, keine Weste zu tragen, wenn sich diese nicht plötzlich in der Nabelgegend gezeigt hätte, wo sie den Bauch im Zaume halten mußte. Daß eine goldene Uhrkette von der Dicke eines Fingers sie darin unterstützte, war unzweifelhaft und hatte zu dem Gerücht Veranlassung gegeben, Herr Eiskuhl habe seinen Bauch an die Kette gelegt. Wenn man im Alsterpavillon saß, und der Herr Senator ging auf dem Jungfernstieg im Sonnenschein vorbei, so glaubte man ein Linienschiff mit vollen Segeln vorüberfahren zu sehen. Herr Eiskuhl jagte mit diesem Hemd den gewöhnlichen Bürger in Schrecken und verblüffte selbst die Erbgesessenen[2] damit.

Auch Bernhart stand erstaunt vor dieser Leinwand, gegen die sein weißer Hut wie ein alter Schimmel auf einem frischgefallenen Schneefeld abstach. Er versäumte nicht, den Hut tief abzuziehen, sobald der Blick des Senators auf ihn fiel.

Herr Eiskuhl unterließ nie, ein Weilchen in seiner Tür stehenzubleiben und die Petrikirche mit einem Gesicht anzublicken, in dem, besonders gegen den Turm, die stumme Frage lag, ob er denn nicht seine Haube vor ihm abnehmen und ihn grüßen könne. Er warf auch jetzt seinen strengen Blick auf diesen unhöflichen Riesen, worauf er seine Pferde einer Betrachtung würdigte und dann stolz, wie er glaubte, nach dem Wagen schritt.

Bernhart stieg die vier Treppen nach seinem Atelier hinauf. Mit jeder Stufe, die er höher stieg, machte auch seine Phantasie einen Schritt vorwärts. Er sah die vom Alter geschwärzten Treppenpfeiler von Eichenholz und die darauf geschnitzten grotesken Gesichter lächelnd an und nickte ihnen auf ihre stumme Frage, ob er nun wohl bald nicht mehr hinaufsteigen werde, ein entschiedenes Nein zu. Er sah sich im Geiste die mit Teppichen belegte Mahagonitreppe hinaufsteigen, die ohne solche knarrenden, quiekenden Stufen zu dem neuen Atelier am Jungfernstieg hinaufführte. Seine Phantasie hatte ihm vollständig den Zügel aus der Hand gerissen und ging mit ihm durch. So kam es denn, daß er, drei und drei Stufen auf einmal nehmend, die Treppe hinaufflog und durch den dunklen Gang, der noch zur Zeit sein Entree bildete und in dem statt der Palmen einige alte Spinnräder und Fässer standen, mehr flog als ging. Plötzlich erhielt er einen Stoß vor den Kopf, daß er drei Schritte zurückprallte und sich dermaßen niedersetzte, daß die Dielen krachten. Erst als die Spinnräder in ihren Ecken bloß noch ein wenig hin und her schwankten, besann er sich auf den großen Balken, der jeden Mann über fünf Fuß zu einem kleinen Kompliment zwang und von dem Baumeister des Hauses so günstig angebracht war, daß sich beinahe jeder den Kopf einrannte, der unter ihm durchging. Bernhart hatte sich schon einigemal, aber noch nie mit solchem Effekt an dem Balken gestoßen. Er wußte nicht, ob er nebst seinem Hut auch seinen Kopf suchen sollte, und war endlich überzeugt, daß bei der Brausche, die er haben mußte, der weiße Hut jetzt ganz unmöglich sei. Da er einen guten Kopf besaß und der Stoß durch Hut und Haar geschwächt ward, so machte sich die Sache noch und die Havarie war nicht groß, wie Herr Wöllers in diesem Fall bemerkt haben würde.

Bernhart begann deshalb seine schwarze Turnierrüstung anzulegen, wie er seinen Ballanzug nannte. Wie ein Ritter, der jedes einzelne Rüstungsstück in allen Fugen und Nieten prüft, wenn er zum Kampfe reiten will, unterzog er den Küraß, d. h. den schwarzen Frack, einer genauen Besichtigung und wunderte sich nicht wenig, wie ein solches Kleidungsstück durch das Liegen im Koffer leiden und unansehnlich werden kann, denn er hatte es erst kaum sechsmal auf dem Leibe gehabt.

Noch weit unerklärlicher war ihm jedoch der Zustand der „Beinschienen“, d. h. seiner schwarzen Pantalons, welche gerade da, wo sich ihre größte Tuchfläche ausbreitet, einen Riß zeigten, dessen Entstehung ihm ein unerklärliches Rätsel war.

Er wußte freilich nicht, daß Freund Schnepfe seine Rüstung oft im geheimen anlegte, um damit bei Peter Ahrens und in St. Pauli Eroberungen zu machen, bei welchem Unternehmen er erst vorgestern in eine böse Fehde geraten war, in der er den Schaden an den Beinschienen davontrug. Er hatte noch keine Zeit gefunden, sie zum Waffenschmied zu bringen und ausbessern zu lassen, sonst würde Bernhart sich nur über die Naht an jener Stelle gewundert haben.

Es blieb jetzt nichts weiter übrig, als selbst zu Nadel und Faden zu greifen und an diesem gesegneten Sonntag den Flickschneider vorstellen, wenn er sein Erscheinen in schwarzer Rüstung noch durchsetzen wollte.

Er war noch mit dieser Arbeit beschäftigt, als Schnepfe eintrat und erschrocken stehenblieb, wie er die Beinkleider in der Hand Bernharts erblickte.

„Einen schwarzen Hut habe ich allerdings erwischt", berichtete Schnepfe kleinlaut. „Aber –"

„Nun, aber?" fragte Bernhart gespannt.

„Es war aber etwas dunkel auf dem Vorsaal, wo ich ihn vertauschte, und ich bemerkte erst auf dem Jungfernstieg, daß er sich bei Licht nicht ganz so gut macht, wie ich wünschte."

Hierbei brachte er hinter dem Rücken einen Felbel hervor, bei dessen Anblick Bernhart in einen Ruf der Entrüstung ausbrach.

„Bist du verrückt!" schrie er. „Dieses alte Sturmfaß soll ich aufsetzen und damit durch die Stadt zum Senator gehen?"

Und in der Tat, Schnepfe hatte sich grausam vergriffen; denn nicht nur, daß ihm und Bernhart der Pinch bis an die Nase über den Kopf fiel, er war auch von einer Form, die das Hohnlächeln aller Modekundigen herausfordern mußte. Außerdem hatte er ganz das widerspenstige borstige Ansehen eines bösen Rattenfängers und war noch dazu an den Kanten kahlgeschabt. Mit diesem Hut konnte man nicht ausgehen. Schnepfe sah das selbst ein und dachte mit Schaudern daran, daß er in seiner Unschuld damit über den Jungfernstieg gelaufen sei. Nun erst konnte er sich erklären, weshalb man ihn so freundlich angelächelt habe. Er stürzte mit dem Hut in der Hand davon, um ihn wieder umzutauschen. Den Hut nachlässig auf dem Rücken, schlenderte er den Jungfernstieg wieder herunter bis zu seinem Kunden. Zufälligerweise war dieser indessen auch mit seiner ganzen Familie auf das Land gegangen, und Schnepfe mußte den Unglückshut behalten und wieder zurückspazieren.

Im Atelier angekommen, fand er Bernhart bei einer Beschäftigung, die ihn sprachlos vor Erstaunen machte. Der Künstler hatte, da alle natürlichen Mittel, sich in den Besitz eines schwarzen Hutes zu bringen, fehlgeschlagen waren, ein außergewöhnliches, vielleicht noch nie dagewesenes Mittel erdacht; er stand dort, mit aufgestreiften Hemdärmeln, hatte Bürste und Stiefelwichse herbeigeholt und verwandelte seinen weißen Hut in einen schwarzen, indem er ihn wie einen Stiefel wichste. Er stand mit einem so verbissenen Grimm bei diesem unnatürlich lächerlichen Unternehmen, daß Schnepfe endlich in ein Gelächter ausbrach, in das der Hutschwärzer mit einstimmen mußte. Eifrig fortwichsend, sprach er dann: „Ich habe es dir gleich gesagt, einen schwarzen Hut müßte ich haben, so oder so –!“

„Was soll ich aber mit dem Scheusal hier anfangen?“ fragte Schnepfe, sein Mißgeschick erzählend, und sah dabei den Unglückspinch mit mordlustigen Blicken an. Wäre sein geliebter Weißer nicht als Bürge für ihn in fremden Händen gewesen, er hätte ihn breitgetreten.

Bernhart hatte indes das Unglaubliche geleistet und den weißen Zylinder in einen glänzendschwarzen verwandelt. Er kleidete sich nun an. Die Beinkleider hatten durch die Naht zwar eine beunruhigende Spannung erhalten, waren aber doch sicher und dicht gemacht. Die Krawatte wurde vom Barbier, der darin große Meisterschaft besaß, zu einem Knoten geknüpft, gegen den der Gordische ein Kinderspiel war. Die Glacéhandschuhe wurden in ein Papier gewickelt, in die Seitentasche des Fracks gesteckt, um beim Angriff wie ein Schwert aus der Scheide gezogen zu werden, auf das Taschentuch ward ein für solche Fälle heiliggehaltenes Parfüm gegossen, und damit waren alle Vorbereitungen zum ersten Angriff auf die Millionäre beendet.

Neumühlen

## Zweites Kapitel

# Am holsteinischen Strand

Da Zeit und Flut einem alten Sprichwort nach auf niemanden warten, so ist der Elbspiegel sonntags ebenso belebt wie an den Wochentagen, und die großen Seeschiffe ziehen mit ausgespannten Segeln wie Riesenschwärme auf und ab.

Gibt es nun eine Menge Leute, die froh sind, wenn sie sonntags der Elbe den Rücken kehren können, weil sie die ganze Woche auf ihr herumhantieren müssen, so warten andere wieder auf den Sonntag, um sich zum Vergnügen auf dem Wasser halbtot und beide Hände voll Blasen zu arbeiten und dabei den Schiffsleuten zu erbarmungslosem Spott zu dienen.

Dies war dem Meister Wöllers so oft passiert, daß er samt Krischaan dagegen gänzlich abgehärtet erschien, während andere über Witze, die sie im Vorbeifahren von Schiffern einstecken mußten, außer sich geraten wollten. Herr Wöllers hatte, als ein vorsichtiger Mann, in Altona angelegt, um einige Viktualien zu besorgen, denn er wollte dem Strandrecht nicht verfallen, das die Gastwirte am Elbufer an den Hamburgern auszuüben pflegen, die sonntags in ihre Hände geraten. Er hatte sein Boot am Fischmarkt zwischen zwei Kartoffelewer geschoben und war mit Krischaan hinaufgegangen, indem er die weibliche Besatzung mit der Versicherung zurückließ, daß er in fünf Minuten wieder da sein werde.

Es vergingen jedoch zehn Minuten. Es verging eine halbe Stunde, und kein Wöllers ließ sich sehen. Dagegen krochen aus allen Schiffsluken struppige Köpfe hervor, die die Damen anglotzten und dazu aus kurzen Tabakspfeifen rauchten. Wohin Madame Wöllers auch blickte, überall stierten sie ein paar wasserblaue Augen an, über denen ein strohgelbes Haardach zu sehen war. Es schien ihr, als sei sie unter eine Herde Seehunde oder andere stumme Ungeheuer des Meeres geraten, die stillschweigend berechneten, ob es sich auch der Mühe verlohnte, sie zum Frühstück zu verspeisen.

Und das nannte Wöllers ein poetisches Vergnügen? Hier zwischen teerstinkenden Schiffen zu sitzen und sich von solchen Bestien anglotzen zu lassen?

„Na wart' nur! Ick krieg' dich schon", murmelte die Meisterin mit unheilvollem Kopfschütteln vor sich hin.

Endlich erschien Krischaan, der mit einem halben Dutzend Weinflaschen, einer Mettwurst und verschiedenen anderen guten Sachen beladen war. Der arglose Jüngling stieg in das Boot, kletterte an Madame Wöllers und der Verwandtschaft neben den jungen Damen vorbei und legte seine Schätze neben dem Steuer nieder, worauf er wieder nach vorn wollte. Der Unvorsichtige, er hatte diesmal die Meisterin ganz vergessen, die nur den Augenblick erwartete, wo er die Flaschen los war, um dann einen Hauptskalpierungsversuch zu machen. Der Arme mußte die Suppe für Wöllers ausessen, der ihn hinterlistigerweise vorausgeschickt hatte. Die Meisterin hatte ihn nicht so bald bei den Haaren geentert, als sie ihn auch mit einem großen blechernen Löffel zu bearbeiten anfing, der ihr gerade in die Hand gekommen war und zum Ausschöpfen des

Bootes diente, für Krischaan jetzt aber in der Tat zum Prügelsuppenlöffel wurde.

Die Seeungeheuer rundum schmunzelten vergnügt über die Szene und die Gewandtheit, mit der Krischaan eine Ruderdolle auszog und damit die Hiebe parierte, wobei er es geschickt einzurichten wußte, daß sich die ergrimmte Meisterin einigemal auf die Hand schlug.

Endlich kam Wöllers und mit ihm ein magerer Herr, der es bei dem warmen Wetter riskiert hatte, sich ganz in Nanking zu kleiden, wozu er einen Panamahut trug. Da sein Gesicht auch genau die Nankingfarbe zeigte, so sah er aufs täuschendste einem großen Bambusstock ähnlich, der unten gespalten ist. Es war Gevatter Schünnemann, ein Freund der Familie, den Wöllers „zufällig“ im Weinkeller getroffen, und der jetzt an der Partie teilnehmen wollte. Er trug, wie auch Wöllers, noch vier Flaschen in seinen Armen, so daß der Durst, der Feind der Schiffer, vorderhand nicht zu fürchten war.

Man fuhr ab, um ins Freie zu kommen; da jedoch die Flut eben im stärksten Auflaufen war und der Meister mit Krischaan das schwere Boot nicht gegen den Strom bringen konnte, so ruderten beide nach dem Schiffspavillon zurück, wo man erst einmal Kaffee trank und die Ebbe abwartete, die gegen acht Uhr eintrat.

Der gute Kaffee und ein paar Stücke noch besserer Kuchen besänftigten die Meisterin einigermaßen. Sobald Totwasser eingetreten war, ruderte man wieder stromab und hatte nach kurzer Zeit das Vergnügen, die Windmühlen von Neumühlen zu erblicken. In den Lotsenhäusern am Flußufer, die meist mit kleinen Gärten versehen sind, beziehen viele Hamburger Geschäftsleute ihr Sommerlogis. Andere haben dort eigene kleine Miniaturlandsitze und bringen ihre Abende außerhalb des Geschäftstrubels der Stadt, auf dem Wasser fahrend, am Strande oder in den Lauben ihrer Gärten zu. So schön der Aufenthalt hier ist, so hat er für die Hamburger doch eine große Unannehmlichkeit. Dies sind die Zollscherereien, denen Wein, Zucker, Kaffee sowie überhaupt alles, was von Hamburg oder Altona kommt, unterliegen. So fleißig sich nun die Hamburger durch fortwährendes Schmuggeln dagegen wehrten, ebenso unverdrossen lagen die dänischen Zollbeamten auf der Lauer in dem Schilf und den Weidenbüschen am Ufer versteckt, um auf die des Weges oder vom Wasser kommenden Leute Jagd zu machen.

Außer den Sommerbewohnern war es besonders ein alter Lotse und Bootbauer, Nielsen genannt, auf den sie es abgesehen hatten, und von allen Zöllnern ein Inseldäne mit Namen Jörs, der Tag und Nacht auf dem Platze und eine wahre Plage der Bewohner Neumühlens war.

Auch an diesem Sonntagmorgen spionierte Jörs schon seit Sonnenaufgang am Strand herum und stand mit Eintritt der Ebbe hinter einem Baum auf der halben Berghöhe. Er hatte ein Fernrohr in der Hand, das er vor sein Auge brachte, sobald sich ein Fahrzeug auf dem Wasser sehen ließ. Jörs war ein großer starker Mann, dessen Bauch stets ein Lager von verschiedenen Spirituosen und Weinen enthielt, denn was er im einzelnen konfiszierte, lieferte er des schnelleren Geschäftsganges wegen nicht erst an das Zollamt in Ottensen ab, wie es eigentlich sein Dienst erforderte, sondern deponierte es sofort in dem erwähnten Keller. Sein aufgedunsenes Gesicht zeigte die Röte, die der Spiritus hervorbringt. Ein paar graue Augen, von roten Lidern halb verdeckt, standen neben der Stumpfnase so weit aus dem Kopf hervor, das eins das andere sehen konnte und Jörs deshalb wie ein Frosch aussah, der in einem Teich von Rum lebt. Außerdem zierte ein borstiger, strohartiger Schnurrbart dieses bösartige Gesicht, wodurch es noch abstoßender ward. Jörs war ein rücksichtsloser, boshafter Mann, dem es Vergnügen machte, jemand ins Unglück zu bringen, und den selbst seine Kameraden mieden, wo sie konnten. Seine Trunksucht spornte ihn an, Tag und Nacht auf der Lauer nach Konterbande zu liegen, an den Fenstern zu horchen und um die Häuser und Gärten zu spionieren, ob sich ein Fang machen lasse. Er hatte dabei allerdings oft mehr Prügel als Beute erwischt und zeigte auch jetzt eine mit Blut unterlaufene Wange, die er dem Lotsen Nielsen verdankte, der ihm am vergangenen Abend mit einem Bootshaken in das Gesicht gestoßen hatte, als er unter den Weidenbüschen vor seinem Hause versteckt lag.

Jörs blickte nach Altona zu. Plötzlich machte er seine halbgeschlossenen Augendeckel ganz auf, sah nochmals durch das Fernrohr, schob es dann eilig zusammen und lief den Berg hinab zum Strand, wo er in den Weidenbüschen verschwand, die am Flutrande hinliefen.

Es lag eigentlich in Meister Wöllers Plan, seinen Kurs direkt nach Blankenese zu steuern, um dort den Süllberg zu besteigen, wo nebst der weiten Aussicht auch noch ein Paar Stiefel von Gustav Adolf, dem Schwedenkönig, zu sehen waren. Um jedoch das Geduldstau der Meisterin nicht zu sehr zu spannen, beschloß er, in Neumühlen anzulegen und einen Besuch bei einer Familie zu machen, mit deren Oberhaupt er in Geschäftsverbindung stand. Er steuerte deshalb das Boot hier nach dem Ufer zu und ließ es mit der Spitze auf den Sand laufen. Dabei bemerkte er nicht, wie ein Mann eilig am Strand daherlief und ihm zuwinkte, wieder in den Fluß zu steuern, weil ein anderes Boot, das von den Schilfbrüchen herüberkam, seine und seiner Begleiter ganze Aufmerksamkeit durch einen vierstimmigen Gesang in Anspruch nahm, der aus ihm über das Wasser erklang. In dem Boot saßen lauter junge Leute, die sich Kränze von dem frischen Grün, das sie drüben gefunden, geflochten und aufs Haupt gesetzt hatten. Die hoffnungsreiche, lebensfrohe Jugend feierte den jungen Frühling, der nach langen Wintermonden mit aller Pracht hereingebrochen war.

Was gleicht von allem Erschaffenen der Schönheit eines jungen Mädchens? Wir haben auf dieser Erde nichts, was darüber hinausgeht. Dies mochte auch der junge Mann denken, der, einen Weidenkranz mit Silberschäfchen auf dem schwarzen Haar, schwärmerisch auf eine Mädchengestalt blickte, wie sie nur jemals der Pinsel Tizians hervorgezaubert hat. Die Glut blauer Augen, mit denen sie wiederum auf den Jüngling sah, war jedoch kein Maler der Welt imstande, wiederzugeben. Um das reiche blonde Haar, das sich in kleinen Wellen an einen üppigen Nacken schmiegte, hatte sie gleichfalls einen grünen Kranz gewunden, während den halb entblößten reizenden Arm ein Armband von jenen grauen Samtschäfchen schmückte, wie sie die Weiden im Frühling tragen. Der Wuchs des Mädchens, das etwa achtzehn Jahre alt war, streifte die volle Form weiblicher Schönheit.

Neben ihr saß eine Dame, die einige Jahre mehr zählen mochte. Sie zeigte eine ganz andere Schönheit, denn ihr Haar glänzte in tiefstem Schwarz, von welcher Farbe auch die Augen waren, die, von langen Wimpern halb bedeckt, an die Heineschen Worte: „zwei schwarze Sonnen“, erinnerten. Eine tiefe Glut strahlte daraus hervor, wenn sich die Wimpern hoben und die dunklen Sterne dahinter auf den ihr gegenübersitzenden Ruderer blickten, der sie wie seinen Kompaß unverwandt ansah. Dann hoben sich ihre Lippen in leisem Lächeln, und es ward eine glänzende Perlenschnur dahinter sichtbar.

Der Schiffer war offenbar der Bruder des anderen jungen Mannes, während die Dame, die Schwester der Blonden, kaum dafür erkannt werden konnte. Beide hatten ebenfalls Kränze auf dem Haar.

Hinter dem Ruderer, dessen ganze Gestalt schon die herkulische Kraft vermuten ließ, mit der er das Boot durch das Wasser trieb, saß im Bug des Bootes ein dritter junger Mann mit gänzlich blasiertem Gesicht. Auch er hatte sich dem Frühling zu Ehren mit Grün geschmückt, doch um seinem eigenen Geschmack nachzukommen und zugleich die anderen zu verhöhnen, auf andere Art, indem er zwei Zweige wie Eselsohren in seine Krawatte steckte, die ihm zu beiden Seiten über den Kopf herausstanden.

Man konnte nichts Schöneres sehen als die beiden Paare, die hinter der Eselsgallion im Boot saßen, das jetzt neben dem Wöllerschen auf den Strand lief. Noch in den Anblick der beiden Mädchen versunken, fühlte der Meister plötzlich einen Ruck, der ihn und Gevatter Schünnemann beinahe über Bord geworfen hätte. Er sah sich verwundert um und erblickte das rote, höhnische Gesicht des Zollbeamten, das ihm nach dem unmittelbaren Anschauen der Mädchenköpfe um so häßlicher vorkam. Jörs hatte die Kette des Bootes gepackt und es mit einem kräftigen Ruck noch höher auf den Strand gezogen, worauf er sie um einen Pfahl schlang, an den die Fischer gewöhnlich ihre Netze hängen.

„Dübel noch mal! Mann! Hest en lüttjen Knall?“ schrie Wöllers, ans Land springend und an der Kette zerrend.

„Stopp!“ sagte Jörs grinsend. „Szie wollen smuggeln! Bringen Szie mal die Flasgen da ’raus, und die Wurst und den Käse. Lassen Szie mal sehn – drei, sechs, szehn“, zählte er, indem ihm die Froschaugen beinah aus dem Kopf kollerten. Die ganze Verwandtschaft stand starr vor Schreck.

„Sie können ruhig gehen“, sagte Jörs zu der anderen Gesellschaft, indem er sich auf den Steven des Bootes setzte, um die Entfernung der unwillkommenen Zuschauer abzuwarten, denn er dachte Weitläufigkeiten zu sparen und dem Zollamt keine unnötige Schreiberei zu verursachen.

Der junge Mann, der das Boot gerudert hatte, war indes nicht geneigt, den Platz zu räumen, sondern fragte etwas ärgerlich: „Was haben Sie da mit den Leuten vor, Herr Jörs? Ich hoffe doch, daß Sie keinen Unsinn machen und sie als Schmuggler ansehen wollen?"

„Bekümmern Sie sich gefälligst um sich, Herr Swarz!" sagte Jörs, ihm den Rücken zudrehend, „sie sind Smuggler! Basta!"

„Wahrhaftiger Gott!" schrie Wöllers, „er ist duhn! Es fällt uns gar nicht ein, zu schmuggeln, wir wollen hier nur einen Bekannten besuchen!"

„Wird Ihnen nicht viel helfen", fiel hier der Mann ein, der ihnen gewinkt hatte und nun herbeikam. „Was der in den Klauen hat, gibt er nicht wieder her."

„Sehn Sie!" sagte Jörs grienend, als sei ihm das größte Kompliment gesagt worden, „sehn Sie, er versteht das! Weg da!" fuhr er jedoch fort, als der alte Nielsen, denn dies war der Warner, heimlich mit Wöllers sprach. „Sie dürfen nicht mit den Smugglern spreechen!" Hierbei drängte er sich vor Wöllers und wollte Nielsen wegstoßen. Der alte Lotse war magerer, als es anständig ist, und es schien, als würde ihn der dicke Jörs wie eine Feder in das Schilf werfen. Wer jedoch gewöhnt ist, einen Menschen nach seinem Bau und nicht nach der Fleischmasse zu taxieren, der würde sich beim Anblick seiner breiten Schultern und Fäuste wohl gehütet haben, mit ihm anzubinden. Nielsen packte den dicken Zöllner mit seiner sonnverbrannten Klaue bei der Brust und warf ihn ohne die geringste Anstrengung wie ein Kind von vier Jahren in die Weiden, daß nur noch seine Beine heraussahen.

„Machen Sie es so, wie ich Ihnen sagte, dann ärgert er sich wenigstens", raunte er hierauf Wöllers zu und wollte dann ruhig am Strande fortgehen. Jörs war indes wieder auf die Beine gesprungen und zog seine Büchse aus den Weiden hervor, welche er auf den Lotsen anschlug, denn der Zorn von gestern abend brach jetzt los. Sein Gesicht war dunkelrot, und man hörte den Büchsenhahn knacken. Der junge Mann, den wir Schwarz nennen hörten, hatte ihm jedoch in das Schloß gegriffen, ehe der Hahn noch ganz aufgezogen war, und ihm ebenso schnell die Büchse aus der Hand gerissen.

Die Damen erhoben in diesem Augenblick ein Zetergeschrei, und der junge Mann mit den grünen Eselsohren machte einen Seitensprung von etwa zwei Klaftern, wobei er kalkweiß wurde, obgleich er vielleicht vier Schritt aus der Schußlinie stand.

„Was tun Sie da!“ sagte Schwarz. „Sie haben den Mann angepackt und wollen nun gar noch auf ihn schießen? Ein Mord fehlte Ihnen hier nur noch – schämen Sie sich!“ Damit zog er den Hahn der Büchse auf und schoß sie auf den Fluß ab, wo die Kugel über das Wasser hintanzend nach dem anderen Ufer zu flog.

Der alte Lotse kam jetzt langsam zurück und sprach, Jörs grimmig anblickend: „Du hast also nicht genug daran, daß du die Leute hier quälst und um das ihrige bringst? Du Hund willst uns auch noch ans Leben? Ihr seid alle Zeugen, daß er mich hat erschießen wollen!“ wandte er sich an die Umstehenden, deren Zahl sich mit jeder Minute vergrößerte, denn der Schuß hatte den Strand alarmiert. „Wenn mir etwas passiert, so braucht Ihr den Täter nicht weit zu suchen. Ich denke aber, wir rechnen schon einmal miteinander ab, ehe du mir ankommst, du – du – du Schuckelmeier.“ Mit diesem Schlußwort drehte er sich wieder um und ging den Strand entlang nach seinem Haus.

Es konnte den Dänen nichts mehr ärgern als das Wort Schuckelmeier, ein Spottname, den die Hamburger dieser Nation gaben, weil sie die Franzosen nach Hamburg geschukkelt (geschmuggelt) hatten, und der erst im Jahre 1848 dem Spitznamen „Hannemann“ wich. Jörs hätte nochmals mit dem Lotsen angebunden, sobald er aber keine Kugel im Lauf wußte, hatte er auch keinen Mut. Sein Ärger stieg indes noch mehr, als er die Menge Leute sah und dadurch die Gelegenheit verlor, die Weinflaschen in seinem „Keller“ unterzubringen. Er war viel zu boshaft, um Wöllers loszulassen, und bestand nun erst recht darauf, daß die männliche Besatzung des Bootes die Flaschen nehmen und ihm damit nach dem Zollamt folgen solle, wohin man eine gute halbe Stunde gehen mußte.

Wöllers, der sich nach der Familie Kühnmann erkundigte, die hier ein Landhaus besaß, mußte zu seinem Verdruß erfahren, daß sie in Blankenese war. Als er im Kreise umherblickte, ob er nicht vielleicht ein bekanntes Gesicht sähe, das sich für ihn verwendete, kam der Kaufmann Stubborn zum Strande herab, der Vater der beiden schönen Mädchen, mit dem er mehrfach Geschäfte gemacht hatte. Er wandte sich an ihn und bat ihn, doch um Himmels willen Bürgschaft für ihn zu leisten, damit er aus den Händen des Zollbeamten käme.

„Ich leiste für niemand Bürgschaft", sprach Stubborn in kaltem Ton, wobei er die Gruppe verächtlich überblickte.

„Und ich nehme keine Bürgschaft an", erklärte Jörs grob.

„Es ist am besten, Sie gehen ruhig mit. Auf dem Zollamt sind sie vernünftiger als dieser Mann!" sprach der ältere Schwarz.

„Sie spielen hier wohl Komödie?" fragte diesen jetzt Stubborn, indem er einen spöttischen Blick nach dem Kranz auf seinem Kopf warf, den Schwarz abzunehmen vergessen.

Der junge Mann wurde rot und riß den Kranz vom Kopf. Die schwarze Dame hatte den ihrigen schon bei der Ankunft des Vaters heruntergenommen. Auch der jüngere Schwarz hatte den Haarschmuck still entfernt und hinter dem Rücken gehalten. Der blasierte Bruder der Damen beseitigte, sobald er seinen Vater erblickte, die Eselsohren. Die Anwesenheit des fischkalten Geschäftsmannes hatte alle Frühlingsluft wie ein wiederkehrender Winterfrost ertötet. Nur Julie, seine jüngere Tochter, behielt ihren Kranz auf. Sie ließ sich niemals durch die Blicke des Vaters einschüchtern und tat immer, was sie Lust hatte. Da sich niemand des unglücklichen Wöllers annehmen konnte, ja sogar einige neu Hinzugekommene über ihn und Schünnemann schlechte Witze machten, so nahm er mit diesem und Krischaan die Weinflaschen in den Arm und trat den Trauerzug, der von Jörs eskortiert wurde, an. Wer beschreibt aber seinen Grimm, als er nach einigen Schritten abermals die beiden jungen Leute stehen sah, die ihn heute morgen bereits beim ersten Unfall durch ihr Mitleid so geärgert hatten. Sie waren eben angekommen und nicht wenig verwundert, den Meister schon wieder in einer anderen, aber nicht besseren Situation zu finden, die ihre Teilnahme verdiente, die sie mimisch auszudrücken, nicht ermangelten.

Wöllers sagte kein Wort. Bernhart und Schnepfe waren jedoch in ihrem Leben nie so nahe daran gewesen, einige Flaschen an den Kopf geworfen zu kriegen, wie in diesem Augenblick.

Der Zug der Gefangenen kam eben in ein steiniges Terrain, und da Wöllers leise mit Schünnemann und Krischaan sprach, so übersah man eine Kette, die nach dem Wasser hin lag, und alle drei stolperten darüber, wobei die sämtlichen Weinflaschen ihren Händen entfielen und klirrend zerbrachen.

Jörs war einige Schritte hinter ihnen geblieben, denn ein von Hamburg heruntersegelnder Ewer, der auf den Strand zuhielt, hatte seine Aufmerksamkeit erregt. Er erkannte ihn als Nielsens Fahrzeug und wußte genau, daß er ein ganzes Kolonialwaren- und Rumlager enthielt. Es verblüffte ihn, daß das Fahrzeug am hellen Tage und nicht, wie er erwartet hatte, in der Dunkelheit ankam. Er faßte den Verdacht, daß die paar Weinflaschen, die er eben ertappt hatte, ihn wegzulocken bestimmt waren, und wußte nicht, was er jetzt anfangen sollte, als ihn ein Gelächter und Klirren von Glasscherben aus dem Nachsinnen riß.

Da lag seine ganze Beute am Boden, und Krischaan klopfte noch mit einem Stein alles klein, was nicht zerbrochen war. Zur Verwunderung der Zuschauer tat der Zollbeamte weiter nichts, als daß er einige dänische Flüche hervorstieß und dann zu Wöllers sagte, er solle sich zum Teufel scheren. Seine Aufmerksamkeit war viel zu sehr auf den Ewer gerichtet, der jetzt nahe beim Strand vor Anker ging, als daß er sich noch länger mit den Hamburgern beschäftigt hätte, wo es doch nichts mehr zu trinken gab.

Darin hatte er sich jedoch geirrt; denn als Wöllers nebst seinen Begleitern wieder in das Boot stieg, streifte Krischaan seine Hosen herauf und watete in das Wasser, aus dem er vier Flaschen hervorbrachte, die er über Bord geworfen hatte. Sobald sie herausgefischt waren, machte er das Boot mit flott und sprang hinein. Das Fahrzeug verließ den ungastlichen Strand, und Krischaan zeigte dem ergrimmten Zöllner die Flaschen mit Triumphgeschrei, sobald er zehn Schritt vom Lande war.

Pavillon in Neumühlen

Drittes Kapitel

# Verschiedenes Frühstück

Die Villa Eiskuhl, die zwischen großen Baumgruppen am Ufer der Elbe versteckt lag, hatte ihren langen Winterschlaf ausgeträumt und war heute zum vollen Leben erwacht. Unter einigen alten Linden, kaum fünfzig Schritt vom Flußstrande entfernt, stand ein kleiner, von wildem Wein umrankter Pavillon, aus dem man die ganze Elbe und den Garten der Villa übersehen konnte. Es war ein herrlicher Platz, besonders gegen Abend, wenn die Sonne zwischen den nächsten Bäumen niedersank und ihre goldenen Strahlen durch die Zweige spielen ließ, während sie über den Fluß glänzende horizontale Streifen zog, in denen die Schiffe wie in glühendem Metall schwammen. Auch in den warmen Sommernächten war der Ort reizend. Dann wehte der kühle Nachtwind durch die Weiden herauf, oder der Mond stand gerade über dem Fluß, den er mit zitterndem Silberflitter überzog.

Es war der Lieblingsaufenthalt der Frau Senatorin, die hier gern in Gesellschaft der neuesten Romane, das heißt nur französischer, die Mitternacht herbeikommen ließ, schwärmerisch nach dem Mond blickte und von dem Mann träumte, den sie so oft in den Romanen, aber leider nicht in Herrn Eiskuhl gefunden hatte.

Auf einer kleinen Erhöhung, dem Pavillon gegenüber, lag im Gebüsch versteckt eine Einsiedelei von der Größe eines etwas geräumigen Papageibauers. Diese hatte sich Selma, die ältere Tochter Eiskuhls, zugeeignet. In ihr stand eine niedliche Staffelei nebst allerlei Mal- und Zeichenutensilien sowie ein Miniaturschreibtisch, eine Art poetischer Falle, worin dichterische Eingebungen des Augenblicks gefangen wurden. Fräulein Selma hatte früher sogar einmal versucht, ein Pianoforte hineinzubringen. Da man jedoch die Einsiedelei eher in das Pianoforte gebracht hätte, so mußte eine Gitarre es ersetzen, und diese war eigentlich schon zu groß für das Gebäude.

Sowohl Madame Eiskuhl wie Fräulein Selma waren in ihren „Heiligtümern“, wie sie die Pavillons nannten, beschäftigt, alles für die poetischen Stunden des Sommers herzurichten.

Kein männliches Wesen durfte diese Räume betreten. Am wenigsten der Senator, der sich früher einigemal erlaubt hatte, bei Abwesenheit der Damen ein Pfeifchen dort zu rauchen, was sogleich durch den Geruch entdeckt wurde. Er wurde für ewige Zeiten aus den geheiligten Räumen verbannt, worauf er sich in das Gewächshaus flüchtete, das seine jüngste Tochter Emma bewohnte, die ihn gutmütig fortrauchen ließ.

Deshalb stand denn auch Henri oder Herr Henri, wie er von seinen Kollegen genannt zu werden verlangte, inmitten der beiden Pavillons und sah, die Hände müßig unter die Frackschöße gesteckt, abwechselnd von einem zum andern. Man darf nicht denken, daß Herr Henri etwa eine Livree wie andere gemeine Diener trug. Madame Eiskuhl sah in ihm mehr einen Kammerdiener und ließ ihn deshalb stets im Ballanzug umhergehen. Nur am Band seines Zylinders war ein ganz kleines Zeichen seiner Sklaverei angebracht, das silberne Wappen der Madame von der Größe eines Schillings, das Herr Henri indes durch die Enden des Bandes zu verstecken wußte. So kam es denn, daß er von Fremden öfter, zum großen Ärger des Senators, für einen Verwandten oder gar für den Schwiegersohn angesehen wurde, was er mit stiller Resignation hinnahm. Er wäre auch gar nicht abgeneigt gewesen, dem Herrn Senator als Eidam die Last einer Million tragen zu helfen, ja, er glaubte sogar ein ganz besonderes Talent zur Verwendung einer Rente von fünfundzwanzig- bis dreißigtausend Talern zu besitzen. Leider hatte ihn Madame Eiskuhl, als er einmal, in stille Bewunderung versunken, Selma von weitem betrachtete und schwiegersöhnliche Luftschlösser zu bauen begann, beiseite genommen und ihm bestimmt erklärt, daß er sie selbst ansehen könne, soviel er Lust habe, auf ihre Töchter dagegen niemals mehr sein Auge werfen dürfe, wenn er nicht sofort entlassen sein wolle. Henri hatte damals demütig seiner Gebieterin beteuert, daß er sich nur ihrem Dienst geweiht habe und das Fräulein nur so aufmerksam betrachtete, weil er im ersten Augenblick nicht gewußt habe, ob es die Frau Senatorin oder ihre Tochter gewesen sei. Der Halunke log dabei so, daß er von der Tochter, wenn sie es gehört, eine Ohrfeige, und von der Senatorin, wenn sie ein bißchen gesunden Menschenverstand und etwas weniger Eitelkeit besessen, die andere dazugehörige erhalten hätte.

Madame Eiskuhl war zwar mit ihrer älteren Tochter von einer Größe, hier hörte jedoch alle weitere Ähnlichkeit auf; denn von der jüngeren ganz abgesehen, die ein kleines rundes Ding war, erschien die Senatorin gewachsen wie ein Talglicht. Sie bestand aus lauter Ecken. Man konnte sie betrachten, von wo aus man wollte, man bekam eine Ecke zu Gesicht. Wenn ein Dichter die lange Röhre, auf der ihr Kopf saß, einen Schwanenhals genannt hätte, so wäre der Ausdruck ganz richtig gewesen. Vom Goldhaar haben die Dichter auch oft gesungen. Dies besaß Madame Eiskuhl, was die Farbe betraf, zwar in vollem Maße, sie liebte jedoch mehr ein schwarzes Haar und färbte deshalb den etwas dünnen Bestand alle vierzehn Tage einmal auf. Die Nasenspitze, die von allen Ecken an der Frau Senatorin die schärfste war, konnte sie jedoch nicht färben.

Man wird fragen, was Herrn Eiskuhl veranlaßte, sich in den Besitz solcher Reize zu bringen. Es war die Familie, die er stets im Auge behielt. Er war zur Zeit, wo er um die Hand der reizenden Jungfrau anhielt, weder Millionär noch Senator. Da er indes schon auf guten Füßen stand, so wollte er seiner Familie wegen ebenfalls in eine gute Familie heiraten. Madame Eiskuhl war die Tochter eines holsteinischen Barons und besaß nebenbei etwa eine halbe Million. Da sich aber alle heiratsfähigen Männer sechs Stunden im Umkreis ihrer Heimat in einer unbegreiflichen Verblendung befanden, die sie abhielt, um sie zu werben, so ergriff sie die Gelegenheit, nach Hamburg zu heiraten, und beglückte Herrn Eiskuhl mit ihrer Hand.

Fräulein Selma und ihre Schwester Emma waren allerdings besser geraten, als man hätte vermuten sollen. Sie waren wirklich ein paar hübsche junge Damen mit einigen Talenten für Malerei, Poesie und Musik. Sachen, die sie unmöglich von ihren Eltern geerbt haben konnten, da diese kaum einen Begriff von deren Vorhandensein hatten. War die Mutter stolz, der Vater hochmütig und beide dumm bis zu einem Punkt, wo der eigene Vorteil in das Spiel kommt, ein Punkt, in dem nebenbei gesagt die Dummen immer klüger sind als die Intelligenten, so waren die Töchter durchaus gutmütig und die guten Engel des Eiskuhlschen Hauses.

Die Senatorin war durch ihre Lektüre in eine Stimmung versetzt, in der sie gar zu gern einen kleinen Roman gespielt hätte. Sie sah die grenzenlose Ergebenheit, die Henri heuchelte, für verborgene Liebe an und erwartete von Monat zu Monat, daß er ihr einmal zu Füßen stürzen und sich entdecken würde. Er schien jedoch zu dumm dazu.

Herr Henri war nun allerdings nicht ganz so dumm, wie seine Dame dachte. Er war ein hübscher, blondhaariger Bengel und eigentlich ein verdorbener, weggejagter Schulmeister aus Buxtehude, zu dumm für einen Lehrer und zu klug für einen Diener. Jedenfalls aber immer auf seinen Vorteil bedacht. Er sprach etwas, das wie Französisch klang, wußte ungefähr zwanzig lateinische Sprichwörter auswendig, die einen ganzen Haselwald bei ihrer Erlernung gekostet hatten, und brachte mit diesem philologischen Fonds den Senator in Schrecken und die Senatorin in Entzücken.

Herr Henri stand also zwischen zwei Magneten inmitten der Pavillons und drehte seinen Kopf verstohlen wie ein Rabe von einem zum andern. Scheinbar betrachtete er die Elbe und die Schiffe, die mit der Ebbe hinabtrieben. Fräulein Selma mit der Samtjacke und der halben Million im Hintergrunde war ihm nie so besitzenswert wie heute erschienen. Wie sie im Garten daherkam, um ihr poetisches Handwerkszeug in die Einsiedelei zu tragen, hatte er ihr ein tiefes Kompliment gemacht, was mit einem so kühlen Kopfnicken beantwortet ward, daß er nicht wagte, ein Wort zu sprechen, und ihr stillschweigend nachblickte.

„Stolze Prise", murmelte er, denn er war im Gewächshaus ebenso kurz hinausgewiesen worden, als er seine Dienste dort anbot.

Während nun Henri auf der Terrasse stand und nach der Einsiedelei hinüberschielte, stand unten im Gebüsch ein junger Mann und sah ebenfalls nach diesem Punkt.

Selma hatte eine Minute zum Fenster hinausgeblickt und sich dann an der Staffelei niedergelassen, um eine Baumgruppe, durch die man die ferne Elbe sah, auf der Leinwand zu skizzieren und später zu malen. Sie zeigte beim Hinblicken auf ihren Studienpunkt jeden Augenblick ihr Profil am Fenster. Der Lauscher in den Weiden war von diesem Anblick so entzückt, daß er wie eine Statue stand und auf seinem Rücken den abgezogenen Hut festhielt.

Ein anderer junger Mann umschlich indes den Gartenzaun von allen Seiten und suchte einen Blick auf die Villa zu erlangen.

Herr Henri hatte diese beiden verdächtigen Subjekte nicht so bald entdeckt, als er sich hinter einem Holunderbusch auf die Lauer legte, um ihre Absichten auszukundschaften. Den Lauscher im Gebüsch hatte er schon einigemal im Hause des Senators gesehen. Da er jedoch selten früh auf dem Platz war, so kannte er das Amt, das Schnepfe bei Herrn Eiskuhl bekleidete, nicht und hielt ihn für einen Kaufmann. Was er aber aus dem andern, sehr elegant gekleideten Herumschleicher machen sollte, wußte er nicht. Jedenfalls hatten sie es auf die Villa abgesehen, denn Bernhart, der einen günstigen Punkt zur Aufnahme des Hauses gesucht, setzte sich jetzt und machte eine Skizze davon.

Beobachtete nun Henri die beiden, so wurde wiederum er vom Pavillon unter den Linden belauscht.

Plötzlich erschien jedoch zwischen den Gebüschen des Gartens ein großer weißer Fleck, bei dessen Anblick sich Henri drückte. Es war der Senator, oder vielmehr seine Hemdenbrust, die wie ein weißes Segel daherkam. Ihm folgte Jost, der ein Paket trug. Herr Eiskuhl begab sich nach einer hohen

Flaggenstange, die auf der Terrasse stand. Jost legte hier sein Bündel nieder und untersuchte die Flaggleine. Nachdem er sie klargemacht, breitete er eine große Hamburger Flagge auf dem Boden aus und legte sie dann mit des Senators Hilfe viermal der Länge nach zusammen, worauf er das lange Tuch in einen kleinen Ballen verwandelte und die beiden Enden der Schnur an die Flaggleine band, mit deren unterem Teil er den Ballen leicht umschlang. Nun hißte der Senator diesen schmunzelnd in die Höhe, während Jost die Leine langsam nachließ und dann, als er den Knopf erreichte, die Schlinge aufzog, durch welches Manöver sich die Flagge entfaltete.

Herr Eiskuhl hatte durch das Aufziehen der Flagge allen denen, die ihre Blicke nach der Villa richten wollten, angezeigt, daß er nun auf seinem Landsitz eingetroffen sei. Er wollte es jedoch auch denen kundtun, die nicht hersahen, und lud nun mit Josts Hilfe einen kleinen Böller, worauf er sich ein wenig zurückzog, als Jost diesen mit der größten Seelenruhe losbrannte.

Man hörte bei dem Knall in den Pavillons einen Schrei, während Schnepfe im Gebüsch einen Satz machte, als wäre er angeschossen, und Bernhart einen Baumast vor Schreck um wenigstens zwanzig Ellen verlängerte.

Die Senatorin und Selma sprangen aus ihren Pavillons hervor, was dem Herrn Senator ungemeinen Spaß machte. Madame Eiskuhl las erst kürzlich in einem Buch, worin ein barbarischer Ehemann den Geliebten seiner Frau in seinem Park erschossen hatte. Das ängstliche Fortschleichen Henris, dessen Grund sie nicht entdeckte, war ihr aufgefallen, und sie wollte eben nachsehen, wohin er gegangen sei, als der Schuß fiel. Wie sie nun hervorsprang und den Senator mit Jost hohnlachend, wie sie glaubte, neben einer Wolke von Pulverdampf stehen sah, suchten ihre Augen die Leiche Henris, die ihrer Phantasie nach blutend am Boden liegen mußte. Doch dieser trat mit gewohnter Sanftmut aus einer Buschgruppe, um sich zu der Meldung herabzulassen, daß das Frühstück serviert sei.

Fräulein Emma empfing ihre Eltern am Frühstückstisch. Sie sah ihrer Schwester sehr ähnlich, nur war sie eine Handbreit kleiner als diese und zeigte ein immer lachendes Gesicht und infolgedessen stets eine Reihe weißer Zähne. Zum großen Ärger ihrer Mutter war sie geneigt, kleine Possen zu treiben, und unterhielt sich gern mit jedem, der ihr in den Weg kam. Auch heute hatte sie wieder etwas ausgeführt, worüber die Mama im stillen in großen Zorn geriet: Auf ihrem vollen braunen Haar sah man einen Kranz von grünem Kraut, in welches gelbe Rüben eingeflochten waren.

Der alte Eiskuhl lachte übers ganze Gesicht, küßte die Tochter auf die Stirn und biß dabei eine halbe Rübe ab, über welche Kriegslist er so lachen mußte, daß sie ihm in die unrechte Kehle kam.

Die Senatorin war im höchsten Grade indigniert über das Benehmen ihres Mannes. Es war empörend anzusehen, wie er in einem Salon, und wenn es sein eigener war, so brüllend lachen konnte. Wie glänzend stand dagegen Henri dort und ertrug mit stiller Resignation die Szene wie ein verbannter Fürst mit etwas abwesenden Finanzen. Wer wußte auch?! – Er hüllte seine Abkunft und Heimat in undurchdringliches Dunkel, und tat wohl daran, denn Buxtehude hatte nie einen guten Klang als Vaterstadt schwärmerischer Liebhaber gehabt. Es steckte mehr hinter ihm, als er wissen lassen wollte. Er mußte in eine höhere Charge versetzt werden. Das waren die Gedanken der Frau Senatorin beim Frühstück, welchem der verkleidete Prinz Henri zum Schmerz seiner Dame stehend beiwohnen mußte.

Als der Senator wieder zu sich kam, band ihm Jost, der indessen mit einigen Flaschen erschienen war, eine Serviette um den Hals, und zwar mit einer Manier, die einen fremden Zuschauer auf den Gedanken bringen mußte, Herr Eiskuhl sei in die Hände eines Erwürgers geraten.

Es war ein Frühstückstisch, dessen Bestandteile ohne das Geschirr vollkommen hingereicht hätten, eine arme Familie für eine ganze Woche luxuriös zu beköstigen. Herr Eiskuhl hatte alle diese Herrlichkeiten aufmerksam gemustert und suchend unter ihnen umhergeblickt. Er war indes offenbar nicht zufrieden mit dem Bestand der Tafel, denn sein Gesicht färbte sich vor Ärger dunkelrot. Er griff nach der Glockenschnur, welche in die Küche ging, und riß heftig daran.

Der Champagner war eben mit großer Geschicklichkeit von Henri geöffnet und der Madame eingeschenkt worden. Diese brach im Schlürfen des Schaumes ab, sobald der Senator an der Klingel zog, und sprach sanft: „Henri, bitte, gehn Sie sogleich nach dem Strand hinunter und fragen Sie einen Schiffer, wann die Flut kommt. Aber bitte, bitte schnell!“ Henri stürzte sofort hinaus und hätte in der Zerstreuung die Champagnerflasche mitgenommen, wenn ihn Jost nicht mit hämischem Grinsen daran gehindert hätte.

Die Senatorin wußte, was kommen mußte, und wollte Henri den Schmerz ersparen, seine angebetete Gebieterin als die Gattin eines Ungeheuers zu sehen. Nebenbei wollte sie ihn allerdings auch nicht sehen lassen, wie sie ihren Kopf aufsetzen konnte.

In der Tür erschien jetzt ein weibliches Wesen mit einer so weißen Schürze und Mütze, daß selbst des Senators Hemd nicht darüber hinauskam. Sie sah etwas herausfordernd aus und blickte auf die Senatorin. Diese zeigte auf ihren Mann.

„Weshalb sind keine gelben Rüben heraufgekommen!" schrie sie dieser an.

„Frau Senat'rn hat sie vom Küchenzettel gestrichen!" erwiderte die Köchin höchst gleichmütig.

„Gestrichen?" schrie Herr Eiskuhl durch die Fistel. „Gestrichen? Ich habe sie aber nicht gestrichen und will sie jedesmal zum Frühstück und Mittagessen haben. Das merken Sie sich, sonst jage ich Sie davon!"

„Frau Senat'rn hat mir extra befohlen, von jetzt an keine gelben Rüben mehr –"

„Hinaus!" brüllte hier Herr Eiskuhl in höchster Wut. Dabei ergriff er die Kaviarbüchse und warf sie, wie es weiland Dr. Luther mit dem Tintenfaß auf der Wartburg nach dem Teufel tat, nach dem Kopf der Köchin, die blitzschnell verschwand, als die Büchse noch einen Bogen in der Luft beschrieb. Die Wirkung war dieselbe, nur daß statt eines Tintenkleckses ein ungeheurer Kaviarklecks an der weißlackierten Tür zu sehen war.

Die Senatorin trank schnell ihr Glas aus und schenkte sich ebenso schnell ein anderes ein, um es gleichfalls auszutrinken, denn sie wußte, daß sie spätestens in einer Minute in Ohnmacht fallen würde. Hierauf sagte sie in sehr hohem Tone: „Herr Senator, ich muß wirklich bitten, sich –"

„Herr Teufel un sien Grotmodder!" schrie Eiskuhl, mit der Faust auf den Tisch schlagend. „Ick will eten, wat mi smeckt! Un wenn tein Höllendrokens mi verbeeden wöhlt, Reuben to eeten, ick eet doch welke!" Und um zu zeigen, daß er seinen Willen durchsetzen wolle, nahm er Butter und Schwarzbrot, wozu er die gelben Rüben, roh wie sie waren, zu verspeisen begann.

Die Senatorin sah entsetzt auf das rübenverzehrende Ungeheuer, das sich nach langer Zeit wieder einmal gegen ihre

Herrschaft auflehnte. Es blieb ihr nichts übrig, als in Ohnmacht zu fallen.

„Jost!" lispelte sie mit schwacher Stimme, „servieren Sie den Kindern im Gewächshaus. – Ihr", wandte sie sich an die Töchter, „verlaßt diese Stelle der Gemeinheit, und mir bestellt einen Saaaaa-rg!" Damit fiel sie ohnmächtig in ihren Stuhl.

Die Töchter sprangen zwar hinzu, sie wußten jedoch, daß die Sache nicht gefährlich, sondern ein altes Manöver war, um den Papa in eine Defensivstellung zu drängen. Dieser schickte sie fort und speiste nach ihrer Entfernung so ruhig weiter, als sei die Senatorin eine Statue, die zur Zierde des Salons angebracht war.

In der Gartentür erschien Henri mit dem Bericht über den Flutstand.

„Hinrich!" schrie das Ungeheuer kauend, „bringen Se Ehr Madam rut na baben, se is slecht worden."

Herr Henri wollte eigentlich bei der gemeinen Verdrehung seines Namens, die der Senatorin fast wirkliche Krämpfe verursachte, eine stolze Antwort geben. Der große Kaviarfleck an der Tür und die Scherben darunter bewogen ihn jedoch, seine Schmach stillschweigend zu tragen und seine eben ins Leben zurückkehrende Dame fortzuführen.

Das Ungeheuer kroch nicht zu Kreuz, sondern kaute ruhig weiter und trank Portwein dazu.

Jost hatte den Töchtern ihr Frühstück in das Gewächshaus besorgt und stand nun an der Tür, von der er gemütlich den Kaviar abkratzte, auf eine Buttersemmel strich und, so das Angenehme mit dem Nützlichen verbindend, verzehrte, während der Senator mit stillem Grimm von allem möglichen aß, was auf der Tafel stand.

Zu derselben Zeit, als man sich oben im Salon zum Frühstück niedersetzte, hatte Bernhart seine Skizze der Villa fertig und suchte nun ebenfalls mit Schnepfe in den Weidenbüschen am Strande ein schattiges Plätzchen, um ein frugales Frühstück zu halten. Es war bald eine Stelle gefunden. Der unselige, von Schnepfe eingewechselte Hut mußte mit seinem breiten Deckel als Tisch dienen. Man deckte eine Zeitung darüber und trug dann auf. Die jungen Leute hatten eben die Hände zum lecker bereiteten Mahle erhoben, als sie musikalische Töne durch das leise Summen der Käfer erklingen hörten.

Beide lauschten, ohne sich zu rühren. Die gebrochenen Akkorde klangen im Anfang so piano mit dem Geflüster der

Weiden zusammen, daß es von keinem Instrument herzukommen schien. Als das Piano auf einem verminderten Septakkord ruhte und dann in eine Auflösung überging, in der die weiche Stimme Selmas einsetzte, zog der zarte Ton des Windes wie ein Cantus firmus hindurch, und die Lauscher hatten ihr Frühstück total vergessen.

Schon nach den ersten Strophen hatte Bernhart ein Skizzenbuch hervorgeholt, das teilweise mit Notenlinien durchzogen war, in die er die Melodie mit beziffertem Baß schrieb, worauf er den Text, soweit es ihm möglich war, nachtrug.

Als die letzten Töne verklungen waren, griffen die jungen Leute wieder nach ihrem Frühstück und verzehrten es mit einem Appetit, um den sie die ganze Hamburger Millionärschaft beneidet und ihn ihnen jedenfalls für einen guten Preis abgehandelt hätte, wenn er an die Börse gekommen wäre.

„Wenn dieser verwünschte Hut wenigstens ein Schinken wäre, dann verlohnte es sich doch der Mühe, ihn mit herumzuschleppen, aber so? – Da, du Kanaille!“ sagte Schnepfe, ihm einen Faustschlag versetzend, der ihn ins Gebüsch warf. Er holte ihn jedoch, eingedenk des Bürgen, der in Hamburg für ihn gut stand, wieder und machte Bernhart auf die Einsiedelei aufmerksam, in der er Selma am Fenster zeichnend gesehen hatte.

Beide stiegen neugierig die Böschung hinauf und blickten in das Fenster. Als Bernhart die Skizze auf der Leinwand und daneben Farben, Palette und Pinsel sah, erfaßte ihn die Lust, der abwesenden Künstlerin eine kleine Überraschung zu bereiten. Er bat deshalb Schnepfe, Wache zu halten, und stieg in das Fenster, worauf er mit einem Griff die Malgerätschaften erfaßte und das skizzierte Bild mit kecken und doch eleganten Strichen in Farben setzte.

Bernhart besaß eine große Fertigkeit im Skizzieren nach der Natur und hatte nach zwei Stunden beinahe ein Bild aus der Skizze gemacht, als Schnepfe von seinem Wachtposten herbeikam und nach dem Garten zeigend in die Weiden sprang. Der Maler legte die Gerätschaften schnell beiseite, machte einen einzigen großen Schritt aus dem Fenster und verschwand ebenfalls. Beide legten sich im Gebüsch auf die Lauer und beobachteten die Einsiedelei wie ein paar skalpsüchtige Indianer.

In Eiskuhls Garten

## Viertes Kapitel

# Bekanntschaften

Die Lauscher hatten etwa zwei Minuten auf der Lauer gelegen, als sie in der Einsiedelei einen Laut der Überraschung hörten. Gleich darauf erschien Selma am Fenster und blickte mit ihren glänzenden Augen suchend rundum, worauf sie wieder verschwand und man im Innern des Pavillons ein lebhaftes Gespräch hörte. Die Köpfe der Schwestern erschienen dann wieder, und die Damen setzten die Untersuchung der Umgegend fort. Da sie jedoch erfolglos schien, so entfernten sie sich nach einiger Zeit und suchten offenbar im Garten nach dem Maler des Bildes.

Bernhart hatte die Absicht, noch einiges an der Skizze zu machen. Beide krochen aus dem Gebüsch, und Schnepfe mußte sich wieder in der nahen Hecke als Wache postieren. Der Maler schlich sich leise an die Einsiedelei hinauf und steckte den Kopf vorsichtig in das Fenster. Es war alles still und leer; deshalb stieg er hinein und setzte sich wieder vor die Staffelei, wo er eilig die feinen Spitzen und Blätter der Weidenbüsche auszuführen begann.

Plötzlich hielt er erschrocken inne, denn er hatte einen unterdrückten Schrei Schnepfes gehört, dem der helle Klang einer Mädchenstimme folgte.

„Einen habe ich!" hörte er lachend die kleine muntere Emma sagen.

Bernhart legte schnell Pinsel und Palette beiseite, um aus dem Fenster zu springen. Als er sich umwendete, fühlte er einen warmen Atemzug und sah in das tief errötende Gesicht Selmas, die, bisher von einem Vorhang verborgen, hinter ihm stand. Er wußte nicht, was er sagen sollte. Gesagt mußte jedoch etwas werden, das fühlte er. Als er daher eben den Mund öffnete, um sein Einsteigen zu entschuldigen, dabei aber unglücklicherweise seine Augen auf die des Mädchens richtete, trafen ihn diese so tief und gewaltig, daß er all sein Blut brausend nach dem Kopfe steigen fühlte und die Geistesgegenwart vollständig verlor.

Der arme Kerl, er wußte nicht, daß ihm Gott Amor, der in Selmas Augen schon auf so manches Opfer gelauert, in diesem Augenblick seinen längsten und stärksten Pfeil mit doppelten Widerhaken in das Herz geschossen hatte. In dem Wundfieber, das augenblicklich nach einem solchen Schuß einzutreten pflegt, suchte er irgendeinen Gegenstand, über den er etwas sagen könnte. Sein Blick fiel auf die Pinsel, die reingemacht zu werden nötig hatten, und da er dazu stets Terpentinöl gebrauchte, so stotterte er mit kläglicher Stimme die höchst zeitgemäße Frage: „Haben Sie kein Terpentinöl?" hervor.

So verlegen Selma auch selbst war, so fingen doch bei dieser höchst lächerlichen Frage auf ihren Wangen und um ihren Mund eine Menge Grübchen an, auf und ab zu tanzen. Ihre Lippen zuckten, und die glänzend weißen Zähne erschienen stellenweise wie die Kämme der Wellen vor einem Lachsturm.

Als sie nun in das Jammergesicht des seine Dummheit erkennenden Gefangenen sah, brach sie in ein unaufhaltsames Gelächter aus, das den armen Bernhart zu solcher Verzweiflung trieb, daß er sich kopfüber aus dem Fenster zu stürzen versuchte.

Aber auch dieser Ausweg ward ihm abgeschnitten, denn im selben Augenblick erschien Emma vor dem Fenster, die den gefangenen Schnepfe, der seinen Hut hartnäckig hinter dem Rücken hielt, daherführte.

„Hier bringe ich den meuchlerischen Maler", sagte sie lachend, blickte jedoch erstaunt auf Bernhart, der eben zum Sprunge ansetzte und jetzt, da ihm die Flucht vereitelt war, vernichtet auf einen Stuhl sank, und zwar gerade auf den Stuhl, auf welchem die Palette mit den Farben lag.

Ein Schreckensschrei Selmas, die das ganze Unheil eines solchen Sitzes sogleich erkannte, rief ihn wieder zu sich, aber auch das Gelächter der übrigen Personen, und nun wäre die Frage: „Haben Sie kein Terpentinöl?" vollkommen zeitgemäß und am Platze gewesen.

„Sind Sie der Maler, oder er?" fragte endlich Emma ihren Gefangenen.

Schnepfe zeigte stumm nach Bernhart, der die verschiedenen Farben, die sich auf seinem Frackschoß abgedrückt hatten, trübselig betrachtete und dann bittend nach Selma blickte, die, ihr Tuch vor dem Munde, auf eine große Flasche zeigte. „Wer und was sind Sie denn?" fragte mit komischer Strenge Emma.

„Ich?" stotterte Schnepfe. „Wa – was ich bin?"

„Nun ja!" fuhr Emma fort. „Ich habe Sie schon einigemal in unserm Hause in Hamburg gesehen. Sind Sie ein See- oder ein Landräuber? Heißen Sie Störtebeker oder Rinaldini?"

„Ich", sagte Schnepfe und wurde feuerrot ob der ungeheuren Lüge, „ich bin der Doktor Emil Schnepfe."

„Und ich", sagte Bernhart, endlich sich selbst wiederfindend, mit einer Verbeugung gegen Selma, „bin der Maler Bernhart."

„Professor", sagte Schnepfe mit einer Handbewegung, als wollte er seinen Freund der ganzen sichtbaren Umgegend vorstellen.

„Unsinn", murmelte Bernhart und fuhr dann fort: „Entschuldigen Sie unser Einschleichen, meine Damen. Die angefangene Skizze war aber zu lockend für mich, und die Malgerätschaften zu verführerisch. Sie machten mich zum Verbrecher an diesem Heiligtum. Der Herr Senator hat mir übrigens durch meinen Freund den Auftrag zukommen lassen, diese Villa zu malen, sonst hätte ich es gar nicht gewagt, in ihre Nähe zu kommen. Ich kann übrigens nicht begreifen, wie der Herr Senator als Vater einer so geschickten Künstlerin" – er blickte hierbei auf die umherhängenden Skizzen – „sich an jemand andern wenden konnte."

„Mein Papa hat nicht die Ahnung, daß ich male, und würde sich übrigens hüten, seinen Landsitz von einer solchen Stümperin aufnehmen zu lassen", bemerkte Selma. „Ich will Ihnen keine Komplimente machen", sagte Bernhart, „denn der Fluch der Lächerlichkeit, der mir vor Ihnen ward, würde sich dazwischendrängen. Aber ich muß Sie um Verzeihung bitten über mein unberechtigtes Einsteigen, und um Nachsicht wegen der Verwirrung, in die mich Ihr Anblick stürzte."

„Ich habe gar nichts zu verzeihen, sondern nur zu danken, und hoffe, Sie lassen mir die schöne Skizze", sagte Selma. „Ich werde mir erlauben, Sie bei Papa einzuführen", fuhr sie fort. „Vorderhand überlasse ich Ihnen und Ihrem Freunde, dem Herrn Doktor, meinen Pavillon, damit Sie Ihren Frack kurieren. Hier steht Terpentinöl" – dabei zuckte es um ihren Mund – „und hier Eau de Cologne. Komm, Emma, lassen wir die Herren allein."

„Bitte, treten Sie ein", sprach Emma schelmisch, auf das Fenster deutend.

„Kann ich vielleicht durch die Tür gehen?" fragte Schnepfe verlegen.

„Nein! Sie müssen durch das Fenster", befahl Emma.

Schnepfe verbeugte sich und steckte dann seinen Hut, den er mit einem plötzlichen Ruck hinter dem Rücken hervorbrachte, schnell in das Fenster, worauf er selbst hineinstieg.

Selma hatte die Einsiedelei schon verlassen und erwartete ihre Schwester, mit der sie im Garten umherging, während Schnepfe und Bernhart mit vereinten Kräften die Farben von den Frackschößen entfernten. In diesem Augenblick hörte man Stimmen im Garten. Die Schwestern bogen in einen Seitenweg ein und traten dann in ein dichtes Fichtengebüsch, um daraus hervorzulauschen.

Sie hatten noch keine Minute darin zugebracht, als sich ihnen ein höchst komischer Anblick bot, bei dem sie kaum ein lautes Gelächter unterdrücken konnten.

„Der junge Spickmann", flüsterte Selma, indem sie ihr Taschentuch vor den Mund preßte.

Ein junger Mann, der unzweifelhaft dem letzten Modenjournal entwischt war, kam in den Gängen daher und sah sich nach den Mädchen um. Er war ohne jede Falte, gerade wie die Männchen im Modenjournal sich zu tragen pflegen. In der Hand hielt er den Zylinder, und aus den Beinkleidern sahen schmale, steife, glänzende Stiefel hervor. Da es keinen menschlichen Fuß gibt, der in Modenjournalstiefeln existieren kann, so war der Gang des Mannes eine Art Hühneraugentanz, den er, nach den Mädchen spähend, aufführte.

Als er diese nirgends erblickte, ging er nach einer nahen Ruhebank, wo er sich niederließ und die gequälten Füße in die Luft streckte. Dabei zog er eine solche Menge Gegenstände aus seinen Taschen hervor und breitete sie auf der Bank aus, daß die Schwestern glaubten, er beabsichtige einen kleinen Handel mit Kurzwaren zu errichten. Dann klemmte er seine Angströhre in einen Baumzweig und sah aufmerksam hinein. Die Mädchen bemerkten, daß im Deckel des Hutes ein Spiegel angebracht war, in dem Herr Spickmann sein reizendes Gesicht und besonders seine schöne Stumpfnase betrachtete, deren Spitze er einige Male herunterzuziehen versuchte, um etwas Adlermäßiges zu bekommen.

Nachdem Herr Spickmann sein wertvolles Haupt durch den Inhalt seiner Büchsen und Flaschen, durch Kämmen und Bürsten restauriert hatte, wandte er seine Aufmerksamkeit der Krawatte zu, einem Ausbund von Himmelblau, vor dem sich jeder nordische Himmel verstecken mußte. Er zupfte und zog mit solchem Eifer daran herum, daß die Lauscherinnen die ernstliche Besorgnis erfaßte, er werde sich strangulieren. Er kam jedoch diesmal noch mit dem Leben davon und sah vermittels seiner Strohhaare und der Kornblumenkrawatte wie ein Kalb aus, das aus einem Kornfelde hervorschaut.

Als er seine Kurzwaren wieder verpackt hatte, wagte er sich auf die Modenjournalstiefel und verschwand dann im fortgesetzten Hühneraugenballett im Garten.

„Gott behüte uns, er wird nach der Einsiedelei gehen", sagte Selma. „Laß uns vorauseilen und unsere beiden ..." Es fehlte ihr ein Wort für Bernhart und Schnepfe.

„Herauslassen", ergänzte Emma, und die Mädchen liefen durch die Büsche zum Pavillon, an dessen Tür sie klopften.

Der vollständig restaurierte Bernhart öffnete. Er hatte die Glacéhandschuhe angezogen und war bereit, sich dem Senator vorstellen zu lassen. Schnepfe, der sich bei der Aussicht, seinem Kunden hier als Besuch vorgestellt zu werden, nicht ganz wohl in seiner Haut befand, wäre lieber wieder durch das Fenster entwischt. Emma hatte ihn jedoch schon in Beschlag genommen, und er ging hinter Bernhart und Selma seinem Schicksal mit Todesangst entgegen und dem Entschluß, sobald ihn der Senator entlarve, rücksichtslos durchzubrennen.

Als sie einige Schritte gegangen waren, kam ihnen Herr Spickmann jun. entgegen, der gerade den Teil des Hühneraugenballetts aufführte, wo der Tänzer, um den Zehen einige Erholung zu gönnen, auf den Stiefelabsätzen geht. Als er die Gesellschaft erblickte, legte er die Hand mit dem zitronengelben Glacé rund um die Angströhre, daß diese wie ein Wickelkind in seinem Arme lag (das letzte Journal verlangte es so), entriß den Hut mit der rechten Hand dem linken Arm und machte die schönste Verbeugung.

War Herr Spickmann jun. in seinem Kostüm französisch, so liebte er es dagegen, in seinen Manieren den Engländer zu spielen. Da ihm nun die Begleiter der Damen nicht vorgestellt waren, sah er dieselben als gar nicht vorhanden an. Indem er die kurze englische Redeweise in jenes noch kürzere Deutsch übersetzte, welches ein gekröntes Haupt zu sprechen so gnädig war, fragte er in einem zärtlich besorgten Ton: „Befinden sich?"

„In vortrefflicher Gesellschaft, die ich Ihnen hiermit vorzustellen die Ehre habe", entgegnete munter Emma.

„Herr Doktor Emil Schnepfe und Herr Professor Bernhart."

„Äh", stieß Herr Spickmann jun. so erstaunt hervor, als wären die beiden Genannten eben erst aus der Erde heraufgestiegen.

Als er sein Fensterchen vor dem rechten Auge angebracht und das linke zugedrückt hatte, machte er etwas wie einen Versuch, vornüber zu kippen, und ließ dann das Wort „seeehr" hören, wozu sich die Begrüßten „angenehm" denken konnten.

Hierauf brachte er sich durch eine kühne Schwenkung zwischen die Damen, sagte zu Emma: „äußerst", zu Selma: „entzückt", und hatte damit ziemlich alles gesagt, was er zu sagen wußte.

Im Salon war indes Herr Spickmann sen. mit dem Senator in ein Gespräch über Kokosnußölverhältnisse verwickelt. Ob der ältere Spickmann durch seinen steten Umgang mit Ölen so fett geworden war, daß sein Bauch etwa neun Zehntel seiner Person ausmachte, läßt sich nicht genau bestimmen. Die Frau Senatorin war bei der Ankunft Spickmanns sofort aus ihrer Ohnmacht erwacht, die sie eigentlich bis zum Souper auszudehnen gedachte. Sie war jetzt in lebhaftem Gespräch mit der Frau dieses ambulanten Geldsackes, die im großen Kaffeefemgericht einen der ersten Plätze einnahm und der Madame Eiskuhl unter dem Siegel der größten Verschwiegenheit das Geheimnis von Lüttgens baldigem Bankrott mitteilte. Lüttgens – jene hochmütige Gesellschaft, die sich einbildete, eine Handbreit über Spickmanns und Eiskuhls zu stehen, weil sie eine Million mehr und einen Sommersitz an der Alster besaßen; die eine Bildergalerie hatten und Soupers mit Tafelmusik von vollständigem Orchester gaben – Lüttgens bankrott! – das war ein Thema für ein Femgericht, zu dem die Wissenden in den nächsten Tagen geladen werden mußten.

Außer Spickmanns waren auch noch zwei Mölckes mit ihren Frauen und Kindern da. Hanfmölcke und Eisenmölcke, arme Teufel von höchstens einer halben Million, die aus Geschäftsrücksichten eingeladen waren, die aber sonst nicht zählten.

Die Gesellschaft war im besten Gespräch und hatte eben beschlossen, vor dem Diner eine Spazierfahrt auf der Elbe zu machen, als Henri in den Salon trat, auf den Senator oder eigentlich die Senatorin zuging und mit einem Gesicht, als habe er eine Schlange im Garten entdeckt, meldete: „Herr Doktor Schnepfe und Herr Professor Bernhart."

Die Berührung von zwei so ungewöhnlichen Abarten der menschlichen Gesellschaft rief ein allgemeines Schweigen und Hinblicken nach der Tür hervor.

Henri war von den Mädchen vor der Villa erwischt und mit dieser Meldung vorausgeschickt worden.

„Doktor Schnepfe?" fragte der Senator, erstaunt die Augen aufreißend. „Doktor Schnepfe?" wandte er sich zornrot werdend an Jost, der mit unendlich vergnügtem Grinsen nach der Tür blickte, um den Doktor eintreten zu sehen, denn er allein im ganzen Haus kannte ihn nur zu gut.

„Ja, Papa", ergänzte Emma, „der Herr Doktor, dem du aufgetragen hast, den berühmten Professor Bernhart mitzubringen, von dem du unsere Villa malen lassen willst."

„Dunnerslag!“ brüllte Spickmann, „das muß ich sagen, das ist famos! Ich will mir auch mein Landhaus abmalen lassen! – Was meinst du, Karline?“ wandte er sich an seine Frau.

„Eine sehr gute Idee“, sagte diese, „das ist Lüttgens noch nicht eingefallen, die doch Kunstkenner sein wollen. Ich mache Ihnen mein Kompliment, Herr Senator.“

Herr Eiskuhl war ungefähr so verwundert über die Wirkung seiner Kunstliebe wie ein Mann, der ins Wasser fällt und beim Heraussteigen bemerkt, daß er in jeder Rocktasche einen Lachs gefangen hat. Aber dieser Doktor Schnepfe, das war doch zu arg.

„Du hast wohl die Herren zu Tisch geladen, Papachen? Ich werde gleich die Plätze arrangieren“, schmeichelte Emma.

„Ich?“ fragte Herr Eiskuhl noch erstaunter. „Zu Tisch geladen? – Ich glaube – – –“, die Kerle sind verrückt, wollte er losplatzen. Emma schnitt ihm jedoch jedes Wort ab, indem sie lustig rief: „Das ist recht, dann werden wir heute wie die Könige speisen, die sich auch Künstler und Gelehrte zur Tafel befehlen, um sich interessant zu machen.“

„Famos!“ brüllte hier Spickmann wieder, indem er sich mit der Faust in die flache Hand schlug, „das ist wahr! Buchhalters und Kommis kann ich mir jeden Tag ein Schock einladen, aber Professers und Dokters nicht.“

Die Senatorin, welcher die Aussicht winkte, vielleicht einen Künstler und Gelehrten vor ihren Wagen zu spannen, gab ohne weiteres Emma den Auftrag, Kuverts für beide Herren zu besorgen, während sie Henri ersuchte, sie einzuführen.

Henri ging nach der Tür, als müßte er ein Krokodil und einen Haifisch hereinbringen.

Schnepfe, der seit einigen Minuten die Bemerkung machte, daß Spickmann jun. seinem Hut eine ganz besondere Aufmerksamkeit schenkte, er mochte ihn hinstecken, wo er wollte, war in doppelter Verzweiflung, da er den Senator jetzt vor und Spickmann hinter sich wußte. Er warf einen Blick der Todesangst auf die Anwesenden und atmete hoch auf, denn es war keiner da, den sein Messer jemals berührt hätte, als der Senator. Diesem machte er eine tiefe Verbeugung, dann eine allen vier Weltgegenden im allgemeinen, worauf er zu dem ihn anstaunenden Eiskuhl sagte: „Auf Ihren Befehl, Herr Senator, stelle ich Ihnen hier den Maler Professor Bernhart vor.“ Dann trat er zurück, bereit, mit einem Satz zur Tür hinauszuspringen, wenn ihn der Senator etwa entlarve.

Bernhart stellte sich jetzt vor, sprach viel von Ehre und machte der Senatorin, als er erst heraus hatte, welche es war, Komplimente, was diese sehr gnädig mit einer nochmaligen Einladung zum Diner erwiderte.

Der Senator war vollständig überrumpelt und ließ alles geschehen, denn er sah ein, daß er sich nun mit Schnepfe nicht blamieren konnte und diesen als Doktor passieren lassen mußte. Er murmelte nur einige Male „verfluchter Kerl".

Schnepfe schickte ein heißes Dankgebet gen Himmel und nahm einen Stuhl, den ihm Jost mit schmunzelndem „hier, Herr Doktor", präsentierte, worunter er seinen Hut in Sicherheit brachte. Spickmann jun. hielt jedoch sein Auge auf diesen Hut, den er bei Schnepfes sonst tadellos elegantem Anzug für eine neue Mode hielt, die dieser im voraus irgendwoher erhalten hatte, ehe sie im Journal erschien. Er wollte eben Erkundigungen darüber einziehen, als die Gesellschaft zur Wasserfahrt aufbrach, was Schnepfe für den Augenblick rettete. Der Senator schiffte sich mit seiner Gesellschaft wie ein Doge von Venedig ein, wobei Jost den Böller nochmals losbrannte.

Es war Schnepfe gelungen, mit Emma in ein Boot zu kommen, und er versuchte eben, ihr eine Beschreibung der Oberelbe zu geben, als er an seinem Ohr die leise Frage vernahm: „Woher Mode?" Erschrocken drehte er sich um. Spickmann jun. saß hinter ihm und zeigte auf den unglückseligen Hut. Im ersten Augenblick wollte er das Ungetüm ins Wasser werfen, dann aber bedachte er, daß dies die Sache noch schlimmer machen würde, und flüsterte dem Frager zu: „Geheimnis Hut, später erklären", worauf ihn Spickmann erstaunt anstarrte und nun noch zehnmal neugieriger war.

Sobald die Gesellschaft landete, nahm er deshalb Schnepfe beiseite und setzte die Forschungen nach dem Hut fort.

„Verehrter Herr Spickmann", sagte Schnepfe geheimnisvoll. „Ich wundere mich nicht, daß einem Mann von Ihrem Scharfblick das Sonderbare dieses Hutes auffällt. Ich will Ihnen im Vertrauen mitteilen, was es damit für eine Bewandtnis hat, wenn Sie mir das tiefste Schweigen versprechen."

Spickmann hätte nötigenfalls auf den Knien Schweigen gelobt, so neugierig war er.

„Nun denn, ich will Ihnen anvertrauen, daß dies ein Freimaurerhut ist!"

Spickmann sah den Hut an, als ob es eine Bombe wäre, deren Zünder rauchte.

„Diese Hüte“, fuhr Schnepfe fort, „müssen wir Chargierte in den Tagen um den ersten Mai herum tragen. Wenn Sie wüßten, aus was für einem entsetzlichen Stoff sie gemacht sind! Dieser Hut ist, erschrecken Sie nicht, aus der Haut eines Verräters an unserem Bund gemacht.“

Wäre Spickmann jun. nicht gar zu dumm gewesen, so hätte er bemerken müssen, daß Schnepfe ihn zum besten hielt. Dieser hatte seinen Mann gleich erkannt und konnte schon etwas riskieren.

Spickmann hatte einmal abenteuerliche Dinge von den Freimaurern gehört und sah deshalb den Hut und den Doktor mit Entsetzen an, das sich noch vergrößerte, als ihm Schnepfe mitteilte, daß er nun ein „Wissender“ sei und nichts verraten dürfe, „sonst – – –! Dieser Hut heißt Müller, oder hieß so. Er wollte eben unser Geheimnis verraten, als er – – – zum Hutmacher kam“, schloß Schnepfe flüsternd mit furchtbarem Gesichtsausdruck, indem er sich dabei mit dem Zeigefinger um den Hals fuhr. „Ich hoffe, daß niemals ein solcher Hut den Namen Spickmann führen wird“, fuhr er warnend fort. „Wenn Sie mich deshalb in was immer für einer Verkleidung oder Beschäftigung in Hamburg treffen, so denken Sie, daß ich hinter einem Verräter her bin und in meiner Maske nicht erkannt sein will.“

Spickmann jun. lief es kalt den Rücken hinunter, wenn er bedachte, in welche Klemme ihn seine Neugierde brachte. Daß es mit dem Hut eine besondere Bewandtnis haben müsse, hatte er gleich beim ersten Anblick gesehen. Daß aber der Doktor – – – Er war beinahe ohne Appetit, als die Tischglocke die Gesellschaft zum Diner rief.

Der Senator war anfangs etwas finster anzuschauen, denn erstens wurmte es ihn, daß sich sein Bartkratzer als Doktor bei ihm einzuschleichen wagte, und zweitens war er zweifelhaft, ob man in der Küche den Befehl wegen der gelben Rüben von seiner oder von der Senatorin Seite befolgen würde. Als die Suppe vorbei war und das Rindfleisch kam, erhellte sich jedoch sein Gesicht, denn Jost brachte dazu eine Schüssel seiner Lieblingsspeise, so daß auch er gute Laune bekam und die Gesellschaft heiter ward, bis auf einen – den armen Henri, der um den Tisch gehen und bedienen mußte. Schnepfe fragte ihn nach Wasser. Ha! warte nur, Schnepfe! Du sollst sehen, daß sich unter der Livree ein Gelehrter verbirgt, so gut wie du selbst einer bist! Henri zeigte auf eine Wasserflasche, die hinter einem Blumenbukett verborgen stand, und sprach dabei: „Hic haeret aquam."

Schnepfe sah ihn erstaunt an. „Aquam? Aquam?" murmelte er. „Tun Sie mir den Gefallen und sagen Sie aqua." Henri war an den Unrechten gekommen, denn Schnepfe war ein sattelfester Lateiner. Bis zum Tod seiner Eltern hatte er die Schule in Zerbst besucht. Sein Vormund, ein Ziegelbrenner bei Dessau, hatte ihn dann zu einem Barbier in die Lehre gegeben, weil er glaubte, dies sei die erste notwendige Stufe zum Mediziner, und Schnepfe hatte auch dort sein Latein nicht rosten lassen. Der Senator hörte die Zurechtweisung Henris, dessen lateinische Brocken ihn immer schwer ärgerten. Schnepfe gewann bei ihm, und er schmunzelte vergnügt. In diesem Augenblick aber jagte die Frau Senatorin Schnepfes Schiff auf eine verborgene Klippe zu, an der es leicht total scheitern konnte. Sie fragte ihn nämlich über seine Meinung betreffs der Schädlichkeit, die der öftere Genuß gelber Rüben haben solle. Der Senator warf einen gespannten, lauernden Blick auf den falschen Doktor. Zum Glück bemerkte Schnepfe, daß der Senator eine ganze Schüssel davon zum Rindfleisch verzehrte.

„Die Daucus carota", erklärte er deshalb, „ist für uns ein eßbares Gold, das vom Thron bis in die Hütte geschätzt wird." Er hatte die Klippe übersegelt, ohne auf Grund gerannt zu sein. Emma holte tief Atem, denn sie fürchtete, er werde ihrer Mama zu Gefallen die Rüben schlecht machen. Der Senator nickte einigemal mit dem Kopfe und warf einen zufriedenen Blick auf Schnepfe, während die Senatorin ein etwas schiefes Gesicht zog.

„Was sind Sie denn eigentlich für ein Doktor?" fragte ihn Emma jetzt scherzend. „Sind Sie ein Doktor, der die Leute totmacht, oder einer, der ihnen weismacht, alles, was ist, ist gut?"

„Ich mache die Leute tot, wenn Sie es befehlen", erwiderte Schnepfe lachend.

„Haben Sie viele Patienten?" fragte Madame Eiskuhl.

„Es ist nicht arg", antwortete Schnepfe ausweichend und den Senator bittend anblickend. „Ich habe meist Präservativkuren und muß dafür sorgen, daß nichts überhandnimmt."

„Ah! dann sind Sie wohl der Doktor für die Auswandererschiffe?"

„Richtig", fiel der Senator ein, froh, einen Platz für Schnepfe gefunden zu haben. „Er ist mein Schiffsdoktor. Es fällt mir gerade ein, daß ich etwas mit Ihnen zu besprechen habe", fuhr er gegen ihn fort. „Kommen Sie hernach mal mit mir in den Garten."

O weh! dachte Schnepfe. Schiffsdoktor, dachte Spickmann jun., ihn mißtrauisch anblickend.

„Wo haben Sie Ihr Atelier", wandte sich jetzt die Senatorin an Bernhart, der sich mit Selma unterhielt.

„Ich malte bisher in einem Salon in Streits Hotel in der zweiten Etage", log Bernhart, „da jedoch jetzt der Fremdenverkehr bedeutend wächst, so habe ich ihn gestern aufgegeben, denn ich sollte nun monatlich dreihundert Mark dafür bezahlen, während ich im Winter nur fünfzig gab. Ich will mir ein anderes Atelier suchen."

„Könnten Sie nicht unsere Villa gleich hier an Ort und Stelle malen?" bemerkte die Senatorin und brachte durch den Vorteil, auf diese Weise einen eigenen Hofmaler zu besitzen, Madame Spickmann in nicht geringe Verzweiflung. Diese ließ sich jedoch nicht so leicht unterkriegen, sondern entgegnete lebhaft: „Sie nehmen mir da meine Idee vom Munde weg, liebe Senatorin. Ich wollte eben dem Herrn Professor ein Atelier in unserer Villa an der Alster anbieten, worin er unser Landhaus malen könnte. Das kleine Gewächshaus, weißt du!" wandte sie sich an ihren Mann.

„Bitte, ich habe die Vorhand", erwiderte die Senatorin, indem ihre Nasenspitze etwas zu glühen anfing; „der Herr Professor wird die Güte haben, unsere Villa zu malen und zu dem Zweck den oberen Salon annehmen. Du bist es doch zufrieden, Senator?" sprach sie zu diesem auf eine Art, welche keinen Zweifel an seiner Zufriedenheit zuließ.

„Jawohl", knurrte dieser. „Wenn mir der Professor nicht auf meine Beete läuft, kann er hier abmalen, was er will."

„Dann lege ich nach Ihnen Beschlag auf den Professor", schrie Spickmann sen., um den anderen zuvorzukommen; denn obgleich es sich kaum erwarten ließ, daß einer der Fünfhunderttausendigen die Frechheit haben würde, den Maler zu engagieren, so konnte es doch geschehen, und die Millionäre wären dann grausam blamiert gewesen.

Die Senatorin mochte auch so etwas denken und stand auf, wodurch das Diner als beendigt anzusehen und den übrigen Gästen die Gelegenheit abgeschnitten war, sich an offizieller Tafel als Kunstmäzene zu erklären. Der Senator war vom Tisch aufgestanden und winkte Schnepfe, ihm in den Garten zu folgen. Der unglückliche Verbrecher dachte, „jetzt kommt die Zeche", und schlich Herrn Eiskuhl nach.

Als dieser einen entlegenen Teil des Gartens erreichte, stellte er sich mit dem Rücken an einen Baum und betrachtete den falschen Doktor ein Weilchen, indem er sich dabei eines Zahnstochers bediente. Die weiße Hemdbrust war in dem umgebenden Grün von besonderer Wirkung. Er sah aus wie ein Gletscher, der Lust hat, sich auf einen Wanderer zu stürzen, der an seinem Fuße steht. Er stürzte!

„Wissen Sie, daß Sie ein verdammter, unverschämter Bartkratzer sind?" platzte er gegen Schnepfe heraus.

Dieser wußte es nur zu gut.

„Wie können Sie sich unterstehen, sich bei mir als Doktor einzuschleichen? Verdammt noch mal, wenn nun einer dagewesen wäre, den Sie gekratzt hätten?"

Schnepfe entschuldigte sich mit den Umständen und daß er den Doktortitel nur zur Ehre des Senators angenommen habe, der ihn ja später selbst zum Schiffsdoktor machte.

„Na, is schon gut", knurrte Herr Eiskuhl. „Verstehen Sie etwas von der Doktorei?" fragte er spekulierend.

„Ich habe in Leipzig fast jede freie Stunde im Spital und in Kollegien zugebracht, in die ich mich einschleichen konnte. Etwas verstehe ich schon, und wenn ich mein kleines Vermögen in den Händen hätte, würde ich sofort Medizin studieren."

„Hm. Wissen Sie was, ich expediere jeden Monat ein Auswandererschiff. Sie fahren als Doktor mit – bis Cuxhaven und kommen dann mit dem Dampfer wieder herauf. Meine Schiffe haben dann einen Doktor, und das Maul ist den Zeitungsschreibern gestopft –, die immer von Menschlichkeit schreien", schloß Eiskuhl für sich. „Sie sollen jedesmal zehn Mark und freie Station haben", fuhr er fort. „Wenn ich in der Stadt bin, barbieren Sie mich wie gewöhnlich, gelten aber im Hause für meinen Schiffsdoktor."

Schnepfe nahm alles mit Vergnügen an, denn er hatte eher eine Tracht Püffe als dies erwartet.

„Gut“, sprach der Senator. „Sie haben den Pomadenbengel mit seinen lateinischen Redensarten abgeführt.“ Hier platzte er bei der Erinnerung in ein Gelächter aus. „Verstehen Sie Lateinisch?“

„Vollkommen“, versicherte Schnepfe.

„Versteht der Pomadenbengel etwas davon?“

„Ich glaube nicht. Er scheint einige Brocken aufgeschnappt zu haben, die er nun verkehrt anbringt.“

„Gut“, sagte der Senator, sich vorsichtig umblickend und Schnepfe auf die Achsel klopfend. „Kommen Sie öfter ’raus und mucken Sie den Kerl ab.“ Er lachte im ganzen Gesicht über die Aussicht. „Wie nannten Sie doch die Möhren vorhin lateinisch?“

„Daucus carota“, erklärte Schnepfe.

Der Senator zog sein Notizbuch heraus und notierte sich den Namen seines Lieblingsgerichtes. Dann griff er in die Westentasche und zog etwas daraus hervor, was er seinem Schiffsdoktor mit den Worten: „ein Draufgeld, und mucken Sie den Kerl ab“, in die Hand drückte, worauf er sich, ihm zunickend, entfernte.

Schnepfe war bis über die Ohren rot geworden, als er ein Geldstück in der Hand fühlte. Er hielt sie noch lange geschlossen und überlegte, ob er es einem Jungen am Strand schenken oder in die Elbe werfen sollte. Es war dem Gefühl nach ein Vierschillingstück. Endlich öffnete er die Hand und erblickte fast mit Schreck einen Doppellouisdor.

„Das ist ein ander Ding“, sagte er, tief Atem holend und das Goldstück einsteckend. „Das kann man als ein Aufgeld annehmen. Tut mir leid, ihr Jungens am Strand, das ist nichts für euch!“ Und er ging vergnügt den Stimmen nach, die im Garten laut wurden.

Insel im Elbstrom

Fünftes Kapitel

# Auf der feuchten Insel

Meister Wöllers steuerte nach dem linken Elbufer hinüber und ließ endlich das Boot auf eine jener mit Weidengebüsch und Schilf bewachsenen Sandbänke laufen, die sich in der Nähe von Blankenese befinden. – In der Mitte sah man einen trockenen Sandfleck, der ringsum von angeschwemmten Holz- und Schilfstücken eingefaßt war, die die Stelle bezeichneten, bis wohin die gewöhnliche Flut zu steigen pflegte. Wöllers zog das Boot noch mit einem Ruck auf den

Strand und begann dann die Ausschiffung der Vorräte, die er nach dem trockenen Platz trug. Nachdem er dort einige Steine zusammengesucht, stellte er einen Blechtopf mit Wasser darauf, suchte Holz und Rohr zusammen und befahl dann den Weibern wie ein echter Karaibenhäuptling, Tee zu kochen. Während dies geschah, nahm er zwei Bänke aus dem Boot, machte ein paar Sandhaufen und legte sie darüber, so daß im Augenblick ein Tisch improvisiert war, und zwar mit einer Gewandtheit, die eine lange Übung voraussetzte. Hierauf deckte er die Hamburger Flagge als Tuch darüber und setzte in der besten Laune alles Eß- und Trinkbare darauf, was sich im Boot befand.

Der Tee war endlich fertig, und man konnte zum Frühstück schreiten. Die Wasserluft hatte den Appetit der Gesellschaft sehr geschärft, und man sprach dem Frühstück, wie die alten Römer um den Tisch liegend, tüchtig zu. Auf einmal ließ jedoch die Meisterin Messer und Gabel fallen und sah sich erschrocken unter den Anwesenden um. Dann sprang sie auf, schlug die Hände über dem Kopf zusammen und rannte wie wahnsinnig rund um die Insel.

„Da haben wir es nun!" schrie sie dabei. „Da hat ja nun dieser Unmensch seinen Willen mit seiner verfluchtigen Wasserfahrerei! Er ist weg! Er ist weg!" Und dabei suchte sie nochmals Schilf und Weidengebüsch durch und rannte wie wahnsinnig am Wasser umher.

„Wer to'n Dübel is denn weg?" schrie Wöllers ärgerlich.

„Vielleicht der Sonnenschirm?" meinte Gevatter Schünnemann kauend.

„Wer weg ist?" schrie Madame Wöllers, mit fliegenden Haaren auf den Meister zustürzend. „Wer weg ist, fragt dieses Ungeheuer!" wandte sie sich an die übrigen. „Dein Sohn ist weg, der Georg! Das arme Wurm, das jetzt wahrscheinlich von deinen Freunden, den Fischen, gefressen wird!"

Ein ungeheurer Schreck fuhr allen in die Glieder. Gevatter Schünnemann wäre beinahe an einem Stück Mettwurst erstickt, das er eben hinunterschlucken wollte. Alles sprang auf und rannte wie wahnsinnig auf der Insel umher, wo der kleine Georg allerdings nirgends zu finden war. Er war noch kurz zuvor mit einem großen Glas Tee mit Rum und Zucker, dem man eigentlich mehr den Namen Grog beilegen konnte, beschäftigt und sehr lustig gewesen, nun aber spurlos verschwunden.

Wöllers und Schünnemann rannten wie besessen am Wasser umher und hätten sich gern kopfüber hineingestürzt, wenn sie nur gewußt hätten, wo. Es war aber keine Spur von Georg zu entdecken. Es schwamm weder ein Hut, noch ein Schuh, noch sonst etwas von ihm umher. Nichts!

Die Insel war von Madame Wöllers schon mehrmals jammernd durchsucht, als sie etwas entdeckte, was sie in die höchste Wut brachte. Es war Krischaan, der unglückliche Krischaan, der doch eigentlich auf Georg hätte achthaben müssen, wie der Meisterin jetzt klar wurde, und der statt dessen in süßem, ruhigem Schlaf auf einem Polster von angetriebenem Rohr lag, das er sich unter einem Weidenbusch zurechtgemacht hatte.

War es nun Zufall, oder hatten die steten Skalpierungsversuche der Meisterin ihn die Vorsicht brauchen lassen, seinen Kopf so zu legen, daß er nicht gut bei den Haaren gefaßt werden konnte? Dieser war nämlich so unter die Zweige des Busches gesteckt, daß es der Meisterin nicht möglich war, in sein Haar zu greifen. Sie packte ihn deshalb bei den Beinen und zerrte und rüttelte daran, indem sie schrie: „Wo hast du den Georg gelassen! Gleich schaffe ihn, oder ich bringe dich um! – Wo ist Geooorg!“ schrie sie nochmals, als Krischaan sie aus den Zweigen schlaftrunken ansah, ohne jedoch herauszukommen.

„Ach, der liegt gut aufgehoben“, sagte Krischaan gähnend im höchsten Gleichmut.

Das war denn doch zuviel für das Gebieter- und Mutterherz, und die Meisterin fiel mit einem Wutgeschrei über Krischaan her, der sich klug nur tiefer unter die Weidenzweige schob, seiner Angreiferin nicht viel mehr als die Stiefelsohlen preisgab und sich darin die Nägel festhämmern ließ, was indes die Meisterin bald einstellte, da dies Geschäft mit den bloßen Händen etwas beschwerlich war.

In demselben Augenblick packten Wöllers und Schünnemann, durch das Geschrei der Madame in Verzweiflung gebracht, das Boot an und rissen und schoben mit Aufgebot aller Kräfte daran, um es ins Wasser zu bringen, wozu sie ein schauerliches „O-hip! O-hoooooiiip!“ heulten, wie es die Matrosen bei dergleichen Gelegenheiten erschallen lassen. Dazu schrie nun Krischaan, die Meisterin schrie, und die übrigen gaben solche Jammerlaute von sich, daß ein Vorbeischiffender glauben konnte, er sei an der Insel der Verdammten.

In das Konzert mischte sich plötzlich die Stimme des kleinen Georg, der seinen Kopf aus der Luke der Plicht steckte, die sich im Bug des Bootes befand, und wohin ihn Krischaan vorher zum Schlafen gestaut hatte, um sich ohne Sorgen unter die Weiden zu legen.

„Gott sei Dank!" sagte der Meister erschöpft und wischte sich den Angstschweiß von der Stirn. „Da ist dein Jung!" schrie er seiner Frau zu, die sofort von Krischaan abließ und ihren Sprößling in die Arme schloß, während Wöllers feierlich erklärte, daß ferner nie und nimmermehr ein solches „Göhr" mit auf das Wasser genommen werden dürfe. Man beruhigte sich wieder, beschloß, eine neue Teeauflage zu machen, und legte sich um den Tisch.

Madame Wöllers hatte auf ihren Schreck ein wenig viel Tee mit ein wenig viel Rum getrunken und wurde sehr müde. Gevatter Schünnemann machte ihr deshalb ein Lager von Rohr zurecht, worauf sie auch bald unter leisem Gewimmer über ihren Mann einschlief, indem sie ihren Jüngsten im Arm festhielt. Die anderen Damen lagerten sich neben ihr, und bald stieg lautes Schnarchen von dem Eiland auf, von welchem noch kurz vorher das Jammergeschrei gen Himmel klang. Krischaan war auch wieder entschlummert, und Wöllers und Schünnemann hatten jeder eine Angelrute hervorgeholt und saßen wie steinerne Figuren am Wasser, indem sie ihren Kiel beobachteten.

Die beiden Angler saßen etwa eine Viertelstunde dort, als Schünnemann einige Versuche machte, mit dem Kopf voran in die Elbe zu purzeln, wohin die Spitze seiner Angelrute schon längst gesunken war. Nach jedem solchen Versuch sah er sich etwas erstaunt um und richtete dann seine Aufmerksamkeit wieder auf den Kork, worauf er jedoch bald einzuschlafen begann, was ihm endlich ebenso vollständig gelang wie seinem Freund, der schon lange selig entschlummert war. Das ganze Inselreich lag in gesundem Schlaf und sog die frische Wasserluft ein, die leise vom Westen heraufstrich. Die Ebbe lief immer noch ruhig ab. Die Sonne schien fast zu warm, und nur stromabwärts waren einige Wolken zu sehen, die langsam aufstiegen.

Ein Finkenwerder Fischerkahn, dessen zwei Ruderer im halben Schlummer auf ihren Riemen lehnten, trieb träge mit dem Strom vorbei. Als der eine Fischer, ein altes, wetterbraunes, verschmitztes Gesicht, das Boot auf dem Strand und die Schläfer auf der Insel erblickte, stieß er seinen Kameraden an und nickte nach der Insel hinüber. Die beiden steckten darauf, ohne ein Wort zu wechseln, ein Stück Netz, das im Boot lag, unter ihre Ruder und trieben das Boot lautlos hinter die Weidenbüsche, wo sie es an den Strand legten. Hierauf krochen sie auf allen vieren zuerst nach dem improvisierten Tisch, den sie vollständig abräumten und dessen noch ziemlich starke Vorräte sie in ihr Boot schafften, wobei sie ihre breiten Mäuler schmunzelnd bis an die Ohren zogen. Dann krochen sie nochmals zurück und ließen ihre Luchsaugen umherschweifen, um zu sehen, ob sich nicht noch etwas fände, was sie gebrauchen könnten. Und sie konnten viel gebrauchen, z. B. die eisernen Ruderdollen aus dem Boot, den Bootshaken, zwei Riemen, einen Tweil, alles vorhandene Tauwerk und schließlich noch das Segel. Sie hätten auch zu gern die Kette losgemacht, wenn dies ohne Geräusch möglich gewesen wäre. Zu ihrem Bedauern mußten sie sie am Boot lassen, verschmähten jedoch nicht, Meister Wöllers' Stiefel und Rock dafür anzunehmen, welche dieser abgelegt hatte. Auch den Plaid und Sonnenschirm der Meisterin und zwei Regenschirme packten sie mit ein, ließen jedoch einige Damenhüte verächtlich liegen und krochen nach ihrem Boot zurück, als es nichts mehr mitzunehmen gab, sie hätten denn die Schlafenden unbemerkt ausziehen müssen, zu welcher strandrechtlichen Fertigkeit sie aber noch nicht gelangt waren.

Lautlos, wie sie gekommen, entfernten sich die beiden Spitzbuben und ruderten herzlich lachend nach Finkenwerder hinüber, denn einen solchen vorzüglichen Fang hatten sie lange nicht gemacht. Als sie weit genug von der Insel entfernt waren, legte der alte Seeräuber sein Ruder hin, ergriff eine Flasche und tat einen so langen Zug daraus, daß sein Gefährte ängstlich danach greifen wollte, da sich ihr Boden mehr und mehr gen Himmel wandte. Der Alte setzte jedoch selbst ab, weil er notwendig Atem holen mußte. „Se ward sich bannig högen, wenn se opwakt", sagte er grinsend, indem er die Flasche dem andern hinreichte. Der Gedanke an das Erwachen der Insulaner hatte so etwas Erheiterndes für die beiden Finkenwerder, daß sie sich vor Lachen schüttelten und dann erst wieder nach ihren Rudern griffen, um nicht zu spät zu ihren Lieben heimzukommen.

Die glücklichen Schläfer auf der Sandbank waren ohne Ahnung von dem Besuch, den ihnen Peter Wübbe und Sohn, Fischer auf alles, was sich auf, in und an der Elbe finden ließ, abstatteten. Peter Wübbe Vater hatte längst den Rock und Peter Wübbe Sohn längst schon die Stiefel des Meisters angezogen, um darin nach der Schenke zu gehen, als die Gesellschaft noch im tiefsten Schlafe lag.

Sobald die Flut eintrat, wurde der Wind lustiger und machte sich den Spaß, Wöllers' Hut fortzuwehen und ihn quer über die Insel in die Elbe zu kollern, wo er, vor Topp und Takel treibend, eine Fahrt auf eigene Hand nach Hamburg unternahm. Wöllers fuhr zwar aus dem Schlaf auf und rannte mit der Angelrute hinterher. Er konnte jedoch nur zusehen, wie der Segler in das Schilf einer nahe liegenden Insel getrieben wurde, die etwa hundert Schritt stromaufwärts lag. Indem er sehnsüchtig hinübersah, huschte Schünnemanns Hut ebenfalls bei ihm vorbei und dem andern nach. Wöllers führte zwar einen Hieb mit der Angelrute nach ihm, traf aber nur den Sand und hätte beinahe dem Gevatter eins übergezogen, der unmittelbar hinter dem Ausreißer herkam. Die beiden Hüte hatten sich indes, wie zum Hohn, in das Schilf gelegt und blieben auch voraussichtlich dort liegen, bis die Flut so hoch gestiegen war, daß sie durch die Spitzen des Rohres weitersegeln konnten.

„Weißt du was, Gevatter", begann Wöllers leise, „du schwimmst ja wie ein Fisch und badest ja im Winter in der Elbe. Zieh dich schnell aus und hole die Hüte. Mach nur keine Umstände, das Wasser ist für dich warm, und die Frauenzimmer schlafen unter den Büschen fort, wo sie der Wind nicht geniert!

Schünnemann, der sich auf sein Schwimmen etwas zugute tat, warf einen bedenklichen Blick nach den Schläferinnen. Da jedoch die Sache Eile hatte, und er die Flut, gegen die er zurückschwimmen mußte, nicht noch stärker auflaufen lassen wollte, so streifte er schnell allen Nanking von sich, zog das Hemd über den Kopf und schwamm im nächsten Augenblick nach den Hüten hinüber, die er bald erreichte, übereinander auf den Kopf setzte und sie mit den Gummischnüren festband. Wöllers, der ihm mit großer Aufmerksamkeit zugesehen hatte, wurde plötzlich durch einen Platzregen aufgeschreckt, der sich mit Hagel und Graupelwetter vermischt ohne alle Vorrede über die Gegend ergoß. Die Wolken waren mit Wind und Flut ganz unbemerkt heraufgekommen und schüttelten nun ihren Inhalt so unerwartet und eilig herab, daß die Schlafenden mit einem Schreckensgeschrei in die Höhe fuhren und halb durchnäßt waren, ehe sie noch ordentlich munter wurden.

Die noch eben so stille Insel war jetzt der Schauplatz des Jammers, denn es gab keinen Fleck, wo man vor dem Regen Sicherheit finden konnte, der wie aus Kannen heruntergoß und mit Hagel vermengt war. Die Zweige der Weidenbüsche trugen noch zu schwaches Laub, um Schutz zu bieten. Das Boot war zu schwer, um es umzukippen und darunterzukriechen, die Regenschirme waren verschwunden, und es blieb nichts übrig, als des Himmels Zorn ruhig über sich ergehen zu lassen. Mußten alle anderen diesen tragen, so mußte der Meister außerdem noch den Privatzorn seiner Gattin auf sich nehmen, die unter dem improvisierten Tisch hervor eine schauerliche Verfluchung aller Wasservergnügungen wimmerte, während Wöllers Rock und Stiefel suchte und endlich an den fehlenden Segeln und Rudern entdeckte, daß er bestohlen war.

Ein neues Zetergeschrei der Damen veranlaßte ihn, sich vom Boot wegzuwenden. Schünnemann, der dem Wasser entstiegen, vom Hagel gepeitscht und in der Verzweiflung seine paradiesische Tracht vergessend nach seinen Sachen rannte, war die Ursache. Hätte er es wie Ulysses gemacht und wenigstens mit nerviger Rechten einen Zweig gepflückt oder nur einen Hut in die Hand genommen – aber so brach er rücksichtslos hervor und griff nach seinen durchnäßten Kleidern. Es wäre gar nicht nötig gewesen, sie auf der Schwimmpartie abzulegen, wenigstens hätte er sich die unendliche Mühe erspart, die ihm das Anziehen der klitschnassen Sachen verursachte, die er endlich unter fortwährendem Regenguß auf den Leib brachte.

Am meisten war der arme Wöllers zu bedauern, der ohne Rock und Stiefel am Boot stand, um die Einschiffung seiner racheschnaubenden Gattin zu besorgen. Was half es ihm, daß Krischaan vorderhand als Blitzableiter diente und einen guten Teil Grimm der Meisterin auf sich nehmen mußte, weil er geschlafen hatte, als die Spitzbuben da waren, weil er das Wetter nicht verhinderte zu kommen, weil er sich in den Sand eingegraben hatte und trocken geblieben war, alles Verbrechen, deren jedes mit etwa fünftausend Haaren bezahlt wurde. Wöllers entging seinem Schicksal doch nicht und mußte für später ein eheliches Kielholen erwarten.

Es war nur ein großes Glück, daß Peter Wübbe wenigstens ein Ruder mitzunehmen vergessen, sonst wäre das Fort- oder wenigstens das Ankommen problematisch gewesen. Eine Ruderdolle fand sich auch noch vor, so daß Wöllers das nun flotte Boot vorwärtswriggen konnte. Da stand er denn am Stern und lotste das Fahrzeug nach Hamburg hinauf. Ein armer Sünder, der seinen Richter und Henker eigenhändig nach dem Richtplatz kutschiert.

*

Die Gesellschaft, welche sich von der Villa Eiskuhl zu Stubborns begab, war bald in zwei Teile geschieden, deren jüngerer bald darauf über die Grenze ausbrach und in den benachbarten Garten des Kühnmannschen Landhauses, aus dessen grünumwachsener Veranda lustiges Lachen erschallte, durch die Hecke seinen Weg fand.

Da sich die Alten von Geschäften unterhielten, so hatten die jungen Leute musizieren wollen. Das Piano war aber dermaßen verstimmt, daß man bald davon abstand, besonders als ein neuer Gast eintraf, der für Stubborn einen Auftrag mitbrachte, durch den er ihn etwas zu ärgern dachte, denn erstens konnte er Stubborn nicht leiden, und zweitens hatte er heute selbst einen „Mordsärger" gehabt, von dem er jemandem etwas mitteilen mußte. Deshalb war er auch gerade am Sonntagnachmittag gekommen. Es war der Assekuranzmakler Vollmann, der besonders sonntags in der Regel ausgiebig frühstückte, wozu er mit seinen Freunden die Stunden von vormittags zehn bis abends zehn Uhr brauchte. Heute war ihm indes sein Frühstück derartig verunglückt, daß er, von den eingeladenen Freunden aufs furchtbarste verhöhnt, die Flucht ergreifen und sich von der Hohenluft nach Neumühlen retten mußte. Es war von seiner Seite ein Krebsfrühstück arrangiert gewesen. Er wollte dies eigentlich am 1. Mai, dem Anfang der Krebsmonate, geben, benutzte jedoch den Sonntag vorher dazu, weil er fürchtete, die aus allen Weltgegenden verschriebenen Krebse würden sich nicht bis zum ersten Sonntag des Mai halten. Er hatte die Sache auch ganz richtig berechnet, denn als er seine Gäste in den Frühstückssalon führte, wo sein Diener die angekommenen Schaltiere arrangierte, empfing sie ein so fürchterlicher Gestank, daß sie vor Erstaunen regungslos stehenblieben.

Vollmann hatte den Diener vorgenommen und gefragt, wie er so toll sein könne, solch stinkiges Vieh aufzustellen. Der Diener entschuldigte sich damit, daß er geglaubt habe, es sei wie bei dem Wildbret, das ja der Herr Prinzipal nicht stinkig genug kriegen könne.

Dies hatte den Freunden neuen Stoff zum Spott gegeben, so daß Herr Vollmann endlich, trotz seines Bäuchleins, über den Zaun sprang und, den Weinkellerschlüssel unter die Spötter werfend, entfloh.

Man konnte es dem guten Vollmann nicht verdenken, wenn ihn ein solches Malheur mit Grimm erfüllte, denn morgen waren die faulen Krebse an der Börse und kniffen ihn, deshalb mußte er noch heute seinen Ärger an jemand auslassen. Er wußte dazu keinen besseren als Stubborn, und hatte seine Schritte zu ihm gerichtet.

„Entschuldigen schon, wenn ich gerade im Vorbeigehen heute von Geschäften spreche“, begann er nach den ersten Begrüßungen. „Brauche es Ihnen aber dann morgen nicht erst zu sagen, und können gleich Ihre Dispositionen treffen, ehe Sie zur Börse kommen. ‚Komet‘ ist hin. Total futsch! Ward vom Kapitän Bold von der ‚Atlanta‘ sinkend und von Mannschaft verlassen in der Sundastraße getroffen. Brachte noch Chronometer, Kompaß und Logbuch mit. ‚Komet‘ scheint gejagt worden zu sein, wie aus den Eintragungen der letzten Wache hervorgeht. Von Mannschaft keine Spur. Ist mit Mann und Maus verloren, und Assekuranz muß Ihnen zahlen. Direktor sagte mir aber noch gestern abend, soll Ihnen sagen, daß er kein Schiff mehr von Ihnen annimmt. Ist drittes Schiff in drei Jahren. Zu viel Pech! Faul! Faul! Alles faul!“ worauf er wieder in stilles Brüten verfiel.

Über Stubborns Gesicht flog ein schreckbares Erstaunen, womit er Vollmann einige Augenblicke anstarrte. Dann ließ er seine Augen über die Gesichter der übrigen Anwesenden laufen und holte tief Atem, indem er langsam fragte: „Wie – meinen – Sie – das?“

Vollmann sah ärgerlich auf und sprach: „Na, morgen weiß es ja doch die ganze Börse, warum soll ich's Ihnen heute nicht selbst sagen, meine Herren“, und nun erzählte er sein Krebsabenteuer, worauf sich sein „Faul, faul“ bezogen hatte. Alles lachte ausgelassen. Spickmann sen. brüllte, und selbst dem Senator wackelte der Bauch. Stubborn holte noch einmal tief Atem, und indem die Farbe, soviel diese überhaupt auf seinem Gesicht etwas zu suchen hatte, dahin zurückkehrte, versuchte er auch zu lächeln, was indes nur zu einem schauerlichen Grinsen wurde. Es gab jetzt ein Gespräch über Assekuranzen und Schiffbrüche, wobei alle, der Makler ausgenommen, darin übereinstimmten, daß es höchst ärgerlich wäre, wenn ein Schiff, das einmal Havarie gelitten habe, dann nicht auch mit Gütern, Mann und Maus zugrunde ginge, weil sonst nichts dabei herausschaue.

Die jungen Leute also hatten ganz recht getan, sich aus dieser Gesellschaft fortzumachen und die Familie Kühnmann aufzusuchen. Es konnte auch nichts Fröhlicheres und Liebenswürdigeres geben als diese Familie. War der „alte Kühnmann“, wie er trotz seiner vierzig Jahre scherzhafterweise von Weib und Kind genannt wurde, im Geschäft ein wahrer Tiger, der nach jedem Vorteil sprang und ihn festhielt, so war er in seinem Landhaus- und Familienleben nicht wiederzuerkennen und die Güte und Zärtlichkeit selbst. Man mußte den Mann sehen, wie er plötzlich von einer ganz unerwarteten Seite unter die Arbeiter fuhr, die ein Dampfschiff ausbauten und dabei arbeiteten, als hätte der Tag achtundvierzig Stunden. Oder wie er den Agenten einer Ware die Hölle heiß machte, um hundert Mark dabei zu profitieren. Man hätte ihn dann nicht wiedererkannt, wenn er, jede Tasche mit Zucker und Kaffee angefüllt, in ein lustiges Gelächter ausbrach, sobald die Zollstätte unangefochten passiert war; wie dann das ganze kleine Haus von Gelächter erscholl, wenn er die Taschen umkehrte und noch verschiedene unerwartete Kleinigkeiten für Frau und Kinder herauskamen. Die Kühnmannsche Familie war stets bereit, in Lachen auszubrechen, und fand auch stets Ursache dazu. Jedes einzelne Mitglied war Tag und Nacht mit Lachen geladen bis zum Zerplatzen. Es durfte nur der kleinste Spaß den Drücker ihres Schlosses berühren, so schossen sie los und brachten alle anderen mit ins Feuer.

Als die jungen Leute im Hause dieser ungetrübten Fröhlichkeit ankamen, fanden sie schon zwei Gäste vor, deren einer, ein Verwandter mit Namen Schwarzknopf, als Buchhalter in Kühnmanns Kontor diente, während der andere Sekretär bei einem jener Gesandten war, die man in Hamburg scherzweise „überflüssige" nannte im Gegensatz zu jenen, die „überseeische" genannt wurden. Dieser junge Mann hieß Förster und kannte kein anderes Vergnügen, als jeden Sonntag nach Neumühlen zu gehen und Kühnmanns älteste Tochter zu bewundern.

Die lustige Familie hatte eben beschlossen, sich am Strande in den Sand zu lagern, um zu sehen, ob es dort etwas zu lachen geben würde. Außerdem war es eine hergebrachte Sache, daß Schwarzknopf bei eintretender Flut ein paar lange Stelzen bestieg und, da er ohnedem mit riesengroßen Stelzbeinen begabt war, darauf wie ein kolossaler Fischreiher im Wasser herumwatete. Man hatte schon den ganzen vorigen Sommer die stille Hoffnung gehegt, er würde einmal stolpern und so lang er war ins Wasser fallen; die lustige Familie hatte für diesen Zweck extra geladen und verfolgte seine Schritte mit glänzenden Augen und emporgezogenen Mundwinkeln, ja, der „alte Kühnmann" hatte sogar zur Ebbezeit hinterlistigerweise große Steine hingelegt; Schwarzknopf besaß jedoch eine solche Fertigkeit, daß er jedesmal seinen Spaziergang trocken vollbrachte, zur tiefen Bekümmernis der Familie, die einen vollständigen Anzug für ihn bereit hielt, der ihm überall eine halbe Elle zu kurz war.

Heute blieb man jedoch oben, weil musiziert werden sollte, und da sich der Flügel im besten Stande befand, so spielte man zwei- und vierhändig, wobei Kühnmann die Beine vor Vergnügen hinaufzog, denn er war ein großer Musikfreund und hatte erst gestern mehrere Ouvertüren mitgebracht. Die Damen hatten gesungen, und die Herren sollten nun folgen, auch Schnepfe und Bernhart sollten etwas zum besten geben, denn man hielt es für selbstverständlich, daß sie als Sachsen musikalisch sein müßten. Nur Spickmann jun. hatte weder eine Idee vom Spielen noch vom Singen und blieb stumm wie ein Karpfen.

Bernhart erklärte, er habe durch einen Freund eine Romanze von Mendelssohn-Bartholdy erhalten, die noch gar nicht gedruckt sei. Man war außerordentlich neugierig darauf und bat ihn, sie vorzutragen. Er setzte sich an den Flügel und stellte sein Skizzenbuch auf den Notenhalter, worauf er, nach einem Blick auf Selma, ein Vorspiel zu ihrem Lied begann, wobei ihr vor Erstaunen das Blut in die Wangen stieg. Wie kam dieser junge Mann zu dem Lied, welches sie erst gestern gedichtet und komponiert hatte? Sie sah nach ihrer Schwester hinüber, indem sie diese beargwöhnte; aber sie hatte ja das Lied nicht einmal aufgeschrieben, und der Fremde spielte es noch dazu mit vollerer Harmonie und in einer tieferen Lage? Er hatte jetzt geendet. Die Lobsprüche, die dem Komponisten erteilt wurden, trieben ihr wiederum das Blut ins Gesicht, und in dem kleinen leeren Raum, der dadurch in ihrem Herzen entstand, saß blitzschnell der Sänger, der ihr eine so zarte stille Huldigung dargebracht.

Vetter Schwarzknopf erklärte nun, er wolle auch ein Liebeslied singen, und zwar das einzige, das er könne. Hierauf setzte er sich an den Flügel und ließ, nachdem er sich des Pedals versichert, den C-Dur-Akkord los, den ihm sein Freund Förster nach unglaublicher Mühe beigebracht hatte. War dieser Akkord aber einmal von Schwarzknopf festgepackt, so ließ er ihn gewiß nicht wieder aus der Hand und sang dazu alles, was er singen wollte. Er hieb sich also in dem bewußten C-Dur-Akkord fest wie in einen Holländer Käse, stellte dann den Zeigefinger auf das kleine c und fuhr damit auf den weißen Tasten hinauf, bis sie alle waren, wodurch er eine Tonleiter produzierte, die ihm stets als Vorspiel diente. Dann sang er fortissimo:

„Wenn ich an dich, mein Schatz, gedenk',
du rau uh – di du raaaah!!!
So wackeln alle Tisch und Bänk',
du rau uh – di du raaaah!!!
Dann krieg' ich fürchterlichen Durst,
du rau uh – di du raaaah!!!
Dann ist mir alles Leberwurst,
du rau uh – di du raaaah!!!"

„Herr Gott, was ist denn los?! Brennt's hier etwa? Oder wird einer umgebracht!" so schrie Spickmann sen., der mit Vollmann und dem Senator zur Tür hereinstürzte, um dann ein Gelächter anzustimmen, gegen das alles, was Kühnmanns jemals in diesem Fach geleistet hatten, nur schwaches Lächeln war. Man wird sich wundern, daß Spickmann und der Senator ein so bescheidenes Landhaus wie das Kühnmannsche mit ihrem Besuch beehrten. Kühnmann besaß indes vier Dampfschiffe seewärts und machte sonst noch bedeutende Geschäfte mit der Dampfschiffahrt flußaufwärts. Spickmann hielt ihn für einen geheimen Millionär und schlauen Fuchs, und der Senator war ganz derselben Ansicht. Außerdem kalkulierte er stets so vortrefflich, daß ihn die beiden oft über dies und jenes um Rat fragten und dabei gut wegkamen. Der Hauptgrund ihres Besuchs war aber der, daß sie eine Partie Whist spielen wollten, wozu ihnen der vierte Mann fehlte, denn Stubborn war plötzlich verschwunden, und Hanf- und Eisenmölcke waren zu dumm zum Whistspielen. Kühnmann spielte nur höchst ungern, setzte sich jedoch aus nachbarlicher Rücksicht mit an den Spieltisch, nachdem er seinem ältesten Sohn, einem Jungen von etwa elf Jahren, aufgetragen hatte, auf der Geige zum Piano zu spielen, damit man endlich einmal etwas für das Stundengeld höre. Man suchte Noten heraus – Vollmann gab Karte. Spickmann legte vier Doppellouisdor als Spielmarken an, der Senator desgleichen, Vollmann vier preußische Taler, und Kühnmann lächelnd vier Schillinge, was von den beiden Geldsäcken nicht als stille Ironie, sondern als lobenswerte Bescheidenheit angesehen wurde.

In diesem Augenblick kam das Wetter, das kurz zuvor die Wöllerssche Expedition ein paar Stunden weiter unten so gründlich eingeweicht hatte, nach Neumühlen. Plötzlich schrie der Senator: „Herr Gott, mien geele Reuben!“ Denn er sah die Schloßen und dachte daran, daß der Gärtner die Beete vielleicht nicht zugedeckt hätte. Er rannte in das Vorzimmer, ergriff dort den ersten besten Hut und lief trotz des Regens nach seinen geliebten Rübenbeeten hinüber, die er glücklicherweise verdeckt fand, worauf er wieder zurückkam, so schnell dies sein Bauch zuließ. Er wurde mit einem Schreckensschrei empfangen. Über sein Gesicht und das Schneefeld seines Hemdes zogen sich lange schwarze Streifen, die ihm das Ansehen eines wilden Zebras gaben. Der Unglückliche hatte den Hut Bernharts erwischt, den dieser heute morgen schwarz gewichst und jetzt draußen hinter der Tür versteckt hatte.

Die alte Börse

## Sechstes Kapitel

# Im Geschäft

In allen großen Handelsstädten, selbst in den deutschen, die doch als die solidesten der Welt anerkannt sind, geht das allgemeine Streben dahin, einander „über die Ohren zu hauen“, oder, wie sich die Kaufleute etwas zarter ausdrücken, „zu machen“. Wenn die Kaufleute sich dieses Vergnügen im geheimen verschaffen und dann einander an der Börse in die Ohren flüstern: „Meier ist von Behrens mit einer Ladung Reis gemacht worden“, oder: „Ich habe Schulzen mit den Heringen gemacht“, so findet dies der dritte sehr belustigend und teilt es seinen Freunden leise mit, bis es die ganze Börse weiß, Meier oder

Schulze aber lauter Gesichtern begegnet, die das Lachen kaum verbeißen können.

Was das geheime „Machen" betraf, so war darin niemand stärker als Stubborn, während es dabei schien, als habe er von diesem kaufmännischen Vergnügen gar keine Ahnung. Stubborn hatte seinen ganzen Besitz dieser Kunst zu verdanken und war unablässig bemüht, sie auszuüben. Das spaßhafteste dabei war noch, daß seine Bekannten ihn dabei unterstützen mußten, ohne daß sie es ahnten. Was würde Kühnmann gesagt haben, wenn er gewußt hätte, daß Stubborn Kühnmanns Dampfschiffe dazu benutzte, um das preußische Zollamt zu Wittenberge Tag für Tag zu „machen"! Wie würde sich der Senator Eiskuhl gewundert haben, wenn er gewußt hätte, daß jährlich Tausende von Stücken Leinwand auf seinen Schiffen den Zoll in Neuyork als „Auswanderungsgut" zu Stubborns Vorteil umgingen! So alle anderen Bekannten. Alle mußten ihm „machen" helfen.

Das Geschäft Stubborn & Co., das sich mit keiner bestimmten Branche befaßte, sondern auf den Bedarf der Zeit spekulierte, befand sich in der Deichstraße, wo ihm eines jener Giebelhäuser, die fast ihrer ganzen Breite nach aus Fenstern bestehen und mit Hohlziegeln gedeckt sind, gehörte. Vor der Tür, zu der einige Stufen hinaufführten, standen ein paar Linden, die etwas verkümmert aussahen und von früheren Zeiten zu träumen schienen, wo sich noch ein alter behäbiger Herr mit einer langen Tonpfeife in der Kühle des Sommerabends auf die Steinbank rechts neben der Tür setzte, während die linke Seite eine runde blonde Matrone einnahm, hinter der ein jugendliches Frauengesicht nach ihrem Manne hervorsah, der seinem Papa eifrig etwas in englischer Sprache erklärte. Die Franzosen hatten damals die Stadt besetzt, und ihr Marschall Davoust sorgte dafür, daß die Hamburger froh sein mußten, wenn sie ihr Sommervergnügen wenigstens noch unter den Bäumen vor ihren Stadthäusern suchen konnten.

Diese alten Straßen mit ihrem Überfluß von Fenstern, in denen sich die grünen Blätter der Bäume spiegeln, haben etwas so Heimliches und Gemütliches, daß man unwillkürlich jene alten Gestalten darin sucht, die sie erbauten. Hat man mehrere solcher Straßen durchzogen und kommt dann plötzlich unter die viereckigen Neubauten, so ist man wie mit kaltem Wasser übergossen, so nüchtern, baumlos und ungemütlich, so kasernenartig und nach dem Lineal geschnitten sehen unsere neuen

Straßen aus, daß man glauben möchte, sie seien in Fabriken mit Maschinen gefertigt und würden dutzendweise geliefert.

Welche Abwechslung dagegen in den alten Straßen, die fast selten gerade angelegt sind, sondern schon durch ihre Biegung einen günstigen Eindruck machen! Welch solides Material zu den Marmorstufen und Steinarbeiten! Welche Schnitzerei an den Balkenköpfen und massiven Eichen- oder Mahagonitüren, im Gegensatz zu den Neubauten, wo die architektonischen Verzierungen leichthin an die Häuser geklebt sind, wo man die Schnitzereien durch aufgenagelte Leisten ersetzt, und auf die föhrenholzenen Türen die Lüge des Eichen- oder Mahagoniholzes malt!

Stubborn war noch am Sonntagabend hereingekommen und hatte sich in sein Zimmer zurückgezogen, wo er die Briefe durchsah, die er im Briefkasten hinter der Tür vorfand und stets selbst herausnahm. Hierauf machte er eine Berechnung, nach deren Schluß sich auf einen Augenblick ein Lächeln der Befriedigung hinter seinen Mundwinkeln zeigte. Dann verschloß er die Papiere und zog die Glocke. Nach einer sehr langen Weile kam plötzlich ein kleiner magerer Mann zur Tür hereingestolpert, der einen starken Weingeruch mitbrachte. Er blieb mit der Klinke in der Hand stehen und wankte einigemal hin und her, was als Verbeugung gelten mußte. Stubborn sah ihn finster an, worauf der Kleine ein Auge zudrückte, den Kopf auf die Seite legte und ihn ein paarmal freundlich zunickte.

„Sie sind wieder betrunken“, murrte Stubborn zornig.

„Noch nicht ganz“, lallte der andere. „Aber Wilm liegt unterm Tisch und seine Frau auf dem Kanapee. Die Tochter ist halb und halb! Champagner!“ flüsterte der Kleine kichernd und schlug sich dabei einigemal mit dem Zeigefinger an seine große rote Nase, daß es klang, als schlüge er an eine Dachrinne.

„Sie werden es noch so lange treiben, bis ich Sie entlassen muß“, fuhr ihn Stubborn an.

„Denke gar nich dran, mien gooden Jung“, sagte der Kleine lachend. „Kenne das Geschäft zu genau! Wäre sonst schon längst in Südamerika placiert. Gefällt mir aber zu gut hier. Bin Ihnen treu bis – – – na bis – – –“ Da er keinen Ausdruck für den Zeitpunkt finden konnte, so machte er die Pantomime eines Mannes, der am Halstuch in die Luft gezogen wird.

„Der Teufel mag auf Ihre Treue rechnen, wenn Sie sich betrinken und dann vielleicht schwatzen“, sagte Stubborn grimmig. „Was soll mit Wilm und den Frauenzimmern werden?“

„Frauenzimmern –“, schluchzte der Kleine, indem er tiefsinnig an die Nase klopfte. „Frau bleibt auf dem Ka–na–pee –, Wilm unterm Tisch, und Ma–rie–chen – hm –“

„Nun?“ fragte Stubborn gespannt.

„Ma–rie–chen werde ich in Ernsts Zimmer schaffen. Sieht so immer nach Schwarz – schaffe sie um vier Uhr fort und wecke dann Wilm, damit er die Schiffsbergen packt.“

„Wieviel bringen wir jetzt täglich mit den Schiffsbergen hinauf?“ forschte Stubborn.

„Einen Zentner ungefähr. Bringt monatlich etwa zwölf- bis dreizehnhundert Märk.“

„Hm. – Der ‚Komet‘ ist total verloren.“

„Weiß es. Sehr gutes Geschäft. Ka–pi–täns–frau war heute hier. Lamentierte. Hundert–zwanzig–tausend Märk mit einem Griff. Ausgezeich–net As–se–ku–ranz! Ha–ha–ha!“ lachte der Kleine schluchzend. Der Spaß, daß die Assekuranz hundertzwanzigtausend Mark für das verlorene Schiff zahlen müsse, kam ihm so lächerlich vor, daß er sich setzen mußte, um nicht vor Lachen umzufallen. Nachdem er sich etwas erholt hatte, nahm er die für ihn zurechtgelegten Papiere und wankte ab, um, wie er sagte, Ma–rie–chen in Schwarzens Zimmer zu bringen.

Stubborn horchte gespannt auf die Schritte seines Buchhalters, der sich stolpernd entfernte. Er schickte ein Stoßgebet zum Teufel, damit er den Kleinen an das Treppenhaus führe und ihn dort den Hals brechen lasse. Der Teufel tat es jedoch Herrn Stubborn nicht zu Gefallen, oder Herr Trick, der Buchhalter, kannte das Haus zu gut und befand sich darin zu wohl, um über die Treppe hinunterzustürzen. Er war zu schlau, um sich auf irgendeine Weise beseitigen zu lassen, so gern dies Stubborn getan und so oft er es versucht hatte. Er hatte zuviel Geschäftskenntnis, um fortgeschickt zu werden, und war eigentlich, ohne jemandes Wissen, die Kompanie, die hinter der Firma Stubborn stand.

Stubborn hatte eine Flasche starken Madeira entkorkt und trank daraus in starken Zügen, dabei horchte er immer noch eifrig, bis er die Tür von Ernsts Zimmer gehen hörte. Dann löschte er sein Licht und huschte auf den Strümpfen den Gang entlang, durch den er ebenso leise nach einigen Stunden in sein Zimmer zurückschlich.

Herr Trick war bei Tagesgrauen schon wieder auf den Beinen, denn Wilm, der Ewerführer des Hauses, schnarchte unter dem Tisch so furchtbar, daß der Nachtwächter glaubte, man säge in Stubborns Haus die Balken durch, um ihn zu bestehlen. Herr Trick ließ ihn ruhig liegen und sah nur darauf, daß seine Frau ihre Tochter zur rechten Zeit weckte und fortschaffte. Als sie an Stubborns Zimmer vorbeigingen, trat dieser aus der Tür und fragte mit gut gespielter Verwunderung, was sie hier täten.

„Wilm hatte die Wache im Speicher", sagte Trick, „und da brachten sie ihm den Kaffee."

„Was machte der Ernst Schwarz schon so zeitig? Ich sah ihn soeben", fragte Stubborn.

Marie wurde feuerrot und ging nach der Treppe zu.

„Schwarz?" entgegnete Trick verwundert, indem er Stubborn scharf ansah. Dann ging er kopfschüttelnd den Frauenzimmern nach, um sie aus dem Hause zu lassen, während sein Prinzipal sich über das Treppengeländer beugte und der Tochter Wilms mit einem höllischen Lächeln nachsah.

Es war keine kleine Arbeit für Trick, den schnarchenden Wilm zu ermuntern, den er dann in den Hof hinabführte, wo er seinen Kopf unter die Pumpe stecken mußte, während ihm der Buchhalter den Liebesdienst erwies, den Schwengel eine Minute lang in Bewegung zu setzen. Wilm kam völlig frisch aus dieser Taufe hervor und ging an die Arbeit, die er heute vor Ankunft der anderen Speicherleute fertig haben mußte. Er ging deshalb mit Trick in den Speicher, der an dem kleinen Fleet lag, das die Deichstraße vom Rödingsmarkt trennte. Beide Straßen hatten ihre Speicher nach diesem Kanal hinaus, auf dem die Waren aus- und eingeschifft wurden. Hier zählte der Buchhalter dem Ewerführer eine Partie ostindischer Seidentücher zu, die zu Dutzenden eng zusammengepackt waren. Wilm holte aus einem Winkel etwa dreißig große runde Ballen hervor, die, mit Tauwerk umstrickt und an Tauen befestigt, wie riesengroße Nüsse aussahen, die man an Christbäume hängt. Nur glänzten sie nicht in solcher Vergoldung, sondern zeigten Spuren von Pech und Teer und starker Abnutzung.

Wilm verstand es, die Umschnürung geschickt abzulösen, und nachdem er den Inhalt, aus Lumpen bestehend, herausgenommen und dafür die seidenen Tücher hineingepackt, sie wieder darumzulegen, worauf diese Ballen so unschuldig und wertlos aussahen, daß kein Mensch daran dachte, welches wertvolle Material sie enthielten. Es waren die sogenannten Schiffsbergen[3], deren jedes Dampfschiff vier bis fünf Stück an Bord hat, und die man beim Anlegen zwischen das Schiff und die Mauer oder Landungsbrücke hängt, damit die Planken keinen Schaden durch die Reibung erleiden. Weder die Kapitäne noch die Steuerleute oder sonst jemand auf den Dampfschiffen hatte eine Ahnung davon, daß auf diese Weise Tag für Tag Massen von Foulards über die preußische Grenze geschmuggelt wurden. Nur eine Person auf jedem Schiff war in das Geheimnis eingeweiht und legte abends vor Abgang des Schiffes alle Bergen auf einen Haufen an der Elbseite hin. In der Nacht trieb dann ein Boot langsam am Dampfer vorbei, aus dem in einigen Augenblicken die verpackten Bergen auf das Deck gelangten, während die wertlosen in das Boot hinabgelassen wurden. Ebenso war die Prozedur in Magdeburg, wo man dann Lumpen hineinpackte, die, damit ja nichts verlorenging, an die Papierfabriken verkauft wurden, wobei das Zollamt wieder um den Ausgangszoll „gemacht" war.

Gegen zehn Uhr ging Stubborn in das Kontor hinab, das im Parterre des Hauses war. Der Buchhalter machte ihm hier eine so respektvolle Verbeugung und öffnete ihm die Tür seines Kabinetts auf eine so devote Art, daß niemand eine Spur der unverschämten Vertraulichkeit finden konnte, welche er gestern abend gezeigt hatte.

Als Stubborn bei den Brüdern Schwarz vorbeiging, die von Neumühlen hereingekommen waren, warf er dem älteren einen höhnischen Blick zu und fragte ihn, ob er sich den Vorschlag von gestern überlegt hätte.

„Es tut mir leid", sagte dieser. „Aber ich möchte gerade jetzt gern hierbleiben und habe überhaupt keine Lust, unter den Chinesen zu leben. Adolf ist noch zu wenig fest dazu und würde mit den pfiffigen Zopfmännern schlecht fahren. Deshalb werden wir wohl in Ihrer Nähe bleiben, wenn Sie es erlauben."

Stubborn biß sich auf die Lippen. „Ich habe als Vormund in eurem Interesse gehandelt und euch eine Aussicht auf guten Verdienst eröffnen wollen. Denn sonst habt ihr ja nichts von mir zu erwarten", brummte er und ging in sein Kabinett, nachdem er dem Buchhalter einen Blick zugeworfen hatte, den dieser damit erwiderte, daß er einigemal an seine Nase klopfte und die Brüder scheel ansah.

„Sie stehen sich im Licht, meine jungen Herren", flüsterte Trick, indem er sich die grauen Borsten, mit denen sein Kopf bedeckt war, von hinten heraufstrich. „Sie sind gegen Ihren eigenen Vorteil, wenn Sie nicht hinübergehen. Es hat schon mancher von uns drüben sein Glück gemacht."

Der ältere Schwarz schüttelte den Kopf und sah eine Weile vor sich hin. Dann fragte er den Buchhalter: „Hat wirklich mancher sein Glück gemacht? Kannten Sie vielleicht den Buchhalter Kern, der vor Ihnen hier war und auch hinüberging?"

Wenn Trick ein Basilisk gewesen wäre, dem jemand aus Versehen auf den Schwanz trat, er hätte ihn nicht mit einem böseren Augenpaar anblitzen können. „Wie kommen Sie auf Kern, der uns drüben in Valparaiso durchgegangen ist und nichts mehr von sich hören ließ?" fragte Trick wieder.

„Ich sprach gestern abend mit einem alten Freund von ihm. Dieser wollte wissen, daß er jetzt in Neuyork sei und an uns geschrieben habe. Erhielt mein Vormund den Brief? – Nicht?" sagte Schwarz auf Tricks Kopfschütteln. „Hm! Nun soll ich in den nächsten Tagen mehr erfahren." Hierauf wandte sich der ältere Schwarz wieder zu seinen Briefen und schrieb weiter. Trick sah ihn ein Weilchen von der Seite an, wobei er seiner Nase einige Schläge versetzte und, nachdem er so angeklopft hatte, in das Kabinett Stubborns trat.

„Machen Sie den Regenschirm auf, Verehrtester", flüsterte er hier. „Es könnte leicht ein Wetterchen kommen. Er weiß, daß Kern in Neuyork ist und geschrieben hat. Er weiß, daß Sie einen Brief haben. Er soll in den nächsten Tagen mehr erfahren, und zwar von einem alten Freund Kerns, der in Neumühlen ist! Machen Sie also den Regenschirm auf, Prinzipalchen."

„Den Teufel noch mal! Hat Kern hier noch alte Freunde? So – so. Ich hätte eigentlich nichts zu fürchten, wenn nur ein einziges verdammtes Buch mit einigen Papieren da wäre, das Kern irgendwo versteckt halten muß. Sie wissen", sagte Stubborn sehr bleich, „daß wir ihn drüben bis aufs Hemd bestehlen ließen. Das Buch war aber nicht unter seinen Sachen. Sollte es vielleicht der alte Freund hier in der Nähe haben, während wir es drüben suchen ließen?"

„Das wäre doch verdammt dumm", knurrte Trick, indem er seine Borsten glücklich gegen den Strich brachte. „Niederträchtig dumm! In Südamerika suchen lassen, während es vor der Nase läge."

„Wer ist denn der alte Freund?" fragte Stubborn.

„Weiß nicht", sagte Trick kopfschüttelnd. „Vielleicht Spickmann! – Kühnmann? – Nein, nein, muß 'n anderer sein. Können Sie nicht draußen ein bißchen nachschleichen?"

„Habe darin keine Übung", antwortete der Prinzipal.

„Eeeh!" lachte Trick, „scheint mir doch – 's gibt schlaue Füchse, die schon lange im Taubenschlag sind, wenn die anderen Füchse erst hinschleichen. Eeeh!" und dabei machte Trick wieder ein Auge zu und blinzelte Stubborn mit dem andern an. Dieser blickte ärgerlich nach ihm hin, mußte jedoch den Mund zum Lachen verziehen und brummte dann: „Kann man denn gar kein Geschäft ohne Sie machen? Nun gut, ich werde mich auf die Lauer legen. Besorgen Sie jetzt die Assekuranzgeschichte und denken Sie an Ihre Freunde, wir werden vielleicht einige davon brauchen können."

In diesem Augenblick klopfte es an die Glastür. Die würdigen Kompagnons erschraken, als wären sie beim Falschmünzen ertappt worden. Trick öffnete. Es war die Frau des Kapitäns vom untergegangenen „Komet". Ihre Augen waren rot von Tränen, die ihr auch jetzt wieder hervorstürzten.

Stubborn und Trick sahen sie gleichgültig an, und der erstere fragte kurz: „Was wünschen Sie, meine Gute?"

„Ist es denn also wirklich wahr, daß mein armer Mann untergegangen ist?" fragte sie weinend.

Stubborn zuckte mit den Achseln und entgegnete: „Ob Ihr Mann untergegangen ist, weiß ich nicht. Daß aber mein Schiff unterging, weiß ich gewiß. Hätte Ihr Mann das Schiff nicht verlassen, so wäre er heute hier, so gut wie der Kompaß und der Chronometer, die dort stehen. Was wollen Sie also? Soll ich vielleicht jemand ausschicken, der nachsieht, wo Ihr Mann herumfährt? Habe gar keine Lust dazu, denn hätte er das Schiff nicht verlassen, so wäre es vielleicht nicht verlorengegangen. Er soll lieber nicht wiederkommen, wenn er sich findet, denn von mir bekommt er kein Schiff mehr. Ha, das Schiff so leichtsinnig zu verlassen!" sagte Stubborn entrüstet.

„Mein Gott!" jammerte die unglückliche Frau. „Man spricht von Seeräubern! Kapitän Bold sagt, daß im Journal in der letzten Woche von drei verdächtigen Seglern die Rede ist, daß man Blutspuren auf dem Verdeck gefunden hat!" Hier brach die Arme in einen Tränenstrom aus.

„Seeräuber? Verdächtige Segler? Blutspuren?" fragte Stubborn bleich und mit hohler Stimme, während sich Tricks

Haare diesmal von selbst gegen den Strich kehrten. „Unsinn", fuhr er dann erzürnt auf. „Lassen Sie sich nicht solch dummes Zeug weismachen. Ich möchte wissen, wo jetzt Seeräuber herkommen sollten. Wir leben nicht mehr im vorigen Jahrhundert. Warten Sie nur ruhig. Ihr Mann wird eines Tages schon angebummelt kommen. Wir kennen das!"

„Oh, lieber Gott, möchten Sie doch recht haben! Darf ich Sie aber jetzt vielleicht bitten, mir etwas von dem rückständigen Gehalt meines Mannes zukommen zu lassen? Ich bin in großer Verlegenheit und habe Sie noch um nichts gebeten, solange er fort ist."

Stubborn sah sie grimmig an und sprach hart: „Nein! Von mir bekommen Sie nicht einen Pfennig. Ich habe so Schaden genug. Es waren für sechzigtausend Mark Schweizer Uhren bei der Ladung, die nur zur Hälfte versichert waren, und nun sollte ich wohl gar noch Gehälter zahlen, die gar nicht verdient wurden? Ei, ich wundere mich wahrhaftig, daß Sie mir nicht Ihre Kinder herbringen, damit ich sie warten und ihnen Zuckertüten kaufen soll! Es ist wahrhaftig zu toll mit diesem Schiffsvolk", schrie Stubborn, sich in einen richtigen Zorn arbeitend. „Sie sollten gar nicht heiraten! Wer heißt es sie? Wenn sie ertrinken, so ist das ihre Sache! Wir müssen unsere Schiffe dazu hergeben! Sie sollen sie uns gut wiederbringen, das ist ihre verfluchte Schuldigkeit, denn sie sind im Grunde weiter nichts als die Fuhrleute, die unser Geschirr zu besorgen haben. Und kurz und gut, ich zahle Ihnen nicht einen Pfennig. Ich habe jetzt anderes zu tun und empfehle mich Ihnen." Hiermit drehte er der Unglücklichen den Rücken zu.

Trick hatte ihm schon während des Gespräches mehrfach Pantomimen gemacht, jetzt fuhr er auf ihn los und zischte: „Sind Sie denn ganz und gar des Teufels, und hat Ihre verfluchte Habsucht Ihnen den Verstand verrenkt, daß Sie die Frau so behandeln? Morgen weiß es die ganze Stadt und verflucht Sie, statt daß Sie ein paar Prozent von dem famosen Geschäft anwenden, um sich den billigen Namen eines wohltätigen Mannes zu verschaffen! Nehmen Sie mir's nicht übel, Sie sind ein Esel! – Schweigen Sie!" fuhr er Stubborn mit zornblitzenden Augen an, als dieser bei diesem Titel auffahren wollte. „Ich bekomme dreißigtausend Mark von diesem Geschäft auf meinen Teil. Ich laufe jetzt der Frau nach und bringe sie wieder. Sie geben ihr tausend Mark, wozu ich in des Drei-

teufels Namen meinetwegen dreihundert Mark legen will."
Mit diesen Worten rannte er davon und ließ den verblüfften Prinzipal zurück, der sich ganz und gar in seinen Klauen befand.

Er traf die Frau noch fast sinnlos an die Haustür gelehnt und bat sie, wieder umzukehren, da der Prinzipal seinen Zorn, in den ihn der große Verlust gebracht, bereut habe und seine bösen Worte wiedergutmachen wolle. Hierauf zog er die Weinende wieder in das Kontor und in das Kabinett, wo Stubborn wie ein gebundener Wolf hin und her ging. „Hier ist die Dame", sprach er mit unterwürfigem Ton.

„Hm – hm. Müssen's nicht so schlimm nehmen", knurrte der Wolf. „Man hat seinen Ärger. – Lassen Sie eine Anweisung ausfüllen zu – zu – fünf –a–achthundert Mark und geben Sie mir sie zum Akzept", wandte er sich an Trick.

„Also zu tausend Mark?" fragte dieser laut an der Tür.

„Ja, ja", fuhr der gefangene Wolf ärgerlich auf.

„Kommen Sie, mein armes Frauchen", sprach Trick freundlich und führte die Erstaunte, deren Dankesergießung Stubborn mit einem kurzen „gut, gut", abwies, in das Kontor, wo Schwarz jun. die Anweisung ausfüllte und dem Prinzipal dann zur Unterschrift hineintrug.

*

Die alte Börse war im Jahre 1840 noch ein komisches Ding für die Geschäfte, die dort gemacht wurden. Sie stand halb über ein Fleet gerückt auf dünnen Beinen wie eine Spinne da, die ihr Netz um die Handelswelt zu spinnen bereit ist. Ihre Beine, d. h. die Doppelsäulen, die das hinausgerückte obere Gebäude trugen, waren mit allerhand Anzeigen beklebt. Das unscheinbare Haus, das zwei Reihen viereckiger Fenster hatte, trug auf dem Dache eine große Figur[4], die offenbar holländischen Käse abwog, denn sie hielt in der einen Hand eine Waage, und in der anderen das Käsemesser. Ein eisernes Geländer umzog den Platz, der, von Linden überschattet, jeden Mittag vom Gewühl der Kaufleute, bei Regenwetter von ein paar tausend Regenschirmen bedeckt war.

Kühnmann war lange Zeit unter den Gruppen der Kaufleute herumgefahren und hatte hier und da Notizen eingetragen und Papiere in Empfang genommen, als ihn ein junger, elegant gekleideter Mann beim Arm faßte. Kühnmann sah sich um und ging mit ihm beiseite, wo der Stutzer einen Papiersack aus der Tasche zog und ihm einige große Stücke Kolophonium gab. Der Empfänger roch daran, wog sie in der Hand und sah schließlich hindurch wie durch ein Fernrohr, um etwaige Flecke oder Unreinigkeiten zu entdecken. Der junge Mann hatte bei jeder dieser Untersuchungen eine verbindliche Verbeugung gemacht, wozu er stets beteuerte: „Prima Qualität – prima Qualität. Etwas ganz Extrafeines.“ Dies rührte Kühnmann jedoch nicht im geringsten, denn er gab ihm die Stücke nach der genauesten Untersuchung mit den Worten „Schund! Miserabler Schund!“ zurück. „Wen denken Sie denn mit diesem Zeug anzuschmieren, mein Lieber? Was verlangen Sie denn eigentlich dafür?“

„Verehrtester belieben zu spaßen“, entgegnete der Verkäufer mit einer Verbeugung. „Für solche Primaware ist ein Preis von zwölf Mark für den Zentner ein wahres Spottgeld.“

Kühnmann machte einen etwa drei Fuß hohen Satz, wobei er sich in der Luft herumdrehte und, sobald er den Boden wieder erreichte, eilig davonlief. Der junge Mann steckte seine Proben gleichmütig in die Tasche und trieb sich unter den Kaufleuten umher, bis er ganz zufällig wieder neben Kühnmann stand, der jetzt ein Stück Steinkohle in der Hand hielt und einen kleinen dicken Herrn furchtbar heruntermachte. Es war nach seiner Ansicht ein wahres Verbrechen gegen die Menschheit, solches Zeug aus der Erde zu graben. Die Roste und Dampfkessel mußten bei der Feuerung mit dieser Kohle in längstens zwei Jahren total zugrunde gehen, ja es war eine Frage, ob ein Eisenblech von gewöhnlicher Stärke dabei zu den Schornsteinen der Dampfschiffe zu gebrauchen war, oder ob man vielleicht gußeiserne Röhren verwenden müsse. Man hätte glauben sollen, daß der Kohlenhändler sofort den Handel mit einem so schlechten Artikel aufgeben werde. Der Mann besaß aber offenbar nicht die geringste Spur von Gewissen, denn er fragte Kühnmann, sobald diesem der Atem ausgegangen war, ob er ein paar hundert Last von dieser ausgezeichneten Kohle brauchen könne. Kühnmann schlug ihn nicht für diese Unverschämtheit nieder, er wußte sich zu beherrschen und sagte dem Dicken nur, daß er eigentlich gar keine Kohlen brauche, was der Dicke so spaßhaft fand, daß ihm die Tränen vor Lachen aus den Augen liefen. Auch der

Jüngling mit dem Kolophonium fand es sehr komisch, daß Herr Kühnmann keine Kohlen brauchte, worauf dieser selbst darüber lachen mußte und aus purem Spaß vierzig bis fünfzig Last zu nehmen versprach, wenn der Dicke eine „Märk" an der Last nachlassen wolle, „das heißt", fiel er schnell ein, „frei an das Schiff", dann würde er vielleicht auch hundert Last nehmen. Aber wie gesagt, nur aus Gutmütigkeit. Der Kohlenhändler verlor nun eigentlich schon fünf Mark pro Last, aber da es Herr Kühnmann war, „na, denn man zu"; er notierte hundert Last, und beide lachten sich nochmals aus.

„Also zehn Märk verlangen Sie für das Zeug?" fragte Kühnmann jetzt plötzlich den Jüngling.

„Bitte, zwölf", erwiderte dieser hartnäckig.

„Schauderhaft", rief Kühnmann entrüstet. „Das Zeug ist so schlecht, daß man es höchstens zu Wagenschmiere verwenden kann, und wer weiß, ob man da nicht Menschenleben auf dem Gewissen hat, denn es frißt gewiß die Achsen durch."

„Ich gebe Ihnen die Versicherung, daß Sie es zur feinsten Toilettenseife verwenden können. Es ist übrigens nichts am Platze und nur noch ein kleiner Posten in den Händen von Fibig & Co., der aber bereits begeben ist, wie ich eben hörte. Also nehmen Sie", schloß der Jüngling, indem er sein Notizbuch herauszog.

„Ja, zu was aber? Ich habe eigentlich gar keinen Bedarf dafür", entgegnete Kühnmann unschlüssig. „Wenn ich Ihnen elf Mark acht Schillinge biete, so tue ich es wirklich aus reiner Lust, Ihnen das Zeug nur vom Halse zu schaffen. Wieviel haben Sie denn von dem Krempel?"

„Wir haben fünfundneunzig Zentner. Aber nicht unter zwölf", bemerkte der Jüngling bestimmt.

„Fünfundneunzig!" schrie Kühnmann. „Was soll ich mit der Masse anfangen?

„Spielt Ihr Herr Sohn nicht die Violine und braucht es zum Bogen?" fragte der Jüngling, kaum das Lachen verbeißend, denn er wußte so gut wie Kühnmann selbst, wie nötig dieser die Ware brauchte.

„Richtig! Richtig!" rief Kühnmann, in ein Gelächter ausbrechend. „Also elf Mark zehn."

„Zwölf!"

„Elf zwölf."

„Zwölf!"

„Na, denn elf vierzehn! damit es endlich ein Ende nimmt", sagte Kühnmann.

„Nicht einen Schilling unter zwölf! Es fehlt, und das Schiff, das den Bedarf für nächsten Monat decken könnte, ist leck in See angesprochen worden", replizierte der unerschütterliche Jüngling.

„Na, den Deubel, um nur von Ihnen loszukommen, ich nehme!" schrie Kühnmann lachend, während der andere, ebenfalls herzlich lachend, notierte und versicherte, es gäbe kein größeres Vergnügen, als mit Herrn Kühnmann zu handeln.

„In was für lächerlichen Artikeln macht ihr denn?" fragte der Makler Vollmann, der eben dazukam.

„Herr Kühnmann hat fünfundneunzig Zentner Kolophonium zum Bogenschmieren gekauft", erklärte der Jüngling.

Nachdem er für heute seine Geschäfte an der Börse besorgt hatte, ging Kühnmann nach der Schiffswerft, wo eines seiner Dampfschiffe neue Kajüten erhielt und wo er die Tapezierer unvermutet überfiel und fragte, ob es nicht möglich sei, in der Minute mehr als einen Nagel einzuschlagen. Dann erschien er ganz unerwartet am Neuen Kran, wo er seine Schutenführer aus dem Weinkeller jagte, worauf er plötzlich in seinem Haus am Dammtor unter den Malern stand, um nachzusehen, ob alles nach Wunsch gemacht würde. Nun fiel es ihm ein, daß es höchst nötig wäre, seinem Schneider ein kleines Donnerwetter zu machen, weil der neue Rock zu unbequem war. Nachdem er dies erledigt hatte, kaufte er einige Kleinigkeiten, womit er die Familie überraschen konnte, worauf er zum Millerntor hinaus und nach London Tavern[5] hinüberging, wo er sich hinter die Linden am Wege stellte und dort versteckt auf sein Dampfschiff lauerte, um zu sehen, ob das kleine Rohr neben dem Schornstein weißen Dampf gäbe, oder ob „sie wieder keinen Dampf vorrätig hätten". War er darüber beruhigt, so glättete sich sein Gesicht, und der Kaufmann fiel Stück für Stück von ihm ab, wie er durch Altona ging, so daß bei Rainvilles[6] nur noch der heitere, liebevolle Familienvater Kühnmann übrigblieb, den ein heiterer, liebevoller Familienkreis erwartete.

An den Butenkajen

## Siebentes Kapitel

# Im Keller

Wenn der Mai mit seiner ganzen Pracht in unser Vaterland einzieht und der Winter hinwegging, ohne Nachzügler zu hinterlassen, so ist der Frühling nirgends schöner als im sogenannten Norden, und besonders an der Unterelbe. – Sowohl in Wien wie in München, welche Orte doch am äußersten südlichen Ende Deutschlands liegen, gibt es auch in der schönsten Frühlingszeit viel kalte Nächte und Tage, die an den Winter erinnern. Dies hat seinen Grund in den großen Gebirgen, von denen der Schnee nicht oder doch sehr selten weggeht. Ganz anders ist dies in der Gegend von Hamburg. Die Nähe des

Meeres mildert das Klima, und ein Frühling dort dauert in ganzer Schönheit nicht selten von Mitte April bis Mitte Juni, während wir oben nur zu oft auf den langen Winter sogleich den Sommer haben.

Der Mai war eigentlich schon mit dem halben April angekommen und trat jetzt am Ersten seines Namens nur offiziell auf. Die Nachtigallen sandten ihr Lied in der warmen Nachtluft über den Strom. Der Wonnemond hatte nicht einmal mehr die Blätter herauszutreiben und brauchte sich nur in die sonnige Landschaft zu lagern. Das tat er denn auch. Er lag auf dem Strom und ließ sich Himmel und Wolken lustig darin spiegeln. Er hatte sich über die alte Handelsstadt gelegt und sah über die alten Giebel in die engen Straßen, wo die gefangenen Linden noch in träumerischem Schlummer standen, während ihre Schwestern draußen schon längst erwacht waren. Jetzt kam ihnen der Mai nun plötzlich über den Hals, und sie machten, noch ganz verschlafen, ein Knospenauge nach dem andern auf, aber hübsch langsam und spät, wie das die faulen Stadtbewohner nun einmal gewohnt sind.

Jan Laarsens Keller, der auf der Sonnenseite an den Kajen lag, ließ den Winter eigentlich gar nicht herein, denn schon der permanente Dampf der Groggläser jagte ihn von der Schwelle. Bei Laarsen war alles zu finden, was das Herz nur verlangte. Nur mit Champagner und indianischen Vogelnestern ließ er sich nicht ein. Aber vom besten Portwein bis zum Kümmel konnte der Durstige sich durchkosten und konnte Sorten finden, die er „auf der hohen Schule“, d. h. in den teuersten Weinkellern, vergebens suchte.

Das wußten auch seine Kunden, die meistens aus Leuten bestanden, die, die Wassertreppe vom Binnenhafen heraufsteigend, ein paar rote Eimer vor der Kellertür abhakten und stehen ließen, ehe sie zu Laarsen untertauchten. Es waren die Milchleute, deren siegelrote Eimer sich gegen Mittag so bedenklich vor dem Keller ansammelten, daß es das Ansehen gewann, als sei die Straße versiegelt worden.

Die Hamburger Milchleute sind in der Regel Milchmänner. Ein harter, derber Menschenschlag, der sich unter allen Umständen nach der Stadt durcharbeitet, um die Milch zu bringen und – Grog zu trinken. Sie müssen sich sehr viel mit dem Wasser herumbalgen und können es deshalb nicht leiden, wenigstens im Grog nicht mehr als eben gerade nötig ist, während man ihnen boshafterweise nachsagt, daß sie es für die Milch sehr zuträglich halten. Auch die Milchleute waren in der schönsten Frühlingslaune und hatten aus Freude über das schöne Wetter gerade so viel Grog getrunken, wie dies im Winter aus Ärger über die Eisschollen geschah, mit denen sie sich herumschlugen.

Herr Laarsen saß oben auf der Kellertreppe neben einem holländischen Käse und zählte die Häupter seiner Lieben, d. h. die Schillinge, die die abziehenden Milchleute in seine fette Hand zählten. Die Stellung auf der Mauer der Treppe war sehr vorteilhaft, denn er konnte von dort die Viktualien in der Nähe, den Keller, das Wasser und die Straße zugleich übersehen und war, sooft es das Wetter erlaubte, dort zu finden.

Herr Laarsen setzte sich jetzt rittlings auf die Treppenmauer, steckte die Hände in die Hosentaschen und blickte dem Milchewer nach, wie er, einem großen Käfer gleich, durch die Schiffe kroch. Es ist 'n Käfer, dachte der Wirt. 'n Käfer, der Milch bringt und Grog mitnimmt. Ha, ha, ha! Wenn ihn jetzt 'n großer Fisch verschluckte, der sollte sich 'n guten Rausch holen. Herr Laarsen mußte bei diesem Gedanken so lachen, daß ihm die holländische Pfeife aus dem Munde fuhr, und, da er nicht gleich den Entschluß fassen konnte, die Hände aus den Hosentaschen zu ziehen, gewiß zerbrochen wäre, hätte sie nicht ein Mann aufgefangen, der eben den Fuß auf die Kellertreppe setzen wollte.

„Danke, Herr Trick“, sagte der Raucher, indem er den Mund hinhielt, um sich die Pfeife wieder hineinstecken zu lassen, ohne die Hände zu rühren. „Danke! Was bringt Sie denn an die Kajen?“

„Habe ein Geschäftchen bei Wolf und denke, Sie haben doch noch von dem alten Portwein, dem kupferfarbigen. Will mich erst kupfern, ehe ich zum alten Wolf in die Höhle krieche.“

„Tun Sie wohl dran“, bemerkte Laarsen, indem er von seinem Sitz stieg und sich die Treppe hinabrollte wie ein Geneverfaß. Im Keller angekommen, holte er aus einem versteckten Schrank eine kurzhalsige Flasche, aus der er den verlangten Wein in ein geschliffenes Glas goß, wo er, von Trick gegen das Licht gehalten, wie flüssiges Kupfer glänzte. Nachdem sich Trick am Anblick des kostbaren Rebensaftes gelabt hatte, brachte er ihn unter die Nase und zog prüfend den Geruch ein, worauf er die Lippen spitzte, um ihn auf die echte

Weintrinkerart zu saugen und so mit allen Sinnen zu genießen. Er setzte jedoch das Glas unberührt wieder nieder, indem er sich besann, daß er den Genuß noch bedeutend auf die Spitze treiben könne, wenn er vorher etwas Kaviar zu sich nähme.

„Geschwind een bißchen Kaviar mit Zwiebeln", rief er dem aufschauenden Wirt zu. Dieser hatte schon geglaubt, es sei etwas an seinem Wein auszusetzen; der Zögerungsgrund erschien ihm jedoch so gerechtfertigt, daß er nach der Küchentür stürzte.

Herr Trick saß indes in einer Sofaecke hinter einem Pfeiler und sah sein Glas an wie die Katze eine Maus, die ihr nicht mehr entgehen kann. Er dachte daran, dem Wirt den ganzen Vorrat dieses Weines abzukaufen, der nicht leicht so alt und gut zu finden war. Er hatte ja eben dreißigtausend Mark verdient und war auf dem Wege, wiederum so viel „zu machen". Vorderhand behielt er deshalb die ganze Flasche und verzehrte den Kaviar, um einen prächtigen Durst zu bekommen.

Die Kellertreppe ward währenddessen von einem Schatten verdunkelt, den ein heruntersteigender Mann verursachte. Der Mann blieb am Eingang stehen und sah sich im Keller um. Da er niemand erblickte, denn Herr Trick war vollständig vom Pfeiler verdeckt, so fragte er den Wirt:

„War noch kein Neumühlener Lotse hier?"

Herr Trick zog beim Klang dieser Stimme seine Beine sehr schnell auf das Sofa, wodurch er vollständig unsichtbar wurde, und spitzte dann seine Ohren, die er dadurch noch zu schärfen suchte, daß er seine Frisur à la Stachelschwein herstellte.

„Es kommen verschiedene Neumühlener Lotsen her. Da kommen zum Beispiel Lüddemann, Somm, Nielsen –"

„Richtig, Nielsen, der ist's, den ich hier treffen soll. War er schon da?"

Herr Laarsen stieg statt aller Antwort so weit die Treppe hinauf, daß er über die Straße sehen konnte. Nachdem er einen Blick nach den Flaggen der Schiffe geworfen, stieg er wieder hinab und sah in einen Kalender, der in der Fensternische hing.

„Nielsen wird in ein paar Minuten kommen", sagte er dann zuversichtlich.

„Sehen Sie das aus dem Kalender?" fragte der Gast lächelnd.

„Allerdings, junger Mann!" entgegnete Herr Laarsen etwas streng. „Und wonehm seh ick dat ut den Kalender? He? Weil kein Segelwind ist, un weil Nielsen nicht der Narr ist, gegen die Ebbe heraufzurudern, sondern die Flut abwartet, die seit zwanzig Minuten eingetreten ist. So, mien Jung! Auf die Art sieht man was aus dem Kalender", schloß der Wirt seine Belehrung.

Er hatte recht prophezeit, denn der Gast hatte sich kaum niedergesetzt und ein Glas Rotwein erhalten, als Nielsen die Treppe herunterstieg. Er trug die Arme voll Flaschen, die ihm der Wirt sofort abnahm.

„Nun, da sind Sie ja schon, Herr Schwarz", sagte der Lotse, indem er sich zu dem Gast setzte und ihm die Hand schüttelte.

Das Stachelschwein in der Sofaecke lag zusammengekauert und sperrte die Ohren weit auf.

„Ich konnte am Sonntag draußen nicht mit Ihnen sprechen, deshalb ließ ich Sie heute hierher bestellen, wo wir ungestört sind. Haben Sie einen Brief von Kern aus Neuyork erhalten?"

„Nicht eine Zeile."

„Sonderbar. Kern schreibt mir, daß jemand aus dem Stubbornschen Hause kommen wird, und daß ich ihm geben soll, was er verlangt, wenn es Ernst ist. Sie heißen doch Ernst?"

„Freilich, freilich. Aber ich habe kein Wort erhalten. Es liegt ein Ge – – –"

Hier trat Herr Laarsen an den Tisch und verdrehte die Augen auf eine Art, daß die beiden Gäste glaubten, er habe einen epileptischen Anfall.

„Ja, ja!" platzte er hierauf heraus. „Kucken Sie nur nach dem Windfisch und lachen Sie. Ich weiß, Sie wollen jetzt behaupten, wir hätten Westwind? He? Wollen Sie etwa?" Dabei blinzte er sie geheimnisvoll an und zeigte verstohlen mit dem Daumen über seine Schulter nach dem Pfeiler, hinter dem Trick auf der Lauer lag.

Schwarz sah verwundert auf.

„Und wenn ich nun sage, wir haben Westwind", schrie Nielsen, indem er mit der Faust auf den Tisch schlug und mit der anderen Hand Schwarz ein Zeichen gab, das andeutete, daß jemand im Keller sei, der ihr Gespräch nicht zu hören brauche.

„Wenn Se dat seggen, denn maken Se gliek, dat Se rut kahmt", schrie Herr Laarsen, wieder geheimnisvoll nach hinten zeigend.

„Oh! das können wir gern", sprach Nielsen aufspringend. „Wo ist denn mein Hut?" Hierbei lief er im Keller umher, um ihn zu suchen, und trat dabei hinter den Pfeiler, um zu sehen, wer Herrn Laarsen zur Warnung veranlaßt habe.

Auf dem Sofa lag vor seinen erstaunten Blicken Herr Trick im tiefsten Schlaf.

„Kommen Sie", sprach der Lotse leise. „Wir wollen hier aus dem Wind gehen und eine Leeseite suchen." Hierbei faßte er Schwarz mit eisernem Griff am Arme und zog den höchst erstaunten jungen Mann, der jetzt geneigt war, auch ihn für verrückt zu halten, aus dem Keller.

„Ich will euch wohl zeigen, wo der Wind herkommt", schrie ihnen der Wirt nach, indem er die Treppe hinaufstieg und dabei fortwährend nach unten zeigte.

Herr Laarsen war, wie gesagt, eine ehrliche Haut und hatte deshalb eine natürliche Abneigung gegen Trick, die hauptsächlich dadurch entstand, daß dieser sich immer den verstecktesten Winkel zum Trinken suchte. Da er stets die besten und teuersten Weine trank, so hielt er ihn im Anfang für einen Spitzbuben, der sein gestohlenes Geld im Winkel verzehren wolle. Dann kam er auf den Verdacht, daß er ein geheimer Polizist sein müsse, der den Milchleuten auf die Finger sehen wolle, bis er endlich den Hausknecht auf seine Spur nachschickte und herausbekam, daß er Buchhalter bei Stubborn sei. Er wollte dies im Anfang gar nicht glauben, denn ein so schäbiger, winkelkriechender Buchhalter war ihm noch nicht vorgekommen. Als Trick aber im Kontor die Proviantlieferung für den verlorenen „Komet" mit ihm abschloß, mußte er wohl die Sache anerkennen. Sein heutiges Benehmen war durch Trick veranlaßt worden, den er auf das Gespräch der beiden Gäste lauschend fand und der ihm ein Zeichen gab, daß er unbemerkt bleiben wolle. Herr Laarsen, dem der Lotse ein viel zu guter Kunde war, als daß er ihn von jemand hätte belauschen lassen, verstand das Zeichen Tricks also falsch und tat, als nehme er an, er solle die Gäste hinausschaffen, was er denn sofort ausführte, und zwar zum größten Ärger Tricks, dessen Borsten und Katzenaugen er jetzt hinter dem Pfeiler vorrücken sah.

„Das ist also der Freund", flüsterte Trick, indem er ein Glas Portwein langsam hinabsog. „Teufel, wer hätte an den gedacht! Hm, hm. Nun, warte nur, Freundchen. Dich wollen wir wohl bald haben." Er sog wieder ein Glas aus – „hm, hm, ja, so wird's gehen. Machen wir ihn nur segelfertig."

Der Lotse schleppte den verwunderten Schwarz, ohne ein Wort zu sagen und sich mehrmals umschauend, beim Brodschrangen und Neuen Krahn vorbei über die Brooksbrücke und dann am Kehrwieder entlang, wo er endlich zu sprechen begann. „Wissen Sie, wer im Keller auf dem Sofa lag und schlief oder horchte?" sagte er zu Schwarz.

„Auf dem Sofa?" fragte dieser, jetzt erst das Wesen des Lotsen und des Wirtes begreifend.

„Nun, wer anders als Ihr Buchhalter Trick. Sehen Sie", fuhr Nielsen fort, indem er die Blicke des erstaunten Schwarz über das Wasser lenkte: „Sehen Sie, dort kommt er aus dem Keller und sieht sich nach uns um. Er sucht auf dem Wasser. Stellen Sie sich hinter die Fässer, denn er hat scharfe Augen. Ha, jetzt geht er weiter. Sehen Sie! Er steigt in den Keller zum Lumpenhändler. Was mag er dort wollen?"

„Kann's nicht sagen", sprach Schwarz kopfschüttelnd.

„Ich will's schon 'rauskriegen", murmelte Nielsen hinüberdrohend, „Keller um Keller, mien Jung. Nun kommen Sie aber! Wir wollen nach dem Blockhaus[7] hinübergehen, wo es auf der Brücke keine versteckten Sofas gibt. Sie haben also keinen Brief von Kern?"

„Ich sage Ihnen, nein. Sie fragten mich schon am Sonntag danach. Was ist's mit Kern? Welches Geheimnis steckt hinter dem Mann, dessen ich mich von früher aus unserem Geschäft erinnere und der als durchgegangener Betrüger angesehen zu werden scheint?"

Der Lotse blieb auf der Brücke zum Blockhaus stehen und ließ einen langen, leisen Pfiff durch die Zähne erschallen.

„Dahin läßt man also den Kurs anliegen?" sprach er, mit der Faust in die Luft drohend.

„Nun, ich sage Ihnen, daß Kern weder durchgegangen noch ein Betrüger ist. Er ist ein ebenso ehrlicher Mann wie ich!"

Schwarz konnte in diesem Augenblick ein Lächeln nicht unterdrücken und sprach: „Das ist ganz gut, wenn es nicht vom Ottensener Zollamt aus betrachtet wird."

Nielsen ward vor Zorn rot und sagte: „Sie als Kaufmann sind doch nicht der Narr, der im Schmuggel ein Unrecht sieht? Was ist denn ehrlicher? Ihnen eine Flasche Wein oder den Zucker und Tee billig zu verschaffen, oder Ihnen die Hälfte davon wegzunehmen, ehe Sie es ins Haus bekommen? Was ist denn ehrlicher? An der Grenze herumzulungern, um die Leute auszurauben, oder an der Grenze herumzulungern, um den Leuten etwas zu bringen? Doch lassen wir das. Ich kann nichts weiter sagen, als daß mir Kern vor neun Jahren ein versiegeltes Paket übergeben hat, als er im Auftrage Stubborns nach Amerika hinüberging, und daß ich dies Paket jemand aus dem Stubbornschen Hause geben soll, wenn er einen Brief Kerns vorzeigt, in dem alle näheren Verhältnisse erklärt sind."

„Kennen Sie die Verhältnisse?"

„Leider nicht, denn als Kern vor seiner Abreise zu mir kam, war ich nach zehnjähriger Abwesenheit von den Südseeinseln heimgekehrt, wo ich ein halber Wilder und mehr Fisch als Mensch ward. Ich mußte Kern von meinen Reisen erzählen und erhielt erst im letzten Augenblick das Paket zur Aufbewahrung. Seitdem war er verschollen und kommt erst vor wenigen Tagen durch seinen Brief wieder zum Vorschein, in dem er mich mit einigen Worten wegen seiner Schicksale an den verweist, der das Paket abholen wird. Ich erinnerte mich dunkel, daß er von Ihnen und Ihrem Bruder gesprochen hat. Wenn Sie aber keinen Brief haben, kann ich Ihnen auch das Paket nicht geben, obgleich ich bestimmt glaube, daß es für Sie ist."

„Hm. Wenn nun der Brief etwa unterschlagen wäre und Trick käme damit?"

„Trick wird sich hüten, da er uns im Keller belauscht hat. Und wenn Trick mit dem Brief käme, würde ich nichts von einem Paket wissen. Ich bin überzeugt, daß es nichts für ihn ist", sprach Nielsen bestimmt.

„Nun, wissen Sie was? Ich komme hinaus, und wir öffnen das Paket miteinander. Ist es nichts für mich, so machen wir's wieder zu. Ich hoffe, Sie halten mich für einen ebenso ehrlichen Mann, wie Sie selbst sind", sagte Schwarz lächelnd.

„Darüber müssen wir erst das Zollamt in Ottensen fragen, wenn die zehntausend Zigarren voll sind, die Sie durchgeschmuggelt haben", erwiderte Nielsen laut lachend. Dann fuhr er fort: „Wenn Sie in ein paar Tagen keinen Brief erhalten, so kommen Sie. Wir wollen dann sehen, was im Paket ist. Jetzt leben Sie aber wohl. Ich will mich wieder nach den Kajen übersetzen lassen und meine Flaschen holen, auf die Jörs draußen lauert, die er aber ebensowenig kriegen soll wie die vorigen." – Bei diesen Worten stieg Nielsen die alte wacklige Holztreppe hinab, die vom Blockhause nach dem Wasser führte, und ließ sich von einem vorbeifahrenden Jollenführer aufnehmen.

Ernst Schwarz blieb auf dem Balkon des Blockhauses stehen und sah gedankenvoll in das Treiben auf dem Wasser, das sich hier sehr lebhaft entwickelte.

Das alte Blockhaus war ein komisches Ding und stand auf unzähligen Pfählen, wie eine Amphibie, die auf Beute lauert, im Wasser. Es erhaschte auch seinen Fang Tag für Tag von den Vorüberfahrenden, denn eine schwarze Tafel neben der Tür machte bekannt, daß sich Zoll und Akzise hier befänden. Eine Anzahl Akzisebeamte stand auf dem Floß am Fuße des Hauses und gab scharf acht, daß ja kein Pfund Fleisch oder kein Brot unversteuert in die freie Stadt gelange, während oben neben der hanseatischen Schildwache ein sogenannter „Meister" auf Handwerkserzeugnisse vigilierte. Dieser Meister fand sich an allen Toren und war meistens ein Handwerksmann, der wenig Auftrag oder Lust zur Arbeit hatte und von den Gewerken hergestellt ward, um darauf zu sehen, daß ja nichts von den Vorstädten hereinkäme und daß dadurch den Meistern in der Stadt ein Verdienst entginge. Die Handwerker in St. Georg und St. Pauli hatten zwar ganz dieselben Lasten zu tragen wie die in der Stadt und wären in andern Städten der Knechtschaft nicht gehindert worden, ihre Arbeiten für Stadt und Vorstadt zugleich zu liefern. Eine freie Stadt jedoch mußte das Vorrecht haben, möglichst viel und auf mannigfaltige Weise aus ihren Bürgern herauszupressen.

Schwarz freilich waren Senatorenhoheit und Torsperre Dinge, die er seit seiner Jugend als natürliche Einrichtungen betrachtete. Er sah die Schuten unten anlegen und die Zollzettel abgeben, er sah die Torf- und Gemüseewer durchsuchen und die Jollen anhalten und blickte über das ganze Getriebe hinweg, weil er in unbestimmter Ferne nach einem Zusammenhang zwischen sich und dem so lange verschollenen Buchhalter suchte. Es war ihm, als habe er einmal gehört, daß das Stubbornsche Haus seine Eltern besessen und der Buchhalter Kern Näheres darüber wisse. Er konnte aber nichts erfahren, da im Geschäft niemand aus früherer Zeit existierte. Nur so viel war ihm bekannt, daß sein Vater von den Franzosen erschossen wurde, als er selbst kaum ein Jahr alt und sein Bruder noch nicht geboren war. Die Geburt hatte der Mutter das Leben gekostet.

Er stand und grübelte noch, als er sich aus einem Boot anrufen hörte. Ein bekannter Schiffbauer winkte ihm, herabzukommen und ließ das Boot anlegen.

„Wollen Sie Ihr neues Schiff einmal mit ansehen?" fragte er Schwarz.

„Neues Schiff?" sprach dieser verwundert.

„Nun ja! Herr Stubborn hat eben Besitz davon genommen und mir Auftrag gegeben, es seetüchtig zu machen, damit es die Kommission besichtigen kann. Sie haben das Schiff um ein Spottgeld gekauft, weil Kapitän Groth, dem es gehört, an der Gicht leidet und es gern so schnell wie möglich los sein wollte. Das Malheur des einen ist immer der Vorteil des andern", bemerkte der Schiffbauer, indem er für Schwarz die Steuerbank abwischte.

„Wie heißt denn das Schiff?" sprach dieser, sich in das Boot setzend.

„‚Die Gebrüder'. Eine schöne Brigg. Wird außer ein bißchen Malen und Verproviantieren nicht viel zu tun geben. Bin neugierig, wen Herr Stubborn als Kapitän anstellen wird. Dort liegt sie." Bei diesen Worten zeigte der Mann auf eine große Brigg, an deren Seite das Boot bald lag, worauf er und Schwarz das Fallreep hinaufkletterten. Auf dem Deck fanden sie einen Herrn, der die Takelage mit kritischem Blick betrachtete, das Steuerrad und den Kompaß besah und dann mit den Händen auf dem Rücken kopfschüttelnd umherging.

„Nun, Herr Wöllers", redete ihn der Schiffbauer an. „Gefällt Ihnen das Schiff nicht?"

„Oh! oh! Im Gegenteil. Ich ärgere mich, daß mir das Schiff durch die Nase gegangen ist, hätte es gern selbst gekauft, um einmal als Kapitän eine Spekulationsfahrt zu machen. Habe eben vom Kapitän erfahren, daß es weg ist", entgegnete Meister Wöllers.

„Ist es Ihnen nicht ein bißchen zu groß?" bemerkte der Schiffbauer mit einem verschmitzten Zug um den Mund.

„O neee – lüttje Brigg, die sich leicht führt", sagte Wöllers, das Steuerrad ein wenig hin und her drehend. „Guter Segler?" fragte er.

„Ausgezeichnet! Geht auf acht Striche an den Wind", beteuerte der andere.

„Auf acht? Ei, Ihnen soll doch der Teufel den Kompaß richten!" schrie Meister Wöllers. „Glauben Sie denn, daß ich nicht weiß, was auf acht Striche an den Wind gehen heißt, he? So segelt meine Frau, wenn sie nach meinem Kurs segeln soll! Dunnerslag! Ich habe gar nicht an sie gedacht. Was würde die zu dem Handel gesagt haben!"

„Ich dachte ja, daß es ein wenig zu groß sein würde. Ich wüßte aber was anderes für Sie", tröstete der Spötter.

„Nun 'raus damit", rief der Meister.

„Der Makler Kirsten will seinen lüttjen Kutter, den ‚Seehund', verkaufen. Nettes Ding, mit zwei Kajüten."

„Was verlangt er dafür?"

„Sechshundert Mark."

„Wo liegt er?" fragte Wöllers begierig.

„Er liegt bei meiner Werft und wird eben kalfatert. – Ah, guten Tag, Herr Trick!" sprach der Schiffbauer, sich nach einem Kopf wendend, der eben über der Reling erschien, und dem Herr Trick nebst einem Herrn folgte, der ein Assekuranzmakler war und das Schiff besichtigte, als wollte er eins danach machen.

Nachdem der Makler das Schiff genügend untersucht hatte, fragte er, worin wohl die Ladung bestehen werde.

„Wir werden diesmal eine klingende Ladung haben", sprach Trick. „Es sind fünfundzwanzig große Konzertflügel nach Singapore bestellt. Dann ist auf Java großer Glasbedarf, feine böhmische Ware. Alles geschliffen und vergoldet. Kronleuchter, Spiegel und dergleichen."

„Nichts Feuergefährliches?"

„Gar nichts", beteuerte Trick.

„Fünfundzwanzig Konzertflügel! Gott erbarme sich über die Singaporer, wenn jeden Tag Tonleitern darauf gespielt werden!" schrie der Makler in komischer Verzweiflung. „Na, vielleicht wollen sie die Tiger damit vertreiben."

„Hm – der Bedarf ist drüben da", meinte Herr Trick. „– Herr Schwarz!" wandte er sich an diesen, „sorgen Sie doch dafür, daß Wilm aufpaßt, damit die Kisten der Instrumente gut verpicht werden, sonst könnten die Saiten rosten. – Wie kommen Sie denn hier aufs Schiff?" fragte er plötzlich.

„Durch Zufall! Unser Herr Prinzipal betreibt seine Geschäfte so geheimnisvoll, daß ich gar nicht gewußt hätte, daß wir wieder ein Schiff haben, wenn mich Herr Marbs nicht vom Blockhaus mitgenommen hätte", sprach Schwarz.

Herr Trick sah Schwarz mißtrauisch von der Seite an und bemerkte, daß er es ihn ein andermal vier Wochen vorher wissen lassen wolle, wenn Herr Stubborn ein Schiff zu kaufen beabsichtige.

Die Elbe
bei Neumühlen

Achtes Kapitel

# Nächtliche Unternehmungen

Da Nielsen erst mit der ablaufenden Ebbe nach Haus zu fahren dachte, so hatte er viel Zeit übrig und schlenderte deshalb langsam an den Kajen hin. Er hielt dabei einen Keller im Auge, in den der Frühling einzuziehen nicht geneigt war, wenn er sich auch sonst überall hinlocken ließ. Nielsen stand vor dem Keller still und betrachtete den Lumpenkram. Da er einen Bootshaken fand, so nahm er diesen in die Hand und besah ihn, in der Hoffnung, den Prinzipal des Lumpenhandels herauszulocken. Wolf seinerseits saß hinten im Dunkeln und dachte den Lotsen hereinzulocken, damit er die Glasscherben herunterwerfe.

Da niemand erschien, so begann Nielsen herunterzusteigen und in Ermangelung einer Glocke den Ofen mit dem Bootshaken zu bearbeiten, worauf Wolf sogleich bei der Hand war, um nachzusehen, ob er keinen Sprung entdecken könne, der eine Schadenforderung möglich mache. Leider war der Ofen zwar verrostet, aber nicht zersprungen, und Wolf fragte deshalb mürrisch, was es gebe.

Der Bootshaken ward um drei Schillinge erhandelt. Dann sah sich Nielsen aufmerksam um und fragte Wolf: „Habt Ihr sonst nichts, womit ein Geschäft zu machen ist?“

„Geschäft zu machen?“ lispelte Wolf, indem er den Lotsen mit den Augen durchbohrte.

„Habt Ihr vielleicht was, womit sich ein Geschäft machen ließe?“

„Ha, ha! Ich bin immer geneigt, ein Geschäft zu machen.“

„Habt eben ein recht nettes mit ihm gemacht – he?“ sprach Nielsen, ein Auge zudrückend und dabei nach oben zeigend.

„Mit wem?“ fragte Wolf erstaunt.

„Nun, soll ich sagen, mit meinem Freund Trick?“ fuhr Nielsen vertraulich fort. „Er ist ein geriebener alter Junge und verdient was dabei. Ich brauche auch davon und gebe mehr als er, aber er kommt mir immer zuvor. Hat er alles genommen, was Ihr habt?“ Wenn ich nur erst wüßte, was er gesucht hat, dachte Nielsen. – Es muß großer Bedarf sein, dachte Wolf und erwiderte: „Alles? Noch viel mehr! Es muß mir ein Hagelwetter und ein allgemeiner Ehestandskrieg zu Hilfe kommen, wenn ich's ihm in vier Wochen schaffen soll. Indes was würdet Ihr für den Zentner geben?“

Wenn ich nur wüßte was, dachte wiederum Nielsen und sagte überlegend: „Das kommt ganz auf die Qualität an. Zeigt mir eine Probe.“

Der alte Wolf bückte sich nach einigen Glas- und Geschirrscherben, hielt jedoch inne, ehe er noch eine Hand ausgestreckt hatte, und sprach: „Es hilft nichts. Ich kann keine weiteren Bestellungen annehmen, denn ich muß dreihundert Zentner schaffen. Also, lieber Freund, wendet Euch woanders hin.“

„Nun, wie Ihr wollt“, sprach Nielsen ärgerlich, daß er, so nahe der Sache, sie doch nicht herausbekommen konnte. Er ging fort und zerbrach sich den Kopf, wovon Trick wohl dreihundert Zentner brauche. Es lagen aber so unendlich viele Gegenstände um den alten Wolf herum, daß es ebensogut Ketten, Öfen, Tauwerk und Teekessel wie alte Lederkoffer, Stiefel und invalide Regenschirme sein konnten.

Nielsen verbiß seinen Ärger bei einem Glas Wein und trug seine gefüllten Flaschen, denen er noch ein paar Dutzend andere beifügte, aus Laarsens Keller in sein Boot, als die Ebbe eintrat, um mit ihr langsam hinabzutreiben.

Er betrachtete das Baumhaus, das wie ein alter reicher, behäbiger Holländer am Wasser stand und auf die Schiffe blickte; dann stand drüben das Blockhaus, ebenfalls holländischer Natur, mit seinen glänzenden Hohlziegeln und dem von Grünspan überzogenen Türmchen auf dem Dache, während zwischen den dunklen, schlüpfrigen Pfählen seiner Grundlagen ganze Rattenkolonien ihr Wesen trieben. Dem Ausgang am Blockhaus strebte mit Beginn der Ebbe eine ganze Flotte kleiner Fahrzeuge zu, deren Lenker ihre Geschäfte in der Stadt beendet hatten und nun die acht Ebbestunden benutzen wollten, um wieder nach Hause oder wenigstens ein Stück weiter zu kommen. Nielsen trieb in der ersten Hafengasse weiter und ward hier von einem Schiff angerufen. Er sah hinauf und erblickte Trick, der neben Stubborn über die Reling schaute und ihn fragte, ob er nach Neumühlen führe und den Herrn Prinzipal mitnehmen würde. Nielsen war gern dazu bereit, wenn Herr Stubborn auf seinen Ewer umsteigen und sich von da an das Land setzen lassen wolle, was seine Passagiere, er zeigte auf die Flaschen, nötig machten.

Herr Stubborn, der selbst solche Geschäftchen, nur in größerem Maßstabe, machte, war dies zufrieden und kletterte in das Boot. Als der Lotse den offenen Strom gewonnen hatte, ließ er das Fahrzeug treiben. Herr Stubborn erkundigte sich nach dem Ertrag der Schmuggelei und schüttelte mißbilligend den Kopf, als er erfuhr, daß Nielsen jährlich etwa bloß sechs- bis achthundert Mark damit verdiene. Eine Lumperei, nicht der Mühe wert, sich damit zu befassen.

Er fragte Nielsen, ob er geneigt sei, für ihn eine Partie Waren zu schmuggeln und bei sich niederzulegen, wozu der Lotse natürlich sofort bereit war und eine weit bessere Meinung als bisher von Herrn Stubborn bekam. Dann erkundigte er sich nach Nielsens nautischen Kenntnissen und nach seinen sonstigen Verhältnissen, kurz, er zeigte eine Teilnahme für den

Lotsen, die diesen in gerechtes Erstaunen setzte, denn der kalte Mann hatte ihm sonst kaum einen Blick geschenkt.

Die Sonne warf schon warme Lichter auf den Strand, als das Boot Neumühlen erreichte, wo man fröhliche Gruppen junger Leute im Sande liegen sah, auf dem hier und da einige Boote trocken lagen, als hätten sie das ewige Schwimmen satt und wollten auch einmal ausruhen. Stubborn stieg auf Nielsens Ewer, der ein paar Klafter vom Land entfernt vor Anker lag, und ließ sich von da in einem andern Boot aufs Trockene setzen. Nielsen hatte schon lange den Zollwächter hinter dem Baum bemerkt, wo er mit seinem Fernrohr stand, und ließ jede Flasche recht geflissentlich in der Sonne spielen, ehe er sie in den Ewer legte, wodurch er den ihn beobachtenden Jörs, der heute einen besonderen Durst fühlte, beinahe zur Raserei brachte. Der Zollbeamte begab sich an den Strand, um sich auf die Lauer zu legen, denn er wußte gewiß, daß Nielsen in der Nacht eine Partie Waren an Land schaffen würde. Als er bei Stubborns Garten vorbeiging, hörte er sich leise anrufen und sah den Kaufmann in einer dichten Laube, an die er ihn heranwinkte.

Jörs sah sich überall um, ob das Winken vielleicht jemand anderem gelte, durchspähte dann alles umher, damit man ihm keine Falle lege und seine Aufmerksamkeit etwa abzulenken suche, um indes etwas an das Land zu schaffen, und trat dann hinter die Laube, aus deren Blättern Stubborn den Kopf steckte und ein langes, leises Gespräch mit ihm hielt, das ihn so fesselte, daß Nielsen dabei seine ganze Ladung bequem an das Land gebracht hätte, wenn er dies gewollt.

Am Ufer saß im weichen Sande Kühnmanns Familie und hörte Papa Kühnmann zu, der aus der Zeitung vorlas. Wie der Böse immer um die Stätte des Guten schleicht, so schlich Jörs in den Weiden umher und hatte die glückliche Familie im Auge, um achtzugeben, ob vielleicht eine Flasche Wein zum Vorschein käme, die er als Konterbande wegnehmen könnte. Dabei hielt er sie immer zwischen sich und Nielsens Ewer, damit ihm keine Bewegung auf diesem entginge. Daß der Gehilfe des Lotsen im Raum saß und die Flaschen, nach denen der Zollwächter lechzte, an eine lange Flaggleine band, konnte er freilich nicht sehen.

Nielsen blieb ruhig liegen und trank schmauchend und in aller Gemütsruhe sein Glas Punsch, von dem der Duft sogar bis in die Weiden drang.

Als die Sonne im Bette der Elbe hinabgesunken war, stieg Nielsens Matrose in ein Boot und ruderte ein Stück abwärts, gerade bis vor Nielsens Haus, wo die Weidenbüsche fast bis zur Ebbegrenze heruntergewachsen und von einem Schilfrande eingefaßt waren. Hier legte er das Boot vor Anker und fing an, Aale zu angeln. Der Abend war herabgesunken und ruhte auf dem Strom und seinen Ufern. Nur wenige kleine Schiffe trieben noch mit der Ebbe, während ein paar größere Fahrzeuge für die Nacht Anker geworfen hatten, worauf man das Feuer aus ihren Kombüsen glänzen sah. Die Gesellschaften der Sommerbewohner zogen sich in die Veranden und Salons zur Teemaschine zurück, und man hörte hier und da den Klang eines Pianos. Der Strand war leer. Nur Jörs stand noch in den Büschen und lauerte mit der Geduld eines Fischreihers auf jede Bewegung Nielsens, der auf seinem Ewer halb hinter dem Segel lag und eingeschlafen zu sein schien, während sein Matrose beharrlich weiterangelte.

Wäre Jörs nicht zu klug gewesen, um sich von seinem Posten weglocken zu lassen, so hätte er vielleicht sehen können, wie Nielsen Flasche um Flasche an der Fangleine ins Wasser ließ, und wie der angelnde Matrose die Flaschen, die, an die Leine gebunden, gerade unter Wasser schwammen, an sein Boot zog, von wo aus sie dann wieder durch unsichtbare Hände an einem Tau zwischen dem Gebüsch nach Nielsens Garten hinaufwanderten wie ein Zug Enten, die schweigend hintereinander das Ufer hinaufwatscheln.

Die Nacht sank mehr und mehr herab, und der Portwein, auf den Jörs lauerte, war längst in Sicherheit, als dieser noch immer in den Büschen stand. Er sah endlich den Angler wieder an Bord zurückkehren, wo er ihn mit Nielsen lachen hörte, und verließ die Weiden, um vor dem Ewer am Strand hin und her zu laufen. Das Wasser war bedeutend niedriger geworden und das Fahrzeug dadurch dem Ufer so nahe gekommen, daß es mit einem guten Sprung erreichbar schien. Jörs maß die Entfernung mit gierigen Blicken. Konnte er den Bord erfassen, ohne ein Boot anzuwenden, dann war alles, was er dort fand, in seiner Gewalt, denn so weit ging sein Recht. Er konnte nicht schwimmen und wußte gewiß, daß, wollte er hinüberwaten und verlöre den Grund, weder Nielsen noch irgendein anderer von den Strandleuten auch nur einen Finger rühren würde, um ihn herauszuziehen.

Der Durst eines Säufers ist jedoch eine so mächtige Triebfeder, daß er selbst das Ertrinken im Wasser nicht scheut, um zum Ertrinken im Spiritus zu gelangen. Deshalb nahm denn Jörs, da ihm der glückverheißende Ewer im Dämmerlicht immer näher zu kommen schien, einen verzweifelten Anlauf, rannte bis an die Knie ins Wasser und tat dann einen wahren Tigersprung nach dem Fahrzeug.

Er hatte sich jedoch etwas verrechnet, denn statt die Reling zu fassen, trafen seine Finger nur die Planken, an denen er sich nicht halten konnte. Es war indes doch Hoffnung, an Bord zu kommen, da einige Fuß weiter ein Tau über Bord hing, das er zu fassen suchte. Der Däne, der mit Entsetzen den Grund unter seinen Füßen verschwinden fühlte, wollte eben danach greifen, als ihn eine Hand bei den Haaren packte und, ohne ein Wort zu sagen, einige Male untertauchte, worauf sie ihn vom Fahrzeug abstieß und seinem Schicksal überließ. Er wollte einen Schrei ausstoßen, sank aber dabei unter und bekam den Mund so voll Wasser, daß er das Unglaubliche tat und etwa ein halbes Maß von dieser verhaßten Flüssigkeit verschluckte, ehe er den Mund schloß. Er war nahe daran, seinen Durst für immer zu löschen, und begann mit Händen und Beinen zu strampeln, als er unter dem Wasser verschwand. Da fühlte er Grund und kroch halb ertrunken auf den Strand, wo er eine lange Weile sitzen blieb und Wasser spuckte, dann seine Stiefel ausschüttete und endlich, unter dem Gelächter der Schiffer, im wahren Sinne des Wortes wie ein begossener Pudel abzog, ohne an diesem unseligen Abend etwas anderes als Wasser getrunken zu haben.

Der jüngere Schwarz, der zwischen einigen Bäumen auf der Höhe den Sonnenuntergang beobachtet und nach Stubborns Haus hinabgeschaut hatte, stieg jetzt einen der dämmerigen Hohlwege hinab und gelangte bald an den Garten, der sich von Stubborns Landhaus den Hügel heraufzog. Er wollte eben durch eine ihm schon bekannte Öffnung im Zaun treten, als er mit Verwunderung Stubborn den Weg zur Hintertür hinaufsteigen sah. Er hatte fest geglaubt, daß sein Prinzipal in der Stadt sei, und war herausgeeilt, um im Anblick seiner Julie zu schwelgen, deren Zimmer er von einem kleinen Tannendickicht aus ungesehen überblicken konnte, während es ein alter Apfelbaum möglich machte, bis an das Fenster zu gelangen, welchen Umstand der junge Mann oft bei eingebrochener Nacht benutzte, um so nahe wie möglich zu sein. Jetzt verbarg er sich schnell zwischen einigen Büschen und sah, wie Stubborn den Hohlweg hinaufging. Er schlich nach und hatte die Freude zu bemerken, daß der Prinzipal in einen Omnibus stieg und nach der Stadt fuhr. Der junge Mann ging nun wieder zurück und betrat sein Versteck in den Fichten, wo er die völlige Dunkelheit abwartete und das Vergnügen genoß, seine Angebetete zu beobachten, die, den Lauscher nicht ahnend, eine Lampe mit rosafarbigem Papierschirm anzündete, um ihre Kleider von sich zu werfen und ein weißseidenes Nachtgewand anzulegen, das vorn mit hellblauen Samtschleifen verziert war und sie noch zehnmal reizender machte als jedes andere Kostüm. Dabei löste sie ihr Haar und ließ die goldene Flut über den blendenden Nacken fallen, zugleich aber auch den neidischen Vorhang vor das Fenster.

Der vor Liebe glühende Adolf ließ sich den entzückenden Anblick aber nicht so ohne weiteres entziehen. Er besaß ja im Apfelbaum ein Mittel, an das Fenster zu gelangen und durch die Spalte im Vorhang zu sehen. Er hätte wohl auch nötigenfalls einen Turm am Blitzableiter erstiegen, um in das Zimmer seiner Geliebten zu schauen. Indem er nun eben auf dem geeigneten Zweig angelangt war, sah er, daß der Vorhang gehoben und das Fenster schnell geöffnet ward, worauf sich das erstaunte Gesicht Juliens dem seinigen kaum zwei Fuß weit gegenüber befand.

Das Mädchen hatte das Fenster geöffnet, um die balsamische Nachtluft noch mit vollen Zügen zu trinken, und fand jetzt ihren Geliebten inmitten der Blüten des Apfelbaumes. Er schwebte vor ihr in der Luft und ward nach einigen Augenblicken von ihren weichen Armen umschlungen, während sich ihre Lippen auf die seinigen legten. Ein sonderbares Stück Liebesgeschichte, die nie danach fragt, ob das Terrain halsbrecherisch ist oder nicht.

Nach einigen Augenblicken war der Liebhaber vom Baum verschwunden, das Fenster geschlossen und der Vorhang sorgfältig heruntergelassen.

Neuntes Kapitel

# Am Strand von Helgoland

Um dieselbe Zeit, in der Meister Wöllers Besitz von der Sandinsel nahm, auf der ihn das oben beschriebene Aprilwetter im Schlaf ereilte, lungerten auf der Insel Helgoland verschiedene Lotsen in sonntäglicher Ruhe an der Falm und dem alten Leuchtturm umher. Sie hätten eigentlich den Sonntag dazu nicht nötig gehabt, denn auf Helgoland ist, streng genommen, jeder Tag Sonntag.

Glippen

Da aber doch ein Abschnitt in der Woche gemacht werden muß, ziehen sich die Helgoländer sonntags ein paar neugewaschene Segeltuchhosen an (wenn gerade welche gewaschen sind), fügen vielleicht ein weißes Leinwandhemd zu dem permanenten blauwollenen und lungern etwas langsamer als wochentags.

An der Falm, so heißt die Straße oder der Weg, der auf einer Seite an der Klippe von einer Mauer, auf der andern Seite von Häusern eingefaßt ist, an der Falm also lehnte eine Reihe von Lotsen mit den Armen bequem auf der Mauer. Nur am alten Feuerturm standen und saßen ein paar Männer, die lässig nach dem Horizont schauten und über die nahe Badezeit sprachen. Sie blickten dabei auf einen Mann, der auf der Bank am Turm saß und durch ein Schiffsfernrohr nach den Schiffen blickte, die nach und von der Elbe gingen. Er hatte die Schiffe wiederholt durch sein Fernrohr betrachtet und richtete es jetzt nochmals auf einen Punkt, der ihn besonders interessierte. Er warf dabei einige Seitenblicke auf seine Kameraden und erhob sich dann langsam, als er sie im eifrigen Gespräch erblickte, worauf er es entschieden zusammenschob und sich verstohlen umblickte, ob er von niemand beobachtet werde. Dann nahm er das Rohr unter den Arm und schlenderte ruhig der Falm zu. Als er an den alten Pulverturm kam, stand plötzlich ein junger Mann vor ihm und betrachtete ihn mit pfiffigem Schmunzeln. Der Lotse stand still, als stemme er sich mit aller Kraft gegen eine geheime Gewalt, die ihn fortziehe. Er sagte freundlich, „Goden Dag, Uterhark“, hatte aber offenbar die größte Lust, dem Gegrüßten eins mit dem Fernrohr über den Kopf zu geben.

„Goden Dag, Jakob“, sagte der andere, indem er ihn forschend betrachtete, „wo hinaus?“

„Nach dem Unterland!“ sprach der Lotse und wollte weiter.

„Nach dem Unterland?“ fragte der junge Helgoländer, indem er einen scharfen Blick nach der See hinauswarf. „Weshalb?“

„Na, zum Teufel, ich werde doch nach dem Unterland gehen können, ohne dir Rechnung darüber abzulegen!“ schrie der Ältere ärgerlich.

„Gib mir doch einmal dein Fernrohr“, erwiderte der andere, die Hand nach dem Rohr ausstreckend, „und schrei nicht so, denn wenn Jakob Siemens schreit, dann kommen mehr, als er braucht.“

„Das Fernrohr ist zerbrochen", knurrte der Lotse.

„Man kann aber doch vielleicht durchsehen, ob es etwas zum Glippen gibt!" flüsterte ihm Uterhark zu.

„Den Teufel noch mal, halt's Maul, Junge!" sprach Siemens, sich schnell umblickend.

„Aha! Also doch! Nun, ich dachte mir's, daß du nicht umsonst spekuliertest. Ich habe die schärfsten Augen und glaube zu sehen, daß ein Schiff außer Kurs nach Elbe oder See ist, was gibt's damit?"

„Es muß ihm etwas am Ruder passiert sein. Es hält nach hier zu. Doch hier herein." Die letzteren Worte sprach Siemens, als er an die Falm kam, wo er in eine der kleinen engen Gassen einbog, um die Lotsenversammlung an der Mauer zu umgehen. Zwischen den kleinen Hütten hingehend, fuhr er fort: „Ich als Lotsenoffizier werde jetzt nach dem Strand gehen und mich bei der Jolle aufhalten. Du holst noch einige herzu, aber mach deine Sache gut und pfiffig, und dann los! Es wird was geben, denn hinten steigt eine Bank auf."

Die beiden Lotsen trennten sich, und Siemens stieg mit der gleichgültigsten Miene von der Welt die Treppe hinab, gab sein Fernrohr unten einem Jungen und ging nach dem Strand, wo er einen Augenblick bei Nickel Block in das Wirtshaus trat und an die Hakentafel schaute, auf jenes geheimnisvolle schwarze Brett, das Bankkonto der Helgoländer, worauf die Guthaben angeschrieben und abgetrunken werden. Nachdem er die Tafel einige Augenblicke studiert, sah er einem Paar alter Seehunde ins Gesicht, machte ein Auge zu und blickte mit dem andern nach der Tür, wobei der eine fast vor Schreck sein Glas fallen ließ, das er eben nach dem Munde führte. Dann ging er so ruhig und langsam hinaus, als dies nur möglich war, und die beiden folgten ebenso ruhig und ohne ein Wort zu sagen.

Nickel Block hätte aber nicht Nickel Block der Lotsenwirt sein müssen, wenn er nicht sogleich etwas gewittert hätte, was „Haken" tragen konnte. Er sah deshalb drei seiner besten Stammgäste mit gespitztem Munde pfiffig lächelnd an und zeigte mit dem Daumen nach den Abgehenden. Die drei blickten sich schmunzelnd an und verließen ebenfalls langsam die Stube.

Draußen standen dann alle müßig umher und blickten irgendwohin, nur nicht nach Siemens oder einem gewissen kleinen Boot, auf das sie unbemerkt losrückten und es wie mit einem unsichtbaren Netz umspannen. Uterhark war auch mit drei Spießgesellen herabgekommen und suchte Feuer für seine Zigarre zu machen, an etwas anderes dachte er offenbar gar nicht. Siemens stand mit dem Rücken nach dem Wasser und sah nach der Treppe hinauf.

Plötzlich ward es droben lebendig. Einige Männer huschten mit großen Schritten die Stufen hinab, denen bald der ganze Lotsenhaufen nachstürzte.

„Los!" schrie Siemens in diesem Augenblick und sprang mit allen Verschworenen nach der kleinen Jolle, die ein jeder am Rand packte und sie mit wahnsinniger Eile über den Strand nach dem Wasser schleppte.

Es war, als sei der Rappel plötzlich unter alle Helgoländer gefahren, denn alles, was in der Nähe war, sprang mit verzweifelten Sätzen dem davongeschleppten Boot nach, als wäre es das Palladium der Insel und diese unrettbar verloren, wenn die Entführung gelänge. Aus der Hakenschänke kam ein Mann, der einen Krug Bier geholt hatte. Er sah kaum, was los war, als er dem Boot nachrannte und seinen Krug unterwegs in einen Haufen Seetang setzte, wobei er jedoch von einem andern überrannt wurde, den Seetang mit dem Bier traktierte und beim Aufstehen wie ein Schlangenbändiger aussah, da ihm ein langer Tang um Hals und Leib hing. Der andere verlor zwar seine Pantoffel, lief aber in den Strümpfen über das Strandgeröll und geradezu in die See dem Boot nach. Der ergrimmte Schlangenbändiger warf den hinderlichen Tang einem Vorbeieilenden wie einen Lasso zwischen die Beine, daß dieser stürzte und mit seiner Nase als Kiel eine Furche in den Sand zog, worauf er sie fluchend befühlte. Jetzt brach aus der Treppenstraße der Lotsenhaufe von der Falm und lief ebenfalls mit Geschrei nach dem Wasser. „Sie wollen glippen! Greift an! Sie wollen glippen!" schrie alles, als die Verschworenen mit dem Boot durch die leichte Brandung liefen.

Den zehn Männern, die die Jolle zuerst gepackt hatten, waren noch vier nachgekommen. Alle vierzehn rannten rücksichtslos drauflos, um das tiefe Wasser zu erreichen, denn hinter ihnen platschten und stampften noch zwanzig Füße in der flachen See. Das Vorhaben schien auch zu gelingen, denn einige hatten sich in das Boot geschwungen, und die übrigen schoben, fast bis an den Hals im Wasser, nach und dachten sich bis zur Lotsenschlupp am Rand festzuhalten. Sie hatten schon den Grund verloren und erhoben ein Triumphgeschrei, als ein Ungetüm daherkam, das den ganzen Plan scheitern machte.

Es war der lange Fischer, ein Helgoländer Riese, der noch ein gutes Stück aus dem Wasser guckte, wenn es andern Leuten schon über den Kopf ging, und der nun das Boot mit Leichtigkeit erreichte, weil es durch die vielen am Rand Hängenden unlenkbar ward.

Sobald er es ergriff, ertönte vom Strand ein Jubelgeschrei, denn er war jetzt der Fünfzehnte und hatte die Zahl überschritten, die einen Glippzug auf eigene Hand unternehmen durfte. Die Jolle mußte umkehren, und die gesamte Lotsenschaft loste nun um den Beistand für das näherkommende Schiff, das Hilfe verlangte, da der Wind aus Südwest aufstand und eine Wolkenwand heraufbrachte, dieselbe, die später Wöllers so einweichte.

Da der Wind zunahm und die See anfing, weiße Köpfe aufzusetzen und um die Düne einen breiten Schaumgürtel zu ziehen, so machte sich die Lotsenschlupp hinaus, um an das Schiff zu kommen, das alle Leinwand bis auf den Klüver eingeholt hatte. Das Fahrzeug war steuerlos und lief gerade auf die Südspitze der Düne zu, die es zu umschiffen strebte. Als man dies bemerkte, gingen so viele Boote wie möglich hinaus, um die Spitze vielleicht durch Bugsieren zu gewinnen. Da man aber vorher in aller Gemütlichkeit an Bord stieg und mit dem Kapitän handelte, wobei man so viel wie möglich herauszuschlagen suchte, so ward dieser wütend und jagte die Lotsen von Deck, indem er die Sache nicht für so gefährlich ansah und, als er bemerkte, daß er die Bande nicht loswerden konnte, die Anker fallen ließ. Leider war er jedoch zu weit nach der Düne getrieben und stieß, als die Ebbe eintrat, auf Grund, wobei die Dünungen über das Schiff zu rollen begannen, als es sich auf die Seite legte. Dabei brach auch noch ein Mast, und das Schiff war ein Wrack, in dessen Wanten die Matrosen retirierten. Der Sturm ließ zum Glück sehr bald nach, worauf die Leute ohne Verlust eines Menschenlebens geborgen wurden. Das Fahrzeug kam aus Buenos Aires und führte eine Ladung von Ochsenhäuten, die die Firma Stubborn als Zahlung für gelieferte Waren erhalten sollte. Das Schiff hatte bei dem Auflaufen kein Leck erhalten, mußte aber doch ausgeladen werden, um bei nächstem Hochwasser wieder vom Grund abzukommen. Die dienstfertigen Helgoländer gingen auch sofort an die Arbeit und schafften Haut um Haut auf die Insel, bis das Schiff leer war. Der Schaden war geringer, als man dachte, und die abgebrochene Steuerpinne durch Hilfe von Siemens bald wieder ersetzt, so wie die Stengen von einem früher gestrandeten Schiff einen Notmast gaben, womit man ganz gut die Elbe erreichen konnte.

Als es aber wieder ans Einladen ging, war nicht der vierte Teil der Häute mehr vorhanden, und die Ratleute sprachen die höchstwahrscheinliche Ansicht aus, daß die Ratten die übrigen indes gefressen haben müßten, denn die Helgoländer seien solche ehrlichen Leute, daß von Entwenden gar keine Rede sein könne.

Was wollte der Kapitän machen! Er ging zum Gouverneur, und dieser gab ihm den Trost, er solle froh sein, daß er seine eigene Haut behalten habe, womit der Schiffer nach der Elbe absegelte und die Sache von Cuxhaven aus an Stubborn berichtete.

Die Wut des ehrlichen Buchhalters Trick, als er den Brief des Kapitäns erhielt, ist kaum zu beschreiben. Er kam gerade vom Schiff, wo er Schwarz getroffen hatte, nach Hause und nahm in dem Flur dem Briefträger die Briefe ab, worunter der Cuxhavener war. Daß dabei ein Brief an Ernst Schwarz, der aus Neuyork kam, in das Kontor Stubborns geriet und nicht wieder herauskam, war reiner Zufall.

Stubborn griff zunächst nach dem Brief für Schwarz und erbrach ihn mit der größten Seelenruhe, als wäre er an ihn selber adressiert. Er war eben damit fertig, als Trick losbrach und die Helgoländer in die Tiefe der See verwünschte. Wenn es nach ihm gegangen wäre, hätte die ganze Insel hängen müssen, zur Warnung für alle Stranddiebe und zur Ergötzung aller ehrlichen Kaufleute. Er hielt in seiner Philippika inne, als er bemerkte, wie sein Prinzipal mit bleichen Lippen in den Brief blickte, und nahm ihm das Schreiben ohne weiteres aus der Hand.

„Was nun?“ fragte Stubborn leise, als Trick das Schreiben gelesen hatte.

„Was machen wir?“ fragte auch Trick.

„Sie müssen hinüber, sogleich, und die Sache in die Hand nehmen!“ drängte Stubborn.

„Strapazieren Sie sich nicht umsonst, Verehrtester“, sprach Trick lächelnd, „ich gehe nicht von Ihrer Seite. Machen Sie nur keinen Versuch mehr. Treu bis zum Galgen ist meine Devise. Jetzt handelt es sich vor allen Dingen hauptsächlich darum, Schwarz wegzubringen, und zwar schnell. Morgen noch. Damit er nicht zum Lotsen hinauskommt. Ich habe schon daran gedacht und dafür gesorgt, daß er nicht aus der Stadt kann. Wir müssen ein Übel mit dem andern bekämpfen. Also nehmen wir die Helgoländer Geschichte und machen Schwarz damit unschädlich.“

„Wie aber?“

„Sehr einfach. Großes Vertrauen. Wir schicken ihn nach Stade hinunter, nach Brunshausen, dort muß er sitzen und aufpassen, wer von unten herauf, besonders von Helgoland kommt und Ochsenhäute klariert, wonach wir bald sehen werden, wo sie geblieben sind, und so zwei Fliegen mit einer Klappe schlagen.“

„Ausgezeichnet“, sagte Stubborn, tief Atem holend. „Sie sind ein gewiegter – – –“

„Spitzbube“, ergänzte Trick sehr geschmeichelt. „Oder vielmehr Geschäftsmann, wollte ich sagen.“ Dann fuhr er fort: „In unserer Tageskasse fehlen diese Woche wieder sechshundert Mark.“

„Verdammt! Das geht seit drei Monaten so fort – haben Sie keinen – – –“

„Verdacht? Nein, Gewißheit! Ich habe ihn jetzt sicher. Er hat uns bereits an dreitausend Mark entwendet. Wir können ihn jeden Augenblick im Zuchthaus haben“, sprach Trick, sich vor Vergnügen die Hände reibend. „Was tun wir aber im Zuchthaus mit ihm?“

„Wer!“ sprach Stubborn mit hoffnungsvollem Gesicht. „Ein Schwarz?“

„Leider nicht!“ seufzte Trick – „der Kommis Müller!“

Stubborn sprang auf und griff nach der Kontortür.

„Halt!“ sagte Trick leise. „Wir brauchen den Mann nötig – wollen ihm Gelegenheit geben, noch einen guten Griff zu tun.“

„Aber sind Sie denn wahnsinnig!“ rief Stubborn erstaunt.

„Nicht im geringsten. Brauchen Sie nicht einen Mann, der mit Haut und Haar in Ihren Händen ist, um ihn nach Neuyork zu schicken und dort ein kleines Geschäftchen mit Kern zu besorgen?“

„Wahrhaftig", sagte Stubborn, die Hände erstaunt zusammenschlagend, „Sie sind ein kolossaler – – –"

„Geschäftsmann", sprach Trick schmunzelnd. „Lassen Sie mich nur machen. Nielsen wollen wir es auch hübsch besorgen. Dem Freund – ha, ha, wartet nur, Stubborn und Companie wird euch schon die Bilanz machen! – Sie wissen also von gar nichts!" schloß der Buchhalter, indem er sich bedeutungsvoll an die Nase klopfte und dann die Haare gegen das Kontor kehrte, in das er nun mit Stubborn eintrat und das dieser nach einem Blick auf den erwähnten Müller wieder verließ, während Trick zu dem jungen Mann trat.

„Schreiben Sie doch sogleich an unseren Agenten in Berlin. Er soll so schnell wie möglich noch zehn Stück Flügel von derselben Sorte, gut verpackt, für uns besorgen. Valuta folgt mit Schluß der Woche. So, immer fleißig und fidel!" sprach er, dem Kommis auf die Achsel klopfend. „Wo ist Herr Ernst Schwarz?" fragte er hierauf, sich umblickend.

„Im Spieker – er läßt die Instrumente verpichen", antwortete der Kommis.

Trick ging hin und fand Schwarz, wie er bei Wilm stand, der mit einem Teerquast alle Fugen der Flügelkisten verschmierte.

„Wir hätten doch eigentlich nachsehen sollen, ob gute Instrumente drin sind", sagte der Buchhalter. „Sie können uns ja in Berlin auch Kasten ohne Saiten hineinpacken. Aber freilich, sollen wir die Kisten erst aufmachen? Halt, ich habe es. Gebt mal einen Hammer her." Er nahm einen Hammer und klopfte damit stark an jede Kiste, worauf man die Saiten darin erklingen hörte. Als er alles durchgeklopft hatte, wandte er sich an Schwarz und sprach:

„Können Sie sofort zum Besten des Geschäfts eine kleine Reise unternehmen? Nur einige Stunden weit und auf ein paar Tage, bis wir einen sicheren Mann an den Platz schicken können. Sie müssen aber noch heute abend fort."

„Wohin?" fragte Schwarz aufhorchend.

„Nach Brunshausen, wo die aufkommenden Schiffe klarieren. Dort geben Sie von morgen früh an auf die Helgoländer acht und notieren jeden, der Ochsenhäute hat. Hier, lesen Sie", sagte Trick, dem verwunderten Schwarz den Brief des Kapitäns hinreichend.

„Das ist eine gute Idee", nickte dieser beistimmend. „Ich hoffe, damit fangen wir die Schwerenöter. Es ist aber allerdings

Eile nötig. Ich will mit dem englischen Dampfer hinunter, der um zehn Uhr abgeht, sonst gibt es keine Gelegenheit."

„Bravo, mein lieber Schwarz! Wir wollen die Seehunde schon fangen, und Sie sollen Ihre Prozente erhalten. Ich will mit dem Prinzipal sprechen. Gehen Sie ins Kontor, ich komme gleich."

Schwarz ging, und Trick folgte bald. Er kam gerade zu einem kleinen Wortwechsel, in den Schwarz mit Müller und noch einem Jüngling geraten war. Beide saßen auf ihren Kontorböcken und machten Schwarz Vorwürfe, daß er die Gesellschaft der „fidelen Seehunde" nicht respektiere, während andere es sich zur größten Ehre rechneten, von ihnen eingeladen zu werden. Schwarz entgegnete, daß ihm der Klub zu vornehm sei, da er aus lauter jungen Millionären zu bestehen scheine, wenigstens den Ausgaben nach. „Ich kann nicht begreifen, wo ihr das Geld dazu hernehmt. Ich habe doch mehr als ihr, aber zwei Partien mit den fidelen Seehunden würden mein Monatssalär verschlingen", schloß Schwarz. Die beiden Kommis sahen sich bedeutungsvoll an, und Müller entgegnete: „Man hat gute Freunde und der Klub eine gute Kasse."

Schwarz nickte: „Nun, dann seht nur zu, daß die Kasse immer stark bleibt."

Müller ward bei diesen Worten etwas blaß, während der andere rot wurde. Beide beugten sich über ihre Bücher, da eben der Buchhalter eintrat.

Trick ging an die Kasse und ließ Schwarz zwanzig Taler Reisespesen auszahlen. „Nur zwei oder drei Tage", bemerkte er dabei. Dann gab er ihm noch einige Aufträge, die bis zum Abend besorgt werden mußten, und empfahl ihm hierauf, ja rechtzeitig auf dem Dampfer zu erscheinen, wo er ihn erwarten wolle, worauf er seinen Hut nahm und ausging.

Der englische Dampfer, mit dem Schwarz nach Brunshausen hinuntergehen wollte, bewegte sich von den Schlängels, wo er bisher in Ruhe gelegen hatte, langsam nach den Landungsbrücken in St. Pauli. Es gehörte Geschicklichkeit dazu, den Koloß dahin zu bringen, ohne Schaden anzurichten, denn die langsamste Bewegung des dampfpustenden Ungeheuers war imstande, eins oder mehrere der kleinen Fahrzeuge zu zertrümmern, die hundertweise hier umherschwammen und zwischen die Bäuche der großen Schiffe krochen.

Der Hafenmeister, eine riesige Figur mit Händen von der Größe eines kleinen Bootes und mit einer Stimme, wie sie die größte Orgelpfeife hat, sprang und schrie denn auch nicht wenig auf der Kommandobrücke umher. Die Matrosen rannten und zogen da- und dorthin, die Räder stampften und schlugen vor- und rückwärts, und so gelang es endlich, den „Tiger" auf eine so zarte Weise an die Landungsbrücke zu bringen, daß von dem unbedeutenden Ruck, der erfolgte, nur zwei Leute ins Wasser geschleudert wurden und die Brücke ein wenig in den Fugen krachte, worauf alles in Ordnung war und der Dampf aus dem kleinen Rohr gelassen wurde und das Weite suchte.

Der Kapitän stand dabei auf dem Radkasten, der wie eine Kirchenkuppel über die Landungsbrücke emporragte. Er lehnte sich an das Geländer und rauchte eine Zigarre, ohne sich scheinbar um etwas zu kümmern. Er sah jedoch alles und hatte auf alles acht. Der erste Steuermann stand an der Brücke und trug überall Papiere: Papiere in den Taschen, in den Händen, und sogar den Mund hatte er voll Papiere, so daß er nur sehr undeutlich fluchen konnte, als der zweite Steuermann nicht gleich bei der Hand war, um sie ihm herauszunehmen. Dieser stand indes auf dem Achterdeck und sprach mit Herrn Trick, der ihm etwas sehr Amüsantes mitzuteilen schien, denn beide wollten sich vor Lachen ausschütten, worauf Trick dem Steuermann einige Taler in die Hand drückte und dieser jetzt den ersten Steuermann von den Papieren erlöste.

Herr Trick stieg in die Kajüte hinab und schrie nach dem Steward, der endlich mit einer Ladung Gläser erschien. Auch mit ihm verhandelte er etwas Spaßhaftes, denn beide lachten, und der Steward erhielt wieder einige Silberstücke, die er schmunzelnd einsteckte.

„Ich werde eine Flasche alten, besonders guten Portwein bringen, wie er ihn gern trinkt. Da er sich nicht gern traktieren läßt, so nehmt Ihr sie von ihm bezahlt – vergeßt aber dann nicht, es gibt einen Hauptspaß!" Damit ging Trick und arbeitete sich wieder an Land, um noch einmal nach Hause zu laufen.

Gegen halb zehn Uhr kam Ernst Schwarz mit einer Reisetasche in der Hand auf das Schiff und erklärte dem Steuermann, er wolle sich in Stade absetzen lassen. Der erste Steuermann wies ihn an den zweiten, der lächelnd nickte, und als Schwarz bezahlen wollte, erklärte er, das habe Zeit, bis sie in Fahrt wären.

Der junge Mann legte seine Tasche in den Salon und ging auf das Achterdeck, von wo er in den nächtlichen Hafen blickte, auf dem jetzt tiefe Ruhe lag. Plötzlich war Trick neben ihm und forderte ihn auf, ein Glas Wein auf gutes Gelingen des Geschäfts zu trinken. Es gäbe vortreffliche Ware an Bord. Schwarz war selbst geneigt dazu, da er ganz vergessen hatte, etwas zu Abend zu genießen. Man ging in die Kajüte, wo Trick den Steward rief und erst Kaviar mit Portwein und sodann ein Rumpsteak bestellte, wozu ein Glas Punsch nicht bitter sei. Schwarz aß und trank tüchtig, während sich Trick, seiner Gewohnheit entgegen, nur sehr wenig vom Portwein aneignete und sich mehr an den Punsch hielt. Als die Schiffsglocke läutete, machte er sich eilig davon und wünschte Schwarz eine gute Nacht, wobei er das Bezahlen vergaß und ihm überließ, was dem Reisenden lächerlich, aber ganz Trick angemessen erschien.

Das Schiff setzte sich endlich in Fahrt, nachdem es zu Steuer- und Backbord eine grüne und eine rote Laterne an die Radkästen gehängt und eine weiße am Fockmast aufgezogen hatte. Als der Hamburger und Altonaer Hafen passiert waren, dampfte der „Tiger“ die einsame Elbe hinab und glich einem Ungeheuer, das schnaubend mit glühenden Augen in die Nacht hinausjagt.

Kurz vor Stade kam der Steuermann leise in den Salon und sah nach Schwarz, den er in tiefem Schlaf auf der Seitenbank fand. Der Steward sah gleichfalls zur Tür herein, und beide zogen sich lachend zurück, ohne Schwarz zu wecken.

Das Schiff kam dann bei Cuxhaven vorbei und wurde vom Lotsenboot angerufen. „Nichts!“ hieß es, und der „Tiger“ stampfte weiter.

Endlich erwachte Schwarz und fuhr erschrocken empor, denn er sah das Tageslicht zum *skylight* hereinscheinen. Er sprang von der Bank und rannte sofort – an die gegenüberstehende Wand, weil das Schiff eben schlingerte. So schnell er konnte, stieg er die Treppe empor und sah rundum nichts als Himmel und Wasser.

Der zweite Steuermann kam daher und blickte ihn mit gut gespielter Verwunderung an. „Wo kommen Sie denn her?“ fragte er.

„Zum Teufel! Fragen Sie lieber, wo ich hinkomme!“ schrie Schwarz ärgerlich, denn es war ihm klar, daß er seine Station verschlafen hatte und sich auf See befand. „Weshalb hat man mir nichts gesagt, als wir in Stade waren?“

„*Goddamn!* Wir haben eine Minute gestoppt und auf den Passagier gelauert, der sich absetzen lassen wollte. Wir glaubten, Sie wären in Hamburg wieder an Land gegangen, und jetzt kommen Sie aus der See gewachsen daher", sprach der Steuermann lachend. Der Kapitän war auch dazugekommen und fand die Sache sehr spaßhaft, so wie dies alle übrigen Passagiere taten. Kurz, Schwarz sah sich in seinem Ärger ausgelacht und mußte wohl oder übel mit nach England.

Er stand an der Reling und sah in die See hinaus. Als Helgoland in Sicht kam, faßte er die Hoffnung, daß vielleicht ein Lotsenboot in die Nähe kommen und ihn aufnehmen könne. Allein der Felsen erschien zu Steuerbord und verschwand wieder, ohne daß sich etwas anderes zeigte als hinaussegelnde Schiffe. Schwarz fuhr mit zwanzig bis dreißig Talern in der Tasche nach London, während sich Herr Trick in Hamburg über den guten Spaß halbtotlachen wollte und Zeit gewann.

Elysium-Theater

## Zehntes Kapitel

# Komische Schauspieler

Der Maler Bernhart stand in seiner Dachstube und starrte auf die graue Leinwand auf seiner Staffelei, als die Tür geöffnet wurde und in ihren Rahmen eine militärische Figur trat, die sich den Kopf rieb und dann, als gelte es, eine besondere Höflichkeit auszuüben, einen kübelartigen Tschako aufsetzte und einige Finger daran legte. Bernhart konnte nur mit Mühe das Lachen verbeißen, als er diese Lustspielfigur betrachtete, die sich offenbar im Gang den Kopf angerannt hatte. Es war ein langer, dürrer Mann mit glattrasiertem Gesicht. Der Schnurrbart, welcher sonst bei militärischen Personen unter der Nase zu sitzen pflegt, saß bei ihm über der Nase, denn die Augenbrauen hatten eine Stärke erlangt, die ihnen das Ansehen eines Schnurrbartes gaben, worunter ein Paar kleine graue Augen hervorblickten, zwischen denen ein Exemplar von Nase hing, in der sich eine Farbenanalyse aller in Hamburg gangbaren Rotweine gesammelt hatte. Der Mann war Feldwebel der Bürgergarde und hatte die Bestellungen zu den Wachen zu besorgen, weshalb er einige Zettel in der Hand hielt, aus denen er einen hervorsuchte, als er sich von dem Puff am Balken einigermaßen erholt hatte.

„Sie haben am Sehnten auf die Wache su siehen", sagte er, Bernhart den Zettel hinreichend.

„Ich soll auf Wache ziehen?" rief dieser verwundert aus, „das muß ein Irrtum sein."

„Is ganz richtig. Am Sehnten – Herr Bernhart – Kunstmaler – Burstah", sprach der Feldwebel, ihm den Zettel schmunzelnd hinhaltend, wobei er sich schlau umsah, um den Ort zu entdecken, wo vielleicht eine Weinflasche hervorkommen könnte.

Bernhart nahm den Zettel und las mit maßlosem Erstaunen, daß er richtig am Zehnten eine Wache da und da beziehen solle.

„Aber um Gottes willen, wie komme ich denn zum Wachdienst! Ich bin ja bei gar keiner Truppe und habe weder eine Flinte noch sonst was!" sprach er.

„Das is egal. Am Sehnten müssen Sie die Wache besiehen", antwortete der Kriegsmann.

„Nun gut, ich werde kommen", sagte Bernhart ganz ernsthaft, indem er den Zettel an das Fenster steckte.

Der Feldwebel riß den Mund auf und starrte den zusagenden Wachmann an, indem er förmlich erschrocken über eine Dienstwilligkeit war, die er weder suchte noch erwartete.

„Sie wollen auf die Wache siehen?" fragte er ungläubig. Bernhart nickte mit dem Kopfe.

„Selbst?" fragte der Feldwebel ganz verwirrt.

„Mit diesen zwei Beinen!" versicherte Bernhart, sich auf die Schenkel klopfend.

„Sie haben ja aber keine Flinte und keinen Säbel", sagte der Kriegsmann sehr kleinlaut.

„Oh, die kriege ich schon. Ich habe einen Bekannten, der hat eine Menge Flinten aus allen Zeitaltern", sprach Bernhart zuversichtlich.

„Aber Sie können vielleicht nicht exersieren", meinte der Feldwebel.

„Oh, ausgezeichnet! Exerzieren, Voltigieren, Bajonettfechten, Schlagen, Stoßen, alles was Sie nur wollen.“

„Herrgott! Se verstohn awer keen Plattdütsch!“ schrie der verzweifelte Feldwebel. „Un wenn denn in de Nacht een kummt——“

„Den spieße ich ohne weiteres auf das Bajonett, sobald er mir zu nahe kommt“, entgegnete Bernhart entschieden.

„Da haben wir's. Sie verstehen den Dienst nicht und sollten sich doch lieber 'n Stellvertreter besorgen lassen. Es kost nur zwei Märk. Was wollen Sie sich auf der Wache rumtreiben“, sprach der Feldwebel schmeichelnd, denn es war ihm daran gelegen, die Wache bezahlt zu erhalten, worauf eigentlich die ganze Maßregel hinauslief, weil es damals eine Menge verdorbener oder arbeitsscheuer Handwerker gab, die den Bürgergardendienst permanent betrieben und sich für die zwei Mark, die von Fremden und Geschäftsleuten regelmäßig bezahlt wurden, wenn ihnen die Republik eine Wache zumutete, gern vierundzwanzig Stunden auf dieser herumdehnten, oder sich als militärische Karikaturen vor das Schilderhaus stellten und eine jämmerliche Rolle als Soldaten spielten. Daß ein Fremder eine Wache selbst tun wollte, war etwas so Unerhörtes, daß der Feldwebel fast den Verstand darüber verlor und sich ebensowenig zu helfen wußte, als wenn er mit seiner Mannschaft eine Batterie (d. h. nicht Flaschen) hätte nehmen sollen. Außerdem büßte er dabei noch acht Schillinge ein, denn wenn die Gepreßten gewöhnlich einen preußischen Taler hergaben, so konnte er die acht Schillinge, welche herauszugeben waren, niemals finden, und sie fielen ihm in der Regel zu.

Da nun Bernhart die Wache durchaus selbst tun wollte, so blieb dem Manne nichts übrig, als sich zurückzuziehen. Er steckte jedoch den Kopf zur Tür herein und bemerkte, daß er doch lieber am Neunten noch einmal nachfragen wolle, was Bernhart ganz zufrieden war, da er dann längst in Neumühlen saß, wohin er andern Tages ging, um die Villa zu malen.

Der Feldwebel kroch fast auf allen vieren unter dem Balken hinweg, an dem er sich den Kopf eingerannt. Er hatte diesmal ein sehr schlechtes Geschäftchen gemacht, denn erstens erhielt er einen Puff an den Kopf, wie er in seiner ganzen militärischen Laufbahn noch keinen bekommen, dann gab es nichts zu trinken, und schließlich kam er gar noch um seine acht Schillinge, auf die er mit mathematischer Sicherheit rechnete. Er stieg fluchend die Treppen hinab und suchte vor der Haustür einen Zettel aus, durch dessen Abgabe ihm ein Glas Rotwein gesichert erschien. In dieser Hoffnung leckte er sich die Lippen und ging dann weiter, bis er vor dem Hause des Senators Eiskuhl kerzengerade stehenblieb, denn Herr Eiskuhl trat eben, blendend wie immer, vor die Tür und blickte nach dem Glockenspiel des Petriturmes hinauf, das sich erlaubt hatte, auf eine etwas nachlässige Art und mit Hinweglassung einiger Töne zu spielen: ein Versehen, wofür ihm der Senator einen strengen Blick zuwarf.

Herr Eiskuhl war eigentlich der Kriegsherr des Feldwebels, weshalb dieser wie ein Laternenpfahl, mit den Fingern am Tschako, dastand, bis ihm sein hochweiser Befehlshaber einen gnädigen Blick schenkte. Der Hochweise hatte ihn eben angelächelt, als plötzlich ein dunkler Gegenstand dicht vor der Rotweinnase des Kriegers vorbeifuhr und sich auf die schneeweiße Brust Eiskuhls heftete, wo sich ein langer schwarzer Streifen zeigte, der unter der Weste verschwand, während aus dieser ein Stück Baurohr hervorstand: der Schaft eines Pfeiles, dessen Spitze aus einem Klumpen Werg und Teer gebildet war. Eine schändliche Waffe, um den Stolz des Senators, die weiße Leinwand, anzuschwärzen.

Herr Eiskuhl stand da wie Geßler, als ihm Tell zurief: „Du kennst den Schützen." Leider kannte ihn aber der Senator nicht und sah sich umsonst nach ihm um. Entsetzt blickte er auf die beschmutzte Hemdenbrust. Als er den ungeheuren Frevel erkannte, drückte er dem Feldwebel das unheilvolle Instrument in die Hand und befahl ihm, den meuchlerischen Schützen sofort zu verhaften, worauf er in sein Haus zurückrannte, in dem zum Glück die Senatorin nicht anwesend war. Sie wäre sonst über sein gemeines Aussehen in Ohnmacht gefallen. Der tapfere Feldwebel stand aber noch regungslos dort und hielt den Teerpfeil auf Armeslänge von sich, als wäre es eine unbekannte, höchst gefährliche Waffe, die jeden Augenblick losgehen und den eigenen Träger umbringen könnte. Er sah sich dabei nach dem verborgenen Schützen oder irgend jemand, den er dafür nehmen könnte, um. Da er aber keinen Geeigneten fand, so lehnte er das Geschoß vorsichtig an die Treppenpfeiler und machte sich aus dem Staube.

Schnepfe und Spickmann jun. hatten sich am Gänsemarkt getroffen und nahmen eine Droschke, die sie nach dem Trichter[8] brachte. Hierauf gingen sie nach den Spielbuden hin und wurden ganz besonders vom Elysiumtheater[9] gefesselt, wo der „Freischütz" angezeigt war.

Fürst Ottokar stand höchst eigenhändig vor der Tür und lud das Publikum zum Besuch der Oper ein. Dies war sehr herablassend von dem wackeren Fürsten, wenn man bedenkt, daß er den ganzen Vormittag einen Karren mit geräuchertem Stör herumgefahren und verkauft, daß er dann die Theaterzettel geschrieben und angeklebt hatte, wonach ihm nur wenig Zeit blieb, sich in sein glänzendes Kostüm zu werfen, da er erst eine Eule und einen Samiel zur Wolfsschlucht auftreiben mußte.

Es war jedoch keine Übereilung in seiner Toilette zu bemerken. Der reiche Hermelinpelz von Kaninchenfell, der die Seele dieses Theaters war und in allen Stücken spielte, lag prachtvoll auf seinen Schultern. Der Helm, in dem er den Ottokar wie den Karl Moor, den Don Juan wie den Mephistopheles spielte, saß glänzend auf seinem Kopfe und hatte die alte Gewohnheit, sein Visier alle halbe Minuten zuzuschnappen und ihm das Wort von dem Munde abzuschneiden, was ihm jedoch Gelegenheit gab, eine nachlässige Grazie zu entfalten, wenn er mit der Rückseite des gelben Ritterhandschuhs das Visier wieder hinaufschlug, als scheuche er nur eine zudringliche Fliege hinweg.

Da der Fürst das Interesse bemerkte, das Schnepfe und Spickmann an ihm fanden, so richtete er seine Aufforderungen, die Kunst zu unterstützen, an sie, und zwar hochdeutsch, soviel ihm das möglich war.

„Treten Sie ein, meine hohen Herrschaften, und sehen Sie sich das unsterbliche Werk der großen Komponistin Maria Weber an." (Er hatte sich nämlich in den Kopf gesetzt, daß Weber ein Frauenzimmer gewesen sei.) „Treten Sie ein. Sie werden sich nicht langweilen, denn wir haben alles Unnötige weggelassen und –" Hier schnappte ihm das Visier die Fortsetzung weg, ward jedoch sogleich mit einer geschickten Handbewegung wieder auf den Helm geschleudert, worauf der Fürst fortfuhr: „... bleiben nur bei der Hauptsache. Dafür sind unsere Preise skandalös, unter dem Hund billig. Der erste Platz – Parkett – kostet vier Schilling, der zweite zwei und der dritte, ich schäme mich als Künstler fast, es zu sagen, einen Schilling."

Die beiden jungen Leute konnten nicht mehr widerstehen und gewannen die ganze Gunst des Fürsten, als Spickmann einen Taler für zwei Parkettsitze bezahlte, wofür Seine Durchlaucht, der nebenbei Regisseur und Dekorationsmaler war, den sofortigen Anfang der Oper ins Werk setzte und das Orchester aus dem Keller von Pries holte, wo es eben, in Gestalt eines jungen Mannes vereinigt, ein Glas Bier trank.

Der junge Mann, der in einer Balltracht erschien, die sich im letzten Stadium ihres irdischen Daseins befand – denn der Frack begann weiß und die Glacéhandschuhe schwarz zu werden –, kam langsam hereingeschlendert und ergriff den Deckel des Pianofortes, den er auf dieselbe nachlässige Art hinaufschleuderte, wie dies der Fürst mit seinem Visier tat. Dabei betrachtete er das Publikum sehr geringschätzig und warf besonders auf Schnepfe und Spickmann einen unbeschreiblich verächtlichen Blick, der diese ungemein belustigte.

Der Jüngling spielte offenbar nur aus Gefälligkeit, denn als der Fürst den Kopf hinter dem Vorhang hervorsteckte und „An...“ – das Visier schnappte herunter und wieder hinauf – „...fangen“ schrie, steckte er die Hände in die Hosentaschen und suchte die Stimme im Publikum. Erst als ihn der Fürst mit seinem Titel „Kapellmeister“ ansprach, war er so gefällig, sich halb auf einen Stuhl niederzulassen und mit dem bekannten C der Ouvertüre zu beginnen. Er wahrte jedoch den Künstlerstolz, indem er seinen etwas baufälligen Maschinenhut auf dem Kopfe behielt und die Zigarre im Munde wie einen Taktstock auf und ab bewegte.

Die Ouvertüre war vorbei und der Vorhang hob sich, indem der Schuß fiel, den der Regisseur dadurch bewerkstelligte, daß er mit einem Stocke auf einen Tisch hieb. Ein Fingerzeig für alle Regisseure, die ihrem Direktor Pulver sparen wollen. Wenn der Fürst erklärte, daß alles Unnötige weggelassen sei, so bestand das darin, daß besonders die Chöre sämtlich gestrichen waren. Auch die großen Arien waren in der Art vereinfacht worden, daß die Vortragenden deren ungefähren Inhalt dem neugierigen Publikum gesprächsweise mitteilten. Er hatte überhaupt den „Freischütz“ zu einem Melodrama gemacht, wobei er hier und da für die etwas veralteten Lieder passende neue einlegte. So sang der Kaspar statt des Trinkliedes: „Eins ist eins und drei sind drei“ die für seinen Charakter ganz angemessene Arie: „Ick jehe meinen Schlenderjang und tu, wat mich gefällt“, worauf er, statt der einfachen Tanzstellungen, die er sonst gewöhnlich vor dem betrübten Max ausführt, eine vollständige Hornpipe zum besten gab, die der talentvolle Regisseur, in Betracht des Matrosenpublikums, hier sehr geschickt eingelegt hatte.

Der Schuß nach dem Adler war wiederum ein Meisterstück dramatischer Täuschung; denn da Max seine Bürgerwehrflinte, von der man das Bajonett abzunehmen vergessen, nicht gut in den Himmel stecken konnte, so sprach Kaspar, in die Kulisse deutend: „Kiek! süst du da buten bi Blankenes' den grooten Steenadler – da, gliek öwer den Süllbarg! – Scheet!“ – Und Max steckte den Schießprügel in die Kulisse und knallte ein Zündhütchen los, während der Fürst a tempo mit dem Stock auf den Tisch hieb, worauf sofort ein ungeheuerliches Vieh, ein alter ausgestopfter Albatros, hinter dem Rücken des Max herunterfiel und aus Bosheit drei Lichter am Proszenium ausschlug. Mit dem verhängnisvollen Schuß war der erste Akt zu Ende, und der zweite begann sofort mit der Wolfsschlucht.

Das erste Erfordernis einer solchen, dicke Finsternis, lag auf der Bühne und ließ nur mühsam die Gestalt Kaspars erkennen, der in einer Gefängnisdekoration den Zauberkreis mit Ziegelsteinen legte, während der Fürst hinten das schauerliche „Uhi“ des Geisterchores sang, und zwar in einer andern Tonart, als es der Kapellmeister vorn spielte, der fortwährend „höher“ schrie. Die Geister singen aber stets nach eigenem Belieben und kümmern sich um keine Tonarten.

Kaspar ließ sich durch den Zwiespalt von Chor und Orchester nicht stören und arbeitete trotz allen Schrecknissen ruhig weiter, wozu in Anbetracht der furchtbaren Umgebung viel Mut gehörte. Der Regisseur hatte nämlich von einem Nachbar, der eine Art Raritätenkabinett besaß, mehrere Sachen entliehen und im Vordergrund der Wolfsschlucht aufgestellt, die diese ohnehin schauerliche Gegend noch furchtbarer machen mußten.

Eine Eule konnte er zwar nicht auftreiben, dafür stand jedoch ein ausgestopfter Storch drohend an der Seite, den einige Seehunde unterstützten. Ein getrockneter Haifisch paßte vortrefflich in die Wolfsschlucht und sah neugierig von einer Art Baum dem Kaspar zu.

Jetzt wurde die Freikugelfabrikation eröffnet, wobei Kaspar die Ankunft des wilden Heeres prophezeite. Er hatte dieses kaum erwähnt und seinen Suppenlöffel dabei in der Luft geschwungen, als auf dem letzten Platze ein so gräßlicher Lärm losbrach, daß sich alle Zuschauer in Erwartung einer Prügelei danach umkehrten. Es war aber nur das wilde Heer, das der Regisseur von den etwa zwanzig Freibillettlern dort aufführen ließ, weil ihm die Gegend dazu sehr geeignet erschien. Die zwanzig taten, was möglich war, und da der zweite Platz auch einfiel, so konnte das wilde Heer mit jedem Hoftheater in die Schranken treten und erhielt allgemeinen Beifall, womit der zweite Akt schloß.

Spickmann, der erst kürzlich den „Freischütz" im Stadttheater gesehen, war ganz verblüfft über diese Bearbeitung. Da sie aber Schnepfe für „himmlischen Schund" erklärte, so kam er plötzlich auf die Idee, daß man die Kunst unterstützen müsse, und bestellte drei Bowlen Punsch für die Schauspieler, was den Erfolg hatte, daß alle Spielenden im dritten Akt ihre Worte an ihn richteten. Als Finale spielte der begeisterte Kapellmeister die Melodie: „Der Graf von Luxemburg hat all sein Geld verjuxt, juxt, juxt."

„Was fangen wir nun an?" fragte Schnepfe, als er mit Spickmann wieder vor dem Theater stand.

„Gehen wir in die Stadt und trinken wir ein paar Flaschen Champagner."

„Um's Himmels willen!" schrie Schnepfe. „Sie haben morgen einen Kater, wenn Sie Ihren Heiratsantrag machen wollen."

„Schwerenot noch mal, Doktor, Sie haben recht. – Trinken wir nur eine Flasche Clicquot zur Abkühlung. Muß heute noch mit meinem Alten reden. Morgen an der Börse alten Stubborn. Nachmittags junge Stubborn. Abends um zehn Uhr in Alsterhalle, bringe Nachricht, ob gewonnen oder verloren."

„Gut. Ich werde den Professor mitbringen. Wenn Sie Glück machen und das Jawort erhalten, dann stecken Sie ein paar grüne Weidenblätter ins Knopfloch."

„Weidenblätter ins Knopfloch," sprach Spickmann überlegend. „Das ist nicht Mode", erklärte er kopfschüttelnd.

„Wenn Sie es tragen, dann muß es Mode werden", sagte Schnepfe bestimmt.

„Äh – meinen Sie?" lachte das Kalb.

„Ich versichere Ihnen, wenn Sie es tragen, sind in acht Tagen alle Büsche in der Umgegend kahlgerupft und die Börse sieht aus wie ein großer Weidenbusch", erklärte der boshafte Schnepfe.

„Nun denn – wenn ich Jawort kriege, sollen Sie Weidenzweig sehen. He, ist das nicht Professor, was da an Alster kommt?" fragte Spickmann.

Beide waren an der Alster angekommen und trafen richtig Bernhart, der daher kam und sich schon seit einer Stunde nach Schnepfe umsah, dessen Ausbleiben ihm unerklärlich erschien. Die jungen Leute erzählten von den Erlebnissen im Theater und gingen, eine Flasche Champagner darauf zu trinken, in der jedoch für den vorhandenen Durst viel zu wenig Nasses war. Es kam zu noch einer und noch einer und so weiter, wie jeder weiß, der sich einmal vorgenommen hat, mit mehreren Freunden eine Flasche von diesem verhexten Wein zu trinken, der von selbst aus der Flasche zu verschwinden scheint.

Spickmann erklärte endlich, daß er sich heute himmlisch amüsiert habe und daß er den letzten Tag seiner Freiheit ge–nos–sen. Und wenn er morgen keinen Weidenbusch im Knopfloch trage, er sich den Hals mit einem Mühlstein verzieren und ein Bad nehmen werde, worauf er sich selbst bitterlich zu beweinen begann, indem er auf die Idee kam, daß er sein eigener Vater sei, worauf er herzbrechend „Mein Sohn! mein armer Sohn!“ schluchzte.

Seine Freunde suchten ihn zu trösten, er bestand aber darauf, daß seine einzige Hoffnung der Nacht–wäch–ter bleibe, den er an Kindes Statt an–neh–men wolle. Auf diese Idee hatte ihn jedenfalls ein solcher Beamter gebracht, der schmunzelnd in der Nähe stand. Schnepfe glaubte, daß es am Ende besser sein würde, wenn der nächtliche Beamte Spickmann an Kindes Statt annehme und ihn nach Hause bringe. Da er aber seine Wohnung nicht wußte, so wollte er sie eben von ihm herauszufragen suchen, als der Nachtwächter sagte: „Oh, wir kennen ihn schon. Von mir kriegt ’n Smittgen an der Ellerntorsbrücke, dann kriegt ’n Zeikens an ’n Graskeller, dann Jan am Altenwall, Heikens am Rathausmarkt, un so kömmt er dusemang nach ’n Holzdamm. So, mien goode Herr – Oh, holl di jo ni upp!“ sprach der gute Wächter zärtlich, als Spickmann in einen Keller zu fallen versuchte, „man ümmer vorut – mehr Stürboord – Backboord sünd slimme Kellers. – So, Smittgen, ik krieg veer Schilling“, sprach der Wächter, ihm Spickmann übergebend, worauf Smittgen diesen zärtlich weiterschaffte und an Leikens gegen acht Schillinge abgab, der ihn wiederum für zwölf Schillinge an Jan verkaufte, so daß Spickmann endlich vierundzwanzig Schillinge wert war, als er bei seinem Hause ankam, wo er vom Hausknecht ohne Widerrede gegen diese Summe übernommen und zu Bett gebracht ward.

Die Brautwerbung des Kalbes

## Elftes Kapitel

# Ein Besuch in Neumühlen

Spickmann, der von den Streichen seines Sohnes gehört hatte, stand im Garten seines Hauses an der Alster; er überlegte gerade, sollte er sich über ihn ärgern oder für einen „verfluchten Kerl" halten, als der Junior, einem Boot entsteigend, auf der Bildfläche erschien.

„Hättest du was dagegen, wenn ich heute einen Heiratsantrag versuchte?" sagte der junge Spickmann, indem er seinen Backenbart unternehmend nach vorn strich.

„Wahrhaftig?" schrie der Alte verwundert. „Der Jung hat 'n Teufel im Leib." Dabei sah er seinen Sprößling mit einer Art furchtsamer Verwunderung an. „Heiratsantrag?" fragte verwundert der Alte. „Und was würde denn das Geschäftchen tragen?"

„Geschäftchen?“ rief Spickmann jun. entrüstet. „Es ist ’ne reine Herzenssache!“

„Deubel ook“, murmelte der Alte erschrocken, denn er glaubte, sein Sohn habe sich etwa gar in ein Mädchen ohne Vermögen verliebt, was eine gräßliche Blamage für das Haus Spickmann gegeben hätte. Er war ganz der Kerl danach und der Fall in den letzten hundert Jahren wenigstens dreimal unter den erhabenen Geschlechtern der Millionäre vorgekommen. Ihm begann ein gelinder Angstschweiß auszubrechen, wenn er die Möglichkeit bedachte. Wenn sein Sohn, der doch zum hohen Adel der Republik gehörte, sich so weit vergessen könnte, eine Mißheirat unter einer halben Million zu tun.

Der alte Spickmann warf einige ängstliche Blicke auf den Sohn und getraute sich nicht mit der Frage heraus, wer die Zukünftige sei. Er fürchtete, eine schreckliche Dummheit seines Nachfolgers zu erfahren. Um sich zu sichern, schlug er vor, auf die Terrasse zum Frühstück zu gehen, wo Mama bereits wartete.

Madame Spickmann ließ beinahe die Teekanne vor Schreck über die plötzliche Verwegenheit ihres Sohnes fallen:

„Aber um Himmels willen, wem denn?“

„Ja, wem denn?“ rief der Alte gleichfalls mit Spannung.

„Himmlisches Wesen–blond–Engel!“ antwortete der Junior.

„Himmlisches Wesen? – Engel?“ murmelte der Senior voll banger Besorgnis.

„Fräulein Stubborn“, erklärte der Junior.

„Ah – Stub–born“, sagte der Senior, so tief Atem holend, als hänge an jeder Silbe ein Sack mit einer Million in Silbergeld. „Verfluchter Kerl – hat Geschmack! Die Blondine ist beinahe so schön, wie deine Mutter einmal war.“

Hier machte der Alte ein Auge zu und lachte mit dem andern seinen Sohn an, der die Mama verwundert durch die Lorgnette betrachtete. Diese war ganz verblüfft über die Schmeichelei des Seniors, gab aber doch zu, daß etwas an der Sache sei, und war dadurch sofort für den Antrag gewonnen. Junior schlug nun vor, dem alten Stubborn vor allen Dingen an der Börse auf den Leib zu rücken, worauf man mit ihm nach Neumühlen gehen und die Angelegenheit weiter verfolgen wolle.

Nach dem Frühstück bestiegen Vater und Sohn das Boot und ließen sich nach dem Jungfernstieg fahren, von wo sie sich nach der Börse begaben. Sie ermutigten sich hier durch einen komischen Blick und pürschten von verschiedenen Seiten an Stubborn, der eben bei einem Makler das Schiff „Die Gebrüder" nebst Ladung von Konzertflügeln und feinen Glaswaren nach Java und Singapur zur Versicherung in Auftrag gab. Als das Geschäft beendet war, trat Spickmann sen. zu ihm und fragte ihn, ob er Lust habe, ein gutes Geschäftchen mit ihm zu machen. „Ausgezeichnetes Geschäftchen", bemerkte Junior von der andern Seite.

Stubborn war stets geneigt, ein Geschäftchen zu machen, und besann sich nur, worin dies bestehen könne.

„Palmöl vielleicht?" fragte er.

„Feinere Ware. – Viel feiner!" bemerkte Spickmann Vater pfiffig. „Gold, gold, glänzend blonde Ringellöckchen!" fuhr Senior lustig fort.

„Gold, gold, goldne Ringellöckchen!" echote Junior.

Stubborn fing sachte an, hinter sich zu rücken, um eine Deckung zu gewinnen, wenn Spickmann und Sohn etwa plötzlich zu rasen anfangen sollten. Es stand fest, daß beide übergeschnappt waren, denn betrunken konnten sie nicht sein, dazu standen sie zu ruhig.

„Schließen wir ab", drängte Senior, Stubborn beim Rockflügel erfassend. „Kommen wir zur Sache, damit was in Öl gemacht werden kann. Ich sehe, Sie wissen am Ende gar nicht, wo der Artikel lagert, den wir suchen?"

Stubborn schüttelt ratlos mit dem Kopfe.

„Nun gut, ich will Ihnen auf die Sprünge helfen. Alle die schönen Sachen, die mein Sohn sucht, lagern in Neumühlen. Merken Sie was?"

Dieser sah ihn erschrocken an und wußte nicht, was er sagen sollte, denn er hatte eben an Nielsen eine Ladung Zucker, Wein und Kaffee übergeben, die dieser nach Neumühlen schmuggeln und dort für ihn bei sich lagern sollte. Woher konnten Spickmanns dies wissen? Und welche Blamage, von ihnen bei einem solchen lumpigen Geschäft von ein paar tausend Mark betroffen zu werden! Er faßte sich endlich so weit, daß er mit schwachem Lächeln sagte: „Wollen Sie sich nicht ein wenig deutlicher erklären?"

„Nun gut", sprach Spickmann sen. „Der Artikel, den er sucht, ist Ihre Tochter Julie. Wollen Sie sie ihm geben?"

Stubborn war wie aus den Wolken gefallen. Er sah einen um den andern verwundert an, denn von allen Dingen, die man an der Börse von ihm verlangen würde, waren seine Töchter die letzten, an die er dachte. Das Vorteilhafte dieses Geschäfts fiel ihm sogleich in die Augen. Ebenso schnell dachte er jedoch auch an die Nachteile, die in einer Aussteuer bestanden; in wenigstens einer Viertelmillion, von der sein Geiz sich nicht trennen konnte, denn Geiz, zusammenscharrender Geiz, der kein Mittel verschmähte, um Geld zu häufen, war sein Hauptcharakterzug.

Er überlegte einen Augenblick und fragte dann: „Wollen die Herren mit mir nach Neumühlen kommen? Wir wollen die Sache draußen besprechen."

Natürlich waren Spickmanns geneigt, mit nach Neumühlen zu gehen, und stürzten sich nun bis dahin auf die Ölbedürftigen im Börsengedränge, während Stubborn ganz vergaß, einige kleine Vögel zu rupfen, die ihm in die Hände liefen, und darüber nachsann, wie er aus den Händen Spickmanns schlüpfen könne. Er hoffte sehr viel von seiner Tochter, die, wie er glaubte, den jungen Spickmann abweisen würde. Er wollte ihr dann durchaus keinen Zwang antun. Oh, gottbewahre, dazu war er ein viel zu zärtlicher Vater! Er schmunzelte fast bei dem Gedanken, daß er sie nur nach ihrer Neigung wählen lassen würde, das heißt, solange ihm dies paßte.

Nachdem jedoch Spickmanns ihre Geschäftsfreunde auch tüchtig eingeölt hatten, mußte er eine Droschke besteigen und mit ihnen bis zu der Stelle fahren, wo der Hohlweg nach Neumühlen hinabführte. Stubborn erklärte zwischen den Bäumen, wie er es vor allen Dingen für notwendig halte, daß der Verliebte sich des Jawortes seiner Angebeteten versichere, wonach er von seinem Segen geben würde, was sich auf Lager befände.

Wie nun das Kalb hinging, immer langsamer und langsamer, stieg die Hoffnung Stubborns, ihn mit einem ungeheuren Korb beladen aus dem Haus schleichen zu sehen, während der alte Spickmann mit Erstaunen das Gebaren des „verfluchten Kerls" betrachtete und ganz vernehmlich „Gott verdamm'!" murmelte, als dieser plötzlich umkehrte und wieder zurückkam.

Die beiden Alten blickten ihn verwundert an, als er vor ihnen stand, und Stubborn fragte, was er vergessen habe.

Das Kalb warf einen hilflosen Blick von einem zum andern. Vergessen hatte er nichts, denn er hatte nichts gewußt. Er fragte nur höchst verlegen in gutem Plattdeutsch:

„Wat sall ick nu seggen?“

Stubborn mußte laut lachen. Seine Aktien standen vortrefflich.

„Ei, da soll einen doch gleich der Schlag treffen!“ schrie Spickmann sen. „O du banniger Döskopp, du löschpapierner! Da hättest du mich zu meiner Zeit sehen sollen! Ins Zimmer stürzen! Auf die Knie fallen! Eine Hand nach dem Himmel, die andere aufs Herz und dazu gewimmert: Himmlischer Engel, nimm mich mit allen Aktivas und Passivas! Und ich hatte den Drachen – eh – eh – den Engel wollte ich sagen. Die Dinger fliegen ja immer beide am Himmel ’rum“, schloß er entschuldigend.

Der Sohn sah erstaunt nach den Knien des Vaters, die dieser allerdings selbst seit zwanzig Jahren nicht mehr gesehen. Auch Junior konnte nichts davon entdecken, denn sie waren vollständig unter dem Bauch verschwunden. Hierauf blickte er unruhig auf die eigenen Beine. Daß er eine Hose für fünfunddreißig Mark anhatte, genierte ihn weniger, als daß diese aus Gummistoff bestand, die unten durch die Stege und oben durch die Hosenträger bis zu den äußersten Grenzen der Haltbarkeit ausgespannt und nicht auf plötzliches Niederknien berechnet war. Er bog sein Bein versuchsweise, sah sich noch einmal um wie einer, der, ohne schwimmen zu können, in einen Fluß laufen soll, und rannte dann mit einem verzweifelten Ansatz nach dem Landhaus, um dem Beispiel Papas zu folgen.

Die Alten hatten kaum zwei Minuten auf der Lauer gelegen, als sie den Heiratskandidaten in einer höchst seltsamen Tracht aus dem Hause springen und in den Weidenbüschen am Strande verschwinden sahen. Soviel sie bemerken konnten, trug er oben noch den Frack, hatte sich unten jedoch in einen Tiroler umgewandelt, indem er kurze dunkle Hosen trug, die kaum bis an die Knie reichten, während unten weiße Strümpfe und Stiefeletten zu sehen waren. Beide gingen jetzt nach dem Hause, um sich nach der Ursache dieser seltsamen Metamorphose zu erkundigen. Sie fanden Julie, die lachend in einer Ecke des Sofas lag und vor immer wieder ausbrechender Heiterkeit lange keine Auskunft geben konnte.

Endlich erfuhren sie, daß der Liebhaber richtig zur Tür herein und zu Füßen Juliens gestürzt war. Er hatte jedoch kaum das Wort „himmlischer“ herausgebracht, als es einen großen Krach gab, die Stege der Hosen abplatzten und diese bis über die Knie in die Höhe fuhren. Der Liebende war aufgesprungen und hatte verzweifelte Versuche gemacht, sie wieder herabzuzerren, bis er endlich unter dem Gelächter der Angebeteten die Flucht ergriff.

Von der Jugend und Liebenswürdigkeit Adolfs und dessen Huldigungen angezogen, war Julie diesem sogleich entgegengekommen und in seinen Armen auf dem süßen Strom der Liebesflut fortgetrieben, bis er ernstliche Anstalten machte, auf die Insel des Ehestandes loszusteuern, die ihr jedoch bei Adolfs Verhältnissen etwas kahl erschien, wenn sie bedachte, daß es ihr fortwährender Aufenthalt sein solle. An demselben Morgen in aller Frühe hatte ihr der Geliebte gesagt, daß er mit dem Vater sprechen und ihn um ihre Hand bitten wolle. Er gedachte von aller Mitgift abzusehen und wollte nur im Besitz der Geliebten glücklich sein und seine Kräfte dem Geschäft des Vaters widmen.

Julie erschrak über diese Mitteilung und bat Adolf dringend, noch einige Tage zu warten. Sie wollte erst beim Vater forschen und ihm das Resultat mitteilen. Sie versuchte indes nur Zeit zu gewinnen, denn Schwarz war wohl der Mann, wie sie ihn als Geliebten, aber keineswegs, wie sie den Gatten wünschte. Von diesem verlangte sie als erste und Haupteigenschaft ein bedeutendes Vermögen, groß genug, um allen Anforderungen der Mode, des Luxus und der ausgesuchtesten Lebensgenüsse entsprechen zu können. Daß ihr Schwarz dies nicht bieten konnte, und daß ihr Vater sehr wenig dazu beisteuern würde, wußte sie nur zu gut und kam dadurch in den sonderbaren Fall, einen Heiratsantrag zu fürchten, was sonst eigentlich nur Sache der Männer ist.

Fräulein Stubborn saß also in großer Verlegenheit am Fenster ihres Zimmers und zerpflückte einen Blumenstrauß, den ihr Adolf mitgebracht hatte. Ihrer Schwester Bertha konnte sie sich nicht anvertrauen, denn diese war in ihren Augen eine Schwärmerin, die, in den älteren Schwarz verliebt, mit diesem sofort das bekannte Geschäft „eine Hütte und ein Herz" etabliert und sich ohne Equipage und Brüsseler Spitzen beholfen hätte.

Sie zerriß eben einige Veilchen und dachte an Adolf, wie er den Weg über den Apfelbaum in ihr Fenster nahm, als die Tür aufging und das Kalb in obenerwähnter Art hereinstürzte. Was er eigentlich gewollt – ob er einen Spaß beabsichtigt oder betrunken war, daran hatte Julie bei der lächerlichen Szene noch gar nicht gedacht und ward erst durch die Klagen des alten Spickmann inne, daß es sich um einen Heiratsantrag gehandelt.

Sie horchte plötzlich hochauf, als Spickmann sen. den abgerissenen Faden für seinen Sohn ergriff und weiterspann. Spickmann jun., das war der Mann, wie ihn ihr Herz oder vielmehr ihr Sinn wünschte, denn das geheimnisvolle warme Fluidum, jene unbeschreibliche Kraft, die wir poetisch mit dem Wort Herz bezeichnen, fehlte dieser reizenden Hülle.

Spickmann jun., mit hundertfünfzigtausend Mark jährlich und seiner himmlischen Dummheit – welche junge Dame hätte nicht nach ihm gegriffen und alle Liebhaber sofort verabschiedet! Das Lebensziel lag jetzt klar vor Julie, und Adolf mit seinem lächerlichen Antrag erblaßte wie ein Schatten. Doch nein. Könnte er nicht als Liebesspielzeug neben dem Gemahl fortdienen? Das waren die Gedanken der jungen Dame, als sie zur Freude des alten Spickmann und zum Schreck des Vaters erklärte, sie sei zu einer Heirat mit dem Jüngling geneigt.

Als man soweit gekommen, besann sich der alte Spickmann erst, daß sein Sohn davongelaufen war, und geriet auf den Gedanken, er sei vielleicht ins Wasser gesprungen. Er lief deshalb jammernd nach dem Strande, während Stubborn den stillen Wunsch hegte, daß Junior baldigst von den Fischen verspeist werden möge.

Das Kalb saß indes wehklagend in den Weidenbüschen und machte immer noch vergebliche Anstrengungen, die Gummihosen nach dem unteren Teil der Beine zu bringen. Der alte Spickmann fand ihn bald und kam endlich auf die kluge Idee, ein Paar Hosen von Stubborn zu leihen. Da dieser aber nie auf die letzte Mode achtgab, so spielte das Kalb in dem viel zu kurzen Kleidungsstück eine höchst lächerliche Figur, als er zu seiner Angebeteten hinaufgeführt ward, um sein Glück zu vernehmen.

Der glückliche Bräutigam ging nach dem Essen in die Weidenbüsche hinab, um einen Zweig für sein Knopfloch zu schneiden. Gegen Abend fuhr Stubborn mit Spickmanns nach der Stadt, wo das Kalb später im Alstersalon[10] erklärte, daß er mit Vergnügen ein Dutzend Flaschen Clicquot verloren habe.

Fräulein Julie Stubborn fand im Garten ihre Schwester Bertha, die sie den ganzen Tag nicht erblickt. Sie blieb etwas verlegen stehen, als sie die dunklen Augen Berthas mit stummer Frage vorwurfsvoll auf sich gerichtet sah.

„Ist das dein Ernst mit Spickmann?" war Berthas leise Frage.

„Gewiß", entgegnete Julie.

„Und Adolf?" fragte Bertha noch leiser.

Julie zuckte mit den Achseln.

„Pfui!" rief ihr die Schwester zu, indem ein verächtlicher Flammenblick aus ihren Augen brach, ehe sie im Hause verschwand.

Julie sah ihr eine Weile nach und begab sich dann, ein Liedchen summend und an Spickmanns hundertundfünfzigtausend Mark denkend, in ihr Schlafzimmer, um später ihren Adolf über den Apfelbaum hereinzulassen und ihm unter Küssen zu sagen, daß er morgen einen Brief von ihr zu erwarten habe.

Der Apfelbaum an Liebchens Fenster

## Zwölftes Kapitel

# Ein Tag des Unheils

Herr Trick kam eben von einer geheimen Beratung aus Stubborns Zimmer, wo die Heiratsangelegenheit oder vielmehr die Mittel, eine Mitgift zu umgehen, verhandelt wurden. Trick hatte dafür gestimmt, daß Stubborn von der Mitgabe einer Million Mark sprechen, die Trauung vorübergehen und die Million dann vergessen, oder wenn er gedrängt würde, nur als Erbteil erst nach seinem Tode hergeben sollte, „denn man muß nichts herausgeben, solange man die Augen noch offen hat, außer an die, die es mitverdienen“. Das war der Rat, den der würdige Trick seinem Prinzipal gab, wobei er sich bedeutungsvoll an die Nase klopfte und hinzusetzte: „Jeder Stubborn eine Million und ich eine Million.

Dies wird gerade eine richtige Bilanz machen. – Was mich betrifft, so möchte ich doch bitten, mir etwa hunderttausend Mark noch vor der Erbschaft auszuzahlen. Ich brauche sehr nötig Geld."

„Sind Sie verrückt?" schrie Stubborn. „Sie haben an dreißigtausend Mark bekommen!"

„Zieht nicht. Habe ich rein in Boltjes vernascht. Ich muß nächstens die hunderttausend haben", sprach Trick, indem er die Spitzen seiner Haare wie ebenso viele Giftpfeile nach Stubborn hinstrich.

„Es ist nicht möglich", schrie Stubborn.

„Oh, sehr gut", bestätigte Trick freundlich. „Ich erspare Ihnen jetzt durch meinen Rat eine Million. Eigentlich müßte ich fünfmal hunderttausend haben, denn Sie wissen doch unser Abkommen – halb und halb!"

Stubborn drehte ihm den Rücken zu.

„Gut", sprach Trick. „Jetzt werde ich unten mit den Kassendieben reine Wirtschaft machen. Ich brauche Ihre Anweisungen nicht dazu. Müller nach New York. Der andere vorderhand nach Stade. Ha! Diese Spitzbuben, die Helgoländer! Unsere Ochsenhäute!" Er ging nach dem Kontor, an der Tür zu Stubborns Kabinett kehrte er jedoch um, trat zu Müller an das Pult und sprach:

„Ich habe jetzt für den Prinzipal einige wichtige Briefe zu schreiben. Der Kassierer ist nach Altona. Nehmen Sie einstweilen die einlaufenden Gelder an und notieren sie!" Dann nickte er dem Kommis freundlich zu, nahm eine Papierrolle aus dem eigenen Pult und verschwand im Kabinett.

Hier wickelte er vor allen Dingen eine Portweinflasche aus dem Papier, holte ein Gläschen aus der Tasche und probierte die Sorte. Als er fand, daß sich Laarsen nicht vergriffen, setzte er sich an die Tür und legte sein Auge an ein kleines Loch im Vorhang, durch das er das Kontor übersehen konnte.

„Ah, du Spitzbube", flüsterte er nach etwa zehn Minuten. Dann wartete er ruhig eine halbe Stunde, worauf er Müller leise mit dem Titel „Halunke" beehrte. „Oh, oh", murmelte er dann. „Das geht ja vortrefflich. Von sieben Posten vier in die Tasche und drei notiert, nee, mien Jung! Halb und halb, das wäre doch noch christlich, aber – hol' dich der Deubel! Da schiebt er schon wieder einen Posten beiseite. Lauter Zahlungen für Speicherwaren, die bar gemacht werden. Nur weiter so, mein Junge! Hernach rechnen wir ab."

Herr Trick hatte etwa zwei Stunden auf seinem Posten gesessen und kam in die unangenehme Lage, trocken sitzen zu müssen, da seine Flasche leer war. Aus dieser Klemme half ihm jedoch die Ankunft des Kassierers, bei dessen Erscheinen er in das Kontor trat und sich etwas zu tun machte. Dann ging er hinaus, klopfte im Vorbeigehen Müller auf die Schulter und bat ihn, auf einige Augenblicke mitzukommen, um einen kleinen Auftrag entgegenzunehmen.

Der junge Mann sprang diensteifrig von seinem Bock und folgte dem Buchhalter. Er wunderte sich einigermaßen, wie dieser den Weg nach seinem Privatzimmer nahm und ihn ersuchte, einzutreten.

„Wären Sie geneigt, einen Tropfen Portwein zu trinken, mein lieber Müller?" sprach Trick freundlich grinsend, indem er eine Flasche hervorzog und die geleerte aus seiner Tasche in einen Winkel stellte. Der verwunderte Kommis akzeptierte das Anerbieten dankbar und setzte sich auf den dargebotenen Stuhl.

„Sie sind", begann Trick, „ja wohl Mitglied einer fidelen Gesellschaft von jungen Leuten – die fidelen Hunde, glaube ich."

„Fidele Seehunde", ergänzte Müller.

„Seehunde, richtig! Lustige Kerle – he?" forschte Trick weiter.

„Äußerst lustig", bestätigte der Kommis.

„Können Sie mich wohl einmal einführen? Möchte gern eine solche Wasserpartie mitmachen. Will auch was Nasses dazu geben. Sind doch lauter anständige Kerle, unter denen man sich sehen lassen kann? Wer ist alles dabei? Nennen Sie doch mal die ganze Bande Störtebekers her!" sagte Trick lachend, indem er wieder einschenkte. Der durch solches Vertrauen geschmeichelte Müller begann nun sämtliche fidelen Seehunde aufzuzählen, wobei er jedesmal die Firma, der sie angehörten, hinzusetzte. Trick rieb sich die Hände vor Vergnügen und zeichnete die Namen auf ein Papier. „Prächtig! Herrliche Kerle! So, das gibt eine famose Seehundsjagd", lachte er, als das Verzeichnis vollständig war. Dann betrachtete er Müller schmunzelnd, klopfte bedeutungsvoll mehrmals an die Nase, wobei er ihm bis nahe vor das Gesicht rückte, und fragte leise:

„Wieviel muß denn jeder von euch monatlich aus der Kasse seines Prinzipals stehlen?"

Der junge Mann fuhr vor Schreck in die Höhe und warf sein Weinglas um. Er ward erst rot, dann kreideweiß. Ehe er sich noch erholen konnte, war der Buchhalter nach der Tür gegangen, hatte abgeschlossen und den Schlüssel in die Tasche gesteckt.

„Also 'raus damit! Wieviel muß jeder von euch monatlich stehlen, um ein ehrenwertes Mitglied zu sein?"

„Aber Herr Trick! Wie können Sie – – –"

„Wie ich kann?" schrie Trick. „Ich werde gleich noch mehr können! Wenden Sie mal gefälligst alle Ihre Taschen um!"

„Aber Herr Trick!"

„Wenden Sie um, Müllerchen! Wenden Sie hier um! Oder wollen Sie lieber auf der Polizei umwenden und dann ins Zuchthaus spazieren? He? Ich denke, Sie machen die Sache lieber privatim mit mir ab, das ist immer besser, als wenn wir noch die Polizei als Kompagnon dazunehmen."

Müller sank halb ohnmächtig vor Angst auf einen Stuhl.

„Wenden Sie um!" fuhr Trick mit größter Ruhe unerbittlich fort. „Sie haben uns um einige tausend Mark bemaust. Ich erwischte Sie beim letzten Posten und habe die Wahl, Sie ins Zuchthaus zu bringen oder das Geld abverdienen zu lassen!"

Der Kommis sah überrascht auf.

„Also Zuchthaus oder abarbeiten! Oh, ich bin nicht so schlimm, wenn man nur tut, was ich verlange", lachte Trick. „Also vorderhand umwenden, Müllerchen."

Hier begann der Buchhalter selbst, dem widerstandslosen Kommis die Taschen auszuleeren, und legte alles, was er darin fand, auf den Tisch.

„So, da hätten wir ja den heutigen Nebenverdienst! Im ganzen fünfhundert Mark. – Sieh mal an, Sie haben Talent, Müllerchen! Sie können es noch zu etwas bringen!" sprach er, ihm freundlich auf die Schulter klopfend. „Was machen wir aber nun? Wollen Sie ein paar Jährchen Zuchthaus genießen, oder privatim für mich arbeiten?"

Müller gab kleinlaut zu, daß er das letztere vorziehen würde.

„Denke ich auch", sprach Trick. „Also bilden Sie sich ein, Sie verschreiben sich dem Teufel, denn Sie müssen jederzeit bereit sein, alles zu tun, was ich Ihnen auftrage."

„Wenn es nicht zu gefährlich ist, dann – – –"

„Sie verdammter Spitzbube, wollen wohl auch noch bloß Austern dafür essen?" fuhr ihn Trick grimmig an. „Sie spazieren ins Zuchthaus oder sind mein Sklave und müssen einen Mord begehen, wenn ich es verlange. Entschließen Sie sich zu einem oder dem andern. Schnell, damit Ihre Mutter noch heute abend das Vergnügen haben kann, Ihre Staatsanstellung zu erfahren."

Der junge Mann zuckte zusammen und senkte den Kopf. „Ich will Ihre Aufträge ausführen", sprach er kleinlaut.

„Dann machen Sie mal gleich den Sekretär", befahl Trick. „Schreiben Sie: Ich bekenne hierdurch, daß ich seit mehreren Monaten das Geschäft von Stubborn & Co., in dem ich mich befinde, bestohlen und auf diese Weise zirka dreitausend Mark bar entwendet habe. Hamburg, am 5. Mai 1840. Christian Müller. – Gut!" sprach der Buchhalter, indem er das Dokument wegschloß. „Nun schreiben Sie folgenden Brief:

Geehrter Herr Stubborn!

Ich erlaube mir, Ihnen eine Mitteilung von großer Wichtigkeit zu machen, denn ich kann nicht mit ansehen, wie Sie von Leuten betrogen werden, die in Ihrem Hause leben. Die Sache betrifft Ernst Schwarz, den Sie in Stade glauben, der aber die Gelegenheit benutzte, um mit dem Dampfer nach England zu gehen, weil er, wie ich weiß, große Eingriffe in Ihre Kasse machte. Ich erfuhr seine Weiterfahrt von einem Lotsen vom Feuerschiff und melde Ihnen die Sache, damit Sie Ihre Maßnahmen treffen können. Zugleich zeige ich Ihnen an, daß gewisse Papiere in Ihre Hände kommen sollen, wenn ich die Kapitänstelle erhalte.

Neumühlen, am 5. Mai 1840.

Jacob Nielsen, Lotse."

Müller sah erstaunt nach Trick, schrieb dann aber, was dieser diktiert hatte.

„Nun, es ist Ihnen doch recht, daß ein anderer die Suppe ausessen soll, die Sie und Ihr Kollege eingebrockt haben? Ja, ja. Ich weiß, daß auch dieser ein Mausehaken ist wie Sie. Ich habe ihn gerade so sicher, befehle Ihnen aber, ihn nicht das mindeste merken zu lassen, daß ihr erwischt seid. Sie warnen ihn bloß, daß er jetzt keine langen Finger mehr macht, da die Sache gemerkt werde – verstanden? Es bleibt dabei, daß Sie mich morgen zu den Seehunden führen, ohne das geringste zu verraten. Da haben Sie von Ihrem Raub hundert Mark, die

Sie in die See- oder vielmehr Mausehundskasse einlegen. – Und nun gehn Sie und lassen Sie sich hängen, wenn es Zeit ist", schloß Trick, indem er die Tür öffnete und den verblüfften Kommis herausließ, der volle fünf Minuten am Treppengeländer lehnen mußte, um sich so weit zu erholen, daß er mit ruhiger Miene ins Kontor treten konnte.

Herr Trick steckte indes die übrigen vierhundert Mark ein und machte den Brief zu, um ihn zur Post zu geben. Dann klopfte er sich vergnügt an die Nase, daß es klang, und sprach: „Vortrefflich! Die Seehunde kann ich brauchen – daraus läßt sich was machen. Machen? Hahaha!"

Indem er in der besten Laune nach dem Kabinett ging, wohin sich Stubborn indes begeben hatte, fiel ihm Adolf Schwarz auf, der leichenblaß und mit verstörten Zügen an seinem Pult saß und auf einen Brief blickte, den er halb zerknittert in der krampfhaft geballten Hand hielt. Herr Trick warf einen schnellen Blick auf Müller, denn er glaubte, dieser habe etwas über Ernst Schwarz fallen lassen. Als ihn Adolf sah, fuhr er sich mit der Hand über die Augen und fragte mit gepreßter Stimme: „Wissen Sie nicht, wie lange mein Bruder noch in Stade bleibt?"

„Wie – lange – Ihr – Bruder – in Stade – bleibt?" sprach Trick, sich rings im Kontor umsehend und bei jedem Wort geheimnisvoll an die Nase klopfend. „Er ist gar nicht dort angekommen, wie ich eben erfahren habe. Es ist höchst sonderbar! Wissen Sie nichts von ihm?"

„Er ist nicht in Stade?" fragte Adolf erstaunt.

„Er soll mit dem englischen Dampfer weitergefahren sein, wie ein Lotse von unten erzählt hat. Sonderbar, und gerade jetzt, wo die Umstände eintreten, die seine Anwesenheit höchst nötig machten. Haben Sie vielleicht einen Brief von ihm?" bemerkte der Buchhalter, indem er lauernd auf das Papier in Adolfs Hand blickte.

„Weitergefahren?" sagte Adolf, ihn anstarrend. „Dann weiß ich nicht, an wen ich mich wenden soll. Haben Sie noch einen Platz für mich auf dem Schiff nach Singapore? Sie wollten mich ja letzthin so gern mit hinüber haben?" fragte er dann plötzlich. „Jetzt gehe ich mit – morgen will ich Ihnen Gewißheit sagen. Sie kennen ja mein Verhältnis. Hier lesen Sie." Damit hielt er Trick heftig den Brief hin, den dieser mit großer Neugierde ergriff und las. Er war von Juliens Hand und lautete:

„Mein geliebter Adolf!

Ich habe Dir versprochen, heute zu schreiben, was hiermit geschieht. Nachdem ich mir den Schritt, den Du tun willst, um mich für immer an Dich zu ketten, reiflich überlegt habe, komme ich zu dem Schluß, Dich zu bitten, von einer Werbung um mich abzusehen. Ich liebe Dich wohl, sosehr es nur möglich ist, und könnte mir keinen schöneren und besseren Liebhaber wünschen. Deine Verhältnisse sind aber nicht danach, daß Du ebenso wünschenswert als Gatte wärest, und ich bin keineswegs gesonnen, der Liebe zuliebe alle jene Annehmlichkeiten zu entbehren, von denen ich jetzt schon viele vermisse, die ich aber von dem Manne verlange, der sich mein Gatte nennen will.

Ich finde es ganz reizend, sich einige Monate lang in ein kleines Landhaus zu setzen und zu schwärmen, wie wir dies jetzt tun. Aber um's Himmels willen nicht für immer in eine Hütte am Bach, neben dem man vielleicht zu Fuß nach der Stadt laufen muß. Ich verlange von meinem künftigen Mann vor allen Dingen eine glänzende Equipage und Dienerschaft. Kannst Du mir beides bieten? Nein!

Ich verlange den ausgedehntesten Kredit bei Mode- und Putzhändlern sowie bei Juwelieren, um in jeder Mode glänzen zu können. Kannst Du mir jährlich fünfzehntausend Mark dafür aussetzen? Nein!

Ich will jeden Sommer ein Bad besuchen. Kannst Du mir zehntausend Mark dafür anweisen? Nein!

Ich will eine glänzende Wohnung haben, die ich bei meiner Rückkehr aus dem Bade jedes Jahr neu eingerichtet finde und wo ich Diners, Bälle und Konzerte gebe. Wo ich in einem Wintergarten die Gäste empfangen kann. Kannst Du mir dies bieten? Nein!

Ich will ferner eine Loge in jedem Theater und eine Villa an der Alster haben. Ich bedarf Summen zu verschiedenen Ausgaben, die mein Mann nicht zu wissen braucht. Kannst Du mir dies alles außer den Mitteln zum gewöhnlichen Haushalt bieten? Nein, und abermals nein!

Du kennst meinen Vater so gut wie ich und weißt, daß von dem nichts für meine Wünsche zu erwarten ist. Deshalb laß den unsinnigen Plan einer Werbung um mich fallen und begnüge Dich mit meiner Liebe, die Dir bleibt, wenn ich Dir auch schließlich sage, daß sich ein Mann gefunden hat, wie ich ihn brauche, und daß ich bereits die Verlobte des jungen Spickmann bin, dessenungeachtet aber bleibe ich

Neumühlen, am 5. Mai 1840. Deine liebende

Julie Stubborn."

„Ein kluges Mädchen! Bei Gott, sehr klug", murmelte Herr Trick nach Durchsicht des Briefes. Er ward von förmlicher Hochachtung für die Tochter Stubborns erfüllt und klopfte eine volle Minute lang an seiner Nase herum, als er den Brief zurückgab. Es war kein Zweifel, daß dieser Brief den jungen Schwarz über See jagen würde, wenn Julie Spickmanns Verlobte blieb. Den älteren Schwarz konnte er aber dann vor Adolfs Abreise nicht als durchgegangenen Langfinger hinstellen, was er bereits beabsichtigt hatte. Nielsen sollte und mußte zum Kapitän der seefertigen „Gebrüder" gemacht werden. Dies alles forderte Überlegung, eine Änderung des Planes und schnelles Handeln, weshalb Trick nur sagte: „Morgen mehr", und in das Kabinett Stubborns trat.

*

Der glückliche Bräutigam und zukünftige beneidenswerte Gatte der schönen Julie saß in tiefen Gedanken am Jungfernstieg und sah sich wartend nach Schnepfe um, den er für einen Mann zu halten begann, der imstande war, ihm mehr Unterhaltung zu verschaffen als alle seine merkantilischen Bekannten. Er hatte bereits einige Stunden spekuliert und sich den Kopf zerbrochen, welche Aufmerksamkeit er seiner Braut erweisen könne. Er kam eben vom Fischmarkt, wo er einen großen Steinbutt erblickte. Ein Prachtexemplar, das fünfzehn Mark kosten sollte und das er kaufen wollte, um es seiner Zukünftigen zu verehren. Da der Fisch jedoch ziemlich stark roch, und zwar nicht so gut wie Mille fleurs, so erregte dies bei ihm einiges Bedenken gegen die Zweckmäßigkeit des Geschenkes, und er verfiel auf ein paar Hummer, durch die er seine zarte Huldigung ausdrücken wollte. Aber auch dies paßte nicht recht, obgleich er die Idee gefaßt hatte, jedem einen Blumenstrauß in die Scheren zu stecken.

Spickmann zermarterte das wenige Gehirn, das ihm die Natur zukommen ließ, vergeblich, um etwas Originelles für Julie zu finden, und kam, da er sich durchaus nicht vom Tierreich losreißen konnte, endlich auf einen Affen. Er hielt dies für eine so ausgezeichnete Idee, daß er sofort zu einem Händler ging und ein prächtiges Exemplar von der Größe eines zweijährigen Jungen erstand, das er sofort hinausschickte und dadurch unendliches Erstaunen hervorrief.

Fräulein Julie wußte nicht, ob sie sich über das Geschenk ärgern oder ob sie lachen sollte, und ließ das Präsent in eine Ecke setzen, weil sie mit dem Klavierstimmer sprach, der gerade den Flügel zur Verlobungsfeier stimmte. Puck, welchen Namen der Affe führte, saß mäuschenstill und sah mit der größten Aufmerksamkeit und dem tiefsinnigsten Ernst dem Stimmer zu, wobei er jedoch die Zuckerdose ausfraß.

Spickmann saß indessen am Jungfernstieg. Er glaubte nicht genug getan zu haben und wartete sehnlichst auf Schnepfe, der gewiß noch etwas Besseres wußte. Der Bräutigam sah mit einiger Ungeduld unter den alten Linden auf und ab, denn es war Zeit zum Frühstücken für die höheren Kreise der Menschheit, da bereits das niedere Volk zum Mittagessen zu laufen begann. Es hatte zwölf Uhr geschlagen und das Glockenspiel, das am Petriturm wie in Münster Johann von Leyden in einem eisernen Käfig aufgehängt war, einen endlosen Choral mit verschiedenen fehlenden Intervallen abgehämmert, als Schnepfe erschien.

„Wie steht es, Doktorchen? Lust zum Frühstücken?“ fragte Spickmann.

Schnepfe besann sich ernstlich, ob ihm in den zweiundzwanzig Jahren seiner Erdenpilgerschaft jemals die Lust zum Frühstücken gefehlt habe. Soweit er zurückblickte, er fand keinen Tag, an dem dies der Fall gewesen wäre.

Schnepfe erstaunte nicht wenig, als ihm Spickmann erzählte, welche Auswahl von Geschenken er heute seiner Braut zugedacht. „Aber um Gottes willen!“ schrie er, die Hände vor Verwunderung zusammenschlagend. „Wer in aller Welt außer Ihnen kann denn auf den Gedanken geraten, seiner Geliebten einen Fisch oder gar ein paar Krebse schenken zu wollen!“

„Äh!“ sprach Spickmann verwundert: „Ein Fisch? Bitte, lieber Freund! Es war ein Steinbutt! Wissen Sie, ein Steinbutt, womit einmal ein französischer Herzog so renommiert hat, weil er zwei Stück besaß, wo mit dem ersten der Diener beim Hereintragen hinfallen mußte, damit der Haushofmeister sagen konnte: Bringen Sie schnell einen andern. Ha! Wenn zwei auf dem Markt gewesen wären, dann hätte ich sie ohne Zweifel gekauft, um die Geschichte selbst aufzuführen. Aber so? Man hat keine Gelegenheit, sich so auszuzeichnen und in die Weltgeschichte zu kommen."

„Aber Sie hätten doch Ihrer Braut wenigstens einen Papagei statt des Affen schenken sollen", bemerkte Schnepfe.

„Äh! Was Sie für eine verteufelte Idee haben. Das ist auch wahr! Weshalb ist mir das nicht eingefallen?" sprach Spickmann kauend. „Papagei – weiß Gott! – könnte sprechen lernen – ich liebe dich! – Haben sonst noch gute Idee, Doktorchen?"

„Hm!" sagte dieser, einen Hummer um sein Inneres bringend, „wie wäre es denn heute abend mit einem Ständchen? Einer Serenade?"

„Prachtvolle Idee!" rief Spickmann entzückt.

„Ich spiele gut Gitarre", fuhr Schnepfe fort. „Ich werde den Sehnsuchtswalzer vortragen, das wird sich ausgezeichnet in der Frühlingsnacht machen. – Spielen Sie denn nicht irgendein Instrument, daß Sie mich begleiten können?"

„O ja – kleine Trommel – ausgezeichnet."

„Geht nicht", bemerkte Schnepfe kopfschüttelnd, „zum Sehnsuchtswalzer gar nicht – durchaus nicht!"

„Der junge Siemens bläst Trompete."

„Ach, was denken Sie, zur Gitarre!"

„Hm – hm – ich habe es – der Makler Kirchhoff[11] spielt wundervoll Baßgeige – hat sich erst letzthin aufs Malergerüst zwei Treppen hoch vors Fenster von Madame Heine ziehen lassen und dort gespielt: O wärst du ganz mein eigen."

„Was denken Sie denn?" sagte Schnepfe lachend, „sollen wir etwa gar mit der Baßgeige nach Neumühlen rennen und im Garten 'rumbrummen? Ich dachte, wir nehmen lieber gleich die Orgel aus der Nikolaikirche mit. Lassen wir's bei der Gitarre – Sie können sagen, Sie hätten gespielt."

„Gut", nickte Spickmann beistimmend. „Ich gehe mit, holen wir die Gitarre!"

Schnepfe erschrak und kam in Verlegenheit. Er konnte Spickmann unmöglich in die Dachkammer führen, die er mit Bernhart bewohnte. Er sah sich vorsichtig um und flüsterte: „Ich kann nicht gleich mit Ihnen gehen. Bin auf einer Spur. Nachricht von Berlin, daß einer nach Amerika will – Verräter –, muß Auswandererschiff inspizieren. Wundern Sie sich nicht, wenn Sie mich dort als Doktor finden. Wundern Sie sich überhaupt gar nicht, wie und wo und als was Sie mich finden. Den Verräter müssen wir haben."

„Und wenn Sie ihn haben, machen Sie – Hut aus ihm?" fragte Spickmann mit geheimem Entsetzen.

„Schweigen Sie hier, unvorsichtiger Don Juan!" sprach Schnepfe abweisend. Er sah sich mißtrauisch um. „Holen Sie mich bei Sonnenuntergang am Auswandererschiff, der Fähre gegenüber, ab!"

*

In Neumühlen saß indes des Don Juans Verlobte im Garten und blickte auf die Elbe hinaus. Sie betrachtete die Schiffe, die von unten heraufkamen, und berechnete, welchen Wert sie über das weite Meer brachten und welche Summen übrigbleiben mußten, um der Verschwendung zu dienen. Sie dachte an Spickmanns Einkünfte, aber weder an ihn, noch an sein sinniges Geschenk von heute.

Plötzlich schreckte sie ein höllischer Lärm im Salon auf, während gleichzeitig ihre Schwester herbeilief. Als beide in den Salon traten, sahen sie den Affen wie wahnsinnig auf den Tasten umherspringen, wobei er mit einem Hammer aus allen Kräften auf die Stimmstifte loshieb, wie er es vom Klavierstimmer gesehen hatte. Dabei kreischte er vor Entzücken über seine musikalischen Leistungen.

Die Schwestern wollten ihn verjagen, der musikalische Vierhänder setzte sich aber auf die Tasten, zog die Augenbrauen in die Höhe und zeigte eine Reihe glänzender Zähne, die von einem Ohr bis zum andern gingen und mit der Schnelligkeit eines Mühlwerks gegeneinander klapperten. Die Damen rannten schreiend davon, und der Lärm begann von neuem, bis der Gärtner den Musikanten mit einem langen Besen vom Flügel verjagte, der freilich total ruiniert war.

„Dieses infame Vieh!" rief Julie erzürnt. „Ein so dummes Geschenk!"

„Es hat dir genau die Harmonie vorgespielt, die du von einer solchen Verbindung zu erwarten hast", sprach Bertha. „Dein Herz wird dann ganz dem Flügel drin gleichen." Sie blickte mit trübem Lächeln der Schwester nach, die sich achselzuckend entfernte. Dann sah sie stromabwärts und suchte die schmalen Landstriche, die in der äußersten Ferne das Wasser vom Horizont schieden; dort war die Gegend von Stade und, wie sie glaubte, der Aufenthalt von Ernst Schwarz.

*

Die Sonne schien sehr geneigt, nach des Tages Last und Mühe ein Bad in der Elbe zu nehmen, als Spickmann die Hafentreppe hinabstieg und einen Jollenführer engagierte, der ihn und Schnepfe nach Neumühlen und zurück fahren sollte.

Schnepfe stand an Bord des großen Dreimasters, der die Europamüden über das Meer zu schaffen bereit war, und hielt eine in Papier eingepackte Gitarre in der Hand, mit der er dann in das Boot hinunterkletterte.

Der Jollenführer trieb sein Fahrzeug mit einigen Ruderschlägen in den Strom hinaus und wollte eben im freien Wasser nach Altona rudern, als Spickmann sich vor den Kopf schlug und rief: „Halt! Ich habe was vergessen – wahrhaftig, total vergessen – das erste Mal in meinem Leben!“

„Was denn?“ fragte Schnepfe.

„Ich habe nicht zu Mittag gespeist! Denken Sie, Doktorchen, um's Himmels willen, das zu vergessen!“

„Teufel! Sie erinnern mich daran. Ich habe es wahrhaftig auch vergessen“, sprach Schnepfe lachend.

Spickmann sah sich verzweifelt rundum. Plötzlich erheiterte sich sein Gesicht.

„Dort hinüber, Jollenführer“, rief er, „durch die Kohlenschiffe und bei London-Tavern angelegt – auf uns warten!“ Dann stieg er mit Schnepfe die Treppe hinauf, um seine unverzeihliche Nachlässigkeit wiedergutzumachen, an der entweder die Liebe oder, was wir eher glauben, das Frühstück schuld war.

Als man das Versehen erschöpfend gesühnt hatte, stieg man wieder in die Jolle und trieb langsam nach Neumühlen hinunter, um dort bei ziemlicher Dunkelheit anzukommen. Etwas oberhalb von Stubborns Landhaus stieg man an Land und ließ den Bootsführer warten. Die beiden Nachtmusiker waren indes kaum einige Schritte auf dem Strande gegangen, als plötzlich Jörs aus dem Gebüsch huschte und Schnepfe packte, jedoch gleich wieder losließ, als er die Gitarre bemerkte, welche er in der Dunkelheit für eine Flasche gehalten haben mochte.

Die beiden Abenteurer lachten und krochen dann durch den Zaun in Stubborns Garten, wo sie ein geeignetes Plätzchen für ihr Konzert suchten, das doch möglichst unter dem Schlafzimmer der Geliebten abgehalten werden mußte.

Sie hatten sich dem erleuchteten Fenster genähert, dort im Gebüsch gut versteckt und wollten eben beginnen, als Spickmann Schnepfe beim Arm packte und nach dem Apfelbaum zeigte, den eben eine männliche Gestalt erstieg, die aus den Fichten hervorkam. Beide duckten sich schnell unter die Zweige und sahen lautlos hinauf, wo sich die dunkle Figur nach dem Fenster hin bewegte. Spickmann glaubte erst einen Dieb zu erblicken und wollte schon ein Hilfegeschrei erheben. Da der nächtliche Wanderer jedoch leise an das Fenster klopfte und dies sofort geöffnet wurde, so blieb ihm bloß der Mund stehen wie er war, die Ohren standen ebenfalls weit offen, und seine Augen traten aus dem Kopf, denn er faßte den Gedanken, daß er eine Entdeckung machen würde, die ein wenig zu zeitig und unerwartet kam. Es war, als hätte ihm jemand einen Eimer kaltes Wasser über den Leib gegossen.

Am Fenster erschien Julie.

„Bist du da, Adolf? – Das ist recht, mein Närrchen. Ich sehe, daß du ein kluger Junge bist, der sich in die Umstände schicken wird. Habe ich recht?“ flüsterte sie.

„Bist du wirklich meine Julie? – Hast du wirklich diesen Brief heute an mich geschrieben?“

„Ich glaube, du willst den Sentimentalen spielen“, scherzte Julie. „Sei kein Narr! Komm herein und sitze nicht wie ein Eichhörnchen auf dem Ast – sei vernünftig und überlege die Verhältnisse. Sieh, ich nehme diesen Wechselbalg von Bräutigam (hier duckte sich Spickmann, als hätte ihn jemand auf den Kopf geschlagen), weil er bis über seine langen Ohren (Spickmann fiel ganz zu Boden) im Gelde sitzt. Ich heirate nur sein Geld, um es zu verschwenden, und du bleibst nach wie vor mein Geliebter, der die gute Eigenschaft besitzt, sich nie in einen mürrischen Mann zu verwandeln.“

„Ist dies dein wahrhaftiger Ernst, Julie?“ fragte Adolf schmerzlich.

„Ganz gewiß – komm herein, Närrchen“, antwortete diese lachend, indem sie die Arme nach ihm ausstreckte.

„Dann leb auf immer wohl, furchtbares Trugbild eines liebenden Weibes“, sprach Adolf zornig, indem er sich umdrehte und mit einem Sprung in dem Fichtendickicht verschwand.

„Adolf!" rief Julie leise – „Adolf!"

Endlich sah sie, wie eine dunkle Figur wieder am Baum in die Höhe stieg. Adolf kommt wieder, dachte sie. Die Gestalt kam näher – sie streckte die Arme nach ihr aus, schlug aber dann das Fenster mit einem Schrei zu. – Es war der Affe, dem es im Garten zu kühl wurde, und der nun zähneklappernd vor dem Fenster saß.

Jetzt erst sah sich Schnepfe nach seinem Gefährten um. Er fand ihn mit einem jammervollen Schafsgesicht am Boden kauern und fühlte Mitleid mit ihm. Er nahm seine Gitarre und winkte zum Fortgehen. Spickmann blieb sitzen. Da packte ihn Schnepfe beim Kragen und zog ihn gewaltsam fort durch den Zaun, schleppte ihn dann am Strand hin und in das Boot, das kurz darauf nach Hamburg hinaufruderte.

„Was haben wir heute für einen?" fragte Spickmann nach einer Weile den Bootsführer.

„Den fünften Mai", antwortete dieser.

„Fünften Mai! – schöner Tag – schöner Tag", murmelte Spickmann zwischen den Zähnen.

*

„Fünfter Mai. Schöner Tag", sprach Herr Trick zu derselben Zeit, lachend in den Kalender sehend.

„Verdammt schöner Tag!" fluchte Müller grimmig beim sechsten Glas Grog in der Gesellschaft der fidelen Seehunde.

Neumühlener Strandpartie

## Dreizehntes Kapitel

# Tricks Trick

Der Zollwächter Jörs saß mit Trick in einem Altonaer Wirtshaus; sie hatten eine lange Konferenz, an deren Ende Jörs ein Päckchen Kassenscheine erhielt und außerdem seinen „Weinkeller" mit großem Vorrat für wenigstens sechs Stunden versorgte.

„Also faßt ihn beim letzten und macht Eure Sache gut. Ihr habt wertvolle Kunden an uns", erinnerte Trick beim Abschied. „Keine Sorge. Ich will's s'gon machen", sprach Jörs kopfnickend, wischte sich den Mund und ging am Wasser wieder nach Neumühlen hinaus, wo er sich in einem der am Hügel liegenden Gärten verkroch und sanft einschlief.

Die Lotsen standen am Strande beieinander, als Herr Stubborn langsam daherkam und Nielsen ersuchte, ihn ein wenig auf dem Wasser zu fahren. Dieser machte sofort sein Boot bereit und ruderte den Kaufmann auf den Strom hinaus.

„Heute sind alle Zollwächter fort, wie es scheint", bemerkte Stubborn. „Glauben Sie, daß Sie mir heute abend den Zucker und Kaffee sicher 'rüberschaffen können? Er wird bei mir besser liegen."

„Ich glaube, gerade heute. Sobald es dunkel wird, sollen Sie die Ladung haben", erwiderte der Lotse.

„Gut!" nickte Stubborn. „Können Sie mir nicht einen guten Kapitän zuweisen? Mein Schiff, die ‚Gebrüder', kann jede Stunde in See gehen. Ich hatte aber in der letzten Zeit so viel Malheur, daß ich mißtrauisch geworden bin."

„Wüßte gerade nicht", sprach Nielsen kopfschüttelnd.

„Es müßte ein Mann Ihrer Art sein", bemerkte Stubborn.

„Ich denke, die See bleibt, wo sie ist, und ich, wo ich bin", entgegnete Nielsen trocken.

„Nun, einen Kapitän werde ich ja wohl kriegen", sagte Stubborn gleichgültig. „Seht nur zu, daß ich den Zucker auch kriege."

Stubborn stieg an Land und nickte Nielsen zu. Dieser kehrte zu den Lotsen zurück, welche sich nach einigen Worten verteilten, während Nielsen an verschiedene Bootsbauereien ging und die Schiffszimmerleute bei Dunkelwerden zu sich bestellte, was diesen viel Vergnügen zu machen schien.

Als die Sonne ihrem Untergange nahe war, schlenderten die Lotsen und Bootsbauer am Strande umher, wie sie dies gewöhnlich taten. Nach und nach zogen sie sich in die Strecke zwischen Nielsens und Stubborns Haus, die etwa hundert Schritt voneinander entfernt lagen. Hier blieb einer nach dem andern stehen und betrachtete sich die Gegend.

Nach einiger Zeit kam Nielsen mit einigen Bekannten heraus und bat die Nachbarn, ihm sein Schaf suchen zu helfen, das sich wieder in den Weidenbüschen verkrochen habe und dort bei der Flut ersaufen werde. Die gefälligen Nachbarn nahmen sogleich Bootshaken und hieben und stachen ein wenig rücksichtslos in die Büsche. Da sie jedoch weder ein Schaf noch einen Wolf fanden, so ließen sie plötzlich ihre Haken fallen, stellten sich zwischen den Häusern in eine Reihe, und nun begann eine Partie Zuckerhüte mit wunderbarer Schnelligkeit von einer Hand zur andern zu fliegen und legte in unglaublich kurzer Zeit die Strecke zurück.

Dann folgten Kaffeesäcke ebenso lautlos und schnell, worauf Weinflaschen an die Reihe kamen, wovon jedoch nicht alle an den Ort ihrer Bestimmung gelangten, sondern stellenweise in den Taschen der dienstfertigen Nachbarn verschwanden.

Die dunklen Gestalten hatten bereits ein recht hübsches Kolonialwarenlager zwischen den beiden Häusern spediert, als sie ein leiser Pfiff stutzig machte, worauf sie mit dem, was sie in der Hand hielten, spur- und lautlos in den Büschen verschwanden.

Kurz darauf trat Nielsen aus seinem Hause und sah sich verwundert um. „Holla! He!“ rief er leise. „Wo sünd denn de Jungs hen? Teuf man, ji Spitzbooben! Sünd mit de letzten Buddels utneiht. Na“, brummte er, „denn mutt ick den Portwien sülben röberdregen.“ Er nahm zwei Körbe und ging nach Stubborns Haus zu, wobei er so leise wie möglich auftrat und so große Schritte machte, als wolle er Schlittschuh laufen.

Plötzlich huschte ein Mann aus dem Zaune hervor, der Stubborns Garten umgab. Er sprang in den Weg hart vor Nielsen hin und packte diesen bei der Brust. Der Lotse setzte die Körbe zu Boden, daß die Flaschen klirrten.

„Ha, ha!“ rief Jörs lachend. „Flas'gen! Ich dachte es doch! Habe ich dich endlich fest?“

Nielsen war jedoch keineswegs der Mann, der sich ohne weiteres und von einer Person wie Jörs festhalten ließ.

„Hast du mich fest?“ brummte er ärgerlich und packte Jörs mit einem so eisernen Griff bei der Kehle, daß dieser nach Luft schnappen mußte.

„Laßt los! Beim Teu–fel – oder ich s'giese“, keuchte er, indem er Nielsen seine Büchse entgegenhielt und auf die Brust zu setzen versuchte.

Der Lotse packte das Gewehr mit der andern Hand und wollte es ihm entreißen, weshalb er es herumdrehte. Plötzlich erhellte ein Blitz die Dunkelheit, während der Knall zwischen beiden Ringern donnerte. Jörs stieß einen scharfen Schrei aus und fiel schwer zu Boden, als Nielsen seine Kehle losließ.

„Verdammt!“ schrie Nielsen und bückte sich nach ihm nieder. Der Zollwächter lag ohne Bewegung.

„Was gibt's hier?“ sprach eine Stimme neben dem Lotsen. Dieser fuhr in die Höhe und wollte davonspringen. Er erkannte jedoch Stubborn und blieb.

„Da habt Ihr eine schöne Geschichte angerichtet“, sprach Stubborn, nach Jörs zeigend. „Es ist nur ein Glück, daß niemand weiter in der Nähe ist als ich. Macht Euch fort um Himmels willen, ehe jemand kommt. Man wird so auf Euch denken!“

„Das ist ja der Lotse Nielsen, der auf den Mann geschossen hat“, ließ sich jetzt eine helle Stimme hören. Ein Mann ging schnell vorüber und war nach einigen Augenblicken verschwunden.

„Wer war das?“ fragte Nielsen erschrocken.

„Weiß nicht“, erwiderte Stubborn gleichgültig. „Schlimm für Euch, Mann. Ihr tut mir leid, es wird Euch an den Hals gehen! – Der Zollbeamte ist tot“, sprach er, nachdem er sich nach ihm gebückt hatte. „Macht Euch fort, Nielsen, ehe jemand kommt. Rudert mit Eurem Boot davon. Bei Steinwerder liegt mein Schiff, die ‚Gebrüder‘. Geht dort an Bord und haltet Euch still. Morgen komme ich hin und bringe Euch Nachricht. Wenn ich nur nicht noch in die Sache verwickelt werde.“

„Ich will Sie nicht erwähnen. Da aber das Unglück einmal geschehen ist, so hätte ich Lust, den Toten ins Wasser zu werfen“, sprach Nielsen und wollte sich bücken, um Jörs aufzuheben.

„Sind Sie denn des Teufels!“ schrie Stubborn erschrocken, ihm in den Arm fallend. „Sie wissen doch, daß eben jemand Sie erkannt hat. Machen Sie sich fort, ehe man kommt und es zu spät ist.“

Nielsen sah ein, daß es das beste sein würde, dem Rat zu folgen. Er lief nach seinem Haus, holte die wertvollsten und nötigsten Sachen, trug sie in das Boot und ruderte, nachdem er den Ewer seinem Matrosen für die Zeit seiner Abwesenheit übergeben und den Hausschlüssel an Stubborn geschickt hatte, stromaufwärts.

Stubborn stand bei dem am Boden liegenden Zollwächter und lauschte dem Schlag der sich entfernenden Ruder. Sobald sie nicht mehr hörbar waren, hob der Tote langsam den Kopf in die Höhe und stand dann lachend auf.

Er hing sich die Büchse über, ergriff schnell die beiden Flaschenkörbe und lief eilig damit fort, denn er litt schon seit mehreren Stunden wieder den schrecklichsten Durst.

„Er hat seine Sache sehr gut gemacht, und ich denke, daß wir Nielsen haben“, ließ sich eine Stimme gegen Stubborn hören. Es war Trick, der die ganze Komödie veranstaltete. „Schade um den schönen Portwein", fuhr er fort. „Der Kerl könnte Schnaps trinken, das wäre gut genug für ihn. Haben Sie gesehen, wie er damit lief?"

Stubborn hörte nur halb auf Trick und sagte: „Es beunruhigt mich, daß ein Mann zu der Geschichte kam, der Nielsen erkannte und wahrscheinlich Anzeige macht. Die Stimme kam mir bekannt vor. Ich weiß aber nicht, wer es war."

Trick lachte: „Das war Müller, mein Sklave, der jetzt in dieser Sache arbeiten muß. Ha, ha, ha! Ich denke, wir haben Nielsen fest und werden uns sein Haus ansehen, sobald die ‚Gebrüder' hier vorbei ist. Dann werden wir seinen Freund Jörs dort einquartieren, damit er das Geschäft fortsetzt, und so das Angenehme mit dem Nützlichen verbinden."

Vierzehntes Kapitel

# Aus dem Hafen

Durch das Gewimmel von Schuten und Ewern, das die Hamburger Hafengassen füllte, arbeitete sich Stubborns Schutenführer Wilm mit einem Boot, in dem bei verschiedenem Gepäck Adolf Schwarz saß und teilnahmslos auf die lebendige Umgebung sah.

Wilm suchte an und unter den Schiffen nach etwas umher, bis er endlich zwischen den Achterschiffen zweier Briggs das Ende eines Bootes erblickte, das seine Aufmerksamkeit erregte.

Hafenbild

„Bücken Sie sich 'n bißchen", rief er Schwarz zu, indem er sein Fahrzeug unter zwei Ketten wegtrieb, die so tief auf das Wasser hingen, daß sie einen sorglosen Passagier unzweifelhaft abgeräumt hätten.

Da sich Schwarz jedoch gehörig bückte, so schoß das Boot ohne Aufenthalt durch die Ketten und lief zwischen die Schiffe, wo Wilm das andere Boot packte und hervorzog.

„Wat sall dat?" fragte der darin sitzende rotnasige Bootsmann, indem er seinen Haken ergriff.

„Legg dienen Haken weg, Kerl, oder du warst vitzliputzliet. Ick segg di, Takel-Jan, maak keen Flautusen und segg mi, ob du wat von unse Schuut weetst", sprach Wilm.

„Jo'n Schuut?" entgegnete Takel-Jan verwundert. „Wat is dormit?"

„Wat dormit is? Na, weetst du warraftig nix dorvon af? Se is siet gestern von den ‚Gebrüder' weg."

„Sall mi de Düwel halen; ick weet nix dorvon!" beteuerte der Rotnasige. „Aber teuf! Gestern obend trieben son paar Finkenwerder neben ne Schute mit de Ebbe daal. De Kerrels hebbt se woll stahlen. Oh, de Waterrumdriebers! De na baben kahmt un hier rumstehlt! Versuupen sull man de Halunken!" rief in gerechter Entrüstung der redliche Takel-Jan, dem die Finkenwerder schon manchen Bissen vor der Nase weggeschnappt hatten, wenn er ihn abends holen wollte. Takel-Jan versprach, sich auf die Lauer zu legen, fragte aber sogleich, was es trüge, wenn er die Schute auskundschaftete, denn „Vor nischt is nischt" war sein Grundsatz.

Wilm glaubte, daß Herr Trick gern fünf Taler daransetzen würde, vielleicht auch zehn, wenn die Schute wieder herbeikäme. Er selbst aber versprach, extra sechs Flaschen Rum zu geben, wenn die Diebe „gevitzliputzliet" werden könnten. Sechs Flaschen Rum! Takel-Jans Nase begann förmlich zu leuchten, und die Aussicht auf diesen „Tropfen", wie er es nannte, bewog ihn, sofort aus seinem Versteck zu kriechen, wo er auf die Mahlzeit der Mannschaft lauerte, um von den Schiffen irgendein Tau zu entführen.

Die Brigg Stubborns, die „Gebrüder", lag bei Steinwerder segelfertig und wartete nur auf ihren Kapitän. Nielsen war am Abend zuvor an Bord gekommen. Seit Tagesanbruch stand er an Deck und beobachtete mit seinem Fernrohr jedes Fahrzeug, das von der Stadt herüber- oder von unten heraufkam.

Er entdeckte Wilm, den er kannte, und sah dann mit Verwunderung den jungen Schwarz samt seinem Gepäck an Bord steigen.

„Was bringen Sie denn da?“ fragte er.

„Mich selbst“, entgegnete Schwarz mit trübem Lächeln.

„Sich selbst?“ fragte Nielsen erstaunt. „Ja, was wollen Sie denn zur See?“

„Vor drei Tagen dachte ich noch nicht daran. Man kann aber nicht wissen, auf welchen Weg einen das Schicksal über Nacht wirft“, seufzte Schwarz.

„Ja, ja, mein Junge“, brummelte der Lotse kummervoll, indem er wieder das Wasser überblickte.

„Wo ist der Kapitän?“ forschte Schwarz.

„Weiß nicht“, bemerkte Nielsen, aufmerksam nach St. Pauli hinsehend. „Sie können es jedoch sogleich erfahren, dort kommt Herr Stubborn in einer Jolle.“

„Und dort drüben kommt Herr Trick in einer andern“, bemerkte Wilm, nach dem Hafen zeigend.

Beide Fahrzeuge legten bald am Schiff an, worauf Stubborn und sein Buchhalter an Bord stiegen.

„Wo ist der Lotse?“ forschte ersterer. Er ging in die Kajüte, als man ihn dorthin wies.

„Wie steht es?“ wurde er hier gefragt.

„Schlecht! Sehr schlecht! Der Däne ist mausetot“, sprach Stubborn achselzuckend. „Er wurde noch in der Nacht gefunden, und man glaubte, er habe sich aus Versehen selbst erschossen. Ich dachte schon, es würde so abgehen; da kam aber der Mann zu mir, der Sie erkannte, ein Hamburger, der draußen wohnt, ein verdorbener Kaufmann. Er fragte mich, ob ich in die Sache verwickelt sei und ob er schweigen solle, bis Sie sich beiseite gemacht hätten. Ich habe ihn für acht Tage mit vierhundert Mark gekauft. So lange haben Sie Zeit, sich davonzumachen. Ich will jedoch noch mehr für Sie tun, damit ich nur nicht in die fatale Geschichte verwickelt werde. Ich biete Ihnen die Kapitänstelle auf diesem Schiff an. Heute und morgen haben Sie vielleicht noch Zeit, alles Dazugehörige in Ordnung zu bringen, und dann sind Sie lange in See, wenn die Geschichte aufkommt.“

Herr Trick steckte seinen Kopf zur Tür herein. „Machen Sie sich davon, lieber Freund“, flüsterte er. „Gehen Sie in See, als Speckschneider vielleicht, besser ist besser.“

„Ich habe ihm eben die Stelle als Kapitän angeboten", bemerkte Stubborn.

„Was wollen Sie mehr?" rief Trick erfreut. „Greifen Sie zu, lieber Freund, und drücken Sie sich so schnell wie möglich."

„Nun denn, zum Kuckuck, ich will Ihren Vorschlag annehmen, um aus dieser Klemme zu kommen", sprach Nielsen. „Machen wir die Sache so schnell wie möglich ab. Wie steht's um das Schiff?"

„Das kann noch diese Stunde in See gehen", sagte Trick.

„Gut denn. Kommen Sie, Herr Stubborn, zur Admiralität. Dann will ich mir einiges besorgen, um die nächste Minute darauf abzusegeln. Doch was wird aus meinem Haus?"

„Ich werde es vermieten", sprach Trick.

„Daß aber nichts ruiniert wird! Es ist mir jeder Baum und jeder Nagel lieb. Teufel!" sagte Nielsen, „beinahe hätte ich vergessen: Ich muß noch einmal hinaus."

„Was wollen Sie holen?" fragte Trick lauernd. „Gehen Sie nicht. Es steckt alles voller Grenzjäger."

„Ich muß! Ich muß!" sprach Nielsen.

„Nun, dann nehmen Sie sich in acht!" raunte Trick, indem er Stubborn ansah.

„Ich rate Ihnen auch, lieber wegzubleiben. Es wäre mir leid um meinen guten Kapitän", riet dieser.

Nielsen schüttelte mit dem Kopf. „Gehen wir und machen alles ab", wandte er sich an Stubborn.

Als Stubborn über die Reling stieg, fiel sein Blick auf Adolf Schwarz, der traurig nach der Stadt hinüberblickte. Der Blick des Kaufmanns blieb einige Sekunden an ihm haften: „Haben Sie noch einen Wunsch, Schwarz?" Schwarz schüttelte mit dem Kopfe.

Stubborn stieg in das Boot und sah nicht mehr nach dem Schiff zurück, als er zur Stadt hinüberfuhr.

Plötzlich sah Schwarz auf und griff an seine Brusttasche. Ich hätte ihm den Brief für meinen Bruder geben sollen, dachte er. Doch nein. Ich weiß nicht, was mich davon zurückhielt. Der arme Ernst, er wird sich wundern, wenn er mich nicht mehr findet. Wie muß das mit der Fahrt nach London zusammenhängen? Aber der Brief! – Der Brief!

Er sah wieder nach dem Hafen hinüber und überlegte, ob er nach der Stadt fahren und den Brief an seinen Bruder bei einem Bekannten niederlegen sollte. In diesem Augenblick kam ein Boot vorbei, in welchem er den Meister Wöllers erblickte.

„Boot ahoi!“ rief er.

Meister Wöllers fand es schmeichelhaft, von einem Schiff angerufen zu werden. Er hob deshalb beide Hände an die Backen und brüllte nach der Brigg hinüber: „Schipp ai ai!“ worauf er dem Bootsführer am Fallreep anzulegen befahl und dieses dann flink hinaufkletterte. Er war verwundert, den jungen Schwarz zu finden. Seine Verwunderung steigerte sich indes, als er erfuhr, daß dieser nach Indien wollte und ihn mit dem Auftrag an seinen Bruder beehrte, den er mit Vergnügen annahm und treulich zu Lande oder zu Wasser auszuführen versprach.

„Wissen Sie nicht, wann Ihr Bruder von England zurückkommt und mit welchem Schiff?“ fragte Wöllers, den Finger an die Nase legend.

„Nein“, sprach Schwarz.

„Hm – hm. Tut mir leid. Wäre ihm dann ein Stück entgegengesegelt. Bin eben im Begriff, einen Kutter zu kaufen. Hätte ihm Ihren Brief noch in See übergeben. Tut mir wirklich leid“, sagte Wöllers, bedauernd, daß ihm ein so sportmäßiges Unternehmen entging.

Nielsen war bald mit seinen Geschäften fertig, da Stubborn ohne sein Wissen schon vorgearbeitet hatte.

Nachdem der Lotse noch von Laarsen Abschied genommen, ließ er sich nach seinem Schiff rudern und übernahm das Kommando. Man hörte nach einer halben Stunde das „Kling, Kling“ des Spills, das den Anker unter dem monotonen Gesang der Matrosen hob, worauf das Schiff abwärts zu treiben begann. Dann ward ein Klüver aufgezogen. Der Mann am Ruder fühlte, daß das Schiff in Fahrt kam, und die Szenerie des Hafens, der Stadt und Vorstadt St. Pauli zog an den Blicken der Reisenden vorbei. Es kamen Altona, Rainville und endlich Neumühlen, wo die Brigg mitten im Strom den Anker nochmals fallen ließ, um bis zur nächsten Ebbe liegenzubleiben.

Nielsen ging auf dem Verdeck hin und her, bis die Sonne hinunter war. Dann stieg er in das Boot und ließ sich nach dem Strand rudern. Er beabsichtigte, in sein Haus zu schleichen und dort das ihm von Kern anvertraute Paket zu holen, um es dem jungen Schwarz zu übergeben, da er dies für besser hielt, als es zurückzulassen. Er wußte nicht, wie sehr es Stubborn betraf und Trick interessierte, und hatte nur die Ahnung, daß es nicht dort bleiben dürfe.

Als er sich durch die Büsche schlich, um sein Haus zu erreichen, bemerkte er, wie es von Zollbeamten umstellt und es unmöglich war, unbemerkt hineinzukommen. Er mußte zu seinem großen Verdruß wieder in das Boot steigen, wollte er seinen Feinden nicht in die Hände fallen. Er legte bei seinem Ewer an und hielt eine lange Konferenz mit seinem Matrosen, den er beauftragte, nach dem Paket an einem gewissen Ort zu suchen und es dem Ernst Schwarz zuzustellen, sobald er zurückkäme. Dann nahm er Abschied von seinem treuen Mann und ließ sich nach der Brigg zurückrudern.

Hier traf er Stubborn und Trick, die ihn zur Eile mahnten, da die Ebbe eben eingetreten war. Die Ankerwinde schickte ihren taktmäßigen Klang wieder über den stillen Strom, das Schiff trieb hinab und verschwand im Abenddunkel wie eine verbleichende Erinnerung.

Stubborn und Trick saßen stumm in ihrem Boot und sahen ihm nach.

Klüverbaum und Wanten

## Fünfzehntes Kapitel

# Ein neuer Kapitän

Es gibt viele Ehemänner, denen nichts Schlimmeres einfallen kann als „ihre Frau“. Wöllers gehörte, wenn es die Nautik betraf, zu ihnen, obgleich er sich sonst nicht besonders über seine Hälfte beklagen konnte. Sie wollte im gewöhnlichen Leben, wie jene Fischersfrau im Märchen und alle anderen in der Wirklichkeit: nur gern Papst sein, und war ein kleiner Lindwurm. Dem Seemann Wöllers gegenüber schwoll sie jedoch zum grüngeschuppten, feuerspeienden Höllendrachen an; denn er entzog sich auf dem Wasser aller Kontrolle, ohne die ein guter Ehemann nimmermehr sein kann und darf. War ihr ein offenes Boot schon als ein höchst verderbliches Emanzipationswerkzeug erschienen, was konnte dann erst mit einem verdeckten Fahrzeug geschehen, worin leichtsinnige Ehemänner sich wochenlang herumtreiben konnten. – An diesen Punkt hatte der gute Meister bisher noch gar nicht gedacht und bereute nun fast, den Handel mit dem „Seehund" abgeschlossen zu haben. Er mußte ihr die Sache erst nach und nach beibringen. In dieser Verlegenheit tauchte an seinem Horizont ein bekanntes Schiff auf, bei dessen Anblick er sofort wußte, wohin er seinen Lauf zu richten hatte. Gevatter Schünnemann war es, der beim Winde dahergesegelt kam und sofort beilegte, als er Wöllers in Sicht bekam.

„Wie geiht dat, ohl Jung?" fragte er.

Der Kutterbesitzer rief dem Gevatter jene Zeit ins Gedächtnis, wo dessen Selige noch lebte und er, Wöllers, manchmal den Sündenbock gemacht und ihm aus der Patsche geholfen habe. Nach dieser Einleitung kam er auf die Antipathie der Meisterin gegen die Schiffahrt und auf seinen Kutterhandel und verlangte schließlich von Schünnemann, daß er vor der Meisterin als Besitzer des „Seehund" auftreten solle.

Schünnemann war gern bereit und versprach, bei Wöllers zu erscheinen und ihn nebst Familie für nächsten Sonntag zu einer Spazierfahrt einzuladen. Vorläufig beschloß man, für morgen eine geheime Probefahrt zu unternehmen, und versprach, sich bei Eintritt der Ebbe am Pferdeborn[12] zu treffen.

Wöllers ging nach der Werft und bat, den Kutter am nächsten Tag ins Fahrwasser hinauszulegen und segelfertig zu machen.

Mit derselben Sehnsucht wie Meister Wöllers erwartete Schnepfe den Anbruch des nächsten Tages. Befand sich Wöllers in der Lage, als Kapitän aufzutreten, so ward Schnepfe an diesem Tage Schiffsdoktor, welche Würde er vertragsmäßig bis Cuxhaven behielt, wo sein Amt zu Ende war, da die Auswanderer dann auch ohne ihn auf dem Meer gesund werden oder sterben konnten und Herr Senator Eiskuhl auf diese Art einen Doktor gewann, ohne seinen Barbier einzubüßen. Der junge Mann freute sich weniger über seine Anstellung als über die Gelegenheit, eine kleine Reise bis zur Mündung der Elbe zu machen. Da Schnepfe, wie alle Binnenländer, ungeheuer begierig auf den Anblick der See war, so war er einmal auf den Süllberg bei Blankenese gestiegen, indem er die Meinung hegte, daß man von da aus die See sehen müsse. Als er aber auch dort nichts als Fluß entdeckte, schöpfte er den Verdacht, daß Hamburg sich den Namen einer Seestadt unrechtmäßigerweise angemaßt habe. Er hatte unter solchen Umständen schon die Hoffnung aufgegeben, die See in der nächsten Zeit zu sehen, und war nun um so erfreuter über seine Stellung.

Der Südostwind, der Wöllers Anlaß zu verwegenen Plänen gegeben, stand am Morgen des folgenden Tages immer noch und machte es möglich, daß das Auswandererschiff langsam gegen die Flut ansegeln konnte. Der Wind ward jedoch schon bei Altona so schwach, daß man kaum merklich vorrückte, und schlief bei Neumühlen ganz ein, wodurch man genötigt war, den Anker fallen zu lassen, um nicht wieder rückwärts zu treiben. Nach einer kurzen Windstille drehte aber der Wind gänzlich um und begann von unten herauf zu wehen, was das Schiff zwang, liegenzubleiben, da man der Sandbänke wegen nicht zu treiben wagte.

Meister Wöllers hatte sich nach dem Frühstück von zu Hause gedrückt, nachdem er Krischaan einen geheimen Wink hatte zukommen lassen, auf den dieser gleichfalls unsichtbar wurde. Am Pferdeborn fanden sie Gevatter Schünnemann auf einem umgekehrten Boot sitzen und warten. Der gute Mann hatte vorsorglich gedacht und einige verheißungsvolle Flaschen nebst einer Papierrolle neben sich liegen, in der sich sehr schlecht eine Mettwurst versteckte. Krischaan wurde sofort zum Bäcker geschickt, um Rundstücke zu holen, und da Wöllers zwei Flaschen auf drei Mann für lächerlich, ja geradezu unnatürlich hielt, so mußte er auch noch einige Flaschen Wein mitbringen.

Draußen bei den Torfewern lag indes der „Seehund“ vor Anker und wurde von Wöllers mit Entzücken betrachtet. Sobald Krischaan alles Nötige herbeibrachte, stieg man in ein Boot und ließ sich hinüberrudern.

Es war ein Mann von der Werft an Bord, der die Segel angeschlagen und alles zur Abfahrt eingerichtet hatte. Wöllers glaubte allein fertig zu werden und schickte ihn an Land, nachdem er ihm ein gutes Trinkgeld gegeben. Der Anker wurde nun aufgeholt, der Klüver aufgezogen, und Wöllers steuerte mit wichtiger Miene an den Ewern vorbei, wobei er nur zweimal anrannte und in Anbetracht der Umstände, für das Wasser, ziemlich wenig Grobheiten erhielt, was jedoch beim dänischen Wachtschiff nachgeholt wurde, dem er näher kam, als es die Besatzung für nötig fand. Sobald dies Hindernis passiert war, wuchs ihm der Kamm, und er wollte das große Segel aufgezogen haben. Indes Schünnemann und Krischaan die dazugehörigen Taue zu erraten suchten, trat die Windstille ein, und Wöllers legte sich vorsichtig an den Eisbrecher, der am Ende des Altonaer Hafens stand und an den der „Seehund" vom Strom geführt wurde. Er wollte hier den Eintritt der vollständigen Ebbe erwarten. Wöllers fand die Unterbrechung ganz geeignet, um sie mit einem kleinen Frühstück auszufüllen, und befahl, die Gläser zu bringen.

„Meister! Wir haben keine Gläser", schrie Krischaan aus der Kajüte.

„Nun, das ist lange nicht so schlimm, als wenn wir keine Flaschen hätten", meinte Schünnemann.

„Krischaan", schrie Wöllers, „komm an Deck, ich will dir mal was sagen." Krischaan kam aus der Luke und sah seinen Meister fragend an.

„Jetzt merk dir ein für allemal", sprach Wöllers ernst, „solange wir an Bord sind, nennst du mich nicht Meister, sondern, wie sich das gehört, Kapitän!! Versteihst du mi? Oder soll ich dir von wegen bessern Merkens eine Ohrfeige geben?"

„Och nee, Mei – – Kapitän! Ick will mi dat woll marken. Aber wie is dat to Huus?" fragte Krischaan zweifelhaft.

„Hm", brummte Wöllers. „Mir wird das nicht viel schaden, wenn du mich auch zu Haus Kapitän nennst. Wenn deine Haare zu dicht werden, denn man zu!"

Als die Ebbe eintrat, holte man nach vielem vergeblichen Ziehen an unrechten Tauen die Segel auf und trieb weiter, bis der Wind von unten kam und der Kapitän erklärte, es müsse gegen den Wind gekreuzt werden.

Das war recht gut, wenn nur die Mannschaft einen Begriff von diesem Manöver gehabt hätte. Wöllers selbst wußte nur so viel, daß er so nahe wie möglich an den Wind halten und dann auf die andere Seite durchdrehen müsse, wenn das Fahrwasser dies nötig mache. Auf der freien Wasserfläche, die er abwärts vor sich hatte, ankerten nur wenig Schiffe. Auf der hannoverschen Seite lauerte jedoch eine Menge boshafter Sandbänke unter dem Wasser. Diese Gefahr kannte Wöllers vollkommen.

Auf der Neumühlener Seite ging es besser, denn dort kann man das Ufer bis auf zwanzig Schritte ansegeln und dann bequem wenden. Wöllers glaubte hier aus aller Gefahr zu sein und begann sich mehr und mehr als Kapitän zu fühlen, aber der dickköpfige Kutter mußte jedesmal mit einer Stange vorn abgestützt werden, aus freiem Willen ging er durchaus nicht über Stag. Eben hatte er wieder gewendet, und zwar unter einiger Verhöhnung durch Neumühlener Eingeborene, die bemerkten, daß Schünnemann den Kutter vorn mit der Stange herumtrieb, er lief auf das andere Ufer zu und gab kaum auf das Auswandererschiff acht, das hier im Strom ankerte, denn er gedachte weit hinter ihm wegzukreuzen, da wurde jedoch das Wasser jenseits des Schiffes plötzlich so seicht, daß nur knapper Raum zum Wenden war und man gerade auf das Auswandererschiff geriet, dessen Bord mit Hunderten neugieriger Köpfe besetzt war. Wöllers steuerte deshalb ein wenig mehr voll aufwärts, um oberhalb des Schiffes vorbeizukommen. Er bedachte aber den Umstand nicht, daß ihm der große Schiffsrumpf den Wind wegnehmen könnte und ihn dann der Strom trieb, was auch so glücklich geschah, daß der Kutter gerade auf das Schiff losschwamm, dessen Klüverbaum durch die Wanten des „Seehund" fuhr, worauf dieser daran hängenblieb wie ein ungeheurer Strickbeutel am Arm einer Dame.

Für die Passagiere, besonders aber die Mannschaft des Schiffes, hätte auf diesem einsamen Ankerplatz nichts Angenehmeres passieren können, als die Sonntagssegler in einer solchen Verlegenheit an ihrem Klüverbaum hängen zu sehen. Ja, einige Matrosen konnten sich das Vergnügen nicht versagen, auf das Bugspriet hinauszukriechen und sich die Sache aus der Vogelperspektive zu besehen. Sogar der Kapitän und die Steuerleute kamen nach vorn und fragten, ob man vielleicht auf diese Weise mit nach Neuyork wolle, wohin das Schiff nächstens abginge.

Wöllers verlor indes kein Wort, sondern stieg, das rechte Mittel zur Erlösung aus dieser Lage kennend, in die Kajüte, von wo er eine Flasche Rum brachte, die er den Matrosen oben anbot, worauf sie sich herbeiließen, den Kutter loszumachen.

Zu diesem Zweck nahmen einige den Anker des „Seehund" nebst einem großen Stück Kette in ihr Boot und ruderten damit stromauf, wo sie den Anker fallenließen. Indes hatten sich zwei Mann auf dem Bugspriet auf den Rücken gelegt und strampelten mit den Beinen gegen den Mast des gefangenen Fahrzeuges, während die anderen es an der Kette nach dem Anker hinzogen und auf diese Art frei machten.

Der unglückliche Wöllers stand bei alledem wie ein Bild der Verzweiflung an der Ruderpinne und schaute wortlos nach dem Vorschiff des Auswandererschiffes, unter dessen vergnügten Zuschauern er jene beiden jungen Männer erblickte – Schnepfe und Bernhart –, die das Schicksal ausersehen zu haben schien, stets als Zeugen seiner Niederlagen, zu Wasser wie zu Lande, zu dienen.

Meister Wöllers war so ergrimmt über diese Zeugenschaft, daß er, den mäßigen Wind benutzend, sofort umkehrte, wieder aufwärts steuerte und wenigstens den Trost mitnahm, daß ihm diese „bannigen Kerrels" nun nicht mehr auf der Elbe begegnen würden, da er sie für Auswanderer hielt.

Er brachte den Kutter ohne Unfall wieder an die Werft, wo er bis zum nächsten Sonntag liegenbleiben sollte.

Auf Finkenwerder

## Sechzehntes Kapitel

# Elbstrandrecht

Takel-Jan kehrte von seiner Kundschafterfahrt nach Finkenwerder nicht ganz unzufrieden zurück, denn es war ihm gelungen, am Neumühlener Strand noch einige Taue und ein Segel, das ein sorgloser Sommergast im Boot gelassen, an sich zu bringen, was ihm besonders angenehm war, da er sehr nötig eine Bootshose brauchte, in die er diese Beute zu verwandeln gedachte. Da er nicht wagen durfte, die „gefundenen" Sachen – denn Takel-Jan fand alles, was irgendwo lag – in seine Wohnung zu bringen, weil ihn die Polizei sehr oft besuchte und sich neugierig in allen Winkeln umsah, so hatte er sich einen Schlupfwinkel als Geschäftslokal ausgesucht, der sehr bequem für ihn war und wo niemand eine Niederlage vermutete.

In St. Pauli lag unweit des Schiffspavillons[13] der halb verfaulte Rumpf eines alten Schiffes im Wasser und bildete eine Art Vorsetzen, wohinter kleine Boote u. dgl. ruhig Platz fanden. Das Verdeck dieses Wracks war teilweise abgerissen und das Innere voll Wasser, das mit der Ebbe und Flut stieg und fiel. Außerdem bewohnte es eine ausgebreitete Verwandtschaft von Ratten. In diesem Lokal schwamm eine Art Floß, welches an der Seite so festgelegt war, daß Takel-Jan durch ein Loch von außen bei einer gewissen Fluthöhe seine Beute unbemerkt hineinstecken konnte. In der Nacht holte er sie dann wieder ab, um sie auf dem Landwege in die Stadt zu bringen, da die Polizei an allen Wasserzugängen scharf Wache hielt, um das Verschleppen von den Schiffen im Hafen zu unterdrücken.

Takel-Jan trieb also mit seinem Boot unter den Bauch des Wracks und steckte, nachdem er sich vorsichtig umgesehen, das Segel und die Taue nebst Netz durch das Loch hinein. Er hatte keine Ahnung, daß über ihm der Kopf des jungen Jakob hinter der alten Schanzkleidung hervorlugte, wo er versteckt lag, um auf irgend etwas zu lauern. Der Junge, der dem alten Wolf bei seinem Lumpenhandel half, trieb sich seit einiger Zeit am Wasser herum. Er studierte vielleicht das Geschäft Takel-Jans.

Jakob zog seinen Kopf zurück, um ihn durch eine Lukenöffnung in den Raum zu stecken, wo er durch die Dunkelheit die weiße Leinwand des Segels schimmern sah. Sobald Takel-Jan fort war, stieg er vorsichtig hinab und untersuchte das Warenlager, worauf er seinen Rückzug nahm und dann schmunzelnd, mit einigen Tauen beladen, davonlief.

Takel-Jan ruderte nach den Brodschrangen und bog von dort in die Deichstraße, wo er Herrn Trick aufsuchte und ihm meldete, daß die Schute in Finkenwerder am Deich festgeschlossen liege und jedenfalls eine Wache in der Plicht habe. Er erhielt für diese Nachricht einen Taler und ward an Wilm verwiesen, um diesen mit den Umständen bekannt zu machen.

Tags darauf saß Peter Wübbe in Finkenwerder vor seinem Haus auf einer alten Segelkiste und wartete auf die Flut und einige Nachbarn. Das Haus lag auf dem Deich, unter dem die erwähnte Schute festgeschlossen war. Es bestand aus einem

Erdgeschoß, das, aus Backsteinen und Holzwerk zusammengewürfelt, hier und da ein Fenster zeigte, von denen jedoch keines dem andern gleichsah. Das Dach reichte fast bis auf Mannshöhe herab und war mit Rohr gedeckt. Das Charakteristische am ganzen Gebäude war jedoch der Zaun, ein Ding, das eigentlich höchst überflüssig erschien, da es nichts einzuschließen gab. Er bestand aus lauter Schiffsteilen, wie sie eben den Bewohnern in die Hände gefallen waren. Das Steuerruder eines Milchewers sowie das Schwert eines Bremerkahns bildeten die Grundbretter, die von Bootsduchten, Rippen und zerbrochenen Rudern gehalten wurden. Alte Faßdauben und -reifen halfen die Teile verbinden, die jedoch oft gegen das Frühjahr ganz verschwanden, weil sie Peter Wübbe dann in seinen Ofen geschoben hatte. Da jedoch der Fang im Herbst reichlich und der Winter mild gewesen, so fand sich noch ein ziemlicher Teil vor, auf den jetzt ein Netz zum Trocknen gehängt war.

Als die Flut aufzulaufen begann, kamen auf dem Deich einige Figuren in großen Schifferstiefeln langsam daher und steuerten auf Peter Wübbe zu. Der Führer des Trupps war ein grauer alter Sünder, dessen wetterhartes Gesicht hundert Stürme ausgefurcht, und in dessen Krähenfüßen hinter den grauen Augen das Begehren nach Beute lauerte. In seinem breiten Maul, das beim Anblick der Schute noch breiter wurde, stak eine Tonpfeife, in deren Kopf wiederum seine Nasenspitze stak. Er klapperte langsam, wie alle Wasserleute, in seinen weiten Stiefeln auf Wübbe zu und nickte zum Gruß, wobei die Quaste seiner Zipfelmütze höchst komisch wackelte.

Peter Wübbe nickte wieder und fragte lakonisch: „Na, wüllt wi nu?“

„Joo“, grunzte der Alte.

„Du hest dat Seggen?“ sprach Wübbe.

„Joo!“ wiederholte der Stiefelmann.

„He kann dat as'n Avkat“, wandte sich Wübbe an die übrigen.

„Joo!“ klang es aus aller Munde.

„Denn wüllt wi an Buurd gahn“, meinte Wübbe.

„Joo“, nickten alle und wandten sich den Deich hinab.

„Stopp!“ knurrte der Alte. „Hest du nich 'n Lütten?“

Peter Wübbe sah sich etwas ratlos in der Gegend um. Er hätte gern nein gesagt. Aber die ganze Insel würde dann gewußt haben, daß er log. Er mußte gestehen, daß er einen Lütten unter seinem Strohdach barg.

„Na, denn man rut mit“, kommandierte der Alte.

„Joo“, echote der Chor.

Peter Wübbe kratzte sich mehrmals hinter den Ohren und holte dann eine sehr große Steinflasche heraus, zu der er ein sehr kleines Gläschen brachte, das sich der alte Sünder ohne Gewissensbisse, aber zur stillen Verzweiflung des Eigentümers fünfmal hintereinander vollschenkte und hinunterstieß. Die andern folgten seinem Beispiel, worauf sich die Fischer mit ihren breiten Händen vergnügt über die breiten Mäuler wischten, in Wübbes Fischewer stiegen und nach Hamburg hinaufsegelten.

Eine Stunde später hörte man im Kontor bei Stubborn vor der Tür dumpfes Getrampel, worauf sie sich öffnete, um sechs Finkenwerder einzulassen, die mit Herrn Stubborn zu sprechen verlangten. Herr Trick kam eben aus dessen Zimmer und erkannte sogleich, um was es sich handelte, er kehrte sofort um und sprach einige Worte hinein. Dann fragte er sehr freundlich, was sie brächten. Bringen wollten diese nun eigentlich nichts, sondern etwas holen. Der alte Stiefelmann fragte vorsichtig, ob man hier eine Schute vermisse. Er habe so etwas gehört.

„Vermissen wir eine Schute?“ fragte Herr Trick die Kontoristen. Da diese sich wahrscheinlich nicht darum gekümmert hätten, wenn selbst alle Schuten abhanden gekommen wären, so schüttelten sie mit den Köpfen.

Die Finkenwerder wußten jedoch zu gut, daß die Schute hierher gehörte, und bestanden darauf, daß eine fehle und daß man ihnen, da sie treibend gefunden, ein Bergegeld zahle. Herr Trick schüttelte mit dem Kopf und führte die Deputation zum Prinzipal, der ebenfalls nichts davon wissen wollte, daß ihm eine Schute fehle. „Gesetzt den Fall, daß es eine der unseren wäre, was wollt ihr dann Bergegeld haben?“ fragte er endlich.

Die Fischer sahen einander an. Peter Wübbe gab dem alten Sünder einen Rippenstoß, wodurch er ihm anzudeuten versuchte, daß er nun etwas für die „Lütten“ tun solle. Der wikkelte denn auch einen dicken Wollschal von seinem Hals und begann: „Joo! Dat is ne bannige Geschichte! – Wat meent ji?“

„Joo“, bestätigte der Chor.

„Wi hefft veel Mallör mit de Schut hatt. Erst hett sick Claus Mattens den Arm dobi an'n Iisbreker broken un mut tein Weken liggen. Denn is Nikel Hansen int Woter fulln un hett dat

Feeber kregen. Ick heff mi mien Frack tweireten un mienen eschen Reem broken, un toletzt sünd wi noch mit de Blankeneser tosamstött un hebbt uns mit jem rumslogen müßt, sünst harrn de de Schut nohmen, und de harrn denn so'n Reken mokt: Se harrn de Hann'n öbern Kopp tosamenslogen! Is nich so?" fragte er seine Kollegen.

„Joo!" riefen diese entzückt über die Erfindungsgabe ihres Wortführers. Selbst Herr Trick konnte dem Mann seinen Beifall nicht versagen, obgleich er wußte, daß jedes Wort erlogen war. Er klopfte einigemale an seine Nase und erkundigte sich dann freundlich, was nun die ehrlichen Fischer für ihre Mühe verlangten.

„Joo!" sprach der Chorführer, dem bei der Leichtigkeit des Geschäfts der Mut wuchs. „Dat is en böse Geschicht'. Ünner so'n Dohler foftig könt wi dat nich dohn."

„Ich will euch was sagen. Wenn es eine von unseren Schuten ist, dann will ich euch zehn Taler geben. Ihr müßt sie aber erst zum Ansehen an die Stadt bringen", sagte Stubborn sehr gleichgültig.

„Tein Dohler?" – Ein solches Gebot den ehrlichen Fischern gegenüber fünfzig, das war empörend. Der alte Finkenwerder stellte dies auch sehr eindringlich vor, und daß die Sache noch sehr durch die Wache verteuert würde, die sie gegen die bösen Blankeneser halten müßten. Stubborn nahm die Sache jedoch kühl und blieb dabei, daß ihn die Geschichte wahrscheinlich gar nichts angehe, welchem Glauben Herr Trick beistimmte. Er verlangte die Schute zur Ansicht nach der Stadt, welchem Ansinnen nachzukommen sich die Finkenwerder wohl hüteten und auf eine Auslösung bei ihrer Insel bestanden. Da sie weiter nichts ausrichten konnten, so trampelten sie einigermaßen verblüfft ab.

Sie hatten das Kontor kaum verlassen, als Herr Trick nach Wilm schickte, der im Speicher war.

„De Finkenwerder!" sprach der Buchhalter.

„Hm!" nickte Wilm. „Sie stehn noch vorn an der Brücke und beratschlagen. Wieviel wollten sie haben?"

„Fünfzig Taler!"

„Fünfzig?" rief Wilm ergrimmt. „Die Spitzbuben sollte man gleich vitzliputzlien. Die Kerle sehen gar nicht so klug aus, wie sie sind. Hoho! Ich weiß aber doch einen, der klüger ist als sie, und dann weiß ich noch einen, der es billiger macht."

„Herr Stubborn gibt zehn Taler", bemerkte Trick.

„Und wieviel Flaschen Rum?" ergänzte Wilm.

„Nun, ich denke, vier Flaschen Rum und vier Pfund Zucker nebst zehn Zitronen gäbe einen recht netten Kessel voll Punsch."

Wilm lief in aller Eile nach den Brodschrangen vor und sah die Finkenwerder noch gerade in dem Weinkeller dort vor Anker gehen. Als er sie hier vorderhand sicher wußte, lief er nach dem Wasser hinüber und warf einen schnellen Blick hinunter. Er sah ein paar befreundete Schutenführer unter dem neuen Kran liegen und stieg die Treppe hinab.

„Jungens, hebbt ji Lust, fiev Dohler to verdeenen?" fragte er sie leise.

Ob sie Lust hatten – welche Frage!

„Hat einer von euch ein Segelboot?"

Es hatte keiner ein solches.

„Verflucht noch mal! Das müssen wir haben", brummte Wilm und sah sich forschend um.

„He! Holla! Jan! ahoi!" rief er plötzlich über das Wasser, denn er sah eben Takel-Jan, der von den Kajen heraufkam. Er kam vorsichtig heran, denn er wußte nicht, ob die Schutenführer etwas vermißten, in welchem Fall er gewöhnlich Prügel von ihnen bekam, mochte er es nun haben oder nicht. Auf die Frage, ob sein Boot zum Segeln einzurichten wäre, erklärte er, daß man es dazu nicht brauchen könne. Wilm stampfte mit dem Fuß und fuhr sich verzweifelt durch die Haare. Plötzlich schlug er sich vor den Kopf:

„De Finkenwarder Fischewers, de segelt!"

„De segelt all' wat möglich is", gab Jan zur Antwort.

„Nu brukt wie bloß noch 'n Slosser, de en losmakt."

Takel-Jan erzählte schmunzelnd, daß man ihm jede Kette in der Welt zeigen solle; wenn er sie nicht losmachen könne, wolle er sie fressen.

„Good, Jan. De Ked kannst beholen", erklärte Wilm. „Nu hol gau dien Tüüch, wo du de Ked mit losmakst – mit de Finger kannst dat nich, un dorchbieten kannst se ook nich, hest ja keen Tehn mehr!"

Takel-Jan warf Wilm einen etwas verächtlichen Blick zu. Als ob er erst Zange und Feile holen müsse, wenn es irgendwo eine Kette loszumachen gäbe. Eine solche Nachlässigkeit ihm zuzutrauen war fast beleidigend.

„Man to! Wi sünd fiev Mann. Hebbt ji Kurasch, een Schute von 'n Finkenwarder Diek wegtoholen?" Wilm hatte einen verzweifelten Plan gefaßt, sich ein Segelboot zu verschaffen; darin hinabzusegeln ging mit dem Südwind gut, während man dann mit demselben Wind und der Flut schnell wieder heraufkommen konnte. Er nahm seine Freunde in Takel-Jans Boot, man fuhr nach der Holzbrücke, wo die Finkenwerder Fischer gewöhnlich anlegten, und Takel-Jan erkundigte sich nach Peter Wübbes Ewer.

„Wat sall he?" fragte ein großer Junge, aus der Luke auftauchend.

„Du sallst glieks na Alt'na an 'n Fischmarkt, mien Jung", sagte Jan mit ehrlicher Miene. „Se teuwt all op di."

„Wo sall ick alleen den Ewer gegen den Strom bringen!" jammerte der Junge.

„Dat 's ook wahr!" bemerkte Jan. „Da harrn de dummerhaftigen Kerrels an denken kunnt. Weeßt wat? Wi gaht na Alt'na, 'n Lüchter[14] halen; wenn du de Herrn hier goode Woorte giffst, denn stakt se di woll rut."

„Fallt uns nich in!" schrien die Schutenführer. „Wi ward dat Göhr promeneeren fahren! Lat em man sehn, wie he rutkommt."

„Oh, ji sünd Kerrels – quitschig un fuul! Wat ji dat utmakt, wenn ji den Jung da ruthelpt, dat he keen Fellvull kriggt", sprach Jan entrüstet.

„Nee!" schrien die Schutenführer.

„Oh, ji Öhs! Ick harr nacher en Glas Grog utgeben. Nu köhnt ji Water supen!" Mit dieser Drohung machte sich Jan fertig, weiterzurudern.

„Stopp!" schrie Wilm. „Wat seggst du von Grog? Wenn wi 'n Grog kriegt, denn so helpt wi ok den Jung." Damit kletterten die Schutenführer auf den Fischewer, banden ihn los und hatten ihn im Binnenhafen, ehe noch der Junge die Sache recht begriff. Es war eben noch ein junger Finkenwerder, sonst würde ihn die Dienstfertigkeit der Hamburger mißtrauisch gemacht haben. Er fand es auch gar nicht auffällig, daß man den Ewer gleich beim Blockhaus in die freie Elbe brachte und Segel aufzog, um bis nach Altona zu segeln. Erst als man dort beim Fischmarkt vorbeilief, schrie er, daß man dort landen müsse. Der Mann am Ruder schüttelte aber mit dem Kopf. Wie man immer noch mitten im Strom fortsegelte, merkte er Unrat und erhob Zetermordio, wofür er von Wilm eine ungeheure Ohrfeige erhielt und in die Kajütluke hineingestopft wurde, als wäre diese ein Pfeifenkopf und er der Tabak. Takel-Jan war für ein Pechpflaster auf den Mund, während Wilm vorschlug, ihn auf der Insel auszusetzen, die vor dem großen Köhlfleet lag. Diesen Plan führte man auch aus und segelte dann direkt auf Peter Wübbes Haus los, wo die Schute jetzt flott schwamm.

Wübbe jun. lag als Bordwache über der Plicht und sonnte sich in aller Gemütsruhe. Er hatte den Ewer längst bemerkt und zerbrach sich den Kopf, weshalb man jemand auf der Insel aussetzte. Endlich besann er sich, daß dort Aalkörbe gelegt waren, wonach wahrscheinlich gesehen werden sollte. Als er nun näher kam, ward seine Aufmerksamkeit von dem angehängten Boot so in Anspruch genommen, daß er die fremden Gesichter im Fahrzeug gar nicht bemerkte und sich ganz unerwartet gepackt und in die Plicht geworfen sah, vor der man die Tür schloß und einen Pflock in die Krampe steckte. Wübbe jun. war im ersten Augenblick zwar ganz verblüfft, erhob aber dann ein furchtbares Gebrüll in der kleinen Kajüte, weil er glaubte, er sei den Blankenesern in die Hände gefallen. Takel-Jan hatte indes einen Bund Haken und Schlüssel hervorgeholt und war damit auf den Deich gestiegen, wo er in aller Ruhe das Schloß öffnete, das die Kette an einem Ring festhielt. Während diese in den Ewer gezogen wurde, suchte sich Jan noch einiges aus, was er zum Andenken an Peter Wübbe mitnahm, und stieg dann mit großer Seelenruhe wieder in das Fahrzeug, an das man die Schute band, in der Wübbe jun. immer noch um Hilfe schrie.

Mit dem günstigen Wind und der Flut kam man sehr schnell aufwärts. Bei der Insel angekommen, auf der man vorhin den Jungen ausgesetzt hatte, zog man Wübbe hervor und warf ihn etwas rücksichtslos an Land oder eigentlich ins Wasser, denn er mußte erst ein Stück waten, ehe er festen Boden erreichte, wo er den Jungen fand und mit diesem vereint dem aufsegelnden Fahrzeug ein furchtbares Wehgeheul nachschickte. Die Flibustier langten bald in Hamburg an und brachten die Schute in Sicherheit, während Takel-Jan die schwierige Aufgabe zufiel, den Ewer mit der letzten Flut wieder nach der Holzbrücke zu bugsieren. Er legte ihn deshalb erst bei den Brodschrangen fest und schlich in den Weinkeller, um nach den Finkenwerdern zu sehen. Da er diese noch dort, und zwar in Erwartung einer zweiten Deputation, die man an Stubborn geschickt, fand, so trieb er still lachend nach dem Hopfenmarkt hinauf und band den Ewer da an, wo er ihn vor ein paar Stunden weggeholt hatte. Da Takel-Jan den Grundsatz: „Erst das Geschäft und dann das Vergnügen“ befolgte, so ging er vor allen Dingen zum alten Wolf und kassierte den Betrag für die Kette ein. Das Geld in der Tasche, zog stille Befriedigung in seine Seele.

Die Deputation der Fischer hatte indes mehrere Stunden im Weinkeller gesessen und Gesandtschaften nach der Deichstraße geschickt, deren letzte dort gerade hinausgeworfen wurde, da man eben die Ankunft der Schute erfahren. Man beschloß deshalb, Stubborn & Co. zappeln zu lassen und die Wachgelder doppelt zu berechnen, erhob sich und stolperte nach der Holzbrücke hinauf, um wieder nach Hause zu fahren. Peter Wübbe mußte natürlich die Zeche bezahlen und war sehr ärgerlich, was er noch mehr ward, als er den Jungen nicht auf dem Ewer fand, der seiner Meinung nach in der Stadt umherlief. Da er nach einer halben Stunde nicht erschien, so fluchte Peter Wübbe fürchterlich und meinte, er solle sehen, wie er nach Hause käme, seine Prügel seien ihm sicher, worauf man sich auf die Fahrt machte. Wer beschreibt aber das maßlose Erstaunen der Finkenwerder, als sie, beim Köhlfleet vorbeisegelnd, auf der Insel Wübbe jun. und den vermißten Schiffsjungen wie zwei wahnsinnige Karaiben herumspringen sahen und um Hilfe schreien hörten; wie sie den Raub der Schute durch ihren eigenen Ewer erfuhren.

Am nächsten Morgen waren jedoch alle wieder nach Hamburg unterwegs und trampelten in Stubborns Kontor, wo sie Herr Trick ganz verwundert fragte, was sie denn eigentlich wollten. Der Chorführer beklagte sich bitter über die gewalttätige Art, in der man sie behandelt, und verlangte die fünfzig Taler. Herr Trick behauptete, daß ihm niemals eine Schute abhanden gekommen sei. Die Finkenwerder beschworen das Gegenteil und gingen endlich auf vierzig, auf dreißig, zwanzig und zehn Taler herunter. Da Herr Trick unerbittlich blieb und schließlich nicht einmal einen Taler bezahlte, so baten sie in Verzweiflung wenigstens um ihre Kette, von der natürlich niemand etwas wußte, und mußten endlich, zum größten Gaudium des Kontors, wie die begossenen Hunde abziehen.

Siebzehntes Kapitel

# Ein geheimer Schütze

Während sich alles in die Omnibusse drängte, um eilig aus der Stadt zu rumpeln und einige Minuten zu gewinnen, ging Vater Kühnmann mit zwar schnellem Schritt, denn das war ihm zur zweiten Natur geworden, aber in großer Gemütsruhe zum Millerntor hinaus, besah in aller Muße die Muscheln bei Mohr, fand großen Gefallen an dem getrockneten Kopf eines Neusee-

Windmühle
bei Lüddemanns Weg

länders und mußte laut lachen, als er bedachte, was seine Frau wohl sagen würde, wenn er ihr diesen zum Geburtstag schenkte. Blieb dann vor dem Kaspertheater stehen, nachdem er die Brille zurechtgerückt, um genau zu sehen, wie Kasper den Tod prügelte, worüber er sich vor Lachen ausschütten wollte, staunte den Fürsten Ottokar vor dem Elysium-Theater an und ging dann durch Altona nach Ottensen hinaus, um einmal seine Familie von rückwärts zu überfallen, da sie ihn am Elbstrand herkommend erwartete.

Die Sonne warf ihre goldenen Strahlen bald scheidend über die Gegend und streute in die Baumgruppen an der Straße blitzende Lichter neben warme tiefe Schatten, was Vater Kühnmann eben bewundernd betrachtete, als ihm der Senator Eiskuhl in die Augen fiel, der sich hinter Rainville auf der rechten Seite der Straße hinschlich und scheu nach dem Zaun auf der andern Seite blickte. Sobald Kühnmann näher kam, machte er sich an ihn und brachte ihn geschickt zwischen sich und den Zaun.

Kühnmann bemerkte mit Erstaunen eine große Veränderung an dem Senator. Ein höchst auffälliger Umstand war der, daß er seinen Rock so fest zugeknöpft trug, daß man das weiße Hemd kaum sehen konnte. Dann war der Bauch magerer geworden, denn die Weste hielt ihn nicht mehr krampfhaft umspannt, sondern schlotterte in Falten um ihn. Dazu lag eine Angst auf seinem Gesicht, ein scheues Aufpassen nach allen Seiten, als ob er sich durch ein feindliches Indianergebiet schliche oder von Gläubigern verfolgt würde.

„Sagen Sie, fehlt Ihnen etwas? Sie sehen seit einiger Zeit so angegriffen aus“, sprach Kühnmann, seinen Begleiter betrachtend.

„Angegriffen? Glaub's, Verehrtester! Wenn Sie gehetzt werden, wenn ein unsichtbarer Feind überall, zu Wasser und zu Lande, auf Sie lauert und Ihnen jeden Tag schmierige Teerpfeile auf die Hemdbrust schießt, ohne daß Sie sich dagegen schützen können; wenn Sie zwanzig Polizeidiener am Ufer oder am Wege aufstellen, und der Schütze trifft Sie doch, ohne von den Polizeidienern erwischt zu werden, wollen Sie dann vielleicht nicht endlich angegriffen aussehen?“ jammerte der Senator, indem er mißtrauisch umherblickte.

„Aber sackerlot, haben Sie niemand in Verdacht?“

„Keine Idee“, sprach Herr Eiskuhl, nach dem Zaun lugend.

„Weshalb fahren Sie dann nicht heraus?“ fragte Kühnmann.

„Fahren?“ rief der Senator, „dann trifft mich's um so sicherer. Fahre ich im offenen Wagen, so habe ich den Schuß weg, und mein Hemd ist hin. Nehme ich den geschlossenen Wagen, so schießt der Meuchelmörder durch die Fensterscheibe, und dann sind Hemd und Fensterscheibe hin. Versuche ich's, auf dem Boot nach Neumühlen zu kommen, so trifft er mich jedesmal. Am besten ist's noch, wenn ich zu Fuß gehe und alle Winkel vor mir absuche“, jammerte der Gehetzte, indem er sich den Angstschweiß von der Stirn trocknete. „Aber nicht allein meine Hemden werden vernichtet“, fuhr er fort, „auch meine Gelberübenbeete. Ich hatte erst meine Frau im Verdacht, weil sie die Rüben nicht leiden kann. Dann kam ich auf die Idee, ob mir vielleicht der Maler die Rüben fräße, der jetzt bei mir wohnt und die Villa malt. Ich hätte beinahe eines Morgens den Schurken erwischt, denn ich sah ihn in der Ferne. Es schien aber ein kleiner Junge zu sein, dem ich das Fell kannibalisch gerben werde, sobald ich ihn in die Hände kriege.“

Die Spaziergänger waren jetzt bei der Windmühle angekommen, hinter der sich der Weg nach Lüddemanns Badekarren hinabzog, wie eine hölzerne Tafel dem Wanderer kundtat.

„Kommen Sie, Herr Nachbar. Steigen Sie mal mit auf den Gang der Mühle und sehen Sie sich die Aussicht an.“ Mit diesen Worten bog der Senator nach der Mühle ein.

Kühnmann fand die Idee ganz vortrefflich und wunderte sich, wie Herr Eiskuhl darauf gekommen war. Dieser ging jedoch weniger der schönen Aussicht wegen, sondern aus dem Grunde hin, weil er von da die Büsche und Ränder des Hohlweges überblicken konnte, in welchem er jedesmal die Rolle Geßlers zu spielen fürchtete.

Als sie am Strand angekommen waren, blickte der Senator ingrimmig umher, wobei er sich den Rock aufknöpfte und die Daumen in die Armlöcher seiner Weste steckte, welche Stellung er jedesmal beim Kalkulieren für zuträglich hielt und auf der Börse oder in den Sitzungen annahm. Er ließ also die Augen umherschweifen und gewahrte dabei Herrn Henri, der auf einer Lichtung am Zaun stand und ihn mit mildem Lächeln betrachtete.

„Teuf!“ murmelte Herr Eiskuhl, „sollte mir dieser Pomadenbuttje vielleicht meine Rüben im Auftrag der Alten ruinieren?

Er guckt ganz so her, als machte ihm mein Ärger Vergnügen. Das sollte ich wissen! Ha, Kerl! Ich wollte – " Hier brach er plötzlich ab, weil in diesem Augenblick ein Pfeil seine Brust traf, dessen schmierige Teerspitze einen langen schwarzen Streifen über die weiße Hemdbrust zog. Der Getroffene taumelte und setzte sich erschöpft auf einen Korb. Es war fürchterlich! Hier in seinem eigenen Garten, beim Allerheiligsten, den Rübenbeeten, war er nicht einmal mehr sicher. Er, der Senator, der Millionär, ein Mann an der Spitze der Republik, war sogar in den eigenen vier Pfählen schutzlos. Er hielt den unheilvollen Pfeil weit von sich weg, während er dabei Herrn Henri wie ein Gespenst anstarrte. Er war fast überzeugt, daß dieser auf ihn geschossen habe. Da er ihn jedoch auch nicht einen Augenblick aus den Augen gelassen und ihn unbeweglich stehen sah, so konnte es nicht sein, und doch ließ Henri im Moment, ehe der Pfeil traf, ein höhnisches Grinsen blicken und kam jetzt mit Lächeln auf den Senator los, um ihm zu melden, daß serviert sei und ihn Frau Senatorin bei Tafel erwarte.

„Herr Senat'r haben sich etwas swärz gemacht", bemerkte Henri, sich höflich verbeugend und nach Herrn Eiskuhls Brust zeigend. „Wollen Sie nicht erst Toilette machen?" fügte er dann im Ton eines Erziehers hinzu.

Der Senator drehte ihm den Rücken und lief nach seinem Zimmer, um die Wäsche zu wechseln. Herr Henri sah ihm ein Weilchen nach und ging dann ruhig in ein dichtes Gebüsch. Hier angekommen, konnte er nicht mehr an sich halten. Er stemmte seine Arme in die Seiten und lachte, daß ihm die Tränen aus den Augen liefen. Es machte ihm ungemeinen Spaß, daß er sowohl den Schützen als auch den Rübendieb gesehen und diese dem Senator hätte nennen können. Er hütete sich aber wohl, es zu tun, und sah mit unendlicher Schadenfreude den Ärger seines Tyrannen.

An der Tafel des Senators ging es jetzt ruhig her, weil Bernhart als täglicher Gast den Ausbruch von Feindseligkeiten verhinderte. Da er gegen die Senatorin die höchste Aufmerksamkeit zeigte und dem Senator eine Ansicht der Villa mit den Gelberübenbeeten im Vordergrund und des Senators weißem Hemd als Lichteffektpunkt im Mittelpunkt malte, außerdem aber nicht die geringsten Ansprüche machte, so war man ganz zufrieden mit ihm und sprach sogar den Wunsch aus, er möge den Sommer über bleiben, weil man auf diese Weise einen billigen Lehrer für die Töchter zu gewinnen hoffte; denn „was er nicht ißt, wird doch weggeworfen, und Platz ist ja genug da" kalkulierte Herr Eiskuhl.

Hätte er eine Ahnung gehabt, daß noch ein anderer verborgener Schütze in seiner Villa Pfeile versandte, und zwar keine Teerpfeile, sondern jene, die mit scharfen Spitzen tief in die Herzen dringen, er würde Maler und Bilder auf ewig verbannt und keinen Schiffsdoktor angestellt haben. Der unsichtbare Schütze jedoch saß auf der Staffelei, an der Bernhart arbeitete, während Selma neben ihm stand, und drückte den Pfeil jedesmal tiefer, wenn sich das reizende Mädchen vorbog, um besser zu sehen, und dabei mit ihrer Wange so nahe an die Bernharts kam, daß es verzweifelt schwer war, keinen Kuß darauf zu drücken – wenn sie eine Erklärung über eine Farbe verlangte und jenen dabei mit Augen ansah, die ihm alle Farben der Welt grau erscheinen ließen. Es ward kein Wort von Liebe gesprochen, aber die Augen verstanden sich, und als Selma einst vor der Staffelei saß und ihr Bernhart mit dem Pinsel, der korrigieren sollte, einen kleinen Strich über die reizend feine Hand zog, als sie den Strich lachend erwiderte, da waren zwei Liebesbriefe geschrieben, so wirksam, wie sie in keinem Briefsteller für Liebende zu finden sind.

Am schlimmsten trieb es doch der Schütze, wenn Doktor Schnepfe kam und man sich im Gewächshaus beim Piano zusammenfand. Das Gebiet der Musik ist das gefährlichste und ausgiebigste Revier für den geflügelten Jäger.

Eines Nachmittags lag der Senator im Gebüsch bei den Rübenbeeten versteckt und beobachtete Henri, der nach dem Frühstück im Garten herumlungerte und endlich nach dem Strand hinabstieg, wobei er durch ein großes Loch im Zaun kroch, welches Herr Eiskuhl erst jetzt bemerkte. Indem er noch hinblickte, sprang plötzlich eine dunkle Figur mitten in die Rübenbeete und begann das Kraut mit den gelben Wurzeln auszuraufen. Der Senator war starr vor Erstaunen. Im ersten Augenblick glaubte er einen Jungen vom Strand vor sich zu sehen, dann erkannte er den Affen, das sinnige Geschenk, das Spickmann jun. seiner Verlobten gemacht hatte und das bereits die Nachbarschaft durch seinen Unfug in Schrecken setzte. Herr Eiskuhl, der sich für den Rübendieb schon lange eine Hetzpeitsche in Vorrat hielt, machte dies Instrument jetzt klar und brach nun damit hervor, indem er dem Affen ein paar so gut gezielte Jagdhiebe überzog, daß dieser quiekend einige Luftsprünge machte und dann, vom Senator verfolgt, nach Stubborns Garten rannte, wohin ihm Herr Eiskuhl noch die Peitsche nachwarf.

Herr Eiskuhl war einigermaßen in Schweiß geraten und ging nun nach dem Rasenplatz zwischen den Pavillons, um sich das Loch im Zaun nochmals anzusehen. Er staunte nicht wenig, hier einen fremden jungen Mann zu treffen, der sich die Gegend mit einer Miene betrachtete, als habe er Lust, einige Veränderungen darin anzubringen. Der Fremde, der sehr aristokratisch aussah und etwas von Mephistopheles, etwas von Mazarin im Gesicht trug, ließ sich durch die Ankunft des Senators nicht im geringsten stören und fuhr fort, die Gegend mit tiefem Ernst zu betrachten.

Es war Herrn Eiskuhl schon zuviel in seinen vier Pfählen geboten worden, und jetzt stand nun wieder ein Fremder hier, der ihn ganz ignorierte. Die Galle lief ihm über, und er fragte den Fremden deshalb etwas gröber als nötig, was zum Teufel er hier zu suchen habe.

Der Fremde drehte sich langsam nach ihm um, hob ebenso langsam eine goldene Lorgnette in die Höhe, ließ diese aufspringen und besah Herrn Eiskuhl von oben bis unten mit solcher Verwunderung, als sei dieser eine Gartenstatue, die ihn unerwartet anspräche, worauf er die Lorgnette fallen ließ und sich den Garten „kühl bis ins Herz hinan“ betrachtete.

Das war dem Herrn Senator doch zuviel. Er wurde rot vor Zorn wie ein gekochter Hummer und schrie: „Was haben Sie hier zu suchen, Herr? Hier im Garten?“

Auf dem Gesicht des Fremden zeigte sich ein furchtbarer Ernst. Die ganze Figur wuchs plötzlich um einen guten halben Fuß. Er durchbohrte den Senator mit den Augen, trat hart vor ihn hin und sprach mit Donnerstimme:

„Wie können Sie sich erlauben, Herr! hier, wo ich rings zu gebieten habe, eine solche Frage auf solche Art an mich zu richten? Sie wagen, mir in meinen Staaten so etwas zu bieten? Wahrlich müßte etwas faul sein im Staate Dänemark, wenn Ihnen dies so hinginge! Ha! Sie sollen schon sehen! Sie sollen schon sehen!“ wiederholte er mit drohend erhobenem Finger, indem er langsam den Rasenplatz hinabschritt und nach dem Loch im Zaun ging, durch das er rückwärts hinauskroch. „Sie sollen schon sehen“, rief er, gebückt im Zaun stehend, nochmals unheimlich drohend hinauf und verschwand im nächsten Augenblick in den Weiden.

Herr Eiskuhl stand wirklich verblüfft oben im Garten. Wer konnte der Mann sein? Doch nicht etwa gar jemand vom Hof in Kopenhagen? Wahrhaftig! überlegte er, es war am Ende ein Prinz von Dänemark! Schwerenot, da habe ich eine schöne Dummheit gemacht. Er beabsichtigte im ersten Augenblick, sich kopfüber durch den Zaun zu stürzen und dem Fremden nachzueilen. Da er sich aber besann, daß er keinen schwarzen Frack anhabe, so ging er kopfschüttelnd nach der Villa zurück und nahm sich vor, künftighin etwas höflicher mit Fremden zu sein, wenigstens außerhalb seines republikanischen Gebietes.

Der Fremde ging indes am Strande hin und blieb manchmal stehen, um sich vor Lachen zu schütteln, wenn er sich an das verblüffte Gesicht des Senators erinnerte.

Herr Eiskuhl hatte ganz richtig vermutet. Es war ein Prinz von Dänemark, wenigstens für heute, wo er im St.-Pauli-Theater[16] den Hamlet spielte. Als er an einigen Damen vorüberkam, zog er plötzlich den Hut und erkundigte sich mit herablassender Höflichkeit im gewähltesten Französisch, ob man keine Equipage gesehen habe. Da dies in der Gegend nicht gut möglich war, so wandte er sich zu Fuß weiter und kam bald an einen Punkt, wo Bernhart mit seinem Skizzenbuch saß und zeichnete.

Der Fremde stellte sich hinter den Maler, sah ihm ein Weilchen zu und ließ dann plötzlich die Frage hören: „Würden Sie, Verehrtester, mir wohl für etwa hundert Louisdor ein Bild dieser Gegend malen?"

Bernhart drehte sich überrascht um, sah dem Frager erstaunt in das Gesicht und rief: „Alle guten Geister –"

„Essen gern Austern und trinken Bordeaux", ergänzte der Fremde, worauf er in ein heiteres Gelächter ausbrach und Bernhart die Hand hinhielt.

„Wahrhaftig, Scapin! Wie kommen Sie hierher? Waren Sie nicht am Hoftheater zu Dresden engagiert?"

„Allerdings, und zwar hauptsächlich für die berühmte Rolle, ‚Herr Graf, die Pferde' und so weiter, wie ich bald merkte. Ich drückte mich da sofort ab und suchte mir ein Theater, wo ich etwas lernen kann. Sie sehen deshalb ein geheimes Mitglied des Aktien-Pauli-Theaters vor sich, auf dem Zettel Krabitsch genannt. Hamlet, Prinz von Dänemark – Herr Krabitsch!" Der

Schauspieler schlug sich vor Entzücken über die Zusammenstellung in die Seiten und lachte mit Bernhart ausgelassen. Dann faßte er ihn beim Arm, sah sich vorsichtig um und sprach: „Doch ruhig, Verehrtester. Ich habe gehört, daß Sie hier bei einem Senator wohnen und für ihn malen. Ich werde den Kavalier spielen und brillante Bestellungen aus der Umgegend bei Ihnen machen. Ich weiß, daß die hiesigen Geldsäcke zum größten Teil einen Künstler weniger achten als einen Hausknecht. Ich werde ihnen eine Nase drehen und Sie in Respekt setzen. Warten Sie. Ich besitze noch fünfundzwanzig Louisdor von den dreißig, die mir mein Papa als Reisegeld gab. Morgen ist Sonntag. Setzen Sie sich gegen Abend an den Strand. Hübsch in der Nähe von vielen Leuten. Zeichnen Sie. Es wird ein Fremder kommen, der Ihnen für Ihre Skizze zwanzig Louisdor zahlt und Bilder zu hundert Louisdor bestellt. Sie werden dem Fremden die zwanzig Louisdor natürlich am Montagvormittag in den Alstersalon zurückbringen, wo er Sie erwartet, aber Ihr Renommee ist gemacht. Jetzt sagen Sie mir, wo Sie wohnen?"

„Sehen Sie jene Pavillons zwischen den Bäumen?"

„Was?" schrie der Schauspieler lachend. „Ist etwa der dicke Kerl mit dem fürchterlich großen Vorhemdchen und dem Hausknechtgesicht Ihr Wirt?"

Bernhart bejahte und erfuhr das eben bestandene Abenteuer. Er kratzte sich bedenklich hinter dem Ohr.

„Haben Sie keine Angst, Verehrtester", bemerkte Scapin. „Sie kennen mich durchaus nicht, und ich werde Ihre Stellung nicht im geringsten gefährden. Ich habe von zu Hause genug, um mich gemütlich zu amüsieren, und will mir hier einmal das Vergnügen machen, die Millionäre über die Achsel anzusehen. Ha, ha, ha, das ist eine neue Idee! Nicht wahr? Das Vergnügen kann sich nicht jeder verschaffen, weil sonst alles vor den Millionären kriecht. Ich werde sie aber verachten!" schloß er mit dem höhnischsten Mephistophelesgesicht, das je gesehen worden ist. „Jetzt aber", fuhr er fort, „muß ich bald die Frage: Sein oder Nichtsein, ventilieren, und deshalb empfehle ich mich Ihnen als Dero ergebenster Krabitsch. Morgen also!" Mit diesen Worten verschwand er im Gebüsch und nahm seinen Weg nach Altona zu, während ihm Bernhart kopfschüttelnd nachblickte.

In Kühnmanns Garten

## Achtzehntes Kapitel

# Strandbelustigungen

Sonntag war wieder einmal", sagten hochaufatmend viele Tausende, die die Woche über abgehetzt worden und sich nun mit der Sonne rüsteten, um aus den Toren zu strömen und das grüne freie Land zu suchen. In Neumühlen war die Physiognomie des Sonntags wenig verändert. Da sich dort keine besuchten Wirtshäuser befanden, so zogen nur Karawanen von Spaziergängern auf dem Strand oder zwischen den Gärten vorüber, in denen die Geschäftsleute heute einmal „Mensch" waren.

Vater Kühnmann, in einen grünen Schlafrock gehüllt, kauerte im Garten umher und band widerspenstige Ranken fest oder suchte Schnecken, die er über den Zaun in die Weiden warf, weil er sie im Verdacht hatte, daß sie ihm die jungen Pflanzen abfräßen. Als ihn Vetter Schwarzknopf, der mit Förster zum Frühstück erschien, fragte, ob er eine dabei erwischt habe, und Kühnmann bemerkte, daß er dies gerade nicht sagen könne, behauptete Schwarzknopf, daß er dann auch kein Recht besäße, die Schnecken hinauszuwerfen.

„Ich kann aus meinem Garten werfen, was und wen ich will, und wenn ich Sie jetzt beim Kragen nehme und über den Zaun werfe, so können Sie gar nichts dagegen machen", erklärte Kühnmann.

Schwarzknopf war ein Riese von über sieben Fuß, der Kühnmann um anderthalb Kopf überragte, und fand es ungemein belustigend, daß ihn dieser beim Kragen nehmen und über den Zaun werfen wollte. Er bat ihn dringend, das Ding doch einmal zu versuchen. Kühnmann tat es jedoch nicht – durchaus nicht –, weil er Nachsicht mit des Vetters Jugend haben wollte. Er schwur indes Schwarzknopf Rache und schlich sich kurz vor dem Mittagessen mit einem Spaten bewaffnet in die Weidenbüsche, nachdem er im Kalender die Flutzeit studiert. Hier war ein Platz, vom feinsten Sande bedeckt und von Büschen umgeben, bis zu dem die Flut gewöhnlich stieg, und wo die Kühnmannsche Familie sich stets nach Tisch lagerte. Nach dem Strom hin stand noch eine kleine Gruppe Büsche, die bei Hochwasser halb überflutet wurde. Hierhin richtete Kühnmann seine Schritte, sah sich vorsichtig um und begann dann an der Außenseite der Büsche mit rastlosem Eifer ein tiefes Loch zu graben, das etwa drei Ellen im Geviert hielt. Den herausgeworfenen Sand machte er schön glatt, besah dann das Werk von allen Seiten und stieg, höchst vergnügt schmunzelnd, wieder nach dem Garten hinauf, wo man bereits zum Essen rief.

Kühnmanns Mittagsessen war stets ein kleines Fest. Es konnte auch nicht anders sein, da Glück, Liebe und Frohsinn mit an der Tafel saßen. Heute gab es die berühmte Erbsensuppe, die Mama Kühnmann auf eine Art zubereiten konnte, daß jeder Gast in Entzücken geriet, sobald er den ersten Löffel davon in den Mund bekam. Dann erschien ein riesiger Blumenkohl, unter einer weißen, schneeigen Masse versteckt, wozu die gehörigen Fleischbeilagen und dergleichen den Appetit herausforderten, der durch einen St. Julien geschärft wurde, der nach Kühnmanns Versicherung zu kostbar zum Trinken war und eigentlich unter Glas und Rahmen hätte gebracht werden müssen. Nach einer solchen Erklärung schenkte er jedem Kind ein halbes Glasvoll ein und ließ dann die Flasche mit einiger Besorgnis weitergehen, denn Vetter Schwarzknopf pflegte etwas rücksichtslos mit dem edlen Trank zu verfahren, gerade „als wenn er wild in der Lüneburger Heide wüchse und dort nur geschöpft zu werden brauche".

„Na, man zu", murmelte dieser, während Schwarzknopf sich aus Versehen von dem kostbaren Rotwein ein Wasserglas vollschenkte, „er kann's hernach brauchen. Warte nur, Vetter, ich kriege dich schon!" worauf er hinterlistig vorschlug, den Kaffee nach Tisch unten am Strand zu trinken, weil er wußte, daß Schwarzknopf dann auf den Stelzen im Wasser umherlaufen würde.

Vater Kühnmann machte selbst den Kaffeetisch von Sand zurecht, um den man sich lagerte. Jeder nahm seine Tasse, Mama die Zuckerdose, die Mädchen Kaffee- und Milchkanne, und so begab man sich in feierlichem Zuge hinunter zwischen die grünen Büsche und machte es sich im Sande bequem. Papa zündete sich eine Zigarre an und sah mit großer Befriedigung, daß die Flut bereits ihren trügerischen Spiegel über seine Fallgrube ausbreitete.

Aber nicht nur Kühnmanns hielten ihre Siesta am Strande. Überall bildeten sich Gruppen, aus denen der leichte, blaue Rauch der Zigarren emporstieg, obgleich, wie bei Senators, die Kaffeetassen fehlten, denn Madame Eiskuhl hielt es für entsetzlich ordinär, im Sande Kaffee zu trinken.

Bernhart war auch heruntergekommen und saß auf einer offenen Stelle, eine Baumpartie des Ufers skizzierend und nach dem Verächter der Millionäre umherblickend.

Dieser Fremdling erschien denn auch bald und verfehlte nicht, den ganzen Strand in Aufregung zu bringen. Von Kopf bis zum Fuß in karierte Seide gekleidet, kam er daher und machte von Zeit zu Zeit halt, um die Gegend in hohen Augenschein zu nehmen. Hinter ihm ging ein alter, grauer Diener in silbergestickter Livree, mit dunkelgrünen Samthosen und seidenen Strümpfen. Er trug einen gestickten Feldsessel und riß jedesmal den Hut vom Kopfe, sobald sich der Fremde nach ihm umdrehte.

Hanf- und Eisen-Mölcke sowie Spickmann sen. standen eben bei Bernhart, als die beiden in die Nähe kamen. Der Fremde blieb stehen, drehte sich um und sprach: „Jean!"

Der alte Diener war von der Stimme seines Herrn wie elektrisiert. „Durchlau – – –" stotterte er zitternd.

Der Tyrann sah ihn scharf an und hob den Zeigefinger.

„Gnädiger Herr befehlen?" wimmerte der Diener.

„Stuhl!" sprach kurz der Fremde und zeigte neben Bernhart auf den Boden, wohin der Diener eiligst den Feldstuhl postierte, dann ein Fernrohr hervorzog und es seinem Gebieter mit dem Worte „Teleskop?" präsentierte. Dieser wies es jedoch mit einer unbeschreiblich graziösen Handbewegung zurück, ergriff seine Lorgnette und besah Spickmann und Mölckes, nachdem er den Hut ein ganz klein wenig gehoben, als seien sie Gegenstände, die hier zu finden ihm die größte Verwunderung verursachte. Dann wandte er sich an Bernhart, dem es die unsäglichste Mühe kostete, seinen Ernst festzuhalten, und sprach, auf das Skizzenbuch zeigend: „Künstler? – Bitte!" Damit nahm er das Buch und blätterte darin.

„Ausgezeichnet! Magnifique! Superbe!" rief er bei jedem Blatt. „Ah! Superbe! Ganz ausgezeichnet!" rief er bei einer aquarellierten Zeichnung. „Wundervolles Albumblatt für Prinzessin. Gebe Ihnen auf Stelle zwanzig Louisdor. Wollen Sie?"

„Mit Vergnügen" entgegnete Bernhart.

„Jean!" Der Diener stürzte herbei und begann: „Durchl–"

Ein großer Zornblick traf ihn, daß er fast in die Erde sank. „Mappe!" befahl der Tyrann kurz.

Jean präsentierte ihm eine Samtmappe mit einem goldenen Schlosse.

„Börse!" befahl sein Herr weiter.

Jean zog aus der Samthose eine seidene Börse, durch deren Maschen Goldstücke blinkten, bei deren Anblick Mölckes lange Hälse machten.

„Wollen gleich Geschäft abmachen", sprach der Fremde herablassend und befahl dem Diener, zwanzig Louisdor abzuzählen. „Doch halt!" unterbrach er ihn. „Künstler steht zu hoch, um von Diener Geld zu empfangen, wenn selbst da bin." Hierauf nahm er die Börse und zählte sehr leger die Goldstücke ab, gab sie Bernhart und warf Jean die Börse geringschätzig zu, wonach er das Blatt aus dem Buch schneiden und in die Mappe legen ließ.

„Wären wohl so freundlich, mir aus dieser Gegend vier Bilder in Öl zu malen? Biete Ihnen für jedes hundert Louisdor. Größe überlasse Ihnen.“

Mölckes stand der Mund offen. Sie wurden blaß. Hundert Louisdor für ein Bild, das der Maler vielleicht in vierzehn Tagen malte! Der Mensch hatte furchtbares Glück. Es war unerhört! – Daß sie selbst oft in einer Stunde hundert Louisdor mit altem Eisen oder geteertem Hanf verdienten und dies jahrelang fortsetzten, daß dazu weder Studium noch Talent und Fleiß gehörten, daran dachten diese Hanfseelen allerdings nicht, daran dachte auch die schmierige Ölseele Spickmanns nicht, der verblüfft davonlief, um das Unerhörte bei Senators zu erzählen.

Der Senator horchte auf und ging dann nach dem Strande, um den Fremden zu sehen. Madame Eiskuhl aber warf einen triumphierenden Blick auf Madame Spickmann und bemerkte: „Es kann bei unserem Professor nicht anders sein.“

Herr Eiskuhl sah aber mit Kummer, daß der wunderbare Fremde niemand anders als der gestern so grob behandelte Gartenbesucher war. Jedenfalls eine hohe Person inkognito, die er gezwungen, schimpflich durch den Zaun zu kriechen, und bei der er nun in Ungnade stand. Der Senator drückte sich an den Diener und versuchte zu erfahren, wer sein Herr war. Diese alte treue Seele bedauerte, keinen Befehl zum Auskunftgeben zu haben. Eine Annäherung an sich selbst machte der Fremde, nach herablassend flüchtiger Begrüßung, auf so feine und diplomatische Art unmöglich, daß ein Kenner darauf geschworen hätte, er müsse am Hof von Madrid aufgezogen sein.

Nachdem er sich auf verschiedenen Punkten niedergelassen und die Veduten festgestellt, befahl er, seinen Bootsführer herbeizuschaffen und verließ, gegen die erstaunten Strandbewohner den Hut ein wenig zückend, den Platz, um mit der letzten Flut nach St. Pauli hinaufzutreiben; denn es war die höchste Zeit, daß er mit dem treuen Diener in die Garderobe kam, wo sich dieser schnell in den König verwandelte, den er im „Spiegel des Tausendschön“ spielen mußte, während Scapin-Krabitsch ohne Klage zu seinem Kammerdiener herabstieg.

*

Als man sich aufmachte, um zu Kühnmanns vorzugehen, wohin der Frohsinn stets alles zog, bemerkte Schnepfe, daß der junge Spickmann fehlte. Er erkundigte sich beim Alten nach ihm.

„Ich weiß nicht, was der Junge hat", sprach dieser kopfschüttelnd. „Er ist seit vier Wochen nicht mehr herausgekommen, und ich glaube, auch nicht bei seiner Braut gewesen. Ein närrischer Bräutigam – wahrhaftig!" knurrte Spickmann kopfschüttelnd.

Schnepfe sagte nichts, denn er wußte nur zu gut, weshalb. Als man bei Stubborns vorbeikam, stand Julie im Garten und rief: „Ei, Zukunftspapachen, sagen Sie mir doch, wo mein zukünftiger Herr steckt. Ich glaube, er ist einige Wochen nicht hier gewesen. Das kann er tun, wenn er mein Mann ist, aber jetzt ist dies doch zu zeitig."

„Ist er nicht hier?" fragte der Alte verlegen. „Hm, wundert mich, denn wenn ich mich nicht irre, wollte er morgen nach Helgoland. Wird sich wohl wegen des lächerlichen Abenteuers mit dem Gummi – – – Na, ich will ihm schon den Kopf zurechtsetzen."

„Er will nach Helgoland?" fragte die junge Dame verwundert, denn obgleich ihr der Bräutigam sehr gleichgültig war, fiel es ihr doch auf, daß er nach dem Seebad wollte, ohne sich zu verabschieden. Es dämmerte eine dunkle Ahnung in ihr auf, daß Spickmann jun. etwa gar auf die Idee kommen könnte, seinen Sinn zu ändern und ihr die Disposition über seine Hunderttausende zu entziehen. Diese mußten festgehalten werden. Freilich konnte dies nur geschehen, indem sie sich ihres Besitzers versicherte, wozu sie indes sofort fest entschlossen war.

„Es ist spaßhaft, daß ich in den nächsten Tagen auch nach Helgoland zu gehen beabsichtige", sprach sie lächelnd zum alten Spickmann. „Sagen Sie deshalb nichts. Ich will meinen Zukünftigen dort überraschen. Um eins muß ich Sie aber bitten. Haben Sie die Güte, mir ein Geschenk indes aufzuheben, das mir Ihr Herr Sohn gemacht hat. Wollen Sie? Dann schicke ich es Ihnen morgen früh nach Ihrem Kontor."

„Herzlich gern", sagte der alte Spickmann, ohne eine Ahnung zu haben, worin das Geschenk bestände.

In diesem Augenblick hörte man am Strande ein allgemeines Gelächter, das nicht enden wollte. Es lief alles hinunter, um nach der Ursache zu sehen, die in nichts anderem als dem Vetter Schwarzknopf bestand, der, von Kopf bis zu Fuß triefend, aus dem Wasser kam. Das arme Opfer der Hinterlist war nach dem Kaffee ohne Arg auf die Stelzen gestiegen, um seine Künste zum besten zu geben. Kühnmann hetzte vom Ufer aus und lockte ihn endlich um die verhängnisvollen Büsche, wo ihm das Wasser beinahe bis an die Füße reichte. Plötzlich wich der Boden unter ihm, er machte einen ungeheuren Schritt und stürzte der Länge nach, wie ein Leuchtturm, den die Flut unterwaschen, ins Wasser, während Kühnmann vor Entzücken über sein gelungenes Werk eine Art karaibischen Freudentanz am Ufer aufführte. Dieser watete seinen Stelzen nach und fischte sie auf, worauf er dem Gelächter entlief, um sich trockene Kleider zu verschaffen, die ihm Kühnmann bereitwillig vorlegte.

Elbe im Mondschein

## Neunzehntes Kapitel

# Abenteuer rechts und links der Elbe

Stubborns Schiff „Die Gebrüder“ war kaum von Cuxhaven aus als in See gegangen signalisiert, als sich Stubborn in Begleitung des Herrn Trick nach dem Hause des Lotsen begab und es in fieberhafter Hast durchsuchte. Es war wieder ein Brief aus Neuyork an Ernst Schwarz eingelaufen, der Mitteilungen enthielt, bei denen der Prinzipal zitterte.

„Danken wir – dem Teufel, daß Schwarz den Brief nicht in die Hände bekommen hat. Indes, was wollte er machen, solange ihm die Beweise fehlen, die draußen bei Nielsen liegen", sprach der Buchhalter.

„Allerdings! Es lebt außer Kern und Ihnen niemand mehr, der die Verhältnisse kennt. Bedenken Sie aber den Skandal! Mein Renommee wäre unrettbar hin", sprach Stubborn finster.

„Und das meinige mit", knurrte Trick.

Stubborn sah ihn mit einem leisen Hohnlächeln an: „Es ist eine gar kitzlige Sache um das Renommee. Wenn man an der Börse erführe, daß wir hier nichts weiter –"

„Halten Sie – Ruhe von der Geschichte!" flüsterte Stubborn, nach der Tür blickend.

„– zu suchen hätten, und daß Schwarz –"

„Schweigen Sie, beim Teufel!" flüsterte Stubborn, Trick beim Arm packend.

„Es ist eine Sache um das Renommee", sprach Herr Trick, bedenklich an seine Nase schlagend. „Ich muß wenigstens jetzt das meinige aufrechthalten und brauche deshalb fünfzigtausend Mark, und zwar bis acht Uhr."

„Sind Sie ganz und gar des Teufels?" fragte Stubborn. „Sie haben ja erst vor drei Tagen wieder dreißigtausend Mark erhalten! Wollen Sie mich ausbeuteln? Glauben Sie überhaupt, noch viel zu bekommen?"

„Halb und halb", sprach Trick mit großer Ruhe. „Also –" Hier machte er die Pantomime des Geldzählens.

„Aber wo tun Sie denn beim Teufel das Geld hin?" fragte Stubborn.

„Spekuliere damit – habe eingebüßt, muß wieder gewinnen", knurrte Trick, sich wild in die Haare greifend. „Also rücken Sie 'raus. Es hilft Ihnen nichts. Ich muß heute abend das Geld haben! Ich muß es haben!" schloß er bestimmt. „Jetzt aber kommen Sie, wir wollen sehen, was bei Nielsen versteckt liegt, ehe der versoffene Jörs etwa den Fund tut und uns auch noch in die Hände bekommt. Kommen Sie, der Zollwächter will heute abend in das Haus ziehen."

Es bedurfte keiner weiteren Aufforderung, um Stubborn anzutreiben. Er verließ mit Trick das Kontor und ging an das Baumhaus, wo Wilm mit dem Boot wartete, in dem Weinflaschen mit verschiedenen andern Viktualien verpackt lagen. Stubborn stieg mit dem Buchhalter ein und wollte eben abfahren, als Meister Wöllers die Treppe herunterkam und beide grüßend fragte, ob sie ihm nicht sagen könnten, wo er Herrn

Ernst Schwarz fände. Er habe ihm etwas sehr nötig zu übergeben.

Trick sah seinen Prinzipal an und war einigermaßen frappiert, daß sie gerade jetzt an Schwarz erinnert wurden, wo sie auf eine Unternehmung gegen ihn ausgingen. Was konnte Wöllers wohl haben? Herr Trick erbot sich zur Übernahme der Sache. Der Meister wollte es jedoch selbst abgeben. Es sei ihm auf die Seele gebunden, bemerkte er geheimnisvoll.

„Vielleicht aus Amerika?" fragte Trick lauernd.

Wöllers hielt es für äußerst interessant, Besitzer einer wichtigen Sache zu sein, die er nur dem Eigentümer selbst geben könne. Er sah also nach dem Telegraphen[17], der auf der Spitze des Baumhauses Turnübungen machte, und bemerkte, nachdem er sich bei ihm Rat geholt: „Hm, gerade nicht aus Amerika, aber so da herum. Ich hörte, daß er in London sei, und wäre schon in meinem Kutter hinübergesegelt, wenn ich seine Adresse wüßte. Wollen Sie die Güte haben, sie mir zu geben?"

„Ist die Sache so wichtig?" forschte Trick.

„Familienverhältnisse", antwortete Meister Wöllers geheimnisvoll.

„Verflucht!" murmelte Trick. „Nun, wir können Ihnen allerdings jetzt keine Adresse geben, denn Schwarz wird wahrscheinlich von London abgereist sein und morgen mit dem Dampfer aufkommen. Sie könnten ihm aber entgegensegeln. Es wäre vielleicht von Wichtigkeit, wenn er die Nachricht erhielte, ehe er an die Stadt käme."

„Wissen Sie, wann der nächste Londoner Dampfer kommt?" fragte Wöllers.

„Morgen früh", erklärte Trick. „Wenn Sie jetzt unter Segel gehen, so kommen Sie bis zum Dunkelwerden nach Twielenfleth, wo Sie über Nacht vor Anker gehen und den Dampfer dann bei Stade erwarten können. Das Wetter ist schön, und Sie hätten eine herrliche Fahrt."

Meister Wöllers fand den Vorschlag sehr gut und das Unternehmen ganz nach seinem Geschmack. Da Krischaan nach dem Kutter beordert war, um ihn zu putzen, so beschloß er, sofort unter Segel zu gehen, versorgte sich mit den nötigen Vorräten, holte den Brief und sagte seiner Frau, daß er geschäftshalber nach Glückstadt müsse und die Nacht ausbleiben werde, worauf er den Kutter von der Werft hinauslegen ließ, um ohne Sorge und Anstoß abwärts zu segeln.

Herr Trick klopfte bedeutungsvoll an seine Nase und flüsterte dann Wilm zu: „Willst du zehn Taler verdienen?"

„Versteht sich", antwortete dieser.

„Du hast gehört, daß dieser Schneider mit seinem Kutter abwärts will, um einen Brief oder ein Paket für Schwarz an den Dampfer zu bringen. Sieh zu, daß du den Brief erwischen kannst. Hole alle Papiere aus dem Kutter, die du findest. Ich gebe dir fünfzehn Taler dafür."

Wilm schmunzelte und versprach, die Sache auszuführen, wenn er einige Bekannte mitnehmen könne. Herr Trick stieg deshalb mit Stubborn in St. Pauli aus und ging zu Fuß vollends nach Neumühlen, wohin Wilm bald mit einigen unternehmungslustigen Freunden folgte und die Vorräte ans Land schaffte, ohne daß Jörs etwas davon ahnte, obgleich er hart daneben im Gebüsch saß. Nachdem das Boot bis auf einige Flaschen geleert war, ging es abwärts und war längst aus Sicht, als der „Seehund" mit vollen Segeln erschien. Trick schloß eben die Tür von Nielsens Haus auf und blickte dem Kutter höhnisch lachend nach.

Indem Trick mit Stubborn in des Lotsen Haus trat, zeigte sich die rote Nase von Jörs in der Gartentür. Dieser gute Wächter des Zollamtes hatte die moralische Kraft gehabt, die vollen Weinflaschen aus Wilms Boot hart an sich vorbeitragen zu sehen, ohne sich zu rühren. Die Zunge klebte ihm nach dieser übermenschlichen Anstrengung am Gaumen, und er erwartete deshalb mit Schmerzen den Augenblick, wo man ihm Nielsens Haus übergeben würde, in dessen Keller seine Phantasie Reihen von Flaschen erblickte. Man konnte es ihm nicht verdenken, daß er einen seiner besten dänischen Kraftflüche ausstieß, als ihm Trick die Tür so vor der Nase zuschnappte, daß diese beinahe dazwischen kam.

„Ein wenig Geduld, Herr Jörs! Wir wollen erst ein kleines Inventarium aufnehmen, dann können Sie eintreten", rief Trick heraus.

„Oh, verdamme! Inventarium? Von den Flasgen vielleicht?" schrie Jörs, an der Tür rüttelnd.

„Nein, nein! Die Flasgen bleiben Ihnen", sagte Trick lachend.

„Ich lassen mich nicht so fangen", schrie Jörs. Er erhielt keine Antwort, denn Stubborn und Trick hatten nötiger zu tun. Sie untersuchten jeden Winkel im Hause, vom Boden bis in den Keller. Sie fanden nichts!

Jörs rannte indes rings um das Gebäude und sah zu jeder Öffnung hinein, die sich nur darbot. Er geriet fast in Verzweiflung, als er einmal Flaschen klirren hörte. Endlich schloß Trick die Tür auf und lud ihn mit sehr verdrießlichem Gesicht ein, hereinzukommen.

„Wir sollen unserem Kapitän einige Bücher aufheben und können sie nicht finden. Er hat vergessen, uns den Ort anzugeben“, sprach Trick ärgerlich.

„Sind sie vielleicht im Keller?“ bemerkte Jörs.

„Wir haben alles durchsucht. Sie müssen oben stecken.“

„Ha, ha! Sie verßtehen nicht ßu suchen“, lachte Jörs. „Gut, suchen wir anderswo.“ Hiermit guckte Jörs in den Ofen, sondierte im Rohr und Kamin und begann sodann auf die Dielen und an die Wände zu klopfen. Man sah, er verstand sein Geschäft. Er nahm alle Bilder ab und sah dahinter. Endlich wollte er ein kleines Regal abnehmen, worauf ein Schreibzeug und einige Flaschen standen. Es war jedoch an der Wand festgemacht, und als er klopfte, klang es hohl, worauf Jörs seine Zuschauer triumphierend anblickte. „Ein Sgrank“, sprach er grinsend und begann zu ziehen und zu drücken, bis er eine Feder fand, bei deren Berührung das Regal aufsprang und einen Wandschrank zeigte. Jörs sah mit Erstaunen, daß sich der sonst so kalte, ruhige Stubborn in wilder Hast auf ein Kästchen stürzte, das im Schrank sichtbar ward, und daß Herr Trick gleichfalls danach griff, worauf es beide wie ein gefangenes Wild nach dem Tisch trugen. Das Kästchen war verschlossen und versiegelt, worauf der Buchhalter jedoch keine Rücksicht nahm, sondern es mit einem Messer ohne Umstände aufsprengte.

Stubborn griff mit zitternden Händen nach einigen vergilbten Papieren. „Es ist mein Revers. Endlich habe ich ihn in den Händen“, murmelte er.

Trick hatte indes ein Buch durchgesehen. „Das vollständige Inventurverzeichnis – hier ein Testament – vollständig genug, um uns –“ er sah nach Jörs und fuhr fort: „zu befriedigen. Kommen Sie jetzt, Herr Prinzipal“, sagte er, indem er plötzlich alle Papiere in den Kasten tat und diesen unter den Arm nahm, was Stubborn mit einigem Unbehagen zu erfüllen schien. „Kommen Sie, wir müssen die Papiere sofort deponieren.“ Und ohne sich weiter umzusehen, ging er zur Tür hinaus. Ihm nach der Prinzipal, während Jörs erstaunt stehenblieb.

Er stand aber nicht lange untätig, sondern stieg nach dem Keller hinab, um die dort versteckten Schätze in seinen Magen zu versetzen. Er kam jedoch grausam enttäuscht und voller Wut wieder herauf, denn die ganze flüssige Hinterlassenschaft des Lotsen bestand in etwa einem Dutzend Flaschen, die Jörs unter den Armen trug und vor dem Bett aufstellte, auf das er sich niederließ.

Herr Trick ging indes mit dem Kasten unterm Arm so schnell vorwärts, daß sein Prinzipal fast in einen unanständigen Trab verfallen mußte, um ihm zur Seite zu bleiben. Als sie ein Stückchen gegangen waren, blieb Stubborn plötzlich überrascht stehen und rief keuchend: „Halt! halt! Wo wollen Sie hin?" denn Trick bog statt nach Stubborns Landhaus in den Hohlweg ein, der nach oben führte.

„Kommen Sie", sprach Trick, ohne stehenzubleiben, „damit wir den Omnibus noch erwischen."

„Was brauchen wir den Omnibus?" schrie Stubborn. „Kommen Sie herunter, wir wollen die Papiere verbrennen!"

„Daß ich ein Narr wäre", lachte Trick und strich mit der freien Hand seine Haare nach vorn. „Diese Papiere werde ich deponieren."

„Oh, Sie verdammter Schuft!" sprach Stubborn knirschend, „was gehen Sie die Papiere an? Die Sache betrifft nur mich, und ich mag sie am allerwenigsten in Ihren Händen wissen. Geben Sie den Kasten heraus, oder – – –"

„Nun, was?" fragte Trick grinsend, indem er herausfordernd an die Nase klopfte.

„Die Sache geht Sie gar nichts an. Geben Sie her. Ich gebe die fünfzigtausend Mark noch heute", sprach Stubborn atemlos.

„Sieh einmal an, das hätte ich bald vergessen. Die fünfzigtausend, richtig. Kommen Sie", nickte Trick und begann wieder aufwärtszusteigen – „davon hier", sprach er, auf den Kasten schlagend, „werde ich Ihnen meinen Teil gegen gute Wechsel abtreten. Halb und halb, wissen Sie, war unser Abkommen und soll es bleiben – halb und halb! Sie werden bald zwanzig Wechsel, jeden zu zehntausend Mark, ausgefüllt haben, um sich dann das Vergnügen zu machen, die Geschichte zu verbrennen. Eher aber keinen Augenblick."

„Zweihunderttausend Mark!" schrie Stubborn in Verzweiflung und blieb wie angewurzelt stehen.

„Sie werden den Omnibus versäumen“, mahnte Trick vorwärtsgehend.

„Sie sind ein Schuft, der mich ausraubt!“ ächzte Stubborn.

„Genau ein solcher Schuft wie Sie! Habe aber noch lange nicht die halbe Million, die ich haben muß und kriegen werde, und dann bin ich erst genau soviel wert wie Sie“, entgegnete Trick in großer Seelenruhe, ohne einen Augenblick stillzustehen und auf Stubborn zu warten, der ihm voller Grimm nachlief und ihn endlich erreichte, als er an der Straße stand und den Omnibus erwartete. Atemlos betrachtete er seinen Buchhalter mit Blicken voll Haß und Wut, wobei er manchmal gierig nach dem Kasten sah und sich dann umschaute. Trick lächelte grimmig und nickte ihm einigemale zu:

„Ich weiß, was Sie denken. Oh, ich sehe es so gut, als stände es in Ihrem Gesicht geschrieben. Sie würden mich jetzt mit Vergnügen ermorden, wenn Sie könnten – he? Sie überlegen, ob Sie mich nicht beiseite bringen können. Oder vielleicht zur See schicken! Nach Singapore? – He! he! he!“ schrie Trick, in wildes Gelächter ausbrechend. „Nein, nein, Kompagnon – damit ist es nichts – zu vorsichtig dazu“, schloß er, sich schmunzelnd an die Nase schlagend und dem leichenblassen Stubborn zunickend.

In diesem Augenblick rollte der Omnibus heran, und Trick öffnete die Tür, um seinen Prinzipal mit einer tiefen Verbeugung in den Wagen steigen zu lassen und ihm dann hochachtungsvoll zu folgen. Stubborn saß still und biß sich auf die Lippen. Er mußte mit ins Kontor. Er mußte fünfzigtausend Mark bar auszahlen. Er wand sich, aber unterschrieb zwanzig Wechsel über zweihunderttausend Mark und verbrannte dann den Inhalt des Kästchens, während Trick fortging, um die Papiere in Sicherheit zu bringen. Nicht im Hause, wie er ausdrücklich beim Abschied bemerkte. Er brachte das Geld woanders in Sicherheit. Vielleicht beim alten Wolf, der an der Ecke auf ihn wartete und mit ihm im Trampgang[18] verschwand, wo sich noch einige fidele Seehunde an sie anschlossen, und wo vielleicht eine Bank zur Unterbringung von Kapitalien existierte, bei der der alte Wolf beteiligt war.

*

Währenddessen segelte der „Seehund“ ungemein gutwillig abwärts, denn da der Wind ziemlich von hinten kam, ging die Sache glatt. Meister Wöllers glaubte jetzt vollständig an seine nautische Kapazität.

Am hannoverschen Ufer mündet oberhalb Stade ein kleines Flüßchen in die Elbe, die Aue, in deren Nähe stromab einige kleine Inseln liegen. Der „Seehund“ hatte diese kaum passiert, als der Wind einschlief und Meister Wöllers den Befehl erteilte, vor Anker zu gehen. Die Sonne war längst untergegangen und die tiefste Dämmerung eingetreten, als Krischaan das Abendessen aus der Luke brachte und auf dem Kajütendach servierte. Man wollte sich eben hinsetzen, als vom Lande aus der Ruf: „Kutter ahoi!“ ertönte. Wöllers drehte sich um und sah am Ufer ein paar Männer stehen. Er fragte, was es gäbe.

„Was ist das für ein Fahrzeug?“ klang es herüber.

„Kutter ‚Seehund‘, Kapitän Wöllers, von Hamburg“, schrie der Meister zwischen den Händen durch.

„Was hat er an Bord?“ fragte man.

„Nichts“, schrie Wöllers.

„Was tut er hier an der Küste?“ war die weitere Frage.

„Spazierenfahren“, antwortete Wöllers.

„Dat kann wohr sien un ook nich“, schrie die Stimme.

„Schickt ein Boot an Land, daß wir an Bord nachsehen können.“

„Wer seid ihr?“ rief Wöllers argwöhnisch.

„Beamte vom Stader Zollhaus.“

„Wir haben kein Boot an Bord.“

„Ausflüchte! – In Grünendeich sind Netze gestohlen worden. Wir müssen euch visitieren“, schrie der Mann, worauf er einen langen Pfiff ertönen ließ.

„Das ist ja recht nett“, sprach Wöllers. „Jetzt hält man uns gar für Stranddiebe. Nun, sie mögen nur kommen. Sie werden ja sehen, wen sie vor sich haben.“

Auf dem Fluß zeigten sich die Umrisse eines Bootes, das die Männer vom Ufer einnahm, dann nach dem „Seehund“ herüberkam, auf den ein paar Leute stiegen, die ohne weiteres in die Kajüte krochen und alle Winkel durchstöberten. Nach einer Weile kamen sie herauf und erklärten, der Kapitän und sein Begleiter müßten ihnen nach dem Zollhaus in Brunshausen folgen. Der Schiffsjunge könne indes an Bord bleiben.

Herr Wöllers meinte, ob man nicht lieber mit dem Kutter hinuntergehen könne.

„Wenn die Flut nicht dagegen stände, würde ich es schon getan haben“, meinte der Beamte. Hierauf lud er Wöllers und Schünnemann nochmals sehr dringend ein, in das Boot zu steigen, was beide taten, weil man sie, allem Anschein nach, sonst mit Gewalt hineingesteckt haben würde. Am Ufer gingen zwei Männer mit Wöllers und seinem Gevatter auf dem Deich nach der Schwinge zu, während sich die Bootsleute in ihrem Fahrzeug zum Schlafen ausstreckten, um später den Kapitän wieder an Bord zu setzen, wie sie sagten. Bei der Schwinge, dem Fort gegenüber, angekommen, mußten die Abenteurer warten, während die Beamten am Flüßchen hinaufgingen, um den Fährmann zu holen. Es dauerte wohl eine halbe Stunde, bis endlich drüben ein Mann erschien, den sie anriefen. Er fragte, was sie wollten, worauf sie erklärten, daß man sie nach dem Zollhaus bestellt habe. Der Mann brummte etwas und machte ein Boot los, in dem er sie herüberholte. Auf ihre Frage nach den beiden Beamten zeigte er nach dem Zollhaus und ruderte dann mit dem Boot davon.

Meister Wöllers ging also mit Schünnemann auf das Fort zu, von wo ihm plötzlich ein lautes „Wer da?" entgegenschallte, wobei er ein Gewehr im Mondlicht blitzen sah, das jetzt die Gegend erhellte.

„Gut Freund!" schrien beide und duckten sich, im Fall die unvorsichtige Schildwache etwa voreilig losschießen sollte.

„Was wollt ihr?" rief der Posten.

„Wir sind nach dem Zollhaus bestellt. Die Beamten sind eben von uns gegangen."

Der Posten sprach mit jemand, worauf man sie hineinrief. Ein Zollbeamter in Pantoffeln, mit einer holländischen Pfeife im Munde, kam heraus und fragte, was sie beim Teufel zu solcher nachtschlafenden Zeit von ihm wollten.

Wöllers erklärte ärgerlich, daß man ihn beim Abendessen von seinem Kutter weggeschleppt habe, damit er hier erklären solle, daß er keine Fischernetze oder so etwas am Strand stehle, und daß er von zwei Beamten hergeführt worden sei.

„Ei weh, guter Freund!" sagte der Beamte lachend. „Ich fürchte, man hat Sie da bei der Nase herumgeführt. Es ist keinem Menschen eingefallen, von hier wegzugehen."

Die Soldaten und herbeigekommenen Beamten lachten, während sich Wöllers und Schünnemann verblüfft ansahen und zu fürchten begannen, daß sie Spitzbuben in die Hände geraten seien.

„Herr Gott!" schrie Wöllers, „setzt uns wieder hinüber! Mein Kutter und mein Junge!"

Man nahm ein Boot und fuhr über die Schwinge. Ein paar Soldaten liefen aus Neugier mit, und so kam man bald an den Ankerplatz des „Seehund". Aber kein Kutter war zu sehen, so weit man auch in dem hellen Mondschein über das Wasser blicken konnte. Wöllers schrie wie ein Löwe: „Krischaan!" und „Seehund ahoi!" Keine Antwort. Der „Seehund" war spurlos verschwunden.

Meister Wöllers lief nebst Gevatter Schünnemann den Deich entlang und schrie nach Krischaan. Dann horchten sie in die ruhige Nacht hinaus, deren Stille nur manchmal vom Geschrei einer Wildente oder vom leisen Rauschen des Wassers am Uferdamm unterbrochen wurde. Bis zum Eintritt der Ebbe irrten sie so herum und waren der Verzweiflung nahe. Da erschien plötzlich der „Seehund" wie das Geisterschiff des fliegenden Holländers, indem er hinter einer der kleinen Inseln hervortrieb und lautlos mit der Ebbe weiterschwamm. Wöllers brüllte nochmals verzweifelt nach Krischaan, worauf man im Innern des Kutters dumpfes Hilfegeschrei vernahm. Der verzweifelte Kapitän sah sein Fahrzeug steuerlos dahintreiben und kein Boot in der Nähe. Er begann nebenher zu laufen, als er nach kurzer Zeit einen Plumps hörte und Gevatter Schünnemann, der kurz entschlossen die Kleider abgeworfen, auf das Fahrzeug zuschwimmen sah. Eine Minute darauf kletterte dieser an Bord und zog den Pflock von der Lukenklappe, woraus nun Krischaan, wie aus einem Mörser geschossen, hervorkam.

Es war keine Zeit zu Erklärungen, der Kutter mußte irgendwo festgelegt werden und konnte nicht länger treiben. Da er dem Lande nahe war, so band sich Schünnemann ein langes Tau um den Leib, sprang in das Wasser und schwamm nach dem Ufer, von wo aus er den „Seehund" herüberzog, bis er auf den Grund kam und so für die Ebbezeit festlag. Hierauf nahm er Krischaan auf den Rücken und trug ihn an das Land, worauf er sich wieder anzog.

Krischaan erzählte nun, daß nach dem Weggange des Meisters die Leute im Boot wieder herübergekommen seien und ihm befohlen hätten, alle Eßwaren und Flaschen an Deck zu bringen, weil sie nach dem Zollhaus geschafft werden müßten. Sobald dies geschehen, hätten sie ihn beim Kragen genommen und in die Vorderluke gesteckt, worauf diese geschlossen wurde. Dann sei die Kajüte durchsucht worden, worauf man den

Anker gehoben und den Kutter mit der Flut hätte treiben lassen, während oben unter Gelächter und Späßen alles aufgezehrt wurde. Endlich wären die Leute in ihr Boot gestiegen und fortgerudert, während das Fahrzeug an einem Ufer liegenblieb, wie Krischaan aus der Strömung an den Planken hörte. Dann sei es wieder ins Treiben gekommen und die Stimme des Meisters zu dem Gefangenen in die Kajüte gedrungen.

Die Besatzung des Kutters saß nach diesem Bericht lautlos am Ufer und betrachtete den „Seehund", der jetzt festlag und sich beim Ablauf des Wassers auf die Seite zu neigen begann. Meister Wöllers dankte endlich dem Gevatter, daß er sich des Fahrzeuges so angenommen. Dieser entgegnete, daß er stets bereit sein werde, Leib und Leben für Wöllers Kutter einzusetzen. Er ahnte nicht, daß ihm dieses Ungetüm noch viele saure Stunden machen würde.

Endlich brach der Tag an, und man konnte trockenen Fußes auf das Verdeck gelangen. Es war soweit alles in Ordnung. Der Anker sorgfältig festgemacht. Die Segel an ihrem Platz. Nichts fehlte, nur das, was eß- und trinkbar war. Aber auch Wöllers Brieftasche mit dem Brief an Schwarz war verschwunden, obgleich er sie sicher im Kajütenschrank untergebracht hatte.

Hungrig und todmüde kroch die Besatzung des „Seehund" in die Kajüte, um bis zu seinem Flottwerden zu schlafen und dann nach Hamburg aufzusegeln.

Am Strande der Themse

## Zwanzigstes Kapitel

# Heimkehr

Ernst Schwarz wohnte in London unfern des Strandes in einem kleinen gemütlichen Wirtshaus, wohin ihn der Steuermann des Dampfschiffs brachte. Der Wirt war eine alte, gute Haut, der sich seines Gastes wie ein Vater annahm und besorgt mit dem Kopfe schüttelte, wenn er sah, welch dünnes Scheibchen sich sein Gast vom Rinderbraten abschnitt und wie wenig er überhaupt, im Vergleich mit den englischen Gästen, aß, deren Appetit wiederum Schwarz ein gelindes Entsetzen verursachte und ihn nicht begreifen ließ, wie der Wirt bei solchen Gästen bestehen könne.

Schwarz hatte sofort nach seiner Ankunft in London an Stubborn geschrieben, um sein Verschwinden zu erklären. Er fragte zugleich an, ob er bei dieser Gelegenheit etwas für das Geschäft in London oder England besorgen könne und bat um Ordre und Geld, worauf er sich die Stadt ansah. Es war umgehend ein Brief von Trick mit hundert Talern gekommen, worin dieser in dunklen Worten bemerkte, daß Schwarz vorderhand in London bleiben solle, weil er jetzt dort allerdings gut am Platze sei und sich etwas entwickele, wovon er ihm in der nächsten Zeit Näheres mitteilen werde.

Schwarz war nun schon wochenlang in England und zerbrach sich den Kopf, weshalb er keine Antwort auf die Briefe erhielt, die er nacheinander an seinen Bruder, den Lotsen Nielsen und Berta Stubborn absandte. Er wußte nicht, daß die ersten schon lange auf dem Atlantischen Ozean schwammen, und daß die Briefe an Berta von Trick unterschlagen wurden.

Er saß auf einem Ankertau am Hafen und blickte über den Fluß, als der Wirt plötzlich zu ihm trat und ihm einen Brief übergab, der den Poststempel Hamburg trug.

Schwarz griff freudig danach.

„Aha! Von ihr?“ meinte pfiffig der Wirt.

Schwarz brach das Schreiben auf und las.Es ging aber eine so ungeheure Veränderung in seinem Gesicht vor, daß ihn der Wirt besorgt beim Rockzipfel faßte.

Schwarz sah ihm verwundert ins Gesicht und schrie: „Fort! Augenblicklich, um unter die Schufte zu fahren! Schnell, meine Rechnung! Ich muß augenblicklich fort!“ Damit sprang er fort und die Treppe hinauf nach seinem Zimmer, packte seine wenigen Sachen in den Reisesack und lief, nachdem er bezahlt und kurzen Abschied genommen, nach dem Landungsplatz der Dampfer. Er traf es, daß ein Hamburger Dampfer mit Hochwasser absegeln wollte. Er nahm seinen Platz und überlas nochmals den Brief.

Er war von Trick, und dieser Ehrenmann zeigte ihm nun, nachdem das gefürchtete Kästchen aus Nielsens Haus in seinem Besitz war, an, daß auf dem Kontor große Summen verschwunden seien, daß man dies mit seinem Verschwinden in Einklang bringe und daß er ihm als treuer Freund rate, allen Folgen aus dem Wege zu gehen, indem er in London bleibe und sich dort eine Existenz suche. Der Prinzipal werde ihn dahin aus Rücksicht auf alte Zeiten nicht verfolgen. Sein Bruder habe aus Verzweiflung über die Sache Hamburg verlassen und sei mit nach Singapore gesegelt. Er selbst, der edle Trick, sende ihm noch hundert Taler, im Fall er aus Leichtsinn etwa nichts mehr von den Geldern besäße, denn „Wie gewonnen, so zerronnen" hieße ja das Sprichwort.

„Der alte Schuft glaubt also wirklich, daß ich imstande sei, mich an Geld zu vergreifen?" knirschte Schwarz. „Es ist die schändlichste Beleidigung, die man einem ehrlichen Mann nur antun kann. Ha, ihr nichtswürdigen Halunken! Das ist also der Lohn für treue Dienste, die ich diesem Stubborn seit meiner Kindheit geleistet habe? Nun, nur Geduld, ich komme schon, um mit euch abzurechnen!"

Bei diesem Selbstgespräch schritt Schwarz auf dem Verdeck hin und her und sah ungeduldig in die Maschine hinab, als wollte er sie zum eiligen Gang antreiben. Dann blickte er wieder auf den Fluß hinaus, nach der See zu, und fühlte nicht eher eine Beruhigung, bis das Schiff in Fahrt kam und der Nordsee zudampfte.

Endlich erschien ein Punkt am fernen Horizont, der die allgemeine Aufmerksamkeit der Passagiere in Anspruch nahm. Er wuchs langsam und glänzte wie das neue Ziegeldach eines Gebäudes über die Wellen. Bald hoben sich einzelne Punkte auf ihm ab: ein dunkles Bauwerk, eine Baake und ein weißer Leuchtturm, ein Kirchturm und Häuser, zuletzt ein grüner Rand von Rasen. Es war Helgoland.

Der Kapitän des Dampfers ließ auf die Lotsengaleote lossteuern und in deren Nähe stoppen. Er blickte scharf nach Neuwerk hinüber, von woher die Lichter mit mattem, verschleiertem Schein leuchteten und blasser wurden, was ihn zu beunruhigen schien. Vom Lotsenschiff kam indes ein Boot herüber und legte am Fallreep an, auf dem nun ein grauhaariger Lotse heraufstieg. Er grüßte den Kapitän und legte seinen Sack beiseite.

Seeleute sind meistens wortkarg und sprechen nicht viel ohne Not. Der Lotse sah also nach dem Kompaß, dann nach den Neuwerker Lichtern hinüber, kratzte sich hierauf am Kopf und nickte dem Kapitän zu, der ihn aufmerksam betrachtete.

„Yes, Käpt'n!" sprach er. „Wir bekommen Mist (Nebel). In einer Stunde können wir uns ein Stück davon mit dem

Messer abschneiden. Lassen Sie den Anker klarmachen; wir tun am besten, wir gehn hier vor Anker."

„Das wäre doch ein verfluchter Spaß. Nein, nein, Lotse, wir gewinnen wenigstens Cuxhaven. Das Wasser ist ruhig. Der Nebel verzieht sich vielleicht wieder. Also vorwärts!"

Der Lotse zuckte mit den Achseln, sah sich nochmals um, stieg dann auf die Brücke und rief durch das Sprachrohr, das in die Maschine führt, einige Worte hinab, worauf sich die Räder in Bewegung setzten. Obgleich die Feuer sich immer mehr verschleierten, blieben doch die Tonnen, die hier die Einfahrt bezeichnen, noch sichtbar, da das Wasser sehr ruhig und die Dämmerung nicht stark war. Endlich aber legten sich dichte Schleier auf das Wasser, während die Feuer ganz verblichen. Der Lotse rief jetzt durch das Rohr ein lautes „Stopp" hinab.

„Kapitän," sprach er, „wir müssen vor Anker gehen. Ich fahre auf meine Verantwortung nicht hundert Faden weiter!"

Der Kapitän sprang auf die Brücke und sah sich um.

„Unsinn! Es ist so ruhig wie auf der Alster. Fahren wir weiter!" sprach er.

„Ich nicht!" gab der Lotse zurück.

„Gut! Dann fahre ich selbst. Ich kenne die Elbe wie meine Tasche", erwiderte der Kapitän. „Voraus!" rief er, „daß wir hinaufkommen, bis es Tag wird." Dann sah er aufmerksam nach dem Kompaß.

Der Lotse neben ihm suchte den dicken Nebel mit den Augen zu durchdringen.

„Nehmt euch in acht, Kapitän! Hört!"

Beide horchten, so gut dies durch das Gestampf der Räder möglich war. Man hörte ein leises, langes Rauschen.

„Hol's der Teufel! Brandung! Stopp!" schrie der Kapitän.

„Wir gehen auf Schaarhörnstört los! – Gott verdamm! – Peilt!" rief der Lotse den Matrosen vorn zu, die sofort das bereitgehaltene Lot auswarfen.

„Zwölf Faden!" rief eine Stimme von vorn.

„Langsame voraus!" rief der Kapitän in die Maschine hinab, und „Backbord!" nach hinten.

„Backbord is", klang es vom Ruder her.

„Dreizehn Faden!" von vorn.

„Geht vor Anker!" riet der Lotse dringend.

„In Hamburg!" entgegnete der Kapitän lachend.

„Neun Faden!“ schrie der peilende Matrose.

„Da!“ sprach der Lotse trocken. „Ihr braucht nicht vor Anker zu gehen!“ In diesem Augenblick brauste das Wasser vorn auf, das Schiff erhielt einen Ruck und saß auf. Die Räder wühlten Wasser und Sand durcheinander.

„Rückwärts!“ brüllte der Kapitän in das Rohr.

Die Räder begannen sich folgsam rückwärts zu drehen. Das Schiff saß jedoch fest und lag mit jeder Minute ruhiger, da die Ebbe ablief.

„Nun, wir haben gute sechs Stunden Zeit, und was das schönste ist, ihr braucht dann nicht erst den Anker aufwinden zu lassen, wenn wir flott werden“, sprach der Lotse lachend.

Der Kapitän brummte etwas; dann rief er den Steward und bestellte ein paar Beefsteaks und eine Bowle Punsch, wozu er den Lotsen in die Kajüte lud. An der Treppe stand Schwarz und blickte verdrießlich in den Nebel. Der Kapitän nahm ihn beim Arm und zog ihn mit in die Kajüte.

„Es ist keine Gefahr“, sagte er, nachdem er einen Blick auf das Barometer geworfen. „Wir sitzen so ruhig, als wären wir oben in der Elbe, und das Wetter wird auch aushalten. Also kommen Sie, und helfen Sie den Nebel mit vertreiben.“

Da man auf der See weder mager ißt noch hungert, solange es Proviant gibt, kamen zu den höchst respektablen Beefsteaks, die nicht die geringste Ähnlichkeit mit ihren schwindsüchtigen Verwandten oben im Binnenlande zeigten, noch verschiedene Sachen zum Vorschein, die einigen Trost gegen das Aufsitzen gewähren konnten. Der Kapitän, die Steuerleute und einige Passagiere saßen denn auch guter Dinge bei der Punschbowle, als ein Matrose zur Tür hereintrat, die Mütze abnahm und dem Kapitän winkte. „Was gibt's?“ rief dieser über den Tisch. „Sag nur, was du willst, Jan. Ich kann jetzt nicht vorkommen.“

Jan schüttelte aber mit dem Kopf und zeigte mit dem Daumen auf die Passagiere. Der Kapitän ging also zu ihm und hatte kaum einige leise Worte gehört, als er auch schon die Treppe hinaufrannte. Der Lotse, der gleichzeitig den Matrosen befragte, sprach kopfschüttelnd: „Das ist ja gar nicht möglich, wir haben hier überall weichen Sandgrund.“ Dann lief er aber auch hinauf. Die Passagiere, die bald darauf nachgingen, fanden alles bei den Pumpen, an denen die Matrosen arbeiteten.

„Um 's Himmels willen, was ist denn los? Gehn wir etwa unter? Sinken wir?“ schrien einige Passagiere.

„Ich möchte wissen, wo wir hinsinken sollen? Wir sitzen ja schon vollständig auf dem Grund“, knurrte der Lotse.

„Es ist aber Wasser im Raum“, bemerkte Schwarz.

„Well“, murmelte der Lotse. „Ich glaube auch nicht, daß es Genever ist. Der Teufel weiß, woher es kommt, es ist fast nicht möglich, daß wir auf dem Grund hier leck gerannt haben. Es müßte eine Planke gesprungen sein, aber dazu dringt das Wasser zu langsam ein. – Wie steht's?“ wandte er sich an den Steuermann, der eben den Wasserstand maß.

„Zwei Fuß drei Zoll. Wir zwingen es mit der Pumpe.“

„Legt euch ein paar Stunden schlafen, Kinder“, sprach der Kapitän. „Sinken können wir auf keinen Fall.“ Mit diesen Worten ging er in die Kajüte und überließ es den Passagieren, ihm zu folgen, was auch Schwarz nebst einigen andern tat.

Der Tag bricht hier im Hochsommer schon gegen zwei Uhr an, ja, es wird um Johanni eigentlich gar nicht recht finster, indem die Nacht mehr aus einer Dämmerung besteht, die sich von Sonnenuntergang nach Osten herumzieht und bald wieder ins Tageslicht übergeht. Mit der Morgenröte verzog sich der Nebel und gestattete einen Blick in die nächste Umgebung. Der Lotse stand auf dem Radkasten und sah umher. Der Kapitän trat zu ihm.

„Donnerslag! Kapitän. Ich hoffe, Ihr laßt das Fahren im Nebel künftig sein. Wir sind gut abgekommen! Da seht, wir hätten schön auflaufen können.“ Der Lotse zeigte bei diesen Worten auf einen Gegenstand, der sich in schwachen Umrissen aus dem Nebel abhob und dadurch riesengroß erschien. Es war ein Balkenwerk mit einer breiten dreieckigen Spitze.

„Goddamn! Wo sind wir hingeraten! Das ist ja die Schaarhörnbake!“ sprach der Kapitän. „Und wir sitzen bei der Hundebalje! – Hallo! Hallo! Ihr verdammten Spitzbuben!“ schrie er jetzt nach der Bake zu, an deren Hölzern man eine durch den Nebel riesig erscheinende Figur herabsteigen sah, der ein langes Gewand von der Schulter hing. „Hallo! Hallo! Ihr Schurken! – Bemannt das Boot und schlagt sie tot! Es sind Blankeneser oder Finkenwerder, die die Decken und den Proviant stehlen, der für Schiffbrüchige in der Bake oben liegt. Schlagt sie nieder, Jungens!“ rief er den Matrosen zu, die jetzt in das Boot stiegen, um die Diebe zu verfolgen.

Diese verschwanden jedoch im Nebel. Sie wurden auch bald vergessen, da man mit der Untersuchung des Schiffes zu tun bekam. Der Steuermann sondierte mit einer Stange unter dem Bauche herum und stieß bald auf einen Gegenstand, der sich als ein großer Anker erwies, der einmal hier verlorengegangen war. An ihm hatte sich das Schiff leckgerannt. Man verkeilte das Leck mit Werg, so gut es unter dem Wasser ging.

Bis zur Flut vergingen noch einige Stunden, und der Lotse schlug vor, nach dem großen Feuerturm auf Neuwerk zu gehen und dem Strandvogt dort anzuzeigen, daß die Bake bestohlen worden sei. Da sich der Nebel mehr und mehr verzog, so stieg man ins Boot, wohin Schwarz dem Kapitän folgte.

Die Watten um Neuwerk lagen trocken und man mußte ein großes Stück zu Fuß wandern, bis man den Deich der Insel erreichte, wo die Landratten unter den Passagieren bald das Gras geküßt hätten. Der Strandvogt kam der Gesellschaft entgegen und erkundigte sich nach dem Schiff, worauf er sie nach dem Turm führte, wo man frühstücken wollte.

Als man beim Turme[19] ankam, bemerkte man erst, was für ein kolossales Bauwerk er ist. Der Eingang ist ein Stück über der größten Fluthöhe angebracht, so daß man auf einer Holztreppe in die Tür gelangt. Auf der Spitze trägt er das Lampenhaus, das mit halbzollstarken Glastafeln umgeben ist. Dieser Turm macht einen gewaltigen Eindruck und steht schon als jahrhundertealter Riese auf seinem Posten, wo er ruhig und fest den wütendsten Stürmen und Wellen trotzt, die bei einer Sturmflut ihn umbranden. In diesem Augenblick wurde er von der aufgehenden Sonne vergoldet und sah friedlich über die stillen Watten und die spiegelglatte Flut. Von dem hölzernen Ausbau vor der Tür hing ein großes Tau herab, das zum Aufwinden von Gegenständen diente. In diesem saßen die Kinder des Strandvogtes und schaukelten sich, was den Eindruck machte, als ob der Turm auf sie herabschaue wie ein Großvater, an dem die Enkel hängen.

Der Strandvogt, der fürchterlich über die Spitzbuben schimpfte, die ihre Raubzüge öfter nach der Schaarhörnbake ausführten, bewirtete seine Gäste mit köstlichem Schinken, Brot und Butter, wozu ein ebenso vortrefflicher Kümmel kam. Schwarz war mit nach der Insel gegangen, weil er einmal von Nielsen gehört, daß der Buchhalter Kern dort einen Verwandten habe. Er erkundigte sich beim Strandvogt danach und erfuhr von diesem, daß er selbst der Vetter des Verschollenen sei, seit seiner Abreise aber nichts mehr von ihm gehört habe, was auf diesem abgelegenen Erdenwinkel gar nicht anders möglich wäre. Er bat Schwarz um Nachricht, sobald er etwas von Kern erfahren werde, glaubte jedoch kaum, ihn jemals wiederzusehen, „denn alles flieht diese Wüste hier", sprach er, einen Blick über die einsamen Watten werfend, worauf er sich eifrig mit an das Frühstück machte, das er für den schönsten Punkt in dieser Gegend erklärte. Der Schulmeister der Insel schien gleicher Meinung zu sein und schickte ebenfalls einen langen Seufzer über die Watten, dann legte er ein großes Pflaster von Schinken auf seinen Schmerz und ertränkte ihn vollends mit Kümmel.

Nach dem Frühstück fuhr man nach dem Dampfer zurück, der mit der Flut flott wurde und nach Hamburg abdampfte. Das Schiff legte bei der Landungsbrücke in St. Pauli an. Schwarz ging mit seiner Reisetasche über die Brücke auf eine Droschke zu.

Auf der Düne von Helgoland

## Einundzwanzigstes Kapitel

# Das Kalb wird wild

Die Landungsbrücke in St. Pauli zu Hamburg ist ein Platz, den man den bedeutendsten Grenz- und Scheidepunkt in Deutschland nennen kann. Wenn der eine Fuß des Darüberwandernden noch darauf steht, schreitet der andere schon nach einem fernen Weltteil hinüber, denn der nächste feste Punkt an dem dazwischenliegenden Wasser ist oft eine Landungsbrücke in Neuyork, China oder Australien. Wer auf dieser Brücke steht, kann als seinen Nachbar ebensogut den Harburger wie den Londoner, den Neuyorker, Batavier oder Melbourner betrachten. Er kann sich auch nach Belieben eine der Südseeinseln mit und ohne Menschenfresser als nächstes Ufer denken, das heißt, wenn er ein solches mit Dampf erreichen will, denn nur die Dampfschiffe legen bei dieser Brücke an. Es ist hier ein ewiges Gehen und Kommen, ein Drängen an und von Bord. Ein Platz ohne Rast.

Soeben wurde wieder ein Dampfer an die Brücke gelegt, um nach Helgoland abzufahren. Es war der „Merkator", ein großes englisches Schiff, das die Verbindung zwischen Hamburg und der Insel unterhielt und nur zur Saison wöchentlich mehrere Male die Reise machte. Fräulein Julie Stubborn befand sich mit unter den Fahrgästen. Ihre Abreise war eine Zeitlang unterblieben, weil die bestellte Seebadgarderobe erst angefertigt werden mußte. Jetzt war sie vollkommen im Stand, und Fräulein Stubborn besaß ein Badekostüm, einen Sturmanzug, einen für Windstille, einen für Seefahrten, einen für Mondnächte und Meerleuchten, und außer diesen Spezialitäten noch die Morgen- und Abendnegligés, die Ball- und Promenaden- (resp. Kartoffelallee-) Garderoben und Seekrankheitsüberwürfe.

Es gab eine heillose Verwirrung auf dem Verdeck des Schiffes und der Brücke; denn obgleich das Seebad damals gewissermaßen erst noch im Entstehen war, so hatte die Neugier und das schöne Wetter gerade an diesem Tag eine große Anzahl Hamburger zur Seereise verlockt. Außerdem gab es eine Menge Frachtstücke nach der Insel: Körbe mit Eiern, über die schreiende Weiber gleich alten Hennen die Hände breiteten, damit niemand hineinlaufe; Fässer voll Butter, Körbe mit Gemüse, dann Hinterviertel eines gutgenährten Schleswig-Holsteiner Ochsen, die alle seewärts gingen.

Die Gesellschaft hatte sich auf dem Hinterdeck versammelt und saß bunt durcheinander. Herr Stubborn begleitete seine Tochter, und zwar aus wichtigen Gründen. Erstens besaß er ein Verzeichnis von Helgoländern, die Ochsenfelle am Stader Zoll klarierten, und dachte dem englischen Gouverneur der Insel die Sache vorzulegen, und zweitens wollte Ernst Schwarz am selben Vormittag um zehn Uhr im Kontor erscheinen und eine Ehrenerklärung verlangen. Herr Stubborn fand es aber geratener, um diese Zeit auf der Elbe zu schwimmen und die Sache Herrn Trick zu überlassen, wobei er überzeugt war, daß dieser Ehrenmann sich den lange gefürchteten Schwarz ohne alle Rücksicht vom Halse schaffen würde. Dann hoffte er sein ungeratenes Söhnchen dort zu finden, der seit dem Abgang der „Gebrüder" mit einer Geldsumme verschwunden war und in einem Schreiben anzeigte, „er mache eine kleine Seereise und einige Geschäftchen, worüber nächstens mehr". Der fidele Seehund Müller war nach Neuyork geschickt, um den Buchhalter in Hände zu liefern, die ihn festzuhalten verstanden. Es waren Steine aus dem Weg zum ungestörten Besitz gewälzt. Aber ein fürchterlicher Felsblock drohte diesen Weg zu versperren: der stillschweigende Kompagnon Trick, der nicht beiseite zu schaffen war, der alle Verhältnisse kannte und dadurch Herr seines Herrn war.

Die Gesellschaft wurde, in Helgoland angekommen, freudig am Ufer begrüßt. Da war Doktor van Aschen, der gewissermaßen die Honneurs auf der Insel machte und viel für sie tat. Da standen Karl und Franz Moor, die Gastwirte, neben ihnen Arnckens und Siemens und Reimers und mehrere andere -ckens und -ns, bereit zu allen Diensten auf Land und Meer.

Den Badegästen war durch die Bemühungen des Doktors bald genügendes Quartier verschafft und man begab sich auf das Oberland, um den Ausblick zu genießen und dem auffallenden Geruch des Seetangs zu entgehen, der am Strand verbreitet war. Herr Stubborn ging zum Gouverneur und brachte seine Klage wegen der Ochsenfelle an. Der gute Mann liebte die Ruhe und war gar nicht besonders von der Sache erbaut. Er versprach jedoch zu tun, „was möglich wäre". Auf Helgoland war ihm aber nicht viel möglich, weshalb dies nur als ein schwacher Trost gelten konnte.

*

Fräulein Stubborn hatte mit Hilfe ihres Mädchens die Windstillentoilette gemacht und erschien in solch blendender Schönheit auf der Falm, daß die alten Lotsen der See den Rücken kehrten und sie bewundernd betrachteten. Sie stieg die Treppe hinab, um sich nach dem Trichter oder Kaffeesalon zu begeben, wo sie ihren Vater erwarten wollte und zugleich ihren Verlobten zu finden dachte, nach dem sich der Papa erkundigte. Sie erfuhr jedoch, daß Spickmann jun. den ganzen Tag auf der Düne im Sande lag oder auf Hummer fischte und nur, wenn das Modejournal ankam, im Trichter oder Konversationshaus zu sehen war, wo er mit einem Herrn aus Leipzig, der sich Baron Heyse nannte, lange Verhandlungen führte.

Da die Badezeit, die in Helgoland den Vormittag ausfüllt, schon vorüber war, so beschloß man, eine Spazierfahrt nach der Düne zu machen. Spickmann jun. lag richtig auf einem Dünenhügel, zwischen Sandhafer versteckt, und stützte den Kopf auf seine Ellbogen, indem er mit weit aufgerissenen Augen nach dem Landungswagen hinabsah. Neben ihm lag ein Fernrohr, durch das er die Boote betrachtet hatte, ehe er es erstaunt in den Sand fallen ließ. Er glaubte in einem der Fahrzeuge seinen Schwiegervater in spe und seine Verlobte zu erblicken und war so verblüfft von dieser Entdeckung, daß er wie festgezaubert liegenblieb. So schön nun auch Julie daherkam, so sehr stand doch der Apfelbaum mit dem Liebhaber und die schmeichelhafte Erwähnung seiner dabei vor seinen Augen und flößte ihm den größten Abscheu vor ihr ein. Stubborn stieg gerade den Hügel hinauf, auf dem er lag, während Julie mit der anderen Gesellschaft seitwärts abbog. Das Kalb sah Stubborn als rächenden Vater erscheinen, der kam, ihn zur ehelichen Schlachtbank zu schleppen. Er wollte sich aber nicht schlachten lassen, und kroch deshalb mit Hinterlassung von Flinte, Fernrohr und Kaffeemaschine, rückwärts den Hügel hinab, um sich in ein Seitental zu schlagen. Er war eben auf allen vieren weggekrochen, als er aufblickte und seiner Verlobten gerade ins Gesicht sah. „Äh!“ sprach er, sich erschrocken emporrichtend und sie anstarrend.

„Ah, also mein Zukünftiger geht in den Sandwüsten auf allen vieren spazieren?“ sprach diese laut lachend. „Sie sind übrigens ein recht netter Bräutigam, der sich auf wüste Inseln im Meer verkriecht, während er seiner Braut den Hof machen sollte. Wollen Sie vielleicht einen Seehund fangen, um ihn mir zum Geschenk zu machen?“

„Seehund? Äh, äh! Ich würde es nicht wagen, Ihnen einen zu schenken. Nein – wahrhaftig – es ist sehr! Mein Geschenk wurde zurückgeschickt – an Papa – das ist sehr – – seeehr! – –“ Er sprach dieses Wort so zornig aus, daß er nichts Geringeres erwartete, als die Dame davon vollständig niedergeschmettert zu sehen. Diese lachte jedoch hellauf und war entschlossen, die halbe Million durchaus nicht fahrenzulassen. Julie glaubte den Grund von Spickmanns unerklärlichem Zurückweichen nun darin gefunden zu haben, daß sie sein Geschenk, den unglückseligen Affen, nicht wert genug hielt, und versprach, seinen Liebling sofort wiederzuholen und zu pflegen, wenn sie nach

Hamburg zurückkäme. Hierauf ergriff sie seinen Arm und wollte ihn aus den Dünenhügeln zur Gesellschaft ziehen. Das Kalb war jedoch widerspenstig und stand wie in den Sand gewurzelt, so daß ihn Julie erstaunt anblickte und im stillen dachte, es würde wohl einigen Kampf mit diesem störrischen Tier geben, bis es dressiert wäre. Der Pfeil der Verachtung, der ihn an jenem Abend unter dem Apfelbaum getroffen, war jedoch zu tief gedrungen und hatte ihn unheilbar verletzt. Er sah sich deshalb um, ob er allein mit Julie sei, und sprach dann leise und mit einem Hohn, den ihm kein Mensch zugetraut haben würde:

„Ich will ihn doch lieber behalten. Er könnte Ihnen vielleicht die – Äpfel – von Ihrem Baum – vor dem Fenster – – abfressen."

Julie ließ ihn bei diesen Worten los und trat zwei Schritte zurück, indem sie ihn erstaunt anblickte, als sei er ein Gespenst, das, eben dem Sand entstiegen, ihr Geheimnis offenbare. Sie erklärte sich jetzt alles und wußte, daß hier alles verloren sei. Es überkam sie ein grenzenloser Ärger, sich von diesem Dummkopf so abgewiesen zu sehen, und warf ihm einen drohenden Blick zu, indem sie den Hügel hinauflief und sich dort zu Boden warf. Sie lag dort, bis man am Strande nach ihr rief; sie blickte hinab. Ein Bremer Kaufmann aus der Gesellschaft hielt ihren Hut in der Hand, was sie auf einen neuen Gedankengang brachte. Der Bremer war Millionär, wie sich das für einen guten Bremer schickt. Sie erinnerte sich aber auch, im Boot gehört zu haben, daß er Witwer war. Sie betrachtete ihn genauer. Er stand vor dem Wasser, das hinter und um ihn die weißen Wellen aufzählte und ihn mit einer Art Glorie umgab, die sich leicht aus Silber statt aus Wasserschaum denken ließ. Er besaß auch einen Sohn, wie er gesagt. Der Mann war beachtenswert, wie Julie dachte. Natürlich! Ein Millionär ist unter allen Umständen beachtenswert.

Die Gesellschafft schiffte sich wieder ein, um nach der Insel überzusetzen. Julie entfaltete alle ihr zu Gebot stehende Liebenswürdigkeit gegen den Bremer Kaufmann. Stubborn bemerkte augenblicklich, daß eine Kluft zwischen dem Brautpaar entstanden sein mußte, die er keinesfalls auszufüllen dachte. Er ließ die Sache gehen, wie sie ging. Auf der Insel angekommen, stieg er sogleich nochmals zu dem Gouverneur hinauf, um ihn zum Einschreiten gegen die Ochsenfellhändler zu veranlassen. Dieser gute Herr war jedoch zu sehr mit seinen Hühnern beschäftigt, die im Garten herumliefen. Er wies ihn an die Ratleute. Herr Stubborn suchte nun diese mühsam zusammen. Sie jedoch wollten sich an keine Ochsenhäute erinnern. Besannen sich dann auf das Schiff und gaben zu, daß die Ratten einige Felle verzehrt haben dürften. Da sich aber schließlich Stubborn auf die Anzahl der Felle berief, die von Helgoländern beim Stader Zoll klariert waren, so behaupteten die Insulaner, daß dies ein Schreibfehler vom Zollamt sei, denn das wären Seehundsfelle gewesen, die man jedenfalls dort für Ochsenfelle angesehen habe.

Grottenbeleuchtung

## Zweiundzwanzigstes Kapitel

# Grotten-beleuchtung

Unter den Börsenbesuchern in Hamburg gibt es gewisse „Schwerenöter", die nicht nur Proben von Leinsaat oder Steinkohlen, Weizen oder Kolophonium in den Taschen ihrer Fracks, sondern diese Fracks selbst als neuesten und bewundernswerten Artikel tragen.

Junge Herren wie Spickmann jun. waren nicht wenig stolz, wenn es ihnen gelang, mit einer neuen Westen- oder Krawattenform Aufsehen zu machen und den ganzen jungen Börsennachwuchs dadurch auf seine Schneider zu hetzen.

Heute mußte nun in dieser Branche etwas ganz Außerordentliches gebracht worden sein, denn es war lange keine solche Aufregung dagewesen. Nicht nur die Jugend drängte sich nach einem Punkt wie die Fliegen nach dem Zucker, sondern auch die alten Soll und Habner waren von ihrem ernsten Geschäft abgezogen und in die Allotria geraten, die Spickmann jun. nebst einem unbekannten Herrn, einem Baron, wie man sagte, hier trieb. Sie erschienen nämlich in schwarzen Samtfracks nebst weißen Atlas-Beinkleidern und -Westen. Ja, Spickmann war noch weiter gegangen und hatte ein Hemd von weißer Foulardseide beigefügt, das von einer blauen Krawatte zusammengehalten ward. So kam er Arm in Arm mit dem Baron Heyse daher, gerade wie Don Carlos mit seinem Freund, dem Marquis Posa, wie Kirchhoff in der allgemeinen Stille erklärte, die beim Erscheinen beider eintrat. Der Effekt war indes ungeheuer, so kolossal, daß sich unter der jungen Börse zwei Partien für und wider bildeten und die alte Börse weder Proben erhalten noch anbringen konnte. Die Samtfracks konnten vielleicht einen großen Sieg erringen, wenn Spickmann durch die Zugabe des seidenen Hemdes nicht den Leinwandmakler Kirchhoff gegen die Sache eingenommen und diesen zum Intrigieren veranlaßt hätte. Eine Sache, gegen die Kirchhoff aber arbeitete, konnte sicher als verloren betrachtet werden, und Kirchhoff erschien in den nächsten Tagen in einem weißen Atlasfrack nebst Vatermördern, Weste und Hosen aus schwarzem Samt. Börse und Stadt wollten vor Lachen sterben, Baron Heyse nebst Spickmann vor Ärger platzen. Die Mode war unmöglich geworden.

Heute jedoch waren die Samtfracks noch oben auf und erwarben sich staunende Bewunderung, ja, als sie am Neuen Wall und Jungfernstieg daherkamen, um sich nach Spickmanns Landhaus einzuschiffen, entstand ein Auflauf und es verbreitete sich die Kunde, eine überseeische Gesandtschaft aus Japan oder Hinterindien sei angekommen und besehe die Stadt.

Die Flottille setzte sich zur Außenalster in Bewegung.

Man kam auf dem Landhaus an und fand alles zum Diner bereit. Nachdem die Herren der Frau vom Hause ihre Gratulationen dargebracht und den anwesenden Damen Komplimente gesagt, setzte man sich zur Tafel.

Eine große Alsterpartie folgte. Gegen Abend brachen die meisten Herren auf, um in der Kühle nach der Stadt zu schlendern, wohin die Damen bereits im Boot gefahren waren.

Man war bis in die Nähe des Dammtors gekommen, als plötzlich die Hamburger, die Unterhaltung abbrechend, sich in Galopp setzten, was mehrere andere ruhige Spaziergänger ebenfalls ohne alle sichtbare Ursache taten, und so ein Wettrennen nach einem unbekannten Ziel anstellten, bei dem sie so eifrig liefen, daß besonders den dicken Herren der Schweiß von den Gesichtern lief und es sich um das Leben zu handeln schien. Bernhart und der Baron wußten nicht, welche unbekannte Gefahr im Anzug sei und liefen deshalb der übrigen Gesellschaft nach, die, je näher dem Tor, desto rasender rannte und rücksichtslos dahinstürmte, indem sie die Augen auf eine Glocke richteten, deren Klang man vernahm, und die man über dem Torhäuschen hin und her schwingen sah. „Die Torsperre!“[20] keuchte ein dicker Millionär, den Bernhart nach der Ursache des Wettrennens fragte. „Ah – gewonnen“, sprach er, sich erschöpft an eine Laterne innerhalb des Tores lehnend, als die Glocke eben schwieg, und „Gewonnen“ ächzten halbtot die anderen Millionäre – halbtot, aber freudeglänzend, denn sie hatten vier Schillinge erspart, die sie ohne Gnade zahlen mußten, wenn sie eine halbe Minute später kamen. Baron Heyse begann ernstlich zu zweifeln. Sollten sie vielleicht bloß aufschneiden mit ihren Millionen? Es schneidet mancher mit etwas auf, was er nicht hat und – nicht ist, dachte er und betrachtete die Herren mißtrauisch. Diese fanden die Sache jedoch ganz in der Ordnung.

Die Gesellschaft trennte sich am Jungfernstieg. Spickmann jun. ging mit dem Baron, der sich umkleiden wollte, und Bernhart suchte seinen Freund Schnepfe auf, um ein Glas Wein mit ihm zu trinken und dann nach Neumühlen zu gehen, auf welchem Weg er das Vergnügen recht genoß, erst am Millerntor für den Ausgang und dann am Altonaer Tor für den Eingang zu zahlen, wobei er murmelte: „Es geht nichts über die freien Städte.“

Der Baron Heyse lag am nächsten Morgen gegen zehn Uhr noch im Schlafrock in seinem Fenster in Streits Hotel und betrachtete die Vierländerinnen, die Blumen verkauften, durch sein Opernglas, wobei er die Echtheit der Zöpfe anzweifelte

– denn er war seit dem Wettlauf der Millionäre zweifelsüchtig geworden – als er Spickmann jun. sich nahen sah, der ihn mit zur Börse nehmen wollte. Dort aber sollte er den schrecklichen Ärger mit Kirchhoffs weißem Frack erleben und zog sich gleich darauf nebst dem jungen Spickmann nach Helgoland zurück, wo er seinen Schmerz den Wellen klagte und behauptete, die Menschheit sei nicht wert, daß man etwas für sie tue.

Die schöne Julie übte eine große Anziehungskraft aus, der Bremer Millionär war jedoch ihr steter Begleiter und schien sich stark in ihr Netz verwickelt zu haben, so stark, daß Fräulein Julie bereits wieder im stillen Dispositionen über seine Kapitalien für den nächsten Winter zu treffen begann. Ihr früherer Bräutigam schien gar nicht für sie zu existieren.

Das Kalb existierte aber doch für sie und besaß etwas mehr Bosheit, als diese Spezies sonst zu haben pflegten. Es lauerte überall und war immer in der Nähe des Bremers, den es mit einem wehmütigen Mitleid zu betrachten anfing, das Fräulein Julie mit stiller Wut erfüllte, da sie sehr wohl den Grund dieser Gemütsbewegung kannte. Das Kalb sprach oft von Apfelbäumen und bedauerte, daß in Helgoland keine Zimmer mit dergleichen vor den Fenstern existierten. Er zuckte mit den Schultern auf eine so geheimnisvolle höhnische Art, wenn die Herren von Juliens Schönheit sprachen, daß der Bremer dadurch beunruhigt ward und vorsichtige Erkundigungen einzog, wodurch er etwas von dem Verhältnis erfuhr, in dem Spickmann zu Julie gestanden haben sollte. Er erklärte sich dessen Benehmen als durch den Grimm einer Abweisung hervorgerufen und blieb an Juliens Seite.

So waren einige Wochen in das Meer gesunken, und die Augustsonne durchwärmte Luft und Wasser, während der Seewind wieder eine herrliche Kühlung dazwischen legte. Die Nächte boten das unvergleichliche Spiel des Mondlichtes auf den Wellen, und die Menschen waren mehr als je geneigt, die Erde schön zu finden und einander Liebe zu schwören, besonders wenn sie, wie die Badegäste, nichts weiter zu tun hatten. In einer solchen Nacht, in welcher der Mond sehr spät aufging, fand eine Grottenbeleuchtung statt, zu welcher sich zufällig noch ein starkes Meerleuchten gesellte, zwei Schauspiele, die niemand vergessen wird, der sie jemals sah.

Julie starrte in das geheimnisvolle Licht und sah darin Diamanten und Silber. Der Bremer erschien ihr wie ein silbergebietender Gnom, als ließe er seine Schätze zu ihren Füßen ausschütten und sollte jeden Augenblick sagen: „Sie sind dein, und ich mit ihnen", auf welch letzteren Besitz sie jedoch gern zu verzichten bereit war. Der Bremer sah das Profil des schönen Mädchens im Widerschein erglänzen und wollte vielleicht gerade etwas ihren Gedanken Entsprechendes zu ihr sagen, als das verzweifelte Kalb neben ihm auftauchte und ihn fragte, ob das Wasserleuchten nicht gerade so aussähe, als ob die Apfelbäume blühten?

Der Bremer war frappiert über den Vergleich, da er Spickmann schon mehrmals von blühenden Bäumen sprechen hörte und zu ahnen begann, daß etwas dahinterstecken möge. Er sah Julie an, die ihr Gesicht nach Spickmann kehrte und einen Augenblick lang den Ausdruck der schrecklichsten Wut zeigte. Das Kalb strich aber seinen Backenbart in aller Seelenruhe und bemerkte ferner nur „äußerst" und „sehr", wobei es die Diamanten zu Juliens Füßen mit ungemeinem Vergnügen zerrinnen sah.

Eine kleine bewegliche Figur kam jetzt an den hellen Brandungssäumen daher und führte eine Gesellschaft mit sich. Es war der Doktor van Aschen, der zum Aufbruch nach den Klippen mahnte, da die Grottenbeleuchtung beginnen werde.

Man schiffte sich deshalb ein und ruderte durch das flüssige Gefunkel und, um den Mönch steuernd, nach den Höhlen, in denen die Feuer angezündet werden sollten. Die meisten Boote nahmen ihre Stellung westlich Mörmers Gatt, durch dessen Felsentor man dann Jung Gatt erblickte und zugleich den Mond vor sich hatte, dessen Aufsteigen aus der Flut erst eine helle Stelle und dann einige glänzende Wolken anzeigten, bis er selbst emportauchte und am Horizont einen breiten, matten Silbergürtel über das Meer zog, von dem ab sich eine Säule zitternder Silberflimmer bis zu den Füßen der Klippe ergoß, eine Garbe glänzender Streifen und Punkte, die das Meerleuchten sofort zu einem schwachen Schatten schwinden ließen.

Aber selbst dieses Licht ward jetzt zum phantastischen Schein verwandelt, als plötzlich die Teertonnen in der Höhle aufleuchteten und mit ihren intensiven Flammen die ohnehin schon roten Klippen glühend erhellten, so daß der Mondschein wie zartes Silbergewebe dagegen erschien.

In einigen Booten stand die Champagnerflasche im Eiskübel, und das Glas ging in der Runde. Aus einer anderen Gruppe erklang Männergesang durch die wundervolle laue Nacht, und als die Teertonnen niedergebrannt waren, ging alles höchst befriedigt nach Hause.

Herr Wöstern, der reiche Bremer, brachte Julie bis an ihr Quartier und verabschiedete sich, ihr ein so schönes Ende der Nacht wünschend, wie der Anfang gewesen sei. Dann ging er nach der Treppe, um auf das Oberland zu gelangen. Auf dem Absatz, dort, wo sich die Treppe biegt, fand er Spickmann sitzen und nach der See hinausschauen.

Der Bremer blieb stehen und sah nach der Richtung, in die Spickmann blickte, Er sah ihn ein paarmal fragend an, als erwartete er eine Mitteilung von ihm, da dieser aber schwieg, so fragte er endlich: „Sehen Sie etwas?"

Spickmann nickte mit dem Kopfe.

„Was ist's?" forschte der Bremer.

„Bremer Schiff. Läuft direkt auf Sandbank, wenn Kurs nicht ändert", antwortete Spickmann, auf die See starrend.

Der Bremer sah ihn stutzend an, blickte dann um sich und sagte endlich: „Hier sehe ich nichts. Kommen Sie mit hinauf nach dem Leuchtturm, dort kann man sich ungestörter umblicken. Zeigen Sie mir die Sandbank, das Schiff will ich dann schon finden."

Beide gingen schweigend hinauf und setzten sich auf die Bank am alten Feuerturm, von wo man über das Meer blickt, das in einem unbeschreiblich geheimnisvollen Dunkel dalag, in dem es bald wie eine große Heide, bald wie Hügelland mit Seen durchbrochen erschien, je nachdem gerade der Mond sein Licht durch die Wolken darauf fallen ließ. Nur unter dem Mond war sein Charakter als Wasser nicht zweifelhaft, weil sich dort eine lange, glänzende Lichtsäule widerspiegelte, die nach der Ferne zu matter und matter wurde.

Spickmann jun. mußte dem Bremer in dieser Gegend das erwähnte Schiff und die Sandbank gezeigt haben, denn als sich Fräulein Julie am nächsten Morgen wunderte, daß Herr Wöstern so lange ausblieb, und sich dann ängstlich nach ihm erkundigen ließ, erfuhr sie, daß er soeben mit dem Dampfschiff abgereist sei, ohne Zweifel, um das Schiff von der Sandbank abzubringen.

## Dreiundzwanzigstes Kapitel

# Der „Seehund“ macht wieder Streiche

Meister Wöllers hielt die Abenteuer seiner zweiten Reise für eine Strafe des Himmels, weil er seine Gattin über den „Seehund“ ganz vergessen und noch nicht ein einziges Mal daran gedacht, sie mit einer Spazierfahrt in diesem noblen Geschirr zu vergnügen. – Er glaubte den Himmel wieder zu versöhnen, wenn er beschloß, am nächsten Sonntag eine

Haus am Jonas

Lustreise zu veranstalten, wozu er die ganze Verwandtschaft bitten wollte. Da Schünnemann einmal sein Elbsündenbock war, so mußte er als Besitzer des Kutters auftreten und die Wöllersche Familie einladen.

Es war wirklich ein kleines Theaterstück, wie Gevatter Schünnemann kam und dem Meister mitteilte, daß er einen Kutter gekauft, wie dieser in Verwunderung darüber ausbrach, wie der Gevatter bedauerte, die Führung des Schiffs nicht zu verstehen, und sie vertrauensvoll dem Meister anbot. Die beiden Spitzbuben spielten ihre Rollen so gut, daß die Meisterin nicht den geringsten Argwohn schöpfte und sogar die Besorgung des Proviants übernahm, denn man wollte sich gegen Schünnemann nicht lumpen lassen.

Die Glocke hatte am nächsten Sonntagmorgen gerade vier geschlagen, oder „acht Glasen“, wie Wöllers erwachend murmelte, als er auch mit gleichen Beinen aus dem Bett sprang, in den Schlafrock fuhr und vor die Haustür rannte, um nach Wind und Wetter zu sehen. – Kopfschüttelnd sah er nach dem Himmel. Es stand schlecht. Kein Lufthauch rührte sich. Der Meister steckte den Finger in den Mund, um dann, ihn emporhaltend, an der kalten Seite den Luftstrom zu fühlen. – Nichts! Der Rauch der frühaufstehenden Kaffeekocher stieg schnurgerade aus den Schornsteinen der Nachbarschaft in die Höhe, und es blieb dem Meister nur das letzte Mittel übrig, wonach verzweifelte Seeleute greifen, wenn der Wind sich nicht rührt, – ihn herbeizupfeifen, was in der Weise geschieht, daß der Lockende die chromatische Tonleiter tremando aufwärts pfeift. Dies Mittel ist so gewiß unfehlbar wie der Hoffsche Malzextrakt, wenn er nur richtig angewandt wird und man die Geduld nicht verliert, denn es ist kein Beispiel vorhanden, daß einer länger als drei Tage vergeblich gepfiffen hätte. – Also Meister Wöllers pfiff nach Wind; während Tausende sich des ruhigen Morgens freuten. Er trank seinen Kaffee, indem er dabei die Frauen zur Eile antrieb, denn man sollte um sechs Uhr an Bord sein. Vor dem Millerntor traf man Gevatter Schünnemann, der zwei Vettern nebst ihren Zukünftigen bei sich hatte: die Vettern zu Matrosendiensten verwendbar, und die Zukünftigen, um ihre Teuren als Seeleute zu bewundern.

Der Kutter lag unterhalb St. Paulis bei einer Werft. Wöllers konnte seine Freude kaum verbergen, als er die Takelage des Fahrzeuges erblickte. Er bemerkte zugleich, daß aus dem Ofenrohr Rauch aufstieg, und erschrak deshalb ein wenig, weil er glaubte, der frühere Besitzer des Kutters wolle ihm einen Empfang bereiten, wobei leicht seine Reederschaft an den Tag kommen konnte. Wie erstaunte er jedoch, als er, über ein altes Floß kletternd, an das Fahrzeug kam und sich aus der Luke ein wildfremder struppiger Kopf erhob, der eine brandrote Schnapsnase und einen graustachligen Bart im Gesicht zeigte.

„Wat wöhlt Ji hier?“ knurrte der Kopf die Gesellschaft an, indem er sie mißtrauisch musterte.

„Was wir hier wollen?“ fragte Wöllers entrüstet. „Wir wollen in unser Schiff, mein Junge, was Schünnemann vorgestern gekauft hat; und was tust denn du da binnen?“

„De olle Kasten gehört Jo also?“ fragte der Kopf höhnisch. „Na, watt sall ick doon? Ick hev de ganze Nacht als Wach drin seten und kaak mi nu Kaffee.“

„Als Wache?“ fragte Wöllers ungläubig, „und weshalb?“

„Na, könt se nich de Takelage stehlen oder de Anker un de Ked?“ fragte der Kopf, indem er die genannten Sachen mit begehrlichen Blicken betrachtete und sich vielleicht im stillen ärgerte, daß er nicht schon früher alles „klar“ gemacht hatte.

„Welke is denn Schünnemann?“ fragte er hierauf und eröffnete diesem dann, daß er einen Taler Wachgeld bekomme.

Schünnemann sah Wöllers verdutzt an, langte jedoch auf dessen Augenblinzeln sein Portemonnaie hervor und suchte vierzig Schilling heraus, die er dem Strolch auf das Deck zählte, worauf dieser brummend mit seinem rauchenden Kaffeetopf aus der Luke und dann über Bord in ein altes, schmieriges Boot kletterte, womit er bald zwischen den Schiffen verschwand.

Zur rechten Zeit waren Passagiere wie Proviant an Bord geschafft und mit Hilfe des Werftbesitzers die Segel angeschlagen, die ohne diesen jedenfalls eine verkehrte Stellung eingenommen hätten. Die Ebbe war eingetreten, und mit ihr erhob sich ein Gedanke von Wind. Die Umstände waren günstig, und Kapitän Wöllers stand am Ruder, um unter Segel zu gehen. Zeigten nun Kapitän und Passagiere auch die reellste Absicht, so war jemand da, der diese durchaus nicht hatte, und das war der Kutter selbst. Das Tau, das ihn am Floß gehalten, war eingezogen, und die zwei Vettern stießen das Fahrzeug mit langen Stangen vom Ufer ab, während Schünnemann und Krischaan bereit standen, die Segel aufzuhissen. Es gibt aber zum Segeln keine schlechtere Stelle als bei St. Pauli, wo in der freien Elbe stets eine Menge kleiner Fisch- und Torfewer zerstreut vor Anker liegen und das Fahrwasser versperren. Wer hier gegen den Wind ankreuzen will, muß es verstehen, da außer den Ewern jeden Augenblick ein kleiner Dampfer dahergeschossen kommt, um die Sache noch verwickelter zu machen. Kapitän Wöllers wünschte daher die Ewerflotte, auf die der „Seehund" eben loslief, ins Pfefferland und hätte am liebsten die ganze Elbe für sich allein gehabt. Er wollte gern mit einem Gang das Ende von Steinwerder erreichen und glaubte noch hinter den Ewern wegzukommen; da der „Seehund" jedoch nicht hoch genug an den Wind ging, so war er gezwungen, kurz vor dem letzten Ewer über Stag zu gehen, um nach der andern Seite zu kreuzen. Er kannte aber die Mittel nicht, um den „Seehund" zu diesem Manöver zu zwingen, und warf nur das Ruder herum, um den Kutter durch den Wind zu bringen. Dieser ging auch anscheinend gutwillig darauf ein, drehte sich, flabberte mit den Segeln und fiel dann wieder auf seinen alten Strich ab, indem er dabei mit aller Eile gerade mitten auf den Ewer losrannte.

Nun saß auf dem Verdeck dieses Ewers einer jener hellblonden Wurstfriesen[21], die die Hamburger von der Oste herauf mit Torf versehen, und schälte ahnungslos und in sonntäglicher Gemütsruhe Kartoffeln. Ob dies den „Seehund" ärgerte oder ob er den Mann überhaupt für ein gutes Ziel hielt, kurz, er visierte mit seinem Klüverbaum so genau auf ihn und kam mit solcher Vehemenz an, daß der Kartoffelschäler wie ein Billardball über Bord gebracht worden wäre, wenn er sich nicht noch im letzten Augenblick durch einen ungeheuren Satz gerettet hätte, wobei freilich die Kartoffeln auf Deck umherrollten. Nach diesem Späßchen blieb der „Seehund" ruhig neben dem Ewer liegen, den Klüverbaum quer über dessen Bord gestreckt und etwa in der Stellung eines Pferdes, das seinen Kopf freundschaftlich über den Hals seines Kameraden legte.

Der Wurstfriese hatte sich nicht sobald von seiner Überraschung erholt, als er trotz des Sonntagmorgens eine Reihe zwar plattdeutscher, aber dennoch so wirksamer Blücherscher Kraftausdrücke gegen die Kutterbesatzung losließ, daß den Damen die Haare zu Berge standen und Wöllers in der Verzweiflung eine Flasche Portwein hervorholte und ihn soweit besänftigte, daß er den „Seehund" sogar wieder auf den rechten Weg brachte, so daß Wöllers nur noch einige Todesangst wegen der Harburger Dampfer und des dänischen Wachtschiffes auszustehen hatte, worauf er endlich in freieres Fahrwasser gelangte.

Man war so ohne jeden weiteren Unfall bis unterhalb Blankenese gekommen, als Wöllers mit Erstaunen bemerkte, daß er plötzlich trotz allen Kreuzens und obgleich der Wind stärker ward, wieder an die letzten Häuser des Dorfes zurückkam, und daß der „Seehund" eben offenbar rückwärts ging, worüber sich die am Ufer stehenden Fischer halbtotlachen wollten. Er vermutete eine neue Teufelei des Kutters, der indes diesmal so unschuldig wie ein neugeborenes Kind war, denn die Flut war eingetreten, dagegen half alles Lavieren nichts mehr. Der Meister bemerkte dies auch bald an den Schiffen, welche sich vor ihren Ankern gedreht hatten, und lief Blankenese gegenüber an eine kleine Sandbank, wo er seinen Anker fallen ließ und die Segel einzuholen befahl. Die Damen wären nun allerdings lieber auf der andern Seite gewesen, um am Lande spazieren zu gehen. Wöllers behauptete jedoch, daß er den Blankenesern nicht in die Hände fallen wolle, und erzählte so haarsträubende Wirtshausrechnungsgeschichten, daß man sich gern auf seine eigenen Mittel verließ und Krischaan den Befehl erhielt, Feuer anzumachen und heißes Wasser zu schaffen. Während der Zeit ward der große Lukendeckel zurückgeschoben, wodurch ein freier Raum in der Kajüte entstand, in den man den gedeckten Tisch mit dem Teezeug nebst anderm Geschirr aufstellte. Die Flut stieg indes mehr und mehr, so daß bald die kleine Sandbank mit Wasser bedeckt war. Auch der Wind ward immer stärker und schien sich der Lockpfeife des Meisters zu erinnern, denn er blies, gerade zur Zeit als Krischaan mit dem Teekessel ankam, dermaßen, daß er nicht weit vom Sturm war und anfing, Wellen vor sich her zu wälzen, die den „Seehund" bald zum Tanzen brachten. Der arme Krischaan hatte deshalb auch keine Schuld, wenn er mit dem Teekessel vor der Luke stolperte und den Gevatter Schünnemann beinahe wie einen Hummer abgesotten hätte. Wöllers donnerte seine Flüche auf den ungeschickten Schiffsjungen herab und jagte Krischaan wieder in die Vorderluke, um frisches Teewasser zu schaffen.

Während man das Teewasser von Tisch und Kleidern wischte, war der Wind böig geworden und blies mit vollen Backen stromauf. Die Wellen fingen an, sich in förmlichen Gängen zu wälzen und überschlugen ihre weißen Schaumkämme; der „Seehund" ritt vor Anker und stampfte so auf und nieder, daß die Damen sich höchst unbehaglich fühlten und den Wunsch nach Tee hören ließen. Der Meister legte deshalb die Hände an den Mund und schrie: „Krischaan, Teewasser!“ Krischaan saß in der Vorderluke vor dem Ofen, ihm war so gottsjämmerlich zumute, daß ihm die Wünsche der Hinterdeckspassagiere höchst gleichgültig waren; er hätte gern selbst etwas Tee gehabt, wenn ihn jemand damit traktiert hätte. Das Stampfen des Schiffes war ihm unerträglich, und als er einmal den Kopf aus der Luke steckte und die Wellen anrollen sah, wünschte er sich auf den Gipfel des Süllberges. Wöllers schrie indes so fürchterlich nach Teewasser, daß er endlich mit dem Kessel auf allen vieren nach hinten kroch und ihn auf dem Bauch liegend in die Kajüte hinabreichte, worauf er dort liegenblieb und die Gesellschaft nebst dem Tisch mit großen Augen anstierte. Schünnemann, der dies bemerkte, glaubte seine Gedanken zu erraten. Er schnitt ein großes Stück Mettwurst ab und hielt es ihm lächelnd vor die Nase. Anstatt zuzugreifen, machte Krischaan die Augen noch größer, sperrte den Mund weit auf und — ergoß den ganzen Inhalt seines Magens über den Tisch und die unten sitzende Gesellschaft. Die Meisterin, entsetzt über ein solches Benehmen, öffnete den Mund, um über den Verbrecher herzufallen. Sie konnte ihm jedoch nur in gleicher Weise antworten, wodurch die beiden Zukünftigen veranlaßt wurden, mit in das Quartett einzustimmen, so daß die Kajüte in eine schauerliche Verfassung geriet. Gevatter Schünnemann, dem es schon seit einiger Zeit nicht ganz gut war, ward bei diesem Stand der Dinge blaß wie eine Leiche und machte den Versuch, aus der Kajüte zu entwischen. Indem er aber zur Luke hinauskletterte, wandte sich auch ihm der Magen um, und da die beiden Vettern eben folgen wollten, so erhielten sie den Kugelsegen und purzelten nebst Schünnemann wieder in die Kajüte hinab, wo sie in den allgemeinen Jammer einstimmten, oder, wie sich der Dichter poetisch ausdrückt, „dem Neptun opferten“. Es war eine unleugbar furchtbare Tatsache: Die Seekrankheit war an Bord des „Seehund“ ausgebrochen. Meister Wöllers sah mit Entsetzen dies Unglück. Da jedoch in der Kajüte bald nicht mehr viel zu verderben war, so zog er das große Segel über die Luke, um den Jammer nicht mit anzusehen, denn es ward ihm auch schlimm dabei zumute; er lief dann nach vorn, um den Anker aufzuziehen, damit der Kutter in Fahrt käme und das schreckliche Stampfen aufhörte. Da der

Anker jedoch ohne Winde war, so hätte ein kleiner Riese dazu gehört, das schwere Fahrzeug mit der Hand gegen Wind und Wasser anzubringen. Wöllers lief deshalb nach hinten und rief Schünnemann und die Vettern zu Hilfe. Wenn er ihnen zehntausend Taler geboten, um herauf und nach vorn zu kommen, sie hätten sich nicht nach ihm umgesehen. Ebensowenig war Krischaan geneigt, sich zu rühren; Wöllers ging wieder nach vorn und setzte sich trübselig neben den Mast, um nur die Jammerlaute aus der Kajüte nicht zu hören, zwischen denen die Verwünschungen der Meisterin herausklangen. Drei Stunden mochte er etwa so gesessen haben und dachte eben daran, ob wohl noch alle in der Kajüte am Leben wären, als er ein Fischerfahrzeug erblickte, das in der Nähe vorbeisegeln wollte. Er schrie es an, bis es beidrehte und herankam, wonach ihm Wöllers ein Tau zuwarf und die beiden Fischer ersuchte, ihm den Anker aufhieven zu helfen. Diese betrachteten ihn erst mißtrauisch, da er sie jedoch nicht zu kennen schien, so kamen sie an Bord, und alle drei zogen nun an der Ankerkette und brachten endlich den Anker herauf, der sich tüchtig in den Sand gebissen hatte. Sobald der „Seehund“ los war, drehte er ab und hörte auf zu stampfen, indem er mit dem Sturm ging.

Meister Wöllers wollte den Fischern gern etwas für ihre Mühe geben. Er trug jedoch unglücklicherweise nur zwei Fünftalerscheine bei sich, und von den übrigen Passagieren war nicht zu erwarten, daß einer in die Taschen greifen würde. Er wollte die Fischer zu sich nach Hamburg bestellen, diese bedauerten aber, dort keine Zeit zu haben ihn aufzusuchen, versprachen jedoch, vier Taler herauszugeben, wenn er sie übermorgen an der Holzbrücke abholen wollte, und verschlangen den Fünftalerschein mit den Augen, als er ihn ihnen zögernd hingab. Der Ältere beteuerte, daß sie „ehrliche Finkenwerder“ seien, und daß er nur nach Peter Wübbe fragen sollte, worauf er schmunzelnd nach seinem Boot ging.

Wöllers zog nun sein Focksegel auf und ging an das Ruder, um das Fahrzeug nach dem andern Ufer hinüber zu bringen, wo das Wasser etwas ruhiger war. Als er dies getan hatte, hörten die Klagen in der Kajüte auf, und die Verwünschungen von Ehemännern, die ihre Frauen auf das Wasser schleppen, machten sich nur noch in obligater Weise hörbar. Endlich kam Gevatter Schünnemann wieder heraufgekrochen. Wöllers zog hinter dem Ruder eine Flasche Portwein hervor und ließ den

Gevatter einen guten Schluck nehmen. Dann beschwor er ihn, den Kutter bei seinem Hause zu behalten, damit Madame Wöllers keine Ahnung über die Person des wahren Eigentümers bekomme, denn es wolle ihn dünken, daß es dann nicht gut ginge. Die beiden Vettern, die jetzt wieder lebendig geworden, kamen auch heraufgekrochen, und man zog die übrigen Segel auf, um mit der Flut noch nach Haus zu kommen.

Als der „Seehund" nun so lustig vor allen Segeln dahinlief, vergaß Wöllers alles Ungemach, was heute über die Expedition hereingebrochen war, und wäre gern noch ein gutes Stück nach den Vierlanden zu elbaufwärts vor dem straffen Wind gelaufen, um dann mit der Ebbe wieder herunterzukreuzen. Da erschien aber in der Luke das unheilverkündende Gesicht seiner Frau und fragte nicht ohne Hohn, wie lange es den Herren noch gefällig wäre, daß die Damen in dieser teerstinkenden Mördergrube stecken sollten. Diese Anfragen beschloß sie damit, daß sie Krischaan, der eben wieder lebendig geworden und sein Haupt in die Höhe richtete, eine Ohrfeige gab, worauf sie in der Luke verschwand. Gevatter Schünnemann mußte mit der Portweinflasche hinunter, und es gelang ihm denn auch, die Damen damit so weit zu beruhigen, daß sie bis St. Pauli aushielten, wo man gerade bei Hochwasser an Schünnemanns Haus anlegte und ausstieg. Madame Wöllers verschwand nebst den zwei Vettern und deren Zukünftigen ohne Abschied und Valet, während Wöllers, Schünnemann und Krischaan zurückblieben, um den „Seehund" wieder in Ordnung zu bringen, die Kajüte auszuscheuern und das Geschirr, was noch ganz war, zusammenzusuchen.

Das war die dritte Reise Kapitän Wöllers mit dem „Seehund".

*

Gevatter Schünnemann bewohnte die erste Etage eines Hinterhauses am Jonas, wo sich außerdem noch eine große Schweineschlachterei und nach dem Wasser zu verschiedene Niederlagen befanden, worunter ein englisches Porzellanlager, das an die Wohnung Schünnemanns grenzte. Nach der Elbe zu war ein offener Bogen angebracht, in welchem ein Kran zum Aus- und Einladen der Waren stand, und wo einige Stufen bis zur gewöhnlichen Fluthöhe hinabführten. Bis zu eben dieser Höhe hatte das Haus eine Grundmauer von Granit, in die große eiserne Ringe zum Anlegen der Fahrzeuge befestigt waren. An zwei dieser Ringe hatte man den „Seehund" gebunden und ihn so aller Berechnung nach für die Nacht wohlverwahrt. Auch hatte man die Stenge[22] heruntergezogen, damit sie kein Fenster einschlagen konnte, denn der Kutter schlingerte bei dem Wetter stark hin und her. Schünnemann hatte sich restaurieren müssen, wozu er eine geraume Zeit brauchte, so daß er erst nach Mitternacht heimkehrte.

Als er sich zu Bett gelegt hatte, verfiel er gleich in Schlaf. Plötzlich wachte er auf, er hörte ein lautes Klirren. Der Spektakel wiederholte sich und es klang, als wenn ruckweise ganze Lagen von Tellern und dergleichen umgeworfen würden. Schünnemann strich ein Zündhölzchen an, um auf seine Uhr zu sehen. „Halwig twee", sagte er. „Der Sturm muß en Fenster aufgerissen haben un wirft nu all de Blomenpötte 'runter. Na, wat geiht mi dat an!" Mit diesen Worten wollte er sich wieder niederlegen, als ihm ein schrecklicher Gedanke einfiel, infolgedessen er wie eine Feder aus dem Bett sprang, das Fenster aufriß und den Kopf hinaussteckte, um nach dem „Seehund" zu sehen. Und richtig! Der Sturm hatte noch zugenommen und die Flut war am Hause etwa um drei Fuß aufgelaufen. Da der Kutter fünf Fuß Wasser brauchte, um flott zu werden, so lag er noch schief auf der Seite, ward jedoch jedesmal auf und nieder geworfen, sobald der Sturm eine Welle daher wälzte. Nun war er dadurch um einen Fuß vorwärts geschoben worden und hatte, da er nach der Mauer zu lag, mit dem Mast ein Fenster der Porzellanniederlage eingeschlagen und stak drin fest. Da er oben eine eiserne Saling[23] hatte, die auf jeder Seite zwei Fuß breit herausstand, so war er mit diesem Quereisen unter die Regale geraten, auf denen das Geschirr stand, und rüttelte nun bei jedem Wellenstoß so gewaltig daran, daß dieses haufenweise herabgeworfen wurde.

Schünnemann erkannte augenblicklich die Sachlage und die Folgen, wenn man früh den Kutter an dieser Stelle fand. Er stürmte deshalb, wie er war, hinab und stieg auf den Teufelskutter, um ihn aus dem Fenster zu bringen. Da dieser aber noch schief auf dem Grunde lag, so kletterte der Gevatter die Strickleiter hinauf, wobei ihm der Sturm das Hemd fast über den Kopf wehte. Am Fenster angekommen, stemmte er sich mit den Beinen gegen die Mauer, bis er den Mast aus dem Fenster brachte, worauf er ihn nach der andern Seite hinüberzuwerfen versuchte. Der Kutter fand jedoch den Spaß in der Porzellanniederlage zu gut und fiel jedesmal wieder nach dem Hause zurück, wobei Schünnemann wie eine Notflagge in der Luft hin und her wehte. Da die Flut mehr und mehr stieg, so begann sich der Kutter endlich aufzurichten und der unselige Mast blieb außerhalb des Fensters. Schünnemann sah jedoch ein, daß er den „Seehund" auf einen andern Platz schaffen müsse, wenn er und Wöllers nicht eine Porzellanrechnung zahlen wollten; er kroch deshalb, bis das Fahrzeug vollends schwamm, in die Vorderluke, weil der Wind sein Spiel gar zu arg mit seinem Hemde trieb.

Dem Hause etwa eine Straßenseite gegenüber lag eine Reihe Dampfer und Kohlenschiffe an der Außenseite der Dückdalben und Eisbrecher. Dorthin dachte Schünnemann den Kutter zu dirigieren und festzulegen, worauf kein Mensch den Verdacht wegen des Porzellaneinbruchs auf ihn werfen konnte. Sobald der „Seehund" flott war, band er ihn deshalb los, nahm die Stange mit einem Haken und schob ihn nach den Schiffen hinüber, wo er ihn dann hinten und vorn an einem Eisbrecher festband und sich nicht wenig über das Gelingen dieses Planes freute. Jetzt aber war kein Boot da, mit dem er hätte wieder hinüberfahren können, und Gevatter Schünnemann war auf dem Kutter gefangen. Es blieb ihm vorderhand nichts übrig, als in das Wasser zu springen und hinüberzuschwimmen. Schünnemann ließ sich langsam hinabgleiten und schwamm die kurze Strecke hinüber, worauf er nicht ohne Mühe das nasse Hemd abzog, es auswrang und dann, je vier Stufen auf einmal nehmend, nach seiner Wohnung hinauflief, ohne daß ihn jemand bemerkte. Hier angekommen, rieb er sich mit einem Handtuch ab, zog ein trockenes Hemd an und legte sich ins Bett. Vorher aber streckte er die Faust nach dem „Seehund" aus und tat den Schwur: „Mi sall de Düwel holen, wenn ick wedder eenen Foot op di setten doh, du Mordsoos! du!"

Es war ein Glück für Schünnemann und Wöllers, daß der Kutter am Sonntagabend an das Haus gelegt wurde, wo kein Mensch in den Niederlagen war, weshalb man sich denn auch am Montagmorgen umsonst den Kopf zerbrach, wer wohl die Verwüstung in dem Porzellan angerichtet hätte. Die sämtliche Nachbarschaft besah den Schaden, Schünnemann natürlich voller Interesse mit. Das ganze Fenster war demoliert, eine blecherne Rinne daneben abgerissen und an Porzellan wenigstens für vierzig Taler zerbrochen. Nachdem man die Sache von allen Seiten besehen und besprochen, glaubte man, daß irgendein böswilliger Schutenführer den Schaden mit seinem Haken angerichtet habe.

Garten am Holstentor

Vierundzwanzigstes
Kapitel

# Eine glückliche Insel im Geschäftsstrom

Bernhart wanderte eines Sonnabends in dem Strom von Menschen und Fuhrwerken umher, die durch die Straßen der Stadt trieben. Er war fast betäubt von der Hetze, mit der alles vorwärts eilte. Zu Wasser und zu Lande trug, schob und lud man ein und aus, als ob gerade heute der letzte Tag wäre, an dem man etwas transportieren könne. Alles rannte ohne Ruhe und Rast.

In diesem allgemeinen Treiben mußte ihm ein Mann auffallen, der vor der Tür eines Wildbrethändlers stand und in aller Muße einen Hirsch betrachtete, der dort lag. Bernhart erkannte den Maler Otto Fabler. Er trat zu ihm und sprach seine Gedanken über den Trubel aus, der sie umgab. Er kam zu dem Schluß, daß in diesem Handelsplatz kaum ein Winkelchen zu finden sei, wo die gemütliche Ruhe wohne und wo man nicht vom Morgen bis zur Nacht dem Geschäft nachjage.

Fabler schüttelte lachend den Kopf und sagte: „Diese Ansicht mögen wohl alle Fremden haben, die unser Familienleben nicht kennen. Es ist für sie sehr schwer, Eingang in einen Familienkreis zu finden, da der Hamburger schon mit toten Waren ungemein vorsichtig ist, ehe er sie in seinen Speicher bringt, um so mehr mit lebendigen Artikeln. Hat ein Fremder aber einmal Aufnahme bei einem Hamburger gefunden, so ist auch das Entgegenkommen warm und herzlich, und er kann, sobald er ein solider Charakter ist, fast ebensogut auf ihn rechnen wie auf seine eigene Verwandtschaft, ja vielleicht noch mehr! Da Sie aber glauben, daß es hier keine gemütlichen Winkel gibt, so muß ich das Gegenteil beweisen und Ihnen sogleich ein paar zeigen. Kommen Sie!"

Beide gingen den Steinweg hinauf und dann nach dem Holstentor, wo Fabler vor einem kleinen, altertümlich winkligen Hause stehenblieb, dessen schlichtes Äußere nur durch die alte im Zopfstil geschnitzte Tür gehoben wurde. Die obere Etage war etwas herausgerückt und trug ein hohes Dach, dessen Giebel sich nach drei Seiten zuspitzte, von denen die vordere mit Blei, die übrigen mit Dachpfannen gedeckt waren. So klein Haus und Dach auch erschienen, es schauten dennoch vier Schornsteine daraus hervor, und das Innere war mit höchst gemütlichen Zimmern sowie deren Decken mit Stuckarbeit verziert, während die Türen und Treppen gediegene Holzschnitzereien zeigten. Das gediegenste seines Inhaltes war jedoch die Künstlerfamilie, die es in glücklicher Eintracht bewohnte.

Es war ein Vergnügen, die alte, freundliche Mama Herzler mit ihrer stets schneeweißen Haube zu sehen, wie sie die drei Jungen Jakob, Martin und Günter zusammenhielt. Wie sie mit liebevoller Geschäftigkeit für ihre Ordnung und Bequemlichkeit sorgte und die Küche überwachte, in der das Mädchen das Mittagessen besorgte. Wie dann Jakob aus dem „Kiekut" vom Dach herabgeholt wurde, worin früher Günter hauste und wo jetzt er sein Atelier aufgeschlagen, wie sie Martin und Günter aus den Gartenpavillons zitierte, wie sie dann erst mit Martin ihre Not hatte, der gerade an einem alten Buch malte, und wie, als dieser den schattigen Laubengang daherkam, wieder der böse Günter fehlte, für den sie doch extra einiges gutes Obst besorgt, das er gar zu gern zum Dessert schnabulierte, wenn er nur erst einmal von der Staffelei losgerissen und aus dem Pavillon nach dem Speisezimmer gebracht war. Wie es ihm dann vortrefflich schmeckte, während er den beiden andern vorwarf, sie hätten weiter nichts als das Essen und Trinken im Kopf, man solle nur sehen, wie's Martin eilig hätte, während dieser doch nur wieder an sein altes Buch wollte, worauf Günter es für höchst schädlich erklärte, sich mit vollem Bauch an die Arbeit zu setzen. So verging gewöhnlich das Mittagsmahl unter lustigem Streit und gemütlichen Späßen, bis die Hausglocke erklang und sich ein paar Freunde einfanden. Man verließ dann das Speisezimmer und stieg mit Jakob nach dem „Kiekut" hinauf, wo man seine Arbeit besah und über die Dächer der Stadt blickte, oder man ging in die Gartenateliers und sah, was die Brüder geschaffen.

Es waren gediegene Werke, die in diesem stillen Winkel[24] der rauschenden Handelsstadt entstanden, denn die Brüder nahmen es ernst mit der Kunst und arbeiteten nicht des Verdienstes wegen, den sie nicht zu suchen brauchten. Jakob schuf in seinem luftigen Atelier Szenen aus dem Schifferleben und Strandbilder voll charakteristischer Auffassung und Naturwahrheit, während Martin alte, pittoreske Bauwerke mit Genreszenen staffiert liebte und von wunderbarem Trödelkram umgeben war, der ihm zu Modellen diente. Günter malte größere Bildnisse und war zur Zeit, als Bernhart eingeführt wurde, mit einem großen Bild beschäftigt, welches die hervorragendsten der Hamburger Künstler in Lebensgröße darstellte. Man traf die ganze Gesellschaft im Garten versammelt, wo man bei einem Glase Wein Skizzen besah und Kritiken darüber aussprach. Da stand Kauffmann[25], mit grimmigem Schnurrbart, wie ein Kürassieroberst anzusehen, und zeigte die Studien, die er aus dem bayerischen Gebirge mitgebracht. Hierauf nahm man Vollmers Mappe vor und besah die Beute, die er von einem Streifzug an die Nordsee heimtrug. Jakob Herzler ergänzte hierauf das Strandleben mit Matrosenstudien, die er in St. Pauli gemacht.

Es entspann sich bald eine lebhafte Unterhaltung. Bernhart drückte seine Überraschung aus, hier mitten im Häusermeer einen so großen Garten zu finden, und bewunderte hauptsächlich die üppigen Weinranken, die das Künstlerhaus einhüllten.

Die Gesellschaft brach auf, um sich nach verschiedenen Seiten zu zerstreuen: Einer, um am Jungfernstieg zu promenieren, der andere nach dem Hafen, und einige, um ohne Torsperre nach den Vorstädten zu gelangen, wozu auch Bernhart gehörte.

Er ging still neben seinem Begleiter. Dieses Stück gediegenen Künstlerlebens, das er hier soeben gesehen, beschäftigte seine Gedanken. Von seinem Begleiter über die Bekanntschaften befragt, die er hier gemacht, erzählte er diesem sein Verhältnis zu Eiskuhl und Spickmann und gab dabei seine Verwunderung zu erkennen, in diesen hohen Kreisen nicht mehr Intelligenz und Kulanz zu finden. Der Begleiter schüttelte mit dem Kopf und sprach:

„Da sind Sie allerdings unter Gesellschaft geraten, wo Sie solche Dinge nicht suchen dürfen. Die Leute sind Parvenüs, reichgewordene Hausknechte, die nur durch ihre Millionen eine Rolle spielen und zu Ansehen kommen. Leider gibt es hier und in allen Handelsstädten so viel von diesem Unkraut, daß es alle besseren Pflanzen überwuchert und den Fremden leicht einen falschen Begriff über unsere Handelsaristokratie beibringt. Kommen Sie nur einmal unter unsere wirkliche Elite, dort werden Sie gediegene Bildung und Wissen bei den Männern und die höchste Sitte und Liebenswürdigkeit bei den Frauen finden."

Auf dem Watt bei Neuwerk

Fünfundzwanzigstes Kapitel

# Ein Jagdzug

Der Herbst war herangekommen. Die Abende begannen länger zu werden. Die Tage waren noch warm und freundlich, aber die Morgen kalt und neblig. Die Torfewer segelten scharenweise von der Oste aufwärts, damit die Hamburger im Winter hübsch warm sitzen sollten. Die Kartoffelewer kamen elbabwärts, und die Schiffe, die noch fort wollten, machten sich möglichst klar, damit sie den Kanal hinter sich sahen, ehe die Herbststürme hereinbrachen. Die schöne Zeit für die Jäger war da, und dem Wild wurde das Leben sauer gemacht. Vetter Schwarzknopf und Sekretär Förster erschienen eines Morgens mit langen Stiefeln, Jagdtaschen und Doppelflinten bei Vater Kühnmann in Neumühlen und setzten ihn durch ihre martialische Ausrüstung in solches Erstaunen, daß er ganz erschrokken nichts als „Ach, Herr Jesus!" herausbrachte. Nachdem er sich die Bewaffnung eine Weile betrachtet, tat er die Frage, was dies eigentlich bedeuten solle.

„Nun, Vetter, du weißt doch, daß du mir vier Tage Urlaub nach Cuxhaven gegeben hast. Förster hat auch welchen, und da wollten wir unten wilde Enten schießen. Vielleicht auch einen Seehund, wenn einer so gefällig ist. Aber wilde Enten bringen wir jeder wenigstens ein Dutzend mit."

Kühnmann schüttelte mit dem Kopfe. Auf die Jagd zu gehen, hielt er für eine Sache, die einem Kaufmann nimmermehr einfallen dürfe. Das sei ein adliger Übermut, und die beiden Leute kamen ihm mit ihrer Bewaffnung ganz ungeheuerlich vor. Er mußte mit dem Kopf schütteln, wenn er sie ansah.

Die Familie war ebenfalls erstaunt und geneigt, sie für recht tollkühne Burschen zu halten, was Schwarzknopf ungemein schmeichelte und ihn bewog, den Jägerchor aus dem „Freischütz" mit Donnerstimme zu singen.

„Kinder", sprach Kühnmann, „das ist ein rechter Unsinn mit euren Flinten da, die Dinger können losgehen und euch selber treffen, statt der Enten. Laßt den Kram hier und kauft euch Enten, das ist gescheiter."

„Nein, Lüddemann wartet schon, um uns an den Dampfer zu fahren, mit dem wir nach Cuxhaven gehen. Also lebt wohl! Machen Sie immer Feuer zu zwei Dutzend Enten!" Mit diesen Worten gingen die jungen Leute zum Strand hinab und stiegen in das Boot.

Als die beiden jungen Leute sich rüsteten, um elbabwärts zu gehen, stand Emil Schnepfe auf der „Alten Liebe" bei Cuxhaven und wartete auf den Helgoländer Dampfer, um damit nach Hamburg hinauf zu fahren.

Auf den Bohlen, die als Boden des Bollwerkes angebracht waren, stand eine Menge Sachen zu einem Haufen gestellt. Zuunterst ein paar Seemannskisten, unten weit und oben schmal. Darauf ein Lederkoffer, den Gegensatz als Landratte bildend.

Neben dem Koffer einer jener Deckelkörbe zum Verschließen, wie man sie in Hamburg sieht, ein höchst praktisches Möbel, das, mit Leinwand ausgefüttert, einer Kiste oder einem Koffer weit vorzuziehen ist, weil es mit Leichtigkeit große Elastizität und Haltbarkeit verbindet. Auf dem Korb hatte sich eine pappene Hutschachtel niedergelassen, die gar nicht für die nasse Umgebung geschaffen war und sich auch deshalb aufwärts zu sehnen schien. Sie mußte ihre ganze Jämmerlichkeit erkennen, wenn sie einige Pakete neben sich sah, die, in geteerte Leinwand eingepackt, zwar etwas stark rochen, aber auch jedem Wetteranfalle die Stirn bieten konnten. Als Vorposten um diese Bagage standen zehn oder zwölf zylinderartige Körbe von grobem Geflecht, durch das hier und da grünes Gras heraussah. Sie waren mit gekochten Krabben gefüllt und wurden in Hamburg schon erwartet.

Hinter dem Bollwerk saßen ein paar Weiber mit weißen Mützen, von denen eine ein Stück geteerte Leinwand als Mantel umhatte, während die andere einen großen Männerlotsenrock trug. Beide gehörten zu den Krabbenkörben und führten außerdem noch einige Körbe voll Fische bei sich. Neben ihnen stand ein Ewerschiffer mit einer Pelzmütze auf dem Kopf. Unter seiner kurzen blauen Jacke steckte er die Hände hartnäckig in die sehr hoch gezogenen und engen Hosentaschen, wodurch die Spitzen der Jacke vorn hervorgedrängt wurden, so daß es aussah, als trüge er unter jedem Arm einen eingepackten Zukkerhut. Vor der Gruppe lag ein Schiffsjunge, dessen ganze Garderobe aus einem Paar Bramtuchhosen und einem wollenen Hemd bestand. Er gehörte zu den Schiffskisten und horchte aufmerksam der Erzählung des Schiffers zu, dem man seine Jolle gestohlen, und der sie nun „oben“ suchen wollte. Die ganze Gruppe trug für den Binnenländer ein so entschieden fremdartiges Gepräge, daß sie Schnepfe mit Interesse betrachtete. Er hätte auch gern das Gespräch belauscht. Obgleich die Leute deutsch sprachen, so war es doch ein Plattdeutsch, von dem Schnepfe auch nicht eine Silbe verstand. Die Leute konnten ebensogut chinesisch sprechen, der Binnenländer verstand sie dann auch nicht weniger.

Der Schiffer sah jetzt wieder einmal, wie er dies alle Minuten tat, rundum, blickte mit seinen grauen Augen gespannt aufwärts nach einem Punkt, zeigte dann mit dem Mützenschild nach der Gegend, wo man den Rauch eines Dampfers aufsteigen sah, und nickte den Weibern zu, worauf diese die Köpfe über die Brüstung steckten und das Schiff zu erraten suchten, während es noch als ein Punkt erschien. Der Schiffer erkannte es sofort als die „Elbe“ und behauptete, den dicken Kapitän Grabert auf dem Radkasten zu sehen. Wenn er nun dieses auch nicht tat, das Schiff erkannte er sicher.

So kam denn richtig die „Elbe“ mit Kapitän Grabert auf dem Radkasten an. Das Schiff legte an der „Alten Liebe“ an und ließ seine Passagiere aussteigen, in denen Schnepfe freudig die jungen Leute aus Neumühlen erkannte. Als sie noch miteinander sprachen, warf Kapitän Grabert einen Blick seewärts und gab Befehl, die „Elbe“ vom Bollwerk zu bringen. Er hatte den Helgoländer Dampfer an einer leichten Rauchwolke erkannt, ehe sogar der Schiffer etwas merkte, was dieser indes nur seiner hohen Stellung auf dem Radkasten zugute kommen ließ.

Der Helgoländer Dampfer blieb lange Zeit ein Punkt, bis er endlich sichtbar größer wurde und dann näher kommend aufschwoll wie der Pudel hinter Fausts Ofen, worauf er als pustendes Ungetüm an die „Alte Liebe“ legte.

Die Krabbenweiber stürzten sich jetzt auf ihre Körbe und schimpften etwas auf den Schiffer, weil er ihnen nicht half. Er konnte aber seine Hände nicht aus den Taschen ziehen, wahrscheinlich, weil sie ungeheuer schwer hineinzubringen waren. Er hätte sie vielleicht nicht einmal herausgezogen, wenn er ins Wasser gefallen wäre. Weshalb also wegen der Körbe! Er ging still schmunzelnd an Bord. Der Schiffsjunge packte seine Seekisten und schleppte sie polternd und schonungslos auf das Schiff, die Hutschachtel wurde auf eine schändliche, rücksichtslose Weise hinübergeworfen, die Körbe, Koffer und Pakete hinterdrein, und jeder konnte sehen, wie und wo er seine Sachen wiederfand.

„Wahrhaftig, Doktor! – äußerst! – wilde Jäger! – seeehr!“ rief eine Stimme. Es war Spickmann jun., der von Helgoland zurückkehrte. Gesund wie ein Riese und bereit, es mit dem Modenjournal aufzunehmen. Mehrere bekannte Hamburger zeigten sich an der Reling, und es wurden gemütliche plattdeutsche Witze ausgetauscht, während Schnepfe, von Spickmann beiseite genommen, gefragt wurde, ob er „einem hier auf der Spur gewesen“.

Währenddessen warf man die Taue ab, die Räder stampften und der Dampfer verschwand. Die „Alte Liebe“ lag einsam am

Strom. Nur die beiden Jäger standen dort und blickten über das Wasser. Endlich gingen auch sie.

Sie wanderten auf dem Deich hin, dessen Weg mit Ziegelsteinen gepflastert ist. Unten zog sich der Fahrweg hin, an dem die Häuser von Cuxhaven stehen, die eine einzige halbe Straße bilden, welche sich an den Flecken Ritzebüttel anschließt. Die jungen Leute wollten das Schloß besehen und gingen deshalb durch den stillen Ort, wo man sie mit Neugier betrachtete.

Als sie am Eingang des Schlosses ankamen, standen sie plötzlich einer Schildwache gegenüber, die vor Schreck über die beiden Jäger beinahe ihr Gewehr fallen ließ und dann geneigt schien, es wegzuwerfen, da sie nicht wußte, in welcher Absicht die bewaffneten Männer erschienen.

Schwarzknopf und Förster waren so erstaunt über diese militärische Figur, die sich ihren Blicken hier unerwartet darstellte, daß sie sprachlos standen und nur mit großer Mühe ein Gelächter unterdrückten. Sie hatten in der Hamburger Bürgergarde schon manche heitere Figur gesehen, aber eine solche Karikatur noch niemals.

Da erschien in der Tür eine andere, bei deren Anblick die beiden Jäger in ihr ungeheures Gelächter endlich ausbrachen, von Schwarzknopfs Seite so schrecklich-donnerhaft, daß der Posten in sein Schilderhäuschen kroch.

Der Mann, der in der Tür erschien, war das Gegenstück zur Schildwache. Über die Maßen lang und dünn, trug er auch einen Monturrock, aber auf dem Kopf eine Zipfelmütze, wie sie die Fischer haben. Unter der sehr kurzen Hose sah man wollene Strümpfe, die sich in ein Paar Holzpantoffeln verkrochen. In der Hand hielt er ein Fischnetz, an dem er offenbar eben strickte, und im Mund einen Tonpfeifenstummel. Hinter ihm blickten noch einige Köpfe hervor.

Der Mann glotzte die beiden Jäger an und verschwand dann, um kurz darauf mit einem Tschako auf dem Haupt und einem Säbel an der Seite wiederzukommen. Hinter ihm her huschte die andere Mannschaft aus dem Hause und griff nach ihren Flinten. Es war ein Teil des Cuxhavener Armeekorps, ein Ableger der Hamburger Bürgergarde, der hier den Senator-Amtmann bewachte, der zugleich ihr Generalfeldmarschall war. Der Lange zeigte sich als Wachtkommandant und Feldwebel. Er rückte gegen die Jäger vor und legte zwei Finger an den Tschako, wobei er lächelte.

„Sie wollen vielleicht den Herrn Senatr beßuchen? Dat deit mi leed, de is na Ottendorf fohrt", sagte er höflich.

„Das ist ärgerlich!" sprach Förster.

„Wir hätten schreiben sollen", bemerkte Schwarzknopf.

„Nun, dann sehen wir uns nur mal das Schloß von außen an. Was ist das?" fragte Förster, auf einige Knochen und Vogelbälge deutend, die sich der Wache gegenüber an der Mauer befanden.

„Museum", erklärte der Feldwebel und fuhr von der Aufmerksamkeit der Fremden geschmeichelt, fort: „Das hier sind ßwei Albatrossen aus der Südsee. Die hat mein Vetter, der Kapitän Nikelsen, mitgebracht und hierher verehrt."

„Und zu was ist denn die Blechbüchse hier?" fragte Förster.

„Oh! Das ist so für uns – wissen Sie, wenn jemand da 'n Kleinigkeit ßu Tabak oder was 'reinlegen will. Aber ganz nach Belieben", meinte der Feldwebel schüchtern.

„So? Dann erlauben Sie wohl, daß wir etwas hineintun?" sprach Förster lachend, indem er etwa zehn Schillinge in die Büchse steckte. Schwarzknopf ließ ebensoviel hineinfallen, und das Rasseln dieser vielen Schillinge brachte eine so günstige Meinung für die Fremden in der Armee hervor, daß sie beinahe das Gewehr präsentiert hätte. Soviel hatte seit Menschengedenken niemand in die Büchse getan. Das gab unendlich viele Gläser Kümmel.

Die jungen Leute nahmen Abschied, um nach den Watten zu gehen. Sie gingen auf die Kugelbake zu. Hierbei sahen sie rechts die Wasserfläche und links das tieferliegende Land zu ihren Seiten. Die Häuser und Gärten innerhalb der Deiche wollten ihnen als etwas bedenkliche Wohnsitze erscheinen, da sie zur Flutzeit tiefer als das Wasser standen. So kamen sie bis Duhnen, wo sie, um die Ecke biegend, die großen nassen Wattenflächen wie ungeheure Spiegel vor sich liegen sahen. Die Ebbe war so weit abgelaufen, daß die Sandflächen nur noch zollhoch mit Wasser bedeckt waren, während einige höhere Stellen schon matt daraus hervorblickten. Man sah aber weit draußen in dieser ungeheuren Wasserfläche einzelne dunkle Menschengestalten wie Pfähle oder Fischreiher stehen, ein eigentümlicher Anblick, der etwas Schauerliches hatte, wenn man sich an die Stelle der einsamen Wasserwanderer dachte. Es waren Krabbenfischer, die mit einem Netz und einem Korb auf dem Rücken jeden Tag hinauswanderten, um in den Flutteichen nach den kleinen Krebsen zu suchen, die hier millionenweise zu finden sind.

Außer den einzelnen Fischern sah man noch einige kleine Fahrzeuge ruhig auf dem Sand liegen. In der äußersten Ferne ragte der große Turm von Neuwerk in die Luft und spiegelte sich lang im ruhigen Wasser. Unsere Jäger fühlten nicht die geringste Lust, in diese Nässe hineinzuwaten und wollten das gänzliche Ablaufen des Wassers abwarten, ehe sie ihre Jagd begannen. Sie wandten sich deshalb, um nach Duhnen hineinzugehen und wollten den Strand verlassen, als sie einen Herrn erblickten, der eben aus dem Dorf kam.

Der Herr spielte eine Figur, die unsere Jäger in keine kleine Verwunderung setzte. Er trug einen schwarzen Frack und einen Zylinder auf dem Kopf. Es machte aber den komischen Eindruck, daß der Herr barfüßig daherkam, eine große Messingbrille auf der Nase trug und einen – Schubkarren hinter sich herzog, womit er direkt auf die Watten zusteuerte.

Bei dem Anblick der beiden Fremden ließ der Herr seinen Schubkarren so rücksichtslos fallen, als ginge er ihn gar nichts an, zog eine große Schnupftabaksdose aus der Tasche und nahm eine Prise, wobei er die Jäger durch die Brillengläser fixierte.

„Wo, um Himmels willen, wollen Sie hin?“ fragte er.

„Wir wollen jagen gehn“, antwortete Förster.

„Das sehe ich“, sprach der Mann. „Aber was wollen Sie jagen? Das ist der Kasus!“

„Wir wollen wilde Enten schießen“, sprach Förster.

„Ist hier kein Platz zu!“ entgegnete der Mann, „da müssen Sie dort hinunter – immer am Strand hin – nach Ahrensch – Behrensch – das ist der Platz.“

„Wenn Sie uns denn einmal das Abc dieser Gegend lehren wollen, weshalb schicken Sie uns nicht nach Cehrensch?“ fragte Schwarzknopf lachend.

Bei diesen Worten warf der Mann einen grimmigen Blick auf Schwarzknopf, gab seinem Zylinder einen Klaps auf den Deckel, um ihn festzusetzen, was indes nur die Wirkung hatte, daß er zusammenknickte und ihm ein jovial-liederliches Ansehen gab, erfaßte dann seinen Schubkarren, auf dem ein Sack von geteerter Leinwand lag, und marschierte, ihn nachschleppend, ganz rücksichtslos in die Wasserfläche hinein, ohne die Fremden noch eines Blickes zu würdigen.

Diese standen erstaunt. „Das ist hier eine wunderbare Gegend mit wunderbaren Kerlen. Erst die Schildwache, und dann dieser Gentleman im schwarzen Frack, der mit dem Schubkarren ins Meer läuft. Wo er nur hin will? Da sieh mal, wie er die Beine hebt und aus dem Schlamm zieht!" sprach Schwarzknopf, in ein Gelächter ausbrechend. „Ich bin neugierig, was nun kommt!" Es kam jedoch nichts, und die Jäger blickten dem Mann nach, der mit ungemeiner Sicherheit auf der nassen Fläche fortmarschierte und sich immer in der Gegend einer Reihe Reisigbündel[26] hielt, die aus dem seichten Wasser ragten und sich in der Ferne zu einer dunklen Linie zusammenzogen wie der Mann, der zum Punkt wurde und endlich ganz in Luft und Wasser verschwand.

„Er geht offenbar nach dem Turm da draußen, das muß teufelsmäßig weit sein, denn ich sehe nichts von ihm, und er kann höchstens die Hälfte des Weges haben", bemerkte Förster. „Er ist rein aufgeweicht", sprach Schwarzknopf kopfschüttelnd. „Komm, wir wollen gehen und sehen, ob es hier Wirtshäuser oder so was gibt." Damit gingen beide Freunde und suchten. Es war jedoch kein Mensch zu sehen, bis sie endlich vor ein Haus kamen, das sich etwas besser als die übrigen präsentierte. Es war das Haus des Strandvogts und zugleich das Wirtshaus. In der Stube trafen sie einige Leute.

Die Freunde machten sich Quartier aus. Als sie sich nach dem Mann im Frack erkundigten, lachte alles. Der Strandvogt teilte den Jägern mit, daß dies der Schulmeister von Neuwerk, ein kurioser Kauz, gewesen sei, der wahrscheinlich geglaubt habe, sie wollten ihn mit dem Abc aufziehen. Wenn er sich mit dem Strandvogt gezankt, hole er sich seine Bedürfnisse aus Döse oder Cuxhaven per Schubkarre. Er habe etwas den Knall, schloß der Strandvogt, mit dem Finger auf seine Stirn zeigend.

Die Jäger bestellten ein gutes Abendbrot und gingen nach Ahrensch zu, von wo sie in die jetzt trockenen Watten steigen wollten. Am Strande stand ein Mann, der ihnen zurief, auf die Flut achtzuhaben, und dabei behauptete, es gäbe mit der Flut einen Schauer. Schwarzknopf war der Meinung, daß man lieber dableiben oder einen Führer mitnehmen solle. Förster, der schon mehrmals an der See war, betrachtete den Horizont aufmerksam, da er ihn aber ganz klar fand, so hielt er es für unwürdig, sich ängstlich zu zeigen, weil er glaubte, der Strandmann wolle sie nur schnüren, und trieb zum Aufbruch.

Schwarzknopf traute jedoch der Gegend nicht und erklärte, dableiben und nicht zugeben zu wollen, daß Förster sich in Gefahr begebe. Er setzte sich nach diesem Entschluß an dem Strand nieder und zündete eine Zigarre an.

„Nun, du alter langer Christoph!“ rief sein Freund. „Du bist ja so groß, daß du gar nicht ersaufen kannst, wenn die Flut kommt. Komm mit! Nur ein Stück hinaus!“

„Nein, ich bleibe hier“, sagte Schwarzknopf sehr phlegmatisch.

„Nun, dann will ich dir zeigen, wie wenig von Gefahr zu fürchten ist“, sagte Förster ärgerlich und ging in die Wattgründe hinaus.

„Teuf!“ rief der Strandmann. „Halten Sie sich nach den zwei Ewern zu, die dort draußen liegen – ’s ist wenigstens was!“ Dann setzte er sich neben Schwarzknopf und blickte dem Dahinschreitenden nach.

Förster hatte seine Flinte geladen und trug sie schußgerecht im Arm, wobei er nach allen Vertiefungen spähte, in denen er Enten zu finden hoffte. Vor ihm lagen die jetzt trockenen Wasserflächen, auf denen er in der Ferne Tausende von Möwen sah. In den tiefer gelegenen Stellen war das Wasser stehengeblieben, bald in größeren, bald in kleineren Flutteichen, an denen er vorüberschritt. Aus einem der Wasserbecken schwirrten plötzlich einige Enten auf, von denen er eine schoß, während die übrigen in der Ferne wieder einfielen.

Der Jäger hob seine Beute auf und wandte sich nach dem Strand, um sie Schwarzknopf zu zeigen. Er sah jetzt mit Verwunderung, wie weit er vom Land weg war, denn er bemerkte die Zurückgebliebenen nur noch als ein paar Punkte. Die Jagdlust trieb ihn jedoch weiter, da er von den Enten einige mehr zu erlegen hoffte. Er ging schnellen Schrittes hinaus und trieb die Enten zweimal außer Schußweite in die Höhe. Dadurch hitzig gemacht, verfolgte er sie immer weiter, bis er endlich in der Ferne den Schein des Wassers bemerkte, das unter der Sonne wie mattes Silber glänzte. Es war ein langer, schmaler Streifen, über dem eine schwache Wolkenbank sichtbar wurde. Förster erblickte die See. Dies mahnte ihn an die Rückkehr. Er sah nach seiner Uhr und bemerkte, daß es die höchste Zeit dazu sei, denn die Flut war bereits nahe. Zugleich betrachtete er die Wolkenbank unter der Sonne mit gespannter Aufmerksamkeit. Ein schwacher Wind hatte sich erhoben. Er drehte sich um und erschrak über die Entfernung, in der sich das Land zeigte. Es lag wie ein schwacher Nebelstreif ganz am Horizont, manchmal von den Erhöhungen der Wattenflächen verdeckt. Förster kehrte See und Sonne den Rücken und begann mit eiligen Schritten nach dem Lande zu marschieren. Er ging unausgesetzt vorwärts, ohne sich auch nur einmal umzublicken. Der Wind stand mehr auf und wehte gerade in der Richtung, wohin der Jäger ging. – Plötzlich blieb er stehen. Er bemerkte, daß sein Schatten verschwunden war, der bisher immer vor ihm her schwebte. Dieser Umstand bewog ihn, sich nach der Sonne umzudrehen.

Die Szenerie hatte sich hinter ihm verändert. Die Wolkenbank war mächtig gewachsen und bis zur Sonne aufgestiegen. Ihre oberen Ränder zeigten sich wie locker gezupfte Baumwolle, in der der Sonnenball wie ein schwerer metallener Klumpen einsank und die Ränder glänzend vergoldete. Er war nahe daran, ganz in der Wolke zu verschwinden, die nach dem Horizont ein unheimliches Dunkel zeigte, unter dem es jetzt an der Grenze der Watten wie flüssiges Silber flimmerte.

Förster ging auf die Spitze einer Balje los, die sich wie ein Flußarm von der See hereinzog, und an der er früher vorbeigekommen war. Hier setzte er sich nieder, um die schweren Jagdstiefel auszuziehen und auf die Achsel zu nehmen, damit er besser laufen konnte. Er sah dabei scharf nach der Wassergrenze, an der er den feuchten Streifen vermißte, den das Wasser stets zur Ebbezeit dort zurückläßt. Ein kleiner Stein, der noch trocken lag, als er sich setzte, war jetzt bereits vom Wasser erreicht. Die Flut war also da. Ein Umstand, der den Wanderer in dieser Einöde mit Schrecken erfüllt.

Förster warf noch einmal einen ängstlichen Blick hinter sich, wo das flüssige Silber stärker glänzte und die Sonne mehr in der Wolke verschwand. Eine große Möwenschar kam von dort herangezogen und umschwärmte in der nächsten Minute den Wanderer mit schwirrendem Geschrei, als betrachte sie ihn als ihre sichere Beute. Die weißen Vögel zogen große Zauberkreise um ihn, hoben sich hoch in die Luft und stürzten sich herab, um in kurzen Bogen neben ihm hinzustreichen, wobei ihr Schreien wie klirrende Ketten klang, die übereinander gezogen werden. Und der Haufe stieg wieder in die Luft und stürzte sich auf den Wanderer herab, um neben ihm wieder aufwärts zu schwenken und seinen kreischenden Chor von neuem zu beginnen. Förster lief wie von den unheimlichen Begleitern gehetzt nach dem Strand zu, der trotzdem nicht näherrücken wollte. Er fühlte, daß der Wind stärker blies, und sah, einen Blick hinter sich werfend, die Wolke jetzt nach dem Zenit aufrücken und ihre zerzausten Ränder über sich. Er begann um sein Leben zu laufen, denn er wußte, daß die Flut, einmal im Steigen, in diesen Watten mit schrecklicher Sicherheit anrückt und den Verspäteten ereilt. Er hatte erst die Absicht, nach den Ewern zuzulaufen, wie ihm der Strandmann geraten. Da diese jedoch zu weit seitwärts lagen und er Wasserpriele dazwischen sah, so glaubte er den Strand ebensogut erlangen zu können und ging unausgesetzt dorthin.

Da brach eine auffallende Dunkelheit herein, und der Wind fegte Regenschauer, mit Hagel und Graupeln vermischt, neben dem Flüchtling her. Die Wolke war da und schickte ihre Hagelschauer auf die Watten herab. Die Möwenschar war verschwunden und der Wanderer wieder einsam in der unheimlichen Fläche, die jetzt von der Hagelbö eingehüllt war. Der Sprühregen und die Graupeln waren so stark, daß man nicht zweihundert Schritt weit sehen konnte. Vom Strande sah man nichts mehr.

Der Jäger lief indes immer in der Richtung des Windes vorwärts und glaubte damit an das Land zu gelangen. Plötzlich fühlte er, daß der Boden naß wurde, und sah vor sich Wasser. Er lief ein Stück hinein, es wurde tiefer – bis zum Knie. Er mußte umkehren. Er schlug eine andere Richtung ein und gewann trockenes Land. Er rannte schnell vorwärts, so schnell er konnte, wieder nach der Windrichtung, und stand wieder im Wasser. Jetzt lief er seitwärts, aber wo er hinkam, Wasser und überall Wasser, bis er einsah, daß er rings davon umschlossen war.

Dabei hatte er die Richtung vollständig verloren und wußte durchaus nicht mehr, wohinaus das Land lag, denn er glaubte zu bemerken, daß sich der Wind gedreht habe. Es war eine verzweifelte Lage. Er hoffte, daß sich der Schauer legen und die Aussicht frei werden solle, und blieb deshalb ruhig stehen. Der Platz, auf dem er sich befand, war eine hochgelegene Stelle, auf der sich verschiedene Tanghaufen zusammengeschwemmt zeigten, aber alle durchaus naß und von der letzten Flut überspült. Er lief nochmals am Flutrand ringsum. Der trockene Boden wurde immer kleiner und rückte mehr zusammen. Der Jäger sah ein, daß er hier vom Unheil ereilt würde. Er faßte einen verzweifelten Entschluß und lief in das Wasser hinein nach der mutmaßlichen Strandgegend fort. Es stieg ihm bis an die Knie – er achtete es nicht, vorwärts!

Da – horch! Was war das!

Ein langer Ton – ein dumpfes Rauschen. Der Jäger stand und horchte atemlos. „Gott im Himmel, Brandung!“ flüsterte er und rannte rückwärts, bis er den Ton nicht mehr hörte und das Wasser wieder seichter wurde. Er watete nach einer andern Richtung hinaus, bis er wieder stehenblieb und lauschte. Wieder das lange unheimliche Rauschen. Er setzte die Flucht nach veränderter Richtung fort, aber wo er sich hinwandte, hörte er jetzt Brandungen. Vor, hinter und neben sich das lange dumpfe Murmeln der anrückenden Wellen, von denen das Wasser zu seinen Füßen bewegt ward, und dabei fortwährend Hagelschauer, die jede Aussicht verhinderten.

Er hatte wieder eine etwas hohe Stelle gewonnen und faßte den verzweifelten Entschluß, seine Sachen von sich zu werfen und dann loszuwaten, um endlich mit dem Strom zu schwimmen, der ihn, seiner Meinung nach, an das Ufer bringen müsse. Er war ein sehr guter Schwimmer, der zur Not eine halbe Stunde aushalten konnte. Er war das letzte Rettungsmittel. Er betrachtete die schöne Flinte, die er hier liegenlassen sollte, mit Bedauern. Da fiel ihm ein, daß vielleicht ein Schuß am Lande gehört würde, und daß Schwarzknopf wiederschießen könne, worauf sich die Richtung bestimmen ließe. Er schoß beide Läufe ab und lud wieder und schoß. Dann horchte er angestrengt. Nichts als Brandung, die nach den höher gelegenen Stellen anrollte. Das Wasser stieg unaufhaltsam. Er lud und schoß. Die Brandung rollte hörbar näher. Eine weiße Schaumkante schlängelte sich zu ihm heran. Er konnte jetzt nicht mehr laden, da ihm das Wasser über die Knie stieg. Da dachte er an seine Jagdstiefel. Er band sich den Riemen darin in das Knopfloch fest und steckte die Flinte hinein. Auf diese Art war es noch möglich, das Gewehr zu laden. Er tat es bis zum Zerspringen und schoß. Dann horchte er. Es war ihm, als hörte er eine entfernte Stimme, doch ward sie vom Windstoß und Wellenrauschen verschlungen. Es war vielleicht eine Möwe oder eine Täuschung. Förster gab alle Hoffnung auf und machte sich zum Schwimmen bereit. Aber wohin wird ihn der Strom treiben? Eine verzweifelte Frage in dieser verzweifelten Lage.

*

Schwarzknopf und der Strandmann saßen schweigend nebeneinander und sahen dem Davoneilenden nach, bis er zu einem Punkt schwand. Dann sahen sie die Dampfwolke des Schusses wegtreiben, die unter der Sonne hell glänzte. Den Schuß selbst hörten sie nur schwach, wobei der Strandmann jedoch die Ohren spitzte und nach dem Horizont zeigte.

„De Wind kummt", sprach er und rauchte schweigend weiter.

Schwarzknopf sah ihn ärgerlich an. Er kannte die schweigsame Art dieser Leute nicht, die halbe Tage lang ruhig sitzen und den Horizont ansehen können, bis sie endlich mit einem kurzen Wort ihre Meinung aussprechen. Er langte seine Zigarrentasche hervor und gab dem Windpropheten daraus zwei Zigarren der besten Sorte, die dieser genau rundum drehte und besah, worauf er eine anzündete und einige Male beifällig nickte, was soviel hieß als: sehr gut.

„Wollt Ihr mir wohl sagen, woher Ihr erfahren habt, daß der Wind kommt?" sprach Schwarzknopf.

„Wenn der Wind nich käm, denn hätten wir den Schuß in der Entfernung nicht gehört. Der Luftstrom steht schon hierher, der Wind kommt nach. – Da!" bemerkte der Strandmann, in die Ferne zeigend.

Schwarzknopf sah hinaus und erblickte die aufsteigende Wolke unter der Sonne.

„Teufel noch mal! Wo ist denn Förster hin?" sagte er.

„Dort geht er", sprach der Strandmann.

Schwarzknopf strengte vergeblich seine Augen an, er konnte ihn unter den verschiedenen Punkten, die in den Watten zu sehen waren, nicht herausfinden, während der Strandmann endlich sogar behauptete, er kehre jetzt um. „Zu spät", schloß er kopfschüttelnd. „Er wird nicht trocken an Land kommen."

„Ihr meint doch nicht, daß Gefahr wäre?" fragte Schwarzknopf ängstlich.

„Die Flut ist da", bemerkte der andere und rauchte ruhig weiter. Er blickte gespannt hinaus. Endlich, nach langem Schweigen, mit der Faust auf den Boden schlagend, sagte er: „Sie hat ihn!"

„Hat ihn?" schrie Schwarzknopf, die Augen aufs äußerste anstrengend. „Wer hat ihn? Die Flut? Um Gottes willen!"

„Die Flut noch nicht – die kommt all noch. Die Wolke ist über ihm", sprach der Mann, auf die Flocken zeigend, die heraufkamen. „Um Gott! Was tut er?" rief er dann. „Er muß nach den Ewern gehn, und er läuft hierher. Das geht nicht gut! Die Watten liegen hier zu tief. Er kommt nicht mehr über die Kinderbalje. Er wird versaufen, wenn die Bö dort aufkommt!"

„Habt Ihr kein Boot?" schrie Schwarzknopf.

„Was hilft das Boot! Bis wir es hinausbringen, ist er lange unter. Wir haben hier nur ein Boot, und die in Behrensch auch eins, aber beide sind nach Bremen hinauf, um Öl für den Winter zu holen. Da! Jetzt ist er im Wetter! Nun mag ihm Gott helfen! Ich sehe ihn nicht mehr."

Schwarzknopf lief wie wahnsinnig umher und wollte in die Watten. Der Mann schüttelte mit dem Kopf und sagte: „Die Flut treibt scharf an der Küste hin und zieht ihn entweder in die Weser oder nach der Elbe zu, je nachdem er in den Strom gerät. Ich glaube, daß er von da, wo ich ihn zuletzt sah, nach Duhnen getrieben wird. Dort zieht die Flut um die Kugelbake in die Elbe. Lauft und seht, ob sie in Duhnen ein Boot haben. Ich will nach der Weser zu."

Damit hielt sich denn auch der Strandmann nicht länger auf, sondern ging scharf nach Behrensch zu, während Schwarzknopf in voller Verzweiflung nach Duhnen lief, so schnell er konnte. Er sah jedoch nirgends ein Boot am Strand und ging nach dem Wirtshaus. Hier war das Boot wieder nach Cuxhaven aufgegangen, und man gab den Wattenjäger verloren und erzählte dem untröstlichen Schwarzknopf eine Menge Geschichten von verunglückten Wattengängern, die er in stiller Verzweiflung mit anhörte. Er beschloß, die Nacht hierzubleiben und am nächsten Tag mit den Krabbenfischern nach dem unglücklichen Freund zu suchen. Der Strandvogt konnte ihm wenig Trost geben und verwies ihn an die Fischer, da er selbst nach Cuxhaven ging, um mit der „Elbe" am andern Morgen früh nach Hamburg zu fahren und seine nötigen Herbstgeschäfte abzumachen. Er schüttelte Schwarzknopf gerührt die Hand.

Stylkens Elbfahrt
auf der Schubkarre

## Sechsundzwanzigstes Kapitel

# Der Herbst naht

Die Wolke, die am erwähnten Nachmittag von Westen über das Watt heraufstieg, war nur der Vorposten einer großen Wolkenschar, die das Gefolge der Herbststürme bilden, wenn diese an unseren Küsten einziehen.

Auch über das sonnige Gestade von Neumühlen war der Herbst gekommen. Die sonst silberhelle Wasserfläche war verdunkelt und zeigte eine braune Farbe, auf der weiße Wellenkämme gegen das Ufer rollten. Das Schilf bog sich vor dem Wind und drehte all seine Blätter wie ebenso viele Wetterfahnen nach der Leeseite. Die Schiffe kamen mit vollen Segeln herauf, um den Hafen zu gewinnen. Auch der kleine Dampfer mit Kapitän Grabert auf dem Radkasten kam von unten, wo er ein Tänzchen mit den Wellen gehabt, ehe er in ruhiges Wasser gelangte. Bei Neumühlen angekommen, stoppte der Dampfer eine Minute lang, und der Kapitän rief einen Lotsen, den er fragte, ob Herr Kühnmann da sei. Zufällig war dieser eben aus der Stadt gekommen und ging, neugierig, zu sehen, was der Dampfer hätte, an den Strand hinab.

„Ahoi! Herr Kühnmann!" schrie der Kapitän. „Die beiden jungen Leute, die gestern mit mir hinunter sind, gehören wohl zu Ihnen?"

„Ja! Was ist damit?" fragte Kühnmann.

„Nun, es ist schlimm! Der Blonde ist in die Watten und wahrscheinlich verlorengegangen. Der Strandvogt von Duhnen – hier ist er – hat's erzählt!"

„Ja, mein lieber Herr!" rief dieser vom Schiff hinüber. „Der große Schwarze kam gestern abend allein zu mir und suchte seinen Kameraden in den Watten. Ich fürchte, er wird ihn nicht finden."

„Tut mir leid, Herr Kühnmann", sagte der Kapitän. „Vorwärts!" rief er in die Maschine hinab und hob grüßend den Hut, indem der Dampfer wieder stromauf ging.

Kühnmann schlug die Hände zusammen und lief in den Garten hinauf, wo er etwa sechsmal um den Rasenplatz rannte und das Geschlecht der wilden Enten verfluchte. Plötzlich blieb er stehen und rief: „Da habt ihr's nun! Da habt ihr's!"

Die Familie wußte nicht, was sie von ihrem Oberhaupt denken sollte. Kühnmann sah sie ein Weilchen stumm an und fuhr dann plötzlich wieder mit der Frage heraus: „Hab ich's nicht gleich gesagt?"

„Was denn?" rief es im Chor.

„Nun, Gott im Himmel, die wilden Enten hätten die verdammten Jungen kaufen können! Jetzt habt ihr's! Förster ist in den Watten verlorengegangen!"

Der überraschten Familie entfuhr ein allgemeiner Schrei. Aber daraus klang ein einzelner scharfer Schmerzenslaut hervor, der alles übertönte und von Fräulein Lina kam, die ohnmächtig zusammenbrach. Mutter und Schwestern sprangen erschreckt zu dem Mädchen und beschäftigten sich mit ihm, während Kühnmann mit seinem verzweifelten „Da habt ihr's!" fortfuhr.

Die Tochter Kühnmanns rang indes die Hände und ließ verzweifelte Klagen über den Verunglückten hören, der ihrem Herzen nähergestanden, als man bisher geahnt. Die Mutter suchte sie liebevoll zu trösten, und Vater Kühnmann stand etwas verblüfft dabei, als er nach und nach herausbekam, daß ihm nicht nur ein naher Bekannter, sondern sogar ein künftiger Schwiegersohn verlorengegangen sei.

Die Entdeckung dieses Umstandes ließ ihn die Sache von einem ganz neuen Gesichtspunkte betrachten. „Das hätte ich ahnen sollen!" rief er plötzlich. „Ich würde ihm die Jagd in den Watten vertrieben haben!"

War der Sturm einmal bei der Stadt angekommen, so hatte er nicht viel Zeit mehr, sich um die Wellen zu kümmern. Es gab hundert andere Gegenstände, mit denen er anbinden mußte. Zuvörderst fiel er über das Heer der alten Schornsteine her, das sich ihm hier entgegenstellte wie eine ungeheure Dornenhecke einem eiligen Wanderer. Ein besonders guter Tummelplatz waren zur Nachtzeit die Gänge, wo er den wenigen Laternen das Leben sauer machen konnte. Auf diese Weise siechten im Trampgang einige unglückliche Leuchtwesen hin und zeigten kaum ihre eigenen Körper, viel weniger die Umgebung und die Straße. Hatte auch eine solche Laterne neben der Tür eines kleinen Hauses wirklich die Absicht, die Tür zu beleuchten, so wurde ihr guter Wille doch zunichte gemacht, als sich diese öffnete, um einen Mann herauszulassen. Da der Sturm schon lange im Hofe des Hauses lauerte, um durch ein offenes Fenster in den Hausflur zu brechen, so benutzte er diese Gelegenheit und stürzte nach der Tür, die er so gewaltsam und plötzlich zuschlug, daß der Mann über die Straße geschleudert wurde, wobei sein Hut vorausflog.

Der Mann und sein Hut wurden sehr schnell vom Wind vorwärtsgejagt, weshalb der Hut erst kurz vor einer Ecke erwischt ward. Indem nun der Mann schimpfend fortstolperte, bog er um die Straßenecke und geriet in einen tollen Wirbel, da der Sturm hier mit aller Macht gerade gegen die vorige Richtung anblies und einen kleinen Wasserfall von den Dächern mitbrachte. Der nächtliche Wanderer drehte sich einige Male um seine Achse, bis er zur Besinnung kam, wonach seine Haare gerade in die Höhe und er schnaufend stillstand, um dann den Kampf mit neuen Kräften zu beginnen.

„Verwünscht – diese Hunde!" knurrte er grimmig. „Dachte die zu machen, und kann's doch wahrlich. Aber ver--"

Der Sturm packte ihn hier wieder und drückte ihn gegen eine Dachrinne. Nach einem Weilchen bohrte sich Herr Trick wieder vorwärts und fuhr fort:

„Dieser alte Wolf! Wer sollte diesem Gerippe die Gewandtheit zutrauen? Und einen Dusel hat der Kerl bei allen Unternehmungen! Merkwürdig, daß solche Halunken das meiste Glück haben. Doch wart' nur, mein Junge, ich will dich noch kriegen! Es ist elf, und bis zwei Uhr lange Zeit. Oh, mein Herzchen, Trick kommt wieder."

Damit bog er in den Steinweg ein, um von dort nach der Deichstraße zu schwanken, denn er war nicht allein ärgerlich, sondern auch etwas betrunken, was seine schlechte Laune bedeutend steigerte. Als er um die Ecke des Hopfenmarktes wankte, bemerkten ihn ein paar Nachtwächter, die unter einer Bude saßen, und äußerten lachend, daß der alte Junge „duhn" sei. Unglücklicherweise hörte dies Trick. Es war seiner Ansicht nach eine Verleumdung, die im Munde der Nachtwächter doppelt schwer wog, weshalb sein Zorn wuchs. Er schwenkte gegen die Bude ab und auf die Wächter los, indem er sie mit dem Titel „Verdammte Nachtuhlen" anredete, worauf er fragte, ob sie weiter nichts zu tun hätten, als Hamburger Bürger zum besten zu haben. Da die Wächter lachten und meinten, er solle nach Haus gehen und ausschlafen, so wurde Herr Trick wütend und ergriff einige Körbe, die er nach ihren Köpfen warf, worauf sich ein kleines lustiges Gefecht entspann, das damit endigte, daß Herr Trick beim Kragen gepackt und als Gefangener fortgeschleppt ward.

Das war nun sehr ärgerlich, denn Herr Trick wollte nach der Deichstraße, und man zerrte ihn nach dem Neuen Wall, weshalb er auf so ungebärdige Weise um sich schlug, daß ihn die zwei Wächter kaum bändigen konnten. Endlich kam einer auf die glückliche Idee, dem Gefangenen einen großen Korb über den Kopf zu stürzen, der ihn bis unter die Knie bedeckte. Hierauf packten die Sieger die Henkel von beiden Seiten und schleppten ihr Opfer auf eine höchst lächerliche Weise weiter, wobei nur zwei Beine sichtbar waren, die unter dem Korbe fortstrampelten.

Auf dem Stadthaus wurde Herr Trick unter dem Gelächter der Beamten vom Korbe befreit, vernommen und vor der Hand mit fünf Mark vierzehn, der unausbleiblichen Steuer, belegt. Da er erklärte, kein Geld bei sich zu haben, entgegnete man lächelnd, daß man ihm kreditiere, da er ein gutes Haus sei, es werde jedenfalls noch eine kleine Rechnung nachfolgen, und er könne es dann zusammen abmachen. Trick kannte die Rechtspflege der freien Stadt viel zu gut, um irgendein Wort zu erwidern. Er war etwas nüchtern geworden und ging, einige unverständliche Abschiedsworte brummend, seines Weges nach der Deichstraße, wo er das Haus aufschloß und in sein Zimmer trat. Hier machte er Licht und öffnete seinen Sekretär, aus dem er ein Buch nahm und eine Berechnung darin aufstellte, die seine Laune nicht verbesserte. Er schlug mehrere Male mit der Faust auf die Papiere und riß sich an den Haaren. Dann zog er ein Paket Banknoten aus einem Kasten, steckte sie zu sich und verließ das Haus, nachdem er einen herzstärkenden Schluck aus einer Flasche genommen, um, gegen den Wind ankämpfend, wieder im Gängeviertel[27] zu verschwinden und seine geheimnisvollen Geschäfte zu verfolgen.

Der Sturm wehte indes weiter. Er bot dem Maler Bernhart manches neue Bild, das sehr verschieden von der sonnigen Ruhe des Sommers war. Der Frau Senatorin wollte es gar nicht mehr draußen gefallen. Auch ihr treuer Knappe Henri ließ merken, daß das Landleben nicht mehr nach seinem Geschmack sei und er sich nach der Stadt zurücksehne. Er fühlte ein leises Heimweh nach den verschiedenen Kellern, in die jetzt die Austern einzogen und mit ihnen die alten Stammgäste, die Herren Diener von Senators und Schröpfers & Comp., vortreffliche Austernkenner und Besitzer von Familien- und Geschäftsgeheimnissen, die dem Freundeskreise bereitwilligst und sogar ohne Siegel des tiefsten Geheimnisses mitgeteilt wurden.

Herr Henri mußte den Austernfreunden auch ein Geheimnis mitteilen, von dem er bis jetzt alleiniger Besitzer war und das er unmöglich länger bei sich tragen konnte, ohne davon erdrückt zu werden. Es war eigentlich das Geheimnis der Frau Senatorin und bestand darin, daß sie eine Beletage am Neuen Jungfernstieg gemietet hatte, um den künftigen Winter nicht mehr in dem alten skandalösen Hause mit der Giebelseite und den geschnitzten Balken zuzubringen, in dem der Senator jeden Tag auf die Sonne wartete und das schreckliche Glockenspiel vom

Petriturm anhörte. Die Senatorin setzte schon jahrelang alle Hebel in Bewegung, um den Senator dahin zu bringen, ein nobles Quartier an der Alster zu beziehen. Herr Eiskuhl hielt jedoch mit eiserner Zähigkeit an seinem alten Hause fest. Er besaß den stillen Aberglauben, daß sich in diesem Hause das Glück eingenistet habe und durchaus nicht dahin zu bringen sein würde, die alten gemütlichen Winkel zu verlassen und mit in elegante Salons zu ziehen.

Da also der Herr Senator allen Erneuerungsversuchen einen beharrlichen passiven Widerstand entgegensetzte, so ging die Frau Gemahlin in aller Stille vor und mietete eine Etage am Neuen Jungfernstieg. Madame Eiskuhl war so klug gewesen, sich bei ihrer Verheiratung sowohl ihr Vermögen als einen beträchtlichen Teil der Zinsen zu sichern. Infolgedessen konnte sie denn auch die Einrichtung des neuen Quartiers betreiben und es brillant ausstatten, ohne daß Herr Eiskuhl das geringste davon merkte. Ihre einzigen Vertrauten dabei waren Herr Henri und Bernhart, dessen Geschmack die Tapeten sowie die Dekorationen bestimmen mußte, während Prinz Henri mehr als stiller Bewunderer diente und die Ausstattung der Räume, als ihm gewidmet, mit gnädigen Augen betrachtete.

Der gutmütige Bernhart war für die Aufnahme, die ihm in Neumühlen geworden, so dankbar, daß er alles mögliche zur Verherrlichung des neuen Quartiers tat. Da er es für nötig hielt, den Salon mit einigen Ölgemälden zu schmücken, die Frau Senatorin jedoch wohl für Goldrahmen, aber keinesweg für Bilder Geld auszugeben gesonnen war, so machte er ihr den Vorschlag, sie solle ein Dutzend Rahmen kaufen, in die er Bilder malen wolle, und zwar unter der Bedingung, daß dies unentgeltlich und zur Feier des Einzuges in die Stadt geschehe. Die Frau Senatorin war darüber sehr entzückt und fand außer dem Gewinn der Bilder darin einen Grund, ihren Maler Spickmanns zu entziehen, die gerade deshalb auf das Porträt ihres Landhauses an der Alster brannten, weil Bernhart unablässig von der Senatorin beschäftigt wurde.

Der arme Teufel, der zuviel Zartgefühl besaß, um eine Anspielung auf Honorar zu machen, malte nun schon seit Wochen, um die glänzenden Rahmen auszufüllen, die die Senatorin möglichst groß und breit bei verschiedenen Vergoldern kaufte. Er kam dadurch ebensowenig in geschäftlicher Hinsicht vorwärts wie in seiner Liebe zu Selma, gegen die er noch kein

Wort von seinem Herzen gesprochen. Er arbeitete indes mit vielem Fleiß und war an einem großen Bild beschäftigt, das den Blick auf die Elbe von den Neumühlener Höhen als Motiv zeigte.

Wurde nun im Eiskuhlschen Hause Bernhart mit seiner Kunst vom Senator geduldet, von der Senatorin benutzt und von den Töchtern verehrt, so fühlte Herr Henri dagegen ein tiefes, mit Verachtung gemischtes Mitleiden. Wie konnte sich nur ein Mensch mit so unnötigem Zeug abquälen? Denn daß Bernhart bei seinem Geschäft kein Millionär werden würde, hatte Henri bald heraus. „Was es doch für dumme Kerle und für kuriose Geschäfte in der Welt gibt“, murmelte er, seine Betrachtung zugleich auf den Senator anwendend, den er im Garten stehen sah, wo er sich mit Herrn Trick unterhielt, zu dem sich bald Doktor Schnepfe gesellte, bei dessen Anblick ein grimmiger Zug über Henris Gesicht flog.

Schnepfe stattete Bericht über den Abgang des letzten Auswandererschiffes ab und hörte dann mit an, wie sich der Senator bitter über den meuchlerischen Schützen beklagte, der ihm neuerdings wieder zwei Hemden verdorben hatte, ohne entdeckt zu werden. Da ihm Herr Trick als ein spekulativer Kopf bekannt war, so bat er diesen um seinen Rat, der vielleicht zur Entdeckung des Verbrechers beitragen konnte, der die ganze Polizei in Atem hielt und ihrer spottete.

Herr Trick klopfte zwar einige Male an die Nase und strich sein Haar sehr stark nach vorn, wußte aber doch nicht sogleich, wie dem Feind beizukommen wäre, denn dieser müsse ein gewiegter Bursche sein und sollte sein Talent zu was Besserem gebrauchen; worauf er wieder lächelnd an die Nase klopfte.

Herr Eiskuhl wandte sich ärgerlich an Schnepfe und sagte: „Nun, Doktor, Sie verstehen ja Lateinisch. Können Sie kein Rezept machen?“

Schnepfe nahm eine gedankenvolle Stellung an und sprach: „Hm, ich wüßte vielleicht ein Mittel, wie man der Sache vielleicht näherkommen könnte.“

„Ach, Gott im Himmel“, lamentierte der Senator, der seit dem Frühjahr wenigstens um vierzig Pfund leichter geworden war, so hatte ihn sein Verfolger abgehetzt.

Schnepfe fuhr fort: „Wenn dieser Herr hier“ – auf Trick deutend – „die Sache arrangiert, da er in Neumühlen als Bewohner bekannt ist, so würde der Bösewicht, der Ihre Hemden verdirbt, vielleicht ins Netz gehen.“

„Gut", stimmte Herr Trick bei, „aber wie?"

„Nun, Sie machen in den Zeitungen bekannt, daß ein Engländer am nächsten schönen Sonntag ein Wettschießen mit Bogen und Pfeilen hier am Strande veranstaltet und Preise aussetzt, wozu er alt und jung, groß und klein einladet, gleichviel ob mit langen oder kurzen Bogen. Ich möchte fast wetten, daß sich der Bösewicht mit einfindet, und da er ein sehr guter Schütze sein muß, so brauchen ja nur ein paar versteckte Polizisten die besten Schützen im Auge zu behalten, oder Sie erkennen vielleicht selbst den Täter, wenn Sie ihn sehen. Eine Spur ist dann jedenfalls leicht gefunden", schloß Schnepfe.

Herr Trick betrachtete den Ratgeber verwundert und schlug dermaßen an seine Nase, daß es klang, als würde ein Dampfkessel vernietet. Er nickte einigemal mit dem Kopf und bemerkte, daß er die Sache in die Hand nehmen wolle, wenn Herr Eiskuhl für alle Kosten gutstände, wobei der Edle sogleich den Entschluß faßte, den Senator dabei etwas übers Ohr zu hauen. Mehr zum Vergnügen als des Gewinnes wegen.

*

Der in Duhnen zurückgebliebene Schwarzknopf lief noch eine lange Weile in Verzweiflung am Strande umher und sah umsonst nach dem Freunde aus. Jeder dunkle Fleck, jedes Stück Tang, das aus der Flut hervorschimmerte, zog seine Aufmerksamkeit auf sich. Der Horizont ward wieder heller. Aber nichts zeigte sich den Blicken des Suchenden, der endlich nach dem Hause des Strandvogtes zurückkehrte, um dort die Nacht zu bleiben. Es fanden sich mehrere Strandleute ein, die den Freund des Verlorenen neugierig betrachteten und dazu ihren Grog tranken, wobei sie ihn durch Geschichten von Wattenunfällen zu trösten suchten, aber doch alle der Meinung waren, „de is versopen".

Schwarzknopf fuhr mit Sonnenaufgang aus dem Bett und wollte, ohne gefrühstückt zu haben, hinaus. Die Leute an der See unternehmen jedoch nicht gern etwas, ohne vorher den Magen tüchtig versorgt zu haben, denn „man kann nicht wissen wie lange es dauert, bis man wieder die nächste Mahlzeit vor sich hat", ist ihre Meinung. Sie handeln meistens ohne Übereilung, scheinbar mit zuviel Bedacht und höchst phlegmatisch, jedoch den Umständen nach immer noch schnell genug und mit einer zähen Ausdauer, von der wir im Binnenlande keinen

Begriff haben. Sie wissen, daß Zeit und Flut auf niemanden warten. Aber sie wissen auch, daß beide ihren Gang gehen und niemanden vergeblich warten lassen.

Auf das Drängen Schwarzknopfs schüttelten die Leute einfach mit dem Kopf und frühstückten ruhig weiter. Als der Ungeduldige wiederholt aufsprang und hinaus wollte, zeigte einer nach der Uhr und sagte mit vollen Backen: „Dat Watt is noch nich dröög", worauf er fortaß.

Endlich machten sich die Strandleute fertig, um aufzubrechen. Es gehörte aber zur Sache, daß vorher noch ein ausgiebiger Genever genommen wurde, den man, da Schwarzknopf bezahlte, verdoppelte. Dann knöpften alle die Jacken zu, klopften sich die Bäuche, wahrscheinlich um am Klange zu prüfen, ob sie gehörig gefüllt seien, und waren nun bereit, mit Tod und Teufel anzubinden und alles zu unternehmen, was Menschenkräfte auszuführen vermögen.

Schwarzknopf wollte fast aus der Haut fahren, als er sah, wie die Gesellschaft mit ihren großen Stiefeln in jenem Tempo durch den Sand marschierte, das beim Marsch im ‚Oberon' gebräuchlich ist, oder auch von den Hamburger Reitendienern[28] bei Begräbnissen mit viel Effekt angewandt wird. Wie die Karawane bald die letzten Häuser des Dorfes erreichte, blieb der Anführer plötzlich stehen, besann sich auf etwas und sprach höchst lakonisch: „Teuf", worauf alles anhielt und ihn ansah. „De Kieker", bemerkte er dann, drehte um und ging möglichst bedächtig wieder nach dem Hause zurück, von wo er nach geraumer Zeit mit einem Fernrohr unter dem Arm wiederkam.

Statt gleich bei Duhnen in die Watten zu gehen und dort zu suchen, begab sich die Gesellschaft auf einen Sandhügel, von wo man eine weite Übersicht erlangte. Hier stellte sich einer der Leute breitbeinig fest, während der Führer das Fernrohr aufzog und auf seine Achsel legte, um damit die Wattenfläche zu durchsuchen. Er tat dies wohl eine halbe Stunde lang auf das genaueste und schüttelte dann mit dem Kopf.

„Nichts", sprach er und setzte sich auf den Hügel, indem er gespannt rundum und besonders nach Neuwerk hinüberblickte.

Schwarzknopf drängte zum Aufbruch. Da erhob der Führer den Finger und sprach wieder: „Teuf." Hierauf setzte er das Fernrohr nochmals an und sah nach dem Feuerturm hin. Er beobachtete lange und sagte endlich: „Es kommen zwei Leute von Neuwerk herüber.“ Das Fernrohr ging nun von Hand zu Hand. Man konnte jedoch weiter nichts erkennen, als daß es zwei Männer waren, und mußte sich noch ein halbes Stündchen gedulden, um sie näher kommen zu lassen. Der Führer beobachtete sie indes unausgesetzt und sprach endlich: „Der eine ist der Schulmeister, oder ich fresse ihn auf.“ Dann sah er wieder lange hinaus, bis die Figuren auf eine Stelle kamen, wo sie aus dem Wolkenschatten in einen Lichtstreif traten. „Es ist der Schulmeister, und der andere? Dunnerslag! Hat Ihr Kamerad gelbe Haare? Viel Haare? So ’ne Schwerenotslocke auf die eine Seite ’rüber?“ sprach der Beobachter, mit der Hand ein schwungvolles Toupet andeutend und ihm das Fernrohr hinreichend.

Schwarzknopf sah durch das Fernrohr und tat dann einen Freudensprung, worauf er ein furchtbares Hallo hinausschickte, was freilich für die beiden Wanderer, die dem bloßen Auge kaum sichtbar waren, unhörbar blieb. Er hatte seinen Freund erkannt, der gesund und munter an der Seite des schwarzbefrackten Mannes daherkam, der gestern mit dem Schubkarren in die Watten ging.

Jetzt war kein Halten mehr. Er lief dem Verlorenen mit großen Schritten entgegen und ließ die übrigen weit hinter sich. Es dauerte jedoch nicht lange, denn da er in eine Schlickgegend geriet, so waren seine Füße bald von großen Schlammklumpen umgeben, die ihm das Weiterkommen erst erschwerten und dann unmöglich machten. Er mußte stehenbleiben, sein Messer herausziehen und den Schlamm von den Stiefeln schneiden, während die anderen lachend seitwärts gingen und trockenen Grund suchten. Endlich traf man zusammen, und die Freunde umarmten sich. Auch die Begleiter waren wirklich vergnügt, „dat hee doch nich versaapen is“.

„Wie bist du aber nach der Insel dort draußen gekommen?“ fragte Schwarzknopf.

„Nun, es ging wahrhaftig hart genug neben dem Tode her. Machen wir, daß wir hier weiterkommen. Ich habe von diesen Watten vollständig genug und denke, keinen Fuß wieder in sie zu setzen“, entgegnete Förster, indem er mit großen Schritten dem Lande zustrebte.

„Wir haben vollkommen Zeit und brauchen uns gar nicht zu beeilen“, sagte der Schulmeister. „Ich kenne die Watten so gut wie meinen Geldbeutel und habe schon manches Abenteuer darin erlebt. Ich habe manchen gekannt, der drin verlorenging. Bin ich doch selber einmal auf meinem Schubkarren von hier aus nach Tönning an die Eider drüben gesegelt, wie's dem Herrn hier gestern bald mit dem Ewer passiert wäre."

Förster und Schwarzknopf sahen erst den Mann und dann die anderen zweifelnd an und glaubten, der Schulmeister wolle sie zum besten haben.

„Nee, nee, dat is so. He is as 'n Papiernautilus ganz flott mit 'n Schuvkaar öber de Elf segelt", sagte einer lachend.

„Bitte, erzählen Sie mal, wie ist das zugegangen?" fragte Förster.

„Das war 'ne närrische Geschichte", begann der Schulmeister. „Es war im ersten Jahr, als ich die Stelle auf dieser verwünschten Insel antrat, von der ich wahrscheinlich in meinem Leben nicht mehr wegkomme. Ich wollte mir im Anfang ein Boot anschaffen, um nicht immer auf die Ebbe warten zu müssen, wenn ich einmal nach dem Lande hinüber und etwas holen wollte, denn der Vogt drüben hatte selten Lust, seinen Wagen anzuspannen, und ein Boot gibt's auf diesem gott-gesegneten Eiland, außer dem, das in der Scheune auf einem Wagen steht und mehr zum Ersaufen als zum Fahren da ist, auch nicht. Da ich also kein Boot haben konnte, so kaufte ich mir einen Schubkarren; 's ist doch wenigstens ein Fuhrwerk, mit dem man was transportieren kann.

Nun war's im September wie jetzt, als ich eines Tages frühzeitig ein Paket Bücher nach Cuxhaven fuhr, die ich in Hamburg geborgt hatte. Ich wollte dafür eine Ladung andere für den Winter haben, weil ich etwas über Störtebeker schrieb; denn man kann ja auf dieser gott-gesegneten Insel sonst nichts machen. Zur selben Zeit wollte der Vogt ein paar Schweine schlachten und hatte in Cuxhaven Wurstdärme zu großen Rauchwürsten bestellt, die er mich mit hinüberzubringen bat und wofür er mir eine große Zungenwurst versprach, die dieses Jahr besonders gut werden mußte; denn wir hatten sehr viel eichene Schiffsplanken zum Räuchern.

Gut. Ich bringe also das Paket Därme auf meiner Equipage mit und stärke mich beim Vogt in Duhnen, ehe ich den Weg durch diese amphibische Gegend antrete. Weiß nun der Kukkuck, ob meine Uhr falsch ging, oder was es sonst war, ich hatte mich um eine Stunde versehen und keine Minute mehr übrig. Ja, ich war schon gefaßt darauf, ein Stückchen waten zu müssen, und ging los, obgleich mich die Duhnschen nicht fortlassen wollten. Es war etwa die Hälfte des Weges, als mich eine ungeheure Müdigkeit überfiel, die mich zwang, ein Weilchen auf meinem Schubkarren auszuruhen. Ich saß indes kaum, als ich auch schon eingeschlafen war, und mochte eine geraume Zeit gesessen haben, als mich ein unangenehmes Gefühl weckte. Ich wachte auf und erschrak des Todes, denn ich saß mit den Füßen im Wasser. Die Flut war vollständig da und ich sah sofort, daß es mir unmöglich sei, nach Duhnen oder nach Neuwerk zu kommen. Aber Krischan Stylken ist nicht der Mann, der sich gleich unterkriegen läßt. Ich sah mich rundum, ob vielleicht ein Fischer da sei. Nichts als Wasser. Da fielen mir die Wurstdärme in die Augen, und ich war gerettet. Zufällig trug ich zwei Pfund Bindfaden bei mir, die ich für den Jungen des Lampenwärters mitbrachte, der einen Drachen gebaut hatte. Ich blase also alle Därme auf und binde sie dann zu und an dem Schubkarren fest, hübsch rundum, so daß ich mittendrin saß. Das Ding hätte fünf Männer getragen, wie ich merkte, als mich die Flut hob, und so fuhr ich denn per Schubkarren zur See. Ich schwamm ganz prächtig, aber zu meinem Schrekken segelte das Fahrzeug ebenso prächtig vor dem Wind, der mich quer über die Elbe trieb. Das war eine verfluchte Reise. Wie ich erst in das hohle Wasser hinauskam, wurde ich von den Wellen herumgeworfen wie ein Kind in der Wiege und oft um und um gekugelt, daß ich Mühe hatte, an Bord zu bleiben. Endlich kam ein Ewer hinter mir her, den ich anschrie und der auf mich zuhielt. Ihr hättet mal die Gesichter von den Schiffern sehen sollen, wie die mein Fuhrwerk erblickten. Sie wollten sich halbtot lachen, als sie mich damit an Bord holten. So kam ich denn mit meiner Maschine nach Tönning hinüber, wo der Ewer anlegte. Dort wurde ich ebenfalls gehörig ausgelacht, jedoch gastfreundlich aufgenommen, mußte aber längs des Deiches bis Brunsbüttel karren; dort erst fand ich Gelegenheit, nach Neuhaus überzusetzen, und kam sechs Tage später heim, wo mich jeder für ertrunken hielt. Aber, wie gesagt, Krischan Stylken ist nicht so leicht unterzukriegen!“

„Nun sag mir aber, wie bist du nach der Insel gekommen?“ drängte Schwarzknopf den Freund.

„Ich glaube durch den Zufall, daß ich von der Richtung nach dem Lande abgekommen war“, erwiderte Förster. „Ich stand, an allem verzweifelnd, schon bis an den Leib im Wasser und lud meine Flinte im Jagdstiefel, um Notschüsse zu tun, so lange es ging. Das Hagelwetter dauerte fort und ließ mich nicht hundert Schritte weit sehen. Das Wasser stieg immer mehr, und ich wollte eben die Flinte wegwerfen und die Sachen vom Leibe ziehen, als ich einen Ruf vernahm. Meine Antwort schallte sogleich über das Wasser, und kurz darauf sah ich die Umrisse eines Bootes durch den Nebel herankommen. Ich kann sagen, daß mich niemals der Anblick eines Bootes so erfreut hat wie diesmal, und ich saß bald darauf gerettet darin.

Das Rettungsboot gehörte zu den Ewern, die im Watt lagen und auf die mich der Mann am Strande hinwies. Ich war im Hagel und durch die veränderte Windrichtung von meinem Wege ab- und zufällig in die Richtung der Ewer gekommen, die mich schon lange bemerkten, mir aber nicht eher helfen konnten, als bis das Wasser hoch genug stand, um ein Boot zu tragen. Als dies der Fall war, sahen sie mich nicht mehr und getrauten sich auch nicht hinaus, weil sie fürchteten, sich zu verirren und abgetrieben zu werden. Meine Schüsse zeigten ihnen die Richtung an, in der ich zu finden war, worauf die braven Leute nach mir suchten. Als ich im Boot war, ruderten sie in der Richtung ihrer Ewer zurück, auf denen man mit blechernen Teekannen und Töpfen läutete und klapperte, damit das Boot sie wiederfinden konnte. Die Fahrzeuge waren nach Tönning bestimmt und wollten die Zeit damit nicht verlieren, mich erst nach Duhnen zu bringen, weshalb ich in Neuwerk abgesetzt wurde, wo mich der Naturforscher hier traf und zum Vogt in den alten Feuerturm führte, der meine Sachen in der Küche trocknete und mir indes ein paar Schifferhosen borgte. Den Männern vom Ewer habe ich fünf Taler gegeben, die sie durchaus nicht nehmen wollten, und so bin ich denn, Gott sei Dank, aus diesen Watten heraus, und kein Teufel soll mich wieder hineinbringen."

„Es ist so ein eigen Ding mit den Watten", sagte der Schulmeister. „Man muß die Zeit sehr genau kennen und kann dennoch einmal in Verlegenheit kommen."

Da Schwarzknopf und Förster der Gegend so bald als möglich den Rücken kehren wollten, nahmen sie Abschied und gingen nach Cuxhaven. Hier gab es jedoch keine Gelegenheit nach Hamburg. Man gab ihnen den Rat, nach der Oste zu gehen, von wo jede Stunde Torfewer aufsegelten, die bei dem stehenden Winde sehr schnell nach Hamburg gelangten. Die

Freunde ließen deshalb einen Wagen anspannen und fuhren über Altenbruch und Otterndorf nach Neuhaus, wo die Oste in die Elbe mündet und wo sie sofort einen Ewer fanden, der mit Torf beladen aufwärtsging.

Bei dem starken Winde und der noch ablaufenden Ebbe standen ziemliche Wellen, auf denen das Fahrzeug bis Glückstadt dermaßen tanzte, daß die Reisenden beinahe seekrank wurden. Als die Flut eintrat, wurde das Wasser etwas ruhiger, und der Ewer flog mit großer Schnelligkeit vor dem Winde hin. Es war eine eigentümliche Fahrt, denn die Wasserfläche erschien von dem niedrigen Fahrzeug noch einmal so groß wie vom Dampfschiff aus, und die Wellenköpfe stiegen rundum oft über den Horizont, so daß die anderen Fahrzeuge hinter ihnen verschwanden. Die Schiffer ließen sich bewegen, den Anker bei Neumühlen fallen zu lassen und die Passagiere an das Ufer zu setzen, wo sie höchst vergnügt aus dem Boot sprangen, und zwar Förster mit der Ente, die er trotz aller Fatalitäten dennoch festgehalten.

Als Vater Kühnmann heimkam, hörte er mit Staunen, daß seine Tochter die Verlobte Försters war, der die Hand des schönen Kindes gegen das Versprechen erhielt, nie wieder auf die Jagd zu gehen. Die Ente, die zur Feier des Tages gebraten werden sollte, war jedoch nirgends zu finden, sosehr man auch danach suchte. Dafür war die Heiterkeit in das kleine Landhaus eingekehrt, und das fröhliche Gelächter erschallte aus allen Ecken.

Vor der Schifferkneipe

Siebenundzwanzigstes Kapitel

# Abenteuer in Cuxhaven

Mit dem Glück im Kühnmannschen Hause war zugleich besseres Wetter gekommen, und die Sonne lachte wieder auf den Strand nieder. Dagegen war bei Stubborn stummer Unmut eingezogen, und die Familienmitglieder mieden einander.

Stubborn ging mit finsterem Grimm umher, denn die Zahlungen, die er an Trick machen mußte, nagten an ihm wie

Bohrwürmer im Schiffsholz. Er spekulierte Tag und Nacht, wie er sich seines Buchhalters entledigen könne, fand aber kein Mittel dazu, während dieser Herr borstiger als jemals erschien und ihn wie eine wilde Katze umschlich.

Scapin war, als er Julie zum ersten Male sah, bewundernd stehengeblieben, bis ihn das Kalb gewaltsam fortzog, Julie hörte noch aus dem Mund des Fremden ein Lob ihrer Schönheit, das so wirksam aus Shakespeare, Schiller und Goethe zusammengesetzt war, daß sie sich höchst geschmeichelt fühlte und nur noch ergrimmter auf das Kalb wurde, das auch diesen Mann kannte und sich sicher zwischen sie und ihn stellen würde, wenn jener Absichten auf sie faßte.

Sie schloß nicht unrecht, denn Spickmann bemerkte nicht so bald den Eindruck Juliens auf Scapin, als er auch schon eine Schilderung von ihr entwarf, die den Verächter der Millionäre abschrecken sollte, jedoch die Wirkung hatte, daß sie ihn sofort bewog, der Dame seine ganze Aufmerksamkeit zuzuwenden. Um Spickmann aber den Glauben beizubringen, daß keine ernstliche Absicht zugrunde liege, fragte er ihn, ob die Dame von Adel sei, in welchem Fall er von einem Späßchen mit ihr absehen müsse. Das änderte die Sache und machte Spickmann bereit, den hochgestellten Fremden dabei zu unterstützen, weil Fräulein Julie köstlich angeführt werden konnte. Freilich nicht in dem Sinn wie das Kalb dachte, das eine hohe Meinung von der Person Scapins faßte.

Dieser machte ungemeine Fortschritte in der Verachtung der Millionäre und erwarb sich eben dadurch immer mehr ihre Gunst.

*

Herr Trick saß an seinem Pult auf dem hochgeschraubten Kontorsessel, hatte die Hände in die Hosentaschen gesteckt und baumelte mit den Beinen in der Luft, wodurch seine schon kurzen Hosen ungebührlich in die Höhe gezogen wurden. Dabei hielt er mit grimmiger Miene eine Feder quer im Munde wie die Husaren ihren Säbel, wenn sie, in jeder Hand eine Pistole, zum Angriff reiten, und starrte so in einen Brief, der vor ihm lag und aus Neuyork datiert war. Er enthielt nur die wenigen Worte:

„Ihr Mann hat durch mich eine Anstellung in den mexikanischen Schwefelbergwerken erhalten, womit unser Geschäft abgemacht und unsere Verbindung erledigt ist. Versuchen Sie nicht, mir weitere Aufträge zu geben, ich könnte sonst wieder dienen, denn ich kenne alles und bleibe hier in Neuyork.

Ihr ergebener Müller."

„So! Du kennst alles!" murmelte Trick ingrimmig. „Was ist alles? Was hast du mit den Schwefelbergwerken zu tun? Heißt das beiseite gebracht? Ist das der Lohn für meine Gutmütigkeit, für das Vertrauen, welches ich dir Halunken geschenkt habe? Ha! Hätte ich dich nur hier, ich wollte dich schon besser kriegen! Du solltest mir erst einen kleinen Raubmord oder so was begehen, ehe ich dich losließ. Etwa der alte Wolf, das wäre was –"

Herr Trick wurde hier in seinem Monolog unterbrochen. Der Briefträger kam und gab Briefe ab, die ihm auf das Pult gelegt wurden, damit er sie dem Prinzipal einhändige. Dies war die eingeführte Geschäftsordnung, auf die man streng hielt, weil die Art der Stubbornschen Geschäfte eine Einsicht Unberufener in die ankommenden Briefe nicht wünschenswert machte. Trick sah die Adressen durch und fuhr beim Anblick eines Briefes mit dem Poststempel Batavia empor. Er steckte schnell das Schreiben aus Neuyork in die Tasche, stieg vom Stuhl herab und trug die Briefe in das Kabinett Stubborns.

Dieser saß kalkulierend da und stützte den Kopf in die Hand. Als der Buchhalter eintrat, fuhr er auf und sah ihn erstaunt an. Er war jedenfalls in Gedanken auf eine Art beschäftigt, wo jener ihm unerwartet erschien, denn nach einigen Sekunden kam er zu sich und sprach: „Ach so!" – worauf er die Hand nach den Briefen ausstreckte. Herr Trick beeilte sich jedoch nicht mit der Übergabe. Er zog vor allen Dingen den Brief von Müller aus der Tasche und hielt ihn Stubborn hin. Dieser nahm und las, worauf er einen leisen Fluch murmelte und Trick finster anblickte.

„Da haben Sie es mit Ihrem Müller. Weshalb besorgten Sie die Sache nicht selbst und gingen hinüber?" grollte er.

„Gehe nicht über See. Kann mich nicht von Ihnen trennen", brummte Trick, indem er den Umschlag des Briefes aus Batavia erbrach und den Inhalt las, bei dem sein Gesicht immer freundlicher wurde. Als er fertig war, gab er Stubborn den Brief, wobei er ihm auf die Achsel klopfte.

„Famoses Geschäftchen, Kompagnon", kicherte er. „Ausgezeichnet! Schneller Umsatz. Geht nichts darüber – ha, ha, ha!" Er rieb sich die Hände vor Vergnügen und machte einen kleinen Luftsprung. „Nun? Was sagen Sie?" fragte Trick, das Gesicht seines Prinzipals betrachtend, in dem sich Befriedigung zeigte. „Können nur immer fünfzigtausend Mark für mich zurechtlegen! – – halb und halb!"

Das Gesicht Stubborns verfinsterte sich bei diesem Schlußsatz wieder ganz und gar. Er schlug mit der Faust auf den Tisch und entgegnete: „Das ist bei Gott unerhört! Können Sie den Hals niemals voll kriegen? Sie schleppen das Geld zu Hunderttausenden fort. Was tun Sie damit? Weshalb lassen Sie es nicht im Geschäft?"

„Weil ich es in meinem Geschäft brauche", sprach Trick, sich in die Haare greifend.

„In Ihrem Geschäft?" fragte Stubborn erstaunt.

„Ja, ja, ja! In meinem – Ge–schäft", antwortete Trick grimmig.

„In was spekulieren Sie? Das muß sehr bedeutend sein", forschte Stubborn.

„Gottv – – ! Allerdings ist's bedeutend. Geht Sie aber nichts an. Ist meine Sache. Ich halte mich an unser Abkommen, halb und halb", erwiderte Trick grob.

„Halt!" sprach Stubborn, die Hand ausstreckend. „Wenn Sie das immer geltend machen wollen, dann will ich's auch. Ich beanspruche dann auch halb und halb von Ihrem Geschäft."

Trick sah seinen Prinzipal verwundert an und begann entsetzlich zu grinsen, bis er in lautes Gelächter ausbrach und sprach: „Sie – wollen – al – so halb und halb – mit mei – nen Privat – geschäften ge – hen? – Ha – ha – ha! Gut! Ich werde eine Bilanz machen und Sie vom Stand der Dinge unterrichten, sobald – – ich Lust dazu habe. – Ha – ha! – Eine gute Idee. – Wahrhaftig, sehr gut!" –

Herr Trick lachte so laut, daß man im Kontor verwundert horchte und die Ansicht aussprach, es müsse etwas sehr Lustiges passiert sein, besonders als Herr Trick an sein Pult zurückkehrte und dort von Zeit zu Zeit neue Anfälle von Heiterkeit bekam.

Stubborn aber saß noch ein Weilchen regungslos und sann darüber nach, was Trick wohl Komisches an seiner Forderung gefunden habe. Er kam ihm in der letzten Zeit überhaupt etwas komisch vor. Dann kalkulierte er wieder, zündete endlich ein Licht an und verbrannte die Briefe aus Neuyork und Batavia sehr bedächtig. Die Asche rieb er klar, weil man noch ganze Worte darauf erkennen konnte. Hierauf überlegte er nochmals und schien endlich einen bestimmten Entschluß zu fassen; er stand auf, nahm seinen Hut und ging.

Die Bekannten des Herrn Stubborn würden sich gewundert haben, wenn sie ihm in der Dämmerung gefolgt wären und bemerkt hätten, wie ihn der Weg nach den Matrosenkneipen in St. Pauli führte, an deren Fenstern und Türen er umherlungerte. Er suchte etwas und mußte es endlich gefunden haben, denn er trat in den Grünen Jäger, wo ein buntes Treiben herrschte und rauschende Musik erschallte, bei der eine große Trommel und eine Trompete in eigentümlichen Rhythmus obligierten. An der Tür standen, zwischen Seeleuten aller Nationen, einige Mädchen, welche, in verschiedene Phantasie-Nationaltrachten gekleidet, die Matrosen freundlich zum Eintritt ermunterten. Durch die Musik und laute Unterhaltung, die in dem Flur stattfand, hörte man einen dumpfen Lärm, der, vom Hintergrund des Saales ausgehend, immer stärker anwuchs und sich nach der Tür wälzte, aus welcher plötzlich zwei Matrosen flogen, zu deren schnellerem Fortkommen die jungen Damen hilfreiche Hand anlegten, ohne ihre Unterhaltung groß zu unterbrechen. Die Seeleute, die die Sache nichts anging, zogen nicht einmal ihre Hände aus den Taschen, ein so alltägliches Ereignis schien die Verabschiedung der Gäste zu sein.

Die Hinausgeworfenen waren in ihren Vermögensumständen so weit gekommen, daß ein aufgenommenes Inventar ihres Besitzstandes nicht mehr als ein wollenes Hemd und ein paar leinene Beinkleider nebst einem Riemen und einem Messer aufzuzeichnen gehabt hätte. Es waren zwei schmächtige, gelbbraune Burschen mit kohlschwarzen Haaren und Augen, die in fürchterlicher Glut aufloderten, als sie wieder vom Boden emporschnellten, wo sie vor Anker gegangen. Ihre Hände griffen instinktartig nach dem Messer, mit welchen sie in das Haus stürzen zu wollen schienen. Die deutschen Matrosen sahen nicht so bald die Klingen in den Händen der Spanier blitzen, als sie auch ihre Fäuste aus den Taschen brachten und kaltblütig einen Angriff erwarteten.

Stubborn, der neben den Spaniern stand, sprach einige spanische Worte, worauf sie ihre Messer sofort einsteckten und mit ihm nach dem Zaun der Wiese hinübergingen, wo sie eine leidenschaftliche Erzählung vortrugen, während der sie von den anderen Seeleuten vergessen waren. Die Spanier machten Stubborn mit dem furchtbaren Unrecht bekannt, das man ihnen in diesem Hause angetan, in das sie mit gefüllten Taschen gekommen und nun beinahe nackt hinausgeworfen waren. Daß ihnen dieser Unfall nach jeder Fahrt und in jedem Hafen passierte, daran dachten sie nicht – die Vergangenheit war total vergessen, die Zukunft lag bei diesen Leuten noch in weiter Ferne.

Stubborn machte ihnen einen Vorschlag, bei dem sie ihn überrascht anblickten. Dann begann ein eifriges Handeln, das damit endigte, daß er jedem zehn Goldstücke gab, wogegen sie einen Schwur zu leisten schienen, um kurz darauf ganz vergnügt in den Grünen Jäger zurückzukehren, wo sie äußerst zuvorkommend aufgenommen wurden, sobald man ihr Geld bemerkte. Die Vergangenheit war wiederum total vergessen.

Herr Stubborn machte sich indes so schnell wie möglich davon und ging zum Hafentor und nach den Vorsetzen, wo er in verschiedenen Tavernen nachsah und fragte, bis er den Kapitän eines spanischen Schiffes traf, das er als nach Batavia bestimmt an der Börse angeschlagen gefunden, und dessen Matrosen er soeben aus der Klemme geholfen hatte.

Er fragte den Kapitän um seine Abgangszeit und erfuhr, daß er bei Cuxhaven vor Anker gehen würde, um einige Güter einzunehmen, die von Bremen kommen sollten. Stubborn bemerkte, daß er vielleicht um dieselbe Zeit in Cuxhaven sein und eine Kleinigkeit mitgeben würde, worauf er sich verabschiedete und in die Stadt ging, um mehrere Einkäufe zu machen. Ein Beobachter würde gesehen haben, wie er verschiedene Eisenhandlungen besuchte, um dort bleierne Gewichte für Wanduhren zu kaufen, von denen er nach und nach gegen fünfzehn Pfund zusammenbrachte und in seinen Rocktaschen nach Hause trug. Die Last wäre jedem anderen unangenehm geworden. Herr Stubborn schien jedoch fast Vergnügen daran zu finden und beschäftigte sich in seinem Zimmer noch lange damit.

Herr Trick war während dieser Zeit mit seinem Schutenführer Wilm zusammengeraten und hatte ihn nach einem tüchtigen Wortwechsel davongejagt, weil er den Lohn für den Raubzug gegen Wöllers haben wollte. Unter den Papieren, die er davon zurückbrachte, war der Brief an Schwarz nicht. Er hatte nach der Meinung Tricks seine Sache schlecht gemacht und nicht gehörig gesucht, deshalb wollte der Auftraggeber nichts zahlen, und da ihn in dieser Sache schon der Neuyorker Brief in sehr üble Laune gebracht, so ließ er seinen Zorn an Wilm aus und jagte ihn fort, als dieser grob wurde.

Es war Wilm gegangen wie dem Hund in der Fabel mit dem Stück Fleisch. Er war allerdings im Besitz des Briefes, dachte aber, das Geld von Trick sei ihm einmal sicher und den Brief an Schwarz könne er an diesen gut verkaufen und so einen doppelten Nutzen aus dem Geschäftchen ziehen. Da er eine vertraute Stellung bei Stubborn einnahm und von manchem Geheimnis des Hauses wußte, so wurde er natürlich grob und gab Trick bei seinem Abschied zur Antwort, daß er ihn auf den Knien zu sehen hoffe, damit er seine Stelle wieder antrete. Er werde jeden Vormittag bis neun Uhr auf dies Ereignis warten, aber keine Minute länger. Hierauf ging er hohnlachend, kam jedoch bald zurück und machte Trick mit dem Umstand bekannt, daß er darauf bestehen müsse, daß Trick die ganze Saaltreppe zu Wilms Wohnung kniend hinaufrutsche, ohne nur eine Stufe auszulassen.

Wilm hatte denselben Morgen sechs Berge voll seidene Tücher gepackt, die er als Abschlagszahlung zu nehmen gedachte. Er lauerte deshalb um den Speicher herum, bis Trick fort war, warf dann die gefüllten Berge in sein Boot und legte andere mit wertlosem Inhalt an deren Stelle.

Herr Trick wunderte sich deshalb nicht wenig, als er in den nächsten Tagen von Magdeburg einen Brief erhielt, in dem man ihm anzeigte, daß ein Versehen stattgefunden haben müsse, da die Berge nichts als Lumpen enthielten. Er ahnte die Sache, konnte jedoch nichts tun, da am nächsten Tag Sonntag und Wilm schwer zu finden war. Außerdem sollte das Bogenschießen in Neumühlen stattfinden, wozu man alles ins Werk gesetzt. Übrigens gab er auch die Tücher verloren, denn er konnte Wilm auf keine Weise zur Herausgabe zwingen, da er die Polizei nicht anrufen durfte. Herr Trick wollte deshalb über die Schlechtigkeit der Menschen verzweifeln und fand nur einigen Trost darin, daß er den Schaden in der Kostenberechnung für den Senator wieder auszugleichen hoffte, der den Verlust der Foulards allein tragen sollte. Den Grundsatz halb und halb wandte er bloß auf den Gewinn an.

Aber auch andere Leute waren nicht geneigt, Geschäfte auf halb und halb zu machen, wenngleich sie ihre Waren umsonst bezogen. So Takel-Jan, der mit stillem Ingrimm die Abnahme seiner Vorräte im Wrack bemerkte. Er ließ sich in der letzten Zeit oft bei allen Lumpenhändlern sehen, ohne etwas zu verhandeln. Im Gegenteil suchte er unter den Tauen, als hätte er Lust, welche zu kaufen. Auch beim alten Wolf wühlte er eifrig umher, wenn er etwas ablieferte, und besah kopfschüttelnd einiges Tauwerk, in welchem er verschiedene Knoten entdeckte, bei deren Anblick er einen leisen Pfiff hören ließ.

Er sagte nichts – ließ jedoch seine Augen spähend umherlaufen und sie einen Augenblick auf Jakob ruhen, der eben die Treppe herabkam und den Mund breitzog, als er ihn bemerkte. Dann ließ er die Taue fallen und ging fort. Er glaubte Jakob einmal in der Gegend des Wracks gesehen zu haben und faßte den Entschluß, diesen jungen Mann zu beobachten.

Von der Zeit an vernachlässigte er fast sein Geschäft, und man wunderte sich am Strand, daß so wenig abhanden kam. Takel-Jan lag Tag und Nacht auf der Lauer hinter den Kohlenschiffen und hielt den alten Schiffsrumpf im Auge, bis er endlich die Gestalt Jakobs daran hinaufklettern und im Raum verschwinden sah. Der Bootsmann ergriff seine Ruder und wollte sofort hinüber, um den unbefugten Kompagnon auf frischer Tat zu ertappen. Er überlegte jedoch, daß er entwischen könnte, wenn er ihn am Schiff hinaufklettern hörte, und blieb ruhig sitzen, bis er Jakob mit etwas Tauwerk davonschleichen sah. Hierauf ließ er einige Stunden vergehen, worauf er nach den Kajen ruderte und von seinem Boot aus Wolfs Keller so lange beobachtete, bis er Jakob bemerkte. Er stieg sofort nach und eröffnete dem alten Wolf, daß er eben eine große Ladung Tauwerk und Kupfer auf sein Lager gebracht habe, das er am nächsten Morgen nach Tagesanbruch heranschaffen wolle. Von Jakob schien er gar keine Notiz zu nehmen, obgleich dessen Augen aus dem Winkel, in dem er herumkramte, wie die einer wilden Katze leuchteten.

Der Junge war den ganzen Tag über sehr lustig, obgleich er von Wolf mehrere Rippenstöße erhielt, was zu dessen Gewohnheiten gehörte, wenn ihm Jakob in den Weg kam. Die Aussicht auf eine Teilung mit Takel-Jan, die er, sobald der Abend heraufkam, im Wrack vorzunehmen gedachte, erheiterte ihn ungemein. Die Torsperre genierte ihn dabei gar nicht, weil er im Besitz des Geheimnisses vom Dammtorweg war.

Dieses Geheimnis war Eigentum der Hanseaten[29] und eine fortwährende Einnahmequelle. Ein Kapital, das für die Wache eine Kümmelquelle eröffnete. Der Dammtorweg war ein Werk der Hanseaten. Ein Anklang an die Bauwerke, die die römischen Legionen in ihren Mußestunden auszuführen pflegten. Er zeigte zwar nicht das Großartige dieser Bauten und verbarg sich bescheiden vor den Augen der Menge, da er unter dem Wasser des Stadtgrabens ausgeführt war. Der Nutzen, den er dem Publikum gewährte, war jedoch weit größer, denn er diente dem Eingeweihten dazu, die Torsperre zu umgehen. Dort, wo die Außenalster sich zum Stadtgraben verengt und hinter der Esplanade bis zum Dammtor hinzieht, war das Wasser mit Gebüschen eingefaßt. Vom Tor ab zog sich eine Planke nach dem Wasser hinunter, die ein Stück darüberragte und mit Eisenspitzen garniert war. Um diese Planke hatten die fleißigen Hanseaten jenen geheimen Weg hergestellt, indem sie Ziegelstein um Ziegelstein in das Wasser warfen, bis es, nur noch etwa zwei Zoll tief, um die Eisenspitzen gangbar war, die nun als prächtige Anhaltspunkte dienten. Der Weg führte im Gebüsch fort, aus dem man hinter dem ersten Haus trat. Außerhalb des Tores mußte man die Hanseatenwache passieren. Hatte nun die Stadt ihre Torsperre mit steigenden Preisen an die linke Seite des Tores gesetzt, so hatten die Hanseaten eine kleine Privattorsperre an der rechten Seite angelegt, die ungleich billiger war. Es stand stets ein Mann auf der Lauer, der sich von Abonnenten die Marken zeigen ließ, denn solche gab es; während er von Nichtabonnenten bis zehn Uhr einen Sechsling, nach zehn Uhr einen Schilling einkassierte[30].

Jakob machte sich also gegen Abend nach St. Pauli hinaus und trieb sich auf dem Spielbudenplatz umher, bis die Dämmerung eintrat. Dann schlich er vorsichtig an den Strand hinunter, lugte in alle Winkel und kletterte, da er die Luft rein fand, wie eine Katze am Wrack empor, in dem völlige Finsternis herrschte, worin er durch ein Loch im Verdeck verschwand.

Es waren indes keine zehn Sekunden vergangen, als in dem alten Kasten ein dumpfer Rumor entstand. Ein Gepolter und Planschen im Wasser, nach welchem Jakob plötzlich mit triefenden Haaren und erschrockenem Gesicht aus der Luke auftauchte und sich herauszuschwingen versuchte. Dies gelang ihm jedoch nur bis zum halben Leib, während der Unterleib im Raum blieb, offenbar festgehalten und von einem Tauende bearbeitet, dessen Spitze in der Luke erschien, sobald es auf Jakobs Rückseite geschwungen ward. Und es ward mit ungemeiner Schnelligkeit geschwungen und platzte weit hörbar auf den stillschweigenden Kompagnon nieder, der sich mit den Nägeln in die verfaulten Planken krallte und verzweifelte Anstrengungen machte, das Deck zu gewinnen. Endlich schien der unsichtbare Arm mit dem Tau zu ermüden, verabreichte der inneren Hälfte noch einige Schlußhiebe und ließ dann los, worauf Jakob aus der Luke schnellte und über das Deck kugelte, von wo er sich vom Wrack herunterschwang, aus dem nun der Kopf Takel-Jans erschien, dem der übrige Takel-Jan schwerfällig folgte.

Jakob war blitzschnell verschwunden, indes Takel-Jan in sein Boot stieg, das hinter einigen Schuten verborgen lag. Da für ihn ebenfalls keine Torsperre existierte, weil er mehrere geheime Wege in die Stadt kannte, so ging er mit großer Befriedigung nach Haus und erlaubte sich einen Extragrog.

Das Geschäft war für Jakob zwar diesen Sonnabend schlecht ausgefallen, er tröstete sich aber bei dem Gedanken, daß morgen sein Weizen blühe, wo er bei dem angezeigten Bogenschießen in Neumühlen den Preis davonzutragen dachte.

Er verstand diese Kunst so vortrefflich, daß er Jagdzüge auf den Hausdächern unternahm und sich dort als Wilddieb umhertrieb. Den Taubenbesitzern zum großen Ärger, denn er schoß die Tauben weg, ohne sich darum zu kümmern, ob das Paar zehn Groschen oder zehn Taler kostete. Er war darin so luxuriös, daß er sogar einmal ein seltenes Exemplar mit aller Seelenruhe verspeiste, das der Besitzer zwei Tage vorher mit fünfzig Mark bezahlt hatte.

Jakob besaß einen alten Baschkirenbogen, den er bei Wolf gefunden. Er machte am Sonntagmorgen dies Instrument zurecht und suchte ein halbes Dutzend Rohrpfeile aus, die schön gerade und im richtigen Gleichgewicht waren. Hierauf trollte er sich nachmittags nach Neumühlen, um sich in stolzer Siegesgewißheit bei Herrn Trick zu melden, wo schon einige Schützen angekommen waren. Er ging am Garten der Eiskuhlschen Villa vorüber und warf einen Blick hinein, infolgedessen er festgebannt stehenblieb, denn er sah den Senator hinter einem Busch lauernd nach Stubborns Haus hinüberblicken, und einen Polizeidiener neben ihm. Er drückte sich an den Zaun, um sich im Laubwerk zu verbergen, als er plötzlich eine Hand auf seiner Achsel fühlte.

Ein Satz von etwa vier Ellen war die natürliche Folge dieser Berührung. Indem er das Weite suchen wollte, warf er einen

Blick auf seinen Angreifer und blieb abermals erstaunt stehen, denn er sah Henri, der, den Finger auf den Mund legend, mit der andern Hand nach dem Hohlweg zeigte und ihm abwinkte, worauf Jakob, die Situation erkennend, sogleich im Gebüsch verschwand und sich sagte: „Oh, Jakob, du Esel, hättest du nicht gleich an den Senator denken können? Also darauf war's angelegt? Nun wartet mal 'n bißchen. Ich will euch zeigen, daß ich treffen kann!"

Jakob schnaubte jetzt Rache, weil man ihn so fangen wollte. Er ärgerte sich furchtbar, daß er beinahe in die Falle gegangen wäre. Das Geschäft fiel dann jedenfalls noch schlechter aus als das von gestern abend. Er hatte in den letzten Tagen kein Glück.

Unter diesen Gedanken stahl er sich im Gebüsch den Hügel hinauf, bis er an ein Haus kam, bei dem er früher einen Wagen stehen sah. Hier nahm er die Bleispitzen von zwei Pfeilen, steckte kleine Steine hinein, umwickelte sie mit Bindfaden und schmierte sie sehr fett mit Wagenteer aus einer Büchse, die unter dem Wagen hing. Dann verschwand er wieder im Gebüsch und nahm eine Stellung, von wo ihm sowohl der Senator als auch Herr Trick auf etwa sechzig Schritt schußrecht waren, während er zugleich den Rückzug vollkommen frei wußte.

Herr Trick stand eben bei den Schützen und musterte jeden einzelnen, um eine Physiognomie herauszufinden, die fähig war, sich an einem Senator zu vergreifen, als er plötzlich einen Puff vor die Brust erhielt und mit der Hand danach fassend einen Rohrpfeil ergriff, von dessen Teerspitze sein Hemd arg zugerichtet war.

Jakob ließ diesen Pfeil kaum von der Sehne fliegen, als auch schon der zweite darauflag und nach der Brust des Senators gerichtet wurde. Ehe er aber abschoß, änderte er sein Ziel und sandte den Teerboten dem Polizeidiener zu, damit auch dieser etwas davon habe, worauf er verschwand.

Der gute Polizeidiener stand erst einen Augenblick samt dem Senator wie vom Donner gerührt, dann faßte er seinen Stock und brach in das Gebüsch, in dem er den Schützen vermutete, während der Senator einen Seitensprung machte, hierauf aber schnell verschwand, denn er hielt sich nun nicht mehr für sicher.

Daß unter solchen Umständen das Wettschießen sofort eingestellt wurde, war ganz natürlich, da es nun zwecklos erschien. Herr Trick mußte allerdings von den Schützen viele Grobheiten einstecken. Er behauptete jedoch, daß einer von ihnen meuchlings auf ihn geschossen habe, und beschloß, die Grobheiten samt einem halben Dutzend Hemden Herrn Eiskuhl extra anzurechnen. Vorderhand tröstete er sich damit, daß er nächsten Mittwoch wieder einen Wechsel von Stubborn kassieren würde, und freute sich im voraus über dessen Grimm, in welchen ihn jede Zahlung brachte. Außerdem sollte der Prinzipal zehntausend Taler nach Batavia schicken. Auch das mußte ihn in der Seele brennen. Herr Trick beschloß, ihn gleich frühzeitig daran zu erinnern, und rieb sich die Hände vor Vergnügen, wenn er sich die Qual des Geizhalses dachte.

Am Montag erschien denn auch Herr Trick im Kabinett Stubborns und erinnerte ihn grinsend an die Geldsendung nach Batavia. „Wir müssen es jedoch bar senden. Er will keine Papiere“, bemerkte er.

„Bar?“ murrte der Geizhals, „bar: Nun ja, verdammt. In Gold, ich habe es liegen“, sprach er grimmig lächelnd, „es muß fort, sie wollen drüben nicht warten. Die Schufte! Alles will Geld haben. Alles bar.“

„Natürlich!“ entgegnete Trick. „Also machen Sie nur das Bare flott und denken Sie ein wenig dabei an Ihren besten Freund und Mitarbeiter, an mich, der auch Mittwoch wieder eins jener beliebten Papierchen bringt, die Sie so gern einlösen.“

Stubborn biß die Zähne zusammen und blickte Trick mörderisch an. „Es gibt jetzt keine bessere Gelegenheit, das Gold zu schicken, als mit der spanischen Brigg ‚Cid‘. Es ist das einzige Schiff, das jetzt nach Batavia segelt. Leider ist es aber vorgestern abgegangen und liegt bei Cuxhaven vor Anker, wo es einige Tage liegenbleibt. Da ich nun Nachricht bekommen habe, daß morgen oder übermorgen zehn Helgoländer nach Cuxhaven kommen, um Vorräte für den Winter einzukaufen, weil sich die Spitzbuben wegen unserer Felle nicht heraufwagen, so denke ich, wir gehen zusammen hinunter, fangen die Helgoländer ab und übergeben dem Kapitän der ‚Cid‘ das Gold, wobei Sie als Zeuge dienen.“

Herr Trick fühlte keine große Lust zu dieser Fahrt; da aber der Prinzipal selbst mitreiste, ihm auch einen Teil der Summe versprach, die man den Helgoländern abnehmen werde, so ging er, wiewohl ungern, darauf ein, indem er sich wenigstens ein ungemeines Vergnügen von der Überraschung der Helgoländer versprach, wenn sie sich gefangen sahen. Man beschloß, abends mit dem englischen Dampfer zu fahren, wobei sich Trick vornahm, nicht zu schlafen.

Stubborn zeigte bis zur Abfahrt des Dampfers ein fieberhaftes Wesen. Er trug Tricks Gesellschaft wie eine Last, die abzuwerfen sein einzigstes Bestreben war. Dabei trug er auch noch die wirkliche Last des Goldes bei sich. Rollen voller Louisdore, die er niemand anvertrauen wollte, um die er die Finger krallte, als könnten sie ihm gestohlen werden, und womit er alle seine Taschen füllte, als sich Trick erbot, sie in eine Geldtasche zu tun und zur Hälfte zu tragen oder tragen zu lassen. Stubborn stürzte sich bei diesem Vorschlag mit solcher Hast über die Goldrollen und sah Trick mit einem so ängstlichen Gesicht an, daß dieser laut lachen mußte.

Auf dem Wege nach dem Dampfschiff fühlte Stubborn beständig nach seinen Taschen und hielt sich vorsichtig mitten auf der Brücke. In der Kajüte angekommen, sank er atemholend auf eine Bank und ließ sich ein Glas Madeira geben, das er hastig hinuntertrank und sich dann in eine Ecke drückte, das Gold hinter und neben sich in den Taschen haltend.

Je näher sie Cuxhaven kamen, um so fieberhafter ward er. Kam Trick in seine Nähe, so blickte er wild nach ihm hin und griff nach dem Gold, wobei er heiser und mit trockener Stimme fragte, ob das Reiseziel schon da sei. Trick bemerkte dann freundlich, daß man augenblicklich ankommen müsse und er die Last des Geldes nun bald los sein werde, worauf Stubborn jedesmal ein verzweifeltes Lächeln blicken ließ und seinen Buchhalter mißtrauisch anstarrte.

Endlich langte das Schiff noch in der Dunkelheit vor Cuxhaven an, wo das Fährboot erschien, in das Stubborn mit ungemeiner Vorsicht hinabkletterte. Bei der „Alten Liebe" angelangt, stieg er ebenso vorsichtig hinauf und ging in das Badehaus[31], wo er ein Zimmer nahm, um sich einige Stunden schlafen zu legen. Vorher brachte er jedoch sein Geld unter sicheren Verschluß, worauf er seine Tür verriegelte, die Tür eines Nebenzimmers, das Trick bewohnte, ebenfalls abschloß und noch mit einem Nachtkasten und einigen Stühlen verrammelte. Dann erst wagte er sich niederzulegen und sank in einen unruhigen Schlaf.

Aber auch hier verfolgte ihn die Angst um seine Geldrollen. Er träumte, daß Trick drüben an der Tür stehe und gewaltig an seine Nase klopfte, um Einlaß zu fordern.

Stubborn fuhr endlich voller Schreck aus dem Schlaf und starrte nach der Tür, an die wirklich geklopft wurde.

„Wer ist da?“ rief er nach einer Weile, während der er erwartete, Tricks Haare durch das Holz dringen zu sehen.

„Wachen Sie auf, alter Harpax!“ rief Trick draußen. „Hörst du nicht den Jäger blasen?“ rezitierte er lustig, indem er von neuem klopfte. „Es sind eben wieder sechs Helgoländer Schlupps eingelaufen.“

Stubborn zog sich eilig an, indem er murmelte: „Er muß wahrhaftig schon getrunken haben. Nun, desto besser. Er soll nur noch mehr trinken. Er trinkt ja gern. Ha, ha. Wird ja doch wohl auch hier genug zu trinken finden!“ Dann drohte er grimmig mit der Faust nach der Tür, sah nach, ob der Sekretär, in dem das Gold lag, gut verschlossen war, und öffnete, um zum Frühstück hinabzugehen, wobei ihm Trick mitteilte, daß bereits acht Helgoländer im Hafen lägen, weshalb man etwas tun müsse.

„Laufen Sie schnell zum Amtmann“, schlug er vor, „ich will indes die Helgoländer draußen bewachen. Wenn Sie aber etwa das Gold in den Taschen haben und nicht laufen können, so will ich gehen.“ Dann fuhr er fort: „Machen Sie übrigens, daß Sie das Geld loswerden, dann hat Ihre Angst ein Ende. Fort muß es einmal. Wir wollen deshalb vorher nach der Brigg hinüber.“

„Nein! Nein! Erst die Helgoländer festhalten“, schrie Stubborn. „Laufen Sie zum Amtmann. Hier sind die Papiere. Ich passe indes auf die Schluppen.“

Stubborn schlich sich vorsichtig nach der „Alten Liebe“, damit er nicht von den Helgoländern gesehen werde, die sich seiner gewiß erinnert hätten. Am Bollwerk angekommen, drückte er sich hinter die Balken und sah nach der Elbe hinaus, wo die spanische Brigg lag. Dann zog er sein Taschentuch und ließ es über die Brüstung im Winde wehen, als er bemerkte, daß ein Boot am Schiff klargemacht wurde. Der Kapitän fuhr an Land und ging nach dem Ort, während das Boot mit zwei Matrosen unter dem Bollwerk liegenblieb.

Die beiden Spanier streckten sich auf den Rücken und bliesen den Rauch der Zigarren in die Luft. Ihre Augen waren auf die von Stubborn gerichtet, der, nachlässig über die Balken gelehnt, einige leise Worte zu ihnen sprach und sich dann langsam zurückzog, um nach dem inneren Hafen zu gehen. Hier wartete er versteckt auf Trick, den er von weitem mit drei Männern auf dem Deich daherkommen sah, deren einer eine lange, dünne Kette über die Achsel hängend trug. Am Hafen angekommen, stieg dieser Mann in ein Boot und ließ sich neben die Helgoländer Schluppen rudern, die alle beisammen lagen. Hier begann er dann ganz phlegmatisch die Kette durch die Stevenringe der Fahrzeuge zu ziehen und diese förmlich anzureihen, nachdem er einem seiner Begleiter das Ende der Kette gegeben, das dieser durch einen Ring am Ufer zog.

Jetzt erhob sich aber ein Heidenspektakel auf den Fahrzeugen, aus denen die Schiffer durch das Rasseln der Kette gelockt wurden. Die ersten waren kaum angelegt, als die letzten eiligst loswarfen, die Haken ergriffen und das Weite suchen wollten, denn sie merkten sogleich, um was es sich handelte. ‚An die Kette gelegt' – das ist ein Schreckenswort für die Schiffer. Es ist zu Wasser das, was zu Land etwa ‚in Wechselhaft gebracht' besagt.

Der Weg war jedoch den Flüchtigen versperrt, denn auf der Drehbrücke, unter der sie durchmußten, um die freie Elbe zu gewinnen, stand Herr Stubborn, und neben ihm ein wohlbekannter Beamter mit dem Haftbefehl. Unter der Brücke aber lag ein Boot mit Herrn Trick und einigen handfesten Hafenleuten, die ihre Haken in Bereitschaft hielten, um die Ausreißer zu entern. Es blieb ihnen nichts übrig, als sich zu ergeben und bei den anderen Leidensgefährten anreihen zu lassen, worauf die Kette durch ein Vorlegeschloß befestigt wurde.

Nun gab es ein großes Geschrei über Gewalt. Die Helgoländer wollten freie Engländer sein und drohten mit englischer Flotte. Die Beamten ließen sich dies jedoch wenig anfechten, und so ging denn der ganze Trupp lamentierend und schimpfend auf dem Deich nach Ritzebüttel zu, um dort vor dem Amtmann die Sache auszumachen.

Da half ihnen denn alles nichts. Sie mochten leugnen so viel sie wollten, sie mochten mit Kriegsschiffen drohen oder ihre Armut vorschützen, sie mußten die Felle, die sie klarierten, bezahlen, oder an der Kette liegenbleiben, das war der Ausspruch des Amtmanns.

Da sie sehr gut wußten, daß für sie, einmal an einem nachbarlichen Strand gefaßt, keine Gnade zu hoffen war, so legten sie sich auf das Handeln, und jeder wollte etwa „so zehn Taler" bei sich haben, die er anbot. Ihre Kasse war jedoch in besserem Stande als jemals, denn die Badesaison war gut, und da jeder wenigstens dreißig bis vierzig Felle verkauft hatte, so dachten sie sich für den Winter recht gut zu versorgen und wollten Wein, Rum, Schinken, Butter, Mehl und Gott weiß was für gute Sachen einkaufen, wozu mancher an die zweihundert Taler im Beutel trug. Stubborn bestand auf seiner Forderung und verlangte sofortige Zahlung der notierten Felle, wofür die Anwesenden die Summe von mehr als zweitausend Taler erlegen sollten, was entsetzliches Lamento hervorrief.

In dieser Situation kam ein Beamter und meldete, daß noch vier Helgoländer eingelaufen und festgehalten seien. Als er die Namen der Schluppen nannte und Trick die Liste nachsah, brachte er wieder die Summe von tausend Talern zusammen und bemerkte, die Reise werde sich bezahlt machen.

Die Besatzung der letzten vier Schluppen brach in neuen Jammer aus. Es half aber alles nichts. Stubborn war härter als der Helgoländer Felsen, Trick so gutmütig wie ein Haifisch. Der Beutel mußte gezogen werden, und da sämtliche Barschaft nicht langte, so ward ein Fahrzeug entlassen, um das Fehlende für die Gefangenen zu holen, die mit tiefem Schmerz ihren Wein, Rum, Butter, Schinken und Käse in Stubborns Beutel fließen und einen Winter mit geräuchertem, getrocknetem und gesalzenem Schellfisch vor sich sahen, weil sie im Bewußtsein ihrer Sicherheit schon den Sommer über geschwelgt hatten.

Die Verhandlung nahm so viel Zeit in Anspruch, daß Herr Trick nach ihrem Schluß zum Essen trieb, denn es war bereits gegen fünf Uhr geworden und er fühlte einen kannibalischen Hunger und Durst. Herr Stubborn war in einer grimmig-fidelen Laune und bestellte sogleich Champagner, was Trick in die höchste Verwunderung setzte. Da Stubborn schon nach den ersten Gläsern etwas berauscht schien, so trank Trick für ihn, ohne Schaden zu befürchten.

Beide saßen noch bei Tisch und Stubborn machte soeben Versuche zum Singen, als ein spanischer Matrose eintrat und die Botschaft vom Kapitän der „Cid“ brachte, daß dieser wahrscheinlich bei nächster Ebbe in See gehen würde. Wenn der Herr also etwas mitgeben wolle, sollte er es an Bord schaffen.

Stubborn stand auf und fiel fast auf Trick, während er ihm in die Ohren schrie: „Behalten es selber – halb und halb!“ wobei er mit der Hand ins Weite winkte.

Herr Trick sah, daß sein Prinzipal ziemlich betrunken war, und nahm ihn deshalb unter den Arm, worauf er ihn nach seinem Zimmer schleppte und den Matrosen warten hieß. Dieser betrachtete ihn mit finsterem Lächeln und blieb an der Tür stehen.

Herr Trick schleppte Stubborn ohne weiteres nach dem Sekretär und forderte ihn auf, das Gold einzustecken und nach dem Schiff zu kommen.

„Behalten! Halb und halb!" lallte Stubborn schläfrig.

„Unsinn!" sprach Trick ärgerlich, „es muß fort, also machen Sie keine Geschichten."

Stubborn zog trübselig einen Schlüssel hervor und holte die Goldrollen aus dem Sekretär, die er einzustecken versuchte. Sie fielen ihm jedoch aus der Hand und neben die Tasche auf den Boden, worauf er hastig danach griff und sie wieder aufraffte.

„Geht nicht. Habe keine Taschen bei mir", lallte er immer mehr betrunken.

„Nun, das ist ein prächtiger Kerl, wenn es gilt", lachte Trick. „Geben Sie her", fuhr er fort, „ich will sie einstecken, damit wir weiterkommen."

Stubborn legte sich über die Rollen und sah ihn stier an, wobei er den schwachen Versuch machte, Hilf und Diebe zu schreien.

„Oh, so hol' doch der Teufel Sie Schwachkopf", schrie jetzt Trick ärgerlich. „Da passen Sie auf: eins, zwei, drei, vier", und bei jeder Rolle so weiter zählend, steckte er sie in seine Taschen, zum stummen Entsetzen des Prinzipals, der nun den mißlingenden Versuch machte, ihn bei der Brust zu packen, und die Ansicht aussprach, daß Trick mit dem Golde durchgehen wolle, worauf er seinen Hut ergriff und, diesen in der Hand, einzuschlafen begann. Plötzlich fuhr er aber wieder empor, befühlte alle Taschen Tricks und sprach schluchzend: „Sie werden – doch – nichts ver–lieren?"

„Nein, nein!" tröstete dieser und wollte gehen. „Schlafen Sie Ihren Rausch aus", sprach er dann, und Stubborn fiel auch auf einen Stuhl zurück und schloß wieder die Augen.

Trick ging lachend mit dem Matrosen nach der „Alten Liebe" zu. Er war aber noch keine fünfzig Schritt weit, als Stubborn in einem großen Bogen aus dem Haus schoß und im Zickzack bei ihm ankam. Er fühlte sofort nach seinen Taschen und sah dann tiefsinnig auf den Weg, wobei er die Befürchtung aussprach, daß einige Rollen verloren sein müßten. Dann setzte er den Hut schief und erklärte, er wolle mit an Bord gehen und Quittung haben.

Da weiter nichts mit ihm anzufangen war, so nahmen ihn Trick und der Matrose unter die Arme und führten ihn zu dem Boot, das nach der Brigg hinüberruderte.

Als das Boot am Schiff unter dem Fallreep lag, das aus zwei Tauen und schmalen Querhölzern bestand und für einen Nüchternen schwer genug zu ersteigen war, wobei die Jolle noch auf und ab tanzte, machte Trick den Vorschlag, seinen Prinzipal an ein Tau zu binden, um ihn sicher hinauf zu bringen. Damit kam er jedoch schön an. Stubborn blickte eine Weile aufmerksam umher und erklärte dann, daß er zuerst hinauf wolle. Wenn einer angebunden werden müsse, so sollten sie Trick anbinden, aber an den Hals. Hierauf stieg er ohne weiteres auf die schwanke Leiter, auf der ihm Trick unmittelbar folgte.

Stubborn war auf der Reling angelangt und hielt sich an einer Pardune fest, als Trick die Hand auf den Rand legte, im selben Augenblick jedoch einen solchen Tritt von Stubborns Fuß darauf erhielt, daß er mit einem Schrei losließ. Einer der spanischen Matrosen wollte ihn bei der andern Hand festhalten, riß sie aber aus Ungeschick gleichfalls los, und Trick stürzte infolgedessen rücklings in die Flut, die über ihn zusammenschlug, weil das Boot abgetrieben war und ein Ruder verloren hatte, nach dem die Matrosen fischten.

Auf das Geschrei kamen sie wieder heran, aber zu spät.

Herr Trick war zwar sogleich wieder aufgetaucht und suchte sich an die Schiffsplanken zu klammern, diese waren jedoch zu glatt, er trieb an ihnen hin und sah in Todesangst hinauf, wo er Stubborns Gesicht mit grimmig höhnischem Lächeln weit über Bord gebogen erblickte und dann unter dem Stern des Schiffes verschwand.

Die Dämmerung war bereits eingetreten, als das Unglück geschah. Man sah auf das Wasser. Es zeigte sich nichts – Herr Trick war mit dem Gold versunken.

„Zehntausend Taler in Gold!“ jammerte Stubborn plötzlich ganz nüchtern geworden. Dann blickte er wieder suchend über Bord und murmelte: „Nun hat es mit dem ‚halb und halb‘ ein Ende.“

Achtund-
zwanzigstes
Kapitel

Am St.-Pauli-Fischmarkt

# Es kommen einige zu ihrem Geld

Stubborn stand noch lange über den Stern des Schiffes gebeugt und starrte in das Wasser hinab, auf dem die Dunkelheit lag. Der Flutstrom hielt das Schiff mit dem hinteren Teil elbaufwärts, wo die Gegenstände im Wasser nicht so sichtbar waren wie seewärts im Abendschein, der sich auf den Wellen spiegelte. Die beiden Matrosen im Boot waren hinter den Stern getrieben und hielten sich dort an einem herabhängenden Tau fest, um wieder längsseit zu kommen. Stubborn sprach leise einige Worte mit ihnen und ging dann zum Kapitän, gegen den er in Klagen über den Verlust seines Buchhalters und der zehntausend Taler ausbrach. Er bat ihn um Papier und Feder und schrieb einige Zeilen an die Adresse, die das Geld empfangen sollte, worin er den Unfall meldete und Sendung mit nächster Gelegenheit anzeigte. Der Kapitän versprach, den Vorfall zu erzählen und die Verzögerung zu entschuldigen und ließ hierauf den trostlosen Kaufmann an Land setzen.

Die Matrosen blieben lange aus, bis sie etwas betrunken zurückkamen. Sie hängten das Boot hinter dem Stern in die Kranblöcke, damit man es gleich aufholen könne, wenn der Anker gelichtet war, und kletterten an den Tauen in die Höhe, um sich ein wenig schlafen zu legen. Sie hatten jedoch an diesem Tag Malheur, denn der Kapitän wetterte sie nach kurzer Zeit heraus. Er fluchte greulich, weil das Boot abgetrieben und in der Dunkelheit verschwunden war.

Stubborn nahm die Tröstungen über seinen Doppelverlust mit großer Resignation hin und blieb noch in Cuxhaven, um die Sache mit den Helgoländern abzuwickeln. Als diese hörten, daß der Buchhalter mit zehntausend Taler Gold in den Taschen auf den Grund gegangen sei, löste sich sofort der größte Teil aus, indem sie zufällig noch Geld fanden. Die Helgoländer fischten dann Tag und Nacht nach Herrn Trick und ließen keine Sandbank und keinen Flußwinkel undurchsucht – der Fisch wäre zu wertvoll gewesen –, sie fanden jedoch nichts, und Stubborn reiste nach drei Tagen mit der kummervollen Gewißheit aufwärts, daß sein Buchhalter unwiederbringlich versunken sei.

Er fuhr mit einem London-Dampfer und war während der Auffahrt besser gelaunt als jemals in der letzten Zeit. Der große Verlust schien ihm weniger Kummer zu machen, als man der Summe nach, Herrn Trick ganz abgerechnet, vermuten konnte. Er frühstückte mit sehr gutem Appetit und erging sich dann auf dem Achterdeck, wobei er von Zeit zu Zeit lächelnde Blicke auf den Strom warf und einigemal laut lachte, wonach er sich jedoch scheu umsah, ob es jemand gehört habe. Je mehr man sich Hamburg näherte, desto zufriedener wurde sein Gesicht, denn er fühlte sich von einer schweren Last befreit.

Es war fast Börsenzeit, als er sich seinem Kontor näherte und es doch nötig fand, sein Gesicht in einige Trauerfalten zu legen, um dem Personal die Unglückskunde mitzuteilen. Er mußte jedoch vor der Tür den Mund noch einmal zum Lachen breitziehen, ehe es ihm gelang, die Mundwinkel hinabzusenken. Nachdem er ein würdevolles Gesicht zuwege gebracht, trat er endlich ein.

Er blieb an der Tür stehen. Sein Gesicht überzog sich erdfahl, während die Augen aus dem Kopf traten und die Haare zu starren begannen, denn an seinem Pult saß – Herr Trick, ganz wie gewöhnlich, mit emporgerutschten Beinkleidern, aber vor Vergnügen über die Ankunft des Prinzipals glänzend und mit beiden Händen die Haare gegen ihn kehrend.

Stubborn glaubte ein Gespenst zu sehen. Herr Trick sprang jedoch, ganz Fleisch und Bein, vom Sessel herab, öffnete die Tür zum Kabinett mit einer tiefen Verbeugung und einem einladenden Handschwenken, dem nicht zu widerstehen war. Stubborn ging maschinenmäßig hinein, wie ein verdammter Geist die Pforte der Hölle passieren muß. Er setzte sich vor seinen Schreibtisch wie in den Richtstuhl auf einem Schafott. Auf dem Tisch lagen zwölf Stück bleierne Uhrgewichte in einer Reihe, bei deren Anblick er fast ohnmächtig wurde.

Herr Trick wies lächelnd darauf hin, klopfte an seine Nase, worauf er sagte:

„Sehr gut, halb und halb! Sehr gut. Ich hätte Ihnen den Spaß nicht zugetraut. War wirklich prächtig ausgedacht und prächtig ausgeführt. Zieht aber nicht bei mir. Trage stets Schwimmgürtel unter der Weste, wenn ich aufs Wasser gehe, und habe deshalb die Louisdore gerettet. Sind freilich etwas seebeschädigt. Bitte mir deshalb genausoviel andere dafür aus, die sich besser halten. Bitte mir dann zweitausend Taler Schwimmgeld und fünfzehnhundert für die Helgoländer aus – halb und halb! Wollen dabei bleiben. Also dreizehntausendfünfhundert Taler preußisch. Habe keinen Pfennig dabei – ist fast der Selbstkostenpreis."

Stubborn schnappte einigemal nach Luft und fand dann die Sprache wieder. „Weshalb haben Sie nicht gerufen, wenn Sie über Wasser waren?" fragte er heiser.

„Wollte mich nicht gern auf den Kopf schlagen lassen, wie Sie den Matrosen empfahlen, wenn ich auftauchte."

Stubborn sank hier zusammen, da er sah, daß alles Leugnen seines Anschlages umsonst sei. „Nein, nein, bin nicht so leicht zu fangen, obgleich Sie Talent für die Branche haben. Wahrhaftig viel Talent", sprach Trick aufmunternd. „Ich werde Ihnen Gelegenheit verschaffen, es zu üben. Aber nicht an mir – das müssen Sie sich aus dem Sinn schlagen. Geht wahrhaftig nicht", schloß Trick kopfschüttelnd und fuhr fort:

„Habe mit Schmerzen auf Sie gewartet, weil ich Geld brauche. Die zehntausend Mark vom vorgestrigen Wechsel sind draußen. Deshalb zahlen Sie. Ich brauche bis sechs Uhr zehntausend Mark, das übrige morgen. Bleiben dann dreiundzwanzigtausendsiebenhundertundfünfzig Mark. Kann's nicht billiger liefern. Ist wirklich Selbstkostenpreis."

Hiermit ging Herr Trick laut lachend in das Kontor zurück und ließ Stubborn in dumpfer Verzweiflung vor den Bleigewichten, die er anstarrte und die sich an ihn hingen als Schwerpunkte des mißglückten Versuchs, einen verhaßten Kompagnon abzuschütteln.

Trick verdankte allerdings seiner Vorsicht, den Schwimmgürtel anzulegen, diesmal sein Leben. Er hatte keine Ahnung von dem freundschaftlichen Plan, durch den sich der Prinzipal seiner entledigen wollte, denn er traute ihm nicht so viel Energie zu und hielt die Sache so lange für Zufall, bis er im Wasser lag. Als er jedoch das Gesicht Stubborns über der Reling sah, wurde ihm alles klar. Er trieb mit dem Strom unter den Stern des Schiffes, wo ihn das Wasser an das Steuerruder drückte. Hier erfaßte er die Ketten, die an der Seite angebracht waren, und hing ein Weilchen, um zu verschnaufen. In diesem Augenblick trieb das Boot hinter das Schiff, und Trick, den die Dunkelheit verbarg, weil nur sein Kopf über Wasser war, hörte die freundliche Ermahnung Stubborns an die Matrosen und hielt sich wohlweislich still. Er mußte eine verzweifelt lange Zeit in dem zum Glück warmen Wasser hängen, bis die Matrosen zurückkamen. Er würde nach Hilfe gerufen haben, da er aber den Spaniern nicht traute und sah, daß man die beiden Bootsblöcke herunterzog, um das Boot daran einzuhängen, so faßte er Geduld und schwor, sich die Partie bezahlen zu lassen. Da ihn auch in der nassen Lage der Spekulationsgeist nicht verließ, so gedachte er sich des Bootes zu bemächtigen, um den meuchlerischen Spaniern wenigstens noch einen Possen zu spielen. Außerdem malte er sich das Vergnügen lebhaft aus, das ihm bevorstände, wenn ihn Stubborn lebend erblicken würde.

Die Matrosen verschwanden kaum in der Höhe an den Tauen, als auch Trick seine Kette losließ und mit dem Strom gegen das Boot trieb. Er hielt sich fest und hakte leise die beiden Blöcke aus, worauf das Fahrzeug mit der Flut und in der Dunkelheit unbeachtet aufwärts trieb. Trick blieb ruhig am Spiegel hängen und wartete, bis er außer Hörweite des Schiffes war, worauf er mit vieler Mühe in das Boot kletterte. Da das Wasser wärmer war als die Luft, so fing ihn an zu frieren. Er saß in einer fast ebenso schlimmen Lage wie früher im Wasser, denn die Nacht wurde kalt und seine Kleider trieften von Nässe. Die Zähne begannen ihm bereits zu klappern, als er den Schein eines Feuers erblickte und darauf zurudernd eine holländische Kuff fand, aus deren Deckskajüte das einladende Licht glänzte.

Die drei phlegmatischen Holländer, die um den Ofen saßen und ihren Tee kochten, nahmen vor Verwunderung ihre Tonpfeifen aus dem Munde, als Trick an Bord stieg. Da sie sahen, daß er ganz durchnäßt war, so räumten sie ihm sofort einen Platz neben dem Ofen ein, während der Älteste eine tüchtige Portion Genever in seine Teekumme zu dem Tee goß und diese dann dem nassen Gast in die Hände schob.

Trick erfuhr, daß die Kuff nach Glückstadt aufsegeln wolle und Wind und Flut erwarte. Später wollte sie nach Hamburg. Trick verhandelte seine Mitreise bis Glückstadt. Glücklicherweise führte er noch Geld bei sich und brauchte die Goldrollen nicht sehen zu lassen. Er borgte sich von den Leuten einen alten Schifferanzug, gegen den er zwölf Taler einsetzte, um ihn später in Hamburg wieder abzuliefern. Er sah komisch darin aus.

So fest und gesund der Schlaf der Seeleute war, so bemerkten sie es doch, als sich der Wind erhob, und waren sofort dabei, die Segel und den Anker aufzuholen. Dies hatte zur Folge, daß man schon nach Sonnenaufgang bei Glückstadt ankam, wo Herr Trick Abschied nahm, mit seinem nassen Kleiderbündel in das eroberte Boot stieg und mit der Flut aufwärts ruderte. Da der Wind von unten kam, so stellte er zwei Ruder aufrecht, über die der nasse Rock gehängt wurde, um zu trocknen und zugleich als Segel zu dienen. Die Goldrollen legte er neben sich in das Boot, öffnete jedoch eine, um einige Louisdore für vorkommende Fälle einzustecken. Er betrachtete sie als sein sauer erworbenes Eigentum und dachte gar nicht daran, sie Stubborn wiederzugeben. Er erstaunte jedoch über alle Maßen, als ein bleiernes Uhrgewicht zum Vorschein kam, als er das Papier aufriß. Eine Untersuchung der übrigen Rollen ergab ein gleiches Resultat. Trick sah erst jetzt den ganzen, schlau berechneten Mordplan seines Prinzipals ein und saß lange in Erstaunen über dessen ungeahntes Talent. Er wurde fast von Hochachtung für ihn erfüllt.

Das Boot lief schnell vor dem Winde und dem improvisierten Segel, so daß Herr Trick bei Hochwasser in der Gegend von Wedel ankam. Er dachte eben daran, ob es nicht besser sei, das Boot an einen Ewer zu hängen, da fiel sein Blick unterhalb Blankenese auf ein Fahrzeug, das ihm bekannt vorkam. Er steuerte darauf zu und erkannte in dem Steuermann den Meister Wöllers und im Kutter den „Seehund". Der Kutter wurde angerufen, worauf Wöllers sofort herüberkreuzte. Er erstaunte nicht wenig, als er Herrn Trick erkannte und sein Schifferkostüm sah, wonach er vermutete, daß der Buchhalter ebenfalls für die Nautik schwärme. Wöllers befahl Krischaan, einen Punsch zu brauen und aufzutragen, was da sei. Dann stellte er dem Buchhalter einen alten Seemann als „Steuermann Starke" vor, der sich ein Vergnügen daraus mache, den „Seehund" Mores zu lehren und ihm seine Untugenden abzugewöhnen, weshalb man die schönen Herbsttage noch zu Kreuzzügen benutze.

Auf der Fahrt fragte Trick wie zufällig, ob Herr Wöllers damals den Brief an das Dampfschiff gebracht habe.

Der Meister erzählte nun mit großer Entrüstung, wie er auf der Fahrt von Piraten überfallen und ihm nicht nur alles Eßbare, sondern auch alle Papiere und mit ihnen der Brief an Schwarz geraubt worden sei. „Wo ist jetzt Herr Schwarz? Ich habe ihn noch nicht gesehen", wandte er sich an Trick.

Dieser zuckte mit den Achseln: „Wir haben nichts mehr mit ihm zu tun. Ich glaube, er ist noch im Winserbaum."

„Im Winserbaum!" rief Wöllers erschrocken, „und weshalb?"

„Ja", sagte Trick bedauernd. „Es waren bei uns bedeutende Defizits und – und der Bruder ist nach Batavia. Wir wollen die Sache so kulant wie möglich abwickeln und ihm, wenn er loskommt, sogar die Mittel geben, über See zu gehen. Aber der junge Mann ist hartnäckig und mag sehen, wie weit er kommt."

Meister Wöllers war ungemein erstaunt und meinte, daß Schwarz keine Schuld habe.

„Und wissen Sie denn, ob der Brief, den Sie ihm bringen sollten, nicht vielleicht eine Warnung enthielt? Wer gab ihn Ihnen zur Besorgung?" fragte Trick lauernd.

„Hm, ich erhielt ihn von seinem Bruder, als dieser in See gehen wollte“, sprach Wöllers.

„Nun, da sehen Sie ja! Ist das nicht verdächtig? Wenn man nur den Brief auftreiben könnte!“

„Wahrhaftig“, murmelte Wöllers, „man hat nicht einmal mehr auf dem Wasser seine Ruhe.“

Am nächsten Vormittag saß Meister Wöllers wieder auf dem Kutter, der noch auf seinem Ankerplatz lag. Krischaan mußte ihn in dem von Trick erstandenen Boot hinausrudern, während er mit tiefsinniger Miene im Stern saß, wie das einem Kapitän geziemt. Mit der Flut kamen mehrere kleine Fahrzeuge aufgesegelt, wovon einige bei den Ewern Anker warfen, während andere nach der Stadt weiterliefen. Wöllers sah auf einem ein bekanntes Gesicht unter einer Zipfelmütze hervorschauen und schrie: „Holla! – Herr Peter Wübbe – Peter Wübbe – hierher!“

Peter Wübbe hatte jedoch kaum den „Seehund“ erkannt, so braßte er sein Segel an und steuerte nach der Stadt hinüber, um aus Wöllers' Stimmbereich zu kommen.

„Teuf, du Halunke! Dich wollen wir wohl kriegen!“ schrie ihm Wöllers nach, „Krischaan, mach das Boot klar, wir wollen dem Seeräuber nach und ihm die vier Taler abnehmen, die ich dir hiermit schenke. Ich rudere zu Gevatter Schünnemann, den wir mitnehmen.“

Das Geschenk war zwar für Krischaan sehr problematisch. Er ruderte aber zu und dachte, Peter Wübbe würde schon zahlen müssen. Wöllers war wütend auf die Finkenwerder und wollte sich von ihnen nicht betrügen lassen. Er holte deshalb Schünnemann ab und begann seinen Kreuzzug gegen den Elbpiraten. Da man hoffte, diesen bei der Holzbrücke zu finden, wo sich die Fischewer meistens versammelten, so fuhr man dahin.

Hier war ein solches Durcheinander und Getümmel, daß es im ersten Augenblick unmöglich schien, ein Fahrzeug oder eine Person herauszufinden. Die Anlande und Treppe war mit Fischweibern erfüllt, deren weiße Mützen mit breiten Flügeln wie große Fische in der Luft umherwogten. Wo Peter Wübbe hingekommen war, wußte kein Mensch, obgleich er vor fünf Minuten seine letzten Aale verkauft hatte. Wöllers suchte ihn überall und rief umsonst seinen Namen. Er war nirgends zu finden. So stieg er wieder ins Boot, um unverrichtetersache abzuziehen. Krischaan behauptete jedoch, daß Peter Wübbes Zipfelmütze auf einen Moment in seiner Kajütluke erschienen sei, als der Meister die Treppe nach dem Markt hinaufstieg, und wo Wübbes Zipfelmütze sei, da müsse Wübbe auch sein. „Gut denn! Warten wir's ab", sagte Wöllers. „Schünnemann soll sich auf der Brücke postieren. Ich gehe mit ihm scheinbar nach der Stadt hinein, und du gibst vom Boot aus acht."

Nun ging Wöllers mit Schünnemann nochmals in die Nähe des Fischewers und rief wiederholt nach dem Fischer. Dann sagte er so laut, daß es dieser hören mußte, wenn er im Fahrzeug war: „Na, du siehst, daß er nicht da ist! Laß uns auf dem Rückweg noch einmal nachsehen" – worauf er mit dem Gevatter langsam die Treppe nach der Straße hinaufstieg.

Krischaan hatte sich indes leise mit dem Boot neben den Ewer geschoben und lauerte dort zusammengekauert und die Luke im Auge behaltend, wobei er aus der Fangleine eine große Schlinge zurecht machte. Es mochten auch kaum zwei Minuten verflossen sein, als aus dem Dunkel der Luke die helle Troddel einer Zipfelmütze langsam emporstieg, der alsbald die Mütze selbst und unter ihr das pfiffig schmunzelnde Gesicht Peter Wübbes folgte, bis es, mit den Augen gerade über Bord, den Landungsplatz und die Treppe fixierte. Da sich dort nichts Verdächtiges zeigte, so schob sich der Kopf vollends herauf, welchen Augenblick Krischaan nur abgewartet hatte, um ihm die Schlinge überzuwerfen und zuzuziehen.

Peter Wübbe fühlte kaum die Berührung, als er wie ein gefangener Lachs untertauchte. Da jedoch Krischaan das Tau um die Ruderdolle legte und außerdem noch aus Leibeskräften daran zog, denn Krischaan hätte, um die vier Taler nicht einzubüßen, eher vier Finkenwerder stranguliert, so blieb dem Fischer kein anderer Ausweg, als hervorzukommen oder sich erdrosseln zu lassen.

Wöllers und Schünnemann wollten sich vor Lachen ausschütten, wie Krischaan den Finkenwerder am Tau aus der Luke zog und ihn halb erhenkt auf Deck brachte. Peter wollte zwar kein Geld herausgeben und sprach von „innerlichen Schäden" und „Doktorrechnung". Es half jedoch alles nichts, er mußte endlich unter dem Gelächter seiner Kameraden die vier Taler aufzählen, da er, wie die Fischer bestätigten, eben erst zehn Taler für die Fische eingenommen. Krischaan steckte das Geld in die Tasche, knöpfte sie zu, schlug mit der Hand darauf und gab so pantomimisch zu verstehen, daß er den sehen wolle, der sie ihm wieder heraushole.

Die Kirche von Suderburg

Neunundzwanzigstes Kapitel

# Ein Besuch aus der Heimat

Die einsamen, ganz von der Welt abgeschnittenen Dörfer der Lüneburger Heide liegen in glücklicher Ruhe wie Oasen in der Wüste. Am Ufer eines braunen Baches, zwischen Gebüsch und Baumgruppen versteckt, entdeckt man sie kaum, weil sie oft keinen oder nur einen sehr kleinen Kirchturm haben.

Dieses war auch mit dem Dorf Suderburg der Fall, das in der Gegend von Ülzen behaglich zwischen Buschwerk an einem Bache lag, in dessen braunem Wasser sich Forellen befanden, Fische, die ein Fremder wohl hier nicht gesucht haben würde. Das Dorf barg aber noch manches, was man in der Heide nicht vermutet und was den Bewohnern die Einsamkeit versüßt. Da gab es vor allem Honig wie Gold und in solcher Menge, daß die Bewohner damit und mit dem ausgepreßten Wachs einen nicht unbedeutenden Handel trieben.

Außerdem verspeisten die Suderburger in ihrer Abgelegenheit den besten Schinken, Schweine- und Kalbsbraten, desgleichen Butter und Käse, geräucherte Würste, Hühner, Gänse und ausgezeichnetes Brot und Kartoffeln. Da sie viel Zeit hatten und sich nicht um die Außenwelt kümmerten, so erfreuten sie sich eines behäbigen, gesunden Daseins. Obgleich der Ort sehr klein war, ein Kirchturm befand sich dennoch darin, wenn auch von etwas sonderbarem Aussehen und mit dem eigentümlichen Umstand verbunden, daß er einige hundert Jahre früher dastand als das Dorf. Man erkannte auf den ersten Blick, daß das Kirchturmgeschäft nicht seine ursprüngliche Bestimmung gewesen. Seine runde Form, die dicken Mauern mit starken Strebepfeilern, die kleinen Fensterlöcher, alles dies gab ihm ein trotziges Aussehen und zeigte dem Kundigen sogleich an, daß er eines jener Nester vor sich habe, wie sie die Schnapphähne des fünfzehnten Jahrhunderts gern erbauten. Die Sage ließ auch hier früher einen solchen Herrn wohnen, der vom Stegreif lebte. Jetzt hatte man dem Kastell des verschollenen Herrn ein Dach aufgesetzt, einige kleine Glocken hineingehängt und eine viereckige Kirche in holländischem Stil daran gebaut, deren Fenster in dem Maße zu groß waren wie die des Turmes zu klein.

Auf dem Platz vor diesem Turm standen die Männer des Dorfes versammelt und sahen wartend nach dem Hause des Vogtes. Sie befanden sich alle im reisefertigen Zustande und besprachen zwei wichtige Ereignisse. Erstens war Pferdemarkt in Ülzen, und zweitens stand der Vogt im Begriff, eine ungeheure, tollkühne Reise zu unternehmen, wie sie seit Menschengedenken kein Einwohner von Suderburg gewagt. Er wollte nach Hamburg, um zwei Brüder aufzusuchen, die vor undenklichen Zeiten als junge Burschen dorthin wanderten und ihr Schäfchen ins trockene gebracht haben sollten: der jüngere und wirkliche Bruder als Weinwirt und der ältere Stiefbruder gar noch höher, als Bürgermeister, Minister oder so etwas. Das Gerücht hierüber war unklar, und Peter Laarsen, der Vogt, faßte den Entschluß, die Sache an Ort und Stelle zu ergründen. Jetzt saß er in seinem Haus und machte sich reisefertig, d. h. er versorgte seinen Magen mit allen möglichen Dingen, die auf dem massiven, weißgescheuerten Holztisch standen.

Der Vogt stieß endlich einen tiefen Seufzer aus, weil es ihm unmöglich war, den Tisch in seinen Magen abzuräumen. Dann stand er auf, nahm den Quersack, in welchem er zwei große Schachteln Honig steckte, und machte nochmals einen Rundgang durch das Hauswesen. Es verstand sich von selbst, daß die Pfeife in Brand gesetzt wurde, ehe der Vogt das Haus verließ, um mit den Männern fürbaß zu wandern. Sie gingen aus der Suderburger Oase in die wüste Heide hinein, wohin die Frauen den Abziehenden noch lange mit den Augen folgten, bis jene zwischen den Hügeln verschwanden.

Die kleine Karawane rückte stetig vorwärts. Die Sonne lag auf der Heide und zog einen leichten Dunst daraus empor, in dem die entfernten Gegenstände zitterten. Kleine Büsche und Stauden schienen ihren Platz zu wechseln und sahen am fernen Horizont viel größer aus als sie waren. Endlich erblickte man lebende Wesen am Horizont. Erst tauchten sie einzeln auf, dann kamen sie von allen Seiten zu Fuß und zu Pferd in der unermeßlichen Heide daher und zogen alle nach einem Punkte hin. Dieser Punkt war der Turm von Ülzen, wo die Heidebauern den Pferdemarkt schon im besten Gange fanden, als sie ankamen.

Nachdem die Suderburger einige Zeit gegessen, getrunken und gehandelt, trennte sich der Vogt von ihnen und ging nach Ülzen hinein, wo er ein altes Haus mit spitzem, vielfach verziertem Giebel aufsuchte, das vielleicht schon den Till Eulenspiegel gesehen haben mochte, als er einst den Jahrmarkt zu Ülzen besuchte und dort einen Bauer mit Hilfe eines losen Gesellen und eines Pfaffen um ein grünes Londoner Tuch betrog, indem er ihm weismachte, es sei blau. In dem alten Hause summte es von Gästen wie in einem Bienenstock, und der Vogt trank dort Kaffee, bis Laarsens Handelsfreund Meier vorfuhr und sie dann zur Stadt hinaustrabten, um nach Lüneburg zu gelangen, wo Laarsen bei seinem Handelsfreunde blieb, der es sich nicht nehmen ließ, ihn am andern Tage nach Harburg zu kutschieren.

Peter Laarsen konnte kaum schlafen, da er sich so nahe bei Hamburg und seinen Brüdern wußte. Er dachte sich die schlanken Jungen und war neugierig, wie sie aussehen und wie ihre Familien ihn, den Onkel, aufnehmen würden. Mit Tagesgrauen stand er am Köhlbrand, dem Elbarm, der bei Harburg vorbeifließt, und blickte verwundert nach den kleinen Seeschiffen, die hier vor Anker lagen. Er sah sie zum erstenmal in seinem Leben und staunte über die Verschwendung von Tauen und über die Matrosen, die hoch oben ein Segel festbanden. Dann wandte sich seine Aufmerksamkeit einer kleinen Ewerflotte mit roten Segeln zu, in die man unablässig gefüllte Milcheimer trug und nebeneinander aufstellte. Er vermutete ganz richtig, daß man diese Milch nach Hamburg bringen wollte, und fragte an, ob man geneigt sei, ihn für Geld und gute Worte mit hinüberzunehmen. Als ihm dies freundlichst gewährt wurde und er in einem Ewer Platz genommen, fragte er einige Milchleute, ob ihnen in Hamburg ein gewisser Laarsen bekannt sei, der einen Weinhandel führe.

Welche Frage den Milchleuten gegenüber, die eher von Napoleon nichts gewußt hätten als von Jan Laarsen an den Kajen! Sobald bekannt wurde, daß der Wanderer ein Bruder des Kellerwirtes war, der jenen besuchen wolle, stieg das Interesse und man lud ihn sogleich in einen Ewer um, der direkt bei Laarsen anlegte. Die Bemannung des Fahrzeuges betrachtete den Passagier wie einen kostbaren Schatz, der ihrem Grogfürsten im besten Zustande überbracht werden mußte. Laarsen traf es glücklich, denn der Wind stand gut, und der Ewer, in dem er saß, lief lustig zwischen den Ufern des Köhlbrandes hin, auf dem es von kleinen Fahrzeugen wimmelte, während behäbige Häuser auf dem Deich lagen, bei denen Vieh umherlief. Der Reisende betrachtete die lebendige Umgebung mit Interesse. Wie erstaunte er aber, als man aus dem Köhlbrand in die große Elbe einsegelte und sich das ganze Panorama von Altona und Hamburg vor seinen Blicken ausbreitete.

Der Ewer legte sich an die Kajen, und Laarsen stieg mit jener beklommenen Neugier an Land, die wir fühlen, wenn wir einen Verwandten oder einen Freund aufsuchen, der seit unserer Kindheit fern von uns lebte, oder wenn wir nach einem Vierteljahrhundert in unsere Vaterstadt zurückkehren, wo wir weder Verwandte noch Freunde finden und fremd durch die Straßen wandern, in denen wir unsere Kindheit verlebten.

Jan Laarsen saß, wie immer bei gutem Wetter, auf der Brüstung seiner Kellertreppe und rauchte die holländische Pfeife. Er sah augenblicklich, daß der Ankömmling kein Milchmann, sondern ein Landsmann aus der Heide sei, und starrte ihn regungslos an. Er erkannte ihn so wenig wie dieser ihn, denn der Bauer blieb mit seinem Quersack und weit geöffnetem Mund mitten auf der Straße stehen, blickte verwundert und ungläubig auf Jan und fragte endlich lachend: „Un dat is würklich Jan Laarsen ut Suderburg?"

„Suderburg!" – Das Wort klang wie ein leiser Akkord in die Ohren des Kellerwirtes. Er hatte es lange nicht gehört und nicht daran gedacht, und jetzt stand der runde, trotzige Turm mit der viereckigen Kirche daran und dem Vaterhaus daneben vor seinen Augen. Und der da mit dem Quersack heraufgestiegen war und vor ihm stand – war das nicht sein Vater, wie er ihm vor dreißig Jahren das Geleit nach Ülzen zum Jahrmarkt gab? Gerade zur selben Herbstzeit?

Jan Laarsen saß sprachlos und sah rings im Kreis der Milchleute umher, die neugierig um beide standen. Er zeigte mit der Pfeife fragend auf den Mann, und als der Chor das Wort Bruder aussprach, ließ er die Pfeife fallen, daß sie in vier Stücken die Kellertreppe hinabkollerte, und öffnete die Arme weit, um den unerkannten Bruder hineinzuschließen, während ein paar große Tränen aus seinen Augen über die weiße Schürze rannen.

„Bist du der lüttje Peter, der so groß war?" sprach er, mit der Hand an Peters Hüfte zeigend. „Wahrhaftig, ich dachte, es wäre unser Vater, wie ich dich sah."

„Nee, Jan! Jan!" entgegnete Peter lachend. „Was warst du für 'ne Stange, als ich dich damals fortgehen sah, und was bist du jetzt für 'ne Tonne geworden! Er ist aber immer noch der alte Spaßvogel. Er hält mich für meinen Vater", wandte er sich lachend an die Milchleute.

Jan war aber aufgesprungen und packte Peter beim Arm. „Runter, Junge! Runter alle Jungens!" rief er und schleppte seinen Bruder die Kellertreppe hinab, um ihn seiner Frau zu zeigen und ihm Quartier zu machen, während die Milchleute nachtrampelten, um einen guten Schluck zu nehmen und dann die Milch auszutragen.

Peter war indes feierlich installiert und die Brüder saßen bei der besten Flasche Wein, die der Keller barg, wozu Peter erzählte, was es aus der Heide zu erzählen gab. Das war nun freilich nicht viel, denn dort rann das Leben im stillen, gleichmäßigen Strom wie der braune Bach und blieb sich durch Jahrhunderte gleich. Anders war dies bei Jan, der von Kämpfen und Mühen, von Gewinn und Verlust zu berichten, aber nun sein Schäfchen im trocknen hatte.

„Und was macht unser Stiefbruder?" fragte Peter endlich, nachdem die eigenen Angelegenheiten ziemlich erschöpft waren. „Hee sall jo woll gor Bürgermeister oder so wat worrn sin?"

„Senater!" erklärte Jan. „Ja! ja! Hee harr ümmer banniges Glück. Senator is Eiskuhl worrn!"

„Senator?" schrie Peter verwundert. „Das ist ja wohl soviel wie Minister oder so was."

„Oh, noch viel mehr! Eiskuhl war pfiffig, und dann hatt er Glück – Glück as de Swinegel vun Buxtehude, un so is he Senater worrn."

„Dann trinkt er wohl seinen Wein bei dir? Denn ein gutes Glas führst du, das muß ich sagen", sprach Peter mit Anerkennung.

„Nee", entgegnete Jan kopfschüttelnd. „Ich hab' ihn seit zwei Jahren nich gesehn."

„I was?" rief Peter verwundert, „seid ihr euch böse?"

„Nich im geringsten", sprach Jan kopfschüttelnd. „Aber er is Millionär un Senator, un ich bin man 'n Kellerwirt."

Peter schüttelte ebenfalls mit dem Kopf. Er verstand das nicht und bemerkte, er möchte Eiskuhl noch heute besuchen.

Jan schmunzelte: „Geh zu ihm und erzähl mir dann, wie dir seine Frau gefällt. Erzähl mir dann, wie dich die Schwägerin aufnahm." Hier lachte Jan Laarsen pfiffig und nickte seinem Bruder zu, als seine Frau rief, daß aufgetragen sei und man zum Essen kommen solle.

Der Heidebewohner wurde deshalb wieder an die Oberfläche der Erde und dann in den ersten Stock geführt, wo man speiste. Hierauf machte er sich „fein". Dann zog er aus dem Quersack zwei neue Schachteln hervor, von denen er eine seiner Schwägerin überreichte. Etwas von zu Haus, wie er bemerkte. Die Schachtel war mit ausgesucht schönem Honig gefüllt, gelb und durchsichtig wie Bernstein, ohne eine schwarze Zelle. Die andere Schachtel war für den Stiefbruder bestimmt.

Jan hatte indes seine weiße Schürze abgebunden, ein Umstand, dessen sich niemand seit zehn Jahren erinnern konnte.

Er trug zu Ehren Peters einen schwarzen Rock und wollte diesem die Stadt zeigen. Vor allen Dingen führte er ihn deshalb nach dem Jungfernstieg, was ziemlich lange dauerte, denn Peter war nicht von dem Glockenspiel des Petriturms wegzubringen, das gerade beim Vorbeigehen zu hämmern begann. Er hielt es für ein unbegreifliches Wunderwerk und wollte durchaus die Wiederholung des Konzertes abwarten. Jan zeigte ihm Eiskuhls altes Haus, wo man erfuhr, daß der Senator nicht gegenwärtig und Madame Eiskuhl im neuen Quartier am Jungfernstieg sei.

Hier angekommen, staunte Peter die Hotels an, ging vor Salomon Heines Haus aus Respekt vor den Millionen desselben fast aus dem Leim, hielt das Alsterbassin, dieses betrachtend, für einen Feensee, wollte dann aber mit aller Gewalt die Senatorin besuchen. Da man jedoch Blumen und Pflanzen vor dem Hause ablud und hinauftrug, so brachte es Jan dahin, daß er erst zum Abend seinen Besuch machen sollte. Nun wurde Peter über die Steinwege zum Millerntor hinaus nach dem Spielbudenplatz geführt und ihm nebst dem Kasperle auch das Elysiumtheater gezeigt.

Er führte ihn für heute nur noch über „den Berg", um ihm das Matrosenleben zu zeigen, denn es war Zeit, umzukehren. Die Torsperre, dieses Schreckgespenst der Hamburger, war nicht fern, außerdem war es an der Zeit, den Besuch bei Eiskuhl zu machen.

Man nahm also beim Hafentor ein Boot und ließ sich durch den Hafen nach den Kajen zurückrudern, wo Peter die Honigschachtel unter den Arm steckte und damit nach dem Neuen Jungfernstieg ging. Er fand das Haus des Senators leicht wieder und stieg eine hellerleuchtete, mit Blumen geschmückte Treppe hinauf, denn es war indes Abend geworden.

Die Ausstattung der Salons am Neuen Jungfernstieg war in aller Stille und mit aller Pracht beendet, worauf Madame Eiskuhl ihren Gemahl mit dem Fait accompli überraschte und dieser davon so verblüfft wurde, daß er sich staunend in die neuen Räume führen ließ und mit einer grimmigen Resignation in einen neumodischen Lehnsessel warf, als ihm die Senatorin mitteilte, daß die Empfangsfeierlichkeiten sofort beginnen würden und die Gäste in seinem Namen eingeladen wären. Sein Grimm war besonders durch Henri hervorgerufen, der in schwarzer Balltracht mit weißen Glacés und frisiertem Haar zwischen einer Palmengruppe in dem zum Wintergarten verwandelten Entree saß, um die Gäste zu empfangen und mit farbigen Karten zu versehen, nach denen sie ihre Tischplätze in den verschiedenen Zimmern erhielten. Die Senatorin hatte aus Henri ein Ding gemacht, das zwischen Sekretär, Kammerdiener und Portier schwankte und diesem Herrn nicht zusagte. Er wäre lieber der Wirt selbst gewesen. Die Senatorin tröstete ihn jedoch damit, daß er von nun an ihr Sekretär sei und nicht mehr bei Tisch aufwarten solle. Beim heutigen Fest mache er gewissermaßen an Stelle des Senators die Honneurs.

Bernhart, der den ganzen Tag mit Anordnen beschäftigt war, wollte fortschleichen, weil er ermüdet und sich verstimmt fühlte. Die Töchter Eiskuhls befanden sich nun in der Stadt, und draußen war es für ihn recht einsam. Er trat deshalb in die Garderobe, um seinen Hut und Überrock zu holen. Als er durch den Wintergarten ging, verlor Henri eben ein paar Karten und kauerte sich hinter die Palmen und Blattpflanzen, um sie aufzusuchen. Da in diesem Augenblick Selma und Emma erschienen, so blieb er hinten sitzen, weil er sie nicht erschrecken wollte.

Die Mädchen sahen nach der Garderobe hin, die ein zeltartig gestreifter Vorhang schloß, der sich am Ende eines Laubenganges zeigte. Der Boden zwischen den Pflanzenkästen war mit einem dicken Teppich belegt, auf dem es sich ging wie auf einem waldigen Moosgrund. Die beiden Mädchen waren leise wie ein paar Nymphen erschienen, während Henri wie ein lauschender Faun hinter den Palmen kauerte.

„Ich habe gesehen, daß er hier heraus ist. Paß auf, er hat Lust, sich fortzuschleichen und wird draußen allein sitzen, während wir uns hier langweilen. Wir wollen ihm den Weg verlegen“, sprach Selma zu ihrer Schwester.

„Laß ihn doch gehn“, meinte diese, „er befindet sich unter den Geldsäcken nicht wohl. Laß ihn doch! Doktor Schnepfe ist ja auch nicht da!“

„Also, weil du nicht hier siehst, was du gern sehen möchtest, brauche ich auch nichts zu sehen?“ flüsterte Selma vorwurfsvoll.

„Ich gern sehen möchte?“ lachte Emma. „Oh, ich kümmere mich wohl was um den Doktor?“

„Gott bewahre! Du hast bloß den ganzen Vormittag geweint, weil du seine Einladung nicht bewerkstelligen konntest“, bemerkte Selma lachend.

„Dummes Zeug“, sprach Emma ängstlich. „Übrigens schrei nicht so! Der lateinische Pomadenbengel könnte kommen und uns hören. Der Kerl wäre imstande, der Mama etwas zu sagen, und das würde dem armen Doktor das Kommen noch mehr erschweren.“

Der lauschende Henri biß grimmig die Zähne zusammen, da gerade Bernhart erschien, den die Mädchen sofort von zwei Seiten packten, ihm den Hut wegnahmen und diesen samt dem Rock auf eine Ruhebank warfen, worauf sie ihn nach der Salontür zogen, durch die sie verschwanden.

Henri kam jetzt mit einem leisen Fluch hinter den Palmen vor und setzte sich an seinen Tisch. Er lächelte grimmig: „So, ihr Gänschen“, murmelte er, „ich will euch euren Doktor wohl versalzen, und der lateinische Pomadenbengel soll doch über den lateinischen Pflasterschmierer kommen. Wartet nur. Ein Weilchen Geduld. Henri geht langsam, aber sicher!“

Er drohte mit der Faust nach den Salons, besann sich aber gleich darauf, daß man in Glacéhandschuhen nicht gut eine Faust machen könne, weil sie dabei leicht platzen. Er machte also die Faust in Gedanken und nahm seine gelehrte Miene an, weil er die Leute kommen hörte.

Da kamen sie, die Aristokraten der freien Republik, die Marks, die Schröpfers und Zwickers, die Spickmanns und so herunter bis zum Proletariat von nur zweihunderttausend, bis zu den Hanf- und Eisenmölckes. Nur die wirklich Intelligenten und die ganz Schweren von dem Dreißigfachen wie Heine und dergleichen fehlten, was ein bitterer Tropfen in dem Kelch der Senatorin war. Dagegen kam mit Brausen und lautem Gelächter Kirchhoff an und brachte Leben in den Palmenwald und die Salons. Und Herr Henri empfing sie wie ein Hofmarschall, gab jedem die schon bestimmte Karte und öffnete die Gardine, indem er der Gebieterin mitteilte, wer erscheine.

In einer Ecke thronte diese und empfing gnädig die Gäste, die sich dann in die übrigen Salons verbreiteten, woraus man bald den Klang des Flügels hörte, und wo in kurzer Zeit vier Pagoden um je einen Tisch saßen und je dreizehn Karten in der Hand hielten, in denen sie herumsuchten, um, wenn sie ausgespielt waren, vier Geldstücke bald neben-, bald übereinanderzudrükken, wobei sie mit ihrem Visavis zornige Vorwürfe wechselten.

So vertrieb man sich die Zeit bis zum Souper. Die Senatorin schwamm in Wonne, und da die Gäste vollzählig waren, so erwartete sie Henri, ihn um die Zurichtung der Speisetische zu bitten, für die Gäste mit blauen Karten (unter einer Million) im blauen Zimmer, für die grünen im grünen Salon, und so weiter nach Farben und Millionenzahl.

Herr Henri war aber indes draußen beschäftigt, den Heidebewohner zu examinieren und hörte staunend, daß diese Figur der Bruder des Senators war und ihn zu besuchen kam. Er traute lange seinen Augen nicht. Allein schon die prächtig gelb und schwarz gestreifte altmodische Weste Peters hatte ihn förmlich niedergeschmettert, und er berechnete mit innerlichem Jauchzen die Wirkung, wenn sie im hellen Salon erscheinen würde. Das war etwas für den Senator, gerade heute!

Henri hätte vor Lust krähen mögen wie ein Hahn, der den ersten Maikäfer findet. Er hob die Gardine auf und ließ Peter eintreten, der vor der Pracht und dem Lichtmeer zurückprallte und am Eingang stehenblieb, weil ihm die Figur Spickmanns jun. Schreck und Erstauen einjagte, da ihn dieser wie ein Basilisk anstarrte.

Die Weste Peters machte einen überwältigenden Eindruck auf Spickmann. Sie kam in dieser Sphäre so unerwartet über ihn, daß er einen Ausruf des Erstaunens nicht unterdrücken konnte, wodurch sich alle Augen auf Peter richteten. Die Senatorin sah indigniert, der Senator zornig nach der Tür.

Da schob Henri Peter vollends herein, ließ die Gardine hinter ihm fallen, trat mit einem wehmütigen Blick auf die Senatorin und einem milden auf den Senator vor und verkündete mit lauter Stimme:

„Der Herr Bruder des Herrn Senators, eben erst angekommen – aus – aus –"

„Suderburg!" ergänzte Peter und suchte den Bruder unter den Anwesenden zu entdecken, was ihm aber nicht möglich war, da Eiskuhl vor vielen Jahren schlank fortgegangen und nun kugelrund dasaß, mit offenem Mund die Erscheinung anstarrend, wie alles ringsum sie anstarrte.

Vom Thron der Senatorin erklang ein lauter Schreckensruf bei der Anmeldung dieser Figur als Schwager. Das war also ein Mitglied der Familie, auf die der Senator stets hingewiesen, die er immer im Munde geführt? Wie dieser Bruder dastand, mit der entsetzlichen Weste und der Schachtel unter dem Arm, wie er sich verblüfft umsah und den Blick immer wieder auf Spickmann jun. wendete, der ihn wie eine Klapperschlange fixierte. Die Senatorin sah alles wanken und wirbeln. Sie sah, wie Henri höhnisch auf den Senator blickte, und die Sinne vergingen ihr. Sie fiel wirklich in Ohnmacht.

Der arme Peter hatte seinem Stiefbruder, dem Senator Eiskuhl, eine schöne Suppe eingebrockt. Dieser nahm ihn, halb zornig, halb gerührt vom Wiedersehen, unter den Arm und führte ihn aus der Gesellschaft, die um Madame Eiskuhl beschäftigt war, in ein Zimmer, wo er ihn erst bewillkommnete und die Töchter rufen ließ, die ihn als Onkel herzlich empfingen. Dies tat dem armen Teufel wohl, denn er merkte nur zu gut, daß er wie eine Bombe in die Verwandtschaft geflogen war. Er wäre am liebsten wieder umgekehrt und sagte dies auch dem Senator, da er nicht als armer Verwandter gekommen sei. Dabei hielt er immer noch seine Schachtel unter dem Arm, bis ihn Selma fragte, ob er ihnen vielleicht Spielzeug mitgebracht habe.

Peter hielt ihr die Schachtel hin, die sie öffnete. „Honig, Papa!" rief sie freudig und gab ihm die Schachtel. Nun war Honig nebst gelben Rüben ein Ding, das Eiskuhl über alles ging. Dazu war der Honig aus den Bienenstöcken seiner Heimat, und sein Herz wurde erweicht. Er drückte dem Bruder die Hand und gab Befehl, daß man ihm einen Platz neben sich für das Souper einräume. Er wollte es seiner Frau schon zeigen, daß er seinen Bruder anerkenne!

Wenn nur die fürchterliche Weste nicht gewesen wäre, die selbst die beiden Mädchen laut lachen machte und später eine so magnetische Anziehungskraft auf Spickmann jun. ausübte, daß er sie alle zehn Minuten mit einem Gesichtsausdruck betrachtete, als sähe er einer Hinrichtung, einem Schiffbruch oder sonst einem grausigen Naturereignis zu.

Vor der Hanseatenwache

## Dreißigstes Kapitel

# Es bringt sich jemand ins Unglück

In der Kühnmannschen Familie, die mit Senator Eiskuhl ihr Landhaus verlassen und den Winterwohnsitz in der Stadt bezogen hatte, war große, freudige Aufregung. Sekretär Förster, der Entenjäger, wie er seit seinem Wattengang genannt wurde, war eines Morgens ungemein festlich angezogen erschienen und hatte in diplomatisch-geheimnisvollem Ton „Herrn" Kühnmann in einer ernsten Angelegenheit zu sprechen verlangt. Als man ihn deshalb in den Salon führte, sah er dabei so inhaltsschwer aus und stand dort, den Hut in die Hüfte gestemmt und die rechte Hand in die Westenbrust gesteckt, mit seinem frisierten Toupet so monumental da, daß er nur in Bronze verwandelt zu werden brauchte, um sofort als Statue eines großen Diplomaten dienen zu können.

Der Ernst der Situation war so groß, daß er die würdevolle Stellung beibehielt, so oft auch die Tür des Wohnzimmers sich ein wenig öffnete und der Kopf irgendeines jüngeren Familiengliedes darin erschien, um ihn bewundernd zu betrachten. Er nahm kaum durch eine leise Wendung von diesen Neugierigen Notiz.

Endlich kam Herr Kühnmann und fragte in freundlicher Verwunderung, was ihm so früh die Ehre verschaffe, wobei ihm ein lautes Ah entfuhr, als er, die Brille in die Höhe rückend, Försters Toupet betrachtete.

Förster nahm einen diplomatischen Anlauf und rückte mit der Gegenfrage hervor, „ob Herr Kühnmann nicht vielleicht eine Ahnung von dem Beweggrund seines heutigen Besuches habe".

„Gott bewahre!" Kühnmann konnte sich wirklich die Sache nicht erklären. Der Schalk, er wußte so gut wie Förster und die übrige Familie, die an der Tür lauschend stand und vor verhaltenem Lachen bersten wollte, um was es sich handle.

Förster mußte also mit der Sache heraus und eröffnete Kühnmann, wie er sich in einem höchst unglücklichen, verzweiflungsvollen Zustand befände – geradezu jammervoll, ein solches Junggesellenleben zu führen, wenn man das Glück habe, ein steter Gast der Kühnmannschen Familie und gar der Verlobte einer Tochter zu sein. Er habe sich deshalb heute vorgenommen, ernstlich beim Herrn Papa anzufragen, ob er nicht gesonnen sei, den endlichen Tag der Hochzeit festzusetzen.

Kühnmann meinte, das werde doch wohl nicht so wütende Eile haben. Der junge Mann käme zeitig ins Malheur und würde hernach froh sein, wenn er in seiner jammervollen ledigen Lage geblieben. Ja, er vermaß sich sogar, im ganzen Gesicht lachend, daß er was drum gäbe, wenn er selber ledig geblieben wäre. Da kam er aber schön an. Förster verwies ihm solchen Leichtsinn ernstlich und ging sogar so weit, die Madame Kühnmann hereinzurufen und ihr die Äußerung ihres

Mannes mitzuteilen, worauf diese ihm klagte, daß Kühnmann ein alter schändlicher Rabengatte und -vater sei, eine Ansicht, der die hereinbrechende übrige Familie beistimmte. Kurz, Vater Kühnmann ward so in die Enge getrieben, daß er am Ende meinte, Förster solle ins Malheur laufen, wenn er Lust habe, seinetwegen könne er sich morgen mit seiner Braut trauen lassen, damit man nur endlich Ruhe kriege.

Als dieses Zugeständnis erfolgt war, kam Vetter Schwarzknopf an, der sofort auf Kühnmanns Seite trat und seinen Freund tief bedauerte, ja sogar das Taschentuch zog, um sich die Tränen zu trocknen, die ihm der baldige Verlust von Försters Freiheit erpreßte. Förster blieb trotzdem hartnäckig und rannte in sein Unglück, indem er den Tag der Trauung in vier Wochen erlangte.

Nun stürzten sich die sämtlichen weiblichen Mitglieder und Verwandten der Familie ins Gefecht für die Ausstattung, während Kühnmann in allen Tapetenlagern umherlief und Tausende von Tapetenrollen aufwickeln und an die Wand halten ließ, bis er seine Auswahl für das junge Ehepaar traf, das ein Quartier in seinem Hause bezog. Herr Kühnmann sorgte für alles, und so fand der Hochzeitstag alles richtig in Ordnung.

Schon am Morgen war große Aufregung in Kühnmanns Haus. Eine Hochzeit ist für alle Beteiligten ein Ereignis, das besonders in einer Familie, deren Mitglieder in herzlicher Liebe verbunden leben, tief eingreift. So ersehnt der Augenblick von den Eltern wird, wo der Geliebte die Tochter vor den Altar führt, so sehr fürchten sie ihn, weil sie zur selben Zeit ihr Kind eigentlich verlieren. Auch die Braut hofft und fürchtet das gleiche. Nur der Bräutigam ist im Vorteil, da er nichts verliert, sondern nur ein geliebtes Wesen gewinnt, denn er ist dem Vaterhause in dieser Zeit längst entwachsen.

Der weibliche Teil der Kühnmannschen Familie war schon von sieben Uhr an mit dem Anzug der Braut beschäftigt, an der den ganzen Vormittag herumgeputzt wurde. Da noch eine Menge weibliche Verwandte ankamen, die alle andere Ansichten zutage brachten, so schien für den Bräutigam eigentlich wenig Aussicht auf die Erlangung seiner Braut an diesem Tage vorhanden, während doch die elfte Stunde zur Trauung bestimmt war. Vater Kühnmann rettete sich in sein Kontor und versprach, halb elf da zu sein, um den schwarzen Frack und die weißen Handschuhe anzulegen und seinen Segen bereitzuhalten.

Er mußte auch noch einiges besorgen. Vor allen Dingen ging er zum Bräutigam, um sich von dessen ungetrübtem Dasein zu überzeugen, – dann ermunterte er das Gewissen des Konditors und tat ihm zu wissen, daß er die bestellte Bienenkorbtorte nebst Zubehör – als sinnige Anspielung auf ein geordnetes und fleißiges Hauswesen – Punkt zehn Uhr an der Treppe seines Kontors erwarte, um sie in Augenschein zu nehmen und beruhigt nach dem Hochzeitshaus absenden zu können. Nachdem der Konditor ihn längst vergessen, steckte er nochmals den Kopf in den Laden und bemerkte mit schrecklichem Ernst: „Aber keine Minute später", worauf er wirklich verschwand, um seine Schutenführer im Keller „Beim neuen Kran" zu überfallen, die sich diesen Tag für vollkommen sicher hielten. Nachdem er sie so ziemlich von ihrer Schlechtigkeit überzeugt, gab er ihnen zehn Taler zum Vertrinken.

Auf dem Kontor konnte er sich endlich zur Erholung ein weniges mit ein paar Kapitänen und Steuerleuten herumzanken, wobei er jede Minute die Uhr herauszog, um gegen zehn auf die Treppe zu treten und die „Nichtankunft" des Bienenkorbes zu erwarten, denn „es sei ganz gegen die Natur eines Konditors, Wort zu halten", wie er bemerkte. Wunderbarerweise hielt dieser jedoch Wort und zwei weiße Konditorlehrlinge erschienen fast zur Sekunde damit vor seiner Tür. Der gelbe Bienenkorb leuchtete schon von weitem aus dem großen Korb, der an zwei Henkeln getragen wurde. Neben dem Bienenkorb war eine Menge verlockender Sachen aufgestellt, welche den Appetit der Straßenjugend bis zur Raserei reizten. Vor der Wache standen wie immer eine Menge Hanseaten im Sonnenschein, denen der Korb natürlich eine willkommene Erscheinung war. Einer wollte die Gelegenheit benutzen, um ein Späßchen zu machen. Er setzte von hinten an, um darüber zu springen, blieb jedoch mit den Füßen hängen und fiel, so lang er war, hinein, daß der Schaum der Windbeutel über ihm zusammenschlug und der Bienenkorb wie ein alter Hut zusammengedrückt wurde.

So lächerlich dieser Vorfall für die Umstehenden war, so entsetzlich war er für Kühnmann, der einen Jammerlaut von sich gab, den er eine Oktave höher wiederholte, als er den Hanseaten aus dem Korb kriechen und wie einen Schneemann in die Wache laufen sah. Die Verwüstung im Korbe war so vollständig, daß sich auch nicht ein ganzes Stück darin fand.

Kühnmanns Zorn und Verzweiflung waren so groß, daß er die himmlischen Mächte zur Bestrafung des Übeltäters herausforderte. Da der Himmel jedoch ebenso wie die Hölle anderwärts beschäftigt schienen, richtete sich seine letzte höchste Entrüstung gegen die umstehenden Hanseaten, denen er, in den Korb zeigend, sagte, „nun könnten sie die ganze Geschichte seinetwegen auch noch auffressen!"

Kühnmann aber ging in die Wache und fragte einen Feldwebel, wo der Verbrecher sei.

„Der wird eben abgeleckt", erwiderte dieser lachend.

„Auf meine Kosten", sagte Kühnmann grimmig und verlangte zum Hauptmann geführt zu werden. Dieser empfing ihn mit mühsam unterdrücktem Lachen, versprach jedoch, den Mann exemplarisch zu bestrafen, wenn dies Kühnmann verlange. „Sie können auch auf Schadenersatz gegen ihn klagen", bemerkte er. „Dann wird der arme Teufel aber wenigstens dreißig Jahre umsonst dienen müssen."

Das war Kühnmann doch schrecklich und lächerlich nebenbei, weshalb er bat, die Sache ganz gehen zu lassen und davonschoß, um die Konditorlehrjungen vom Geschundenwerden zu retten, denn der Meister könnte eine Teufelei ihrerseits vermuten. Dann wollte der Hochzeitsvater frische Sachen für die Tafel haben, die der Konditor feierlichst versprach und als Ehrensache zu betrachten versicherte.

Nun war es aber die höchste Zeit, in den schwarzen Frack zu kriechen. Kühnmann lief nach Haus und zog sich bis auf den Schwalbenschwanz an. Mit diesem in der Hand trat er in das Toilettenzimmer der Braut und erzählte den erstaunten Damen das Schicksal des Hochzeitskuchens. Da zufällig ein großer Korb mit Garderobengegenständen im Zimmer stand, so machte er das Manöver des Hanseaten den Damen vor, sprang und fiel auf den Korb, wobei er seinen Frack hoch in die Höhe hielt, um ihn nicht staubig zu machen. Die Wirkung war urkomisch, bis man dahinterkam, daß sich Papa Kühnmann auf ein paar neue Hüte der Braut geworfen, die nun gleich dem Bienenkorb jammervoll zerquetscht waren. Worauf Kühnmanns, sich an die Bemerkungen des Hauptmanns erinnernd, den prophetischen Ausspruch tat, daß wohl Förster anstatt seiner dafür fünfzig Jahre umsonst werde dienen müssen.

Förster war im Ehestand drin, wie Kühnmann bemerkte, als er die Kirche verließ. Unrettbar auf ewige Zeiten gefangen, wie er ihm mit einem Gesicht zuflüsterte, welches vor Schadenfreude glänzte. Vorbei war's nun auf ewige Zeiten mit der Entenjagd, deren Beute nicht einmal gebraten worden, was er ihm im Wagen in das Gedächtnis rief. Förster war aber total blind gegen das Unheil, in das er sich gestürzt, und dachte nur an eins – an seine Frau, die er küßte, ohne sich nur im mindesten vor Vater Kühnmann zu genieren. Ja, er sah diesen dabei recht herausfordernd an und tat's nochmals, so daß dem Herausgeforderten nichts weiter übrigblieb, als die Mutter der Braut ebenfalls zu küssen, damit das Gleichgewicht im Wagen hergestellt wurde.

Als die Gesellschaft nach Hause kam und sich in den Salon zur Tafel begab, zeigte es sich, daß der Konditor das Übermenschliche geleistet hatte. Vor dem Brautpaar aber stand eine ausgestopfte wilde Ente, dieselbe, die Förster auf jenem unglücklichen Jagdzug schoß, und die, wie Kühnmann in einer kleinen Rede darlegte, eigentlich Försters Brautwerber war, da er ohne sie jedenfalls noch schmachte, weshalb er der jungen Frau riet, ihren Hochzeitstag künftighin jedesmal durch einen Entenbraten zu feiern.

Elbfreuden im Winter

## Einunddreißigstes Kapitel

# Stromferien

Durch die Weidenbüsche am Strand von Neumühlen brauste ein kalter Wind und jagte die gelben Blätter vor sich her, bis er sie über den Strand hinweg in den Fluß trieb. Die Zweige waren bald so kahl, daß sie für Jörs kein Versteck mehr boten, in dem er auf einen Schmuggler lauern konnte. Die Sommergäste waren alle fortgezogen und die Aussicht auf einen Fang damit geschwunden. Das sicherste Zeichen, daß nichts mehr mit dem Schmuggel zu machen sei, sah Jörs an Nielsens Ewer, mit dem der Knecht seit ein paar Wochen verschwunden war. Er fuhr Torf damit nach Hamburg, wie der Zollwächter bald entdeckte.

Jörs richtete vandalische Verwüstungen in Nielsens Haus und Garten an. Aus den Zimmern war schon fast alles Holzwerk in den Ofen gewandert oder in Rum verwandelt. Die grünen Jalousien, die Nielsen jedes Jahr frisch anstrich und die stets weithin freundlich leuchteten, waren verschwunden und ebenfalls verbrannt. Die Bäume und Sträucher im Garten umgehauen und herausgerissen und sogar der Wein samt dem Staket zur Feuerung benutzt. Der sonst so nette Platz war jetzt zu einer Wüstenei geworden, in der der Trunkenbold wie ein böser Geist hauste.

Der Dezember war mit kalten Winden gekommen. In den ersten Tagen gelangte die Nachricht an die Börse, daß abermals ein Schiff Stubborns, „Die Gebrüder", mit Mann und Maus in der Sundastraße untergegangen sei, worüber der Reeder ganz unglücklich war und ihn die Versicherungssumme kaum trösten konnte, weil die Schiffsassekuradeure erklärten, sie würden kein Schiff seiner Firma mehr annehmen. Auf diese Nachricht betrachtete sich Jörs vollends als Eigentümer des Hauses.

Der Wind setzte sich bald nach Osten um und blies so kalt, daß dünne Eisblättchen auf der Elbe zu treiben begannen. Der Winter war da! Im Hafen wurde jetzt mit einer Hast aus- und eingeladen, daß man glauben konnte, die Leute wollten sich warm arbeiten. Man fürchtete das Einfrieren und wollte mit den Schiffen, die noch in See gehen mußten, aus der Elbe kommen. Die Kälte nahm bald so überhand, daß mit der Ebbe und Flut junges Eis auf und ab trieb, das die Ränder knirschend aneinander rieb und sich an den Schiffen und Pfählen wie Glas brach, weshalb die aufkommenden Fahrzeuge ihren Bug mit starken Brettern benagelten, denn dies junge Eis schnitt wie Messer in die Planken.

Jetzt ging die eigentliche Erntezeit für den Kapitän Grabert an, der sein kleines Dampfschiff am Vorderteil mit einem ganzen Bollwerk von Holzstücken umgab und Schiffe die Elbe hinauf- und hinabschleppte. Dabei stand er wie immer auf dem Radkasten und heizte mit Grog ein, daß er glühte und der Kälte Trotz bot wie ein guter Ofen. Er brachte eines Tages eine ganze Torfewerflotte mit durch die Eisplatten heraufgeschleppt und ließ sie bei St. Pauli los, wo die Fahrzeuge das Ufer suchten, um sich vor dem Treibeis zu schützen. Auch Nielsens Ewer war mit dabei und gewann einen Platz in der Nähe des Schiffspavillons. Sobald er festgelegt war, sah sich der Schiffer auf dem Wasser um, kratzte sich hinter dem Ohr und bemerkte zu einem Nachbar, daß sie wohl hier ihr Winterquartier machen und durch Tauschhandel ihr Leben fristen müßten. Der Nachbar, der ebenfalls trübselig über die Elbe blickte, nickte mit dem Kopf. Beide sahen den Leuten in einer Schute zu, die sich durch das dünne Eis arbeiteten, indem vorn einige mit langen hölzernen Hämmern die Eisdecke zerschlugen, während andere die Schollen beiseiteschoben und das Fahrzeug durchdrängten. Ein mühsames Geschäft voll angestrengter Arbeit, von dem die Mannschaft, bei den Ewern angekommen, einige Minuten ausruhte. Einer der Arbeiter sah dabei Nielsens Schiffer aufmerksam an und fragte ihn: „Bist du nicht Hansen von Nielsens Ewer aus Neumühlen?"

„Der bin ich", erwiderte dieser.

„So? Weißt du schon, daß ‚Die Gebrüder' verloren sind, mit denen Nielsen als Kapitän fortging?"

„Donner! Nicht ein Wort! Und die Mannschaft?"

„Mit Mann und Maus untergegangen. Keine Spur von der Mannschaft", war die Antwort.

„Woher weißt du das? fragte der Schiffer.

„Ich war früher bei Stubborn Schutenführer und erfuhr es gestern auf unserem Kontor bei Spickmann."

„Weshalb bist du bei Stubborn weg?" forschte Hansen weiter. „Hast du –? "Hier machte er einen bezeichnenden Griff in die Luft – „und haben sie dich dabei erwischt?"

„Nee, mien Jung, so dumm sind wir nicht, daß wir uns erwischen lassen. O nee!" sprach Wilm lachend, denn er war es. „Ich hab für den alten Schuft, den Trick, ein Geschäft besorgt, das er hernach nicht bezahlen wollte, da sind wir aneinander geraten. Ich dachte, der Spitzbube sollte zu Kreuz kriechen, denn ich weiß genug von ihm, um ihn in's Teufels Küche zu bringen; ich käme aber selber mit hinein, wenn ich's sagen wollte, und da bin ich lieber weitergegangen. Aber gevitzliputzliet wird der Halunke, sobald ich ihn in die Hände kriege." Hierbei holte Wilm mit seinem Eishammer hoch aus und schlug das Eis in Stücke, als bilde er sich ein, er habe Trick unter dem Hammer. Die Schute arbeitete sich wieder aufwärts. „Der arme Nielsen!" murmelte Hansen, wobei ihm Tränen über die Backen liefen. Er konnte sich jetzt als Eigentümer des Ewers betrachten, dachte aber nicht im geringsten daran, sondern sah in der Erinnerung nur die vergangenen Tage mit der lustigen Schmuggelei, und dann seinen Herrn weit draußen im blauen Meer versinken. „Was mußte er auch wieder aufs Salzwasser gehen! Er saß so warm im Winter draußen, wo jetzt der verdammte Jörs sitzt und alles zugrunde gehen läßt. Herr Gott! Eigentlich gut, daß Nielsen nicht wiederkommt; ich glaube, er hätte den Dänen nun erst wirklich umgebracht, wenn er sein Haus und den Garten sähe! Wenn er nur noch zwei Tage warten konnte! Wo diese Blindschleiche gar nicht tot war! Hm – wie die Geschichte wohl zusammenhängt", brummte er in sich hinein, indem er die Segel abband und in die Kajüte trug, die er damit austapezierte, um sich gegen die Kälte zu schützen.

Wilm war, als Trick nicht auf den Knien zu ihm kam, zu Spickmann gegangen. Er traf den jungen Spickmann auf dem Kontor, und dieser war eben daran, den Schutenführer wieder wegzuschicken, als er dessen Hut erblickte. Wilms Hut war nämlich ein genaues Ebenbild des Freimaurerhutes, den Schnepfe an jenem Sonntag in Neumühlen trug. In Spickmann stieg der Gedanke auf, Wilm könnte ein Freimaurer sein, und da er es für sehr gefährlich hielt, bei dieser geheimen Gesellschaft nicht gut angeschrieben zu stehen, so nahm er sein Glas und betrachtete Wilm nochmals genauer. Da dieser kein besonders gutes Gewissen besaß und nicht wußte, weshalb ihn Spickmann scharf fixierte, so begann er den Hut mit dem Ärmel zu putzen, worauf er seine Nase mit dem Daumen rieb und dabei verlegen schmunzelte.

Es war ausgemacht, der Mann war ein Freimaurer, und Spickmann stand an der Pforte von wichtigen Entdeckungen. Er wußte schon lange, daß sich die Mitglieder an geheimen Zeichen beim Gruß erkennen, und glaubte hier einen Anhaltspunkt zu finden, deshalb rieb er gleichfalls seine Nase mit dem Daumen auf eine so komische Art, daß Wilm geradeheraus lachen mußte.

Spickmann nickte zufrieden und klopfte Wilm auf die Schulter. „Schon gut, Meister", sprach er, „Sie können antreten, wenn Sie wollen." Worauf er ein Auge schloß, ihn mit dem andern anblinzelte und geheimnisvoll nickte.

Der Tag, an dem sich Wilm mit dem Eis herumbalgte, um eine Ladung Öl an den Speicher zu bringen, neigte sich eben seinem Ende zu, und der Schutenführer war auf dem Nachhauseweg, als ihm ein Mann auffiel, der, den Kopf in beide Hände gestützt, am Geländer der Vorsetzen stand und nach dem Hafen hinüberblickte. Neben ihm lag eine Reisetasche und ein Geigenkasten, wonach es schien, als warte er auf eine Gelegenheit, zu einem Schiff hinüberzukommen, welches nach See wollte. Der Mann war schon von mehreren Bootsleuten angesprochen worden, die ihm ihre Dienste anboten. Er schüttelte jedoch stets stumm mit dem Kopfe. Wilm blieb stehen und ging zögernd an die Seite des Mannes, den er leise berührte. Dieser drehte sich langsam um und sah ihn mit zerstreutem Blicke an, dann lächelte er auf bittere Weise: „Ah, Wilm! Sagt einmal, schämt Ihr Euch nicht, mit einem Mann zu sprechen, der Euren Baas bestohlen haben soll und deshalb eben aus dem Gefängnis kommt?"

„Gott soll den Baas verdammen, wenn Sie Stubborn oder Trick damit meinen", sprach Wilm rot vor Zorn. „Nein, nein! Ich brauche mich nicht zu genieren, denn erstens glaube ich nicht ein Wort von der Geschichte, und zweitens bin ich nicht mehr bei Stubborn. Ich könnte Ihnen noch mehr sagen, aber – Wollen Sie abreisen?" fragte Wilm, auf die Sachen zeigend.

„Abreisen? Wenn ich dies doch könnte, ich wollte mit Vergnügen tausend Meilen zwischen mir und hier haben und gern meinem Bruder nachgehen", seufzte Schwarz traurig, denn dieser stand vor Wilm.

„Ihrem Bruder nachgehen?" fragte der Schutenführer gedehnt – „Ihrem Bruder? Wissen Sie denn, wo Ihr Bruder ist?"

„Er wird ja wohl in Singapore sein. Ich muß ihm sofort schreiben, daß –"

„Schreiben?" sagte Wilm mit einem Gesichtsausdruck, der Schwarz auffiel, denn es schien, als müsse er etwas hinunterschlucken, was nicht hinunterwollte – „Schreiben? – Sie wissen also nicht?"

„Nun, Mann! Wenn's noch mehr Unheil gibt, als mich schon betraf, so kommt heraus damit! Ich bin einmal drin", sprach Schwarz mit heiserer Stimme.

„Nein!" knurrte Wilm kopfschüttelnd. „Sagen Sie mir erst vor allen Dingen, wo Sie wohnen. Oder wenn Sie etwa ausziehen, wohin?" Hierbei zeigte er auf die Sachen. „Ich will

Ihnen dann etwas bringen, wofür Sie mir versprechen müssen, niemand zu verraten, wie ich dazu gekommen bin. Ich will's Ihnen erzählen, damit Sie die Halunken kennenlernen. So, jetzt kommen Sie. Wohin?"

„Wohin? Nach dem Winserbaum sollte ich sagen, und da ich heute aus dem Winserbaum komme, fragt mich wieder einer: Wohin? und ich weiß es wieder nicht. Ja, ja, Wilm, seht mich nur erstaunt an! Ich verließ endlich heute das Gefängnis, weil man nichts gegen mich aufbringen konnte. Ich habe keinen Pfennig Geld. Ich lief in der ganzen Stadt umher, mir eine Wohnung zu suchen. Die Bekannten drehten mir den Rücken, und die Unbekannten verlangten Bürgschaft. Nun, da stehe ich und frage: Wohin?"

„I, daß die Halunken der Teufel vitzliputzlien sollte!" schrie Wilm erstaunt. „So weit also kann ein ehrlicher Mann wie Sie gebracht werden! Nun, nur Geduld – es wird sich schon wieder machen. Jetzt kommen Sie mal mit mir. Vorwärts! Doch halt – eben fällt mir ein, daß meine Alte wütend auf Sie ist. Was Teufel, und meine Tochter weint, wenn Sie erwähnt werden. Was haben Sie mit meinen Frauenzimmern gehabt?"

Schwarz horchte verwundert, er erklärte, durchaus von nichts zu wissen.

„Na, das mag sein, wie es will", brummte dieser, „es geht aber nicht, bei mir kann ich Sie nicht unterbringen, ist auch kein Platz. Müssen anderswo sehen. Jetzt kommen Sie." Damit lief der Schutenführer ohne weiteres so schnell mit den Sachen davon, daß Schwarz ihm kaum folgen konnte. Er ging zum Hafentor hinaus, nach St. Pauli hinauf und in den Keller von Prieß an der Ecke des Spielbudenplatzes, wo er die Sachen niedersetzte und ein Beefsteak nebst einer Flasche Wein verlangte. Dann sprach er: „Hier wollen wir nun vor allen Dingen die Quartierfrage überlegen. Wo bringen wir Sie unter? Halt! Da fällt mir was ein, wobei Sie vielleicht manches erfahren können, und auf ein paar Tage ging's ganz gut. Fürchten Sie sich vor ein wenig Torfgeruch?"

Schwarz meinte, ihm sei jetzt alles gleichgültig.

„Nun denn, warten Sie hier, 's ist ein kurioses Quartier, aber besser als gar keins", rief Wilm und verschwand.

Schwarz war durch alles Vorhergegangene so niedergedrückt, daß er Wilm wie im Traum nachsah und regungslos sitzen blieb. Er begriff nicht, wie er in eine solche Lage gekommen und war besonders deshalb so mutlos, weil er sich die Ursache der schnellen Abreise seines Bruders nicht erklären konnte und an irgendeine geheime Schuld glaubte.

Wilm fand ihn in derselben Stellung, wie er ihn verlassen. Er brachte Hansen mit, der Schwarz ansah und dann seinem Begleiter zunickte. Wilm schenkte ein Glas Wein ein und nötigte den Heimatlosen, zu trinken, worauf er ihm mitteilte, daß er vor der Hand in Hansens Kajüte wohnen solle, und daß es dort höchst gemütlich sei, warm und alle Erfordernisse zu einem guten Punsch. „Nur etwas niedrig", schloß er seine Anpreisung. Schwarz drückte Wilm die Hand und nahm das Asyl dankbar an.

Nielsen hatte viel auf seinen Ewer gehalten und die Kajüte luxuriös eingerichtet. Man konnte zwar nur unter dem Oberlicht aufrecht stehen, aber sonst glänzte alles, und der Ofen mit seiner Kochmaschine und den Messingtüren sah ordentlich stattlich aus. An den Seitenwänden befanden sich Kleider- und Proviantschränke, die wie die Decke weiß lackiert und mit Goldleisten und gemalten Blumen verziert waren, und in der etwa dreiviertel Elle hohen Einfassung des Oberlichtes sah man in Öl gemalte Seestücke, die der Maler Bernhart erst diesen Sommer auf einer Studienfahrt hineingemalt hatte, zu der ihm Nielsen den Ewer borgte. Schwarz fühlte sich merkwürdig heimisch und getröstet in diesem kleinen Raum, aus dem zwei zierliche Fenster den Blick auf die Wasserfläche boten, die sich hier hinter den Schiffen gerade bis zum Köhlbrand ausdehnte.

Der Frost arbeitete die Nacht grimmig fort und kittete richtig die Decke auf dem Strom fest. Am Rande so stark, daß die Schutenfahrt aufhörte. Im Strom kam das Eis jedoch bald wieder ins Treiben, weil es einige große Dampfer durchbrachen, die sich den Weg nach der See erzwangen.

Da sah denn Schwarz am Morgen durch das kleine Fenster, wie die Milchleute von den Inseln kamen drüben aus dem Köhlbrand, und bahnten sich ihren Weg nach der Stadt, tapfer durch Wasser und Eisschollen. Sie mußten kommen, denn was würden Laarsen und seine Kollegen gesagt haben, wenn die Milchleute einmal ausgeblieben wären? Die Wackeren wußten, daß Hamburg auf sie rechnete und seinen Kaffee im Vertrauen auf ihre roten Eimer kochte. Und wenn der Mond vom Himmel gefallen wäre und die Elbe versperrt hätte, sie wären darüber hinweggeklettert trotz der Ringgebirge und Löcher und wären an die Stadt gekommen.

So erschienen sie auch heute in ihren Eiskähnen, flachen, leichten Fahrzeugen mit einer Art Kufen an den Seiten. In der Mitte lagen rote Fässer, denn rot müssen alle Gefäße bei den Milchleuten sein, wie die Jacken blau. In einem offenen Stück Wasser daherrudernd, fuhren sie direkt auf eine Eisscholle los. Kaum berührte der Kahn sie mit der Spitze, so sprangen ein paar Mann auf die Scholle und zogen ihn hinauf, worauf die andere Mannschaft hüben und drüben heraussprang und das Fahrzeug an beiden Seiten packend über das Eis schleppte, bis wieder Wasser kam, wo alle in den Kahn sprangen und hindurchruderten, um ihn bei der nächsten Scholle abermals als Schlitten zu gebrauchen.

Schwarz stieg aus der warmen Kajüte in die frische Winterluft hinauf. Er wollte nach der Stadt gehen, um sich eine Existenz zu suchen. Indem er am Strande auf dem Eis bis nach Marbs Werft hinging, traf er dort den Meister Wöllers, der eben zusah, wie sein Kutter auf das Land gezogen wurde, um in das Winterquartier zu kommen.

Der Meister begrüßte Schwarz mit einiger Verlegenheit und erzählte, welchen Auftrag er von seinem Bruder erhalten, und wie er um den Brief gekommen sei, dessen Verlust Schwarz schmerzlich empfand, da er manche Aufklärung darin vermutete. Indem er noch mit Wöllers sprach, hörte er sich rufen und sah Hansen vom Ewer aus winken, wohin er zurückging, nachdem ihm Wöllers noch den Kredit für einen Winterrock aufgedrungen hatte, den er wirklich nötig brauchte und dankend annahm.

In der Kajüte saß Wilm und hielt den eben als verloren bedauerten Brief in der Hand. Er machte Schwarz mit den Umständen der Erlangung bekannt, worauf er ihn allein ließ, damit er die Papiere ungestört durchsehen konnte. Er versprach, in einer Stunde wiederzukommen.

Schwarz saß in wirre Vermutungen gestürzt, bis er endlich das Schreiben seines Bruders öffnete und ersah, daß dieser von der Beschuldigung, die man auf ihn geworfen, gar keine Ahnung gehabt. Der herzlose Brief seiner Geliebten lag bei und erfüllte Schwarz mit Abscheu. Er fluchte dieser ganzen Familie, obwohl ihn der Gedanke an Berta mächtig packte. Aber konnte diese nicht von demselben Charakter sein wie ihre Schwester? Und was für ein Band sollte nach dem Vorgefallenen noch zwischen ihnen bestehen? Er riß das Bild des Mädchens gewaltsam aus seinem Herzen. Er ahnte, daß man ihn mit Absicht entfernt und niedergetreten hatte. Nur eine Ursache konnte er nicht dafür entdecken. Das wenige, was er indes jetzt wußte, war hinreichend, ihn aus der Betäubung zu reißen und seinem Geist die Spannkraft wiederzugeben. Er beschloß, die Fährte Tricks und Stubborns zu verfolgen, fühlte nun aber doppelt seine Mittellosigkeit und dachte an irgendeinen Erwerb.

Es stand ihm aber noch eine harte Prüfung bevor, als Wilm kam und ihm den Untergang der „Gebrüder" meldete. Die Nachricht von dem wahrscheinlichen Tod des Bruders schlug ihn wieder zu Boden. Er weinte bitterlich.

Als der Ewerschiffer gleichfalls um Nielsen klagte, sprach Schwarz zornig: „O laßt doch diesen Verräter zur Hölle fahren! Er zuerst hat mich gegen Stubborn verdächtigt, um die Kapitänsstelle zu erhalten. Ich habe seinen Brief gelesen."

Hansen und Wilm beteuerten erstaunt, daß Nielsen durchaus nicht fortgewollt und nur erst die Stelle angenommen habe, als er sich für die Ursache von Jörs Tod gehalten. Hansen erzählte nun alle Umstände genau, und Wilm gab dazu, was er wußte, worauf man auf die Vermutung kam, daß auch Nielsen durch Intrigen weggebracht sei. Schwarz erfuhr erst jetzt, daß er auf dem Ewer des Lotsen wohnte. Hätte er es eher gewußt, er wäre nicht an Bord gegangen. Nun blieb er, denn er begann an dem Brief Nielsens zu zweifeln. Er erinnerte sich, daß ihm die Handschrift des Dokumentes aufgefallen war, weshalb, wußte er nicht. Lange saß er mit den zwei Männern in eifriger Beratung und stieg endlich mit der alten Energie aus der Kajüte, um mit Wilm nach der Stadt zu gehen.

Er war auf der Spur von Stubborn & Komp.

*

Der Winter trat indes entschieden auf. Er überspannte den Strom mit einer Decke, die den Dampfern trotzte. Sie waren im Hafen gefangen. Die Milchleute kamen jetzt nicht mehr in Eiskähnen, sondern schoben die Milch gemütlich in Schlitten vor sich her. Auf der festen Eisdecke zeigten sich Leute, die Löcher hineinbohrten und Stangen darin befestigten, aus denen sie ein Gerüst bauten, um es mit Segeln, wohl auch mit Säcken, zu überhängen. Dann betrachteten sie wohlgefällig ihr Bauwerk und gaben es für ein Zelt aus, in das sie tags darauf irgendeinen alten Ofen schleppten. Sein Los teilte ein alter Teekessel, dem man, ganz rücksichtslos gegen seine Natur, kalte Eisstücke in den Leib stopfte und dann Feuer machte, um ihn zum Grog- oder Kaffeedienst zu zwingen. Dann entstanden solidere Buden mit wirklichen Türen und Fenstern, bis endlich sogar auch ein Tanzsaal aufgeschlagen wurde.

Bis dahin sah man nur zweibeinige Geschöpfe auf der glatten Fläche. Von Vierbeinern höchstens Hunde, zum Ärger der Schlittschuhläufer. Endlich erschien ein Wagehals von Droschkenführer mit einem alten Gaul vor einem Schlitten, die er beide riskierte, indem er bereit war, beim geringsten Krachen hinten hinaus zu springen, wenn das Eis durchbrechen sollte. Es hielt jedoch, und bald darauf jagten bespannte Schlitten vom Grasbrook nach Altona und zurück, eine Tour, die von dem lustigen Publikum stark benutzt wurde.

Nun baute man auch von der Dampfschiffsbrücke einen Fahrweg herab, und das fröhliche Gewühl auf dem Eis wurde fast undurchdringlich. Die wilden Kaffee-, Grog- und Warmbierstände mehrten sich, und Dutzende von alten, lebensmüden Öfen mußten auf dem Eis Sklavendienste verrichten, um dann in Nacht und Wind, knackend vor Kälte, mitten im Strom auf ihren drei oder vier Beinen zu stehen – eine fürchterliche Situation für einen Ofen von gutem Herkommen.

An Stellen, wo sich das Eis besonders glatt zeigte, waren große Glitschen entstanden, auf denen Alte und Junge in langen Reihen dahinglitten, die sich von hinten ohne Ende ergänzten. War die Reihe einmal im Schuß und ein Ungeschickter fiel nieder, so purzelten alle Nachkommenden über ihn weg wie die Wagen eines verunglückten Eisenbahnzuges. Die Schlitten, die indes mehr jene Stellen suchten, wo sich die Schollen zusammengeschoben und eine dickere Eisdecke gebildet hatten, gerieten beim Ausweichen oft auf einen kleinen Eisberg, der zu hoch für eine Seite war, demzufolge die ganze Gesellschaft der Fahrgäste summarisch ausgeschüttet wurde und wie Äpfel umherkugelte, was mit allgemeinem Jubel aufgenommen ward, besonders wenn der Rosselenker dann weiterfuhr, ohne sich um seine Passagiere zu kümmern. So war lustiges Leben und Treiben auf dem Strom – die Öfen dampften, die Kessel zischten und die Flaggen wehten.

Hamburger Hafen im Eis

## Zweiunddreißigstes Kapitel

# Gemacht!

Wenn der Winter seine volle Macht erlangt und die Elbe mit einer unzersprengbaren Eisdecke überzogen hat, dann wird es still am Strand, und die Wasserleute schleichen müßig und verdrossen umher, weil ihr Verdienst mit dem Strom eingefroren ist. Die Bootsmänner aus dem Hafen haben ihre Fahrzeuge, die man die Droschken des Wassers nennen kann, in

Sicherheit gebracht und auf das Land gezogen. Sie liegen dann verkehrt und wenden ihren Bauch dem Himmel zu. Ihre Herren kommen von Zeit zu Zeit nach den Lagerplätzen, um sich vom ungetrübten Dasein der Boote zu überzeugen, kalfatern auch ein wenig daran herum und blicken betrübt auf die steinharte Eisdecke und das Gewühl darauf, das keines Bootes mehr bedarf.

Von der Hafenpolizei wird so lange wie möglich gegen das Einfrieren der Hafengassen angekämpft, um eine Straße für die Schuten freizuhalten. Zu diesem Zwecke existieren eigens gebaute Eisbrecherkähne von starkem Holz und so lang, daß wenigstens zehn Männer bequem hintereinander darin stehen können. Diese Fahrzeuge stehen vorn aus dem Wasser, damit sich der flache Boden auf das Eis schieben läßt. Die vordersten Männer schlagen nun ihre langen Haken in dieses und ziehen den Kahn nach, wobei er fortwährend hin und her geschaukelt wird, indes die Hintermänner die auf diese Art zerbrochenen Schollen beiseite oder auf das Eis stoßen. Ist der Frost nicht zu hart, so läßt sich wohl durch fortwährende Anstrengung eine Fahrstraße erzwingen, in die sich die Schuten drängen und sie notdürftig offen halten, wobei die Leute wahrlich nicht frieren. Eine Nacht ist jedoch imstande, dem ganzen Verkehr ein Ende zu machen.

Da sich die Eisdecke mit der Ebbe und Flut fortwährend hebt und senkt, so ist sie an den Ufern stets zerbrochen, welchen Umstand einige Bootsführer benutzen, um dem Wasser auch hier noch etwas abzugewinnen. Sie halten dann ein Brett bereit, über das die Leute trockenen Fußes auf das Eis gelangen können, während jene, die selbständig und ohne Brett hinüber wollen, die Stiefel voll Wasser bekommen, in das sie zwischen den kleingeschlagenen Schollen an der Flutgrenze geraten.

Andere gehen auf den Fang von Aalen oder altem Tauwerk aus, indem sie eine lange Stange auf der Achsel tragen, an der eine Art Gabel mit engen, biegsamen Zinken befindlich ist. Mit diesem Instrument und mit einem Korb versehen, gehen sie auf das Eis und suchen die Löcher an den Pfählen und Dückdalben auf, oder hauen welche hinein. In diese Öffnungen stecken sie die Stange und stoßen damit auf dem Grunde umher, wobei sich alles, was sie treffen, zwischen die Zinken klemmt. Oft ziehen sie auf diese Art einen Aal und Tauwerk zugleich heraus, worauf der Aal in einen Sack und die Tauenden in einen Korb wandern.

Die Matrosen der großen Schiffe im Hafen sind unablässig beschäftigt, die Fahrzeuge vom Eise freizuhalten, das sie jeden Tag rundum aufhauen, damit der Frost den Planken keinen Schaden tut. Auch die Akzisebeamten haben ihre Not, wenn der Stadtgraben gangbar wird. Sie sind dann den ganzen Tag in menschenfreundlicher Absicht beschäftigt, die Ränder des Stadtgrabens unsicher zu machen, um etwaigen Schmugglern in der Dunkelheit Gelegenheit zum Ertrinken zu verschaffen, was diese wiederum durch zwei Stangen zu verhindern wissen, die sie mit sich führen, um sie als Steg über solch verdächtige Stellen zu legen.

Auch die Hanseaten mußten an gefrorenen Übergangsstellen scharf aufpassen. Einer von ihnen stand eines Abends bei scharfem Frost auf einem Posten am Dammtorwall, dessen einsame Lage in der Nähe des Holstentores ihn recht zum Schmuggel geeignet machte. Er stand auf einer Art Landzunge, die in den Stadtgraben vorsprang und es möglich machte, diesen nach zwei Seiten zu beobachten. Der Wall war hier mit Baumgruppen und Gebüsch besetzt, wovon dieses selbst im Winter noch dicht genug war, um die Aussicht von oben zu verdecken. Der gute Sachse spähte aufmerksam umher und spitzte die Ohren in die Dämmerung hinaus, die sich bereits über die Gegend legte. Endlich bemerkte er, wie vom jenseitigen Wall einige dunkle Figuren herunterstiegen und das Eis sorgfältig mit ihren Haken untersuchten. Er ging nach dem Rand des Wassers hinunter und tat einen leisen Pfiff.

Die Ankommenden stutzten und blieben stehen.

„Ihr braucht keene Angst zu ham – 's Eis trägt", rief er leise hinüber.

„Dat is de Sachse, man to", sprach eine Stimme. Dann rief sie leise: „Kiek mal baben ut, ob allens klor is."

Der würdige Wächter von Hamburgs Freiheiten lief sogleich hinauf und schaute nach allen Seiten. Da er niemanden sah, als einen Kameraden, der den schönen Abend schlendernd in den Anlagen genoß, weil nach seiner Meinung jetzt die Mücken nicht so arg waren wie im Sommer, so bat er diesen, ein wenig acht zu geben, und stieg wieder nach dem Wasser hinab, um zu melden, „daß noch kee eenziger Senator herumspazieren" ginge.

„Na, denn help mal en bitten", sprachen lachend die auf dem Eise und reichten ihm, der eiligst seine Flinte wegwarf, eine ganze Fleischladung hinauf, die er mit den anderen auf einen kleinen Schlitten packte, mit dem der promenierende Kamerad plötzlich ankam. Die Sache ging so schnell, daß die Schmuggler in weniger als einer Minute mit ihrer Ladung in der Stadt verschwunden waren und dabei einige Bratwürste im Schnee liegen ließen, die der promenierende Kamerad in seinen Schutz nahm.

Indes die Außenposten so vortrefflich für das Beste der Stadt und sich selbst sorgten, wogte in den Straßen heiteres Leben. Die Lampen und Laternen waren überall angezündet, und die Läden stellten ihre verlockendsten Schätze an die Fenster, denn die Domzeit begann. Der Hamburger ist im allgemeinen sparsamer und vorsorglicher Natur und bemüht sich das ganze Jahr hindurch, für diese Zeit Geld zurückzulegen. Er erlaubt sich dann etwas und zieht an der Spitze seiner Familie umher, um alle Herrlichkeiten zu betrachten und dazwischen keine Station zu übergehen, auf der ihm eine leibliche Stärkung geboten wird. Der Glanzpunkt eines solchen Wanderabends für den kleinen Mittelstand ist der Augenblick, in dem in einer Restauration ein Tisch erobert wird und das Haupt der Familie für jeden Kopf eine Portion Karpfen mit Meerrettich bestellt, wozu noch zwei Flaschen Rheinwein kommen. Dann folgt der Moment, wo Mama den jüngsten Familienmitgliedern die Portionen etwas zum Vorteil Papas und ihrer selbst kürzt. Das Familienhaupt bestellt den Punsch, woran wieder Kürzungen eintreten, und die besorgte Hausfrau muß endlich den allzu gut gelaunten Papa fast gewaltsam in das Schlepptau nehmen, weil er im Punschanschaffen rücksichtslos wird und auf dem besten Wege ist, sich samt der ganzen Nachkommenschaft in die Hände der Nachtwächter zu liefern. Herrgott! Sechsmal fünf Mark vierzehn. Die Hausfrau hat recht. Das wär' ein nettes Weihnachten für die Polizei! Dafür kann man noch vielmal Karpfen mit Meerrettich essen. Dies sieht der Gerettete auch am nächsten Tag ein und begibt sich mit der Familie unter die Ganshändler, wo er wie ein Pascha auf dem Sklavenmarkt in Konstantinopel die Reihen der Opfer durchwandelt und von der kundigen Gattin prüfen läßt.

Ist die wichtige Wahl der Gans vollzogen, so geht man weiter und ersteht noch ein paar wilde Enten, worauf man einen Hasen erhandelt. Nun setzt sich der Zug nach dem Gänsemarkt in Bewegung, wo er sich in einen grünen Tannenwald verliert, aus dem der Christbaum gewählt wird, mit dem die Nachkommenschaft im Triumph nach Haus zieht. Die Alten schlendern nun ihrerseits wie neugierige Kinder umher, bleiben vor allen Läden stehen, wünschen sich dies und jenes Stück, lassen sich vom Zuckerbäcker verführen und dann vom Eisenhändler blenden, wo sie eine Feuerzange und eine Kohlenschaufel mit Messinggriff kaufen, mit denen es ein wahrer Genuß sein muß, im Ofen herumzustökern. Dann zeigt es sich, daß ein Kohlenhalter höchst nötig ist und, daß ein großes Küchenmesser schon lange fehlte. Der Papa zahlt, und zahlt gern, und würde noch mehr kaufen, wenn die Mittel reichten, denn das müßte ein hartgesottener Geizhals sein, der zu Weihnachten nicht gern kauft und zahlt. Die Lust am Weihnachtsfest wurzelt zu tief im deutschen Gemüte, und die Erinnerung an die frühe Jugendzeit mit dem märchenhaft erscheinenden Christbaum wird dann jedesmal zu lebhaft wieder aufgefrischt, um gleichgültig gegen dieses Fest zu lassen.

Knecht Ruprecht ging um.

Sekretär Förster verließ den glatten Parkettboden der Diplomatie und des Gesandschaftshotels, legte Frack, Glacés und Lackstiefel beiseite und vergaß die Lehre des Altmeisters, seine Sprache zu gebrauchen, um die Gedanken zu verbergen. Er gebrauchte die Sprache vielmehr, um in tiefem Baßton vor Kühnmanns Tür die Gedanken laut werden zu lassen, daß den jungen Kühnmännern die Rute sehr dienlich sein dürfte, wenn sie nicht besser folgten und fleißiger wären. Da er diese Drohung durch eine fürchterliche Pappnase und grimmig-struppige Pelzmütze unterstützte, der eine besenartige Rute, ein Schafpelz, zwei Bärlatschen, Fuchshandschuhe und ein Sack zur Seite standen, in dem sich möglicherweise ungezogene Jungen befinden konnten, so war die Wirkung so bedeutend, daß er im stillen überlegte, ob dies Kostüm am Ende nicht auch bei diplomatischen Sendungen anwendbar sei.

War nun zum Christfest Freude und Lichterglanz überall, so gab es doch Leute, denen kein grüner Baum angezündet wurde. Finstere Bösewichte kehrten dem Fest den Rücken und wollten weder einen Baum sehen noch jemanden damit erfreuen. Stubborn saß im verschlossenen Zimmer und brütete über unheilvollen Zahlen und Papieren, während Trick im einsamen Kellerwinkel bei der Flasche saß. – Arme Teufel blickten sehnsüchtig und verlassen nach den hellen Fenstern. Sie hatten niemand, der ihnen oder für den sie den Baum schmücken konnten. – Die Frauen von Schiffskapitänen sahen nach den Wolken und hörten auf den Wind, mit dessen stärkerem Wehen ihre Angst um die Gatten stieg, die, weit vom freundlichen Weihnachtsbaum, vielleicht mit den Wellen um ihr Leben kämpften.

Auch der Maler Bernhart stand traurig in der einsamen Villa. Von den Töchtern des Senators war aufs beste und möglichste für ihn gesorgt, denn sie ließen nicht nur einen ausreichenden Kohlenvorrat bringen, sondern versahen den Keller und die Speisekammer mit allem, was sich das Herz nur zum Frühstück wünschen konnte. Am Nachmittag des Heiligabends sah Bernhart sinnend durch das Salonfenster auf die winterliche Elbe und dachte an seine Lieben in Leipzig – an die Tage, an denen er die Buden des Christmarktes durchstrich. Die Dämmerung sank auf die winterliche Gegend. Er sah auf den Weg hinab, ob kein Bote aus der Stadt käme, um ihn in den geselligen Kreis des Senators zu laden. Er blieb allein.

Bernhart saß am nächsten Tage vor seinem großen Bilde und malte eifrig an den sommerlichen Eichenpartien, um den Winter und seinen Unmut über die Zurücksetzung zu vergessen, die er von seiner Schülerin und Angebeteten erfahren mußte. Er zeichnete ingrimmig die Zacken und Knorren der alten Eichenäste und nahm sich dabei vor, die Villa zu verlassen, sobald die Familie zum Frühjahr herauszöge. Er hörte die Gärtnerin eintreten, denn er konnte den Teil des Salons, wo der Eingang war, vor seinem Bild nicht sehen, und fragte, was sie wolle. Die Frau sagte, daß sie noch einheizen und etwas Holz nachlegen werde, damit die Wärme ordentlich bis zum Fenster vordringe, wo er sitze. Hierauf schleppte sie mit ihrem Mann geschäftig Kohlen, und wie es schien, einiges Baumreis herbei. Nach einer Weile, während der sie am Ofen umherwirtschaftete, der heute gar nicht in Ordnung kommen wollte, fragte sie, ob Henri gestern nachmittag eine Einladung für den Abend gebracht habe. Als Bernhart verneinte, hörte er mit Verwunderung den Ausruf: „Schändlich!" Dies und ein auffallender Geruch, harzig wie im grünen Tannenwald, bewog ihn vorzugehen und in den Salon zu blicken. Er blieb überrascht stehen, denn er sah einen großen, prachtvollen Goldrahmen, in dem als Bild die beiden Fräulein Eiskuhl unter einem Tannenbaum saßen und ihm lächelnd eine Partie Pinsel, Flaschen, Öl- und

Wasserfarben sowie einen schönen Malkasten entgegenhielten. Er sah noch erstaunt hin, als Selma plötzlich sagte:

„Ich brauche nun nicht zu fragen, warum Sie unsere gestrige Einladung nicht beachteten. Henri war also nicht hier?"

„Ich habe ihn den ganzen Tag nicht gesehen", sagte Bernhart.

„Wir haben ihn expreß und zeitig herausgeschickt! Er hat uns um ein großes Vergnügen gebracht!" erklärte Fräulein Selma fast weinend, während ihre Schwester Rachepläne gegen den Pomadenbengel in Vorschlag brachte.

Bernhart beteuerte, am meisten dabei verloren zu haben, freute sich indes, daß nur Henri die Schuld trug, und sagte seinen herzlichen Dank den jungen Damen, worauf er mit unendlichem Vergnügen in den Malgerätschaften wühlte und endlich fragte, was mit dem großen Goldrahmen werden solle.

„Nun, vielleicht paßt irgendein Bild hinein – Ihr Blick auf die Elbe dort zum Beispiel. Probieren wir einmal", sagte Selma lachend.

Bernhart war überrascht und legte sogleich Hand an, die Mädchen halfen mit, und so setzte man den Rahmen auf die Staffelei und stellte das Bild hinein. Kaum war dieses davon umgrenzt, so entfuhr allen ein freudiges Ah! Denn nun erst trennte sich der Vorder- vom Hintergrund, und das Bild gewann einen Abschluß. Bernhart war glücklich über dies Geschenk. Etwas Besseres hätte ihm nicht geboten werden können.

Die Mädchen waren beauftragt, ihn mit nach der Stadt zu bringen und baten, sie zu begleiten, was er jetzt freudig tat. Der Wagen wartete oben an der Straße, und die jungen Leute fuhren nach Hamburg, wo ihnen beim Eintritt in das Haus Herr Henri mit größter Seelenruhe entgegentrat und auf die zornige Frage Selmas, weshalb er die Einladung gestern nicht besorgt, mild entgegnete, sein Dienst sei der Senatorin geweiht und gehe allem vor. Er habe für sie zu tun gehabt.

Die frohe Weihnachtsstimmung erstreckte sich selbst bis auf die eingefrorene Ewerflotte. Es wurden dort zwar keine Christbäume angeschafft, denn der Raum in den Kajüten erlaubte dies nicht. Man ging aber und kaufte zur Verherrlichung des Festes allerhand gute Sachen, um dem Magen merklich zu machen, daß es Weihnachten sei.

Schwarz wohnte noch immer in der Kajüte des Ewers, die er in seiner jetzigen Stimmung jedem anderen Quartier vorzog, weil er hier vollständig unbeachtet und frei war. Da man in sämtlichen Kaufmannshäusern wußte, daß er wegen Verdachts im Gefängnis gesessen und von Stubborn entlassen war, so fiel es keinem Prinzipal ein, ihn zu engagieren, obgleich sich seine Unschuld herausgestellt hatte. Schwarz faßte erst den Entschluß, über See zu gehen. Seitdem er aber den Brief seines Bruders erhalten und mehrere Umstände seiner und Nielsens Abreise in Betracht gezogen hatte, blieb er, um Forschungen anzustellen. Vor der Hand war er als Geigenspieler bei dem Orchester eines größeren Tanzlokals eingetreten und mietete nun Hansen die Kajüte des Ewers förmlich ab. Er beabsichtigte zum Sommer irgendein Geschäft mit dem Fahrzeug anzufangen, was, wußte er selbst noch nicht. Es schwebte ihm dunkel eine Idee vor, als sei er imstande, von diesem Ewer aus seinen Feinden am leichtesten beizukommen. Rache an denen, die ihn so unbarmherzig niedergetreten und seinen Bruder in den Tod gejagt, war der Traum, den er in langen Wintertagen in der kleinen Kajüte träumte.

Am Heiligabend, an dem die Christbäume in den warmen Zimmern flammten, fühlte er sich besonders einsam und elend. Bei Stubborn waren die Weihnachtsfeiertage nie festlich gewesen, da der Prinzipal den Kommis ihr Geldgeschenk zahlte und sie für das Fest entließ. Von einer Bescherung sah man niemals etwas in diesem Hause. – Um nun nicht ganz allein mit seinen trüben Gedanken in der Kajüte zu sitzen, kam Schwarz auf die Idee, ein paar Musiker einzuladen, die ebenso einsam wie er zwischen Tausenden festfreudigen Familien standen. Er führte sie nach dem Ewer, den er ihnen als sein Sommerlogis vorstellte, wo sie eine Bowle Punsch finden sollten. Die Musiker krochen verwundert in die Kajüte hinab und wurden noch verwunderter, als sie sie höchst elegant und komfortabel eingerichtet fanden.

Hansen, der die Stelle eines Kochs vertrat, wurde ausgeschickt, um alles zu holen, was man zu einem Punsch und einem soliden Heringssalat braucht, zu dem die Kartoffeln bereits kochten und die Zwiebeln von den Musikern kleingeschnitten wurden, während Schwarz Äpfel schälte. Da war erstens eine große Steinflasche für den Essig, dann eine Ölflasche, dann zwei Rumflaschen, ein Paket Heringe, Zucker, Tee, Zitronen, Tabak, und was Hansen am meisten genierte, einige zerbrechliche Tonpfeifen, die er nicht ganz an Bord zu bringen fürchtete. Deshalb ging er hübsch bedächtig und hütete sich vor allen glatten Abhängen, die zum Wasser hinabführen.

Plötzlich hörte man draußen auf dem Eise einen Krach und Fluch zu gleicher Zeit. Alle drei fuhren empor und mit den Köpfen aus der Luke, wo sie auf einer spiegelglatten Fläche Hansen erblickten, der sich das Ende des Rückens rieb, während er in einer Art Zauberkreis stand, der aus allem gebildet ward, was er getragen. Die Tonpfeifen, seine größte Sorge, lagen richtig alle zerbrochen, daneben die Rum- und die Essigflasche. Das Salatöl machte das Eis noch glatter, und die Zitronen spiegelten sich in der frischgefrorenen Stelle, die durch aufgelaufenes Flutwasser gebildet war und in die Hansen einen großen Stern geschlagen, der seine Strahlen vom Mittelpunkt aus erstreckte. Nur der Zucker war ganz geblieben, und die Heringe lagen in einer Reihe und betrachteten mit offenen Mäulern den kleinen braunen Rumteich vor ihnen.

Hansen sah dies kaum, als er sich sofort niederlegte und davon aufsog, was er gerade retten konnte, wobei er von dem Nachbar Torfschiffer unterstützt wurde, der das edle Getränk dem Eis ebenfalls nicht gönnte.

Die Szene war so komisch, daß die Zuschauer in ein Gelächter ausbrachen und ihre Geldbeutel wiederum in Anspruch nahmen, Hansen jedoch zur Sicherheit einen Mann mitgaben, als er nochmals nach den Flüssigkeiten ging. Der Schaden war zum Glück nicht groß, denn man kaufte zur Zeit eine Flasche ganz erträglichen Rum für fünf Schillinge, wobei er ebenso gut war wie der, den man oben im Binnenlande mit fünfzehn und zwanzig Groschen bezahlte. Dasselbe Verhältnis fand sich beim Wein, indem man in Hamburg an richtiger Quelle eine Flasche französischen Rotwein um vier Schillinge erhielt, die in Leipzig kaum für einen Taler aufzutreiben war.

Nachdem der zweite Transport sicher angelangt, wurde der Punsch gebraut, und der Abend fand die Gäste der Kajüte in einer heiteren Stimmung, die selbst Schwarz seinen tiefen Kummer etwas vergessen ließ.

Doch nicht überall war der Friede eingezogen. In manchem glänzenden Hause war es kalt trotz der Wärme, welche der gutgeheizte Ofen verbreitete. Bei manchem reichen Mann stand das Herz still, weil es tief in den Geldsäcken zwischen dem harten Silber vergraben lag. So bei Stubborn, der den Töchtern eine Summe Geld schickte, deren Kleinheit Julie mit Zorn erfüllte, während Berta über das lieblose Geschenk Tränen vergoß und des unglücklichen Schwarz gedachte, der seinen Haß auch auf sie geworfen zu haben schien, denn er war ihr finster ausgewichen, als sie ihn in der Stadt traf.

Stubborn ging eingefallen umher, denn Trick heftete sich an seine Fersen und preßte unausgesetzt Geld von ihm heraus, das eben so schnell verschwand, wie er es erhielt. Stubborn sollte ihm jetzt die Hälfte der Versicherungssumme geben, die er für die untergegangene Brigg „Die Gebrüder" erhielt. Das nagte am Leben des Geizhalses, und er hätte Trick gern vergiftet, erdrosselt oder sonstwie umgebracht. Er war stets hinter ihm her und schlich ihm nach wie sein Schatten. Der Wunsch, diesen Vampyr los zu werden, wurde zur fieberhaften Begierde, die ihm Schlaf und Appetit raubte. Er entwarf hundert Pläne zur Vernichtung dieses Kompagnons, und folgte diesem, sobald es dunkel wurde, in mancherlei Verhüllungen, wobei ihn die Kälte begünstigte.

Auf diese Weise entdeckte er nach vielen mißlungenen Versuchen, daß sich Herr Trick, wenn er Geld erhalten, in ein Haus im Trampgang begab. Sobald er über diesen Umstand Gewißheit besaß, lauerte er hinter Brunnen und Wasserfässern, bis Trick in das Haus ging. Er lauerte dann, bis mehrere Personen erschienen, die er bei der schwachen Laterne an der Haustür hineinhuschen sah. Er erblickte jedoch lange keinen Bekannten unter ihnen, bis ihm endlich ein altes Fuchsgesicht auffiel, das er einige Male in seinem Kontor gesehen zu haben glaubte. Dann lauerte er, bis Trick spät in der Nacht das Haus mit dem alten Fuchsgesicht verließ, drückte sich in die tiefen Schatten und lief ihnen den Weg ab, um sie wieder in den einsamen Gängen herankommen zu lassen und ihr Gespräch zu belauschen, das oft in Zank und Vorwürfe ausartete, wobei er endlich erhorchte, daß das alte Fuchsgesicht dem alten Wolf gehörte, dem er schon längst bis zu den Kajen nachgeschlichen, ohne herauszubekommen, wer er war. Er schlich bei Tag um das Haus im Trampgang. Er verschaffte sich einen Plan des Stadtteiles und versuchte von hinten durch die anstoßenden Gärten anzukommen, indem er vorgab, er wolle die Nachbarhäuser kaufen. Dabei merkte er sich jede Scheidewand und jeden Baum, besonders einen, der im Garten des Hauses stand, in dem Trick verkehrte. Eine große Linde mit Zweigen bis zum Boden, von der man in alle Zimmer blicken konnte. An der Planke des Nachbargartens stand ein altes leeres Hundehaus, drüben ein großer Schleifstein – beides zum Übersteigen wie gemacht. Der Nachbargarten zog sich um die Ecke und streifte an den Breitengang, von dem ihn eine Planke trennte, an der die Fragmente einer Laube hingen, während auf der Straße ein Brunnen das Übersteigen erleichterte. Stubborn kannte jetzt den Weg genau und beschloß, die Geschäfte zu ergründen, die Trick in dem Hause trieb.

In einer sehr dunklen Nacht verließ Stubborn seine Wohnung. Er trug den weißen Kittel eines Spritzenmannes[32] und helle Beinkleider, welches Kostüm darauf berechnet war, ihn gegen den Schnee so wenig wie möglich sichtbar erscheinen zu lassen.

Er schlich von der Fuhlentwiete in den Schulgang und von dort nach dem Brunnen, der an der Bretterwand lehnte, über die Stubborns Weg führte. Er sah sich vorsichtig um, stieg auf das Rohr und von dort über die Planke, an der er drüben auf den Resten der Laube hinabkletterte. Dann huschte er durch den Garten und stieg mit Hilfe des Schleifsteins in den Hof des Hauses, in dem Trick sein Geschäft trieb und wo ein Zimmer im oberen Stock von mattem Lampenschein erhellt war. Schon von der Hundehütte aus sah er einige Personen um einen Tisch sitzen, der von einer Schirmlampe beleuchtet wurde. Stubborn stieg vorsichtig auf die Linde, bis er das ganze Zimmer überblicken konnte. Da saß Herr Trick an einem runden Tisch, vor sich einen Haufen Banknoten und Goldstücke, und neben sich einige junge Herren, die gleichfalls Geldsummen vor sich hatten. Alle starrten auf den Tisch und nach der Hand des alten Wolf, der neben einem großen Schrank saß und Karten abhob. Er trug einen grünen Schirm über den Augen, so daß man sein Gesicht nicht erkennen konnte. Auf dem Tisch waren die Bilder einer französischen Spielkarte abgebildet, auf denen Geldhaufen standen, die Wolf einzog oder verdoppelte, je nach seinem Abheben. Man spielte, und Stubborn wußte nun, wo Trick die Summen anlegte. Er konnte einen lauten Fluch kaum unterdrücken, denn er sah, daß die Leidenschaft des Spiels seinen Kompagnon anspornte, zuzulassen, daß man ihn ohne Aufhören ausplünderte, und daß das Geld unrettbar verloren sei. Er bemerkte, wie sein Geld nach und nach in die Tasche Wolfs wanderte, und er verlor es erst jetzt, denn solange er es in Tricks Händen glaubte, hoffte er es noch auf irgendeine Art wiederzuerlangen. Jetzt war diese Hoffnung dahin, und Stubborn stieg zähneknirschend vom Baum und ging sinnend nach Haus.

Als Herr Trick am nächsten Morgen in Stubborns Kabinett trat, fiel ihm dessen ruhige Entschlossenheit auf. Er betrachtete ihn genau und strich seine Haare lange gegen ihn. Auf sein Drängen wegen des Geldes von der Schiffsversicherung entgegnete Stubborn bestimmt, daß er es im nächsten Monat mit auszahlen werde. Eher nicht.

Trick fuhr in die Höhe und wurde vor Zorn rot. „Ich muß heute Geld haben. Also heraus damit!"

„Nächsten Monat", entgegnete Stubborn mit unverwüstlicher Ruhe, „Sie müssen sich bis dahin gedulden."

„Meine Geschäfte –", fuhr Trick auf.

„Oh! Ihre Geschäfte können warten. Sie werden beim jetzigen Stand der Schiffahrt nicht viel betreiben können", fuhr Stubborn einlenkend fort, als Trick gespannt aufhorchte.

„Ich muß aber Geld haben", zischte dieser.

„Nächsten Monat, also in acht Tagen."

„Nur zweitausend Mark", schrie Trick.

„Nicht zwei Schillinge vor der Zeit", sprach Stubborn mit ruhigem Lächeln und verließ das Kontor. Er ging nach einer Droschke und ließ sich vom Kutscher nach dem Rödingsmarkt fahren, wo er ausstieg und einen Mann zum alten Wolf schickte, den er wegen eines dringenden Geschäfts an den Wagen bestellte. Es dauerte auch nicht lange, so erschien das Fuchsgesicht Wolfs am Wagenfenster und spähte vorsichtig hindurch, um den Passagier zu erkennen. Er sah ziemlich verwundert drein, als er Stubborn erblickte, und fragte, mit was er dienen könne.

„Bitte steigen Sie ein," bat der Kaufmann, „ich möchte ein Geschäft mit Ihnen besprechen."

Wolf kletterte in den Wagen und spitzte die Ohren.

„Sie kennen, glaube ich, meinen Buchhalter", begann Stubborn.

„Hatte die Ehre, verschiedene Geschäfte mit ihm abzuschließen", knurrte Wolf etwas mißtrauisch.

„Ich glaube", entgegnete Stubborn leichthin. „Ich möchte Sie deshalb um eine Gefälligkeit ersuchen. Herr Trick wollte heute einen Vorschuß von zweitausend Mark von mir haben."
Wolf verzog seinen dünnen, breiten Mund. Er wußte, wozu, denn er hatte Trick abends zuvor bis auf den letzten Taler aus-

gebeutelt. „Da ich aber“, fuhr Stubborn fort, „niemals und niemandem Vorschuß gebe, ihm aber doch aus einer Verlegenheit helfen will, in die er, obwohl mir bei seinen Provisionen dies unerklärlich ist, dennoch geraten könnte, so wünsche ich Ihre Vermittlung. Bieten Sie ihm Geld an. Erlauben Sie, daß ich Ihnen hiermit zweitausend Mark einhändige. Borgen Sie ihm diese, aber lassen Sie sich einen Wechsel darüber ausstellen, der in sechs Tagen fällig ist. Ich werde diesen Wechsel selbst bei Ihnen abholen und Sie für Ihre Mühe entschädigen. Wollen Sie mir diesen Gefallen erzeigen und mir dabei versprechen, meinen Namen geheimzuhalten?“

Wolf schmunzelte. Er kannte seine Karten zu gut und war seiner Fertigkeit zu sicher, um die zweitausend Mark nicht als sein Eigentum zu betrachten. Trick hatte schon öfter versucht, ihn anzuborgen, was er jedesmal hartnäckig ablehnte und was Stubborn vom Horchen in den Gängen wußte, weshalb er seinen Mann richtig faßte. Der Spaß war zu gut. Trick sein eigenes Geld auf einen Wechsel zu borgen, den er dann als bar vom Prinzipal wieder erhielt. Wolf ging darauf ein und versprach das tiefste Schweigen.

Stubborn verabschiedete sich, indem er ausstieg. Wolf fuhr nach den Kajen, wo er Trick im Keller wartend fand.

„Kommst du endlich, alter Halunke?“ knurrte er. „Du mußt mir heute Geld borgen, oder es geht nicht gut. Es ist mir, als müßte ich heute gewinnen. Also rücke ’raus! Nur fünfhundert Mark! Du hast schon ein ganzes Vermögen von mir gewonnen – aber warte nur, die Reihe kommt endlich an mich.“

„Ich verborge von meinem Gewinnst nichts“, sprach Wolf, „aber ich will aus besonderer Freundschaft eine Ausnahme machen und dir etwas vorschießen. Ich muß es jedoch in einigen Tagen wiederhaben. Gib mir einen Wechsel, dann pumpe ich dir achtzehnhundert Mark, und du schreibst zweitausend!“

„Was?“ schrie Trick ergrimmt, „du willst mit mir Halsabschneiden spielen?“

„For nix is nix!“ erwiderte Wolf. „Ich bin ein Narr, daß ich es tue, ich gebe dir dadurch die Mittel in die Hand, mich vielleicht kahlzurupfen. Mit geborgtem Geld hat man Glück im Spiel. Wenn ich mir’s recht überlege, dann –“

„Zum Teufel, gib einen Wechsel, ich akzeptiere“, schrie Trick.

Wolf kratzte sich hinter den Ohren, krümmte sich und tat, als hätte er doch keine Lust mehr zum Geschäft, brachte aber endlich einen Wechsel hervor, den er ausfüllte und sechs Tage nach dato ausstellte, worauf ihn Trick akzeptierte, nachdem er nachgerechnet, daß zwei Tage darauf der nächste Wechsel bei Stubborn fällig war. Dann steckte er das Geld ein, ermahnte Wolf, nicht zu spät zu kommen, und verschwand.

„Das war ein nettes Geschäftchen", grinste der alte Wolf, als Trick aus dem Keller war, „doch warte, alter Junge! In acht Tagen hast du wieder einmal zehntausend Mark, wie gewöhnlich. Möchte nur wissen, woher – hm – jeden Monat. Bis dahin müssen wir dir also ein bißchen Mut machen. Du sollst, bis der Wechsel fällig ist, einmal gewinnen. Ja, ja, gewinnen", nickte er nach oben, nahm einen alten Schlüssel und klopfte dem beschäftigungslosen Ofen vertraulich auf den rostigen Kopf, worauf Jakob plötzlich von der Oberwelt herunterstürzte und den Befehl erhielt, auf den „Laden" zu passen, weil der alte Wolf wieder ausging.

Stubborn ging von St. Petri, bis wohin die Droschke während der Unterhaltung gefahren war, nach dem Jungfernstieg und sah aufmerksam unter den Begegnenden umher. Er schien nicht zu finden, was er suchte und bog nach dem Neuen Wall ein, wo er endlich in der Nähe des Stadthauses in einen Keller hinabstieg, an dessen Treppe ein Haufen Austernschalen anzeigte, was unten zu erwarten war.

Im Keller war eine Gesellschaft von Herren versammelt, die sich alle in ihren besten Jahren und, ihren roten, behäbigen Gesichtern nach, auch im besten Wohlsein befanden. Die meisten tranken Grog, einige Rotwein, einige speisten Kaviarsemmeln, wobei der größte Teil Domino spielte. Eigentümlich war es, daß sich die Augen aller sofort auf den Eintretenden richteten und ihn ein Weilchen scharf fixierten, worauf sie ruhig weiterspielten, Herrn Stubborn jedoch am runden Tisch sofort einen Platz auf dem Sofa frei machten, über dem ein Spiegel in Goldrahmen hing, etwas abwärts geneigt, so daß man von der andern Seite den Tisch mit allen dort befindlichen Gegenständen darin erblickte.

Stubborn nahm Platz und sah sich die Gesichter seiner Nachbarn an. Einer, ein Mann in den angehenden Fünfzigern mit mäßigem Bäuchlein und kräftigen Zügen, hielt seinen Blick lauernd aus, ergriff endlich sein Rotweinglas und meinte, indem er es zum Munde führte: „Ziemlich kalt heute zum Spazierengehen", wobei er Stubborn vertraulich zunickte. Die anderen warfen wieder einen schnellen, forschenden Blick auf den neuen Gast.

„Vielleicht ein Glas Punsch gefällig?“ meinte der Wirt, welcher Stubborn ebenfalls beobachtend fixierte.

„Bringen Sie mir eine Flasche von Ihrem besten Madeira und ein paar Gläser“, bestellte Stubborn.

Der Wirt blickte die anderen Gäste an und holte das Verlangte.

„Es ist besser als Punsch“, sagte Stubborn, „denn es wärmt nachhaltiger und hält zehnmal länger aus. Bitte, trinken Sie ein Glas Madeira, ich kann nicht mit ansehen, wie Sie den dünnen Rotwein hinunterschlucken, ohne zu fürchten, daß Sie in einen Eiszapfen verwandelt werden, sobald Sie hinaufkommen.“

Der Nachbar sah Stubborn nochmals aufmerksam an, verbeugte sich dankend und trank auf seine Gesundheit.

„Der Wirt führt einen vorzüglichen Wein“, bemerkte dieser.

„Möchte nicht versuchen, den Herren was Schlechtes vorzusetzen. Die kennen alles, was schlecht ist, aber noch besser, was gut ist“, meinte lachend der Wirt.

„Das letztere glaube ich wohl, aber das erstere bezweifle ich“, sprach Stubborn lächelnd.

Der Nachbar ward aufmerksam und sah auf einige Gäste in einer Ecke, die in ein Handelsgeschäft verflochten waren, er blickte nach den Resten in ihren Gläsern und fragte Stubborn:

„Hätten Sie vielleicht Lust, eine kleine Partie Domino mitzumachen?“ worauf er mit den Augen nach den Gästen hinwies.

Stubborn war es zufrieden und entschuldigte sich, daß er ein schlechter Spieler sei.

„Aber ich weiß bessere Spieler“, sagte er, den Nachbarn scharf anblickend, indem er die Steine nahm.

„Auf dem Steinweg vielleicht?“ flüsterte der Nachbar, ihn mißtrauisch anblickend und dann nach den Gästen hinsehend, die gerade aufstanden und gingen.

„Nein“, sprach Stubborn lächelnd, weil er bemerkte, wie sein Gegenüber in den Spiegel sah, um seine Steine zu beobachten. Der Nachbar bemerkte dies und warf mit seinen breiten Händen plötzlich alle Steine um, bog sich über den Tisch zu Stubborn und fragte leise: „Was wollen Sie von uns?“

Die übrigen steckten sofort die Köpfe in die Nähe Stubborns, während einer die Tür mit seinem Rücken verbarrikadierte.

„Sie sind alle von der Polizei?“ fragte Stubborn im Kreis umherblickend.

Die Gäste knöpften die Röcke und Westen auf und ließen ihre Messingschilder sehen.

„Gut", bemerkte er. „Wieviel Mann brauchen Sie, um eine Hazardspielergesellschaft aufzuheben?"

„Das kommt auf die Gesellschaft an", war die Antwort.

„Es sind Kaufleute – junge Leute – Verwandte von mir. Sie werden von ein paar alten Sündern verführt, wobei –. Ich kann doch auf Ihre Verschwiegenheit rechnen?" fragte er, sich unterbrechend.

„Wie auf Ebbe und Flut", war die Antwort.

„Also, wobei sogar mein Buchhalter ist, wie ich mit Bestimmtheit glaube. Ich wünschte der ganzen Gesellschaft eine tüchtige Lektion – wenigstens, daß sie vierundzwanzig Stunden eingesperrt wird."

„Das kann leicht geschehen, wenn wir die Sache in die Hand nehmen und sie spät des Nachts verhaften. Man vergißt dann, sie morgens zum Verhör zu führen", sprach der Nachbar lachend. „Wo ist die Bank?" fragte er gespannt.

„In den Gängen", antwortete Stubborn ausweichend.

Die Polizeibeamten sahen sich verwundert an. Sie wußten augenscheinlich nichts davon. Die Spieler hatten sie hintergangen und ihre Nachsicht nicht in Anspruch genommen. Sie hatten hinter ihrem Rücken gespielt. Das mußte geahndet werden. Die entrüsteten Polizeimänner waren bereit, die Spielhölle mit Stumpf und Stiel auszunehmen.

Stubborn ließ noch einige Flaschen Madeira bringen und verhandelte die Sache derart, daß er die Expedition über acht Tage festsetzte, weil dann der Tag sei, wo ein Hauptspiel stattfinden werde. Er versprach, die Mannschaft in demselben Keller abzuholen und zu führen, und stellte eine besonders gute Gratifikation in Aussicht, wenn es ihnen gelänge, den alten Buchhalter zu packen und vierundzwanzig Stunden brummen zu lassen.

Die Nacht kam und stieg viel zu langsam für Stubborn herauf, der Trick fieberhaft beobachtete. Er wollte gar nicht gehen. Endlich! Der verhaßte Kompagnon schlich davon – Stubborn ihm nach, in die wohlbekannten Gänge. Er sah ihn in das Haus gehen und schritt nun hastig nach dem Keller am Neuen Wall.

Dort saßen die sechs behäbigen Polizeimänner, zugeknöpft bis oben hinauf, mit verborgenen Waffen versehen. Satt von einem guten Beefsteak, nicht zu durstig, und bereit, St. Peter aus dem Himmel oder den Teufel aus der Hölle zu holen, wie man es gerade brauchte, denn sie sind ein eisernes Geschlecht, diese Hamburger Polizeibeamten, bürgerlich wohlbehäbig, von langsamem, bedächtigem Mut, aber von fürchterlich zäher Ausdauer und Entschlossenheit.

Stubborn machte nochmals die Bedingung, besonders den alten Buchhalter festzuhalten und den Tag über sitzen zu lassen, damit er ihn dann recht packen könne, worauf sich der Trupp in Bewegung setzte und in den Gängen verlor, in die man einzeln eindrang, denn die Gesellschaft würde Aufsehen erregt und ein Hallo hervorgerufen haben, das das Gängegeschlecht in solchen Fällen zur allgemeinen Sicherheit erhob.

Stubborn bezeichnete drei Männern das Haus im Trampgang und führte dann die anderen drei nach der Hinterseite, wo man die Planken überstieg und den Hof gewann.

„Der Wirt ist ein dummer Kerl", flüsterte der wohlbehäbige Beamte Stubborn zu.

„Weshalb?" fragte dieser verwundert.

„Weil er bei solchem Geschäft nachts keinen Hund in den Hof sperrt."

Hierauf stieg der Mann mit einer Behendigkeit auf den Baum, die ihm kein Mensch zugetraut hätte. Er ließ sich Trick zeigen, stieg herab, sah sich das Haus genau an, bemerkte, daß die Brandmauern der Nachbarhäuser so hoch darüber hinausstanden, daß es unmöglich war, vom Dach zu entkommen, zog ein Bündel Dietriche hervor und öffnete leise die Hoftür, worauf sich zwei Mann in dem Hausflur postierten und nach der Straßentür hintappten, die sie gleichfalls zu öffnen versuchten, was ihnen jedoch nicht gelingen wollte. In demselben Augenblick wurde von außen an einer Glocke gezogen, die im oberen Stock erklang. Es war ein eigentümlicher Zug: erst dreimal scharf hintereinander, dann nach einer Pause einmal, und dann wieder dreimal. Hierauf schnappte eine von oben gezogene Feder und die Tür öffnete sich, um einen fidelen Seehund einzulassen, der nicht wenig erschrak, als sich ihm ein weicher Gegenstand auf den Mund legte, während er sich gepackt fühlte, wobei zugleich drei dunkle Gestalten in die Tür und das Haus drangen. Es gelang indes dem Seehund, zu entschlüpfen und im nächsten Gang das Pechpflaster zu entfernen, das ihm Schweigen auferlegte, wobei er fürchterlich spuckte, aber doch dem Himmel dankte, daß er so davongekommen, denn er vermutete sehr richtig, daß er in den Händen der Polizei gewesen war.

Von dieser blieb ein Mann an der Vordertür und zündete ganz gemächlich eine Blendlaterne an, womit er den anderen die Treppe hinaufleuchtete, während der behäbige Beamte vorausging und die Tür des Spielzimmers öffnete, um sich blitzschnell auf Trick zu stürzen und ihn festzuhalten.

Im selben Augenblick verlöschte jedoch die Lampe mit einer Explosion, denn der alte Wolf warf im Moment, wo er die ungeladenen Gäste erblickte, eine Portion Schießpulver in den Zylinder. Die fidelen Seehunde wollten im Tumult entwischen und flüchteten zum Fenster hinaus, sobald sie jedoch nach dem Boden hinabrutschten, fühlten sie sich gepackt und wurden durch die Hoftür in das Haus gesteckt, in dem sie gefangen waren.

Die Polizei schaffte sofort Licht und besah ihren Fang: eine bedeutende Geldsumme, zehn Seehunde und Herr Trick waren das Ergebnis. Der alte Wolf mit seiner großen Geldtasche war jedoch spurlos verschwunden – ebenso der Hauswirt.

Man durchsuchte das ganze Gebäude; aber vergebens. Herr Stork, der Beamte, hatte im Augenblick, als die Lampe verlöschte, eine Tür einschnappen hören und geriet sofort auf den Gedanken, daß der Bankier im Kleiderschrank stecken müsse. Die Tür widerstand seiner Kunst nicht lange. Der Schrank war aber leer. Er beleuchtete und klopfte darin herum, lächelte dann und ließ die sämtlichen Gefangenen auf die Straße schaffen, wo einige Nachtwächter zur Unterstützung herbeigepfiffen wurden. Herr Stork drückte und schob indes an dem Schrankinnern herum und fand bald eine Öffnung in der Hinterwand, in der sich eine schmale Stiege zeigte, die abwärts führte. Er gab einem Kameraden die Blendlaterne und ließ sie von hinten über seinen Kopf halten, worauf er, eine Pistole in der Hand, mit seinem Hintermann abwärtsstieg.

Die Treppe führte hinab in ein Kellergewölbe, wo warme, modrige Luft herrschte und verfaulte Fässer und Körbe lagen. Aus dem Keller führte ein niedriger Gang nach der Tiefe. Auf einer Stelle war er nur durch eine große Weintonne ohne Boden vor dem Einsturz gesichert. Die beiden Männer mußten hindurchkriechen und taten dies wie ein paar Jäger in einer Bärenhöhle, vorsichtig, aber entschlossen. So rückten sie weiter, bis einige Stufen aufwärts führten und sie ein kalter Luftzug anwehte. Sie stiegen hinauf und traten plötzlich ins Freie. Sie standen vor einem kleinen, speicherartigen Verschlag an der

Ecke des Ganges und sahen den Trupp der Gefangenen etwa hundert Schritt vor sich. Der Bankhalter war entwischt.

Herr Stork war etwas ärgerlich und führte seine Beute zur Polizei, wo er sie in einzelne Zellen sperren ließ und bis zum Nachmittag vergaß.

Indes nun Trick am Vormittag im Gefängnis umherwütete und seine Freilassung gegen Bürgschaft verlangte, wovon jedoch niemand Notiz nahm, wurde Herr Stork gegen acht Uhr eiligst in die Deichstraße gerufen, wo ein großer Einbruch stattgefunden hatte. Der Beamte war über die Maßen erstaunt, als er in dem Bestohlenen seinen Führer nach der Spielhölle erkannte – Herrn Stubborn, der ihm in höchster Verzweiflung mitteilte, daß man während seiner Abwesenheit diese Nacht seine Zimmer erbrochen und sämtliche Barschaften und Wertpapiere gestohlen, daß diese einen Wert von wenigstens einer Million gehabt und er ein ruinierter Mann sei. Erst jetzt beim Erwachen habe er den Einbruch bemerkt. Stubborn warf sich verzweifelt auf ein Sofa und lag dort bewußtlos wie eine Leiche; er war in Ohnmacht gefallen.

Herr Stork stand etwas verblüfft. Der Diebstahl war ganz ungeheuer, er überlegte einen Augenblick, welche Firma vom Diebsgeschäft wohl hierbei beteiligt sein könnte. Vor allen Dingen ging er aber daran, den Tatbestand aufzunehmen.

Es fand sich, daß die Diebe, denn es zeigten sich mehrere Spuren, vom Fleet eingedrungen waren und nicht bloß Stubborns, sondern auch Tricks Zimmer erbrochen, die Kassen aufgesprengt und ausgeräumt hatten. Der Beamte besann sich auf Trick und sorgte dafür, daß dieser sogleich herbeigeholt wurde.

Als man dem Buchhalter sagte, daß während seiner Abwesenheit bei ihm eingebrochen worden sei, wurde er leichenblaß. Er rannte wie wahnsinnig nach Hause und sprang wie ein Tiger nach seinen Zimmern. Er ließ den erbrochenen Sekretär unbeachtet und stürzte auf ein altes Ölgemälde zu, das er von der Wand riß und umkehrte. Sobald er einen Blick zwischen Rahmen und Leinwand geworfen und dort nicht fand, was er suchte – seine Wechsel –, stieß er einen furchtbaren Wutschrei aus und stürzte zu Stubborn hinüber, dem er nach der Kehle sprang und sie mit seinen Fingern umkrallte. Man riß den Wütenden von Stubborn los, da man glaubte, er sei wahnsinnig geworden. Er brach in grenzenloser Wut besinnungslos zusammen.

Aber ein Unglück kommt nie allein, wie das Sprichwort sagt. Kaum war Trick wieder zu sich gekommen, als ihm von einem Agenten Wolfs Wechsel präsentiert wurde. Er erklärte, im Augenblick und unter den Umständen nicht zahlen zu können und verwies den Agenten an Stubborn, der den Wechsel für ihn einlösen werde. Stubborn sagte aber entschieden: „Nein!"

Trick stieß einen neuen Schrei aus und blickte Stubborn an, als wolle er ihm wieder an die Kehle springen.

„Sie werden einlösen", sagte er heiser.

Stubborn stand auf und verbarg nur mühsam ein grimmiges Lächeln. Er wandte sich gegen die Anwesenden und sprach: „Ich habe keine Ursache, diesem Mann zu helfen. Wenn er nicht zahlen kann, so mag er die Folgen tragen."

„Ho, ho! Stehen wir so?" rief Trick. „Nun, man kann mich nicht gleich in Wechselarrest schleppen, da muß erst ein Freizettel –"

„Hab' ihn schon", sprach der Agent, das verhängnisvolle Papier vorzeigend. „Habe schon besorgt, als ich hörte, daß hier ausgeräumt sei. Die Wechselklage war übrigens schon vorgestern mit periculum in mora eingereicht. Machen Sie keine Umstände. Ich reklamiere einen Herrn von der Polizei."

„Führt mich nach den Kajen", schrie Trick, „ich schaffe dort das Geld." Damit ging er, einen wütenden Blick auf Stubborn werfend, neben dem kopfschüttelnden Stork fort, der Stubborn nochmals betrachtete und dann Kombinationen machte.

Die eiserne Macht eines Wechsels kennt keine Umstände oder Verhältnisse. Trick wurde fortgeführt und stieg in Wolfs Keller, wo er den Besitzer im dunklen Hintergrund zwischen altem Eisen und Tauen fand. Die Beamten blieben an der Treppe.

„Du wirst sofort den Wechsel einlösen", sprach Trick wild.

„Habe kein Geld", erwiderte Wolf trocken.

„Du wirst augenblicklich zahlen oder –"

„Nun, was denn, Herzchen?" fragte Wolf verwundert.

„Ich werde dem dort sagen, wer der verschwundene Bankhalter von gestern abend war", flüsterte ihm Trick zu.

„Wirst du?" höhnte dieser ebenso leise. „Ah – dann werde ich ihm sagen, wie man die Glasscherben am besten loswird!"

Trick fuhr zurück, als würde er von einem Schuß getroffen. Er ging, ohne ein Wort zu sagen, nach der Treppe und nach dem Winserbaum in Wechselhaft, wo er mit dem Wort „Gemacht" zusammenbrach.

Der Turm von Neuwerk

## Dreiunddreißigstes Kapitel

# Sturmflut

Die Leute, deren Geschäfte mit der Elbe in Verbindung standen – und bei wem wäre dies in Hamburg nicht der Fall? – sahen mit Ungeduld auf den Strom, der durch Januar und Februar hindurch unbeweglich unter seinem Eispanzer blieb. Er hob und senkte zwar seine Decke in den langen Atemzügen von Ebbe und Flut wie ein schwer schlafender Riese, mochte das

Volk an seinem Ufer den Tag über auch noch so sehr auf seinem Rücken herumtrampeln und -fahren, schlief aber fort und hielt den Handel durch seinen Schlaf gefangen. Das Eis hielt er hartnäckig fest, und die eingefrorenen Schiffer waren nahe daran, sich selbst aufzuzehren. Sie seufzten verzweifelt nach einem guten Südwester, der Tauwetter mitbrächte. Endlich kam er über Spanien daher und schmolz zuerst den Schnee. Dann machte er die Eisdecke so mürbe, daß endlich auch die verwegendsten Grogschenken ihre Kessel zusammenpackten und das Ufer suchten, wohin die Zelte schon gebracht waren. Plötzlich kam das Gerücht, bei Blankenese sei ein englischer Dampfer, der seinen Weg von Glückstadt herauf erzwungen habe und noch heute an die Stadt kommen wolle. Alles lief und drängte sich auf die Landungsbrücken und streckte die Hälse, um nach Altona hinab und um die Ecke zu blicken, obgleich das nicht möglich ist. Es war, als käme zum ersten Male ein Schiff herauf, solange die Elbe bestände. Man bezweifelte, und die Neugierigsten liefen hinab nach dem Fischmarkt und weiter, um das Ereignis aus erster Hand zu haben. Endlich stieg eine schwarze Rauchwolke hinter den Häusern und Schiffen Altonas empor. Es mußte dort brennen, oder der Dampfer war wirklich da. Der schwarze Koloß kam denn auch um die Ecke und zerstampfte mit seinen schweren Rädern das mürbe Eis.

Er bahnte sich und andern den Weg von und nach der See.

Ein allgemeines Hurra empfing ihn. Der Zauber des Winters war gebrochen.

Wenn die kleinen Lotsenhäuser in Neumühlen im Sommer das Bild netter Gemütlichkeit boten, so konnte man sie im Winter die Stätten traulicher Behaglichkeit nennen. Wein und junge Obstbäume waren sorglich in Stroh gepackt, die Fenster verwahrt und der Kälte jeder Eingang verwehrt. In dem braungeteerten Schuppen lagerten ausreichende Vorräte an Torf und Kohlen für den Ofen, und in den Kellern Besseres für den Magen. Ein Haus aber, das sich noch kürzlich vor allen schmuck hervortat, sah jetzt traurig aus. Es war das des Lotsen Nielsen, in dem der Zollwächter Jörs sein Wesen trieb. Für diesen boshaften Trunkenbold war der Winter eine schlimme Zeit. Trocknete die Hitze des Sommers seine Gurgel schon aus, so mußte er im Winter noch einen Schluck mehr nehmen, um einzuheizen. Da aber um diese Zeit die Sommergäste fehlten und die Eingeborenen sich, trotz der größten Wachsamkeit, nicht mit den unverzollten Viktualien erwischen ließen, so schlich Jörs aus Mangel an Spiritus wie ein erfrorenes Gespenst umher. Die karge Löhnung reichte nicht aus, um bei Lüddemann bezahlten Grog und Rum zu trinken, wenn noch andere Bedürfnisse davon bestritten werden sollten. Es galt deshalb, diese zu vermindern, oder sich Nebeneinkünfte zu verschaffen. Die Verstecke waren unzureichend, weil die Weidenbüsche kahl geworden, und zwischen den Eisschollen am Strande war das Herumliegen ohne innerliche Spiritusheizung nicht ausführbar. Da Stubborn ihm das Haus des Lotsen zu beliebiger Benutzung überlassen, versuchte Jörs es einigemal zu verkaufen, da ihm jedoch alle Besitzdokumente mangelten, so ging niemand auf einen Handel mit ihm ein. Der Durst brachte ihn endlich auf die Idee, das Gebäude einzeln zu verwerten. Das Haus bot im Innern ohnehin schon ein Bild der Verwüstung, denn die Möbel waren bereits bei Nacht zum Trödler in Altona gewandert oder im Ofen verbrannt.

Eines Abends, in der Zeit des letzten Treibeises, war Jörs wieder beschäftigt, die Dielen des Wohnzimmers aufzubrechen, um sie kleinzuhacken und als Brennholz zu verwenden. Er fror und war in übler Laune, daß er mit Holz einheizen mußte. Die Dielen waren nach Art der Decksplanken aufgenagelt, das Abreißen erforderte deshalb viel Anstrengung. Es war ihm gelungen, zwei hartnäckige loszusprengen, wobei er schreckliche Flüche auf den Baumeister ausrief. Wie er die dritte Diele anpackte, hob sich diese zu seiner Verwunderung leicht, und unter ihr lagen einige Blechdosen, wie man sie auf den Schiffen für Fleisch und Gemüse führt. Jörs stürzte sich darauf und hob sie auf. Er setzte sie mit zitternden Händen auf den Tisch und band die Schnüre los, womit die Deckel festgehalten wurden. Der Inhalt rechtfertigte die ungeheure Schwere. Er sah Gold- und Silberstücke blinken, in denen seine gierigen Finger wühlten. Aber er sah nicht Gold: Die Augen, die ihm weit aus dem Kopf traten, sahen das Gold flüssig, in Rum und Portwein verwandelt. Er hatte in Nielsens Haus einen Brunnen für seinen Durst vermutet und ihn jetzt entdeckt. Es war die Kasse des Lotsen, die dieser hier verborgen und auch während seiner Abwesenheit für sicher hielt. Jörs wühlte und zählte. Es waren über tausend Taler, das Handelskapital des Lotsen für die Sommermonate.

Der Zollwächter betrachtete sich schon lange als den Erben seines Feindes, des untergegangenen Kapitäns der „Gebrüder“, und sah jetzt in seiner Phantasie unendliche Flaschenreihen aus der Erbschaft erwachsen. Er war niemals in seinem Leben auch nur im Besitz ganzer fünfzig Taler gewesen und hielt die gefundene Summe deshalb für unerschöpflich. Nachdem er sie wiederholt überzählt und durch die Hände hatte laufen lassen, beschloß er sogleich Gebrauch davon zu machen und nach Altona zu gehen, um etwas recht Gutes und Starkes zu trinken. Er steckte zu diesem Zweck zehn Taler ein und wollte gehen, da fiel es plötzlich wie ein Heer böser Geister über ihn. Er blickte erschrocken nach den Fenstern, von denen die Laden verbrannt waren, so daß jedermann von außen hereinblicken konnte. Die Haare sträubten sich auf seinem Kopfe noch mehr als sonst, wenn er bedachte, daß ihn jemand in dem Gelde hätte wühlen sehen und in seiner Abwesenheit darum bestehlen könnte. Er blies die Lampe aus und ergriff seinen Säbel, mit dem er vor die Tür stürzte, um einen etwaigen Zeugen seiner Erbschaft zu überfallen. Da er niemand sah, so blieb er lauschend stehen, wurde jedoch plötzlich von der Furcht erfaßt, daß sich ein Lauscher indes zur Hintertür hineinschleichen könne. Er sprang schnell in die Stube und tastete im Finstern nach den Blechbüchsen, die er jetzt in seinem Bett, dem einzigen ihm verbliebenen Möbelstück, versteckte, worauf er die Lampe wieder anzündete und dann das ganze Haus durchsuchte, wobei er jeden Augenblick nach der Stube mit dem Schatz hinhorchte. Hierauf verrammelte er die Hintertür und die Fenster mit allem möglichen, was er dazu dienlich hielt; er untersuchte sie von außen, ob man hindurch sehen könne, wonach er auch die Vordertür verschloß. Nun erst sah er sich nach einem Platz um, wo er das Geld sicher niederlegen könne, in dem er die Ohren nach jedem Geräusch spitzte.

Ein verwünschter Geist kann keine schlimmeren Qualen fühlen, als sie Jörs erlitt. Er wurde von der wahrhaften Tantalusqual des Durstes geplagt, zu dessen Löschung er sich nur nach dem nächsten Wirtshaus niederbeugen durfte, wovon ihn jedoch die Angst um das Geld zurückhielt. Lange saß er unentschlossen auf seinem Schatz und überlegte, wo er ihn verbergen könne. Kein Ort kam ihm sicher genug vor. Er dachte daran, ihn im Garten zu vergraben, sah aber in Gedanken sofort einen Nachbar lauschen und die frisch aufgeworfene Erde betrachten, und verwarf diesen Plan. Endlich schlug er sich mit der Faust vor den Kopf und sagte: „Ich hab' es!" Er sprang vom Bett und wühlte in einem Koffer umher, aus dem er einen großen wollenen Strumpf brachte, wie man sie bis übers Knie in die Jagdstiefel zieht. Dann holte er Bindfaden und steckte nun sämtliches Geld in den Strumpf, wo er es in Papier verpackt und gleichmäßig verteilt festband. Hierauf wurde der Strumpf zu- und um den Leib gebunden, wo er, eine angenehme Last, unter der Weste verborgen lag, und zwar so nahe und sicher, daß Jörs beinahe in ein Freudengeschrei ausgebrochen wäre.

Jetzt hielt ihn nichts mehr im öden Hause. Er lief mit der Last nach Altona, und erst tief in der Nacht kam er schwer geladen wieder hinaus, um, den Strumpf an das Herz gedrückt, zu schlafen und ihn dann wachend wieder um den Leib zu binden, in den er ihn nach und nach, flüssig gemacht, zu versetzen dachte.

So ging der Winter vorbei, von dem ein anhaltender Südwestwind die letzten Spuren zu verjagen suchte. Der Südwest setzte sich aber in West und Sturm um, der anhielt und von Stunde zu Stunde wuchs. Es begann zwischen den Tauen zu heulen und hell durch die Mastringe und Blöcke zu pfeifen. Viele Tage lang hielt das Wehen an und trieb unablässig große Wellenberge aus dem Ozean in den Kanal. Es jagte die Fluten vor sich her, während es die Ebben zurückstaute und endlich große Wassermassen in den Nordseewinkel gegen Elbe und Weser trieb.

Zum Unheil für die Küsten kam noch Vollmond und die dabei eintretende hohe Flut hinzu. Das Wasser stieg zu bedenklicher Höhe, und die Wellenköpfe bäumten sich an den Deichen hinauf. Die Bewohner der eingedeichten Länder hörten mit Zittern und Brausen das Donnern und sahen einzelne weiße Schaumflocken über die Wälle aufspritzen, die ihr Eigentum gegen die Fluten schützten. In der Nacht lagen sie schlaflos und horchten. Sie erbebten bei jedem neuen Stoß, den der Wind auf ihr Haus führte. Sie fürchteten die Rohrdächer fortgeweht zu sehen.

Kämpften die Bewohner der Marschenländer gegen den Strom, der ihre Ländereien in ausgebreitete Seen verwandelte, so wehrte sich auch die Bevölkerung der niedrig liegenden Stadtteile von Hamburg gegen die Sturmflut: Sobald das Wasser die gewöhnliche Fluthöhe überstieg und der Telegraph einen noch höheren Stand von unten anzeigte, räumten die Kellerbewohner der Altstadt in den zunächst bedrohten Lagen aus. Man horchte auf das dumpfe Dröhnen der Alarmschüsse und brachte in Sicherheit, was möglich war.

An den Vorsetzen entwickelte sich ein bewegtes Bild. Dort befanden sich an der Häuserfront eine Reihe steinerner Pfeiler, in die Doppelfalze eingemeißelt waren und die von etwa drei zu drei Ellen standen. In diese Doppelfalze wurden Bretter geschoben, die in jedem Hause schon für solche Fälle vorrätig waren. Zwischen diese Bretter stampfte man Lehm und errichtete so einen Damm gegen das Wasser, wenn es bis über das Niveau der Straße stieg. Wächst es aber über diese Schranke, so ist für die Keller alles verloren, und die Flut ergießt sich unaufhaltsam hinab und füllt sie aus. Wer dann nicht vorsorglich geräumt hat, der muß froh sein, sich selbst fortzubringen und das Leben zu retten. Die Keller müssen nach Abfluß des Wassers ausgeschöpft werden und bieten ein schauerliches Bild von schlammiger Nässe.

Haben sich aber auch die Kellerbewohner noch so tapfer gewehrt und dem Wasser jeden Zugang versperrt, so dringt dieses oft ganz unerwartet von hinten ein oder bohrt sich durch Mauern und Fußböden und treibt die Menschen hinaus. Die niedrig gelegenen Straßen bilden Kanäle, in denen hochgestiefelte Männer das Amt des heiligen Christoph versehen und die Leute hinübertragen, die das Wasser in ihrem Weg hemmt. Für die Unbeteiligten war diese Christopherei eine Quelle großer Unterhaltung. Den größten Spaß für die Zuschauer gab es, wenn eins jener schmucken Hamburger Dienstmädchen erschien, die stets einen kleinen Korb unter dem Arm tragen, über den ein prächtiges Tuch gedeckt ist. Wurde solch ein hübsches Kind vom Wasser in Verlegenheit gebracht und sah sehnsüchtig nach dem andern Ufer, so kam gewiß ein junger Christoph und bot freundlich seine Dienste an. Was blieb dem Mädchen übrig? Ein Boot war nicht da, und der Umweg um das Wasser gar zu groß. Sie fragte, was es koste, wenn man sich hinübertragen lasse. Der Christoph weist jede Idee an Bezahlung für solche Gefälligkeit einem so süßen Kind gegenüber entrüstet zurück und nimmt das Mädchen halb mit Gewalt auf den Arm, aber so zart und rücksichtsvoll, daß sie Vertrauen fassen muß. Er watet vorsichtig ins Wasser und schmunzelt stillvergnügt wie die ganze Nachbarschaft an den Türen und Fenstern. Plötzlich bleibt er stehen, wo es am tiefsten ist, und erklärt, daß er es doch nicht umsonst tun kann. Die Zeiten wären schlecht, übrigens müsse er auch darauf dringen, daß er gleich bezahlt werde, da ihm die Passagiere, einmal im Trockenen, öfter durchgegangen wären. Das Mädchen holt den Geldbeutel hervor und sucht, unter steter Angst ins Wasser zu fallen, einen Schilling heraus, den sie dem Habgierigen hinhält. Dieser schüttelt mit dem Kopf. Das Mädchen holt noch einen Schilling hervor. Wiederum Kopfschütteln. „Nun, wieviel soll es denn kosten?" – „Wenn ick dat billig mok, een Seuten" (Süßen), meint der Christoph, den Mund spitzend. Unverschämt! Die Nachbarschaft lacht. Das Mädchen verlangt augenblicklich abgesetzt zu werden. Der Christoph will es sogleich tun. Da er aber bis an die Knie im Wasser steht, so klammert sich die hübsche Köchin krampfhaft fest und sieht den Unverschämten von der Seite an, wobei sie die Entdeckung macht, daß es ein ganz hübscher, sauberer Junge ist. Die schreckliche Wassersnot drängt, und sie entschließt sich endlich, wirklich nur um aufs Trockene zu kommen, die Passage zu bezahlen, was unter dem Beifall der Zuschauer geschieht.

Der Sturm brauste fort und fort über die See und die Elbniederungen einher und wälzte schäumende Wassermassen gegen den Strand und die Deiche. Die Wellenberge stiegen, bäumten sich übereinander auf und rollten ungeheure Schaumkämme auf ihren Gipfeln, die der Sturm abriß und wie einen dicken Nebel vor sich hertrieb.

Mitten aus diesem brüllenden Wogenschaum ragte der alte Feuerturm von Neuwerk ernst und unerschüttert hervor, während die Hütten der Insel nur mit den Dächern aus der Flut schauten und ihre Bewohner sich alle nach dem Turme geflüchtet hatten, an dessen achtzehn Fuß dicken Grundmauern die Brandung emporspritzte.

Die Insulaner saßen trübselig beim Strandvogt an den Fenstern oder bei den Lampenwärtern im Lichthause des Turmes und blickten auf ihre Hausdächer hinab, die wie einzelne Inseln oder große Felsenstücke aus dem Wasser ragten. Sie erwarteten jeden Augenblick, sie forttreiben zu sehen und dachten mit Schauder an den Zustand, in dem sie ihre Wohnungen nach Abzug der Flut finden würden.

Die Aufmerksamkeit lenkte sich jedoch schnell vom eigenen Unglück in der Nähe ab, wenn man ein Fahrzeug draußen erblickte, und alle Augen und Fernrohre wurden auf diese Punkte gerichtet, von denen manche die Elbe gewannen, manche hinübergeweht wurden, wo die friesischen Inseln mit ihren Watten verderbenschwanger auf sie lauerten, andere, von den Brechern niedergeschmettert, vom Vogelsand und Schaarhörn erfaßt, spurlos verschwanden.

Die Bewohner des Turms richteten ihre Blicke am späten Nachmittag gegen Westen, wo man in äußerster Ferne ein großes Schiff erblickte, das offenbar bemüht war, den Stört, das Ende von Schaarhörn, zu umsegeln und so die Elbe zu gewinnen, während es vor dem Sturm abtrieb. Die Umrisse des Schiffes verschwanden indes bald in der dicken Luft und dem Schaumnebel, auch trat eine so frühe Dämmerung ein, daß man die Lampen anzuzünden begann, obgleich die Sonne noch nicht unterging. Das Licht aus der Kuppel des Turmes strahlte denn auch bald hell hinaus und zog einen ungeheuren Schwarm von Seevögeln an, der mit lautem Geschrei um den Turm zog und gegen die Scheiben flog, auf die sich manche mit solcher Gewalt stürzten, daß sie mit eingerannten Köpfen tot auf die Galerie fielen. Die starken, halbzölligen Scheiben hielten jedoch aus, ohne bei den fortwährenden Stößen zu brechen. Als die Dunkelheit vollständig eintrat, klangen die Schläge der anfliegenden Möwen wie ein Heckenfeuer und vermehrten den Tumult der Brandung so, daß man kaum ein Wort verstehen konnte. Manchmal schwenkte der ganze Vogelschwarm in einem großen Bogen fort und aus dem Lichtkreis hinaus, um dann samt dem Sturm aufs neue in rasender Eile heranzustürmen und die Kuppel zu erschüttern. Dann kam es daher, brausend, klirrend und krachend, als stürze der Turm zusammen. Es fuhr vorbei, in die Nacht hinaus mit dumpfem Brausen, entsetzlichem Geheul und Gewimmer, als jage der Sturm die jammernden Geister der Schiffbrüchigen nach dem ersehnten Hafen hinauf, den ihre Leiber nimmer erreichten. Dann brüllte es wieder herauf wie Hohngelächter der Wassergeister. Dazwischen ein dumpfer, kurzer Ton, der die Fenster des Lichthauses erzittern machte. – Hört!

Ein Lampenwärter hielt die Hand in die Höhe. Alle sahen sich stumm an und neigten die Ohren nach der Seite des Sturmes. Wieder der dumpfe Ton, und wieder!

„Das Schiff!" sprach einer leise.

Der Lampenwärter nickte und zeigte über seine Schulter mit dem Daumen westwärts: „Schaarhörnstört." Die andern nickten und sahen in die Finsternis hinaus. Alles horchte gespannt.

Es brauste, donnerte und wehte fort, aber der dumpfe Kanonenschall wurde nicht wieder gehört, obgleich alles gespannt wohl eine halbe Stunde horchte. Die Männer, die hoch oben im blendenden Lichtschein mitten im Tosen der Elemente saßen, blickten stumm in die dicke Nacht hinaus.

Endlich stand einer auf und holte ein altes, schwarzes Buch aus einem Kasten. Es war der Schulmeister. Er schlug es auf und las:

Dies Leben ist gleich einem Traum,
gleich einem leichten Wasserschaum
ist alle seine Herrlichkeit.
Der Strom der Zeit
reißt schnell uns fort zur Ewigkeit.

Es war ein Gebet für die draußen auf dem großen Schiff, dessen Kanone jetzt schwieg.

Der Sturm wehte fort und führte auf seinen Schwingen das Getöse der Wellen und das Geschrei der Möwen mit sich. Dazwischen erklang es den Männern wie menschliche Stimmen, Angstgeschrei und Hilferufen. Es zog in der Luft vorbei wie das wilde Heer.

So tobte es fort bis gegen Morgen, als endlich der Sturm zum steten Wind herabsank. Er hatte genug Opfer erfaßt, wie die Schiffstrümmer am Strande der Nordsee bezeugten. Er sank in sich zusammen, die Ebbe erhielt wieder ihre alte Macht und drängte endlich die Flut hinaus in das Meer. Die Bewohner und die Gäste des Feuerturmes waren schlafengegangen. Sobald jedoch der Tag anbrach, war alles wieder auf den Beinen, um auszuschauen.

Die tiefste Ebbezeit trat ein, und die Watten wurden zum ersten Male nach mehreren Tagen wieder trocken. Es zeigten sich viele dunkle Punkte auf den hellen Sandflächen. Nach Westen, auf Schaarhörn, lag eine große dunkle Masse.

Die Arbeit des Strandvogtes begann. Er mußte vor allen Dingen nach dem Land zu, um die Stranddiebe zu verjagen und von den angetriebenen Trümmern bergen zu lassen, was möglich war. Der Schulmeister mit den Turmleuchten ging indes nach dem Wrack auf Schaarhörn hinaus, das durch die ungewöhnliche hohe Flut fast bis zu den Inseldeichen getrieben war.

Am Deiche fand man das Steuerrad des Schiffes mit dem Namen „Union“. Eine kleine Strecke davon lagen drei Seemannsleichen, halb in Tang und Sand eingewühlt. Hart dabei ein zertrümmertes Boot. Die Armen hatten sich wahrscheinlich in ihm nach dem Feuerturm retten wollen. Man forschte bei ihnen, ob sich noch ein Lebensfünkchen fand. Es war umsonst. Sie lagen so starr und still wie die übrigen Schiffstrümmer, womit der Strand übersät war. Abgerissene Decks- und Seitenplanken waren untermischt mit Rundhölzern und unzähligen Fässern. Um einige zerbrochene lag der Inhalt von Kolophonium ausgestreut. Das Wrack bot ein Bild grausamer Zerstörung. Es war mitten auseinandergebrochen, der hintere Teil fast ganz weggerissen, während der Vorsteven mit dem Bugspriet aus dem Sand ragte. An Steven und Kiel saß noch ein Teil Rippen und Planken sowie die ganze Ankerwinde, um die zwei Ketten geschlungen waren, die aus den Klüsenlöchern hingen und den Vorderteil an den Ankern hielten, die in den Sand gewühlt festsaßen. Der Raum vorn war rein ausgespült. Die Leute kletterten nach dem Stückchen Deck hinauf, das bei der Ankerwinde festgeblieben und wo eine kleine Kabine war. Als sie sie untersuchten, fanden sie drei Leichname darin, von denen einer, ein Negerjunge, fest eine Flasche in der Hand hielt.

Der Schulmeister kletterte jetzt mit hinauf und besah die Gruppe. Er bückte sich und horchte erstaunt, denn er bemerkte, daß der zweite, ein älterer Neger, gemütlich schnarchte. Er faßte den Schwarzen in die Wollhaare und stieß ihn einige Male mit dem Kopf gegen einen Balken – er wußte mit Negern umzugehen.

„All right“, knurrte der Schwarze und sah den Schulmeister verwundert an.

„Ah, ist das Schiff vor Anker?“ fragte er munter werdend in englischer Sprache. Dann besann er sich auf die verflossenen Stunden und sprang zur Luke hinaus, um über den Anblick, der sich ihm bot, in ein Jammergeheul auszubrechen, das endlich den Negerjungen erweckte, der sich ungeheuer wunderte, noch lebendig und nicht im Himmel zu sein. Nur der dritte Mann, ein Weißer, jedenfalls ein Passagier, schon in hohen Jahren und mit einem starken grauen Bart im weißen Gesicht, blieb regungslos liegen. Die Insulaner versuchten, ihn zu erwecken. Es war jedoch umsonst, obgleich der Puls noch ging, wie der Schulmeister sagte.

„O Master, mit Sturzsee durch Luke gekommen – mit Kopf voraus – hat dünnen Kopf wie Straußenei, kann nix Puff vertragen wie Nigger“, erklärte der Negerjunge.

„Hat er nicht zuviel getrunken?“ fragte der Schulmeister.

„Zuviel? O ja – Seewasser. Ist nicht gut – Rum besser“, antwortete der Junge, indem er seine leere Flasche besah.

Man brachte jetzt den Passagier aus der Kabine und ließ ihn auf den Sand hinab. Er gab Lebenszeichen, war aber besinnungslos und wurde nach dem Turm getragen, wo man ihn in ein Bett legte und mit dem Universalmittel der Gegend, mit Grog, behandelte, der an der See gegen alles hilft.

So überraschend schnell sonst dieses Mittel anschlägt, so wenig wollte es im Anfang dem Schiffbrüchigen helfen. Die Neger waren längst über das Watt nach Cuxhaven gelaufen, während der Passagier der verunglückten „Union“ noch viele Wochen im Bett lag.

Der Strandvogt saß tagelang bei ihm und hörte den Erzählungen seiner Fahrten und Abenteuer zu, denn es war der verschollene Verwandte, den die See hier an das Land geworfen. Der Buchhalter Kern, den Herr Trick und Stubborn sicher in den Schwefelbergwerken Mexikos untergebracht glaubten.

Das alte Blockhaus

## Vierunddreißigstes Kapitel

# Im Lumpenkeller

Dicht neben Laarsens Keller an den Kajen saß Schwarz auf einem Haufen alter Ketten; er war so in Betrachtung versunken, daß er die Ankunft eines Mannes nicht bemerkte, der ihm plötzlich auf die Schulter schlug. Der so Berührte fuhr herum und starrte den Mann eine Weile an, worauf er kurz fragte: „Was gibt's?“

„Geben wird es nicht viel", sagte der andere lächelnd und ein Papier unter mehreren heraussuchend. „Aber genommen ist was! Da ist das Verzeichnis, das ich bei allen Händlern herumtragen muß. Wenn Euch also einer vorkommt, der einen eisernen Geldkasten mit Gold und englischen Banknoten zum Verkauf bringt, so haltet ihn nur solange fest, bis Ihr mich geholt habt. Es gibt zweitausend Mark Belohnung."

Über das Gesicht des jungen Mannes fuhr ein trübes Lächeln. „Wird schwerlich bei uns angeboten werden. Kaufen weder Gold noch Geldschränke, nur Lumpen, Lumpen!"

„Denke auch so", lachte der andere, „bin deshalb auch zuletzt hierhergekommen, denn ich laufe schon seit neun Uhr früh umher. Denke jedoch, daß keiner den Schrank gleich losschlägt. Wiegt schwer und hat fünfzigtausend Mark im Magen. Möchte nur wissen, wie sie ihn fortgebracht haben."

„Fünfzigtausend Mark?" schrie der junge Mann. „Nettes Geschäft, Herr Stork! Bei Gott. Und mit wem?"

„Mit wem?" sagte Herr Stork, den jungen Mann eigentümlich anblickend. „Mit wem? Hm, wird Sie interessieren, Herr Schwarz! – Mit Stubborn und Kompagnie!"

„Mit Stubborn?" schrie Schwarz, indem er aufsprang und den Polizeibeamten mit einem Gesicht anblickte, das diesen zurückfahren machte. „Mit Stubborn? Ha, ha, ha! Ausgezeichnet!" und hier lachte er so laut, daß einige Vorübergehende sich verwundert nach ihm umdrehten.

„Dachte mir wohl, daß es Sie interessieren würde", murmelte der Beamte. „Haben ihn auf dem Strich, weil er Sie damals des Diebstahls beschuldigte und in den Lumpenhandel trieb. Wurde zu Weihnachten schon einmal total ausgeraubt, und jetzt wieder total. Sonderbar, höchst sonderbar."

„Haha", sagte Schwarz, indem das grimmige Lächeln wieder sein Gesicht überzog. „Werde ihn auf dem Strich behalten, bis ich ihn am Bettelstabe sehe, und seine Tochter am –"

Das letzte Wort zischte der junge Mann auf eine Art hervor, die selbst dem Polizisten ein kleines Grauen beibrachte. Dieser langte, um ihn zu beruhigen, seine Schnupftabaksdose hervor und bot ihm eine Prise an: „Na, wissen ja alle, daß Sie unschuldig waren. Die Kaufleute nehmen zwar keine Rücksicht darauf. Bedaure Sie, daß Sie als Klerk beim alten Wolf stecken. Stehen aber bei uns in großer Achtung. Ist besser als 'rumbummeln", schloß er, klopfte ihm auf die Schulter und ging seiner Wege.

Schwarz setzte sich wieder auf die Ketten und sah nach dem Wasser hinaus, wobei das grimmige Lächeln von Zeit zu Zeit wie ein Wetterleuchten auf seinem Gesicht erschien.

Als Herr Stork um die Ecke war, kam ein Schiffsmann daher, der, hinter einem Kran stehend, mehrmals nach Schwarz blickte, während dieser mit dem Beamten sprach. Es war Hansen, der fragte, ob er morgen hinunter wollte.

„Ich segle morgen mit dir hinunter, ich bin jetzt hier ziemlich im klaren. Leg indes nur immer nach St. Pauli hinaus, ich komme dort an Bord. Denke dir, Stubborn ist schon wieder bestohlen worden! Ich glaube, der Schuft bestiehlt sich selbst. Nun, wir werden ja bald hinter seine Schliche kommen. Hier sind zwei Taler, besorge Proviant dafür."

„Goddamn", schrie hohnlachend eine Stimme hinter beiden. „Seht mal, was Schwarz jetzt für großartige Geschäfte macht!"

„Un mit wat for fine Kerrels!" bemerkte eine andere höhnisch. Gelächter folgte hierauf, und der Klerk war nebst dem Schiffer von einigen jungen Leuten umgeben, die ihrer Garderobe nach zu der Elite des Handelsstandes gehörten.

Das Gesicht des jungen Mannes nahm ein unheildrohendes Aussehen an, der Schiffer ging ohne ein Wort zu sagen davon.

„Das muß wahr sein, du spielst eine schöne Figur hier in dem Kram!" begann wieder einer. „Ein feines Kerlchen bist du geworden nach deiner Geschichte mit Stubborn. Warst sonst so 'n hochmütiger Bengel, dem unser Klub nicht nobel genug war, und nun sitzest du da als Kellerklerk!"

„Was wollt ihr eigentlich von mir?" fragte Schwarz. „Ich habe euch schon einmal gesagt, ihr seid mir immer noch zu schlecht, und werdet es bleiben, um mit euch umzugehen."

„He is woll Hoffleberant von'n Kaiser von Marokko worrn, darop is he so stolz", sagte ein junger Mann ernsthaft. „Er wird wohl aber die Gnade haben, uns ein paar Taue zu verkaufen, denn wir wollen morgen mit unserem Vereinskutter nach Blankenese. Der Champagner soll in die Elbe laufen, Ihr könntet drin schwimmen, wenn Euch die fidelen Seehunde früher gut genug gewesen wären. Einen Lumpenhändler können wir aber nicht brauchen. Das wollten wir Euch nur sagen."

Ein rohes Gelächter folgte diesen Worten. Schwarz hatte jedoch nicht halb auf den Schluß gehört, sondern nach dem Ewer geblickt, den er schon lange im Auge gehabt. Dieser begann sich in Fahrt zu setzen und schwamm nach dem Blockhaus hin.

„Ihr braucht was zu eurer Fahrt", sagte er zerstreut. „Wartet!" Damit verschwand er in Wolfs Keller.

Die jungen Leute sahen sich verwundert an, und einige traten zurück, weil sie daran dachten, ob Schwarz nicht vielleicht einen Stock holen könnte, um ihnen zum Fest etwas Appetit zu machen. Dieser kam jedoch mit einer Anzahl Stricken zurück, an denen er Schlingen gemacht hatte: „Da habt ihr Tauwerk, das euch fehlt! Hängt euch morgen damit draußen an die Bäume, das wird für euch, die Welt und die Kassen eurer Prinzipale am besten sein."

„Goddamn, haut ihn!" schrie ein junger Mann, rot vor Zorn, während andere, vor Ärger blaß, auf ihn zutraten.

Schwarz zog die Augenbrauen zusammen und ergriff ein Ruder, das an der Kellertreppe lehnte. „Wer den Hirnschädel eingeschlagen haben will –", sagte er ruhig, aber so finster, daß sich die jungen Männer ohne ein Wort davonmachten.

Schwarz sah sich nicht nach ihnen um, sondern stieg die Wassertreppe hinab und in sein Boot, das er zwischen den Ewern hindurchschob und damit nach dem Blockhaus zufuhr. Er holte den Torfewer ein und wechselte einige Worte mit dem Schiffer, worauf er an verschiedenen Schiffen mit den Steuerleuten sprach und dann nach den Kajen zurückruderte.

Als er dort ankam, fand er seinen Prinzipal, den „alten Wolf", der auf der Kellertreppe saß und durch eine große Messingbrille den Zettel studierte, den der Beamte gebracht hatte. Schwarz kümmerte sich um den Herrn des Geschäftes indes nicht mehr als um den alten eisernen Ofen, der neben ihm stand, sondern ging in den Keller und zog dort einen anderen Seemannsrock über. Dann setzte er eine schottische Mütze auf und zündete sich eine neue Zigarre an, worauf er sich zum Weggehen fertigmachte.

Der alte Wolf hatte ihn bei alledem über die Brille scharf beobachtet, ließ dann seine Augen über die Straße gleiten und sagte grinsend, indem er mit dem Finger auf das Papier tippte: „Ein gutes Geschäft! Wahrhaftig! Ob sie den Schrank aufkriegen?" Hier sah er plötzlich seinem Klerk scharf ins Gesicht.

Dieser zuckte mit den Achseln und sagte lakonisch: „Weiß nicht. Glaube gar nicht, daß er gestohlen worden ist."

„Doch, doch!" schrie Wolf eifrig.

„Habt Ihr ihn vielleicht?" erwiderte Schwarz, sich plötzlich nach seinem Prinzipal umdrehend.

Dieser sah ihn über die Brille an und schüttelte den Kopf: „Wenn ich ihn hätte, würde ich Euch nicht danach fragen."

„Bin überzeugt davon", nickte Schwarz. „Ich will einmal danach ausgehen. Vielleicht können wir die zweitausend Mark verdienen." Er zeigte auf das Papier. „Behüt' Euch der Teufel indessen!" Mit diesem frommen Wunsche ging er von dannen, ohne sich weiter um den Prinzipal zu kümmern.

Dieser streckte seinen Hals wie ein Storch empor, um mit dem Kopf in Straßenhöhe zu kommen, legte dabei die Hand an den Mund und rief mit gedämpfter Stimme in den Keller: „Jakob!"

Das Kostüm des Jungen, der jetzt in der Kelleröffnung erschien, erregte einiges Erstaunen. Er stak nicht nur in den Hosen, sondern auch in den Stiefeln und dem Rock eines erwachsenen Mannes. Diesen Rock hatte man indes rücksichtslos bei der Taille abgeschnitten. Jakob diente, seit Schwarz im Keller war, gegen diesen als Spion für Wolf, der ihm leise zurief: „Nach, nach! Er ist nach der Hohen Brücke[33] zu. Acht Schillinge, wenn du mir Rapport bringst." Damit gab er dem Jungen einen Faustpuff in den Rücken, der ihn zum Keller hinausschleuderte, worauf dieser so schnell an den Häusern hinhuschte, wie ihm dies seine übermäßig großen Stiefel erlaubten. Es gelang ihm gerade noch, Schwarz auf der Spur zu bleiben, denn dieser blieb bald da, bald dort stehen und schien unschlüssig zu sein, wohin er seine Schritte wenden solle.

Als Jakob beim Schaarmarkt um die Ecke schoß, fühlte er sich plötzlich an der Kehle gepackt, die ihm so zugedrückt wurde, daß ihm die Augen aus dem Kopfe traten. Er befand sich in den Händen von Schwarz, der ihn schon lange beobachtet und hier abgefangen hatte. Er schleppte ihn bis zu einem Grogkeller in der Nähe. Der Gefangene versuchte zwar, unterwegs einige Male Hilfe zu schreien und strampelte furchtbar mit den Stiefeln. Schwarz ließ ihn jedoch nicht los und warf ihn, beim Keller angekommen, ohne Umstände vor sich her die Treppe hinunter. Unten packte er ihn von neuem und schleppte ihn hinter einen Tisch, wo er ihn in die Ecke klemmte.

„Du verdammter Halunke willst mir also nachschleichen!" fuhr er ihn an.

„Gott, was denken Sie, Herr Schwarz!" sagte Jakob unschuldig. „Ich war doch nur auf'm Geschäftsgang."

„Drei Glas Grog!" rief Schwarz der Wirtin zu und wandte sich dann wieder an Jakob, dessen Augen bei der Bestellung funkelten. „Versuche nicht zu lügen, sonst gieße ich dir die Stiefel bis oben voll heißen Grog."

„Oh, Herrgott!" jammerte er. „Ich will ihn lieber trinken."

„Was gibt dir Wolf, wenn du ihm sagst, wohin ich gehe, mit wem ich spreche und was ich tue?" fragte Schwarz streng.

„Ne, Herr Schwarz, was Sie denken!" jammerte Jakob.

„Was gibt er dir?" fragte dieser, indem er ihm ein Glas Grog hinstellte.

„Acht Schillinge", jammerte Jakob.

„Acht Schillinge?" sagte Schwarz hohnlachend. „Der Esel! Acht Schillinge, und mir so einen Kerl nachzuschicken, den man auf zwei Stunden sieht!"

„Willst du mir dienen?" fuhr er den Jungen an.

Jakob wußte nicht gleich, was er sagen sollte, denn er merkte, daß er im Begriff sei, zwischen Tür und Angel zu kommen.

„Hier hast du für die acht Schillinge einen Taler", sagte Schwarz, ihm solch ein glänzendes Geldstück hinlegend, und Jakob ließ es mit einer Schnelligkeit verschwinden, die dem Geber ein Lächeln ablockte.

Der Taler war in den Stiefel des Empfängers gewandert, der diesem anstatt einer Tasche diente, denn dieses Eingeweide war bei der Amputation des Rockes mit verschwunden.

„Willst du also?" fragte Schwarz nochmals.

„Ja", sagte dieser bestimmt, indem er mit der Faust auf den Tisch schlug, „ich tue es. Aber nur unter einer Bedingung."

„Welcher?" fragte Schwarz.

„Daß Sie mir einen andern Anzug schaffen", erwiderte Jakob, „ich mag nicht mehr als Vogelscheuche rumlaufen und mich ‚Stiefel' schimpfen lassen."

„Gut. Am Montag sollst du einen haben. Doch auch ich mache eine Bedingung. Wenn du mich im geringsten hintergehst", sagte Schwarz leise und ihn dabei fest anblickend, „so erdrossele ich dich und werfe dich ins Fleet. Jetzt sage mir, kennst du Stubborn?"

Jakob nickte: „Wolf hat mit ihm zu tun. Ich bin ihm viele Male nachgeschlichen."

„So? Hat er dich bemerkt?"

„Nein, aber ich habe bemerkt, daß beiden jemand, ich glaube, er heißt Trick, nachspürt."

„Gut, sehr gut! Du bleibst jetzt hinter diesen drei Halunken und berichtest mir alles, was du hörst und siehst. Für deine

Spionage heute sollst du indes deine Strafe haben. Wieviel Gläser Grog kannst du trinken, ohne liegenzubleiben?"

„Hm", schmunzelte Jakob, „so viel Sie mir geben –, das heißt", sagte er, ängstlich nach seinem Stiefel greifend, „Sie bezahlen ihn natürlich."

Schwarz nickte und bestellte nun ein Glas Grog nach dem andern, die der Junge mit dem größten Behagen hinuntergoß. Eine Portion saurer Aal machte eine kleine Unterbrechung, worauf Jakob wieder frischen Durst bekam.

„Der Junge hat keinen Grund und Boden", murmelte Schwarz verwundert, als Jakob beim siebenten Glase war. Endlich wurden jedoch die Augen des kleinen Zechers gläsern und er begann Symptome der Betrunkenheit zu zeigen.

„So, jetzt geh zu Wolf", sagte Schwarz, „und merke dir: du hast mich verloren und dann in verschiedenen Kneipen gesucht. Wenn dir Wolf nicht glauben will und weiter fragt, so schlag ihm den alten Teekessel, der an der Tür steht, auf den Kopf. Und nun marsch, nach Haus!"

Schwarz bezahlte und schleppte Jakob die Treppe hinauf, drehte ihn nach dem Schaarmarkt zu und ließ ihn los.

„Mit 'n Teeketel auf 'n Kopp", lallte der Spion Wolfs. „Pumps!" fuhr er schmunzelnd fort, indem er einen imaginären Teekessel auf Wolfs Kopf entzweischlug. Bei dem Schlag stolperte er und währe zu Boden gefallen, wenn seine Stiefel die Beine nicht aufrechterhalten hätten wie ein Blechleuchter ein Licht.

Es war schon starke Dämmerung eingetreten, als Jakob vor dem Keller an den Kajen ankam. Der alte Wolf war in der Tiefe beschäftigt, Licht anzuzünden, weshalb er Jakobs Ankunft nicht bemerkte. Als er dann aber ein Geräusch an der Treppe vernommen hatte, ging er mit der Lampe vor und leuchtete hinauf, wobei er Jakobs Stiefel entdeckte, die von der Mauer herunterbaumelten. Als er höher stieg, bemerkte er, daß Jakob ihn auf eine wunderliche Weise anglotzte.

Wolf vermutete etwas Besonderes, stellte die Lampe in den Keller und stieg die Stufen hinauf, um sich vorsichtig umzuschauen. Dann fragte er leise: „Wo ist er?"

Der Spion spitzte den Mund und machte einen mißlungenen Versuch zu pfeifen, dabei fuhr er mit der Hand durch die Luft und wollte so andeuten, daß Schwarz „weg" sei.

Wolf wußte nicht, was er denken sollte. Er sah sich nochmals vorsichtig um, packte dann plötzlich Jakob beim Kragen und zerrte ihn in den Keller. Der Junge wurde durch solche Behandlung störrisch und noch mehr in seiner Teekesselidee bestärkt. Wolf hatte ihn deshalb kaum losgelassen und seine Frage wiederholt, als er nach der Tür wankte, den fraglichen Teekessel beim Henkel ergriff und damit auf seinen Prinzipal zuging. Dieser sah ihm mit offenem Munde zu und hatte keine Ahnung davon, daß der Junge den Kessel erheben und ihn damit auf den Kopf schlagen würde, welches Manöver dieser so plötzlich ausführte, daß der Prinzipal schlecht weggekommen wäre, hätte Jakob nicht einen so starken Rausch gehabt, daß er eine Tischlampe für Wolf ansah und in Stücke schlug.

Wolf erkannte jetzt die wahre Sachlage und schrie ergrimmt: „Dieser infame Bengel hat sich betrunken!“ worauf er einen Strick ergriff und Jakobs Rücken damit bearbeitete, während dieser mit dem Teekessel um sich schlug und den Prinzipal einige Male vor die Schienbeine traf. Wolf entriß ihm den Kessel und schob ihn zum Keller hinaus, indem er schrie: „Wart nur, Kanaille, morgen sprechen wir weiter! Jetzt fort, nach Hause!“

Der alte Wolf gehörte zu jenen Leuten, die, soviel sie auch haben mögen, doch stets den Schein der Armut um sich verbreiten. Mit der Aufhebung seiner Spielbank und der Einsperrung Tricks ging ihm eine große Verdienstquelle verloren. Hätte er vorher eine Ahnung gehabt, warum ihn Stubborn den Wechsel an seinen Buchhalter verkaufen ließ, er würde auf das Geschäft nicht eingegangen sein, denn er schloß sehr richtig, daß er sich dadurch um große Summen gebracht und Trick die ferneren Mittel zum Spielen abgeschnitten habe. Als der schlaue Fuchs jedoch sah, daß mit dem Buchhalter nichts mehr zu machen sei, warf er sich auf den Prinzipal und zwang diesen, indem eine geheimnisvolle Anspielung auf „Glasscherben“ auch hier von großer Wirkung war, mit ihm in Geschäftsverbindung zu treten. Stubborn geriet zwar in Verzweiflung, daß schon wieder ein neuer Kompagnon auftauchte, wo er den alten kaum beseitigt glaubte, er hoffte aber, mit diesem bald fertig zu werden, weil er nicht soviel wußte und nicht so schlau wie Trick zu sein schien. Vor der Hand tat er, als sei ihm Wolfs Vorschlag lieb, indem er durch den Diebstahl fast alle Barschaften eingebüßt habe, aber Wolf mit schlauem Lächeln vorschlug, die noch vorhandenen in Wechselgeschäften zu 100 Prozent anzulegen und ihn als Agenten zu benutzen, wobei er beschloß, die sicheren Geschäfte mit eigenem und die unsicheren mit Stubborns Geld zu machen. Da dies seine Zeit sehr in Anspruch nahm, und er den Lumpenhandel, der einen ganz hübschen Gewinn abwarf, nicht aufgeben wollte, so engagierte er Schwarz als Kommis, wobei er noch eine Chance mehr gegen Stubborn zu haben glaubte, während Schwarz seinerseits den Keller Wolfs als eine günstige Operationsbasis gegen Stubborn und Trick betrachtete.

So standen die Sachen an dem Tage, als Herr Stork die Anzeige nach den Kajen brachte, daß Stubborn wiederum bestohlen sei, woran er selbst als auch Schwarz zweifelten.

Es war aber dennoch so, und Wolf, der es schon am Vormittag gewußt, warf den Verdacht zunächst auf Schwarz, weil er es für natürlich hielt, daß sich dieser so an Stubborn rächen wollte. Er hoffte, durch Jakob auf eine Spur zu kommen und war sehr ärgerlich, daß sein Spion zurückkehrte wie eben berichtet. Nachdem er zu Laarsen hinabgestiegen und sich auf Tricks Lieblingsplatz hinter dem Pfeiler gesetzt, schlürfte er seinen Genever in zerstreuten Gedanken, bis er plötzlich die Ohren spitzte, denn er hörte die Stimme des Herrn Trick.

Dieser kam in Begleitung von zwei Männern und kaufte zwei Dutzend Flaschen alten Portwein, die er seinen Begleitern, die Wolf für Zimmerleute hielt, übergab, worauf er dem Wirt zwei Souverains[34] hinlegte und sich herausgeben ließ.

Wolf verschlang die Goldstücke mit den Augen: „Gold – englisches Gold! Freund Trick, das ist leichtsinnig von dir! Wenn ich von der Polizei wäre, würde ich sofort wissen, wo ich Stubborns Geldkasten fände, d. h., wenn ich dich zu finden wüßte. Warte Herzchen, müssen doch sehen, wo du steckst, da du nicht mehr im Winserbaum wohnst." Mit diesen Worten schlich er hinter Trick her, sobald dieser die Kellertreppe hinaufging und in der nun vollständigen Dunkelheit verschwand.

Laarsen sah ihm nach und nickte mit dem Kopf: „Einer hinter dem andern – gleich und gleich gesellt sich gern."

Im Tiefen Keller

## Fünfunddreißigstes Kapitel

# Trick und die Zimmerleute

Trick würde vor vierzehn Tagen selbst nicht gedacht haben, daß er noch den Frühling im Freien genießen könne. Er zermarterte sich bis dahin das Gehirn, um einen Weg zu entdecken, der ihn aus der Wechselhaft befreie. Daß Stubborn in jener Nacht seine Einsperrung herbeigeführt und in der Zeit sich selbst und ihn um die Wechsel bestohlen, sah er jetzt so klar, wie das Fazit von zweimalzwei. Er würde diesem Streich seine höchste Bewunderung nicht versagt haben, wenn er ihn selbst nicht so empfindlich getroffen hätte. Da ihn Stubborn, an den Wolf den Wechsel gegeben, im Gefängnis festhielt, wurde ihm ferner klar, daß noch etwas im Werke sei, und er rannte mit dem Kopf vor Verzweiflung an die Wand, wenn er bedachte, wie er die Sache hier mit gebundenen Händen abwarten mußte. Er hatte sich überlisten lassen und schwor, es Stubborn doppelt und dreifach einzutränken, wenn er nur erst wieder Raum dazu habe.

Der Schließer trat eines Tages bei ihm ein und teilte ihm mit, daß er einen Stubengenossen erhalten würde. „Einen Steuermann, zwar ein Seehund, aber fidel“, bemerkte er dabei.

Seehund, fidel! – Ein Blitz durchfuhr Tricks Gehirn.

Er schrieb sofort etwa zwanzig Briefe, die den Klub zu einer wichtigen Besprechung bei Trick versammelten. Er stellte den Seehunden, die höchst neugierig erschienen, die lakonische Forderung, seinen Wechsel zu bezahlen.

Die Seehunde brachen in Gelächter aus. Trick strich seine Haare etwas und klopfte an die Nase. Dann machte er den Vorschlag, wenn der Klub en bloc die zweitausend Mark nicht zahlen wolle, so werde er eine Subskription bei den einzelnen Mitgliedern eröffnen.

„Sehr guter Gedanke. Ich gebe für meinen Teil vier Schillinge dazu“, rief ein besonders fideler Seehund aus.

„Gut, mein Junge! Komm her, setz dich neben mich und unterzeichne deine Summe auf diesem Bogen, wobei ich im allgemeinen bemerken will, daß jeder seinen Betrag bis spätestens Sonnabend schafft“, sprach Trick mit Grinsen.

Der Seehund setzte sich lachend und wollte eben schreiben, als ihm Trick einige Worte ins Ohr flüsterte, wonach ihn der junge Mann erschrocken und leichenblaß anstarrte. Dann schrieb er statt vier Schilling vierhundert Mark und lehnte sich still an das Fenster. Der zweite Seehund sah erstaunt auf die Summe seines Vormannes, ward dann bei einigen leisen Worten Tricks feuerrot und zeichnete zweihundert Mark, und so ging es fort, bis gegen viertausend Mark beisammen waren, und der Klub der fidelen Seehunde lautlos davonschlich. Die einzelnen Mitglieder tauschten auch das Geheimnis nicht untereinander aus, was Trick jedem mitgeteilt. Sie kannten es nur zu gut und waren durch den Umstand niedergeschmettert, daß es Trick kannte. Sie setzten ihn aber dadurch in den Besitz der Summe und damit in Freiheit.

Herr Trick ging sofort nach dem Kontor und malte sich mit wahrem Entzücken das Wiedersehen mit Stubborn aus. „Er wird sich ungemein freuen", murmelte er. „Ha, ha, alter Junge, warte nur, jetzt will ich dich in die Kniep nehmen!" Er ging direkt auf Stubborns Kabinett zu, blieb aber plötzlich stehen und sah das Personal verwundert an, das ihn gleichfalls betrachtete. Was war das? Das waren ja lauter wildfremde Gesichter! Kein einziger der früheren Leute!

„Was wünschen Sie?" fragte ihn ein dicker, behäbiger Buchhalter, der an seinem eigenen Pult saß.

„Herr Stubborn zugegen?" sagte Trick verblüfft, auf die Tür des Kabinetts deutend.

„Seit zwei Monaten hier nicht mehr gegenwärtig. Das Lokal augenblicklich als Kommandite im Besitz von Köstern in Bremen. Herr Stubborn hat sich vor zwei Monaten nach großen Verlusten gänzlich vom Geschäft zurückgezogen", erklärte der Buchhalter mit einer Verbeugung.

„Unmöglich!" preßte Trick heraus, indem er sich wie im Traum umsah.

„Bitte, doch!" bestätigte der dicke Herr.

„Das Haus vorn? Wer hat das jetzt?" fragte Trick heiser.

„Hat der Besitzer selbst übernommen, soviel ich weiß", berichtete der Buchhalter.

„So? – Ah! Dann entschuldigen Sie", sprach Trick, sich nochmals mißtrauisch umblickend, indem er, ohne weiter ein Wort zu verlieren, zur Tür hinausging.

„Sieh mal an, verteufelt pfiffig, mein Junge! Du hast bei Gott Talent – hätte dir das nimmermehr zugetraut", murrte Trick, die Treppe hinaufsteigend. Dann blieb er auf einem Absatz sinnend stehen und zählte an den Fingern, wozu er leise sprach: „Erstens die Bleigewichte – sehr gut –, zweitens der Wechsel, – drittens der Diebstahl – ausgezeichnet, – viertens Geschäftsaufgabe – ganz vorzüglich, würde sich manch anderer damit anführen lassen, aber Trick nicht! Nein! Ist noch immer genug da, um mit halb und halb ein gutes Geschäftchen zu machen. Oh, du sollst in die Schere kommen." Damit öffnete er die Tür des Wohnzimmers und trat ein, ohne den Hut abzunehmen. Ein ihm unbekannter alter Herr saß am Tisch und blickte ihn überrascht an. Herr Trick zog den Hut verblüfft vom Kopf und sah sich im Zimmer um. „Entschuldigen Sie", begann er, „ich suche Herrn Stubborn!"

„Herr Stubborn wohnt gegenwärtig in der Grütztwiete[35], rechts an der Brücke", sprach der Herr.

„In der Grütz-twie-te?" fragte Trick, jede Silbe betonend. „Man sagte mir doch, der Besitzer des Hauses sei hier zu finden?"

„Habe die Ehre", entgegnete der Herr, sich verbeugend. „Doch, wenn ich nicht irre, sind Sie der Buchhalter von Herrn Stubborn? Habe Sie früher einigemal gesehen. Wohnte bisher in Horn[36] draußen."

Herr Trick betrachtete das Gesicht genauer und besann sich, es gesehen zu haben. Dann sprach er verwundert: „Ah, ah! Stubborn hat also auch in Horn eine Besitzung? Sieh mal an! Und Sie haben ihm nun das Haus hier auch abgemietet? Hilft euch alles nichts, ihr Herren!" Hierbei sah er pfiffig lächelnd im Zimmer umher, während ihn der Herr sprachlos vor Verwunderung anblickte.

„Ich das Haus abgemietet? Ja, Verehrtester! Kennen Sie denn die Verhältnisse Ihres Prinzipals so wenig, daß Sie nicht wissen, daß ich dies Haus hier schon vor bald zwanzig Jahren von Herrn Stubborn gekauft habe und daß er seit der Zeit bei mir zur Miete wohnte? Er machte jedesmal auf fünf Jahre Kontrakt, wobei er mir die Miete jährlich pränumerando zahlte und stets selbst nach Horn brachte. Herr Stubborn übergab mir vor zwei Monaten das Haus wieder und hat einige Effekten für Sie zurückgelassen, weil Sie damals abwesend waren. Ich bin erstaunt, Sie darüber in Unkenntnis zu finden."

Tricks Haare standen bei dieser Mitteilung vollkommen gegen den Strich und sein Gesicht war das Bild des Erstaunens, mit dem er, auf den Boden zeigend, ausrief: „Das hier ist also schon lange nicht mehr Stubborns Erbe?"

„Gehen Sie nach dem Stadtbuch[37], wo Sie es seit Jahren als mein Erbe finden werden", sprach der Herr kopfschüttelnd.

Herr Trick ließ seinen Hut fallen und schlug die Hände über dem Kopf zusammen, wobei er schrie: „Fünftens, alles in Sicherheit gebracht, – ausgezeichnet – – nein, verfluch – doch ausgezei – verdammt gemacht!" Hiermit ergriff er seinen Hut und rannte davon, bald ‚ausgezeichnet', bald ‚verflucht' murmelnd, denn er bewunderte seinen Prinzipal im höchsten Grade und war dabei doch wütend, sich von ihm hinters Licht geführt zu sehen. Er war von diesem neuen Streich vollkommen überwältigt. Da er sich schwach auf den Beinen fühlte, so trat er am

Steinweg in eine Weinhandlung und trank einige Gläser Madeira, worauf er weiterging und beim Millerntor den Weg nach dem Stintfang einschlug, wo die Promenaden um diese Zeit einsam waren. Er stand eine lange Weile am Geländer, wo man auf die Elbe hinuntersieht, und blickte gedankenlos auf die Schiffsreihen im Hafen und die segelnden Schiffe im freien Wasser.

Herr Trick sah die Schönheiten der Gegend nicht. Er entwarf einen Plan gegen Stubborn und überlegte, ob er offen auftreten und sich wieder an seine Fersen heften, oder ob er im geheimen gegen ihn operieren sollte. Es ging ihm wie allen Bösewichtern, die, wenn ihr Plan mißlungen, tiefe Reue darüber fühlen, daß sie nicht vorsichtiger zu Werke gingen. Er sah sich durch den Kompagnon, den er in den Händen zu haben glaubte, um die Früchte zwanzigjähriger Bemühungen gebracht und mußte eigentlich wieder von vorn anfangen. Er konnte Drohungen anwenden, aber nicht ausführen, ohne die Folgen selbst mitzutragen. Stubborn hatte sich durch die scheinbare Mittellosigkeit, in die er sich gebracht, gegen ihn gedeckt, und der Buchhalter beschloß, ihn im geheimen anzugreifen.

Sobald dieser Entschluß gefaßt war, sprang Trick auf, um ihn zur Ausführung zu bringen. Es waren ihm von der Subskription der Seehunde noch weit über tausend Mark geblieben, eine Summe, die in seinen Händen gefährlich genug werden konnte. Er dachte zwar einen Augenblick daran, eine Spielgesellschaft aufzusuchen und sein Glück damit zu probieren, verwarf diese Idee jedoch sofort, als ihm seine Verluste einfielen. Da es noch zeitig am Tage war, so lief er vor allen Dingen nach der Grütztwiete und spionierte Stubborns Wohnung aus. Dann nahm er ein Boot und fuhr auf der Hinterseite durch das Fleet, wobei er die gegenüberliegenden Häuser ins Auge faßte, da Stubborns Zimmer nach dem Wasser zu lagen. Hierauf gelang es ihm, in einem Hause des Rödingsmarktes einige Hinterzimmer im dritten Stock gerade gegenüber Stubborn zu mieten. Dies führte er mit unendlicher Geduld und mit Hilfe einer Anzahl Portweinflaschen aus und erfuhr bald, was er zu wissen brauchte.

Am zweiten Tage seiner angestrengten Beobachtungen verließ er sein Zimmer und ging, als die Dämmerung anbrach, in die Nikolaistraße, wo er nach dem Tiefen Keller[38] fragte. Man zeigte ihm eine Kelleröffnung, die er eine Zeitlang im

Auge behielt und dabei bemerkte, wie verschiedene Gestalten hineinhuschten.

Diese Gestalten, die von allen Seiten daherschlichen, um hier in der Erde zu verschwinden, waren meist Krüppel von elendem Aussehen, mit verbundenen Armen und Köpfen, auf einer oder zwei Krücken daherhinkend. Es kamen aber auch gesunde junge Männer und Frauenzimmer, die das edle Geschäft des Bummelns und Bettelns jedem andern vorzogen und hier für gewöhnlich ihr Nachtquartier aufschlugen, wenn sie nicht gerade auf der Polizei wohnten. Dann erschienen einige Arbeiter mit Handwerkszeug, aus Sägen, Äxten u. dgl. bestehend. Die hohen Hüte mit schmalen Krempen und die eigentümlichen Backenbärte, die die Gesichter umrahmten, ließen in den Männern Zimmerleute erkennen, die ihr Geschäft nur zum Schein trieben und das Betteln oder noch schlimmere Unternehmungen einträglicher fanden. Mancher ging an einem Stock und trug Arm oder Kopf verbunden. Diese Art war permanent vom Gerüst gestürzt und schleppte sich nach Hause, natürlich jeden Tag in einem andern Teil der Stadt, während die Gesunden es vorzogen, in die Häuser hinaufzusteigen und Ausbesserungen zu beginnen, die stets mit Ausräumung der Bodenkammern endigten. Störte man sie durch Fragen in ihrem Geschäft, so zeigte sich in der Regel, daß sie falsch bestellt waren. Jedenfalls war die Maske als Zimmermann immer ein guter Deckmantel für das Umherkriechen in den Häusern.

Trick stieg mit einer solchen Gruppe die Treppe hinab, die etwa fünfzig Stufen zählte. Hinter ihm kam ein Mann mit zwei Krücken, den er kannte, denn er saß für gewöhnlich vor dem Millerntor und hielt den Vorübergehenden eine kleine Schachtel mit wertlosen Muscheln hin, während in seiner Nähe ein junges, blindes Frauenzimmer auf einer Ziehharmonika spielte und dadurch das Mitleid der Spaziergänger in Anspruch nahm. Diese hielt sich am Rock des Lahmen fest und folgte ihm gleichfalls.

Als man etwa die Hälfte der dunklen Treppe zurückgelegt hatte, stieß der Muschelhändler Herrn Trick etwas unsanft in den Rücken und brummte: „So mach doch, zum Teufel, du da vorn, daß du weiterkommst!“ und seine Begleiterin setzte hinzu: „Hier brauchst du den Blinden nicht mehr zu spielen“, worauf die ganze Gesellschaft in Gelächter ausbrach.

Trick stolperte vollends die Treppe hinunter und trat mit den anderen in den Keller.

Auf einigen rohen Bänken saß bereits eine gemischte Gesellschaft, die sich in dicken Tabaksqualm verlor, durch den ein erbärmliches Talglicht schimmerte. Hinter einer Art Büfett, durch einen Kasten und einen alten zerrissenen Bettschirm gebildet, neben dem die Wand mit schlechten Bilderbogen und obszönen Bildern tapeziert war, stand der Wirt, eine von Kellerluft aufgedunsene Figur, der jeden Ankommenden nach seinem Aussehen taxierte und stets bereit war, Branntwein aus einer Flasche einzuschenken, die er in der Hand hielt. Er faßte die Gesellschaft ins Auge und richtete seine Blicke mit besonderer Spannung auf Trick, was dessen Begleiter bewog, ihn gleichfalls genau anzusehen. Die Zimmerleute machten ihm hierauf Platz und nötigten ihn, den Winkel hinter einem Tisch einzunehmen, dann setzten sie sich neben ihn auf die Bank und schnitten so den Weg zur Tür ab. Die Blinde stellte sich auf die andere Seite, zog ihr Tuch vom Kopf und eine alte zerfetzte Jacke von den Schultern und sah dann Trick durchdringend mit einem Paar kohlschwarzen Augen an. Der Muschelhändler tat desgleichen. Dann blinzelten die Gäste einander zu und sahen Trick wieder an.

Herr Trick war nie ein Modenarr gewesen und hatte sich nicht einmal in seinen besten Tagen besonderer Eleganz befleißigt, heute aber war er überaus schäbig anzusehen und konnte wohl ein mitleidiges Herz verleiten, ihm einen Sechsling zu schenken. Das Hemd guckte ihm aus dem Ellbogen. Die Weste besaß keine Knöpfe, und sein Bart stand seit vier Tagen stachlig und borstig im Gesicht. Und doch erschien er den Gästen des Tiefen Kellers zu nobel für das Lokal. Die Blinde gab diesem Gedanken zuerst Worte, indem sie fragte: „Was willst du hier, mein Junge? Du bist kein Bettler! Was suchst du?"

„Kathrine hat recht!" rief hier der Muschelhändler, indem er einen Fuß höher wurde. Er faßte eine Krücke und klopfte Trick damit auf den Hut, daß ihm dieser zur Belustigung der Gesellschaft bis an die Nase herabfuhr. „Was suchst du hier?"

Trick zog den Hut in die Höhe und knurrte: „Das verbitte ich mir – ich bin ein armer Teufel, wie ihr welche seid, und will hier meine paar Schillinge verzehren, die ich mir zusammengelesen habe – wo und wie, geht euch nichts an!"

„Du willst damit doch nicht etwa sagen, daß du ein Bettler bist?" rief die Blinde.

„Wie ihr's nennt, ist mir gleichgültig", erwiderte Trick.

„Nun, ein Bettler bist du nicht, Freundchen“, lachte der Lahme, indem er seine Krücken in die Ecke warf und straff nach dem Licht ging, an dem er sich seine Tonpfeife anzündete. „Ich will dir was sagen. Wenn ein Polizeibeamter ein solches weißes Hemd von solch feiner holländischer Leinwand aus deinem Ellbogen gucken sieht, wie das da, dann arretiert er dich auf der Stelle. Aber nicht als Bettler!“

Die ganze Gesellschaft brach über Tricks verblüfftes Gesicht in Hohngelächter aus. Daran hatte er nicht gedacht. Er trug stets feine Leinenhemden und vergaß diesen Punkt ganz und gar, als er sich nach dem Tiefen Keller begab. Er knurrte jedoch: „Ich habe das Hemd gestern erst geschenkt bekommen.“

„Faule Fische!“ schrie die Blinde. „Ein Bettler, der sein Geschäft versteht und hier –“

„Was machst du?“ wandte sie sich, auf Trick deutend, an den Lahmen, der jetzt ein Pflaster, das mit dem Hut verbunden war, vom Auge entfernte und lockige, schwarze Haare unter einer alten Zipfelmütze hervorzog.

„Ich mache mir's bequem“, sprach er lachend, indem er eine Stahlbrille aufsetzte, sich niederließ und Trick gemächlich besah.

„Wenn er aber nun von der Polizei ist?“

Ein Hohngelächter antwortete der Blinden.

Ein alter Bettler sagte: „Er ist nicht von der Polizei. Die kennen wir alle.“

„Nun gut! Ein Bettler, der hier zu Hause ist, verkauft ein solches Hemd in der andern Stunde“, entgegnete das Mädchen ärgerlich. „Ich glaube, du bist ein lustiger Bruder, der sich den Spaß machen will, uns zu traktieren!“

„Warraftig! datt will hee“, schrie ein riesenmäßiger Zimmermann, indem er mit der Faust auf den Tisch schlug, daß dieser krachte, worauf der Wirt schmunzelnd herbeikam.

Herr Trick sah den Zimmermann an, nahm seine Faust, betrachtete sie und klopfte dann mehrmals an seine Nase. Hierauf überzählte er die Gesellschaft und fragte: „Wollt ihr Punsch trinken?“

Sie wollten alle, ohne Ausnahme.

„Jedem ein Glas?“ fragte der Wirt, die Mütze abnehmend.

„Ihr seid wohl pütscherig?“ schrie Trick. „Damit fangen wir gar nicht an. Nicht wahr, meine Herren? Habt Ihr einen Kessel? Gut, zeigt her!“

Der Wirt lief und holte einen Kessel aus der Küche, die sich irgendwo in einem verborgenen Raum befand und aus der jetzt Bratengeruch drang.

„Zu klein! Viel zu klein!“ schrie Trick. „Einen größeren!“

Der Wirt erschien mit einer dicken Frau. Beide schleppten einen Kessel herbei, in den wenigstens ein Anker[39] ging. Die Frau schob ihre schmutzige Mütze auf den Hinterkopf und trat hart an den Tisch. „Habt ihr auch Geld genug, um so viel Punsch zu bezahlen?“ fragte sie, rundum blickend.

Der Zimmermann zeigte auf Trick. Dieser zog zehn preußische Taler aus der Tasche und warf sie verächtlich vor die Frau hin. „Ist euch der Kessel nicht zu groß?“ fragte er hierauf die Gäste.

Welche Frage! Er würde dieser Gesellschaft nicht zu groß gewesen sein, wenn ein Dreimaster hätte darin schwimmen können.

Der Wirt steckte das Geld ein und wollte mit dem Kessel fort. „Halt!“ rief der Lahme. „Wir wollen dem Herrn zeigen, daß er unter noblen Kerlen ist. Du hast einen Braten in der Küche, ich rieche es – den geben wir. Er ist mit den zehn Talern vollkommen bezahlt. Hier ist mein heutiges Bankkonto, im Falle wir noch mehr Punsch brauchen.“ Damit räumte er eine Tasche voll Schillinge, Sechslinge und Dreilinge aus, die zusammen gegen vier Taler betragen mochten. „Gib dein Konzertgeld her, Kathrine“, sprach er zur Nachbarin.

„Fällt mir gar nicht ein. Ihr habt da genug zum Vertun“, entgegnete diese.

„Was? Du willst dich gegen meine Befehle setzen? Gib dein Geld heraus!“ schrie der Lahme zornig.

„Nein, ich gebe es nicht.“

Eine ungeheure Ohrfeige schnitt der Blinden jedes weitere Wort ab und warf sie besinnungslos in die Ecke, worauf ihr der Lahme in größter Seelenruhe die Taschen umwandte und das Geld auf den Tisch warf. Die übrigen betrachteten ihn dabei mit wahrer Hochachtung und meinten, er wäre ein Kerl, der sich nicht pantoffeln ließ, worauf jeder das erbettelte Geld auf den Tisch legte und zu zählen begann.

Der Wirt, der die Schillinghaufen mit den Augen verschlang, brachte zu gleicher Zeit ein halbes Dutzend Flaschen Rotwein, damit die Herren doch was Nasses hätten, bis der Punsch fertig sei. Die Gäste machten sich sofort darüber her und vergaßen die bewußtlose Kathrine vollständig, bis diese endlich zur Besinnung kam und sich mit einem Tigersprung auf den Lahmen warf, ihm in die Haare griff, durch den plötzlichen Überfall die Bank umstürzte und mit ihm unter den Tisch rollte, wo sich ein wütender Kampf entspann, bei dem der Tisch in die Höhe gehoben und die Flaschen und Schillinge herabgeworfen wurden.

Die Bettler stürzten ihren Schillingen nach und griffen, was sie erlangen konnten. Da sich hierbei ein jeder beeinträchtigt glaubte, so entstand ein schrecklicher Tumult, wobei sich das liebende Paar abwalkte, bei welcher Beschäftigung endlich die Blinde die Oberhand erhielt, den Lahmen unter sich bekam und ihm seine Ohrfeige mit Wucherzinsen zurückzahlte.

Der Wirt war auf sein Büfett gestiegen und hielt das Licht hoch in die Höhe, damit seine lieben Gäste auch sehen konnten. Herr Trick klemmte sich in seine Ecke und sah der Sache mit unendlichem Vergnügen zu, das die Zimmerleute in dem Maße teilten, daß sie sich bei den Händen faßten und einen Rundtanz um die Bettlergruppe am Boden aufführten, zu dem plötzlich eine Geige erklang.

Die Gemüter beruhigten sich bei diesen Tönen sofort; alles stand von der Erde auf und blickte nach dem Geigenspieler, der auf einer leiterartigen Treppe saß, die in die Schlafräume führte. „Hast du ausgeschlafen, krummer Hans, und was von Punsch gehört?“ sprach der riesige Zimmermann lachend, indem er nach der Leiter ging, den Geigenspieler wie ein Kind auf den Arm nahm und ihn in den Winkel trug, wo Trick stand. Dort setzte er ihn auf ein großes Faß, das hier das Orchester vorstellte. „Na, wollt ihr euch nicht noch ’n bißchen nach Musik abwalken?“ fragte er die übrigen.

Man setzte den Tisch wieder an seinen Platz. Da die Stammgäste so ziemlich beisammen waren, begann der Herbergsvater die Tafel herzurichten, was er einfach dadurch bewerkstelligte, daß er mit dem Ärmel darüberstrich, dann brachte er für jeden Gast einen Holzteller und verteilte die Bestecke, eine Sammlung so ungleicher und defekter alter Messer und Gabeln, wie sie kaum in einem Trödlerladen aufzutreiben sind.

Da man aber in nobler Gesellschaft gern weiß, mit wem man spricht, so bat man Herrn Trick, der Gesellschaft seinen Namen und Stand mitzuteilen. Herr Trick war dazu bereit, weil ihn die Zimmerleute auf eine Art betrachteten, die die Neigung erkennen ließ, ihn bei etwaiger Weigerung niederzuschlagen. Er klopfte sich einige Male pfiffig an die Nase und sprach: „Ich heiße Wolf und führe einen Lumpenkeller an den Kajen."

Der riesige Zimmermann starrte ihn mit weit geöffneten Augen an und sperrte den Mund auf, um etwas zu sagen. Trick machte ein Auge zu und blinkte ihn an.

„Der Herr hier kennt mich", fuhr er fort. „Er macht oft mit mir Geschäfte." Er hatte den Zimmermann in seinem Leben niemals gesehen. Sobald er jedoch den Namen Wolfs nannte, erkannte er an seinem Gesichtsausdruck, daß dieser es mit dem alten Fuchs zu tun habe.

„Du kennst ja Wolf von den Kajen! Ist er's?" riefen die anderen Zimmerleute.

„Gottv – Ja, gewiß is hee dat", murmelte der Gefragte verblüfft, denn er vermutete ganz richtig, daß es hier etwas für ihn gäbe. Für oder gegen den alten Wolf, das war ihm gleich.

In diesem Augenblick steckte die ganze Gesellschaft, zu der noch einige Damen gekommen waren, die, als sie Toilette gemacht und ihr Handwerkskostüm abgelegt, sich als Schmetterlinge aus häßlichen Raupen entpuppten, die Nasen in die Luft und schnupperten, denn ein delikater Bratengeruch durchzog den Keller. Wirt und Wirtin erschienen und trugen einen Rinderbraten von einigen zwanzig Pfund herbei, der, mit Speck und Sardellen belegt, den Appetit aufs höchste reizte. Die dicke Herbergsmutter streifte ihre Ärmel auf und begann den Braten zu zerlegen. Sobald ein Stück abgeschnitten war, balancierte sie es einen Augenblick auf der Messerspitze und warf es dann mit großer Sicherheit über den Tisch hinweg auf den Holzteller eines Gastes, ohne jemals zu fehlen. Als jeder mit Fleisch versorgt war, erschien ein Schornsteinfegerjunge mit einem Korb voller Rundstücke, die er über den Tisch kollerte, um die Gäste mit Brot zu versorgen.

Da man nie wissen konnte, ob und wann bei noch so freundschaftlichem Souper eine Prügelei ausbräche, so hielt der Wirt seine Porzellanschätze sorgfältig verborgen und war sehr für Holzgeschirr eingenommen. Deshalb erschien auch der zweite Gang, sechs gebratene Schollen, auf großen Kuchenbrettern, von denen sich jeder nach Belieben versorgte. Der Fisch will aber schwimmen, das ist ein Umstand, der dem Bettler wie dem Millionär bekannt ist. Deshalb, und weil die Schillingernte heute besonders reichlich ausgefallen war, brachte der Herbergsvater noch eine Ladung Rotwein und Genever auf den Tisch, da der Punsch sich zum Essen nicht eignete, wie mehrere Bettler erklärten, die das aus der Zeit wußten, wo sie selbst noch Soupers gaben.

Der Keller des Wirtes war ein ebenso geheimnisvolles Lokal wie die Küche, und merkwürdigerweise stets genau nach den Taschen der Bettler ausgestattet. Fehlten in diesen die Schillinge, so gab es im Keller keine Flaschen mehr, während im andern Fall der Vorrat unerschöpflich war.

Sobald man beim Dessert ankam, erschien der dampfende Punschkessel, den man in ein leeres Faß stellte, um dann die Gläser zu füllen. Diese gingen rundum und wurden schweigend geprüft. Da der krumme Hans das Getränk gehaltvoll genug fand, was als erste Zensur galt, so hob man ihn wieder auf sein Orchester, worauf er die Geige ergriff und der Gesellschaft ein Konzert gab, während der Tisch beiseite geräumt wurde.

Der Lahme, der sich Emil nannte, bemerkte kaum, daß Trick sich über das Spiel wunderte, als er den krummen Hans anstieß und ihm zurief: „Spiele die ‚Tiefe-Keller-Sonate‘."

Der Geiger sog ein Glas Punsch aus und sann eine Weile.

„Nun hören Sie", sprach der Lahme leise. „Ich will Ihnen erklären, wie man Beethovens Symphonien erklärt hat. Kennen Sie Beethovens Symphonien?"

Herr Trick sah ihn groß an – er wußte nicht, was dies für ein Artikel war, und sagte, daß er nie davon gehört.

„Ah, prächtig! Dann sind Sie ja wie für den Tiefen Keller geboren", bemerkte Emil, ihn mit höhnischer Verachtung anblickend. „Nun passen Sie auf."

Der Geiger begann ein Adagio.

„Das spielt draußen an der Alster", flüsterte der Erklärer, „plätschernde Wellen, über die ein leichter Wind streicht – jetzt läßt er ihn aufsteigen und in den Bäumen und Büschen rauschen. Nun kommen Schwäne gezogen. Sie stutzen, halten an – die lustige Melodie jetzt sind Bettler, die in der Sonne liegen und frühstücken. Die Arbeitszeit für sie ist noch nicht da, weil die andern Leute noch arbeiten. Sie bleiben liegen – die Wellen plätschern weiter, die Bäume rauschen, die Schwäne ziehen große Kreise um die Bettler, die ihnen Brocken in das Wasser werfen und endlich in sanften Schlaf sinken."

Das Adagio schloß. Trick sah bald den Spieler, bald den Erklärer in komischer Verwunderung an – dann betrachtete er die Bilderbogen an der Wand, weil er der Meinung war, der Lahme erkläre ihm diese, da er dorthin sah. Als er aber darauf weder Bäume noch Schwäne erblickte, kam er zu der Überzeugung, daß der lahme Emil, der ein verkommener Schauspieler war, seinen Verstand vollständig versoffen habe und in einem gelinden Stadium des Delirium tremens sei.

Der Geiger begann ein Andante zu spielen.

„Jetzt geht das Geschäft los", flüsterte Emil, „sie erheben sich und wandern schnell nach ihren Plätzen, denn das Geschäft in der Stadt ist zu Ende und die Leute gehen spazieren – da hören Sie das heitere Dahinschreiten – jetzt die Synkopen, das sind die Bettler, die dazwischen hinken – nun die Klage – Moderato – das Bettlerlied. Kennen Sie das Bettlerlied aus dem Verschwender? Nicht? Das Ergreifendste was es gibt? – Erbärmlicher Kerl!" murmelte er bei Tricks Kopfschütteln und fiel dann singend in die Endstrophen des Liedes ein, das der Geiger vortrug. Die Gesellschaft war mäuschenstill, und viele davon, denen das Lied bekannt war, sangen mit. Ein besserer Geist hatte sich für einige Augenblicke in diesen Abgrund der Menschheit gesenkt. Die wunderbare Macht der Musik zähmte wildgewordene Tiere. Sie trug Klänge aus einem verlorenen Paradiese an Seelen, die früher an die Grenzen dieses Paradieses streiften und dort eine Heimat finden konnten, wenn sie nicht der Dämon der Leidenschaft fortgetrieben.

Herr Trick empfand nichts dergleichen. Er schüttelte mit dem Kopfe und kam zur Überzeugung, daß die ganze Gesellschaft ihren Verstand total vertrunken habe, worin er noch mehr bestärkt wurde, als ihm der Lahme das nun folgende Allegro erklärte: Wie der Bettler nach dem Keller gehe und hinuntersteige – Trinklied, Bettlertanz, endlich vollständiger Hexensabbat, und wie zuletzt das Tagesgrauen durch die Kellerfenster hereinbreche und den Schlaf über die Bettler bringe.

Der Geiger ruhte und trank eine Weile, dann begann er einen Tanz zu spielen. Die Damen machten sich in der Art fertig, daß sie Tanzschuhe anzogen. Einige neue Gäste waren noch dazugekommen: Ein paar vollständige Handwerksburschen, die jeden Morgen mit gepacktem Ränzel, Stock und Wachsleinwandhut vom Tiefen Keller aus in die Fremde zogen, um am Abend mit einer Schillingernte wiederzukehren. Einige Schornsteinfeger, die ihr Geschäft auf dieselbe Art trieben wie die Zimmerleute, und Savoyarden mit ihren eintönigen Leiern oder einem Affen vervollständigten die Stammgäste, so daß dem Beginn des Balles nichts weiter im Wege stand. Der Lahme eröffnete ihn mit der Blinden. Das Paar dachte gar nicht mehr an den Faustkampf unter dem Tisch, die Sache war zu alltäglich.

Der flotteste Tänzer war der Lahme, und seine schönste Leistung an diesem Abend der Kosakentanz, den er vortrug, um sich die Beine einmal etwas auszustrecken. So ward fortgetanzt, getrunken, gebalgt, geraucht und gesungen, bis der Punschkessel gegen Morgen endlich seinen Boden sehen ließ und der Wirt zum Schlafengehen riet. Das Schlafengehen war indes leichter anzuraten als auszuführen, denn wenn auch noch einige Gäste imstande waren, unter verschiedenen Rückfällen die Leiter zu den Schlafgemächern zu erklimmen, so lag doch der größte Teil bereits tief schnarchend am Boden oder war seiner Beine nicht mehr mächtig. Herr Trick war unter den letzteren, aber seine „Freunde", wie er die Zimmerleute nannte, mit denen er eifrig unterhandelt und getrunken hatte, ließen ihn nicht im Stich. Sie hißten ihn glücklich die Leiter hinauf und zogen ihn nach einer Schlafstelle, die sich im hintersten Raum, in einer unterirdischen Kegelbahn befand. Herr Trick wurde dabei unter Stricken hinweggeschleppt, auf denen die Wäsche der Gäste hing, denn diese hatten es sich der großen Wärme wegen bis zur letzten Hülle bequem gemacht und ihre Garderobe am Boden verstreut oder zum Zudecken benutzt. Trick faßte, als er die schlafenden Gruppen erblickte, die Idee, er würde als Gefangener durch ein Indianerlager geführt. Daß die Zimmerleute ihrem „Freunde" die Taschen total ausleerten, ehe sie in sanftes Schnarchen verfielen, konnte er nicht verhindern. Zum Glück war Herr Trick so vorsichtig gewesen, nur fünfzehn Taler einzustecken. Er kam deshalb sehr billig weg und verlor kein Wort darüber, als er am nächsten Nachmittag den Keller verließ, um seine Freunde am Grasbrook zu treffen.

Die Finkenwerder Elbpiraten

## Sechsunddreißigstes Kapitel

# Der Kompagnon kommt wieder

Herr Stubborn hatte allerdings einen guten Schachzug getan, als er während Tricks Wechselhaft sein Geschäft und seine Kapitalien verschwinden ließ. Bei dem Fundament von Betrug, auf den sein ganzer Besitz aufgebaut war, sorgte er schon seit langer Zeit dafür, diesen so beweglich zu machen, daß er leicht jedem Zugriff entzogen werden konnte. Der Verkauf des

Grundstückes war zu einer Zeit geschehen, in der sich Trick einmal in England befand. Er ahnte nichts davon und glaubte zwanzig Jahre lang, ein gutes Pfand auf sein „Halb und halb“ gegen Stubborn daran zu haben.

Dieser mußte einige Male laut lachen, als er seinen Kompagnon so angeführt hatte. Er war natürlich selbst der Dieb gewesen, der angeblich seine und dabei wirklich Tricks Papiere und Barschaften geraubt. Die Wechsel wurden von ihm sofort verbrannt und der übrige Wert in einem verborgenen eisernen Wandschrank seiner neuen Wohnung untergebracht, während ein großer, am Boden festgeschraubter Geldkasten eine eiserne Kassette in sich schloß, in der etwa gegen fünfzigtausend Mark bares Geld lagen. Da Stubborn seinem Buchhalter keineswegs traute, so verabredete er mit einigen Hausbewohnern ein Hilfssignal im Falle einer Überrumpelung, glaubte sich aber sonst ziemlich sicher, da er drei Stock hoch wohnte.

Trick hielt eine lange Besprechung mit den Zimmerleuten ab, die an einer einsamen Stelle des Grasbrooks auf ihn warteten und sich dann zerstreuten, während er nach dem Haus am Rödingsmarkt zurückging und dessen Besitzer einen Besuch machte. Er beklagte sich hier über die schlechte Beschaffenheit der Fensterrahmen, daß der Wind durchzöge und er dies bei seinem Rheumatismus unmöglich vertragen könne. Wenn dieser nichts dagegen habe, wolle er die Sache auf seine Kosten ausbessern lassen und die Maurer und Zimmerleute bestellen. Der Hauswirt freute sich ungemein, einen so kulanten Mietsmann gefunden zu haben und bat ihn lachend, sich nicht zu genieren, worauf er ihm die Schlüssel zum Speicher gab, damit die Arbeiter die Taue zum Gerüst von oben herablassen konnten.

Kaum war die Sache in Ordnung, so suchte Herr Trick den riesigen Zimmermann auf, der am Burstah wartete, und sprach einige Worte mit ihm. Dann ging er nach der Holzbrücke und suchte eifrig unter den Fischewern, bis er Peter Wübbe auffand, der ihm einen sehr ergrimmten Blick zuwarf, denn er gedachte seiner noch zu gut!

Herr Trick sah ihn aufmerksam an, klopfte einige Male an die Nase und sprach: „Ah, lieber Freund, seid Ihr nicht der, dem sie damals so schändlich seine Kette vom Deich gestohlen?“

Der Finkenwerder drehte ihm den Rücken zu und knurrte etwas.

„Nur Geduld, Alter!“ flüsterte Trick. „Mich hat dieselbe Bande betrogen und bestohlen, und ich bin imstande, den alten Halunken Euch in die Hände zu liefern, bei dem ich damals diente.“

Peter Wübbe drehte sich um und besah den Sprecher sehr aufmerksam. Dann machte er einen spitzen Mund und sagte: „Mich kriegt Ihr nicht zweimal.“

„Nein, nein, Ihr sollt ihn kriegen. Hier sind zehn Taler, Freundchen, die gebt Ihr mir wieder, wenn Ihr ihn in der Kniep gehabt – wollt Ihr?“

Peter Wübbe nahm vor allen Dingen erstaunt die zehn Taler und fragte: „Wie kommen wir an ihn?“

Trick stieg in die kleine Kajüte des Fischewers und bemerkte dann: „Es ist hier drin vollkommen Platz genug, um einen oder zwei Männer einige Stunden eingesperrt zu halten. Ihr kennt die Kanäle und das Schilfdickicht Neumühlen gegenüber, da legt den Ewer hinein. Morgen gegen Abend kommt Stubborn dort hinaus, um mit einem Zollbeamten ein Geschäftchen abzumachen, was drüben im Schilf geschieht. Er wird fünfzig bis hundert Taler bei sich haben. Packt ihn dann und steckt ihn bis um Mitternacht in den Ewer, das wird ihn zahm machen. Wenn Ihr ihn recht lange zappeln laßt, so lege ich noch zehn Taler zu und Ihr braucht mir das Geld gar nicht wiederzugeben, aber zappeln muß er, bis der Tag graut und bis er hundert Taler blecht, eher laßt ihn nur nicht ’raus. Er mag vorgeben, was er will – mag Mord und Raub schreien – es hört ihn dort niemand.“

Peter Wübbe brach mit Trick in ein Gelächter aus und war sofort bereit, die Sache zu besorgen – das gab ein gutes Geschäftchen und einen Spaß dabei. Er ging sofort unter Segel nach Haus, um alles Nötige vorzubereiten. Trick fuhr mit ihm bis Neumühlen, wo er ausstieg und den Zollbeamten aufsuchte, den er am Strande in der Sonne liegend fand.

Jörs war in sehr guter Laune, halb betrunken, und nickte deshalb dem Buchhalter zu, wobei er etwas grunzte, was ebensogut ein Fluch wie ein Gruß sein konnte. Trick setzte sich neben ihn und fragte: „Wie geht das Geschäft?“

Jörs grunzte abermals, woraus man schlecht oder auch gut schließen konnte. Dann zog er eine Rumflasche hervor und bot sie Trick an, der, einen Schluck daraus nehmend, mit der Zunge schnalzte, sinnend nach dem Himmel blickte und dann die Meinung abgab, daß es alter Jamaika sei.

„Das glaube ich“, knurrte Jörs. „Habe ein Faß davon gekauft, um ein Spottgeld, hält vier Eimer, das sind zirka vierhundert Flaschen. Kostet mich siebzig Taler. Wenn ich aus jeder Flasche zwanzig Gläser schenke und für das Glas zwei Schillinge nehme, so kriege ich vierhundert Taler heraus. Dann habe ich noch zwei Eimer Genever, einen Kognak und einen Arrak. Oh, es wird ein prächtiges Geschäft geben!“

Trick sah ihn verwundert an und glaubte, er müsse betrunkener sein, als er aussehe. Dann lachte er und fragte: „Ihr wollt wohl am Ende gar ’ne Gastwirtschaft anlegen? Etwa in den Weidenbüschen? Natürlich alles verzollt! Muß Euch aber sagen, daß Herr Stubborn vorher kurios mit Euch abrechnen wird.“

Der Zollbeamte setzte sich in die Höhe und blickte Trick fragend an.

„Ja, ja“, fuhr dieser fort, „Ihr habt da oben in Nielsens Haus greulich gewirtschaftet und alles abgerissen. Morgen kommt Herr Stubborn heraus. Er will alles wieder in den alten Stand gesetzt haben. Da könnten wohl Eure Fässer draufgehen, und mit der Gastwirtschaft ist es Essig. Habt Ihr etwa die Fässer hier liegen? Dann macht weiter damit.“

„Verflucht!“ brummte Jörs. „Was fällt Eurem Prinzipal ein, daß er auf einmal nach dem Lotsenhaus fragt? Alle Teufel! Könnt Ihr’s ihm nicht ausreden, daß er gerade morgen rauskommen will? Wenn er erst in vier Wochen käme – dann wär’ mir’s recht.“

„Tut mir leid“, meinte Trick achselzuckend. „Kann bei Stubborn nichts mehr tun, da ich schlecht mit ihm stehe – total auseinander. Bin nur ’rausgekommen, um Euch als guter Freund zu warnen. Deshalb seht, daß Ihr morgen Urlaub kriegt und Euch drückt.“

„Ich sag’ es ja, Herr Trick – wenn er erst in vier Wochen käme! Habe dann meinen Abschied und sitze in Seeland bei Kjöbbenhafen, wo ich mir ein kleines Wirtshaus angeschafft habe“, rief Jörs ärgerlich.

„Sieh mal, und wo habt Ihr denn das Geld dazu her?“ fragte Trick.

Jörs sah ihn von der Seite an und brummte: „Erbschaft – will aber doch morgen auskneifen – will in die Stadt gehen, während er herauskommt – brauche keinen Urlaub.“

„Tut das, denn er muß Sonntag oder Montag nach London, dann habt Ihr ihn vom Halse. Ich habe Euch gewarnt“, schloß Trick, indem er aufstand.

„Ich mache mich morgen davon", schrie Jörs, gleichfalls aufspringend und ein Stück mit Trick am Strande hingehend, wobei ihn dieser noch ermahnte, die Fässer fortzuschaffen.

Trick ging nach Altona in einen Keller, wo er sich Schreibzeug geben ließ und mit verstellter Hand einen Brief an Stubborn schrieb, indem er ihn im Namen des Zollbeamten am nächsten Tage zu einer dringenden Besprechung wegen Abwendung von Gefahren ersuchte, die ihm durch den Buchhalter Trick drohten. Er bemerkte im Brief, daß, wenn Jörs nicht sogleich gegenwärtig sei, Herr Stubborn ein wenig Geduld haben und einen Mann erwarten sollte, der ihn zu Jörs führen würde, da es dieser für notwendig hielt, so vorsichtig wie möglich zu Werke zu gehen und die Zusammenkunft am liebsten auf dem gegenüberliegenden hannoverschen Ufer zu halten, weil der schuftige Trick (hier wollte sich der Briefschreiber vor Lachen ausschütten) jetzt draußen herumspioniere.

Diesen Brief gab Trick in Altona auf die Post und glaubte nun seinen Streich gegen Stubborn auf das beste eingerichtet zu haben, weshalb er nur noch einige Strandleute aufsuchte, mit denen er eifrig konferierte und dann etwas für seinen Durst tat.

Am nächsten Morgen lauerte er hinter den stets herabgelassenen Vorhängen seiner Fenster, von wo aus er Stubborns Zimmer überblicken konnte. Er sah, wie dieser den Brief erhielt, der eine Wirkung ausübte, die deutlich zeigte, er werde der Einladung folgen. Dann sah er ihn das Fenster öffnen, sich in der Nachbarschaft umblicken und auch Tricks Fenster betrachten. Da sich aber dort nie etwas rührte, so mochte er das Quartier für unbewohnt halten, denn er beachtete es nicht weiter. Trick sah zu seiner Verwunderung nun den alten Wolf erscheinen, der mit Stubborn lange Zeit Papiere, „Wechsel" murmelte Trick, durchsah, Geld empfing und Geld auszahlte, wobei die Augen des Lauschers hinter dem Vorhange gierig funkelten, denn er bemerkte, wie die eiserne Geldkiste auf- und dann sorgfältig wieder zugeschlossen wurde.

Endlich ging Stubborn aus. Trick lief gleichzeitig die Treppen hinab und verbarg sich, nachdem er einem am Brückengeländer lehnenden Mann ein Zeichen gegeben, hinter einigen Fässern neben der Tür, aus der sein Prinzipal kurz darauf kam. Er zeigte auf ihn, und der Mann folgte Stubborn wie sein Schatten, während Trick nach dessen Wohnung hinauflief und die mit Eisenstangen und Schlössern verwahrte Tür betrachtete. In dieser Beschäftigung wurde er durch Schritte gestört, die die Treppe heraufkamen. Er bog sich weit über das Geländer und sah den Briefträger. Einen Augenblick überlegend, zog er ein Bund Schlüssel aus der Tasche und tat, als ob er eben das letzte Schloß zumache. Der Briefträger sah ihn verwundert an. Er kannte ihn und drückte sein Erstaunen aus, ihn wieder bei Stubborn zu sehen.

„Was will er ohne mich machen?" sprach Trick lachend. „Es gibt noch so viele Geschäfte abzuwickeln, daß er mich haben muß. Er kommt allein nicht durch – möchte es freilich gern aus purem Geiz – kann aber nicht, da doch alles durch meine Dispositionen eingeleitet ist. Briefe?" schloß er fragend, die Hand ausstreckend.

„Nur einer – Batavia", sprach der Briefträger, den Poststempel lesend.

„Stecken Sie ihn hier in den Briefkasten in der Tür", sprach Trick gleichgültig. „Ich kriege den Prinzipal heute nicht mehr zu sehen, sonst würde ich ihn mitnehmen." Damit ging er nach seiner Wohnung hinüber, von wo er aufmerksam auf das Fleet hinabsah, in dem eine Schute mit Holzwerk unter seinen Fenstern lag. Die Leute darin hatten sich ausgestreckt und schliefen, bis nach etwa zwei Stunden der Mann wieder auf der Brücke erschien, der Stubborn als Schatten gefolgt war. Der riesige Zimmermann kam mit ihm, und man begann aus dem Holzwerk ein Gerüst zusammenzusetzen, wie es die Maurer und Maler brauchen. Gleichzeitig wurden zwei Balken mit Blöcken auf den Dachboden von Tricks Haus geschafft und aus den Bodenluken gesteckt. Nachdem man die Taue durch dic Blöcke gezogen, hißte man das schwebende Gerüst hinauf, und ein Maurer begann eifrig an Tricks Fenstern zu putzen, während der Zimmermann das Holzwerk in Ordnung brachte.

Die Dunkelheit brach inzwischen herein und die Arbeiter machten Feierabend. Man schob die Balken mit den Blöcken noch ein Stück weiter hinaus und befestigte das Gerüst an den Fensterstöcken Tricks. Das Fleet zwischen der Deichstraße und dem Rödingsmarkt war eines der schmalsten und nur so breit, daß sich gerade zwei Schuten darin ausweichen konnten; sobald deshalb das Gerüst von Tricks Fenstern losgebunden war, hing es infolge der weit herausgeschobenen Tragbalken unmittelbar vor Stubborns Fenstern, worauf es einigemal zwischen den Häusern hin und her gezogen wurde und mehrere Männer durch ein geöffnetes Fenster in Stubborns Wohnung krochen. Herr Trick war selbst mit dabei und holte vor allen Dingen den Brief aus dem Briefkasten, worauf er zur Geldkiste ging. Man fand, daß sie an dem Boden so befestigt war, daß ein Fortschaffen ohne Zeitverlust unmöglich sei. Herr Trick wollte deshalb verzweifeln, da der massive Deckel einer Aufsprengung zu spotten schien. Der Zimmermann lachte jedoch und bemerkte, daß gerade das Festmachen am Boden ein günstiger Umstand sei, da man sonst genötigt wäre, den ganzen schweren Kasten zum Fenster hinauszuschaffen. So aber sei das ein Kinderspiel. Er griff auf das Gerüst und holte eine Wagenwinde herein, die er gegen Boden und Deckel stemmte, worauf er die Kurbel drehte und so die Riegel mit langsamer, aber unwiderstehlicher Gewalt aus ihren Fugen drängte, ohne ein besonderes Geräusch dabei zu machen.

Sobald die Kiste offenstand, griffen zehn Hände begierig hinein und hoben die eiserne Kassette heraus, die sich als Inhalt zeigte. Man setzte sie vorsichtig auf das Gerüst, zog dieses nach Tricks Fenster hinüber und hob sie dort hinein. Hierauf schloß man Stubborns Fenster und ließ das Gerüst in die Schute hinab, wohin bald Taue und Balken folgten. Nach einer Viertelstunde wurde die erbrochene Kassette dort verborgen, nachdem man den Inhalt geteilt, und die Schute ging noch vor Mitternacht mit Hochwasser aus dem Fleet in den Binnenhafen, wo man den eisernen Kasten über Bord warf.

Herr Stubborn war während dieser Vorgänge mit verschiedenen Befürchtungen nach Neumühlen gegangen, da er nicht wußte, was Trick gegen ihn vorhabe. Von seiner Freilassung in Kenntnis gesetzt, zitterte er vor ihm und glaubte, daß er einen besonderen Plan gefaßt haben müsse, wegen dessen er sich in Neumühlen aufhalte. Die Sorge trieb ihn hinaus, wobei er zugleich der väterlichen Pflicht, sich einmal nach seinen Töchtern zu erkundigen, nachkam, da diese seit ein paar Monaten draußen lebten, ohne ihn gesehen zu haben. In Neumühlen angekommen, bemerkte er nicht die erwachende Natur, sondern trat finster in das Landhaus. Er bot den Töchtern kaum einen Gruß und fand Berta von stillem Kummer niedergedrückt, während Julie ihn so entschieden mit einer Flut von Vorwürfen überfiel, daß er ganz verblüfft war. Er versuchte zwar, seine Autorität geltend zu machen und schob zugleich den großen Diebstahl vor, der ihn betroffen. Julie aber wurde darüber fast wild und sagte ihm geradezu, daß sie nicht daran glaube und durch seinen Geiz hier ein schändliches Leben führen müsse. Da Herr Stubborn nach nochmaligem Versuch seine Autorität gänzlich scheitern sah, so ergriff er seinen Hut und entfloh, um nach Jörs zu suchen, weil ihm die Geschäfte wichtiger waren als die Familienangelegenheiten.

Die Sonne neigte sich ihrem Untergang zu, und noch war Jörs nirgends zu sehen. Stubborn ging ungeduldig am Strand hin und her, bis seine Aufmerksamkeit nach einem Boote gelenkt wurde, das vom gegenseitigen Ufer herüberkam. Der Bootsmann, der es ruderte, ließ es auf den Strand laufen und setzte sich dann auf den Rand, wobei er Stubborn schweigend anblickte. Dieser kam näher.

„Wullen Se villicht röber?“ fragte der Schiffer.

„Hinüber?“ fragte Stubborn. „Was soll ich drüben?“

„Dat is en wunderscheunen Platz to'n Spaziergahn. Ick heff vor en halbe Stünn erst en Akzismann 'röberfohrt, de noch dröben spaziern geiht un op eenen teuft. De Akzismann heet Jörs!“ antwortete der Bootsmann leise, indem er sich vorsichtig umblickte.

Stubborn nickte stumm und stieg ohne weiteres in das Boot. „Macht, daß Ihr hinüberkommt“, sprach er dann. „Ich muß vor Dunkelwerden wieder in der Stadt sein.“

Der Bootsmann stand mit dem Gesicht nach vorn und ruderte, indem er die Riemen von sich stieß, wie dies die Hamburger Jollenführer tun. Stubborn konnte deshalb sein Gesicht nicht sehen, sonst würde er sich über die Anstrengung gewundert haben, womit der andere ein Gelächter unterdrückte. Das Boot hielt auf einen Wasserarm zu, der sich in das Weiden- und Schilfdickicht zog, und verschwand bald darin.

„Wo ist Herr Jörs?“ fragte Stubborn ungeduldig, nachdem der Schiffer um mehrere Windungen gebogen und sich immer tiefer in den Sumpf verlor, ohne daß man eine Spur von einem Menschen erblickte.

Der Bootsmann ruderte schweigend weiter, bis er, das Boot durch altes gelbes Rohr stoßend, in ein Wasserbecken kam, in dem ein Ewer lag.

„Hier!“ sagte der Schiffer und bedeutete Stubborn, auf das Verdeck zu steigen, worauf er mit dem Haken auf die Kajüte pochte. Die Lukenklappe öffnete sich, und Herr Stubborn sah mit grenzenlosem Schreck und Erstaunen Peter Wübbe, Vater und Sohn, und noch zwei Finkenwerder daraus emportauchen, die ihn mit ungeheuer freundlichem Schmunzeln begrüßten. Der Mund blieb ihm vor Schreck offen, denn er erkannte sofort seine Lage in den Händen dieser Elbpiraten.

Der alte Stiefelmann, der damals die Verhandlungen wegen der Schute geführt, war auch heute wieder dabei und begrüßte Stubborn mit: „Joo, dat högt uns bannig, dat Se uns beseukt!"

Stubborn sah sich halb entrüstet, halb ängstlich um und fragte: „Wo ist Herr Jörs?"

„He is en beten opp de Wildaantjenjagd gahn un kümmt glieks wedder. Se köhn ünner de Tied recht good dat Geschäft wegen de Schut mit uns afmaken, wat wi damals nich farrig kregen hefft. Vör de Schut kriegt wi foftig Daaler", sprach der Stiefelmann.

„Joo!" sagten die andern.

„Vör de Kede mutt Peter Wübbe twintig Daaler hebben, hett's em sülm kost – is nich so?" fuhr er fort.

„Joo!"

„Denn hett hee sien Ewer damals herleehnt. Datt kann hee nich ünner fief Daaler doon. Versaapen hefft wi dree Daaler, un de Jung, de vör Angst krank worrn is, hett twee Daaler an Dokter un Afteiker betohlt. Makt achtensöbentig Daaler, de uns de goode Herr opp de Stell utbetahlen deit. Freuer lat wi em nich rut", schloß der Sprecher, indem er sich mit der Faust in die andere Hand schlug.

„Ihr denkt mich wohl hier auszuplündern!" rief Stubborn.

„Stopp, min Jung! Hol di jo ni opp! Ji hefft Ju Gerechtigkeit binn', wenn Ji uns in de Stadt hefft, un wi hefft unse buuten, wenn wi Ju buuten hefft. Ick will verdammt sien, wenn Ji ihrer von Buurd kaamt, bitt Ji betaalt hefft. Wat?" wandte er sich an seine Kameraden.

„Joo!" sagten diese.

„Ich gebe nicht einen Schilling her", rief Stubborn ergrimmt.

„Hier, min goode Jung, upp den Lukendeckel kannst du de achtensöbentig Daaler uptelln. Wi wölt di dabi nicht störn." Dies sprechend, stieg der Stiefelmann mit seinen Kameraden in das Boot und verschwand damit in den Weidenbüschen.

Herr Stubborn war kaum allein, so untersuchte er den Ewer und seine Umgebung, um zu sehen, ob er nicht entwischen könne. Da jedoch alle Ruder entfernt waren und er ringsum nur Wasser und Sumpf sah, so mußte er bleiben. Sobald er sich jedoch von diesem Umstand überzeugt hatte, erhob er seine Stimme und ließ ein heiseres Hilfegeschrei erklingen, um irgend jemand dadurch herbeizurufen. Es hatte aber weiter keine Wirkung, als daß die Finkenwerder wieder erschienen und ihn freundlich fragten, ob er mit dem Aufzählen fertig sei. Er antwortete mit einem neuen Hilfegeschrei. Die Schiffer kletterten, ohne ein Wort zu sagen, an Bord, packten ihn und steckten ihn in die Kajütluke, die sie zuklappten und mit einem Vorlegeschloß befestigten. Ehe sie die Luke ganz zumachten, sagten sie ihm noch, daß sie in zwei Stunden wiederkommen und sehen wollten, ob er zahm geworden sei, worauf sie hohnlachend wegruderten und den Gefangenen in der kleinen Kajüte toben und schreien ließen so viel er wollte.

Nachdem Stubborn eine Weile in der engen Kajüte umhergetobt und durch den darin herrschenden Teergestank halb betäubt war, bemerkte er erst, daß er sich wirklich allein befand. Er horchte und versuchte ein Loch zu finden, durch das er hinausblicken konnte, aber vergebens. Die Kajüte war zu gut verschlossen. Dann schrie er wieder und horchte. Es blieb alles still, und dabei begann es finster zu werden, was er durch ein prismatisches Glas im Deck bemerkte. Nun überfiel ihn fürchterliche Angst, weil er den Verdacht faßte, daß man ihn aus der Stadt gelockt habe, um dort etwas gegen ihn zu unternehmen. Er stemmte sich mit aller Gewalt gegen die Luke, um sie aufzusprengen. Sie rührte sich nicht, der Ewer war zu fest gebaut. Nun brüllte er wieder und schrie fürchterliche Flüche, bis er endlich zusammenbrach und liegenblieb.

Wie lange er gelegen haben mochte, wußte er nicht.

Er erwachte von einem frischen Luftzug, der durch die geöffnete Luke hereinstrich, und setzte sich. Sobald er seiner Sinne mächtig wurde, schnellte er aus der Luke empor und wollte über Bord springen. Die Schiffer hielten ihn abermals fest und drohten, ihn von neuem zwei Stunden in die Kajüte zu stecken, wenn er nicht vernünftig sei. Stubborn griff in seine Taschen und schleuderte seine Börse auf das Deck. Dann sprach er heiser: „Das ist alles, was ich bei mir habe. Vielleicht fünfzig Taler. Aber fort, fort! Setzt mich ans Land, oder, beim Teufel, ich klage euch als Räuberbande an, wenn bei mir zu Haus etwas passiert ist. Fort!“

Die Finkenwerder, die eine Laterne angezündet, begannen jetzt das Ding von einer andern Seite zu betrachten, besonders da sich der Bootsmann spurlos verloren, der ihnen Stubborn brachte und sie selbst an und von Bord setzte. Sie kratzten sich verlegen am Kopf und schafften den Ewer in die freie Elbe, wobei auch Stubborn übermenschlich mit einer Stange arbeitete, dann setzten sie nach dem Neumühlener Ufer über, welches der Ewer kaum mit dem Kiel berührte, als Stubborn mit einem Riesensatz hinaussprang und ohne Hut, den er dabei verlor, nach Hamburg davonrannte.

Es mochte gegen ein Uhr sein, als er dort ankam. Er stürzte fast zusammen und erreichte atemlos das Millerntor. Als er in seiner Hast durchlaufen wollte, wie ihm dies in Altona gelungen, wo ihn der Sperrbeamte mit Verwunderung durch das einfache Tor springen sah, packten ihn die Beamten und hielten ihn fest. Der gute Mann hatte in seiner Angst ganz vergessen, daß er im Begriff war, in eine freie Stadt zu treten, wo das Entree nach zwölf Uhr eine Mark Courant betrug. Stubborn wollte rasend werden, als er sich hier wieder festgehalten und wegen seines fehlenden Hutes gar für einen Betrunkenen angesehen sah. Er trug keinen Pfennig Geld mehr bei sich, setzte sich zur Wehr, um loszukommen, und wurde deshalb in die Wache geschleppt, wo man ihn zwei Wächtern zum Weitertransport nach dem Stadthaus übergab. Er stellte seine Lage und die Befürchtung eines Einbruches vor und bat die Wächter, ihn erst nach seinem Quartier zu begleiten. Diese waren aber zu gute Bürger einer Handelsrepublik und rechneten viel zu sehr auf die Prozente, die ihnen von den „fünf Mark vierzehn" für jeden auf das Stadthaus Abgelieferten sicher waren, als daß sie Stubborns Vorteil vorgezogen hätten. Er wurde nach dem Stadthaus geführt, um hier vor allen Dingen zu fünf Mark vierzehn Schilling verdammt zu werden; das war nun einmal die unumstößliche Regel der Republik. Es gelang ihm jedoch, wenigstens von hier aus ein paar Beamte zur Begleitung zu erlangen. Da Herr Stork gerade zugegen war, schloß er sich an, weil er seit der Spiel- und Diebstahlsgeschichte großes Interesse für Stubborn fühlte.

Bei diesem angekommen, fand sich die Tür unversehrt. Herr Stork betrachtete sie auf und ab beim Schein einer Laterne und tat dann den trostreichen Ausspruch, daß hier kein Einbruch verübt worden sei. Man schloß auf und trat in das Vorzimmer. Auch hier war alles in Ordnung. Nun nahm Stubborn dem Beamten die Laterne aus der Hand und ging im zweiten Zimmer nach der Stelle, wo sich der verborgene Wandschrank befand. Er ließ das Licht darauf fallen und sah zu seinem Trost, daß sich keine Spur einer Öffnung fand. Als er sich jedoch nach der eisernen Geldkiste herumdrehte und deren Deckel offenstehen sah, entfuhr ihm ein Schrei und er griff sich verzweifelt in die Haare, da er die Kasse leer fand.

Herr Stork untersuchte sofort die Fenster und Türen, um den Weg zu entdecken, auf dem die Diebe eingedrungen waren. Er sah zu den Türen hinaus und herein – öffnete die Fenster, hielt die Laterne hinaus und betrachtete die nächste Umgebung, sah im Finstern hinaus, blickte über und unter sich, zu beiden Seiten und gegenüber, horchte, erwog alle Umstände und erklärte endlich, er wisse im Augenblick nicht anzugeben, wie die Diebe hereingekommen seien, wobei er Herrn Stubborn halb schlau, halb mißtrauisch ansah. Dann untersuchte er die Kasse. Er betrachtete die von einer großen Gewalt etwas zurückgebogenen Riegel, einen Eindruck am Eisenrand des Deckels und einen tieferen im Fußboden, zu dessen Seiten sich zwei noch tiefere Löcher zeigten. Hierauf stand er auf und sagte zu seinen Kollegen sehr entschieden nur das Wort „Wagenwinde“, worauf diese zustimmten und Stubborn ansahen, als hätten sie ihm sein Geld nun wieder verschafft.

Stubborn bat, es möchte ein Mann zur Wache dableiben, im Fall es den Räubern etwa einfalle, nochmals zu kommen.

„Oh!“ rief Herr Stork lachend. „Deshalb können Sie ruhig bei offenen Türen schlafen. Die kommen heute sicherlich nicht wieder. Morgen wollen wir weiter untersuchen, bis dahin schlafen Sie wohl!“

Die Beamten gingen die Treppe hinab und ließen Stubborn allein, der sich einriegelte und angekleidet auf ein Sofa warf, nachdem er sein Dolchmesser zur Hand gelegt. So lag er die Nacht über und hörte auf jedes Geräusch und jedes Knacken des Holzwerkes in dem alten Hause. Er schlich nach der Tür und steckte oft den Kopf zum Fenster hinaus, um in das schwarze Fleet hinabzublicken. Er sah über sich den dunklen Hausgiebel mit einem Kranbalken in die Nachtluft ragen und dachte daran, ob vielleicht die Diebe von dort herabgekommen seien. Indem er so in die Nacht hinaushorchte und schaute, erschien plötzlich drüben an einem Vorhang der stets verschlossenen Fenster ein schwacher Lichtschimmer und ein Schatten, der aber sofort wieder verschwand.

Stubborn starrte hinüber und konzentrierte alle Aufmerksamkeit auf die Fenster. Er hielt sie bisher für unbewohnt und sah jetzt Licht. Der Schatten erweckte eine dunkle Erinnerung an etwas, was ihm oft vorgekommen. Er konnte aber nicht herausbekommen, ob an einen Besen, einen Zaun oder Busch. Er zermarterte sich den Kopf, bis der Tag anbrach und die Häuser bleich und grau aus der Dunkelheit hervortraten, bis die höchsten Giebel von der Morgensonne vergoldet wurden.

Da bewegte sich der Vorhang und ward in die Höhe gezogen. Die Augen Stubborns wollten fast aus den Höhlen springen, als sich das Fenster öffnete und die Ursache des borstigen Schattens ihm plötzlich klar wurde, denn im Fenster erschien – Herr Trick mit unendlich vergnügtem Lächeln und emporgestrichenen Haaren, eine Reveille auf seiner Nase trommelnd und und vergnügt herübernickend, wobei er, einen Brief in die Luft schwenkend, lustig rief:

„Morgen, Herr Kompagnon! Nachrichten aus Batavia. Will sie Ihnen vorlesen. Passen Sie auf! Halb und halb! Ich will es gleich ins Deutsche übersetzen!" Hierauf bog er sich aus dem Fenster, wobei er das Hinabstürzen riskierte und so laut las, daß man es auf der Brücke hören konnte:

„Herren Stubborn & Co., Hamburg. Batavia, 15. März. Obgleich wir unserm Übereinkommen wegen des Schiffes „Die Gebrüder" prompt nachgekommen sind und es in der Sundastraße –"

„Halt! Sie verfluchter Schuft! Halt!" schrie Stubborn aus seinem Zimmer, in das er etwas zurückgetreten war, damit ihn die Nachbarn nicht sehen konnten.

„Gut", sprach Trick, den Brief zusammenbrechend und einsteckend, „wenn Sie ihn lieber selbst lesen wollen, er steht Ihnen für eine mäßige Summe zu Diensten."

„Ich werde Sie verhaften lassen, Sie Räuber!" zischte Stubborn hinüber.

„Ah, und den Brief hier natürlich mit", sprach Trick lachend, indem er auf die Tasche klopfte, in der er steckte.

Stubborn rannte mit einem Fluch vom Fenster, denn man klingelte an seiner Tür. Herr Stork mit noch einem Beamten trat ein und folgte ihm in das Zimmer, wo er verblüfft nach Trick hinübersah, der in seinem Fenster lag und herüberblickte.

„Ist das nicht Ihr Buchhalter?" fragte er Stubborn.

Dieser bejahte und warf einen finstern Blick hinüber.

„Seit wann wohnt er dort drüben?“ forschte der Beamte.

„Seitdem mich Herr Stubborn aus der Wechselhaft entließ und hier einquartierte, damit ich sein Quartier bewachen sollte! Nun schickt er mich gestern gegen Abend noch nach Harburg hinüber, von wo ich soeben komme, und behauptet jetzt, er sei indes bestohlen worden. Ich glaube es aber nicht! Ich glaube eher, es ist hier mit meinem Herrn Prinzipal nicht mehr recht richtig!“ schrie Trick, mit dem Finger auf die Stirn deutend.

Herr Stork blickte Stubborn etwas bedenklich an und nahm eine Prise. Dann fragte er ihn, nach Trick hinüberblickend: „Haben Sie keinen Verdacht?“

Trick klopfte mit einer Hand an die Nase und mit der andern auf den Brief in seiner Tasche.

„Nein“, sprach Stubborn grimmig.

„Hm, hm. Es ist gestern hierherum ein Gerüst aufgezogen worden. Sollte sich da vielleicht eine Spur finden lassen?“ bemerkte Herr Stork.

„Von dort müßte der Herr Prinzipal selbst in sein Fenster gestiegen sein, denn es wurde aufgezogen, um meine Fenster auszubessern, und Herr Stubborn sah dabei so lange zu, bis das Gerüst wieder unten und fort war. O nein, auf solche Sachen geben wir gut acht, lieber Herr, damit fängt uns keiner! Nicht wahr, Herr Prinzipal?“ rief Trick lachend.

„Nein, nein“, murmelte Stubborn verzweifelt, denn er mußte sich erzählen lassen, wie man ihn bestahl, und durfte diese Entdeckung nicht benutzen.

„Wahrhaftig!“ bekräftigte Trick. „Stubborn & Co. werden doch nicht extra ein Gerüst aufziehen lassen, um sich selbst zu bestehlen! Ha, ha, ha! Seit dem letzten Diebstahl sind wir vorsichtiger geworden. Sie haben mir übrigens noch gar nicht gesagt, was Ihnen gestohlen sein soll“, wandte er sich an Stubborn.

Dieser griff sich in die Haare und versuchte sich zu skalpieren, ohne Antwort zu geben, wobei er Trick den Rücken wandte.

Trick zog die Augenbrauen in die Höhe und spitzte den Mund gegen die Beamten, während er mit dem Zeigefinger bedeutungsvoll nach der Stirn zeigte und dann, den Kopf schüttelnd, pantomimisch zu verstehen gab, daß Herr Stubborn hoffnungslos übergeschnappt sein müsse, woran die Beamten jetzt selbst zu glauben anfingen.

„Was soll denn nur um Himmels willen drüben gestohlen worden sein?“ rief er dann.

„Fünfzigtausend Mark aus der Geldkasse“, brummte Herr Stork.

„Fünfzig – Unsinn!“ schrie Trick in höchstem Erstaunen. „Soviel Geld haben wir ja seit dem großen Diebstahl niemals in der Kasse gehabt. Ganz unmöglich!“

Stubborn ächzte, als sei er schwer verwundet worden, und fiel erschöpft auf ein Sofa. Der gräßliche Kompagnon heftete sich wieder an seine Fersen. Eine schreckliche Wut erfaßte ihn. Es wirbelte in seinem Kopf und er konnte nur einen Gedanken fassen: Mord – Mord – Mord – durch den Trick beseitigt werden mußte.

Herr Stork sprach indes: „Hm – hm – hm“, schnupfte und bemerkte, daß bei so bewandten Umständen eine einfache Diebstahlsanzeige zu machen sei. Damit empfahl er sich nebst Kollegen und tauschte mit diesem die Meinung aus, daß Herr Stubborn jedenfalls an der fixen Idee leide, von Zeit zu Zeit bestohlen zu werden. Herr Trick, der ihm bald folgte, war derselben Meinung und hielt es sogar für geraten, den Herrn Prinzipal ein wenig im Auge zu behalten, damit er keinen zu großen Schaden anrichte, wenn sich sein Zustand verschlimmere. Sobald sich weitere Anzeichen von Geistesstörung bei ihm zeigten, werde er die Beamten benachrichtigen. Damit trennte sich der Buchhalter, tief bekümmert über den Zustand seines Prinzipals. Auch der alte Wolf schüttelte den Kopf, nachdem er bei Stubborn erschienen war und die Sachlage betrachtet hatte. Er glaubte zwar an den Diebstahl. Aber ganz überzeugt war er nicht, da Stubborn Herrn Trick mit keiner Silbe erwähnte.

Am Hafen bei St. Pauli

## Siebenunddreißigstes Kapitel

# Eine Entdeckungsreise

Ein schöner Morgen lag auf der Elbe, als Ernst Schwarz am Sonntag nach diesen Ereignissen den Pferdeborn[40] zu St. Pauli hinunterstieg und sich von einem Bootsmann zu dem Ewer fahren ließ, der ihm im Winter zur Wohnung gedient hatte.

Der Schiffer war noch beschäftigt, alles zur Abfahrt klarzumachen. Ein frischer steter Ostwind begünstigte das Hinuntersegeln. Sobald Schwarz an Bord kam, wollte er den Anker lichten. Schwarz gebot jedoch Halt und fragte, auf wie lange der Ewer verproviantiert sei. Der Schiffer erklärte, für etwa vier bis sechs Tage. Schwarz schüttelte mit dem Kopf: „Du mußt mehr Proviant besorgen, ich kann nicht wissen, wie lange wir unten bleiben. Hier, nimm den Zettel und hole, was ich verzeichnet habe. Da ist Geld dazu."

Der Schiffer studierte die Proviantliste langsam durch, dann berechnete er den Preis und stieg endlich in das Boot, um die Einkäufe zu besorgen, mit denen er nach etwa einer halben Stunde wiederkam, worauf er mit Schwarz zusammen den Anker heraufbrachte. In dieser Arbeit wurden beide durch ein lautes Gelächter unterbrochen, das von einem vorbeisegelnden Fahrzeug herüberklang. Sie erblickten einen kleinen Logger, der vor dem Winde lief und auf dessen Verdeck die fidelen Seehunde lagen, während aus den Luken die Köpfe einiger junger Damen schauten, die in das Hohngelächter einstimmten, das die Besatzung über Schwarz erhob, weil sie ihn an der Ankerwinde eines Ewers erblickten.

Dieser warf einen finsteren Blick nach dem Fahrzeug, während der Schiffer, der die Gesellschaft von gestern erkannte, in eine Flut von Schimpfwörtern ausbrach, was ihn nicht hinderte, den Anker heraufzubringen und das Focksegel aufzuholen. Schwarz war indes zum Ruder gegangen, um das Fahrzeug zu richten, während der Schiffer die übrigen Segel aufholte. Dies geschah jedoch zu seiner Verwunderung nicht, sondern Hansen sprang in das Boot und bat Schwarz, er solle nur vor der Fock bis nach dem letzten Eisbrecher hinunterlaufen und dort den Anker fallen lassen. Er habe noch eine höchst nötige Besorgung. Damit ruderte er nach St. Pauli hinüber und dann stromauf, wo er hinter den Kohlenschiffen verschwand.

Hier befand sich neben einer Schiffswerft ein kleines Haus, wie ein Schwalbennest an ein größeres Gebäude angeklebt und aus einer dreieckigen Stube bestehend, deren hinterster spitzer Winkel das Ziel einer Anzahl Gentlemen war, die hier am Wasser stets auf etwas warteten, was anscheinend nie kam. Für sie und diejenigen Werftarbeiter, die hier vor dem Haus permanent eine wartende Stellung einnahmen, waren die verstreuten Gegenstände willkommene Sitze. Besonders die Ankerbalken, von denen man das Wasser nach allen Seiten überblikken konnte und auf denen stets ein Herr mit einer alten Wachstuchmütze und etwas beteerten Hosen zu finden war, der seine Kollegen sofort aus dem dreieckigen Zimmer holte, wenn es etwas auf dem Wasser gab, wofür sich die Gentlemen interessierten. Einige alte Boote lagen für solche Fälle stets zur Abfahrt bereit, unter ihnen auch das Takel-Jans, der hier als eine große Autorität galt und in schwierigen oder zweifelhaften Fällen stets konsultiert wurde.

Nach diesem Platz lenkte Hansen sein Boot und legte es neben Takel-Jan an, der mit sonntäglicher Gemütsruhe in seinem Fahrzeug frühstückte und dabei den versammelten Gentlemen erzählte, wie er sich in der Dunkelheit angeführt, indem er eine Partie Tauwerk geholt habe, das sich bei Licht als Manilahanf zeigte, auf das der Lumpenhändler nichts gebe. Sobald er den Ewerschiffer neben sich erblickte, schwieg er, und da ihm Hansen bekannt war, fragte er ihn, ob er „einen nehmen“ wolle.

Hansen schüttelte mit dem Kopf und sprach, auf die Gentlemen blickend, er wisse etwas für Takel-Jan. Einen Hauptspaß. Nur müsse der Bootsmann einige gute Freunde zur Hand haben, die flotte Jungs wären.

Die Gentlemen schmunzelten und rückten auf Takel-Jans Wink näher, indem sie auf die Anker kletterten, zwischen die Hansen jetzt sein Boot schob.

„Habt ihr vorhin den kleinen Lustlogger vorbeisegeln sehen?“ fragte er leise.

Die Gentlemen nickten erwartungsvoll.

„Hat eine Mannschaft von Dösköppen an Bord, und nebenbei viel Wein. Ist schändlich schlecht aufgetakelt – könnte einmal neue Takelage und Segel brauchen. Könntet ihnen heute ein bißchen helfen. Die Gesellschaft legt den Logger stets an eine von den kleinen Inseln bei Blankenese, wo sie aussteigen. Haben kein Boot bei sich. Wär' so ein Sonntagsspäßchen, sie sitzenzulassen. Könnten ja den Logger hier drüben am Eisbrecher festgelegt finden – abgetakelt natürlich“, fuhr Hansen fort.

„Seid Ihr mit von der Partie?“ fragte Takel-Jan.

„Kann nicht!“ sprach Hansen bedauernd. „Habe Euch den guten Rat gegeben und denke, Ihr helft mir ein andermal, wenn ich was brauche.“ Damit schob er sein Boot ab und ruderte, ohne sich weiter umzublicken, nach Altona hinunter. Er wußte, daß sein Rat nicht umsonst gegeben war. Am bestimmten Platz fand er seinen Ewer und Schwarz ungeduldig wartend.

Man holte den Anker und die Segel auf. Das Fahrzeug lief lustig vor dem Winde hinab, und Hansen stand, auf die ferne Wasserfläche blickend, still lächelnd am Ruder.

Als der Ewer bei Neumühlen vorübersegelte, murmelte er jedoch einen Fluch, denn sein Blick fiel auf Nielsens Haus, das ruinenhaft und mit verwüstetem Garten herüberschaute. Auch Schwarz sah finster nach dem Ufer, denn er erkannte Stubborns Töchter, von denen Berta in trauriger Haltung nach der Ferne blickte, während Julie die Huldigungen des Herrn entgegennahm, der sich die Verachtung der Millionäre zur Aufgabe gestellt hatte.

Hansen richtete seine Augen aufmerksam nach den kleinen Inseln hinüber. Endlich erblickte er, was er suchte, und nach dem Logger hinüberzeigend, der an einer Insel sichtbar wurde, sprach er: „Ich habe Ihnen eine Suppe eingebrockt."

Die fidelen Seehunde mußten die Suppe auch richtig ausessen wie Meister Wöllers und viele vor ihnen, die mit Lustfahrzeugen auf der Elbe umherkreuzten, deren Tau- und Segelwerk und Eisenzeug die ganz besondere Aufmerksamkeit der Elbpiraten auf sich ziehen. Die fidelen Seehunde erhoben zwar ein Zetergeschrei, als sie kurz nach Eintritt der Flut ihr Fahrzeug von der Insel abtreiben sahen und einige Männer gewahrten, die es in größter Seelenruhe nach Hamburg aufwärts dirigierten. Das Geschrei half jedoch nichts. Sie waren mit ihren Damen auf der Insel gefangen und mußten warten, bis sie ein vorbeikommendes Fahrzeug an das Ufer setzte, wozu der ärgerliche Umstand kam, daß sich der größte Teil des Champagners noch im Logger befand. Endlich kamen ein paar Boote von unten herauf, die man anrief. Die Gentlemen von der Werft, zufällig auf einer Spazierfahrt begriffen, waren so freundlich, die Gesellschaft für einige Taler von der Insel zu erlösen und mit nach Hamburg zu nehmen. Hier fand man zur allgemeinen Freude den Logger an den Eisbrecher festgebunden, nur zeigte sich der betrübende Umstand, daß Anker und Ketten, Tau- und Segelwerk und was sonst nicht niet- und nagelfest, worunter auch die Champagnerflaschen, spurlos verschwunden waren.

Nachmittags erreichte Schwarz mit seinem Ewer Cuxhaven, wo man bei der „Alten Liebe" vor Anker ging. Hier erkundigte sich Schwarz bei einem Wassermann, ob es geraten sei, noch nach Neuwerk hinabzusegeln. Der Schiffer war nicht der

Meinung, weil der Ewer bei dem Ebbestand nicht in die Watten könne und zu weit draußen ankern müsse, wo er keine gute Lage habe. Schwarz beschloß deshalb, in den Hafen zu verholen und die Nacht ruhig liegenzubleiben, worauf er am andern Morgen zu Fuß über die Watten gehen wollte, während Hansen mit dem Boot bei nächster Flut an die Insel kommen sollte.

Sobald der Tag angebrochen war, stieg Schwarz an Land und ging nach Duhnen zu, von wo er in die Watten hinabstieg, die bereits trocken wurden. Er blickte erwartungsvoll nach seinem Ziel, dem fernen Turm von Neuwerk hinüber, der wie ein Markstein in der nassen Fläche stand. Der Wanderer mußte mit dem Schlickgrund kämpfen, der sich in der Nähe des Strandes an seine Füße hing. Sobald er den festeren Sand erreichte, konnte er rüstig vorwärts schreiten und strebte unausgesetzt der Insel zu.

Der Kenner

## Achtunddreißigstes Kapitel

# Endlich ein Geschäft

Zur selben Zeit, als Schwarz durch das ungastliche Watt wanderte, war der herrliche Mai wieder an der Elbe eingezogen. Mit dem Grün der Bäume erschienen gleichfalls die alten Sommergäste in dem schönen Neumühlen. Auch Herr Henri stand wieder wie der Apoll von Belvedere, aber im schwarzen Frack, auf dem Rasenplatz der Eiskuhlschen Villa und freute sich des erwachenden Sommers. Er war in ganz besonders heiterer Laune und zeigte sich zu kleinen Bocksprüngen und Kapriolen aufgelegt, sobald er ein sicheres Plätzchen dazu zwischen den Gebüschen des Gartens fand. Der Umstand, daß der Senator heute nicht mit herausgekommen, war es nicht allein, was ihn so mit Vergnügen erfüllte. Der Senator war in äußerst grimmiger Laune, weil ihm in diesem Jahr schon das zweite Schiff verlorengegangen. Er hatte in seiner vollständigen Glückssicherheit und Unfehlbarkeit eine neue Einrichtung getroffen, indem er für seine Schiffe eine Selbstversicherung einführte, d. h. er versicherte gar keins mehr, weil die Summe, welche er für alle Schiffe jährlich zahlen mußte, so viel betrug, daß er ein verlorenes damit fast ersetzen konnte. Herr Eiskuhl kalkulierte nun, wenn in drei Jahren kein Schiff verlorengeht, so sind eigentlich drei gewonnen. Daß aber gleich nach dem großen neuen Auswandererschiff, das bei Neuwerk in der Sturmflut scheiterte, schon wieder eins mit Baumwolle an der englischen Küste verlorenging, lag durchaus nicht in seiner Berechnung und brachte ihn in so großen Zorn, daß er sich in sein altes Haus zurückzog und auf den Befehl der Senatorin, sich zum Auszug nach der Villa einzufinden, antwortete: sie möge sich samt dem Pomadenbengel hinscheren, wo der Pfeffer wächst. Er bleibe vor der Hand in der Stadt. Herr Henri übernahm die Antwort ohne Groll und warf nur einen Blick des tiefsten Bedauerns auf das Ungeheuer, das ihm die Tür donnernd vor der Nase zuschlug. Er ging still lächelnd und ohne eine Ahnung von dessen Gegenwart zu haben an Jost vorbei, obgleich diese gemeine Bedientenseele die offenbarste Lust zeigte, ihn die Treppe hinunterzuwerfen, welches lobenswerte Unternehmen nur dadurch verhindert wurde, daß im selben Augenblick Doktor Schnepfe heraufstieg, dem Henri einen aufmerksamen Blick nachschickte, als er beim Senator eintrat. Dann ging er zu seiner Gebieterin und brachte die Antwort, zwar wie er sie gehört, aber mit jener zarten, mitleidigen Schonung, welche die Senatorin vollends gegen das eheliche Ungeheuer empörte und ihr die Kette doppelt schwer machte, die sie an den Steinblock Eiskuhl fesselte und von dem idealen Marmorgebild Henri fernhielt. Henri fuhr mit der Gebieterin hinaus und ging in der Villa fast wie träumend umher. Endlich blieb er vor der Flaggenstange stehen und blickte hinauf. Sie war natürlich ohne Flagge, da sich der Senator nicht in der Villa befand. Die Flaggenleine interessierte Henri aber ungemein. Er band sie los, machte sie klar und zog hinauf und hinab. Dann nickte er befriedigt mit dem Kopfe und legte die Leine fest, worauf er abermals in tiefem Sinnen umherging, bis er zum Frühstück gerufen wurde.

So weit war er bereits aufwärts gestiegen, daß er nicht mehr als verwünschter Prinz Henri mit dem Teller hinter dem Tisch zu stehen brauchte – er war als Sekretär Henri berechtigt, wenigstens allein zu speisen, wenn ihn das Ungeheuer von der Tafel ausschloß. Heute feierte er aber einen besonderen Triumph, denn er frühstückte mit seiner Gebieterin im unteren Salon, während den Töchtern nebst Bernhart im Salon des Gewächshauses serviert wurde.

Nachdem der Senator endlich genug wegen des Verlustes seiner Schiffe gebrummt und sich und anderen das Leben sauer gemacht hatte, dachte er an seine Rübenbeete und erschien eines Tages mit Jost in der Villa. Die Frau Senatorin wurde dadurch aus allen ihren Himmeln gestürzt. Sie zog sich in ihren Pavillon zurück, als der Böller abgebrannt und die Flagge aufgezogen war.

Der arme Henri mußte aber nun allein speisen, denn das Ungeheuer geriet beim ersten Versuch der Senatorin, den „Sekretär" an den Tisch zu bringen, in eine solche Wut, daß Madame Eiskuhl keinen zweiten riskierte.

Die Bekannten des Hauses fanden sich mit dem schönen Wetter mehr denn je ein. Da man an der Börse die Verluste des Senators auf eine halbe Million taxierte, worüber sich besonders die Assekuranzmakler ins Fäustchen lachten, so wollte jeder sehen, wie der Verlust getragen würde und ob er sich bemerklich mache. Vor allem aber erschien Madame Spickmann mit kaum verhehlter Schadenfreude und ließ ihre Augen ringsum laufen, um irgendwo eine Folge des großen Schlages zu erblicken. Sie war nahe daran, Bernhart der Senatorin zu entführen. Diese aber war zu gut im Schachspiel des gesellschaftlichen Lebens geübt, um nicht sofort zu merken, wohin Madame Spickmann ihren Springer dirigieren wollte. Sie deckte ihren Professor sogleich mit verschiedenen Aufträgen und bot der Gegnerin sogar Schach, indem sie auf nächsten Sonntag ein großes Diner ansagte, bei welchem nicht nur Konzert, sondern auch noch ein außerordentlicher Kunstgenuß durch die Ausstellung des großen Bildes bevorstand, das der Maler den Winter über vollendet hatte.

Bernhart war infolge vieler Aufträge der kunstsinnigen Frau Senatorin übel daran, da ihn diese Dame fast vollständig beschäftigte, aber nie bezahlte, was sie durch ihre Gastfreundschaft über die Maßen zu tun glaubte. So stand es um seine Finanzen herzlich schlecht, und alle seine Hoffnung war auf das große Bild gerichtet, durch dessen Verkauf er von der Gastfreundschaft der Senatorin erlöst zu werden hoffte.

Der Sonntag des großen Diners erschien, und mit ihm erschienen die Gäste des Eiskuhlschen Hauses, die wir bereits kennen. Es kamen auch viele mit, die wir nicht kennen. Ein Virtuose, der einst das Haus Schröpfer & Komp. durch entsetzliche Honorarforderungen alterierte, war auch mit eingeladen. Weniger um zu speisen, als um seine Dankbarkeit dafür auf dem Flügel abzutragen. Er verursachte der Senatorin viel Kopfzerbrechen, weil sie ihn gern während der Tafel am Flügel gesehen hätte, um die verschiedenen Gerichte mit Musik zu begleiten, was aber doch nicht gut möglich war, da er eigentlich zum Essen eingeladen worden. Sie hoffte indes, der Mann werde nicht so unbescheiden sein, bis zum Dessert sitzen zu bleiben, sondern die Gesellschaft früher durch sein Spiel erfreuen. Die Künstler sind aber ein undankbares Volk, denn der Virtuose blieb nicht nur bis zum Dessert mit aller Seelenruhe sitzen, sondern machte auch dann noch keine Miene zum Spielen, bis ihn Herr Henri im Auftrag der Senatorin leise und mild an seine Pflicht erinnerte, was ihn in solch unwilliges Erstaunen versetzte, als habe er in seinem Leben noch keine Taste berührt. Er sagte ziemlich laut, er habe heute keine Lust zum Spielen und sei zum Essen geladen, was Herr Henri seiner Dame getreu rapportierte. Da zugleich Madame Spickmann diese Antwort mit wahrem Entzücken anhörte, so begann die Nasenspitze der Senatorin sich dem Stadium der Rotglühhitze zu nähern, sie trug daher Henri etwas kategorisch auf, dem Virtuosen zu sagen, sie ließe ihn nochmals sehr bitten, etwas zu spielen, ehe die Gesellschaft auseinanderginge. Das hatte gewirkt, denn sie sah auf die Botschaft den Musiker in die Höhe springen, Henri beim Arm fassen und aus dem Salon ziehen, jedenfalls, um mit ihm zu beraten, was gespielt werden sollte.

Herr Henri kam jedoch kurz darauf mit etwas verblüfftem Gesicht allein zurück und legte der Senatorin einen Dukaten hin, wobei er sie mit offenem Munde anblickte, weil der Faden seiner Begriffe durch irgendein Ereignis zu einem Knäuel verfitzt war. Die Senatorin sah ihn ob des Goldstückes ebenfalls verwundert an. Ihre Nase ging langsam in Weißglühhitze über.

„Was soll das?" fragte sie endlich.

„Der Herr gab es mir. Er schickt es der Frau Senatorin für sein Kuvert, da ihm das Spielen dafür zu teuer käme", berichtete Henri, noch immer verblüfft.

Hätte jemand die Nase der Frau Senatorin jetzt in ein Glas kaltes Wasser getaucht, sie wäre zu diamanthartem Stahl geworden, denn sie stand über Weißglühhitze. Sie würde Madame Spickmann damit in zwei Teile geschnitten haben, das wäre das wenigste gewesen, was sie dieser für den unendlichen Hohn hätte tun können, der aus ihrem Gesicht leuchtete. Die Senatorin ergriff den Dukaten und warf ihn ohne ein Wort unter den Tisch, worauf sie sich erhob und damit das Ende des Diners anzeigte.

Der Kaffee war im oberen Salon serviert, wo das Bild Bernharts im schönsten Lichte der Bewunderung der kunstsinnigen Gäste harrte.

Der Speisesaal wurde leer. Nur Herr Henri blieb darin zurück und stürzte sich unter den Tisch, sobald der letzte Gast den Rücken gewandt, griff blitzschnell den Dukaten und ging dann in ruhiger Würde an Jost vorbei, der eben eintrat und ihn auf eine fürchterlich höhnische Weise angrinste. Er hatte am Türspalt gelauscht.

Bernharts Bild stand in der besten Beleuchtung auf der Staffelei. „Ah, der schöne Goldrahmen!" ertönte es, und „Ah, der schöne Goldrahmen!" rief jeder neu hinzukommende Gast, indem er bewundernd die glänzenden Stäbe und Blätter der Verzierungen betrachtete. Der Maler mußte sich ungeheuer geschmeichelt fühlen und war für alle seine Mühe gewiß aufs äußerste befriedigt. Er bekam große Lust, der gesamten Gesellschaft das Bild in pleno über den Kopf zu schlagen.

Da zeigte sich ein Kenner, der das Bild betrachtete, und noch dazu einer, von dem es Bernhart am allerwenigsten vermutete. Wahrhaftig, er blickte nicht auf den Rahmen. Er sah durch die hohle Hand und neigte sogar den Kopf etwas zur Seite, obgleich ihm dies nicht leicht wurde, denn es war Spickmann sen., der jetzt ganz entzückt „Famos!" schrie und behauptete, das Bild sei gar nicht mit Geld zu bezahlen. Er müsse es haben. Es möge kosten was es wolle. Dann brach er wieder in Lobeserhebungen aus, die manchmal einen komischen Charakter annahmen, und fragte Bernhart endlich mit einem verzweifelten Anlauf und auf einen Wink seiner Frau, was er für das Bild verlange.

Totenstille – man hätte eine Feder fallen hören. Alles blickte auf den verwegenen Spickmann; auf dem Sprung wie eine wilde Katze jedoch stand die Senatorin. Sie zitterte und hing am Munde des Malers, um die Summe zu hören, die er verlangen würde. War es eine Summe, die man des Renommees wegen zum Fenster hinauswerfen konnte, so war sie bereit, den Sprung zu wagen und Spickmann das Bild vor der Nase wegzuschnappen.

Der Maler stand eine Minute unentschlossen. Er kämpfte mit sich. Hier war ein kunstsinniger Millionär. Der Preis für das erste bedeutende Werk mußte maßgebend für die nächsten Werke und die nächsten Käufer sein. Sollte er achthundert, sollte er zwölfhundert Mark verlangen? Er wollte erst sondieren und öffnete deshalb den Mund.

„Halt!“ schrie Spickmann, als er sprechen wollte. „Sie können für das Bild gar nicht verlangen, was es wert ist. Ich will Ihnen etwas bieten. Einen Tausch. Oh, die Engländer können so was nicht allein! Es gibt bei uns in Hamburg auch noch Leute, die das können!“ Hierbei schlug er sich einigemal auf den Bauch, um anzuzeigen, daß er dazu gehöre, dann fuhr er fort: „Sie haben doch wohl die Geschichte gehört, wo mal ’n holländischer Maler auch so ’ne Schilderei von einem Landgut gemacht hat, um die sich die Liebhabers stritten. Einer bot mehr als der andere, gerade wie hier. Wie nun einige Lords schon ’n paar tausend Märk geboten und der Maler eben zuschlagen wollte, schreit so ’n Lord: ‚Halt! Ich gebe das Original für die Kopie!‘ und gibt richtig dem Maler das Landgut, das ihm zufällig gehört, für das Bild. Warraftig gift em dat!“ sprach Spickmann, seinem Bauch einen Schlag versetzend und sich herausfordernd im Kreise umblickend.

„Nun kann ich Ihnen“, fuhr er fort, „nich gerade das alles geben, was Sie hier abgemalt haben. Nee, das wäre mehr als ich verantworten könnte. Aber ich will Ihnen’n Vorschlag machen. Ich habe oben bei den Vierlanden ’n kleines Landgut – etwa noch zweimal so groß, wie Senator Eiskuhls Grundstück hier. Es steht zwar keine Villa darauf wie diese hier, sondern nur ’n kleines unbedeutendes Gebäude. Allerdings gegen das Schloß Eiskuhls nur ’ne Hütte. Der Platz ist aber prächtig am Wasser gelegen – ließe sich was daraus machen. Wie wäre es, Freundchen, wenn wir mal hier in Hamburg die englische Geschichte aufführten – he? Ich geb’ Ihnen die Besitzung für das Bild. Warraftig, ick doo dat! Schlagen Sie ein!“

Ein Gemurmel der Bewunderung ging durch den Salon. Der Senatorin dunkelte es vor den Augen. Bernhart war verwirrt von dem Anerbieten – sein Glaube an die Millionäre hatte ihn nicht betrogen. Er blickte Schnepfe triumphierend an. Selma glänzte vor Freude.

„Nun?" schrie Spickmann.

„Du bist voreilig", sprach Madame Spickmann. „Du weißt ja nicht, ob vielleicht die Frau Senatorin das Bild haben möchte. Wenn sie dem Professor etwa ihre Villa hier dafür böte, dann würde ich ihm doch raten, zuzugreifen. Genieren Sie sich nicht, liebe Frau Senatorin, Sie haben die Vorhand", wandte sie sich, im ganzen Gesicht lachend, an diese.

Der Schlag traf Madame Eiskuhl vollständig, denn sie konnte ihn nicht parieren. Die Nasenspitze der Senatorin war fast Asche und sie selbst sank in solche zusammen, als sie erklärte, der Preis sei ihr zu hoch und sie überlasse das Bild Herrn Spickmann, worauf dieser in ein Hurra ausbrach und von einem anwesenden Notar sofort einen Kaufvertrag aufsetzen ließ, wonach er sein Grundstück an der Elbe oberhalb Hamburgs mit allen darauf befindlichen Gebäuden, Bäumen und Wiesen für das Bild an Bernhart abtrat.

Bernhart wurde von Schnepfe und den Töchtern des Senators herzlich beglückwünscht. Der Senator gratulierte ihm ebenfalls, obgleich er dabei die Meinung aussprach, daß Freund Spickmann übergeschnappt sei. Jost freute sich ehrlich, und Herr Henri ging in der festen Überzeugung umher, daß die Feder in der Weltuhr geplatzt sein müsse. Nach seiner Meinung mußte eigentlich Spickmann vom Platz weg in ein Irrenhaus geschafft werden.

Auch die Senatorin gratulierte frostig. Die Asche ihres ausgebrannten Zornes ließ dies nicht anders zu. Sie fürchtete, daß der Herr Professor nun Spickmanns Villa an der Alster malen und das Original für die Kopie erhalten würde, womit sie Bernhart sehr deutlich andeutete, daß er seinen Stab weitersetzen möge.

Er tat es am nächsten Morgen, indem er vor der Hand wieder nach Schnepfes Dachstübchen zurückkehrte, von wo aus beide Freunde in den nächsten Tagen nach dem neuen Besitztum Bernharts mit dem Mann fahren wollten, den ihnen Spickmann zur Anweisung und Übergabe des Grundstücks zu schicken versprach.

Heimkehr von Neuwerk

Neununddreißigstes Kapitel

# Zurückgekehrt

Schwarz stieg aus den Watten am einsamen Deich Neuwerks empor, er hörte eine Stimme und stand plötzlich vor zwei alten Herren, die im kurzen Gras lagen und von denen der eine dem andern aus einem Manuskript vorlas.

Der Vorleser sprang in die Höhe, als der Schatten des Fremden über sein Buch fiel. Er stand da, mit dem kupferfarbigen Hut, dem schwarzen Frack, der Messingbrille und barfuß, wie ihn die Jäger voriges Jahr in Duhnen erblickten, genau so, als hätte er sich gar nicht ausgezogen. Er sah den Fremden an, als sei er ein Junge, der zu spät in die Schule komme, und sprach nach einer Weile: „Ich habe Sie hier schon gesehen.“

Der Zuhörer des Schulmeisters war ein alter Herr mit weißem Haar und mit von tropischer Sonne braun gebranntem Gesicht. Er stand auf, legte die Hand auf die Schulter des Ankommenden und sprach leise fragend: „Schwarz, ja, Sie sind's. Ganz wie Ihr armer Vater vor vierzig Jahren.“

Schwarz ergriff die Hand des Fremden und sagte: „Ich brauche wohl nicht erst zu fragen, ob ich unsern alten Buchhalter Kern vor mir habe. Ich kenne Sie nicht mehr, denn das Bild, das mir von Ihnen aus der Jugend vorschwebt, stellt einen andern Mann dar, als ich ihn jetzt vor mir sehe.“

„Glaub's“, sprach der Buchhalter mit leisem Lächeln. „Die Zeit hat mein Haar gebleicht, das Unglück mich bald als Leichnam hier an den Strand geworfen. Das wäre denen, die mich seit Jahren gehetzt, willkommen gewesen. Der Himmel hob mich aber noch ein Weilchen auf, um das Versprechen zu erfüllen, das ich Ihrem Vater gab. Seien Sie mir herzlich gegrüßt!“ Hierbei umarmte der wiedererstandene Buchhalter den jungen Schwarz, und die Männer gingen, nachdem man sich von dem Schulmeister getrennt, nach dem Turm. Schwarz bat ihn, ihm die längst ersehnten Mitteilungen über seine dunklen Verhältnisse zu machen. Nachdem eine Mahlzeit genossen war, gingen beide den Deich entlang und setzten sich an einer Stelle nieder, die eine freie Aussicht auf die Watten bot. Kern sah in Gedanken verloren hinaus, als wollte er den langen Weg überblicken, der ihn in die Ferne und wieder an diesen Strand geführt, dann fragte er Schwarz: „Wieviel Briefe haben Sie von mir bisher erhalten?“

„Nicht einen!“ war die Antwort.

Kern nickte. „Also von etwa zwanzig Schreiben keins an die Adresse gelangt? Hm. Es lag ihnen natürlich zu viel daran. Haben Sie denn, um's Himmels willen, auch von dem Lotsen Nielsen die wichtigen Papiere nicht erhalten, die ich ihm bei meiner Abreise anvertraute?“

„Oh! Auch dieser Lotse scheint ein Schuft wie alle andern“, sprach Schwarz traurig. „Ich habe einen Brief gelesen, in dem er Stubborn die Papiere für eine Kapitänstelle anbietet. Nun, Gott vergeb's ihm und schenke ihm die ewige Ruhe, denn er ist mit dem Schiff Stubborns untergegangen, auf dem er und mein armer Bruder nach Indien gingen."

Schwarz erzählte Kern nun alles, was bisher vorgefallen war, worauf er ihm die Briefe seines Bruders und den von Stubborns Tochter zu lesen gab.

Der Buchhalter schüttelte den Kopf: „Ich habe Trick und Stubborn nie getraut und sie stets für Geschäftsleute gehalten, bei denen jeder Vorteil gilt; daß sie aber solche Schufte sind, rechtfertigt meinen Verdacht, den ich schon damals faßte und der durch ein Gerücht entstand, dem ich erst nicht Glauben schenken wollte. Sie wissen ja wohl, mein lieber Herr Schwarz, daß Ihr armer Vater von den Franzosen erschossen wurde, weil er mit den Russen im Einverständnis war."

Schwarz nickte stumm.

„Eine Zeit vorher erhielt er Nachricht, daß Davoust sein Augenmerk auf ihn gerichtet habe und ihn wie viele andere auszuplündern beabsichtige. Um dies unmöglich zu machen, sprach er von großen Verlusten und verkaufte endlich sein Haus und Geschäft an Stubborn, der damals eine unbedeutende Erbschaft machte. Der Kauf war –"

„Soll ich Ihnen jetzt meine Erzählung von Störtebeker vorlesen?" fragte plötzlich die Stimme des Schulmeisters, der den Deich hinaufstieg und ein Manuskript sehen ließ. „Ich sah Sie vom Turm aus hier sitzen und hielt es für meine Pflicht, Sie auf dieser langweiligsten der Inseln ein wenig zu unterhalten."

„Lieber Herr Stylken", fiel Herr Kern aufstehend ein, „wir sind jetzt nicht in der Stimmung, Ihre Geschichte zu hören, da wir gerade von wichtigen Geschäften sprechen wollten."

Der Schulmeister wußte, daß ihm seine Opfer nicht entgehen konnten, denn die Flut war eingetreten und der Deich rings von Wasser umgeben, aber gerade dieser Umstand trug dazu bei, die Flüchtlinge aus den Händen des Autors zu retten. Hansen war der Weisung gemäß mit dem Boot nach Duhnen gekommen und segelte, als die Flut das Watt fahrbar machte, nach der Insel hinüber. Er lief gerade an den Deich, als Schwarz und Kern daherkamen. Schwarz nahm ihm das Boot ab, ließ ihn am Deich zurück und segelte mit Kern nach der Schaarhörnbake hinaus, wo er das Segel einzog und das Fahrzeug ruhig nach Cuxhaven aufwärts treiben ließ. Der Schulmeister stand am Ufer und sah ihnen trübselig nach. Dann blickte er Hansen forschend an, um zu sehen, ob dieser zum Opfer tauglich sei. Da dies nicht der Fall schien, so trabte er mit seinem Manuskript nach dem Turm zu, um von dort das Boot zu beobachten und seine Rückkehr zu erwarten. Schwarz konnte seinem Schicksal nicht entgehen, denn kein Fremder, der nach Neuwerk verschlagen wurde, war dem Manuskript entronnen.

Sobald das Boot weit genug von der Insel fort war, um einsam auf der Flut zu treiben, überließ es Schwarz dem Strom und setzte sich neben Kern, der in seinen Mitteilungen fortfuhr: „Der Kauf, den Stubborn mit Ihrem Vater abschloß, war nur ein Scheinkauf, als welcher er vor mir und einem Freund Ihres Vaters abgemacht wurde. Dieser zweite Zeuge war ein Advokat und setzte sogleich einige Dokumente auf, die Stubborn unterschreiben mußte und worin er erklärte, daß Geschäft und liegende Güter Eigentum Ihres Vaters und seiner Erben blieben, er, Stubborn, das Ganze nur während der Zeit der Franzosenherrschaft zu verwalten habe. Der Advokat nahm die Papiere an sich, und Davoust war um die Beute geprellt, nach der er schon die Finger ausstreckte, denn Stubborn stellte sich sehr gut zu den Franzosen, um das ihm Anvertraute zu sichern, wie er sagte.

In dieser Zeit kam Trick plötzlich in das Geschäft. Er war, wie ich bestimmt glaube, ein englischer Spion, der aber ebenso gut den Russen und Franzosen diente. Ich kümmerte mich scheinbar um keine Politik und tat so unschuldig wie möglich, denn ich bemerkte, daß mich Stubborn und Trick scharf beobachteten. Eines Tages ging ich den Steinweg hinab und fühlte, wie mir jemand im Gedränge an der Fuhlentwiete ein Papier in die Hand steckte. Ich sah einen Jungen verschwinden und schob meine Hand in die Tasche. Zu Hause angekommen, las ich das Billett. Es war vom Advokaten, der mir mitteilte, daß er in voriger Nacht von einem Trupp Franzosen in seiner Wohnung überfallen worden sei, die ihn festgehalten und mit einer Laterne alle seine Papiere durchsucht hätten. Nachdem sie etwa zwei Stunden lang alles umgewandt, aber nicht gefunden, was sie gesucht, seien sie fluchend abgezogen. Er glaube gewiß, daß Stubborn in französischer Uniform dabei gewesen, was er bemerkt, als ein Strahl der Laterne auf den eifrigsten Sucher fiel, der ohne Zweifel nach den Papieren suchte. Der Advokat war jedoch so klug, in jener Zeit alle wichtigen Papiere außer seinem Hause zu verbergen und bat mich, ihn in einem Keller zu treffen, wo mich der Wirt auf ein

Losungswort in eine Gesellschaft ehrlicher Leute führen würde, in der wir alles Weitere besprechen wollten.

Ich verbrannte das Billett und ging hin, worauf ich im hintersten Weinkeller mehrere bekannte Hamburger fand, die bei einem matten Licht ihre Klagen und Hoffnungen austauschten. Der Advokat war unter ihnen und teilte mir mit, daß er sich an mich gewandt, weil es unmöglich sei, Ihrem Vater unbemerkt beizukommen, denn dieser wäre Tag und Nacht von Spionen umgeben. Ich solle ihn warnen, sich in nichts einzulassen und weder Stubborn noch Trick zu trauen. Diesem gar nicht, denn man wisse zwar, daß er auf englischer Seite stehe, dies könne aber nur Maske sein. Der Mann wäre zu verdächtig. Er bat mich dann, alles anzuwenden, um Ihren Vater zur möglichst schnellen Flucht zu bewegen, denn er fürchte das Schlimmste. Auf alle Fälle zeigte er mir den Ort, wo die wichtigen Papiere lagen, und beschwor mich, Ihrem Hause ein treuer Freund zu sein, es möge kommen wie es wolle.

Ach, es kam bald schlimm, denn Trick hatte ihren Vater bereits in Sachen verwickelt, die sein Unglück wurden. Noch ehe ich ihn warnen konnte, brach es herein, und unser Haus wurde von Soldaten besetzt, die ihren Vater und Trick festnahmen und beide fortschleppten. Trick entsprang durch den nächsten Hof und entging einigen Kugeln, die man ihm nachsandte, als er längst um die Ecke war. Er verschwand, Ihr armer Vater aber, den man festhielt, wurde in der Nacht erschossen. – Die Leute flüsterten sich zu, daß Stubborn derjenige sei, dem er dies zu verdanken habe, da dieser die Franzosen von seinem Einverständnis mit den Russen in Kenntnis gesetzt habe."

Ein Geräusch, das die Ruhe unterbrach, ließ die einsamen Schiffer aufblicken. Ein großer Dampfer, der von See kam, war in ihrer nächsten Nähe, und eine Stimme von Bord schrie eben „Boot ahoi!" da dieses gerade in den Kurs des Schiffes trieb. Schwarz ergriff ein Ruder und wriggte das Boot etwas beiseite, worauf der Dampfer auf einige Schritte an ihnen vorbeifuhr. Die Mannschaft stand an der Reling und sah herab. Einem davon entfuhr beim Anblick des Bootes ein lauter Ausruf, er verschwand jedoch hinter dem Radkasten, ehe Schwarz und Kern ihn noch gesehen, und das Schiff dampfte stromauf weiter.

Schwarz saß neben Kern auf der Bank und sah sinnend und mit zusammengezogenen Brauen über den Bug in die See hinaus.

„Was wurde aus meiner Mutter?" fragte er finster.

„Hm, die Arme! – Sie starb kurz darauf bei der Geburt Ihres Bruders in Armut, denn alles Geld war mit dem Vater verschwunden. Stubborn wurde Vormund über die Kinder und ließ sie im Hause. Ich blieb als scheinbar gleichgültiger Geschäftsmann im Geschäft und wachte über sie. Der Advokat war nach Ihres Vaters Unglück aus der Stadt entwichen und schrieb aus England an Stubborn, daß er die Papiere mitgenommen habe, um sie zu sichern. Er werde sie zu passender Zeit an mich gelangen lassen. Dies war ein Grund für Stubborn, mich im Geschäft zu behalten und zu bewachen. Ich besaß sie aber schon längst und hütete sie wie einen Schatz, den ich für Sie heben wollte, sobald die Zeit da war.

Am letzten Mai 1814 zog General Bennigsen endlich in die Stadt ein, die französischen Truppen verschwanden. Die alte Ordnung der Dinge kehrte zurück, und die ausgeplünderten Bürger waren wenigstens ihres Lebens sicher und faßten frischen Mut. Trick kam mit den Russen zurück und gebärdete sich als Märtyrer. Er trat sofort wieder in das Geschäft ein und machte mehrere Reisen nach England, die, wie ich erfuhr, den Zweck hatten, die Papiere aus dem Nachlaß des dort verstorbenen Advokaten an sich zu bringen. Da sie sich nicht fanden, wurde ich von Stubborn und Trick unausgesetzt beobachtet und sah meine Sachen oft durchsucht. Die beiden Schurken glaubten die Papiere in meinem Besitz und wollten sich ihrer um jeden Preis bemächtigen. So war einige Zeit hingegangen, als es nötig wurde, daß jemand aus dem Geschäft nach Buenos Aires hinüberging. Man trug dies mir auf, und da ich keine Lust dazu zeigte, stellte mir Stubborn die Wahl, entweder zu gehen oder meine Stelle aufzugeben. Was sollte ich tun? Zog ich das letztere vor, so kam ich aus der Verbindung mit Ihrem Hause. Ich ging also und dachte so schnell als möglich zurückzukommen. Noch am letzten Tag trug ich voll großer Sorge die Papiere, die Ihnen den Besitz Ihres Vermögens sicherten, zu meinem alten Freunde, dem Lotsen Nielsen, nach Neumühlen. Hier waren sie so sicher aufgehoben, wie es nur irgend möglich sein konnte. Ich machte ihn gar nicht mit dem Wert der Papiere bekannt, sondern besprach mit ihm, daß er sie nur mir oder dem brieflich von mir Bezeichneten aushändigen, sie gut verwahren und gegen niemand davon sprechen solle.

Ich reiste ab und mußte, kaum in Buenos Aires ans Land getreten, sofort ein großes Stück in das Innere eilen, wo mich unser Agent hinschickte, um eine bedeutende Summe einzutreiben. Als ich einige hundert Meilen durch Wälder und Wüsteneien gezogen, kam ich ohne Geld und ganz abgerissen an meinem Bestimmungsort an und wollte meine Wechsel einkassieren. Man lachte mich aber aus, denn die Firma, an die ich gewiesen war, existierte gar nicht, und ich saß nun von allem entblößt mitten im Lande. Ich schrieb sofort an unseren Agenten und forderte Auskunft und Gelder. Da aber die Postverbindung sehr imaginär war und ich leben mußte, so nahm ich, in Ermangelung jeder anderen Beschäftigung, die Stelle eines Aufsehers über die Herden eines Gutsbesitzers an, weshalb ich wieder eine Woche lang ins Land reiste. Ich war nun, kurz gesagt, vom Buchhalter zum Viehhirten avanciert, denn ich erhielt ein Pferd, eine wollene Decke, Büchse, Messer und Sporen und wurde, der sonst nur auf dem Kontorbock gesessen, ein Reiter, der von Sonnenaufgang bis zur Nacht im Sattel saß. In den ersten vierzehn Tagen glaubte ich sterben zu müssen, so schmerzten meine Glieder. Meine Kollegen lachten. Endlich machte sich aber das Ding, die Schmerzen, die mir das Reiten verursachte, verloren sich, und ein Unterleibsleiden, an dem ich früher laborierte, verschwand gleichfalls. In vier Wochen war ich ein ganz anderer Mensch und imstande, Hals über Kopf in die Ochsenherden hineinzusprengen und sie fortzutreiben. Ich wartete von Woche zu Woche auf Briefe, bekam aber keine. So vergingen gegen fünf Monate, bis ich endlich den Entschluß faßte, durchzubrennen und nach Buenos Aires zurückzureiten.

Ich versah mich mit Lebensmitteln und trabte eines Morgens ab. Nachdem ich über vierzehn Tage geritten, kam ich dort an und erfuhr, daß unser Agent schon vor langer Zeit samt allen meinen Sachen verschwunden sei. Ich schrieb sogleich an Stubborn, wobei ich ihn um Ordre für mein weiteres Handeln und Gelder zur Rückreise bat. Unter der Zeit nahm ich eine Stelle an und erwartete die Antwort. Diese kam denn auch in Gestalt von einigen Gerichtsdienern, die mich eines Tages abholten und nach dem Gerichtshaus führten, wo mir mitgeteilt wurde, daß mich mein Hamburger Prinzipal wegen Unterschlagung bedeutender Summen und Einverständnisses mit dem Agenten verhaften und so lange gefangen halten lasse, bis ich die fehlenden Summen von über 100 000 Mark herbeischaffe. Meine Verteidigung half mir nichts, denn man steckte mich ohne weiteres in ein Gefängnis und kümmerte sich nicht mehr um mich, ich konnte machen was ich wollte. Ich saß hier gegen zwei Jahre fest, bis es mir nebst einigen anderen gelang, zu entkommen und auf einem alten Boot in See zu gehen, wo wir ein Schiff zu treffen suchten. Dies gelang uns sehr bald, aber leider gerieten wir auf einen amerikanischen Walfänger, der in die Südsee ging, und hatten die freudige Aussicht, uns etwa zwei Jahre auf See umherzutreiben. Das Leben unter dem Schiffsvolk war mir zuwider und wurde es noch mehr, als wir erst einige Fische fingen und alles nach Tran zu stinken begann, wobei es keinen Platz im Schiffe gab, der nicht von Tran getränkt und beschmiert war. Der Geruch wurde mir unerträglich, und als wir vor Hawaii Proviant einnahmen, brannte ich eines Nachts durch und verkroch mich auf der Insel, bis das Schiff wieder fort war. Es wurde mir nicht schwer, hier einen Platz zu finden, der mir den Lebensunterhalt sicherte, und ich hoffte ein Hamburger Schiff ankommen zu sehen, das mich mit nach Hause nehmen sollte. Es kam aber keins, und da es bei meinem Verdienst nicht möglich war, mir etwas zu sparen, so saß ich sechs lange Jahre auf dieser entlegenen Insel. Es gelang mir endlich, einen Platz auf einem Schiff zu erhalten, das nach Batavia ging, von wo ich eher nach Hamburg zu kommen hoffte, da auf keinen meiner Briefe Antwort eintraf. In Batavia angelangt, entsann ich mich einer Adresse, an die oft Briefe von uns abgingen, deren Inhalt ich nicht kannte. Ich fand den Mann nach vielem Suchen. Es war eine Art Agent, offenbar ein Malaie, und hatte ein unheimliches Wesen, denn er betrachtete mich mit seinen brennenden kohlschwarzen Augen mißtrauisch, als ich ihm sagte, daß ich Buchhalter bei Stubborn sei, und schien große Lust zu haben, mich mit einem Dolche abzufertigen, der neben ihm auf dem Tisch lag. Er ließ sich auf nichts ein, und ich war auch zu vorsichtig, ihm zu sagen, wie ich augenblicklich mit Stubborn stand. Da ich hier keine Nachrichten von Hamburg erhielt, so wandte ich mich an Landsleute und erkundigte mich zugleich nach den Geschäften des Agenten, die jedoch niemand kannte. Einige zuckten die Achseln, andere gaben mir den Rat, mich von ihm fernzuhalten. Ich erhielt geheimnisvolle Andeutungen und Winke, die mir zwar keinen sicheren Aufschluß verschafften, mich aber doch zu dem Glauben brachten, daß Stubborn und Trick die Hände zu furchtbar schuftigen und verbrecherischen Unternehmungen boten, und daß ihr Agent in Batavia mit den malaiischen Seeräubern in der Sundastraße in Verbindung stehe. Ich besaß nur keine Gewißheit darüber –"

„Die kann ich euch in vollem Maße geben!" sprach eine Stimme am Stern des Bootes.

Schwarz und Kern fuhren erschrocken in die Höhe und drehten sich nach rückwärts. Schwarz ergriff ein Ruder und hielt es schlagfertig bereit, während er halb entsetzt nach hinten blickte, wo ein wassertriefender Mann, die Arme auf den Rand des Bootes gelegt, hereinsah und ihm grüßend zunickte. Beiden Männern im Fahrzeug lief ein Grauen über die Haut, als sie länger hinschauten und das Gesicht erkannten. Die Haare stiegen ihnen langsam aufwärts und Schwarz fragte, nachdem er sich, wie eine Erklärung suchend, rings umgesehen: „Bist du ein Schatten, den Tiefen des Meeres entstiegen, oder bist du nur ein Phänomen meiner Phantasie? Sehen Sie es?" wandte er sich nach der Erscheinung zeigend an Kern.

„Nielsens Geist!" sprach dieser leise.

„Nielsens Geist?" erwiderte die Erscheinung des Lotsen. „Auch sein Leib dazu! Ja, seht mich nur erstaunt an. Es gibt wunderbare Fügungen des Zufalls, oder wie ihr das Ding sonst nennen wollt. Ich war so sicher dem Verderben geweiht wie alles auf den ‚Gebrüdern'. Ich mußte aber lange vorher bei den Südseeinsulanern schwimmen lernen wie ein Fisch, um mich zu retten. Ich muß in der Mündung der Elbe die zwei Leute in einem Boot treffen, die ich am nötigsten brauche und unbemerkt vom Dampfer Abschied nehmen, um ihnen nachzuschwimmen. Dies muß wunderbarerweise an dem unheilvollen Tag geschehen, an dem Ihr armer Bruder vor einem Jahr den Brief von Stubborns Tochter erhielt, der ihn übers Meer und in den Tod jagte, denn wir haben heute den fünften Mai!"

„Den fünften Mai?" rief Kern zurückfahrend. „Das ist ja der Tag, an dem Davoust vor seinem Abzug Ihren Vater erschießen ließ – oder wo ihn vielmehr der Schuft Stubborn beiseite schaffte."

„Und seine Tochter setzt das Geschäft fort!" sprach Schwarz in höchstem Grimm.

„Dieser Stubborn samt seinem Trick sind eine Mordbande, die ihre Schiffe versichern und sie dann den malaiischen Seeräubern in die Hände liefern, die sie mit Mann und Maus in den Grund bohren. Ich will jenen aber das Geschäft legen. Damit ihr nun seht, daß ich kein Geist bin, so packt mich mal ein wenig am Kragen und zieht mich an Bord!“ Mit Beihilfe der Männer kletterte der Lotse in das Boot, wo er sich wie ein Pudel schüttelte und das Wasser aus seinen Kleidern drückte. Schwarz sah ihn staunend und finster an und fragte endlich: „Sagt mir, wie ist das mit dem Brief, den Ihr an Stubborn geschrieben habt und in dem Ihr ihm unsere Papiere anbietet, wenn Ihr die Kapitänstelle dagegen erhaltet? Ich habe den Brief gesehen.“

„Und haben geglaubt, daß Nielsen einen solchen Brief an Stubborn schreibt, he? Und glauben es vielleicht noch? – Dann tun Sie mir leid, und ich danke für Ihr Boot!“ sprach der Lotse und wollte mit aller Seelenruhe wieder ins Wasser steigen.

Schwarz packte ihn jedoch und hielt ihn fest: „Nein, nein! Bleibt nur hier, alter Freund. Ich wollte Euch nur mit dem Dasein dieses Briefes bekannt machen und hegte längst die Vermutung, daß er gefälscht war. Nach dem, was ich gehört, bin ich überzeugt, daß die Mordbande von dem Vorhandensein der Papiere Kenntnis erhielt und Euch fortschaffte, um in ihren Besitz zu gelangen. Was habt Ihr mit den Papieren gemacht?“

„Es war mir unmöglich, sie vor meiner Abreise aus dem Hause zu bringen. Ich hoffe jedoch, daß sie dort noch in ihrem Versteck zu finden sind“, sagte der Lotse.

„Hofft dort nichts mehr zu finden“, sprach Schwarz kopfschüttelnd, „doch erzählt uns, wie ihr gleich dem fliegenden Holländer daherkommt.“

„Wie der fliegende Holländer“, sprach Nielsen traurig, „denn der Unfall mit Jörs wird mich wieder forttreiben.“

„Ah! Ihr wißt ja nicht, daß Jörs sich ganz wohl befindet, von Stubborn in Euer Haus gesetzt wurde und sich als Euren Erben betrachtet. Seinetwegen braucht Ihr nichts zu fürchten“, tröstete Schwarz.

„Jörs lebt? In meinem Haus?“ schrie der Lotse. „Jetzt wird mir der Plan der Schurken klar! Erinnern Sie sich noch, wie wir am Kehrwieder standen, als Trick aus Laarsens Keller kam und in den Lumpenkeller zum alten Wolf hinunterkroch, wohin ich dann ging, um herauszukriegen, was er dort suche? Hätte ich es damals doch erfahren und nicht erst, als wir hinter dem Kap bei flauer Brise segelten! Hätte ich doch nur eine Ahnung bekommen, daß Trick alle Glasscherben gekauft, die der alte Wolf aufbringen konnte, und daß dieselben Glasscherben als feine böhmische Glaswaren zur Fracht der ‚Gebrüder‘ gehörten und für den Grund des Meeres bestimmt waren! Aber das Unheil soll auf Euch zurückkommen, ihr mörderischen Bösewichte!" rief der Lotse, mit der Faust drohend. „Es ist teilweise schon über Stubborn selbst gekommen, denn sein Sohn ist mit der betrügerischen Fracht untergegangen!"

„Sein Sohn?" fragte Schwarz erstaunt.

„Er kam an Bord, als wir bei Cuxhaven vor Anker lagen, und gab vor, er sei von Stubborn abgeschickt, um mit uns zu segeln und in Singapore zu bleiben. Erst im Atlantik gestand er uns, daß er Schulden halber von Hamburg durchgegangen und das Geschäft in Singapore in die Hand nehmen wolle. Wir hatten von Kapstadt aus stets gutes Wetter und flaue Brise, so daß wir trotz allen Segeln nur langsam vorwärtskamen. Da fiel es Ihrem armen Bruder ein, einen von den Flügeln heraufzuholen, die wir für Singapore führten, um ihn in der Kajüte aufzustellen und die Langeweile zu vertreiben. Wir machten deshalb die Luke auf und hißten eine Kiste herauf. In der Kajüte schlugen wir Krampen ein und machten Blöcke zurecht, um das Instrument festzulegen, und freuten uns auf die Musik. Als wir die Kiste öffneten, schlug Ihr Bruder die Hände über dem Kopf zusammen. Wir Seeleute wußten nicht weshalb, denn wir verstehen nichts von den Klavieren. Ihr Bruder erklärte uns aber, daß das Ding im Kasten ein altes spinnebeiniges Instrument sei, das seine vierzig Jahre auf dem Rücken habe und mit zwanzig Talern zu teuer bezahlt werde, während es ein neuer Konzertflügel für vierhundert Taler sein sollte. Jedenfalls habe der Lieferant Stubborn damit betrogen und vielleicht noch mehr solche alten Kisten eingepackt. Wir öffneten noch zwei Kisten und fanden darin ebensolche und noch viel schlechtere. Es drang sich uns die Überzeugung auf, daß der Berliner Lieferant Stubborn betrogen habe und vielleicht nicht mehr zu finden sei, wenn Nachricht über den Betrug nach Hamburg gelange. Mir wollte dabei der Gedanke nicht aus dem Kopf, daß Trick drunterstecken könnte. Eine Ahnung, daß irgend etwas mit unserer Ladung nicht in Ordnung sei, beschlich mich immer stärker, so daß ich endlich, da wir fortwährend gutes Wetter hatten, einige Kisten des Glaszeuges heraufholen und öffnen ließ. Wir fanden Scherben – nichts als Scherben, soviel Kisten wir auch aufschlugen. Ich sah jetzt deutlich vor mir, was Trick beim alten Wolf im Keller gesucht, und meine Ahnung trat plötzlich als die Gewißheit hervor, daß unser Schiff bestimmt war, den vorigen Schiffen Stubborns zu folgen. Ich beriet mich mit

Ihrem Bruder und beschloß, mich in Batavia, wohin wir zuerst beordert waren, nicht an den Agenten, sondern an den Hamburger Konsul zu wenden und ihm den Stand der Dinge zu offenbaren, denn ich vermutete, daß der Agent in Batavia dafür sorgen würde, daß wir auf dem Wege von dort nach Singapore verlorengehen sollten. Der Wind kam der Ungeduld zu Hilfe, mit der ich nach der Küste von Java blickte. In der Sundastraße fiel er jedoch wieder in die alte, flaue Brise zurück und wir kamen trotz allen Segeln nur langsam vorwärts.

Als wir so zwischen Sumatra und Java segelten, kreuzte ein kleiner Schoner gegen uns an, wie man sie für die Küstenschifffahrt braucht. Das Ding erregte unsere Aufmerksamkeit durch sein vortreffliches Segeln, denn es lief dem Winde geradezu in die Zähne, umkreiste uns wie eine Ente und verschwand dann hinter uns, indem es seine braunen Segel einholte und nur ein Stückchen Tuch zum Treiben hielt. Am Ruder dieses Fahrzeuges stand ein Malaie, und auf der Luke saß ein Mann mit einer holländischen Tonpfeife, der, wie ich durch mein Fernrohr sah, unser Schiff mit seinen schwarzen Augen betrachtete und ohne sich umzukehren, dem Mann am Ruder Befehle gab. Ein alter Matrose, der am Rad stand, rief mir zu: „Kapitän! Sobald das Ding wieder in unseren Weg kommt, will ich ihm eins versetzen, daß alle Mann, die unten stecken, die Pumpe nicht lenz kriegen!“ „Mach kein Unheil, Jan!“ schrie ich. „Der Schoner kann ein Holländer sein, der eine Lustfahrt macht. Er ist ja viel zu klein für einen Piraten.“

„Ich wette darauf, daß der Kerl so einige zwanzig Mann im Raum stecken hat. Wir werden ja sehen“, brummte der Matrose.

Gegen Abend war das Fahrzeug ganz verschwunden, und meine Befürchtungen verloren sich. Wir segelten ruhig weiter. Nach Mitternacht trieb mich jedoch die Unruhe aus der Kajüte, ich fand auch richtig die Seewache bei der Ankerwinde schlafend, während der Mann am Ruder nicht weit vom Einschlummern war. Ich gab der Wache einen kleinen Rippenstoß. Zu gleicher Zeit wurde er jedoch durch ein Alarmgeschrei vom Ruder her erweckt, das die ganze Mannschaft auf die Beine brachte. „Purre! Purre! Purre! Ahoi!“ erklang es – ein Notruf, der jeden Seemann aus dem tiefsten Schlaf aufschreckt. Der Ruf wurde kaum gehört, als sich auch schon eine Menge schattenhafter Gestalten von beiden Seiten auf das Verdeck schwangen, während auch von vorn und achtern welche über Bord kletterten. Wir waren von vier kleinen Fahrzeugen angegriffen, die sich lautlos und unsichtbar an uns machten.

Wie es meinem armen Kameraden und den Passagieren erging, weiß ich nicht, denn ich geriet in ein fürchterliches Handgemenge mit den Piraten, die über das Bugspriet hereinkletterten. Ich weiß, wie schnell die Schufte mit ihren Dolchen bei der Hand sind, und da ich gehörige Kräfte besitze, so packte ich jeden, der mir zu nahe kam, an beiden Armen, preßte sie ihm an den Leib und hob ihn in die Luft, worauf ich ihn über Bord schleuderte. Als ich dies mit einem halben Dutzend getan, wichen sie von mir. Einen Augenblick darauf erschien jedoch ein riesenhafter Kerl auf der Back, wo ich mich verteidigte. Er warf seinen Dolch zu Boden, krümmte seine Krallen und wollte sich mit einem Sprung auf mich stürzen. Ich bin aber ein zu guter Ringer, um mich von einem solchen Athleten erst packen zu lassen, weshalb ich ihn angriff und ihn ausheben wollte. Der Schuft war jedoch ein noch besserer Ringer als ich, denn da ich unvorsichtig angriff, so fühlte ich plötzlich seine Arme um meinen Leib geschlungen und wäre in der nächsten Sekunde auf den Rücken geworfen worden, wenn ich nicht für solche Fälle das Gegenmittel kannte. Ich streckte also beide Arme gen Himmel und drehte mich blitzschnell und heftig herum, wodurch ich den Feind auf den Rücken bekam. Indem ich mich nun bückte, flog der Riese notgedrungen über meinen Kopf weg und über Bord, wobei er mich mitriß, denn obgleich er die Arme von mir getan, hielt er sich doch krampfhaft an meinem Hemd fest und wir stürzten beide ins Meer. Schon in der Luft ließ er mich los, und ich war so glücklich, auf ihn zu fallen und ihn unter Wasser zu drücken. Ich packte nun noch unter Wasser von hinten seine Handgelenke und klammerte mich mit meinen Beinen um die seinigen. So hatte ich ihn in der Gewalt, und da ich so gut tauche wie schwimme, so ersäufte ich den Hund in einer halben Minute, worauf ich erst Luft schöpfte und dann wieder nach meinem Schiff schwimmen wollte. Dieses war indes samt den daran liegenden Piratenfahrzeugen vorwärtsgesegelt. Eine schreckliche Stille lag auf ihm, und ich bemerkte, daß die dunklen Gestalten verschiedenes in ihre Fahrzeuge schafften – wahrscheinlich den Proviant und die Instrumente, denn die Ladung war ihnen jedenfalls nur zu wohl bekannt. Bei dem ruhigen Wasser war es mir möglich, mich in der Nähe des Schiffes zu halten, um es zu erreichen, wenn die Piraten davon abließen, nachdem sie es ausgeplündert. Ich hoffte die Besatzung vielleicht noch am Leben und gebunden in den Kajüten eingesperrt zu finden, obgleich dies bei solchen Überfällen ein seltener Fall ist. Die Fahrzeuge der Seeräuber blieben aber eine ewig lange Zeit an der Seite des Schiffsrumpfes liegen. Endlich stießen sie ab, entfernten sich jedoch nur ein Stück vom Schiff und trieben mit ihm weiter. Sie beobachteten es offenbar, wobei mich die Ahnung erfaßte, daß es angebohrt sei und man sein Sinken abwarte. Stubborns Agent war zu vorsichtig, um das Fahrzeug treiben und vielleicht auffinden zu lassen. Ich bemerkte, wenn mich das Wasser etwas hob, mit Schaudern, daß der Rumpf des Schiffes tiefer und tiefer sank, endlich legte es sich etwas auf die Seite und verschwand dann plötzlich in der Flut. Ich hätte mit versinken mögen, als ich die letzte Rahe untertauchen sah. Als ich mich allein im Meer sah, berechnete ich die Möglichkeit einer Rettung und zog vor allen Dingen alle Kleider vom Leibe, die mich im Schwimmen hindern konnten. Ich vermochte recht gut die Nacht und einen Tag lang zu schwimmen und konnte mit der Flut in die Nähe der Küste von Java gelangen, wenn mich, was mir jetzt einfiel, die Haifische nicht fraßen. So trieb ich einsam im weiten Meer, bis die Morgendämmerung anbrach, in deren glühendem Licht ich die Berge von Java sah. Sobald die Sonne heraufstieg, erblickte ich zu meinem unendlichen Trost auch noch einige Schiffe, die aus der Straße segelten, wovon eins gerade auf mich zuhielt. Auf Rufweite herangekommen, legte ich beide Hände an den Mund und brüllte „Schiff ahoi!" so laut, wie ich es in meinem Leben nie geschrien habe.

Gott sei Dank, man bemerkte mich, wie ich an den Leuten sah, die in die Wanten liefen, um besser nach mir auszugucken, während der Mann am Ruder das Schiff direkt auf mich zuhielt und man beidrehte. Der Kapitän schaute verwundert zu mir herunter und fragte:

„Hallo, Mann! Wo kommt Ihr da her?"

„Den Piraten aus dem Rachen entwischt! Halt, Jungens, laßt das Boot oben, ich komme schon an Bord!" rief ich hinauf. Man warf mir ein Tau zu, das ich faßte und daran an Bord kletterte.

„Sie erlauben doch?" fragte ich den Kapitän in einem Anflug von guter Laune, die mich überkam, da ich mich gerettet sah.

„O bitte, genieren Sie sich nicht", sprach der Kapitän lachend, wurde aber sofort wieder ernst, als er mich nackt und bloß stehen und trübselig über das Meer blicken sah. Ich erzählte, wie wir überfallen wurden und bat, mich an die Küste zu setzen, damit ich zum Hamburger Konsul gelangen und die Sache verfolgen könne. Der Kapitän schüttelte mit dem Kopf und sagte, er sei in Gesellschaft von den drei Schiffen, die wir sahen, von Batavia ausgesegelt, um gegen die Piraten sicher zu sein; meinetwegen könne er nicht zurückbleiben, und ich müsse jetzt mit nach Australien, wohin sein Schiff gehe. Vor allen Dingen solle ich aber hinunterkommen und mich aus seiner Garderobe bekleiden, um dann zu frühstücken. Es blieb mir nichts anderes übrig, als mit dem Schiff zu segeln. Ich tat deshalb Steuermannsdienste, um nicht ganz umsonst zu leben, und diente auf der englischen Bark, bis ich Gelegenheit fand, ein Schiff nach Europa zu bekommen, was mir nur auf großen Umwegen möglich war. Heute seht ihr mich nun angelangt. Das Geheimnis der Stubbornschen Geschäfte ist nur unter uns. Was tun wir gegen ihn? Soll ich die ganze Geschichte anzeigen?"

„Laßt uns sofort hinauf und die Schufte in die Hände des Gerichts bringen!" schrie Schwarz ergrimmt.

„Halt!" sprach Kern, „das hilft uns gar nichts. Bleibt mir mit euren Gerichten vom Leibe, denn sobald wir die Sache anzeigen, legt man Beschlag auf Stubborns Vermögen, und hat ein Gericht einmal ein Vermögen in den Händen, dann geht es im Tintenfaß unter. Nein, erst laßt uns die Sache anpacken. Erst muß heraus, was Schwarz gehört. Das ist eigentlich alles, was er in den Händen hat, und wir werden das schwerlich kriegen. Ich denke jedoch, einen guten Teil für Schwarz müssen wir retten. Dann mag Stubborn das Gericht in die Hände nehmen, und Trick dazu. Wenn ihr damit einverstanden seid, so ist es aber nötig, daß Nielsen noch so lange verschwunden bleibt, bis wir unsere Geschäfte mit Stubborn abgemacht haben. Was meint ihr dazu?"

„Kern hat recht!" sagte der Lotse. „Ich warte und treibe mich indes auf meinem Ewer herum, der ja doch hoffentlich noch existiert."

„Er ist sogar diesen Augenblick in Cuxhaven", bemerkte Schwarz.

„Dann habe ich doch ein Stück Heimat und kann unbemerkt beobachten. Ich werde mich versteckt halten, bis ihr mit eurer Abrechnung fertig seid. Dann kommt meine Rechnung, und ich denke, wir machen ihnen ein Exempel, an das sie denken sollen", erwiderte Nielsen.

„Denken sollen?" sprach Schwarz finster. „Ich hoffe und schwöre hier bei Luft und Meer, daß sie nicht viel Zeit zum Darandenken behalten sollen. Wenn ich es möglich machen kann, sollen sie mit Haut und Haar bezahlen, was sie an uns getan. Ich will sie in Armut und Verderben hetzen und in die Netze jagen, die sie sich selbst durch ihre Schurkerei gestrickt. Da wir jedoch mit schlauen Verbrechern zu tun kriegen, so müssen wir vorsichtig sein und alles genau überlegen, was wir unternehmen wollen. Wir brauchen noch Gehilfen, die Stubborn und Trick bewachen. Ich habe schon einige, aber wir müssen mehr haben, um etwas ausführen zu können, wenn das Gericht etwas zu langsam ist. Ich frage nichts danach, ob das Geld, welches wir Stubborn entreißen, für mich verloren ist und in die Taschen unserer Helfer fließt, laßt's ihnen, aber mir laßt meine Rache – vollständige, erbarmungslose Rache für die Gemordeten. Wollt ihr mir dazu helfen?"

„Das wollen wir!" sprachen beide und gaben ihm die Hände.

Die Ebbe war während der Zeit eingetreten und das Boot, das bis über die Kugelbaake aufwärts getrieben, schwamm jetzt wieder gen Neuwerk hinab. Die Männer darin besprachen die Maßregeln, die sie nehmen wollten, worauf Kern vollends erzählte, wie er von Batavia nach Nordamerika gekommen, wie er von dort aus vergeblich an Schwarz geschrieben und endlich von Müller erfahren habe, daß er hinübergeschickt worden sei, um ihn beiseite zu schaffen. Wie er dann mit Müller herübersegelte und dieser bei dem Schiffbruch sein Leben verlor.

Das Boot trieb jetzt an die Insel. Auf dem Deich stand der Schulmeister und wartete seiner Opfer. Er trug das Manuskript unter dem Arm, erstaunte aber nicht wenig, als er Nielsen mit seinen nassen Kleidern erblickte und interessierte sich so sehr für dessen Erscheinen, daß er seine Vorlesung vergaß. Noch größer war jedoch das Erstaunen und die Verwunderung des Schiffers, als dieser seinen Herrn so plötzlich wiedersah. Er konnte sich selbst noch nicht beruhigen, als man mit nächster Flut nach dem Ewer fuhr, um mit diesem aufwärts zu gehen.

Der Kampf um den „Seehund“

Vierzigstes Kapitel

# Meister Wöllers zeigt sich als Herr im Hause

Wenn sich große und kleine Schiffe schon seit langer Zeit lustig auf dem Wasser herumtummelten, so fehlte der „Seehund“ gewiß nicht unter ihnen. Dieses vortreffliche Fahrzeug war von seinem Kapitän in den ersten schönen Frühlingstagen flottgemacht und aus seiner Gefangenschaft auf der Werft befreit worden, wo es den Winter trocken gestanden hatte.

Sobald Schnee und Eis verschwanden, erschien Meister Wöllers mit Krischaan, der verschiedene Schrubber, Lappen und einen Eimer trug. Der „Seehund“ erhielt nun eine Generalwäsche, nach der sich der Meister als Künstler zeigte, indem er Pinsel und Farbe zur Hand nahm und das Fahrzeug anmalte. Außen schwarz und innen strohgelb; das Deck grau und das Kajütendach weiß, wodurch der „Seehund“ ein stattliches Aussehen bekam und um zehn Jahre jünger aussah, wie Wöllers bemerkte, als er ihn von weitem mit schief geneigtem Kopfe betrachtete.

Da der Meister samt Krischaan nun ganze Tage auf dem Wasser zubrachte, um den Kutter aufzutakeln und „seefähig“ zu machen, worauf Segelstudien mit dem alten Steuermann folgten, so begann der Meisterin die Galle allgemach überzulaufen. Indem sie alle Mittel erwog, die den pflichtvergessenen Gatten wieder in ihre Hände bringen konnten, fiel ihr ein, daß es am besten sein würde, das Übel an der Wurzel anzugreifen, und diese Wurzel war in ihren Augen kein anderer als Schünnemann, der unglückliche Gevatter Schünnemann, der Sündenbock des „Seehundes“.

Der arme Gevatter befand sich nach jeder Partie des Meisters auf seiner steten Flucht vor dessen Frau, während ihn Wöllers unablässig quälte, mit auf das Wasser zu kommen. Der „Seehund“ verbitterte ihm auf diese Weise das Leben so, daß er daran dachte, das Ungetüm des Nachts einmal in die Luft zu sprengen, um nur der Sache ein Ende zu machen.

An einem Sonnabend erklärte ihm Wöllers, er müsse morgen mit nach den Vierlanden segeln, und wenn er mit Gewalt an Bord geschleppt werden solle. Der arme Schünnemann riß deshalb schon vor Tage aus und verkroch sich in einer Wirtschaft am Köhlbrand, wo Küche und Keller verschiedene gute Sachen zu liefern imstande waren und er sich vor der Wöllersschen Familie sicher glaubte. Er saß hier in behaglicher Ruhe mitten im Grünen und genoß eben ein zartes junges Huhn mit noch zarterem Spargel, wobei er über die Elbe nach Altona und noch weiter hinabblickte, als ihm der Bissen im Munde steckenblieb, denn lag dort am Strande nicht der verwünschte „Seehund“? Und kam nicht eben Wöllers mit Krischaan lachend herauf und setzte sich zum Gevatter, wobei er schwur, Schünnemann müsse mit dem „Seehund“ zurück?

Es sollte aber noch schlimmer kommen, denn als er sich kaum erholt und mit dem Meister eine Flasche Rotwein gemütlich vertilgt, stand plötzlich, wie aus dem Boden gewachsen, Madame Wöllers vor beiden, stemmte die Arme in die Seite und war so entrüstet über den wortbrüchigen Gevatter, daß sie ihren Gefühlen vor der Hand nur durch ein unheilvolles Kopfschütteln Ausdruck gab, während ihre Augen Krischaan suchten, um das Fluidum ihres Zornes auf ihn zu entladen. Krischaan war jedoch verschwunden. Er machte unten im Kutter alles zur Abfahrt klar, im Falle eine solche gewünscht würde.

Als die Meisterin endlich Worte fand, schlug sich der schändliche Wöllers rücklings in die Büsche und überließ den unschuldigen Schünnemann seinem Schicksal. Er behielt indes doch noch so viel Mitleid für ihn übrig, daß er einem Kellner den Auftrag gab, seiner Frau die Botschaft zu bringen, es warteten einige Damen im Haus, die eben angekommen wären und sie zu sprechen wünschten. Es sei wichtig, mußte der Lügenbote hinzusetzen. Worauf Madame Wöllers, in der Hoffnung, noch mehr Indizien gegen die Herumtreiber zu sammeln, nach dem Hause ging, welchen Augenblick Schünnemann zum Bezahlen und Entwischen auf den Kutter benutzte, der seine Segel aufzog und hinterlistig das Weite suchte, was die Meisterin für die Krone aller Schändlichkeit erklärte, die jemals von Störtebeker oder irgendwem auf der Elbe ausgeübt worden.

Schünnemann ging diesen Abend mit Bangen vor den kommenden Tagen zu Bett und erschrak nicht wenig, als am nächsten Morgen gegen elf Uhr an seine Tür gepocht wurde. Meister Wöllers erschien, beide Arme voll Pakete, während Krischaan hinter ihm herkam und zwei Seegrasmatratzen schleppte, wie sie die Auswanderer mitzunehmen pflegen. Zuletzt kam noch ein Mann, der mit wollenen Decken und Bettzeug beladen war, so daß Schünnemann die Augen verwundert aufriß.

„Morgen, mien Jung“, sagte Wöllers, indem er alles niederlegte. „So, nun geht und holt das andere. Besonders den Kompaß und was dazu gehört. Vergeßt das Heu nicht!“ rief er den beiden noch nach, worauf er sich an den Gevatter wandte.

„Heu?“ fragte dieser erstaunt. „Hast du nun zu dem verdammten Kutter etwa noch ein Pferd gekauft?“

„Hest du ’n Knall?“ sagte Wöllers lachend. „Nee, mien Jung, ick hev mien Ollsch mal as Mann bewiest, dat ick Herr in’t Hus bin!“

„Swerenot! Wo is denn dat togahn?“ entgegnete Schünnemann verwundert.

„Gestern abend", fuhr Wöllers fort, „als wir nach Hause kamen, hatte meine Alte noch Licht. Ick ließ den Krischaan vorweggehn, damit der das erste Donnerwetter kriegen sollt. Es schlug aber gleich ein, denn meine Ollsch hatte den armen Kerl kaum gesehen, da fuhr sie ihm in die Haare und ohrfeigte ihn wie 'ne Dampfmaschine. Der arme Kerl is immer Blitzableiter for mich gewesen. Aber meine Ollsch machte es doch zu arg, so daß ich ihr den Krischaan aus der Hand riß und wie ein Löwe schrie: Nu is't all goot! Ruhe! – Watt! brüllte mien Ollsch, du wullt ook noch reden? Du olle Schutenföhrer! Du Fleetenkieker, du Waterbuttje! So ging es ein halb Stündchen fort, bis sie mir sogar verbieten wollte, jemals wieder auf die Elbe zu gehen. Da trat ich auf und sagte: ‚Dat geiht di gar nix an!' schmiß die Türe zu, daß es krachte, und ging zu Bett!"

„Dunnerslag", sagte Schünnemann lachend. „Ick dach, du harrst ehr wenigstens den Hals umdreiht!"

„Dat deit keen nobeln Mann", entgegnete Wöllers mit Würde. „Ick will se wohl kriegen, pass' man op. Also hüüt morgen, Klock soß bi'n Kaffee, güng de Dübel wedder los. Junge, da gung mi aber de Geduld ut, ick hau mit de Fuust oppn Disch, dat de Kaffeetassen rümflogen un sä: Teuf! nu sast du sehn, dat ick Herr in'n Huus bün, zog mich an, steckte fünfhundert Taler ein und will nu vier Wochen gar nich nach Haus kommen! Ich denk, die Ollsch soll dann wohl merken, wer zu befehlen hat, und mürbe werden."

Schünnemann schaute verwundert drein, denn obgleich er den Entschluß des Meisters bewunderte, so wollte es ihm doch mit der Herrschaft im Hause kurios vorkommen. Er fragte Wöllers, ob er sich bei ihm einquartieren wolle. Dieser schüttelte jedoch mit dem Kopf und gab die Absicht kund, auf dem Kutter zu bleiben und ein lustiges Junggesellenleben zu führen. Er erwarte jeden Augenblick sein kleines Boot.

Nach einer halben Stunde erschien Krischaan damit, während ein Mann einen ganzen Viktualienkeller schleppte und zwei Hausknechte unter der Last eines ungeheuren Flaschenkorbes ächzten. Es ward gleich alles ins Boot geschafft und nach dem Kutter gebracht, wo es zwischen Heu verpackt und Krischaan als Wächter dazu gesetzt wurde. Wöllers wollte sogleich einen Einzugsschmaus feiern. Schünnemann war jedoch nicht dazu zu bringen, den Fuß auf den Kutter zu setzen. Er blieb am Lande. Der Meister war viel zu sehr mit seiner Ausrüstung beschäftigt, um lange in ihn zu dringen. Er fuhr deshalb nebst dem Manne mit seinem Boote nach Altona, von wo er bald mit verschiedenem Tauwerk zurückkehrte, den Kutter losband, Schünnemann zum Abschied winkte und langsam mit dem Strom hinuntertrieb, um bei der Werft von Marbs anzulegen, wo der „Seehund“ repariert werden und eine Ankerwinde erhalten sollte, denn Meister Wöllers hatte verwegene Pläne im Kopfe.

Madame Wöllers war aber über das Ausbleiben des Meisters und des Lehrjungen bis zum Abend sehr erbost und hatte eine Schwägerin und zwei Tanten, die bei solchen Gelegenheiten stets als Hilfstruppen erschienen, zum Tee eingeladen, um einen Hauptangriff auf ihn zu machen. Der Kriegsrat saß bis zwölf Uhr beim Tee und mußte endlich, da kein Feind ankam, auseinandergehen, was noch bei weitem schlimmer war als ein ungünstiges Gefecht. Madame Wöllers mußte zu ihrem größten Verdruß ohne Kampf ins Bett gehen, wo sie noch eine Weile wie ein Hase mit offenen Augen lag und dann einschlief, indem sie murmelte: „Na, warte nur! Morgen früh!“

Die Elbe lag indes im silberhellen Mondschein da, und nur am Bug der Schiffe und an den Ankerketten rauschte das Wasser leise, sonst war alles mäuschenstill. Wöllers wachte von Zeit zu Zeit auf, da ihn die Neuheit seines Schlafzimmers und der Lage nicht fest schlafen ließ. Er hörte das leise Gurgeln und Plätschern des Wassers, das ihn wie ein Wiegenlied wieder einsang. Eben im Begriff, sich so einschläfern zu lassen, hörte oder empfand er vielmehr einen leichten Stoß, den das Fahrzeug empfing, worauf es klang, als würde ein Tau angebunden. Wöllers war sofort auf den Beinen, schlich auf den Strümpfen vorsichtig nach der Luke, und steckte langsam den Kopf hinaus, worauf er sich plötzlich einem anderen Kopf, Nase an Nase, gegenüber befand; einem struppigen, rotnasigen, bartstacheligen Kopf, der luchsartig hereinschaute. „Holla!“ brüllte Wöllers den Strolch erschrocken an, so daß dieser beinahe vor Schreck aus seinem Boote gefallen wäre. „Holla! Wat deist du hier? Wollt Ihr etwa wieder Wache halten? Ihr Störtebeker! Ihr Seeräuber! Ihr!!“ Diese letzten Titel schrie er dem Strolch nach, der blitzschnell sein Boot losgemacht hatte und mit dem Strome zwischen den Schiffen verschwand, ohne nur einen Laut von sich zu geben.

„Wat givvt dat dor vorn Spektakel?“ fragte eine starke Stimme von der anderen Seite, und Wöllers erblickte drei Männer, die in einem Boote herankamen.

„Wer seid Ihr?“ fragte er mißtrauisch.

„Hafenrunde!“ war die Antwort, die dem Meister sehr gelegen kam. Er erklärte den Beamten, was für ein Subjekt ihm einen Besuch zugedacht hatte und gab eine genaue Beschreibung des Kopfes, worauf der am Steuer Sitzende lachend sagte: „Das war Takel-Jan, den wir eben suchen, weil er um diese Zeit immer die lüttjen Schiffe und Ewers abtakelt, um das Takelwerk beim Lumpenhändler zu verkaufen und in Rum zu verwandeln. Wo is er denn hin?“ Wöllers gab ihnen die Richtung an, worauf das Boot durch die Nacht dahinschoß und verschwand. –

Schünnemann wunderte sich, als jemand zu früher Morgenstunde an seiner Tür zu hämmern begann. Er sprang aus dem Bett und war nicht wenig erschrocken, als er die Meisterin erblickte. „Wo ist er?“ fuhr ihn die Meisterin an, nachdem sie alles durchsucht hatte. „Geben Sie ihn heraus, oder es geht nicht gut!“ Schünnemann beteuerte, daß er ihn seit gestern nicht gesehen habe, verriet jedoch durch sein schnelles Eingehen auf ihre Frage, daß er von ihm wisse, und ward dabei von der Meisterin festgehalten, die ein strenges Examen anstellte und dem Gevatter das Geständnis der Wahrheit Zoll für Zoll herauspreßte. Sie schlug die Hände über dem Kopfe zusammen und erklärte sich für das unglücklichste Weib auf Gottes Erdboden. Hierauf wollte sie wissen, wo er mit dem Kutter steckte, und als ihr dies Schünnemann nicht sagen konnte oder wollte, verschwor sie sich, ihn aufzufinden, und wenn sie von Hamburg bis Cuxhaven die Elbe absuchen sollte. Da Madame Wöllers eine resolute Frau war, so machte sie sich sofort ans Werk.

Als sie Schünnemann verließ, trat sie in den Bogen und blickte über das Wasser nach dem „Seehund“ umher. In der Nähe befand sich jedoch nichts, und in die Ferne konnte sie der großen Schiffe wegen nicht blicken. Als sie so vergeblich suchte, stieg neben ihr ein alter Bootsmann, mit einer Flasche in der Hand und einer roten Nase im Gesicht, in ein altes Boot und nahm dann seinen Morgenschluck, etwa einen halben Liter, ein. Die Meisterin sah dies und fragte ihn, ob er ihr vielleicht über ein Fahrzeug Auskunft geben könnte, wofür er die Flasche wieder gefüllt erhalten sollte. Takel-Jan, denn dieser war es, konnte allerdings beinahe über alle Fahrzeuge berichten, die auf der Elbe lagen. Als daher Madame Wöllers nach dem „Seehund“ fragte, stutzte er und machte unmerklich sein Boot los, damit er gleich ausreißen konnte, wenn es nötig sein sollte. Er tat, als hätte er die Meisterin nie gesehen und besinne sich auf kein solches Fahrzeug: „Seehund? Seehund? Ach ja, ein lüttjer Kutter oder so was?“ als fiele es ihm plötzlich ein. „Und weshalb fragen Madame danach?“ forschte er weiter. Die Meisterin kannte ihn nicht. Sie gab ihm zu verstehen, daß es bei ihrem Manne nicht ganz richtig im Kopfe sei und er sich seit gestern der Aufsicht der Familie entzogen und, wie sie wisse, auf dem Kutter verkrochen habe, um dort „Kapitän“ zu spielen. Sie fürchte jedoch, er könne mit dem Schiff ein Unheil anrichten und am Ende ertrinken. Nach dieser Eröffnung fragte sie, ob er gegen ein Honorar von zehn Mark wohl imstande wäre, ein paar gute Freunde zu besorgen und mit diesen ihren Mann mit Güte oder Gewalt vom Kutter weg und an den Strand zu schaffen, wo sie mit einer Droschke warten wolle.

Takel-Jan fand dies Unternehmen ganz nach seinem Geschmack und glaubte ein paar Freunde zu finden; nur wollte er wissen, was mit dem „Seehund“ geschehen sollte, der doch nicht ohne „Aufsicht“ bleiben könne. Als ihn die Meisterin bat, diese Aufsicht gegen eine billige Entschädigung zu übernehmen, und seine Bedingungen zu wissen verlangte, rieb er sich schmunzelnd die Hände und war bereit, sich des Kutters um den billigen Preis von täglich zwölf Schillingen anzunehmen, „wenn ihm Madame die Lebensmittel überlassen wolle, die sich an Bord befänden“. Die Meisterin, die keine Idee von dem Viktualien- und Weinlager hatte, das im Bauche des „Seehunds“ steckte, während dem alten Spitzbuben keine Flasche und kein Bissen, die an Bord geschafft wurden, entgangen waren, gab dies gern zu, und da Takel-Jan in seinem Leben kein besseres Geschäft in Aussicht gehabt hatte, so konnte er es kaum erwarten, den Kutter in seine Gewalt zu bekommen, den er in einen abgelegenen Elbarm bei Steinwärder oder Wilhelmsburg zwischen das Schilf zu schaffen und da ein stilles und beschauliches Leben zu führen dachte, so lange die Vorräte reichen würden. Er bat deshalb die Meisterin, so schnell wie möglich eine Droschke nach dem Pferdeborn zu bringen, wo er sie mit den Freunden erwarten wolle.

Während die Meisterin dies tat, ruderte er nach der alten Werft, wo stets eine Versammlung von teerhosigen, tabakkauenden Buttjes zu finden war, die immer auf irgend etwas lauerten, was sich in Rum verwandeln ließ. Takel-Jan legte dort an und blickte unter der Gesellschaft umher. Dann nahm er seine Flasche zur Hand und zeigte mit dem Stöpsel nach der Elbe, worauf zwei recht hoffnungsvolle junge Männer mit alten Glanzledermützen langsam herabkamen und sich zu ihm ins Boot setzten. „Wat is los, Jan?“ fragte einer, „is’t en Ked?“ „Nee“, lachte Jan, „dat is ’n verrückten Snieder, an den köhnt Ji fief Mark in tein Minuten verdeenen!“ – „Wat Dübel! En Snieder? un wonehm?“ – „Wi söhlt em von Boord holen, von den lüttjen Kutter, de buten bi de Ewers liggt, un em an Land setten, dat is allns!“ – „Hest du de fief Mark all?“ fragte der andere Freund. – „Sien Fro betahlt gliek in vorrut“, erwiderte er, „wöhlt Ji?“ Natürlich wollten sie, und nachdem sie noch ein paar Bootshaken geholt, machte sich das Kleeblatt davon.

Am Pferdeborn hielt eine Droschke, in der Madame Wöllers eben angekommen war. Takel-Jan ging hinauf und half ihr höchst galant heraus, wobei er ihr leise mitteilte, daß er zwei zuverlässige Freunde mitgebracht habe, daß aber bei solchen Geschäften Pränumerando-Zahlung Brauch sei. Die Meisterin befahl dem Kutscher zu warten und gab Jan vier blanke preußische Taler, die er grinsend einsteckte, um sie gleich darauf mit den Freunden zu teilen. Madame wurde eingeschifft und das Boot von einem Buttje nach dem „Seehund“ gerudert, während Jan und der andere mit Bootshaken bereit standen, um zu entern. In diesem Augenblick erschien der Meister, von Krischaan geweckt, auf dem Deck. „Dor is hee!“ schrie die Meisterin, „halt’t ihn fest, Jungens, und ins Boot mit ihm!“ Wöllers sah mit Erstaunen auf die Gesellschaft im Boot. Als er jedoch bemerkte, daß man entern und die Meisterin sich seiner bemächtigen wollte, lief ihm die Galle über, und er drohte, jeden niederzuschlagen, der die Hand an den „Seehund“ legen würde. Die Bootsleute lachten und meinten: „Wi ward doch ’n Snieder fangen können“, während die Meisterin schrie: „Hee is püttjerig! he hett ’n Knall. Drauf, Jungens!“

Als nun Jan und sein Freund das Boot an den Kutter hakten und der dritte, von der Meisterin angefeuert, an Bord klettern wollte, um Wöllers zu fassen, ergriff dieser die Handspake, die zum Ankerspill gehörte, und schlug ihn damit so nachdrücklich vor den Kopf, daß er ins Boot zurücktaumelte und auf der andern Seite über Bord fiel, wobei ihn die Meisterin begleitete, da er gegen sie antaumelte. Krischaan war im selben Augenblick mit dem Teekessel auf Deck erschienen und goß das heiße Wasser dem Jan so plötzlich über die Hände, daß dieser brüllend den Haken fahren ließ. Da der andere Freund nach den beiden über Bord gegangenen faßte, so trieb das Boot mit dem Strome fort, und der Angriff war für diesen Augenblick abgeschlagen.

Während Jan den im Wasser liegenden bewußtlosen Buttje beim Rockkragen festhielt, hatte der andere vollauf mit der Meisterin zu tun, die ihn beinahe über Bord zog. Endlich gelang es ihm, sie nach dem Achterteil zu bringen, wo er ihr die Arme über den Stern zog, daß sie vorläufig in einer Stellung am Boot hing und in dieses hineinsah, als ob sie zu einem Fenster herausschaute. Der Bootsmann ließ sie so und sprang Jan zu Hilfe, der sich abmühte, den duseligen Kameraden in das Boot zu ziehen. Dann wandte man sich wieder zur Meisterin, die noch immer über den Stern hereinschaute.

Madame Wöllers wog ohne jede kostümelle Zutat ihre zweihundert Pfund und war nun, mit der Garderobe wie ein Schwamm voll Wasser gesogen, so schwer, daß alle Bemühungen, sie in das Fahrzeug zu bringen, scheiterten. Jan legte ihr ein Tau um die Taille und band dies am Achterstevenring fest, worauf man dem Lande zuruderte, und zwar zum allgemeinen Jubel der sämtlichen Seeleute. Sobald die Meisterin Grund fühlte, ließ sie sich losbinden und watete an das Ufer, wo sie dem Strome wie eine sehr korpulente Flußgöttin entstieg und in die Droschke kletterte, um nach Hause zu fahren. Takel-Jan und sein Freund führten den verwundeten Kameraden in ein benachbartes Wirtshaus, wo sie ihm den Kopf mit Branntwein wuschen und ihn dann inwendig damit behandelten, bis er ziemlich hergestellt war. Man besprach den mißlungenen Feldzug und faßte den Beschluß, der Madame Wöllers eine Extra-Kriegskostenrechnung zu machen und die Feindseligkeiten gegen den Kutter fortzusetzen.

Der Überfall auf den „Seehund“ machte unter der Ewerflotte kein geringes Aufsehen. Wöllers erklärte seinen Nachbarn die Umstände und wer Takel-Jan sei, worauf sich jeder eines verschwundenen Taues oder dergleichen erinnerte, so daß es für Jan jetzt nicht ratsam gewesen wäre, sich hier blicken zu lassen.

Im Garten des Senators Eiskuhl

## Einundvierzigstes Kapitel

# Einige Erkennungsszenen

Still und trübselig flossen die schönen Tage in der Villa Eiskuhl dahin. Der Schlag, den Spickmann mit der Landgutgeschichte auf die Senatorin führte, knickte diese völlig zusammen wie einen alten Hut. Ihr Glaube an die Menschheit war nie stark gewesen, aber jetzt war er fast ganz vernichtet. Noch weit schlimmer als von der Spickmannschen Hinterlist wurde jedoch die Gute von der Undankbarkeit des Künstlers niedergeschmettert; dieses Elenden, der des Umganges der hohen Familie gewürdigt worden – der ein ganzes Jahr in der Villa gewohnt und soundso viel Mahlzeiten genossen, soundso viel Flaschen Wein getrunken hatte! Die arme Dame besaß nur noch für zwei Dinge Interesse: ihre Haarfärbetinktur, mit der sie eben den roten Nachwuchs geschwärzt, und Herrn Henri, dessen Zartgefühl das rübenverzehrende Ungeheuer mehr als jemals mit dem Namen „Hinrich" zerstampfte, wofür ihm dieser wiederum des Nachts in die Rübenbeete sprang und diese zertrat. Die Senatorin wußte dies und nahm es als eine Art ihr dargebrachte Serenade auf, wofür sie Henri am Morgen einige zärtliche Blicke und Seufzer schenkte.

Auch heute war er wieder durch die Koketterie der Senatorin zur Verzweiflung gebracht und ging tiefsinnig im Garten umher. Er betrachtete jede Baum- und Blumengruppe und die Villa von allen Seiten, als wollte er Abschied von den Gegenständen nehmen. Dann setzte er sich auf eine Bank und überlegte.

„Er grämt sich in hoffnungsloser Liebe, der himmlische dumme Junge", flüsterte die Senatorin, die ihn durch das Gebüsch beobachtete. „Er hat nicht den Mut, sich mir zu Füßen zu werfen." Sie ging nach ihrem Pavillon, wo sie sich in ein Fauteuil warf und den himmlischen, dummen Jungen träumend vor sich kniend sah, wie er ihr seine heiße Liebe gestand.

Sie mochte etwa eine halbe Stunde so gesessen haben, als sich die Tür leise öffnete und Henri, sie schnell wieder schließend, hereinhuschte. Er legte den Finger auf den Mund, beugte sich vor und flüsterte: „Angebetete Gebieterin! Ich habe Ihnen ein Geheimnis mitzuteilen. Ich kann es nicht länger mehr verbergen."

„Endlich!" hauchte die Dame und sank zurück, als vergingen ihr die Sinne.

„Es betrifft Ihre Töchter", sprach Henri.

Die Senatorin schnellte bei diesen Worten so plötzlich aus ihrer süßen Bewußtlosigkeit empor, daß sie beinahe den arglosen Henri mit der Spitze ihrer Nase wie einen Schmetterling aufgespießt hätte.

„Was haben Sie mit denen zu schaffen?" fragte sie scharf.

„Oh, ich nichts!" entgegnete Henri gleichgültig. „Aber andere machen sich mit ihnen zu schaffen – Leute, die man unvorsichtigerweise hier aufgenommen hat und die die Frechheit besitzen, ihre Augen zu den Töchtern eines solchen Hauses zu erheben, nachdem sie mit Undank geschieden sind."

„Henri! Meinen Sie etwa den Maler und –"

„Ja, ich meine den Maler und den – Barbier, den Ihr Herr Gemahl als Doktor hier einführte", sagte Henri bewegt.

„Henri!" trillerte die erschrockene Senatorin in der viergestrichenen Oktave, „Henri! Ein Bar – –"

„bier!" ergänzte Henri im Jammerton drei Oktaven tiefer.

„Entsetzlich! Wenn das Spickmanns erfahren – es wäre mein Tod!" wimmerte Madame Eiskuhl. „Schändlich! Entsetzlich! Und ein Mann wie Sie mußte solches Gesindel bedienen? Schreckliche Laune des Schicksals – Henri! Sie, der an einen ganz anderen Platz gehört!"

Henri sah das ein und tat einen zwei Ellen langen Seufzer. Er stürzte aber noch nicht auf die Knie.

„Doch Geduld! Ich will das Gesindel aus der Stadt jagen lassen. Morgen fahre ich zum Senator Meier, er muß sie ausweisen. Meinen Töchtern will ich gleich sagen, wer unsere Gastfreundschaft mißbraucht hat", fuhr die Senatorin zornig fort.

„Darf ich mir eine Bitte erlauben, angebetete Gebieterin meines He – – ?" bat Henri, ihr die Hand küssend.

„Bitten Sie, Henri!" flötete diese mit herzbrecherischem Blick.

„Dann überlassen Sie mir, Ihre Töchter über die Landstreicher aufzuklären, wobei ich mich zugleich an dem Bartkratzer räche. Helfen Sie mir zur Rache!"

„Gut! Wie?" fragte die Gebieterin.

„Übermorgen ist doch Geburtstag des Herrn Senator, den dieser jedesmal vormittags in der Stadt verbringt. Schicken Sie beide Töchter morgen abend hinein und tragen Sie ihnen auf, dem Vater gerade bei Sonnenaufgang zu gratulieren, wenn sie ihm eine große Freude machen wollten. Ich werde einen Brief von Ihnen bringen und dafür sorgen, daß sie Doktor Schnepfe in der schönsten Arbeit treffen", flüsterte Henri leise.

„Ausgezeichnet!" stimmte Madame Eiskuhl bei, indem sie Henri beim Ohr zupfte. „Ich werde dies genau so einrichten."

„Vorderhand wäre es indes gut, wenn Sie einmal drüben am Pavillon erschienen, wo man sich besser unterhält, als nötig ist", drängte Henri, um hinauszukommen.

„Wa – Was? Ich glaube doch nicht – –", fragte die Senatorin zornig.

„Glauben Sie nur und sehen Sie zugleich! Aber versprechen Sie zu schweigen und nur durch Ihr ruhiges Erscheinen die Landstreicher in die Flucht zu schlagen. Die bartkratzerische Überraschung wird zu guten Effekt machen.“ Mit diesen Worten führte Herr Henri die Senatorin nach dem andern Pavillon hinüber, wo er nach den Weiden hinab zeigte, in denen man Schnepfe und Bernhart erblickte, die sich mit Selma und Emma unterhielten, die aus dem Fenster ihres Pavillons sahen. Die Senatorin hörte, wie eine Partie für nächsten Sonntag besprochen wurde, auf der man zusammentreffen wollte. Madame Eiskuhl trat aus dem Gebüsch und wandelte zwischen den Liebenden hin und her. Ihr Anblick war so unvorhergesehen und niederschlagend, daß die jungen Männer in den Weiden untertauchten, während die Mädchen wortlos und verdrießlich in die Ferne schauten, denn Mama, die keinen von beiden Teilen sah, schien sich den Platz für diesen Abend zur Promenade ausersehen zu haben.

Kaum war der nächste Morgen angebrochen, als sich Herr Henri am Strande einfand und ein Boot nahm, in dem er nach der Stadt fuhr, wo er vor allen Dingen nach Martens Keller ging und dort würdevoll frühstückte.

Nachdem er die Hände vom lecker bereiteten Mahl erhoben, zündete er eine Zigarre an und studierte die Zeitung ohne Übereilung, wobei er sich einige Stellen notierte. Dann zahlte er die ziemlich hohe Zeche mit der Ruhe eines Millionärs, zog die Glacés über die Hände und stieg auf die Oberwelt, die er etwas geringschätzig betrachtete.

Herr Henri schlenderte durch die Stadt und besah die Läden. Ein großes Interesse zeigte er für die Barbierstuben, bis er endlich eine fand, die ihn ganz besonders anzog, denn er sah mehrere Male verstohlen hinein. Endlich ging er weiter, indem er still vor sich hin lachte. Nach einiger Zeit blieb er stehen, sah in seinem Notizbuch nach und suchte einen darin verzeichneten Wagenhändler auf, bei dem er einige aus England gekommene Equipagen in Augenschein nahm, von denen ihn besonders ein zweirädriges Gig entzückte. Leider war das Ding schon verkauft, und der Händler tröstete Herrn Henri auf einige amerikanische Gigs, die nach seiner Versicherung wahre Ausbunde von Eleganz und Leichtigkeit seien und bereits „schwimmen“ sollten. In Betracht der Umstände beruhigte sich der junge Mann und beschloß, auf die Amerikaner zu warten, was ihn jedoch nicht abhielt, sich einige Pferde anzusehen, die etwa für ein Gig passen könnten. Als auch dies Geschäft beendigt war, hielt er eine Konferenz mit seinem Schneider ab, nach der die Zeit zur Table d'hote in Streits Hotel herankam, wohin er sich nun begab.

Herr Henri übte sich offenbar auf die Rolle eines Millionärs ein und studierte die schwere Aufgabe, die Zeit in nobler Weise totzuschlagen, eine Kunst, die nicht so leicht ist, wie man glaubt.

Nach Beendigung der Table d'hote begab sich Herr Henri in die Alsterhalle, um seinen Kaffee zu trinken, worauf er sich zur Verdauung zwei Stunden auf der Alster spazierenfahren ließ. Jetzt begann aber das Geschäft, das darin bestand, daß sich Herr Henri gegen Abend beim alten Eiskuhlschen Hause auf die Lauer legte, bis er die Töchter des Senators aus Neumühlen ankommen und ihr Zimmer in Besitz nehmen sah. Dann ging er nach dem Barbierladen, der ihn so sehr interessierte, und gab die Bestellung ab, daß der Herr Senator Eiskuhl morgen früh Punkt fünf Uhr barbiert sein wolle, was von dem anwesenden Besitzer feierlichst versprochen wurde. Herr Henri rieb sich die Hände und konnte nun beruhigt an sein Souper denken. Es war alles in der besten Ordnung, gut berechnet und mußte gelingen, weshalb er in sehr guter Laune gegen Mitternacht nach dem neuen Quartier ging, wo er noch ein Weilchen durch die Salons wanderte, ehe er sich schlafen legte.

Am nächsten Morgen stand er mit Tagesanbruch auf und lief etwas erregt bis halb fünf Uhr an der Alster umher. Dann klopfte er am alten Haus und ward von dem verwunderten Jost eingelassen, dem er mitteilte, daß er ein Schreiben von der Senatorin bringe und dieses den Töchtern übergeben solle, ehe sie dem Papa gratulierten. Jost meldete dies den Mädchen durch die Türspalte, weil sie eben beim Ankleiden begriffen waren. Henri stand indessen auf der Lauer und horchte nach der Haustür und der Turmglocke. Endlich schlug es fünf. Im selben Augenblick erschien auch Schnepfe und stieg, zwei und zwei Stufen nehmend, die Treppe hinauf, um in des Senators Zimmer zu verschwinden.

Henri ging an die Tür zum Zimmer der Mädchen und klopfte ärgerlich, denn er fürchtete, der geeignete Moment möchte verlorengehen. „Ich erlaube mir, Ihnen nur die Mitteilung zu machen, daß Sie sehr eilen müssen, wenn Sie Ihrem lieben Herrn

Papa noch gratulieren wollen; denn er wird eben in notwendigen Geschäftsangelegenheiten ausgehen. Außerdem sendet Frau Senatorin dies, damit Sie es dem Herrn Senator geben möchten." Nach diesen Worten stieg Herr Henri die Treppe hinab, doch nur halb, denn er schlich sogleich den Mädchen nach, die, mit großen Blumensträußen bewaffnet, die Treppe hinaufeilten, um in Papas Zimmer einzubrechen.

Ein Schrei der Überraschung ertönte aus dem Munde der vorangeeilten Emma, denn ihr Ideal, ihr Doktor Schnepfe, stand ganz unerwartet dort und barbierte eben den Senator, oder vielmehr schnitt ihm diesmal wirklich zwar nicht die Kehle, aber beinahe die Nase weg, denn als er beim Eintritt der Mädchen, gleichfalls versteinert, sein Messer still hielt, drehte sich Herr Eiskuhl beim Schrei Emmas schnell herum und fuhr mit der Nase hinein, worauf er einen Schreckenslaut ausstieß und dem unglücklichen Schnepfe eine fürchterliche Ohrfeige gab.

„Daß dich der Teufel hole!" brüllte er, während Jost und die Mädchen nach Wasser und Leinwand riefen und Herr Henri seine ungemeine Befriedigung unter mitleidigem Bedauern über den Vorfall und große Entrüstung über ungeschickte Barbiere versteckte, wobei er gegen die weinende Emma bemerkte, daß ein solcher Leichtsinn von diesem Barbier um so fluchwürdiger sei, da ihn der gutherzige Senator protegiert und sogar unter dem Titel eines Doktors in seinen Gesellschaften zugelassen habe. Es sei aber kein Dank von solchem Volk zu erwarten.

Für Emma war jedes Wort ein Schlag; es wurde ihr dunkel vor den Augen. Das unglückliche Opfer der Intrige, der arme als Barbier, Doktor und Liebhaber vernichtete Schnepfe, wankte hinaus. Er war physisch und moralisch niedergeschmettert und nahm mit tränenumflortem Blick Abschied von dem Haus und seiner Liebe, denn er fühlte, daß er sich hier nie mehr sehen lassen könne. Der alte Jost drückte ihm verstohlen die Hand und fühlte die größte Lust, Henri niederzuschlagen, der plötzlich neben ihm erschien und dem Hinabwankenden mit grimmigem Lächeln die Worte „Ne sutor ultra crepidam"[41] nachrief, worauf er verschwand, sobald der arme Schnepfe zur Tür hinaus war, während Jost über den Sinn des geheimnisvollen Lateins nachgrübelte und aus dem letzten Worte schloß, daß der Bösewicht Henri den Wunsch ausgesprochen habe, Schnepfe möge krepieren, was ihn mit großer Wut erfüllte.

Herr Henri saß indes im Alsterpavillon und trank seinen Kaffee in höchst heiterer Laune. Er war entzückt und mußte manchmal laut auflachen, wenn er an des Senators Nase dachte. Er bedauerte, daß es Schnepfe nicht gelang, das ganze senatorische Riechwerkzeug abzusäbeln, was für Henris Plan von unberechenbarem Wert gewesen wäre. Indem er so kalkulierend über die Alster blickte, bemerkte er ein Boot, in dem der junge Spickmann von der Villa nach der Stadt kam. Er trat an das Geländer der Veranda, grüßte das Kalb vertraulich, worüber dieses verwundert den Mund aufriß, und sprach, dessen Weise übermütig karikierend: „Ergebenster, verehrter Herr Spickmann! Wissen schon famose Geschichte, wie Doktor Senator Nase abgesäbelt hat? Doktor nichts als verkappter Barbier. Ungeheure Blamage. Kolossal lächerlich!"

Spickmann stieg aus und sah Henri höchst verblüfft an: „Doktor Nase abgesäbelt? Was für Doktor? Was für Nase?"

„Doktor Schnepfe, verehrter Herr Spickmann", rief Henri lachend, „Doktor Schnepfe! Doktor aber nichts weiter als verkappter Barbier von Senator – hat heute früh um Tochter angehalten, und weil Ohrfeige dafür bekommen, Senator Nase heruntergeschnitten. Sage Ihnen, Hauptspaß! Bitte aber nicht zu verraten, daß von mir erfahren."

Spickmann jun. nickte einigemal mit dem Kopfe, strich seinen Backenbart und fragte Henri leise: „Wissen Sie nicht, ob Senator Freimaurer ist?"

„Ich glaube, er gehört zu dieser Bande, sehe aber nicht ein, wie die ihm seine Nase wieder ganz machen soll", sprach Henri.

„Um Gottes willen, sprechen Sie nicht so laut von Bande", flüsterte Spickmann. „Kann froh sein, daß nur Nase weg ist. Schweigen Sie! Können sonst Kopf dazu einbüßen und spurlos verschwinden!"

Henri sah das Kalb erstaunt an.

„Ja, ja", fuhr dies fort. „Gott weiß, was Senator gegen Gesellschaft getan hat. Doktor höchst gefährlicher Kerl. Will Barbier scheinen. Sage aber, ist so wenig Barbier wie wir beide."

„Dummes Zeug!" sagte Henri ärgerlich, „Schnepfe ist und bleibt nichts als ein Bartkratzer."

Spickmann schüttelte pfiffig mit dem Kopf.

„Ich will Ihnen den Beweis dafür liefern", fuhr Henri fort. „Kommen Sie mit! Ich will Ihnen den Laden zeigen, in dem Schnepfe jeden Nachmittag rasiert. Gehen Sie heute nach Tisch hin und lassen Sie sich dort von ihm barbieren. Geben Sie ihm zwei Schillinge für den Prinzipal und zwei für sich. Glauben Sie mir dann?"

„Zeigen Sie mir Laden", brummte Spickmann zweifelnd. „Gehe nachmittag hin. Muß sehen."

Henri nahm seinen Hut und führte Spickmann nach dem Barbierladen, den er ihm von weitem zeigte, worauf er sich verabschiedete, um noch mit der letzten Ebbe nach Neumühlen zu kommen und seiner Gebieterin Bericht über den glänzenden Erfolg seines Unternehmens abzustatten.

Schnepfe mußte, wie Henri ganz richtig herausspioniert hatte, im laufenden Monat jeden Tag nach Tisch den Dienst im Laden versehen und stand nach dem verhängnisvollen Morgen in dumpfer Verzweiflung an das Fenster der Barbierstube gelehnt, durch das er die vorbeieilenden Menschen betrachtete und darüber nachsann, ob wohl einer unter ihnen wäre, der so unglücklich sei wie er. Die Menschen draußen drängten vorüber, ihren hundertfachen Zielen und Interessen nach. Ebenso drängten sich die Gedanken im Kopfe Schnepfes, einer hinter dem andern, aber alle nach einem Punkt, in dem sie untergingen: nach dem Bild der verlorenen Emma.

Während Schnepfe dies Bild im vorbeitreibenden Menschenstrom wie in weiter Ferne auf- und untertauchen sah, schob sich plötzlich hart an der Fensterscheibe ein anderes bekanntes Gesicht vor sein Auge und starrte ihn mit geöffnetem Munde an. Es war Spickmann jun.

„Wieder einer, der kommt, um den Esel ohne Löwenhaut zu sehen", murmelte Schnepfe, indem er fast gleichgültig bei dem Umstand blieb, daß ihn Spickmann zum ersten Male hier entdeckte. Er nahm sich gar nicht einmal die Mühe, darüber nachzudenken, wie dies komme, und blieb regungslos stehen, als Spickmann in den Laden trat.

„Äh, Doktor! Famose Geschichten. Nase weg! Und Sie warten hier ruhig ab?"

Schnepfe zuckte mit den Achseln.

„Weiß alles. Habe von Henri erfahren, der mir Laden zeigte und behauptete, wären nur Barbier. Wir wissen das besser! He?"

„Henri? Der soll sich in acht nehmen!" sprach Schnepfe zornig.

„Wissen also schon, daß Maurer ‚Bande' geschimpft hat?" fragte das Kalb erstaunt. „Aber sagen Sie, wo kriegen Mut her, so gegen Senator hier in Hamburg aufzutreten? Müssen ganz verfluchte Macht hinter sich haben. Weshalb spielen nun noch Barbier?"

„Ich spiele gar nichts und bin nichts als ein Barbier", sprach Schnepfe, traurig den Kopf senkend. Dann lachte er verzweifelt auf, ergriff den Stuhl, setzte ihn hart vor Spickmann hin und fragte bitter: „Wollen Sie vielleicht barbiert sein? Ich stehe zu Diensten!"

Spickmann machte einen kleinen Sprung rückwärts und hielt den Hut vor seine Nase: „Äh! äh! Danke ganz verflucht! Möchte doch Nase behalten. Schwöre Ihnen zu, daß nicht eine Silbe verraten. Äh! Freund Doktor! Wir wissen, was hinter Barbier steckt, und wollen Henri dabei lassen."

Herr Henri saß indes mit seiner Gebieterin in der Villa beim Frühstück und erzählte die Erkennungsszene aus der Stadt mit allen Einzelheiten. Die Nasengeschichte malte er ganz besonders aus und entwarf ein Bild von dem bepflasterten Senator, bei dem die Senatorin in jammervolle Klagen ausbrach und es fürchterlich fand, an ein solches Scheusal gekettet zu sein.

Henri tat einen tiefen Seufzer und sprang auf. „Oh, meine arme, teure Gebieterin!" rief er mit Pathos, „weshalb müssen Sie Ihr schönes Leben an dieses Ungeheuer gefesselt vertrauern? Sprengen Sie diese Fessel und beglücken Sie ein Herz, welches zum ersten Male liebt und bis jetzt hoffnungslos zu einer hohen Dame emporblickte. Hier liegt das Herz zu Ihren Füßen!" Mit diesen Worten wollte er eben vor die entzückte Senatorin niederfallen, als man Stimmen im Garten hörte, die sich dem Salon näherten.

„Um Gottes willen! Mein geliebter Henri! Bei Sonnenuntergang im Pavillon!" mit diesen Worten eilte die Senatorin in den Garten, um beim Anblick des bepflasterten Senators, der sich, von seinen Töchtern begleitet, nach der Villa zurückgezogen, einen Schrei des Abscheus und Schreckens auszustoßen.

Herr Henri war ärgerlich stehengeblieben, stürzte dann schnell ein paar Gläser Champagner hinunter und verschwand, ehe die Ankommenden den Salon erreichten. Kaum war er aus der Gartentür, so streckte sich eine Nase zur anderen Tür herein, der der Kopf des alten Jost folgte, der ungemein vergnügt schmunzelte und Herrn Henri nachnickte.

„Bei Sonnenuntergang im Pavillon, mein Pomadenbuttje? Mein geliebter Henri? Warte, mein süßer Junge, wir wollen dir eine Suppe einbrocken, die dir bekommen soll – zum Krepieren!" Bei diesen Worten verschwand der Kopf, und die Tür wurde leise wieder geschlossen, dann aber trat die glückliche Familie Eiskuhl vom Garten ein. Der Senator setzte sich mit schlechter Laune an den Tisch und sah mürrisch auf das Geschirr.

„Wer hat hier gefrühstückt?" brummte er.

„Ich habe mir dies erlaubt", antwortete die Senatorin spitz.

„Wer noch?" fragte der Senator kurz, auf das zweite Kuvert zeigend.

„Der Herr Sekretär war so freundlich –"

„Ah? Der Herr Sekretär war so freundlich?" höhnte der Senator. Dann schlug er plötzlich mit der Faust auf den Tisch und schrie: „Wie kommt denn dieser Kerl zum Frühstück hier heraus? Er war doch eben drinnen bei dem Skandal und hat, wie Jost behauptet, den Skandal sogar angerichtet."

„Gemeine Seele", sprach die Senatorin, verächtlich nach Jost blickend, der eben eingetreten war, sich durch eine Verbeugung bedankte und dazu murmelte: „Bei Sonnenuntergang."

„Der Herr Sekretär war so gütig", fuhr die Senatorin fort, „mich auf den Anblick vorzubereiten, damit ich nicht zu sehr erschrecken sollte. Er hat mir berichtet, was für Folgen es hat, wenn man, wie der Herr Senator beliebten, Gesindel in das Haus einführt."

Die Mädchen standen weinend auf und wollten gehen.

„Halt!" schrie der Senator. „Das Haus ist mein, und wenn ich Gesindel einführe, so ist es nur zum Besuch. Ich nehme aber kein Gesindel ins Haus und lasse es um mich herumfaulenzen und -schleichen, und ein Barbier, der mir aus Versehen die Nase halb herunterschneidet, ist mir immer noch lieber als ein pomadenbeschmierter Faulenzer, der einem alten verdrehten Weibe Karessen schneidet, und den ich aus dem Hause jagen werde!"

„Ah! Es war die höchste Zeit, daß ich meine Mine springen ließ!" dachte Henri, der im Garten horchte.

„Oh, gräßliche Gemeinheit!" jammerte die Senatorin und machte alle Anstalten, in Ohnmacht zu fallen, besann sich jedoch anders und fuhr in die Höhe, indem sie mit rotglühender Nase und, in Betracht ihres dünnen Halses, sehr gefährlichem Kopfnicken sagte: „Darüber werden wir sprechen!" worauf sie wie ein feuriger Drache abfuhr.

Jost öffnete ihr die Tür und sah ihr lächelnd nach, wobei er wieder murmelte: „Bei Sonnenuntergang!"

„Na, nehmt's nur nicht so ernsthaft. Das bißchen Schnitt ist nicht arg. Ich war eigentlich selbst schuld daran", tröstete der Senator die Töchter und besonders Emma, die bitterlich, wie Herr Eiskuhl glaubte, wegen seiner Nase, weinte, während die Wunde im Herzen des armen Kindes saß.

Jost mußte nun neu decken und Wein heraufholen. Da die Mädchen nicht essen wollten und sich zurückzogen, so frühstückte der Senator allein, und zwar für einen verwundeten, ärgerlichen Mann mit ganz vorzüglich gutem Appetit.

Eine Stunde vor Sonnenuntergang flüsterte Jost dem Senator ins Ohr, er möge tun, als ginge er fort, sich aber zu Haus halten, bis er ihn abhole. Er werde ihn in ein besonderes Geheimnis des Pomadenbengels einweihen. Der Senator sah erstaunt auf. Jost nickte ihm aber schmunzelnd zu und bat nur um Geduld. Herr Eiskuhl saß denn auch ruhig in seinem Schlafzimmer, bis Jost ihn abholte. Dieser war während des Diners nicht müßig gewesen. Er schlich nach dem Pavillon der Senatorin, brach auf der Rückseite ein Brett los und stellte eine Öffnung zum Horchen her, die man von innen nicht bemerkte. Dann lud er den Böller bei der Flaggenstange und deckte eine Matte darüber, worauf er sich auf die Lauer legte und Herrn Henri sowie die Senatorin aus dem dichten Gebüsch beobachtete.

Als die Sonne sich dem Horizont näherte, kam die Senatorin langsam im Garten daher und sah sich forschend um, dann ging sie nach ihrem Pavillon, blickte ein Weilchen auf die Elbe hinab und trat in die Tür, die sie offen ließ.

Jost bemerkte schon seit einiger Zeit, daß sich Henri unten am Zaun befand und den Pavillon beobachtete. Er schlich deshalb nach der Villa und führte den Senator durch das Gebüschdickicht an die Öffnung, die zum Horchen dienen sollte.

Herr Henri war eben in den Pavillon geschlichen, als der Senator das Ohr an die Tapete legte und das Wort „gemeines Ungeheuer" hörte: „Ja, ich habe sehen müssen, wie dies Scheusal Ihre zartesten Gefühle mit Füßen trat. Dieser Elende, der Ihnen von seiner Familie vorgelogen, bis dieser lächerliche Bruder erschien und Ihnen den Schleier von den Augen zog! Dieser Klotz, an den Sie geschmiedet sind! Aber zersprengen Sie die Ketten! Hier liegt ein liebendes Herz zu Ihren Füßen." Man hörte einen Plumps vom Niederfallen Henris auf die Knie.

„Kommen Sie an dieses Herz, teures Weib meiner ersten Liebe! Laß dich von diesem Ungeheuer scheiden, und mein ganzes Leben soll dir geweiht sein!"

„Ach, mein Henri!" Weiter hörte der Senator nichts, denn die Wut ließ ihm das Blut in den Ohren brausen. Er fühlte in diesem Augenblick, daß ihm etwas in die Hand gedrückt wurde, und sah Jost, der ihm mit kannibalischem Grinsen seinen Bambus darbot. Er faßte diesen, stürzte sich wie ein wütender Elefant gegen die schwache Tür, daß sie einbrach, und fiel buchstäblich über den knienden Henri her, den er mit einem Hagel von Prügeln überschüttete. Endlich kam Herr Henri auf die Beine und zur Besinnung, worauf er sich kopfüber aus dem Fenster stürzte, um diesem Hagelwetter zu entkommen. Kaum war jedoch sein Kopf draußen, als ihn Jost, der dort lauerte, beim Kragen packte und festhielt, wodurch der Senator eine äußerst günstige Angriffsbasis gewann und die Rückseite des zärtlichen Liebhabers bearbeitete, während Jost von vorn das seinige tat, indem er Herrn Henri mit einem alten Gartenrechen rücksichtslos auf dem Kopfe herumkratzte: „Wart', Pomadenbuttje! Ich will dich frisieren!"

Herr Henri strampelte ganz entsetzlich mit den Beinen und versuchte loszukommen. Jost hielt aber fest wie ein Schraubstock und zog den „Pomadenbengel" endlich heraus, worauf der Senator aus der Tür sprang und die Prügel mit ungeschwächten Kräften fortsetzte. Dabei ward Herr Henri allgemach die Wiese hinab und nach dem Zaune zu geprügelt, bis er an das Loch gelangte, durch welches der Millionenverächter früher gekrochen war und durch welches jetzt Herr Henri mit einigen Finalhieben und Fußtritten entlassen wurde, wonach er ein Weilchen bewußtlos in den Weiden liegenblieb.

Der Senator aber lief mit ganz erstaunlicher Beweglichkeit wieder nach dem Pavillon hinauf, um die Senatorin mit einer zweiten Portion Prügelsuppe zu traktieren. Der Pavillon war jedoch leer, Madame Eiskuhl verschwunden.

Der Senator rannte hinaus. Ein Böllerknall donnerte über die Elbe, dem das Hurra Josts folgte, der diesen Freudenschuß losbrannte. Herr Eiskuhl hatte große Lust, mit in das Hurra einzustimmen. Erst wollte er aber die Sache mit der Senatorin abmachen, da er einmal warm war. Er suchte deshalb den Garten und die ganze Villa ab, ohne den über den Lärm erschrockenen Töchtern Rede zu stehen. Die Senatorin blieb verschwunden.

Herr Henri fuhr beim Knall des Böllers erschrocken in die Höhe und kroch, ganz krumm gezogen, nach dem Strande, wo er in ein Boot kletterte und sich nach Altona fahren ließ. Er war jämmerlich gedroschen und murmelte: „Man soll den Tag nicht vor dem Abend loben."

Bei Rainville kam die Senatorin an den Strand herab und winkte das Boot heran, um einzusteigen. Sie gab ihr Mitleid für den zerprügelten Liebhaber nur durch herzbrechende Seufzer und Blicke kund, da sie sich vor dem Bootsführer genierte. Man fuhr stillschweigend bis an den Fischmarkt in Altona, wo die liebende Senatorin eine Droschke holte, um ihren Henri darin nach Streits Hotel zu fahren. Am nächsten Morgen ging sie zu ihrem Bankier, dann zu dem Advokaten und endlich zu Senator Meier, mit dem sie eine lange Besprechung hielt, worauf sie mit ihrem teuren Henri bei Dunkelwerden das Dampfschiff nach London bestieg und dorthin reiste, während Herr Eiskuhl die Mitteilung erhielt, daß Madame Eiskuhl auf Scheidung von ihm angetragen habe.

„Jost!" sprach er, nachdem er das Schreiben des Advokaten gelesen, „Jost, wir wollen noch mal die Kanone losbrennen, und dann, hip, hip, hip, hurra! De Pomadenbengel is fort, un de Höllendrache dito. Goh mol glick in de Kök un bestell mi en Gericht geele Reuben!"

An der Oberelbe

## Zweiundvierzigstes Kapitel

# Das Landgut

In dem Barbiergeschäft, in dem Schnepfe seine Dienste zur Verschönerung der Menschheit leistete, trat nach Tische stets einige Ruhe ein. Deshalb stand der unglückliche Liebhaber in gedankenloser Betrachtung des vorbeieilenden Publikums versunken, bis ein Kollege kam, der ihn ablöste, worauf er sein freier Herr war. Zu gleicher Zeit erschien auch Bernhart, der freudig hereinstürzte und die Nachricht brachte, daß der

Mann mit dem Boote warte, um sie nach dem Landgut zu bringen. Die Besitznahme sei vollzogen. Er habe alle Papiere, und da der wichtige Akt des Einzuges würdig gefeiert werden müsse, so lägen zwei Flaschen Champagner bereit. Schnepfe solle sofort ein paar Tage Urlaub nehmen, um sie auf dem Landgute zuzubringen oder lieber gleich die Stelle niederlegen, damit er bis zum Herbst draußen bleiben könne.

Bernhart bemerkte im Anfange die Niedergeschlagenheit Schnepfes gar nicht, der ihm willenlos folgte. Er war zu sehr mit der Vorstellung des errungenen Gutes beschäftigt, dessen Gewinn ihm wie ein Traum vorkam. Er war begierig, ob sich ein Zimmer zum Atelier eignen würde, ob die Fenster groß genug wären, oder ob er erst ein Malfenster herstellen lassen müsse; ob die Tapeten noch gut genug seien, und hunderte andere Bedenken mehr. Endlich fiel ihm die Schweigsamkeit Schnepfes auf, und er unterbrach sich mit der Frage: „Aber zum Kukkuck! Was hast du heute? Du scheinst dich kaum über mein Glück zu freuen!"

„Oh, ich freue mich wohl über dein Glück – aber ich trauere über mein Unglück und fürchte, ich habe dich auch mit hineingezogen, armer Freund", sprach Schnepfe betrübt und erzählte nun die ganze Trauergeschichte vom Morgen.

Bernhart erschrak nicht wenig und sah sogleich, daß durch diesen Vorfall ein fast unheilbarer Riß auch zwischen ihm und der Eiskuhlschen Familie entstanden sei. Er machte jedoch dem armen Freunde keine Vorwürfe. Es helfe jetzt kein Lamentieren, man müsse die Sache der Zeit überlassen.

Die jungen Leute bestiegen das Boot und trieben mit der Flut aufwärts, beim Grasbrook vorbei und weiter, bis sie nach etwa zwei Stunden ungeduldig nach ihrem Ziel forschten. Alle Fragen, die Bernhart betreffs des Landgutes an den Bootsmann tat, beantwortete dieser mit „Ick weet nich." Endlich kam man an Ort und Stelle und fand einen Mann am Strande, der das Boot zu erwarten schien und sich als der Deichvogt auswies. Bernhart sprang freudig ans Ufer und legitimierte sich, worauf er in der Gegend die Häuser betrachtete, um das seinige herauszufinden, und dann den Mann bat, ihn nach seinem Landgute zu führen.

Der Vogt sah ihn an und fragte: „Sie meinen doch Spickmanns Bruch?"

„Ich weiß nicht, welchen Namen es führt; aber es war Eigentum von Spickmann", entgegnete Bernhart.

„Schon recht", nickte der Vogt. „Kommen Sie." Damit führte er die Freunde ein Stück auf dem Deiche hin, stieg dann in ein dichtes Weidengebüsch, durch das er sich drängte, bis man auf eine Wiese gelangte, und zeigte hier auf einen alten Holzschuppen, der seitwärts geneigt stand und sich offenbar besann, ob er sich kopfüber in eine ausgedehnte Lehmgrube stürzen sollte, an deren Rand er sein Dasein vertrauerte.

„Und wo ist denn das Haus?" fragte Bernhart, nachdem er die malerische Seite der Gegend betrachtet und einen alten großen Schlüssel, den er von Spickmann als „Hausschlüssel" erhalten, hervorgezogen hatte.

„Das Haus?" fragte der Mann verwundert. „Das ist ja das Haus!"

„Das? Um Gottes willen! Es ist doch kein Irrtum?" schrie Bernhart, sich entsetzt umblickend, denn es dämmerte eine Ahnung in ihm auf, daß ihn Spickmann „gemacht" habe. „Herr Spickmann sprach ja sogar von einigen alten Fuhrwerken, die da sein sollten."

„Oh, das hat seine Richtigkeit!" sagte der Vogt schmunzelnd, denn ihm wurde jetzt auch die Natur des Handels klar. „Im Schuppen liegen drei Schubkarren."

„Gott im Himmel!" schrie Bernhart verzweifelt, „und was gehört sonst noch dazu?"

„Der ganze Zipfel hier rund am Wasser", erklärte der Vogt.

„Eine Lehmgrube!" jammerte Bernhart, auf dem Deich umherrennend. „Das Ding ist nicht den vierten Teil meines Bildes wert. Nicht den Goldrahmen. Ich hätte mir denken können – Oh, ich grenzenloser Esel! Eine Lehmgrube!!"

Schnepfe stach mit dem Stock ein Stück Lehm aus dem Boden und untersuchte es genau, ließ es fallen und murmelte: „Famoser Ziegel! Gibt famosen Ziegel." Dann suchte er seinen Freund zu trösten, der auf dem Deich sitzend sein Landgut mit stillem Jammer überblickte. Der arme Narr! Er hätte eigentlich seine Leute durch den Umgang kennen und wissen müssen, daß, wer sich mit der Deminoblesse einläßt, stets in den Lehm gerät.

Während die beiden Freunde trübselig dasaßen, fanden beide Führer die Sache ungemein spaßhaft, denn der Bootsmann teilte dem Vogt mit, daß Bernhart seinen Fragen nach eine vollständige Ökonomie zu finden hoffte, und daß Spickmann ihn jedenfalls mit dem Grundstück angeschmiert habe. Endlich ermannte sich Bernhart so weit, daß er den Vorschlag tat, ob es zu gar nichts zu gebrauchen sei. Er ging mit Schnepfe in den Schuppen, durchsuchte die Weidenbüsche und kam zu der Überzeugung, daß nichts als Lehm – Lehm – unendlich viel Lehm da sei – so viel Lehm, daß er, in Ziegel verwandelt, zur Erbauung einer Stadt hinreichte.

„Oh, dieser hinterlistige Betrüger! Ob ich denn nicht gegen ihn klagen und die Herausgabe meines Bildes verlangen kann? Er hat von Wiesen, Bäumen und einem Haus gesprochen, das freilich nicht so schön wie die Villa Eiskuhls sei. Er hat aber doch von einem Gebäude gesprochen!" sagte Bernhart.

„Du wirst schwerlich dagegen ankommen können", entgegnete Schnepfe achselzuckend. „Ein Gebäude ist da. Dort steht es, und daß es nicht so schön wie die Villa Eiskuhls ist, darin hat Spickmann gar nicht gelogen. Du wirst außerdem gestehen müssen, daß Spickmann auch in betreff der ‚Wiesen' nicht gelogen hat, denn wir stehen unleugbar auf Gras. Auch Bäume sind da, denn diese Weiden gehören offenbar nicht unter die Kräuter. Ja, wenn du die Sache recht betrachtest, so findest du eigentlich mehr, als Spickmann versprach, da er den Lehm, der doch hier dominiert, mit keiner Silbe erwähnte."

„Teufel noch mal! Da muß ich am Ende riskieren, daß mir Spickmann noch eine Rechnung macht, wenn er an den Lehm denkt", rief Bernhart, worauf beide in ein Gelächter ausbrachen und endlich die ganze Geschichte so spaßhaft fanden, daß sie sich vor Lachen die Seiten hielten.

„Da bin ich schön von diesem Hamburger angeführt worden", sprach Bernhart, als er vom Lachen ausruhte. „Wir dürfen gar nicht einmal etwas von der Geschichte sagen, sonst werden wir von der ganzen Stadt ausgelacht. Was fangen wir aber nun mit diesem verteufelten Sumpfloch an?"

„Vorderhand nehmen wir feierlich Besitz davon und lassen es dann ganz ruhig liegen. Stehlen kann es niemand, und Brot frißt es auch nicht, das sind zwei große Vorteile. Du kannst übrigens hier Einsiedler spielen und den Sommer in Gesellschaft der drei Schubkarren zubringen. Ich komme dann sonntags heraus und sehe nach, ob du noch vorhanden bist", sagte Schnepfe lachend.

„Danke schönstens!" nickte Bernhart. „Wir wollen jedoch die Besitznahme feiern und die zwei Flaschen austrinken, denn die Überraschung hat mir Durst gemacht. Im Boot liegen auch zwei Gläser. Gib den Leuten eins und eine Flasche. Ist der wichtige Akt der Besitznahme vorbei, so fahren wir wieder nach Hause und fangen unsere Karriere von vorn an."

„Aber nicht mehr mit dieser Sorte von Millionären. Und wenn du wieder ein Landgut gegen ein Bild eintauschest, so sieh dir erst das Landgut an; denn rühmt sich Spickmann seines Handels, so kannst du noch Besitzer aller umliegenden Lehmgruben werden", warnte Schnepfe.

„Ich hoffe", erwiderte Bernhart, „ich bin mit der Sorte fertig und wundere mich jetzt, daß ich so lange ihren Narren spielte. Ich mußte dies eigentlich früher einsehen, da ich weder von Eiskuhl noch von Spickmann jemals einen Groschen bares Geld erhalten habe, während diese Senatorin eine ganze Galerie von mir besitzt, die ich für das bißchen Kost und Wohnung malte." Dann stiegen die jungen Leute in ihr Boot und suchten die komische Seite der Sache heraus, das Beste, was ein vernünftiger Mann in solchen Fällen tun kann.

Das Boot landete in St. Pauli. Die jungen Leute gingen nach dem Spielbudenplatz, und Schnepfe meinte, daß nach der Einsamkeit des Landlebens die Stadt doppelt angenehm sei. Man traf den Millionärverächter Scapin, der sich halb totlachen wollte und die Bemerkung machte, daß er der Sache gleich nicht getraut habe, als er sie erfahren. Er war übrigens ergrimmt über den Direktor des Aktientheaters, der ihm die Rolle des Hamlet genommen, um sie selbst zu spielen. „Dieser Behrens", sprach er grimmig, „kann kaum auf seinen Knickebeinen stehen und nicht allein in die Höhe kommen, wenn er auf der Bühne umfallen muß. Kann sich nicht vier Zeilen merken und nur auf den Souffleur spielen, und will Hamlet sein. Ich werde ihm aber den Hamlet vertreiben und habe schon meinen Plan gemacht. Ihr müßt mir dabei helfen, sobald er auftritt." Man versprach dies und brachte den Abend, der für den boshaften Henri so unheilvoll hereinbrach, sehr angenehm zu.

Bernhart warf alle Sorgen über Bord und begann am nächsten Tag mit großem Eifer zu arbeiten, wobei er Spickmann, Landgut, Senatorin und alles damit Zusammenhängende bis auf Selma vergaß, deren Bild mit unauslöschlichen Farben vor ihm erschien. Als er am zweiten Tag so vor der Staffelei saß, erhielt er eine Vorladung zum Senator Meier, Patron der Vorstadt St. Pauli[42]. Er zerbrach sich den Kopf über die Ursache dieser Vorladung und begab sich, neugierig, einmal das Regierungslokal eines der Despoten der Republik zu sehen, in die Stadt.

Die Residenz dieses Fürsten von St. Pauli befand sich merkwürdigerweise nicht in seinem Gebiet, sondern in der Nähe des Stadttheaters und des Jungfernstiegs, was für die Bewohner der entlegenen Vorstadt ungemein bequem war. Man wies Bernhart nach der großen Theaterstraße, wo er alsbald die Residenz des Gewaltigen fand, da gerade ein Wagen vor der Tür stand, auf dem er die mit großen Buchstaben geschriebenen Worte: „Senator Meier" las. Aus dem Wagen, an dem hinten eine Tür wie an den Postpaketwagen war, zog man Milchkrüge, Fleisch, Butter, Gemüse und verschiedene Brote, die in das Haus getragen wurden. Die Gegenstände waren durch die Firma, unter der sie das Tor passierten, jedenfalls vor der allgewaltigen Akzise gefeit und für die Beamten unsichtbar. „Wer im Röhricht sitzt, schneidet sich Pfeifen wie er will", dachte Bernhart. Er stieg die Treppe hinauf und kam in ein mäßiges Vorzimmer, in dem einige Schreiber saßen, die mit verschiedenen Parteien kleine Verhandlungen führten. Da ihm nach Vorzeigung seines Zettels „Warten!" befohlen wurde, so setzte er sich und hörte mit Interesse der Gerichtspflege dieser Unterkadis zu. Es handelte sich um irgendeine Sache, in der ein etwas cholerischer Mann und Hamburger Bürger zwei Bürgen schaffen sollte, weshalb er sofort seinen Hut ergriff und hinausstürzte, um diese zu suchen, während man indes einem Mann scharf zusetzte, der bei Hintergehung der Akzise erwischt wurde, wozwischen aus dem Allerheiligsten, in dem der Senator thronte, ein Mordskandal zu hören war, der von zwei zankenden Männern herrührte, die einander die ausgesuchtesten Grobheiten in plattdeutscher Sprache sagten.

Der Bürger erschien dann wieder und schleppte zwei Männer hinter sich her, die augenscheinlich mitten in ihrer Arbeit von ihm gepreßt worden waren. Der eine war aus dem Reich des Vulkan, noch mit dem Schurzfell angetan und mit hinaufgestreiften Hemdärmeln den Schmied verratend, dessen Bürgschaft die Beamten sofort höflich akzeptierten. Ebenso die des anderen Herrn, der im bloßen Kopf und mit einer Feder hinter dem Ohr erschien. Die Sache war knapp in Ordnung, als die Tür vom Allerheiligsten aufsprang und ein sehr ergrimmter Hamburger herausfuhr, der sie donnernd wieder zuwarf und den Schmied beinahe über den Haufen rannte.

„Gott verdamm!“ sagte er wie zur Entschuldigung. „Man sall nich mol sien Froo dorchprügeln können!“ Dabei blickte er wild um sich und lief davon. Die Unterkadis blieben dabei höchst gleichgültig, und einer davon machte Bernhart bemerklich, daß er eintreten könne.

Er tat dies und trat in ein sehr großes Zimmer, worin ein sehr großer Schreibtisch stand, hinter dem der Monarch von St. Pauli saß. Es war ein alter Herr, dessen graue Haare sich wie eine Draperie vom Hinterkopf nach der Stirn hervorkrümmten. Auf der Nase saß eine massive Brille, über die hinweg er nach dem Eintretenden blickte, während er die Unterlippe stark vorschob und die Hand über den Tisch streckte, um nach dem Zettel zu greifen, den Bernhart ihm hinhielt. Der Mann saß mit einer Ruhe hinter seinen großen Büchern, als sei er eben vom Schlaf erwacht, obgleich er sich noch eine Minute zuvor mit dem bösen Ehemann herumstritt. Bernhart gab den Zettel mit einer Verbeugung ab.

Der Senator warf einen Blick hinein und betrachtete dann den Vorgeladenen aufmerksam, indem er sich in seinen Stuhl zurücklegte, die Brille hinaufschob und diesmal hindurchsah. Er zog die Augenbrauen immer höher und fragte endlich nach langer Pause phlegmatisch: „Was wollen Sie eigentlich hier?“

Bernhart sah ihn verwundert an: „Was ich hier will? Ich möchte mir dagegen die Frage erlauben, was ich hier soll, da ich bestellt bin.“

„Ach was!“ knurrte der Senator ärgerlich, „ich meine, was Sie hier in Hamburg wollen! Was sind Sie eigentlich?“

„Ich bin Maler.“

„Maler! Maler!“ brummte der Kadi verächtlich. „Was heißt Maler? Wir brauchen keine Maler hier. Weshalb treiben Sie sich hier herum?“

„Erlauben Sie! Ich treibe mich nirgends herum“, entgegnete Bernhart entrüstet. „Ich habe hier Studien der Gegend und des Schiffswesens gemacht und einige Aufträge ausgeführt. Wenn Sie etwa eine Bürgschaft oder Empfehlung für mich haben wollen, so wenden Sie sich an Senator Eiskuhl.“

Über das Gesicht des Senators fuhr ein höhnisches Lächeln. Er sprach grob: „Ich habe keine Zeit, mich nach jedem Landstreicher zu erkundigen. Ich sage Ihnen, machen Sie, daß Sie fortkommen. Scheren Sie sich aus der Stadt. Wir brauchen hier kein solches Volk. Maler? Was heißt Maler? Scheren Sie sich weiter!“

Bernhart lief die Galle über, als er erwiderte:

„Herr Senator! Ich begreife nicht, was Ihnen das Recht gibt, in einer solchen Weise mit mir zu sprechen. Ich bin gewohnt, nur mit anständigen, gebildeten Leuten umzugehen. Ich biete und verlange von jedem Menschen Höflichkeit. Kommt mir ein Grobian in den Weg, so kann ich auch wieder grob sein, und zwar ganz ausgesucht grob, mag nun der Grobian ein Schutenführer oder ein Senator sein und daraus entstehen, was da will. Ich sage Ihnen deshalb, wollen Sie in der Weise weiter mit mir reden, wie Sie angefangen haben? – gut – so stehe ich in derselben Weise zu Diensten und werde außerdem dem Publikum in den Zeitungen mitteilen, auf welcher Bildungsstufe ein Senator Meier in Hamburg steht."

Der Senator brummte etwas für sich und fuhr dann heraus: „So! Gehören Sie etwa auch noch zu den Zeitungsschmierern, die hier herumlungern und erlogene Berichte hinausschicken? Nun machen Sie erst recht, daß Sie fortkommen. Marsch! Hinaus zur Stadt und dem Gebiet! Ich weise Sie aus! Gehen Sie hin, wo Sie hingehören, wo Sie geboren sind. Man treibt sich als solider Mann nicht in der Welt umher, sondern bleibt hübsch zu Hause, wo man hingehört; das merken Sie sich. Ich weise Sie aus!"

„Das wird sich finden!" sprach Bernhart ergrimmt. „Ich werde wegen Willkür gegen Sie klagen."

Der Senator lachte auf und fragte höhnisch: „Wo wollen Sie denn gegen mich klagen?"

„Nun, es wird doch eine Macht geben, die noch über Ihnen steht und bei der man Schutz gegen eine Ungerechtigkeit suchen kann. Wir leben doch nicht in der Türkei!"

„Nein", lachte der Senator, „es gibt hier nichts, was über mir steht. Bei mir hört es auf. Wenn ich Sie hinausjage, so kräht kein Hahn danach. Sie müßten sich höchstens an den Bundestag wenden, und dazu sind Sie zu alt – kriegen dann bei Lebzeiten keinen Bescheid mehr – höchstens Ihre Erben. Bis dahin weise ich Sie aber aus und bleibe dabei."

„Und ich gehe nicht. Ich will doch sehen, ob diese freie Stadt ihr Prädikat nur zum Hohn führt, und ob die Leute, die sich hier aufhalten, schutzlose Spielzeuge der Launen republikanischer Despoten sind, die sich Senatoren nennen. Meine Papiere sind in Ordnung – Arbeit und Verdienst habe ich. Ich bleibe also hier, denn Sie haben keinen Grund, mich auszuweisen." Mit diesen Worten verließ Bernhart das Zimmer, während der Senator zornig aufstand, ein großes Buch in die Höhe hob, wieder auf den Tisch warf und schrie: „Ich weise Sie aus, finis!"

Bernhart ging in übler Laune nach der Alster, wo ihm der junge Spickmann in die Hände lief, den er beim Rock festhielt und ihm ins Ohr flüsterte:

„Sagen Sie Ihrem Alten eine Empfehlung von mir, und er wäre der größte Gauner und Halunke, den ich kennengelernt habe." Damit ließ er ihn stehen und ging nach dem Alstersalon, wo er Schnepfe treffen wollte.

Spickmann jun. schüttelte sich vor Lachen. Er konnte sich gar nicht wieder beruhigen und mußte sich an das Geländer lehnen – der Spaß war zu schön. Er kannte das Landgut und war entzückt über die Anerkennung, die Bernhart seinem Vater zollte. So traf ihn Schnepfe, der nach dem Alstersalon gehen wollte. Er sah ihn verwundert an und fragte nach dem Grund seiner Heiterkeit. Spickmann hütete sich, ihm diesen zu sagen, sondern erfreute ihn durch eine andere Nachricht:

„Wissen Sie, Doktor, daß Senator den Henri noch am selben Abend, wo Freimaurer ‚Bande' geschimpft, fürchterlich durchgeprügelt und zum Hause hinausgeworfen hat? Spitzbube ist aus Rache andern Tag mit Senatorin durchgegangen. Famose Entführung. Himmlischer Skandal!"

Schnepfe war über diese Nachricht so verwundert, daß er ganz vergaß, die Gutsgeschichte zu erwähnen, sondern zu Bernhart eilte und diesem die Sache mitteilte, die ganz geeignet war, frische Hoffnungen für die Liebenden zu erwecken.

Bernhart sah den Buchhändler Campe[43] eintreten und bat ihn, Platz zu nehmen, da er etwas Interessantes mitzuteilen habe. Er erzählte seinen Zusammenstoß mit dem Senator Meier und machte die bittersten Bemerkungen über den Zustand einer Republik, in der es zehnmal schlimmer zugehe als im despotischen Rußland, wo doch wenigstens nur ein Despot an der Spitze stehe, bei dem das Recht aufhöre, während hier vierundzwanzig säßen, über denen keine Macht stehe, bei der man Schutz gegen ihre Willkür suchen könne.

„Es gibt doch eine Macht, die über unseren Senatoren steht", sprach Campe lächelnd. „Ich will Ihnen gleich eine Probe davon geben. Diese Macht ist der Bürger Hamburgs, der, als solcher vor jeder Willkür der Senatoren geschützt, auf so starken Füßen steht, daß er durch sein Wort einen Fremden der Macht dieser Gewalthaber entziehen kann, wenn der Fremde nichts gegen das Gesetz getan hat[44]. Ich brauche Sie jetzt für mein Geschäft und werde Ihnen dies bestätigen, und nun will ich den sehen, der Sie aus Hamburg weisen soll!"

Er ließ sich Papier bringen und schrieb einen Schein, in dem er Senator Meier anzeigte, daß der Maler Bernhart für ihn beschäftigt sei und deshalb in der Stadt bleiben werde.

„Dies tragen Sie sofort hin und lassen sich auf nichts mehr ein", sprach er dann. „Da übrigens der Senator den Grundsatz aufstellen will, daß man dort hingehöre und bleiben müsse, wo man geboren ist, so fragen Sie ihn doch, weshalb er denn nicht in Braunschweig hinter der Kirche geblieben ist, wo er das Licht der Welt erblickte, statt hierher zu kommen, um den Leuten als Senator Grobheiten zu sagen. Sagen Sie nur, ich hätte das gesagt."

Bernhart machte sich auf den Weg nach der Höhle des Löwen. Als er beim Senator eintrat, sah ihn dieser grimmig über die Brille an und knurrte: „Es hilft Ihnen nichts. Gehen Sie nach Hause. Ich weise Sie aus!"

„Ich habe doch eine Macht entdeckt, die noch über Ihnen steht und mir Recht verschafft", sprach Bernhart. „Vorher möchte ich Sie jedoch an Ihre Worte erinnern, daß man hingehöre, wo man geboren ist, und daß man sich nicht draußen in der Welt herumtreiben soll. War es nicht so?"

„Allerdings", sagte der Senator etwas höhnisch.

„Nun gut – dann möchte ich mir die Frage erlauben, weshalb Sie nicht in Braunschweig hinter der Kirche geblieben sind, wo Sie auf die Welt kamen? Weshalb sitzen Sie denn hier?"

Senator Meier fuhr bei diesen Worten Bernharts von seinem Stuhl, als sei ein Pulverfaß darunter losgegangen: „Wer hat Ihnen das gesagt?"

„Herr Buchhändler Campe, der Ihnen dies schickt", sprach Bernhart, den Schein hinlegend.

Der Senator las ihn grimmig und murmelte einige schmeichelhafte Bemerkungen über Campe, worauf er Bernhart mit den Worten verabschiedete: „Scheren Sie sich zum Teufel!"

„Nach Ihnen", sprach der Maler, sich höflich verbeugend, worauf er lachend ging und dachte: Es steckt doch eine Macht in diesem republikanischen Bürgertum, und wenn sich jeder ihrer bewußt wäre und sie zu gebrauchen wüßte, so müßte dies eine wirklich freie und beneidenswerte Stadt sein.'

Dreiundvierzigstes Kapitel

# Kleine Intrigen

Entlassen! Ohne jede Pension entlassen!" sprach Schnepfe, als er einige Tage nach der Besichtigung des Landgutes heimkehrte und seine Mappe in die Ecke warf.

„Aber weshalb?" fragte Bernhart verwundert.

„Weshalb? Nun, kann es ein fluchwürdigeres Verbrechen geben, als einen Senator dieser Stadt in die Nase zu schneiden? Ich muß ja froh sein, daß ich mit dem Leben davonkomme und nicht dem Halsgericht verfalle. Mein

Hamlet ohne Souffleur

Prinzipal hat mich aus reiner Todesangst entlassen, weil er den Senator sah und außerdem der alte Jost nach mir fragte. Er meinte, der Diener des Senators wolle mich zum Gericht holen, ich solle durchbrennen und nach Altona oder Kiel gehen. Ich denke aber, ich warte ab, was kommt. Schinden können sie mich nicht. Ich werde mich hier in St. Pauli nach einer Kondition umsehen, sonst geht es schlimm", sprach Schnepfe.

Bernhart glaubte, daß es nichts schaden würde, wenn er einige Wochen Ferien mache. Im Anfang sei er von Schnepfe durchgeschleppt worden, nun werde er ihn durchschleppen. Schnepfe könne die Verwalterstelle auf dem Gut annehmen.

Schnepfe schützte seine Unkenntnis der Landwirtschaft vor und wollte vorderhand lieber in der Stadt bleiben und riet Bernhart, das Gut zu verpachten. „Ja, wenn du es in Dessau bei unserer Ziegelscheune hättest – Teufel noch mal! Hm – hm!" Hier versank Schnepfe in tiefe Gedanken und saß eine halbe Stunde sinnend still, dann nahm er plötzlich seinen Hut und lief davon, ohne ein Wort zu sagen.

Er ging nach dem Schiffspavillon hinunter, wo große Ziegelsteinhaufen lagen. Er betrachtete diese mit vielem Interesse, fragte nach den Schiffen, die sie brachten, und kroch darauf herum, wobei er Preise und Bezugsorte erfuhr. Dann suchte er den Ziegelhandel in der Stadt auf und trieb sich bei den Bauplätzen umher. Überall aber, wo er etwas Rotes schimmern sah, untersuchte er die Größe der Steine, die Qualität, und interessierte sich außerordentlich für sein väterliches Geschäft, das die Jugenderinnerungen ihm ins Gedächtnis zurückriefen. Er sah im Geist die Ziegelstreicher – feine Kerlchen, wenn auch nicht für lackierte Stiefel geeignet, weil ihre Füße beim Lehmtreten mit der Zeit in Entenlatschen ausarten. Er sah das lustige Feuer im Ziegelofen bei Nacht seinen Schein im Wasser abspiegeln, während bei Tage der Rauch darüber hinstrich, und dachte, daß ein Ziegelofen am Ende doch romantischer sei als eine Barbierstube.

Das Barbieren war ihm seit dem Geburtstag des Senators ganz verleidet. Er hätte seine Messer in die Elbe werfen mögen, an der er jetzt tagelang umherlungerte, bis er am Ufer fortschreitend endlich nach Neumühlen kam, wo er stundenlang in den Weidenbüschen versteckt lag und den Garten des Senators beobachtete. Er sah nach dem Pavillon, „ob das Fenster klang". Der Garten war wie ausgestorben. Kein Mensch zeigte sich, und Schnepfe schlich betrübt nach der Stadt zurück.

Eines Vormittags wollte er wieder zur Beobachtung in die Weidenbüsche ausrücken, als sich Schritte auf der Treppe hören ließen, die sich dem Zimmer näherten. Man klopfte stark an die Tür, was Bernhart die Vermutung aussprechen ließ, daß dies einer sei, der was haben wolle.

Es war jedoch nicht so, denn zur Verwunderung der Freunde trat der alte Jost herein, der freundlich schmunzelte. Er setzte sich und zog ein paar Flaschen Wein aus den Taschen, die er auf den Tisch stellte. Dann rieb er die Hände auf den Knien hin und her und fragte lachend: „Na, Sie wissen es wohl schon vom Pomadenbuttje?"

„Einige unbestimmte Worte habe ich von Spickmann erfahren", sprach Schnepfe.

Jost schlug sich auf die Schenkel und rief lachend: „Eine herrliche Geschichte! Ich wüßte nicht, was mir seit zehn Jahren so viel Spaß gemacht hätte. Doch erst das Geschäft, und dann das Vergnügen. Übermorgen fährt ein Auswandererschiff hinunter. Sie sollen auf Ihren Posten gehen. Schiffsdoktor bleiben Sie, aber mit dem Barbieren ist es aus." Dann erzählte er das Erlebnis im Pavillon.

Schnepfe fragte nach den Mädchen. Der alte Jost zuckte mit den Schultern und sagte: „Die armen Dinger verkriechen sich, seitdem der Drache durchgebrannt ist, und weinen den ganzen Tag. Nur bei Tische leisten sie dem Alten Gesellschaft. Geduld! Es wird sich schon wieder machen. Der alte Jost ist jetzt da und der Pomadenbuttje zum Teufel." Damit ging Jost und ließ neue Hoffnung im Herzen der Freunde zurück.

Kurz nach seiner Entfernung trat Scapin ein und zeigte an, daß der Tag der Rache für Direktor Behrens gekommen sei, der heute abend den Hamlet spielen wolle.

Die beiden Freunde fanden sich pünktlich ein. Sie waren neugierig auf den Racheplan und bereit, Scapin jede Hilfe zu leisten. Als sie eben eine kleine Treppe nach der Garderobe hinaufsteigen wollten, hörten sie oben einen Mordslärm, worauf die Tür geöffnet ward, aus der ein kleines Männchen flog und polternd die Stufen hinabkollerte, während ihm eine Menge Papierhefte und ein Hut nachflogen. Es war merkwürdig anzusehen, mit welcher Geschicklichkeit das Männchen die nebenher fliegenden Gegenstände im Hinunterpurzeln fast in der Luft auffing, die Hefte unter den Arm nahm, den Hut aufsetzte und fortging, als sei sein Abgang so ganz in der Ordnung.

„Der muß das Hinauswerfen gewohnt sein!“ bemerkte Bernhart lachend. In der Garderobe angekommen, erkundigte er sich und erfuhr, daß es der Theaterdiener war, der den Schauspielern die Rollen in die Garderobe statt in die Wohnungen brachte und für dieses Verbrechen, wie für alles, was er tat, an die Luft gesetzt wurde. Nach jedem solchen Abgang lief er zum Direktor und verlangte Genugtuung, die ihm dieser dadurch gewährte, daß er ihn ebenfalls hinauswarf, worauf er in eine Kneipe ging, sich betrank und seine üble Laune dann an den Gästen ausübte, bis er, auch dort hinausgeworfen, für den Abend genug hatte.

Scapin gab diese Erklärung, während er ein Kostüm von schäbigem, schwarzem Samt anlegte, in dem er die Rolle des bösen Königs spielen sollte. Er war ein so ausnahmsweise böser Onkel Hamlets, daß er schwur, dieser solle heute den fünften Akt gar nicht erleben, sondern schon im ersten zugrunde gehen. „Die Mittel dazu habe ich bei der Hand“, sprach er leise. „Hier, nehmt das zu euch und bleibt hinter den Kulissen! In der fünften Szene hole ich euch zur schwarzen Tat.“

Bernhart betrachtete mit Verwunderung einen großen Sack, den ihm Scapin gab, und sprach:

„Du willst doch deinen Direktor nicht in diesen Sack stekken?“

„Wenn es möglich wäre! Leider kann ich ihm aber nicht unbemerkt beikommen, deshalb stecke ich sein Gedächtnis hinein. Wartet nur ab, bis der Geist kommt, dann erkläre ich euch die Sache. Es geht los!“ Mit diesen Worten führte er die Freunde auf einen Platz hinter die Kulissen, wo sie unbemerkt alles beobachten konnten.

Das Stück begann mit den beiden Schildwachen, denen der Geist die Zeit vertreibt. Dann trat Scapin als König auf und sprach mit versteckter Bosheit zu Hamlet, worauf er mit dem Gefolge abging, seinen Königsmantel über ein Versatzstück warf und die beiden Freunde eine dunkle Treppe hinabzog, die unter das Podium führte. Hier machte er ihnen leise die Mitteilung, daß er den Souffleur in den Sack stecken und wegschleppen wolle. Er zeigte ihnen einen fernen Lichtschimmer, in dem sie die Beine des Souffleurs erkannten, und bat, hübsch gleichzeitig anzupacken.

Der Direktor führte seine Rolle nach alter Schule durch und hatte sie Scapin abgenommen, weil dieser viel zu natürlich spielte. Er stellte diese Szene nach der alten guten Schule dar. Die alte gute Schule hatte den Grundsatz, daß auf der Bühne alles so sein müsse, wie es im gewöhnlichen Leben gar nicht vorkommt.

Ein solcher dramatischer Genuß ward jetzt dem Publikum durch das boshafte Kleeblatt verdorben, das sich zu dem arglosen Souffleur heranschlich. Dieser fühlte sich plötzlich hüben und drüben von Bernhart und Schnepfe gepackt und von seinem Sitz geschleppt, während ihm Scapin den Sack über Kopf und Arme zog und unten fest zuband. Sein Hilfegeschrei verhallte ungehört im Sack, und die Bösewichter ließen ihn in einer dunklen Ecke liegen. Scapin beging außerdem die Schändlichkeit, das Buch wegzunehmen und dafür den Tell hinzulegen, den er zu diesem Zwecke aus der Bibliothek mitgenommen hatte. Er rechnete sehr richtig darauf, daß sich der befreite Souffleur später, kurz vor Anfang des neuen Aktes, zu seinem Platz begeben und bei Aufgang des Vorhanges erst die Verwechslung gewahren würde, worauf das Unglück wieder fertig war.

Die Wirkung vom Verschwinden des Souffleurs trat oben sofort ein und befriedigte Scapin vollkommen. Sobald Behrens die Worte nicht mehr von unten erschallen hörte, die er nachsprechen sollte, blickte er in den Kasten hinab und machte, nebst einer Pause, ein so verblüfft-entsetztes Gesicht, daß das Publikum glaubte, er suche den Geist dort und erwarte, dieser werde aus dem Souffleurkasten hervorkriechen. Die Schildwachen, die Hamlets Hinabstarren bemerkten, guckten nun gleichfalls hinunter und wurden so verwirrt, daß sie kein Wort ihrer Rolle mehr wußten und samt ihrem Freund so glänzend steckenblieben, daß der Vorhang unter furchtbarem Tumult und Gelächter fallen mußte.

War vorn Tumult, so war hinten noch größerer Spektakel. Bernhart und Schnepfe hatten sich sogleich gedrückt. Scapin war wieder auf der Bühne und schrie mehr als jeder andere über die Schändlichkeit des Souffleurs, seinen Platz so zu verlassen. Der Direktor rannte mit dem Degen umher, ohne den Schritt der alten Schule beizubehalten, und schrie in einem fort: „Ich spieße ihn auf. Ich spieße ihn auf!" Dabei lief man mit Laternen in die Unterwelt, wo man endlich den unglücklichen Souffleur fand, der hier eine Art verzweifeltes Sackhüpfen spielte und dabei mit dem Kopf an das Balkenwerk rannte. Als er den Überfall erzählte, schrie Scapin fortwährend: „Schändlich! Schändlich!" und wußte durch allerlei Bemerkungen den Verdacht auf den Theaterdiener zu lenken, worauf dieser Unglücksvogel in den nächsten acht Tagen so viele Treppen hinuntergeworfen wurde, daß er dabei eine Strecke im Flug zurücklegte, die nach mäßiger Berechnung der Entfernung des Mondes von der Erde gleichkam.

Direktor Behrens wagte aber vorderhand nicht, sich dem Publikum in einer tragischen Rolle zu zeigen, und strafte es für seine Niederlage dadurch, daß er eine Zeitlang keine klassischen Stücke gab. Das gefühllose Publikum merkte die Strafe gar nicht und war es sogar sehr zufrieden.

Durch die Vernachlässigung des Dramas am Aktientheater gewann Scapin Zeit, den Millionären seine Verachtung mehr noch als bisher zuzuwenden, während er der schönen Julie exzentrische Huldigungen darbrachte. Da er mäßig und infolgedessen immer bei guter Kasse war, so konnte er manchen Spaß ausführen, zu dem Geld gehörte.

Eines Tages erschien in der Theatergarderobe ein Händler mit Theaterschmuck, worunter sich Brillantringe befanden, die den echten so ähnlich sahen, daß man in geringer Entfernung getäuscht wurde. Nur waren die falschen Brillanten von einer mißtrauenerweckenden Größe, die den Wert von zehntausend Talern repräsentierte, wenn die Seiten echt gewesen. Scapin kaufte davon für etwa hunderttausend Taler dem Ansehen nach, wofür er etwas über drei Taler ausgab.

Scapin bemerkte, daß die schöne Julie fast täglich eine Spazierfahrt auf der Elbe machte. Er beschloß, der jungen Dame einen Begriff von seinem Reichtum beizubringen, da ihm Schnepfe ihre Leidenschaft dafür verraten hatte. Zu diesem Zweck brachte er am Gehänge seiner Uhrkette zwei Ringe mit den größten Diamanten an, die jemals auf Ringen gesehen worden, und fuhr in einem Boot mit seinem treuen Diener nach Neumühlen, in dessen Nähe er Julie auf der Elbe traf. Scapin lag im Stern des Bootes und las in Schillers Gedichten, die er beiseite legte, als er Julie erblickte und ihr die ausgewähltesten Schmeicheleien sagte. Julie fragte, was er so eifrig gelesen, worauf Scapin das Buch bei dem Zeichen aufschlug und den Ring des Polykrates fand. Er begann, es ihr mit seiner tiefen, klangvollen Stimme vorzulesen:

„Er stand auf seines Daches Zinnen
und schaute mit vergnügtem Sinnen
auf das beherrschte Samos hin."

Hier machte Scapin die Bemerkung, daß es allerdings ein großes Vergnügen sei, über ausgebreitete, blühende Ländereien zu blicken, von denen man sagen könne: „Dies alles ist mir untertänig."

Der treue Jean erlaubte sich hier die schüchterne Bemerkung, daß das Vergnügen der Bewohner dieser Ländereien noch größer sein müsse, wenn sie zu einem Herrn emporblickten, „der so glücklich mache, wie –"

„Jean", sprach Scapin streng. „Wer hat dir erlaubt, dich in ein Gespräch zu mischen, das ich mit einer Dame führe? Jean! Steig aus! Sofort aussteigen!"

Der arme treue Jean zitterte am ganzen Leibe, denn das Aussteigen, und zwar das sofortige, war mit einigen Unannehmlichkeiten verknüpft, weil man sich mitten auf der Elbe befand. Da der strenge Herr jedoch nochmals den Befehl gab, so stand er mit einer verzweifelten Miene auf und streckte langsam einen Fuß über Bord.

„Halt! Um Gottes willen, lassen Sie den armen Mann im Boote! Er hat ja gar nichts Unrechtes getan, und wir sind mitten im Fluß", bat Julie.

„Meine Diener sind alle ausgezeichnete Schwimmer", sprach Scapin. „Er mag jedoch bleiben, da so schöne Lippen für ihn bitten."

Scapin las nun das Gedicht weiter und sprach über das Glück der Menschen, d. h. der Menschen, die über dem gemeinen Haufen ständen. Vom Glück im allgemeinen kam er auf das Glück im besonderen, von denen er für das größte halte, einer Dame wie Fräulein Julie seine Huldigung darbringen zu können. Dies Glück sei so groß, daß die Götter neidisch werden müßten, weshalb er ein Opfer, gleich dem Polykrates, weihen wolle, um zu sehen, ob die Fische noch so galant seien wie damals.

„Jean", wandte er sich an diesen, „du kennst meine Preziosen. Welches sind die kostbarsten?"

„Euer Gnaden, das sind der Pic al jempelterke, für den der Amsterdamer Juwelier zwölftausendfünfhundert Taler, und der Gibbel il prinskewicke, für den er elftausenddreihundert

Taler bot. Außerdem aber der große Nori al hipra, der auf achtzigtausend Taler taxiert ist und eben in ein Kollier gefaßt wird. Gnaden tragen beide ersteren Diamanten seit einigen Tagen als Berlocken."

„Ah, diese also?" sprach Scapin gleichgültig, indem er sie losmachte und betrachtete. „Schöne Steine – Wasser und Feuer. Nun denn, damit ihr mir das Glück nicht mißgönnt, in der Nähe dieser Göttin zu weilen – hier, ihr Götter und Fische, habt ihr sie!"

Damit warf er beide Ringe plötzlich weit in die Elbe, während Julie einen Schreckensschrei ertönen ließ und Jean die Absicht zeigte, sich nachzustürzen.

„O Gott, die schönen Diamanten!" jammerte Julie, in das Wasser blickend.

„Waren recht nette Dinger", bemerkte Scapin gleichgültig. „Der eine besaß jedoch nur Feuer, der andere nur Wasser. Der große Nori, den ich eben fassen lasse, hat beides; Sie sollen nächstens selbst darüber urteilen."

„Aber um Himmels willen nicht auf dem Wasser!" rief Julie.

„Wo Sie nur wünschen. Ihr Wunsch ist mir Befehl", sprach Scapin leise, ihr die Hand küssend, worauf er sich verabschiedete und nach Altona zurückrudern ließ, während Julie noch lange in den Strom blickte, wohin der Verschwender für viele tausend Mark Diamanten warf, die sie so gern gehabt hätte.

Scapin hatte von Schnepfe die Geschichte Spickmanns und jenes Apfelbaumes erfahren. Da er in Julie die herzlose Kokette erkannte, so machte er sich gar kein Gewissen daraus, sein Spiel mit ihr zu treiben. Er bestellte bei dem Schmuckhändler ein Kollier mit einem besonders großen Diamanten, über dem eine Grafenkrone angebracht sein mußte, deren falsche Perlen von ziemlicher Größe waren. Außerdem noch Ohrgehänge, eine Brosche und zwei Armbänder, alles mit Brillanten übersät und so gut und täuschend wie möglich gearbeitet.

Am Tage nach dem „Ring des Polykrates" war bei Spickmanns große Gesellschaft, zu der Scapin eine Einladung erhielt. Er fand sich, von seinem treuen Jean begleitet, in der Villa an der Alster ein und leistete im Fache der Millionärsverachtung Außerordentliches gegen Schröpfer und Kompanie nebst Konsorten, während Hanf- und Eisenmölke so wenig von ihm bemerkt wurden wie Infusorien in einem Glas Wasser. Dagegen bemerkte Hanfmölke plötzlich Jean unter den übrigen Dienern der Millionäre und fand, daß er eine merkwürdige Ähnlichkeit mit einem beliebten Komiker des Aktientheaters in St. Pauli habe. Hanfmölke ging sehr oft in das Theater, weshalb er den Komiker kannte, da dieser gewöhnlich in seiner natürlichen Figur spielte, während Scapin auf der Bühne stets eine solche Maske anlegte, daß ihn seine eigene Mutter nicht erkannt hätte. Der treue Jean stand gerade im Vorzimmer und bestätigte gegen Spickmann jun. die Ringgeschichte, die dieser durch die Bootsführer am Morgen erfahren hatte. Hanfmölke sah ihn eine Weile staunend an und fragte ihn endlich, ob er mit dem Komiker verwandt sei.

Jean nickte kummervoll mit dem Kopf und sprach, indem er ihn hängen ließ: „Leider, leider habe ich einen Bruder, der unter den Schauspielern und am Aktientheater ist. Er war immer der Taugenichts der Familie und hat uns viel Kummer gemacht."

Der junge Spickmann machte sich aber an Scapin und warnte ihn dringend vor Julie, was diesen ungemein belustigte, während er behauptete: „Spaß, nichts als Spaß!"

Einige Tage nach dieser Gesellschaft befand sich Scapin in der Theatergarderobe und war mit Ankleiden beschäftigt, als ein paar Schauspieler hereinkamen und ihm meldeten, daß ihn zwei Herren zu sprechen verlangten. Nach kurzer Zeit öffnete sich die Tür und zwei Herren traten ein, von denen einer erstaunt stehenblieb und Scapin durch eine Lorgnette anstarrte.

„Äh – äh seehr!" Das war alles, was das Kalb herausbrachte, als es den Millionärverächter halb angekleidet erblickte.

Scapin sah mit einiger Verwunderung Spickmann jun. und Schwarz vor sich stehen, den er nicht kannte. Er hätte alle Ursache gehabt, in Verlegenheit zu kommen. Ein solcher Zustand war jedoch bei der souveränen Verachtung aller Menschen, die nicht durch geistige Größe hervorragten, bei ihm unmöglich. Verlegenheit befällt nur kleine, beschränkte Geister.

Scapin geriet also nicht im geringsten in Verlegenheit, als er Spickmann erblickte. Das Kalb stand verblüfft und sah bald ihn, bald Schwarz mit offenem Munde an. Schwarz ergriff endlich das Wort und fragte: „Wir haben die Ehre, Herrn Krabitsch vor uns zu sehen?"

„Krabitsch, zu dienen. Ganz und gar Krabitsch. Was wünschen die Herren?" entgegnete Scapin fast demütig.

„Haben wir vielleicht auch die Ehre, zugleich Herrn von Scapin zu begrüßen, der so galant war, Diamantringe von ungeheurem Werte in die Elbe zu werfen?" fuhr Schwarz sarkastisch fort.

Scapin sah etwas verwundert um und hinter sich, ob noch jemand neben ihm stehe, den Schwarz meine.

„Herr von Scapin? Habe nicht die Ehre. Wie kommt es, daß Sie den Herrn hier suchen?"

„Äh! äh! – Aber Herr von Scapin! Sehen heute zwar merkwürdig älter aus. Ist auch nicht die Stimme. Ist aber doch", sprach Spickmann.

„Wie kommen Sie dazu, einen solchen Herrn hier zu suchen?" fragte dieser. „Wer ist denn Herr von Scapin, und wer sind Sie, wenn ich fragen darf?"

Das Kalb sah sich verblüfft nach Schwarz um, der Scapin scharf betrachtete. In diesem Augenblick kam der Kollege, der treue Jean, herein und grüßte die Fremden so unbefangen, als hätte er niemals einen von beiden gesehen. Spickmann war bei seinem Anblick vollständig perplex und murmelte nur: „Jean – bei Gott, Jean!"

„Diese Herren suchen einen Herrn von Scapin. Ist Ihnen ein solcher bekannt?" wandte sich der Millionärverächter an den Eingetretenen.

„Allerdings. Sonderbares Zusammentreffen. Sie haben keine Ahnung, daß gerade Sie einige Ähnlichkeit mit diesem Manne besitzen. Ich habe einen Bruder, eine gemeine Bedientenseele. Dieser Elende ist seit langer Zeit Diener bei diesem Grafen Scapin-Hünenfels, der sehr reich ist und große Güter in Dänemark besitzt. Wie kommen aber die Herren darauf, den hier zu suchen?" entgegnete der Kollege.

„Wie wir darauf kommen, den Herrn hier zu suchen?" bemerkte Schwarz. „Nun, aus dem Grunde, weil wir ihn von Neumühlen aus beobachteten und ihm folgten, wobei sich seine Spur jedesmal in diesem Theater verlor. Wir wollten diesen Herrn vor einer gewissen Dame warnen, im Fall er sich ernstlich mit ihr verbinden will. Da wir aber nicht fanden, was wir suchten, so bitten wir um Entschuldigung. Vielleicht ist der Herr so gut und läßt den Grafen durch seinen Bruder warnen", schloß Schwarz, sich lächelnd an Scapins Kollegen wendend. „Wir bitten um Entschuldigung wegen der Störung und empfehlen uns." Mit diesen Worten ging Schwarz und zog den noch immer verblüfften Spickmann zur Tür und zum Tor hinaus.

Die beiden Schauspieler sahen sich eine Weile an und brachen dann in Gelächter aus.

Der Theaterjuwelier hielt Wort und lieferte einen Schmuck, dessen Wertlosigkeit nur ein Kenner auf den ersten Blick entdecken konnte. Bracelets und Ohrringe lagen in einem, Brosche und Kollier in einem zweiten Etui von rotem Samt.

Jean legte die höchste Galatracht an, die die Theatergarderobe hergeben konnte, und brachte das Etui mit den Bracelets und Ohrringen zu gut berechneter Zeit nach Neumühlen, damit die Juwelen noch im Tageslicht leuchten konnten, während doch die junge Dame nicht viel Zeit übrig behielt, um eine genaue Prüfung anzustellen. Jean meldete das unendliche Bedauern seines Herrn, daß nicht der vollständige Schmuck zur Ansicht der Dame geschickt werden könne, da der Juwelier nicht abgeliefert habe. Der Herr werde sich jedoch selbst das Vergnügen machen, noch heute den großen Diamanten zur Ansicht zu bringen. Julie trug das Etui in ihr Schlafzimmer, wo sie die blitzenden Steine beim letzten Tageslicht mit funkelndem Auge betrachtete. Die Dämmerung brach herein, der die Dunkelheit bald folgte. Die Lampe in Juliens Schlafzimmer wurde angezündet, und die falschen Steine glänzten um so prachtvoller in die falschen Augen, da ihnen die Nacht, die Freundin alles Falschen, zu Hilfe kam. Julie legte die Ringe um den Arm und heftete die Glocken in die Ohren, wonach sie sich im Spiegel betrachtete, aus dem ihr die Strahlen der Steine entgegenleuchteten. Plötzlich entfuhr ihr ein leiser Schrei, denn im geöffneten Fenster blitzte und funkelte es, als habe sich der ganze Sternenhimmel herabgelassen. Scapin saß auf der Brüstung und hielt das Kollier herein, dessen großer Stein wie eine Sonne glänzte. Er hatte den Weg über den Apfelbaum gefunden und stieg jetzt ungeniert in das Zimmer. Julie stand wie festgebannt, die Augen auf die Steine gerichtet, von denen sie bezaubert wurde wie vom Blick einer Klapperschlange. Scapin ließ sich, ihr das Etui darbietend, auf ein Knie nieder und sprach leise:

„So hat mich noch kein sterbliches Weib gesehen, denn alle, die ich kenne, lagen mir zu Füßen. Der weiblichen Schönheit höchste Potenz wirft mich aber vor dir nieder, herrliches Weib! Ich lege meinen Stolz von mir und frage dich: Willst du mein sein und soll Graf Scapin von Hünenfels morgen mit deinem Vater sprechen? Laß dir noch sagen, daß ich dir Millionen zu Füßen legen könnte, wenn ich sie einer Erwähnung wert hielte und sie nicht gründlich verachtete! Sieh", hier ließ er die Steine im Lampenlicht spielen, „willst du diese Grafenkrone tragen?"

Julie faßte, wie bezaubert, nach dem Schmuck und hielt ihn fest, indem ihre Augen in Entzücken strahlten. Scapin trat leise an das Fenster, schloß es und ließ den Vorhang herab.

Die Sonne stand am nächsten Morgen ziemlich hoch, als Julie im Garten erschien, um Kaffee zu trinken. Ihre Schwester saß schon lange sinnend dort und schaute auf den Strand. Diese hoffte, Schwarz zu erblicken, den sie in der letzten Zeit einigemal hier bemerkte, der jedoch stets verschwand, sobald sie sich sehen ließ. In der Stadt wandte er sich jedesmal finster ab, wenn sie ihn traf, wobei ihr das Herz zerspringen wollte, denn die Arme liebte ihn grenzenlos. Als sie den suchenden Blick einmal auf ihre Schwester wandte, die sich stumm an den Kaffeetisch setzte, sah sie betroffen auf. Im Gesicht Juliens lag etwas so Eigentümliches. Ein stolzer Triumph und doch eine gewisse Angst. In den Augen loderte bald ein hervorbrechendes Feuer, bald hingen sie mit Spannung auf dem Wege, der von der Stadt daherführte. Sie dachte daran, daß der Graf mit ihrem Vater sprechen wollte, den sie seit Wochen nicht gesehen hatte. Der Graf hatte versprochen, noch am Vormittag mit dem Vater oder ohne ihn zu kommen. Es kamen jedoch nur die Gestalten von Lotsen und bekannten Sommergästen daher. Endlich eine ungewöhnliche Figur. Ein Groom in Livree, der sich nach Fräulein Julie Stubborn erkundigte und ihr ein Billett, mit einer Grafenkrone gesiegelt, übergab.

Julie riß den Brief auf und fand ein Logenbillett, in ein duftendes Blatt gewickelt, auf dem nur die Worte standen: „Graf S. von Hünenfels. Heute abend im Aktientheater zu St. Pauli."

„Aktientheater in St. Pauli?" dachte Julie erstaunt. „Sonderbar. Der Graf gibt mir dort ein Rendezvous? Hm. Er hat den Vater jedenfalls nicht getroffen. Das Theater ist abgelegen und man ist dort unbeobachtet. So wird es sein." Sie barg Brief und Billett, dann verfiel sie in unruhiges Sinnen und blickte wohl hundertmal nach der Stadt hin. Es kam jedoch kein Graf, denn Scapin mußte den Lord in „Sie ist wahnsinnig" spielen, und zwar zu seinem großen Bedauern, da er nicht wußte, wie lange der Schmuck seinen Wert für die Dame behalten würde.

Direktor Behrens hatte den Versuch mit der alten Schule aufgegeben und Scapin das Feld wieder überlassen, dessen Glanzleistung im naturalistischen Fach der Lord war, den er vortrefflich spielte und wobei er so wenig Maske anwandte, daß ihn nur die Abwesenheit der Millionärschaft im Aktientheater vor dem Erkanntwerden rettete.

Vor Anfang des Stückes stieg Julie verschleiert aus einem Wagen und trat in das Theater, wo sie ihr Billett vorzeigte. Ein Logenschließer führte sie mit tiefen Verbeugungen in eine Loge, die ein Herr ganz allein genommen habe, wie er erzählte. Ein feiner, generöser Herr, der ihm fünf Taler Douceur gegeben. Wer konnte dies anders sein, als der Graf? Julie nahm den Fauteuil ein, den ihr der Logenschließer vorn bot, während hinten nur zwei Stühle reserviert waren.

Sie wartete mit Spannung auf die Öffnung der Logentür und sah nur mit einem flüchtigen Blick nach der Bühne, als das Stück begann. Dann wandte sie sich wieder der Tür zu. Plötzlich aber schlug ein Ton an ihr Ohr, bei dem sie herumfuhr: Der Lord war aufgetreten. War das nicht die Stimme des Grafen? War er es nicht selbst? Wie ein Heer böser Geister stürmte diese Frage auf sie ein. Es begann alles um sie her zu schwirren. Das Publikum, die Logen, die Lampen, alles fuhr wild durcheinander, nur der Graf, der schreckliche Graf, blieb felsenfest dort stehen und trat immer deutlicher, unverkennbarer, fürchterlicher hervor. Sie starrte nach der Bühne und bemerkte nicht, daß zwei Herren hinter ihr Platz genommen hatten, bis ein anderer Ton sie rückwärts blicken ließ.

„Äh! äh! seehr! Der Krabitsch ausgezeichnet. Famoser Kerl. Sollen ihn erst mal den Grafen Scapin von Hünenfels spielen sehen, und wie kann klettern auf Apfelbaum. Äh!"

Es war die Stimme Spickmanns. Es war wiederum nicht mehr das Kalb, sondern ein böser Dämon wie damals auf der Düne. Julie geriet in einen lethargischen Zustand und lag starr im Fauteuil. Die Lampen und das Publikum schwirrten fort, aber sie dachte und hörte jedes Wort.

Plötzlich fuhr sie auf, denn eine andere ihr schreckliche Stimme klang wie die Posaune des Gerichts. Es war Schwarz:

„Oh, Sie sollten Krabitsch in der neuen Rolle sehen, wo er einen Brief von einer herzlosen Kokette erhält, in der sie seine Hand zurückweist. Ich habe die Rolle zufällig hier und kann Ihnen eine Stelle aus dem Brief vorlesen. Hören Sie."

Schwarz las am Ohre Juliens, die immer noch im regungslosen Banne lag, aus dem Briefe seines unglücklichen Bruders:

„Ich verlange von meinem künftigen Manne vor allen Dingen eine glänzende Equipage und Dienerschaft. Kannst du mir beides bieten? Nein! – Ich verlange den ausgedehntesten Kredit bei Mode- und Putzhändlern sowie bei Juwelieren, um in jeder Mode der Saison mit den prachtvollsten Stoffen glänzen zu können. Kannst du mir jährlich nur fünfzehntausend Mark dafür aussetzen? Nein! – Ich will jeden Sommer ein Bad besuchen. Kannst du mir zehntausend Mark dafür anweisen? Nein! – Ich will eine glänzende Wohnung haben, worin ich prachtvolle Diners, Bälle und Konzerte gebe. Ich will eine Loge in jedem Theater und eine Villa an der Alster haben. Ich bedarf Summen zu Ausgaben, die mein Mann nicht zu wissen braucht. Kannst du mir dies alles außer den Mitteln zum gewöhnlichen Haushalt bieten? Nein, und abermals nein!"

„Äh! äh! seehr – gut. Dann muß Mann wie Grafen Hünenfels heiraten, kann dann alles das haben. Ha – ha! Auf Theater. Alles von Pappendeckel", lachte das Kalb.

„Alles so echt wie die Berliner Brillanten und ihre Seele", sprach Schwarz, indem er mit Spickmann die Loge verließ.

Julie erwachte bei diesen Worten aus ihrer Lethargie. Sie starrte noch auf die Bühne, wo der Lord dem Doktor erklärte, daß sie wahnsinnig sei. „Ich! Ich!" flüsterte Julie. „Ich werde es!" Damit sprang sie auf und lief in dumpfer Betäubung hinaus und an der Elbe hin, bis sie halb besinnungslos in ihrem Schlafzimmer ankam.

Der „Seehund“ am Elbstrand

## Vierundvierzigstes Kapitel

# Meister Wöllers geht in See

Meister Wöllers hatte die Kämpfe mit den Hafenpiraten satt und entfloh mit dem „Seehund“ nach den friedlichen Gestaden von Neumühlen. Der Meister wälzte sich in einem nie gekannten Gefühle der Freiheit auf dem Deck seines Fahrzeuges, wobei er die Romane von Kapitän Marryat[45] las und dadurch mehr und mehr zu dem Entschlusse kam, in See zu gehen. Die Elbe wurde ihm zu klein. Er verlangte mehr „Segelraum“ und studierte eifrig die Nordseekarte, konnte aber noch nicht mit sich einig werden, ob er direkt nach London oder nach Paris gehen solle. Außerdem machte ihm auch noch ein alter Sextant, den er eines Tages auf der Judenbörse[46] entdeckte, das Leben sauer, denn es fehlten einige notwendige Gläser daran, weshalb Wöllers vergeblich guckte, drehte und schob, um die „Höhe“ zu finden, wenn die Sonne kulminierte.

Währenddem schmiedete die Meisterin Pläne, und Takel-Jan suchte mit seinen Spießgesellen alle Winkel des Hafens ab, um das Versteck des „Seehund“ zu entdecken. Endlich erfuhr er, daß das Schiff bei Neumühlen liege.

Wöllers kehrte eines Abends mit dem Boot von der anderen Elbseite zurück, wo er mit einigen Freunden in den Riedbrüchen Enten gejagt hatte. Als er an den Kutter kam, teilte ihm Krischaan, der mit einem Pistol bewaffnet in der Luke saß, mit, daß er Takel-Jan in den Weidenbüschen habe umherschleichen sehen. Der Meister erklärte seinen Bekannten, wer dies sei, und tat den Schwur, ihm die Beine voll Schrot zu schießen, sobald er nur den Kutter anrühre. Ein Bekannter machte ihn jedoch aufmerksam, daß ein solcher Schuß in der Nähe tödlich werden könne, und schlug vor, die Schrote aus der Flinte zu ziehen und Salz dafür hineinzuladen, was auch eine recht hübsche Wirkung habe. Die Sache wurde ausgeführt und die ganze Gesellschaft begab sich nebst Krischaan lärmend an den Strand und zu Lüddemann ins Wirtshaus, um Takel-Jan, der sie jedenfalls beobachtete, sicher zu machen. Von Lüddemanns Garten aus schlich man sich dann einzeln in die Weidenbüsche, woselbst man sich, den Kutter im Auge, auf die Lauer legte.

Wöllers befand sich etwa zwanzig Schritte vom „Seehund“, der, anscheinend ganz verlassen, nach dem Strome zu geneigt, auf dem Sande lag. Es begann eben zu dunkeln, als er bemerkte, daß ein Boot langsam dahertrieb, in dem niemand zu sehen war. Kurz vor dem Kutter blieb es am Strande sitzen, worauf eine Figur auf allen vieren heraus- und am Boden hinkroch, bis sie den „Seehund“ erreichte. Hier richtete sie sich, an der dunklen Schiffsseite fast unsichtbar, auf und sah vorsichtig über Bord; dann bückte sie sich wieder und tastete am Bauche des Fahrzeugs umher. Da es um die hohe Sommerszeit in dieser Gegend nie ganz dunkel wird, so konnte Wöllers, der Takel-Jan schon lange erkannt hatte, genau jede seiner Bewegungen erkennen. So sah er denn auch, daß der alte Spitzbube jetzt einen großen Bohrer aufhob, um dem „Seehund“ ein Loch in den Bauch zu bohren. Das war doch zu toll, und da sich Takel-Jan eben recht einladend bückte, um den Bohrer anzusetzen und dabei die Hose auf seinem Stern sehr straffzog, so richtete Wöllers seine Flinte nach diesem Ziel und knallte los. Auf den Schuß wurde es in den Weidenbüschen lebendig, denn die dort Versteckten kamen mit einem Hurra hervor. Vom Strande aus liefen einige Grenzjäger herbei, während sich Takel-Jan mit einem Schrei nach achtern griff und von seinen Freunden, die plötzlich aus dem Boot auftauchten, hineingezogen wurde, worauf es eiligst verschwand. Man lachte über die „Einpökelung" Takel-Jans, und Wöllers glaubte nun Ruhe vor ihm zu haben. Er legte sich, da die Grenzjäger aufzupassen versprachen, nebst Krischaan schlafen.

Am nächsten Vormittag kam Gevatter Schünnemann auf dem Strande daher und brachte die Nachricht, daß der Meister wegen des Schusses von der Hafenrunde gesucht würde. Daß die Meisterin mit darunter steckte, war ausgemacht, denn einer der Beamten war mit ihr nach Altona gefahren, jedenfalls um die dortige Polizei zur Aushebung des Kapitäns am Neumühlener Ufer anzufordern. Der Gevatter riet ihm, sich möglichst drüben am hannoverschen Ufer zu halten. Wöllers dankte für die Nachricht und sprach die Absicht aus, lieber gleich eine Tour an der holländischen Küste hin nach Havre de Grace und Paris zu machen. Er gab Schünnemann deshalb für seine Abwesenheit einige schriftliche Geschäftsanweisungen, trank eine Flasche Wein mit ihm, nahm Abschied und ging sofort elbabwärts unter Segel. Schünnemann stand am Ufer und sah dem „Seehund" nach, bis er wie ein kleines Boot erschien und hinter Övelgönne[47] verschwand.

Der Kutter lief mit der Ebbe hinab und war gegen Dunkelwerden in der Gegend von Twielenfleth bei Stade. Wöllers wollte über Nacht nicht weitersegeln und gab Befehl, den Anker fallen zu lassen. Als der Morgen heraufstieg, hatte sich Ostwind erhoben; man steuerte bei Glückstadt vorbei. Die Elbe wurde breiter, worüber sich Wöllers freute, da es nun nicht an Segelraum gebrach. Gegen Mittag sah man den Leuchtturm von Cuxhaven, und der Meister gab Befehl, einen Punsch zu brauen, um die See damit zu begrüßen. Krischaan, der in seinem Leben das Meer noch nicht gesehen hatte und eben mit dem Mittagessen beschäftigt war, kam auf Deck und wunderte sich, rundum nichts als Wasser zu sehen, während sich nur zur linken Hand ein Landstreifen hinzog. Er freute sich über den schönen Anblick, besonders über das helle, klare Wasser, das ganz anders aussah als oben bei Hamburg. Er holte einen Eimer voll herauf und ging dann wieder an seine Küchengeschäfte. An dem Bollwerk der „Alten Liebe" standen mehrere Lotsen und Beamte, die ihre Fernrohre auf den Kutter gerichtet hatten. Wöllers winkte mit dem Hute und segelte weiter, bis er bei der Kugelbake seinen Kurs änderte und in die Watten einlief, denn er fand es doch zu gewagt, die offene See zu halten, und zog es vor, an der Küste hinzusegeln.

Am nächsten Tage las man in den Schiffsanzeigen: „In See gegangen: Lustkutter ‚Seehund'. Kapitän unbekannt." Worüber Madame Wöllers in Ohnmacht fiel.

Als der „Seehund" so lustig dahinlief, ließ Kapitän Wöllers ein Paar Gläser Punsch nach dem Ruder bringen, um den ersehnten Augenblick des „In-See-Gehens" würdig zu feiern. Er stieß mit seinem Schiffsjungen auf eine glückliche Reise an, und beide tranken ihre Gläser aus. Kaum hatte jedoch Wöllers das seinige halb hinter, so spuckte er alles wieder aus, während Krischaan gleichfalls mit stieren Augen das Glas ansah und sich den Bauch hielt. „Wat hest du Mordshalunk dor forn Giftkrom mokt?" schrie der Kapitän. „Sallst du mi for mien Fru doodmoken? Wat is in dat Tüügs?" Krischaan wußte nicht, woher der verteufelte Geschmack kam. Er hatte doch von dem schönen klaren Wasser genommen, das er vorher heraufgezogen! Als er dies dem Meister sagte, schrie dieser lachend: „Na, nu slog eener Rad! Kokt de Esel Punsch ut Seewoter!"

Das Wetter blieb den ganzen Tag über wunderschön, und der Kutter lief mit allen Segeln vor dem Winde. An der Weser angekommen, mußte Wöllers zu seiner größten Freude nur nach dem Kompaß steuern, da das Land außer Sicht kam. Hier lag eine kleine Fischerflotte, zwischen der er durchlief. Man rief ihm von allen Seiten zu und zeigte nach der Gegend, von welcher er kam. Wöllers verstand die Leute indes nicht und glaubte, er würde etwa verfolgt, da er ein Segel hinter sich entdeckte. Der Wind blies währenddessen stärker, und da das Wasser etwas wogte, so sah sich Krischaan bedenklich um. Dem Meister wollte es vorkommen, als würde er bei wachsendem Seegang nicht ganz auf seine Mannschaft rechnen können.

Madame Wöllers war wirklich in Ohnmacht gefallen, denn es leuchtete ihr ein, daß Wöllers durchgebrannt und ihr aus den

Händen gekommen war. Dafür hatte sie freilich Takel-Jan mit seinen Freunden gewonnen, die ihr das Leben mit den Bulletins über das Befinden des „Erschossenen“ sauer machten, ihr durch Beschreibung seiner Wunden und Aufzählung der Arzneimittel eine Menge Geld abpreßten.

Trotz aller Drachennatur hatte die Meisterin aber doch eine Falte im Herzen, zwischen der die Liebe zu ihrem Manne versteckt lag; denn als vierzehn Tage vergingen, ohne Nachricht von Wöllers, so schmolz die Pantoffelrinde, und bittere Tränen flossen um den Hinweggetriebenen.

Bei den Bekannten hatten sich ernstliche Besorgnisse eingestellt. Leute vom Fach nannten es geradezu eine Tollheit, sich mit so wenig Kenntnissen und dem armen Teufel von Lehrjungen im „Seehund“, der wegen seiner Mucken verrufen war, aus der Elbe zu wagen. Man erkundigte sich bei allen Elb- und Weserlotsen, bei den Helgoländern, es wußte jedoch niemand etwas, und die letzte Spur hörte auf, wo die Fischer ihn gesehen und vor dem Sturm gewarnt, den sie erwarteten und der kurz darauf eintrat. Man schrieb nach Havre, sogar nach Paris. Alles umsonst. Kutter und Mannschaft waren spurlos verschwunden.

Im Schilf der Niederelbe

Fünfundvierzigstes Kapitel

# Nielsens Rache

Der Zollwächter Jörs war übler Laune, weil sich seine Entlassung länger hinauszog, als er dachte. Sein Ideal, die Branntweinschenke in Seeland, als deren Gast und Wirt er sich träumte, wurde dadurch hinausgerückt, weshalb er den Dienst ganz vernachlässigte, da ihm kein Fang mehr gelingen wollte. Dies hatte seinen natürlichen Grund allerdings darin, daß er die meiste Zeit im Schilfdickicht des anderen Ufers zubrachte und ein Geheimnis bewachte, das in dem Weidengebüsch verborgen lag.

Heute jedoch ging er nach Hause, d. h. nach der Ruine, die er aus dem Hause gemacht hatte. Als er in ihre Nähe kam, blieb er plötzlich stehen und stutzte, denn es kam ihm vor, als dringe ein schwacher Lichtschimmer durch ein Fenster. Eine große Besorgnis wegen verschiedener Flaschen, die er im Keller verborgen, überfiel ihn und ließ ihn einen kleinen Trab anschlagen, um einen ungebetenen Gast, der sich während seiner Abwesenheit etwa eingefunden haben konnte, zu vertreiben.

Er zog den Schlüssel aus der Tasche und wollte ihn hastig in das Schloß stecken, die Tür flog jedoch schon vorher auf, und eine drohende Gestalt stand in ihr.

Jörs prallte erschrocken zurück und stieß einen Schrei aus.

Der Lotse!

Die Haare sträubten sich auf dem Kopfe des Trunkenboldes, der einen Geist zu sehen glaubte. Voller Entsetzen rannte er davon nach Altona zu, um nur unter Menschen zu kommen. Er traf atemlos dort ein und ging in einen Keller, wo er bis Tagesanbruch bei der Flasche saß.

Das Licht der Sonne gab ihm den Mut zurück. Bei Tage gehen keine Geister um, und Jörs wagte sich mit dieser Beruhigung hinaus. Er nahm sich vor, das Haus zu verlassen, in dem der Geist des Besitzers spukte, und würde es gar nicht wieder betreten haben, wenn die Flaschen im Keller nicht ihre Anziehungskraft ausgeübt hätten.

„Die Flas'gen – die Flas'gen ßoll ich haben, und wenn ßehn Gespenster darauf säßen", brummte er, am Strande hinschreitend, worauf er nach dem Haus hinaufstieg.

Die Tür stand weit offen, und auf dem Platze davor lagen mehrere Gegenstände, die zu dem geringen Besitztum des Zollwächters gehörten.

Dieser starrte mit offenem Munde darauf hin, dann auf die Tür, denn wieder stand der Lotse darin und sah ihn an, aber nicht lange. Mit einem Satze war er bei ihm, packte ihn und warf ihn den Hügel hinab, daß ihm alle Rippen knackten. Jörs merkte jetzt, daß er keinen Geist vor sich habe. Der lebendige Lotse aber jagte ihm fast noch mehr Schrecken ein, als dies sein Gespenst getan haben würde. Der Lotse sprang dem noch am Boden Liegenden wie ein Tiger nach, packte ihn von neuem und schleuderte ihn abermals von sich in die Weidenbüsche, daß die Zweige krachten. Dort faßte er ihn nochmals und warf ihn in die Elbe: „So, du Hund! Das ist der Anfang der Abrechnung für das, was du hier getan hast! – Laßt den Schuft und Dieb ersaufen, damit er endlich seinen Durst stillt!" rief er dann mehreren Lotsen zu, die Jörs eben aus dem Wasser zogen, in sein Boot setzten und ihn damit in den Strom schoben, nachdem sie sein Gewehr und seine Sachen hineingeworfen, während andere den ergrimmten Nielsen umringten und verhinderten, daß er Jörs sofort umbringe.

Dieser kam zu sich, ergriff die Ruder und entfloh nach Altona zu, da die Flut gerade aufströmte. Die Nachbarn versuchten Nielsen zu beruhigen. Seine Rückkehr war unter den Lotsen bereits bekannt.

Das Gemisch von Schmerz und Grimm, mit dem ihn der Zustand seiner Heimatstätte erfüllte, preßte ihm Tränen aus. Es war die höchste Zeit für Jörs, daß er sich davonmachte, wenn er mit dem Leben und lediglich einer Klage wegen Diebstahls wegkommen wollte. Nielsen war ruiniert und besaß nichts mehr als seinen Ewer.

Als der erste Zorn verraucht, tat es ihm leid, Jörs nicht festgehalten und dem Gericht überliefert zu haben. Er ging, um ihn zu suchen und festzuhalten. Da das Haus verwüstet war, so blieb er in seinem Ewer, der bald vor Hamburg, bald vor Neumühlen ankerte. Von Jörs konnte er keine Spur entdecken – nur sein Hund irrte am Strande umher und suchte gleichfalls seinen Herrn.

Nach zwei Tagen brachte ein Fischer die Nachricht, daß er Jörs drüben in das Schilf habe schlüpfen sehen. Nielsen stieg in sein Boot und ruderte hinüber. Er steuerte in einen Wasserarm und begann nach seinem Feinde zu suchen. Bei einer Wendung glaubte er im Schilfe eine Masse zu sehen, die ein Boot sein sollte, und wollte dies eben näher untersuchen, als dort ein Schuß krachte und eine Rauchwolke aufstieg. Die Kugel riß dem Lotsen die Mütze und ein Büschel Haare vom Kopfe. Er griff nach der Stelle und sah seine Hand blutig von der Streifwunde. Im gleichen Augenblick wandte er auch sein Boot und trieb es aus dem gefährlichen Dickicht. Er fuhr nach dem Ewer zurück, um sich dort ein Pflaster auf die Wunde zu legen, worauf er ein Fernrohr holte. Er ging damit nach der Windmühle hinauf, von wo er in den gegenüberliegenden Schilfbruch blicken konnte, und untersuchte diesen durch das Glas auf das genaueste. Er betrachtete die einzelnen lichten Stellen und besonders die Gegend, wo der Schuß gefallen war. Nach einer halbstündigen Beobachtung schob er sein Glas zusammen und murmelte: „So, du mörderischer Halunke! Ich will dir nun wohl ankommen.“ Dann ging er nach dem Strand hinab.

Jörs saß indessen tief im dichtesten Gebüsch. Er hatte kaum seinen Fehlschuß bemerkt und den Lotsen davonrudern sehen, als er tiefer in das Schilf eindrang. Hier lud er vor allen Dingen seine Büchse wieder, dann fuhr er nach dem Gebüsch hinüber, auf dessen Wurzeln er gewöhnlich Posto faßte, und saß dort wie ein böser Geist, der einen Schatz bewacht. Er horchte auf jedes Geräusch und griff nach seinem Gewehr, sobald ein Vogel aufflog oder ein Fisch durch einen Sprung aus dem Wasser die Einsamkeit unterbrach. Seine Aufmerksamkeit war besonders auf die Gegend gerichtet, in der der Wasserarm, auf dem Nielsen mit dem Boot erschienen war, nach der Elbe hinausging. Er vermutete, dieser werde in Begleitung einiger anderer Boote kommen und ihn suchen. War dies der Fall, so entzog ihn sein Versteck in der Buschwurzel den Blicken der den Wasserarm Befahrenden, und er konnte durch das dichte Schilf zu seinem Boote gelangen, das er im Nebengerinne versteckt und flott hielt.

Es blieb alles ruhig, bis endlich zur Zeit der tiefsten Ebbe das Geräusch eines nahenden Bootes und ein Brechen und Knacken von Zweigen aus der Elbgegend her hörbar wurde. Auch hörte er einen Hund bellen. Jörs untersuchte seine Büchse genau, setzte ein neues Zündhütchen auf und flüsterte dann ingrimmig: „Diesmal will ich dich besser treffen. Ich will nicht auf den Kopf s'giesen, sondern auf die Brust.“

Er horchte wieder. Es blieb aber ein Weilchen ruhig, nur einmal fiel ein Ruder nieder.

Zu gleicher Zeit bemerkte jedoch Jörs ein leichtes Rascheln hinter sich im Schilf. Er blickte auf und sah, wie sich die Spitzen des Rohres bewegten. Die Bewegung kam in einer gewundenen Linie daher und zog sich hinüber und herüber. Jörs beobachtete sie mit größter Spannung und brummte endlich: „Teufel! Es ist mein Hund, den sie mit herübergebracht haben. Ich muß das Vieh erwürgen, sonst verrät es mich.“

Er tat einen leisen Pfiff und blickte nach den Schilfspitzen. Die Bewegung hielt sofort ein. Der Hund horchte und bellte. Das Schilf bewegte sich dann wieder.

„Arac! Hier!“ rief der Zollwächter leise.

Ein Geräusch vom Wasserarm her lenkte seine ganze Aufmerksamkeit dorthin. Er bog sich vor, um durch das Schilf zu spähen, und hielt seine Büchse mit grimmigem Lächeln, um den Hahn aufzuziehen.

In diesem Augenblick teilte sich das Schilf hinter ihm, und er erhielt einen Schlag auf den Kopf, der ihn besinnungslos niederwarf. Er sah die Büsche und das Röhricht wirbeln und fühlte sich gepackt, dann schwanden ihm die Sinne.

Es mochte eine halbe Stunde verflossen sein, ehe er wieder erwachte. Er wollte aufspringen, fühlte sich aber festgehalten und konnte sich nicht rühren. Er bemerkte mit Entsetzen, daß er mit einem Tau an die Buschwurzel festgebunden war, und strengte alle seine Kräfte an, um loszukommen. Das Tau und die Knoten waren zu fest. Er holte Atem und horchte. Sein Hund bellte. Er sah nach der Richtung und stieß einen Schrei aus. Der Hund verteidigte einen Rohrhaufen, den zwei Männer auseinanderrissen und zur Seite warfen, bis ein großes Boot mit vier Fässern zum Vorschein kam.

Es war das Geheimnis, das Jörs hier verborgen hielt und bewachte. Die Wein- und Rumfässer, von Nielsens Geld gekauft, die er aus Angst vor Stubborn des Nachts hier in Sicherheit brachte und später fortzuschaffen gedachte.

Er stieß ein Wutgeheul aus, als er sie im Besitz des Lotsen und seines Schiffsmannes sah. Diese kümmerten sich gar nicht um ihn, sondern hieben mit ihren Messern die Zweige ab, die den Schatz verbargen, und machten den Weg klar, um ihn bei steigender Flut herauszubugsieren.

„Bei steigender Flut!“ Entsetzlicher Gedanke für den Festgebundenen, der das Wasser um seine Füße spielen sah. Er brüllte laut auf und zerrte gewaltig an seinen Banden. Dann schrie er dänische Flüche hinüber, worauf er wieder um Hilfe rief.

Sein Hund schwamm zu ihm herüber und umkreiste ihn winselnd.

Der Lotse verschwand drüben im Schilfe. Vielleicht kam er, um den Gefangenen loszubinden?

Jörs horchte und sah umher.

Nielsen erschien wieder auf dem Wasser – im Boote des Zollwächters.

Die Flut war diesem bereits bis an die Knie gestiegen. Das Boot mit den Fässern drüben wurde flott und aus dem Dickicht gezogen, worauf es der Schiffsmann in das Schlepptau seiner Jolle nahm und damit im Flußarm verschwand.

Jörs brach aufs neue in gräßliche Verwünschungen aus und versuchte sich loszuwinden. Dann schrie er nach dem Lotsen um Erbarmen.

Dieser lachte ingrimmig und zeigte nach Neumühlen und dann nach seinem Kopfe, worauf er das Boot in die Nähe des Gefesselten brachte und regungslos darin sitzenblieb.

Die Flut stieg und reichte dem Zollwächter bis an den Leib. Jörs heulte und stieß Verwünschungen aus, wobei ihm der Angstschweiß vom Kopfe lief. Die Augen traten ihm heraus wie zur Zeit, wenn er eine gute Beute witterte.

Die Flut stieg und stand ihm an der Brust. Er war einem Gegner in die Hände gefallen, der ebenso unerbittlich war wie er selbst. Er schrie mit aller Kraft seiner Lungen um Hilfe.

Der Lotse stand im Boot und sprach finster: „Schrei nur, du Schurke! Jammere nur! Du sollst dasselbe Erbarmen finden wie die armen Fischer bei dir, wenn du ihnen ihr bißchen Zukker und Kaffee wegnahmst. Ich will dir helfen, wie du mir halfst, als du mich den Schurken in die Hände spieltest, die mich mit dem Schiff an die Seeräuber auslieferten. Wenn ich dich losbände, so wär' es nur, damit du in ihrer Gesellschaft ins Zuchthaus kämst."

„Bind mich los, guter Lotse – bring mich ins Zuchthaus. Ich will ins Zuchthaus!" schrie Jörs.

„Nein, nein! Dort gibt es zwar keinen Rum und keinen Schnaps, aber du kriegtest welchen, wenn du wieder heraus kämst, sollst aber keinen mehr kriegen. Du sollst Wasser trinken, viel Wasser! Siehst du, nimmersatter Säufer! Siehst du Schuft, der mir mein Haus und meine Ersparnisse ruiniert und versoffen hat, da kommt es!" Hierbei zeigte der Lotse auf die steigende Flut, die bereits um den Hals des Angebundenen spielte, dessen Haare zu Berge stiegen, während er heisere Angstlaute ausstieß.

„Ha, ha!" fuhr der Lotse fort, „du hattest von meinem Geld eine Kneipe in Seeland gepachtet – eine gemütliche Schnapskneipe, in der du zu trinken dachtest. Du ein Glas, der Gast ein Glas. Du hast die Bäume umgehauen, die ich als Kind pflanzte, du hast mir meine Heimat auseinandergerissen und meine Ersparnisse gestohlen, um zu trinken. Gut, du sollst trinken! Aber Wasser! Siehst du, da kommt es!"

Der unerbittliche, grimmige Mann zeigte auf die unerbittliche Flut, die dem Gebundenen an das Kinn wuchs und nur noch den Kopf sehen ließ – einen fürchterlichen, fahlen Kopf mit rollenden Augen, voller Todesangst, die nach den Zweigen über sich blickten, in denen Spuren der Flut hingen – einen Kopf, der gräßliche Flüche hervorstieß, die dem Lotsen, dem Wasser und der ganzen Welt galten, und bei denen Nielsen davonruderte, indem er den Elenden seinem Schicksal überließ.

Die Flut stieg ebenso ruhig wie unbarmherzig. Sie hatte schon bessere Leute verschlungen. Ein furchtbares, jammervolles Geschrei, mit dem Wasser kämpfend, verfolgte den Lotsen, der, von Grausen überfallen, dem Schilfdickicht entfloh, über das sich jetzt unheimliche Stille lagerte, die nur von dem schwachen Geheul eines Hundes unterbrochen wurde.

Nielsen wollte, als er die freie Elbe erreichte, nochmals umkehren. Ein Blick über den Strom auf seine verwüstete Heimat verhärtete jedoch sein Herz und ließ ihn mit fester Hand hinüberrudern.

Im Wandsbeker Gehölz

## Sechsundvierzigstes Kapitel

# Verschobene Abrechnung

Es verursachte dem alten Wolf Kopfzerbrechen, wenn er an den Diebstahl bei Stubborn, an Tricks Verschwinden in den Gängen und sein Wiedererscheinen bei seinem Prinzipal dachte, den er in der letzten Zeit gegen jedermann als wahnsinnig zu verdächtigen suchte. Der alte Wolf saß wie gewöhnlich im Hintergrund seines Kellers und kalkulierte. Zwischen seine Pläne kam immer wieder der Gedanke an Trick und seine Geschäfte. Aber noch mehr

Zweifel waren für ihn zu lösen. Mit Schwarz war seit jener Fahrt elbaufwärts etwas vorgegangen, was sein Wesen veränderte. Er blieb oft tagelang aus und verkehrte mit allerlei Wasserleuten. Er schien Geschäfte für sich zu machen, weshalb Wolf lauern und nachschleichen mußte, damit er dahinterkam; denn das Lauern und Nachschleichen war ihm ein Vergnügen, das etwas einbrachte. Nur ließ ihm das aufblühende Geldverleihgeschäft nicht viel Zeit dazu, darum verfluchte er soeben Schwarz, der wieder ausblieb und ihn den Keller hüten ließ.

Ein anderes Rätsel fiel nach der Rückkehr von Schwarz vom Himmel in den Keller: Jakob, der den Abend zuvor noch als verwünschter Zwerg fortging, kam am nächsten Morgen als vollständiger Stutzer wieder.

Die Veränderung, die mit diesem jungen Mann vorgegangen, war so gewaltig, daß der alte Wolf den Mund darüber ebenso weit aufsperrte wie der alte Ofen. Jakob hatte sich einer Scheuerung mit grüner Seife und Soda unterworfen. Dann war sein Haar gründlich durchgekämmt und mit Öl eingeschmiert. Ein paar Vatermörder brachten den alten Wolf zunächst fast um den Verstand, wozu noch eine kühne Krawatte das ihrige beitrug. Über den grauen Sommerrock nach neuestem Schnitt wäre Wolf noch weggekommen, aber die Hose mit Stegen, die wirklich passenden Stiefel, die glänzend daraus hervorsahen, vor allem aber die Glacéhandschuhe und der Spazierstock, die Jakob trug, damit schlug er ihn fast noch mehr nieder als an jenem Abend mit dem Teekessel.

Wolf mußte einigemal nach Luft schnappen, als der Junge mit vornehmer Nachlässigkeit eine Zigarre vorsichtig auf den Ofen legte, den er vorher abblies, die Handschuhe auszog und den Strohhut an einen Nagel hing, worauf er sich mit Gönnermiene an ihn wandte: „Na, gibt's was für mich, Alterchen?"

Wolf hätte dem Bengel gern eine Ohrfeige gegeben, wie dies sonst stets beim Empfang geschah, oder ihm in die Haare gegriffen. Die Haare waren aber so glänzend und die Vatermörder einer Ohrfeige so im Wege, daß er es diesmal unterließ und höchst erstaunt sagte: „Da schlag einer 'n Rad!"

„Genieren Sie sich gar nicht, Alterchen, man tau! Nur nich in die Ankers und die Flaschen hier", sprach Jakob ermunternd, indem er an der Zigarre zog, damit sie nicht ausginge, und dann die Hände in die Hosentaschen steckte.

Wolf schüttelte nur mit dem Kopf. „Wo hast du das Zeug her?“ fragte er plötzlich barsch, indem er Jakob dadurch zu fangen dachte.

„Seligmann & Kompagnie, Alter Wall“, entgegnete dieser mit der größten Seelenruhe.

„Wo hast du das Geld dazu her?“ krächzte Wolf, indem er sich im Keller umsah und herauszukriegen suchte, was wohl fehlen könnte.

„Würde nicht langen, Alterchen“, bemerkte Jakob, der den Gedankengang seines Prinzipals sogleich erkannte. „Müßte den halben Keller ausräumen, wenn ich von dem alten Schund hier einen solchen Anzug kaufen wollte. Sind da auf einer ganz falschen Fährte!“

„Wie kommst du also dazu?“ knurrte der Alte ärgerlich.

„'n reicher Engländer, der hat mir 'n geschenkt – 'n englischer Lord – hatte den Spleen 'n bißchen. Sonst aber 'n guter Mann“, sagte Jakob treuherzig.

Wolf sah ihn von der Seite an und brummte etwas, dann fragte er: „Hast du Schwarz beobachtet? Wo geht er hin?“

Jakob, der vor kurzem mit Schwarz beim Kleiderhändler gewesen war, wo ihm dieser den Anzug kaufte, besann sich und log dann: „Vorgestern abend habe ich ihn zum letztenmal gesehen. Er ging in den Tiefen Keller.“

Wolf spitzte die Ohren und murmelte: „So, so! Sieh mal an! Ging er allein?“ fragte er dann den lauernden Jungen.

„Nein, es waren drei junge Damen und zwei fremde Offiziere bei ihm.“

„Wa – was?“ stotterte Wolf erstaunt.

„Wollten wahrscheinlich unten frühstücken“, erklärte Jakob.

„Ick will dich befrühstücken, verdammter Junge!“ schrie Wolf, indem er einen Blechtopf nach Jakob warf.

Dieser ergriff den bekannten Teekessel und sprach mit Würde: „Betragen Sie sich anständig, Herr Prinzipal, sonst muß ich Ihnen diesen Kessel an den Kopf werfen. Wenn ich noch länger mit Ihnen in Geschäftsverbindung bleiben soll, so muß ich durchaus auf ein anständiges Betragen Ihrerseits dringen. Ich bin nicht Ihr Sklave, und wenn Sie mir nicht mit der schuldigen Hochachtung begegnen können, sind wir geschiedene Leute. Ich will Ihren Entschluß oben abwarten.“

Bei diesen Worten setzte Jakob seinen Strohhut auf, zündete die Zigarre wieder an und ging in ruhiger Würde die Treppe hinauf. Oben lehnte er sich an eine Linde und verfiel in tiefsinnige Betrachtungen und Spekulationen.

Der alte Wolf unten war moralisch niedergeboxt und brummte ein ums andere Mal: „Nein, so 'n verdammter Jung! Wie er das gleich kann und den Feinen spielt. – Hm, ob ich das nicht auch versuchen könnte? Wär' für manche Geschäfte famos. Gebt nur so'm Kerl Kleider und steckt ihm Geld in die Tasche, so kann er's, als hätte er's gelernt." Damit stieg er die Treppe hinauf.

Jakob sah ihn von der Seite an und fragte: „Haben Sie sich's überlegt?"

„Wenn du keine Streiche machen willst", befahl Wolf, „bleibst du hier und gibst auf das Geschäft acht." Dann ging er fort und sah sich noch viele Male nach dem Jungen um, der auf einem Fasse saß und nachlässig auf die Kellertür blickte, als ginge sie ihn gar nichts an.

Als Wolf Jakob verließ, suchte er einen berüchtigten Rechtsfreund auf, der ein paar Wechsel protestieren und die Akzeptanten hetzen mußte – dann besuchte er einige Weinkeller, wo er Gelder zu hundert Prozent gegen Wechsel mit doppeltem Giro anbrachte und noch extra einige Taler als armer Agent nebst einem ausgiebigen Frühstück herauspreßte, worauf er fällige Wechsel einkassierte oder gegen doppelte Zinsen prolongierte. Kam ihm auf seinem Wege eine kleine Nebenbeute in die Hand, so machte er es wie der Fuchs, der auf dem Gang nach den Hühnern und Enten gelegentlich einen Frosch oder eine Heuschrecke wegschnappt. Eine spottbillige Uhr oder ein Ring fanden stets einen Liebhaber an ihm. Nachdem gar nichts mehr zu machen war, ging er zu Stubborn, um Abrechnung zu halten.

Als er in das Vorzimmer trat, wunderte er sich nicht wenig, dort ein Bett hinter einer spanischen Wand und davor Herrn Stork, den Polizeimann, zu finden, der offenbar hier geschlafen hatte und ihn aufmerksam betrachtete. Wolf fragte verwundert, ob Stubborn etwa ausgezogen sei. Herr Stork schüttelte mit dem Kopf und zeigte auf die Tür zu dem andern Zimmer, worauf er auf seine Stirn deutete und sagte: „Er ist drin und wird immer schlimmer – Herr Trick kam zuerst darauf, und jetzt ist er in die fixe Idee geraten, daß durchaus jemand von der Polizei hier schlafen solle, was Herr Trick für den Ausbruch des vollständigen Wahnsinns hält und ihn deshalb nach dem Irrenhaus gebracht haben wollte. So schlimm steht es jedoch noch nicht, denn er ist ganz ruhig, und die Sache hat zwei Seiten. Er glaubt sich zwar immer bestohlen und hat wieder Anzeige gemacht, daß ihn die Finkenwerder vor kurzer Zeit in das Schilf gelockt und ausgeplündert hätten. Der Teufel soll aber klug daraus werden, wer hier eigentlich den Knall hat. Gehen Sie hinein. Ich muß jetzt fort."

Stubborn schien froh über die Ankunft Wolfs zu sein und rechnete und zählte mit Gier das Geld durch, wobei er jede Minute ängstlich nach der offenen Tür blickte. Er fürchtete augenblicklich das Erscheinen seines Kompagnons, das ihn jedesmal mit Angst und Wut erfüllte. Herr Trick kam täglich und hetzte Stubborn mit dem Briefe aus Batavia bis zur Verzweiflung. Es gereichte ihm zum höchsten Vergnügen, dem darüber fast rasenden Stubborn den Brief jeden Tag laut vorzulesen, selbst auf die Gefahr hin, daß Herr Stork im Vorzimmer sei. Dazu las er die englischen Worte deutsch und wiederholte die Stelle, wo der Piratenagent anzeigte, daß er das Schiff samt der wertlosen Ladung mit Mann und Maus in Stubborns Auftrage versenkt habe und nun endlich den ausgemachten Lohn umgehend in Gold erwarte, widrigenfalls er persönlich in Hamburg zur Einkassierung seines Guthabens erscheinen werde.

War diese Vorlesung zu Ende, so versuchte Trick den Brief an Stubborn loszuschlagen, und zwar um nichts Geringeres als die Erneuerung der Wechsel, die ihm der Prinzipal aus dem alten Bild gestohlen, wozu er unerbittlich die Zinsen verlangte. Stubborn blieb dabei, daß er von diesen Wechseln durchaus nichts wisse und sie nimmer ersetzen könne, da er jetzt ein armer Mann sei, worüber Trick jedesmal in große Heiterkeit geriet und sich erbot, ihm die versteckten Kapitalien suchen zu helfen.

Dieser Vorschlag war eine neue Quelle des Schreckens und der Beängstigung für den Prinzipal. Er hielt den größten Teil seines Vermögens in einem geheimen Wandschrank versteckt, der für den Uneingeweihten nicht zu finden war und von dem Trick keine Ahnung besaß. Wie leicht konnte dieser jedoch das Geheimnis erlauern, und dann war alles verloren!

Vorderhand glaubte Herr Trick steif und fest, daß sein Kompagnon die verfügbaren Summen irgend anderswo verborgen habe, denn er hielt ihn für zu klug, sie bei sich liegen zu lassen.

Der eiserne Geldkasten barg nur einige tausend Mark und war durch das Losschrauben vom Boden und die nächtliche Anwesenheit des Polizeipersonals so sicher wie die Bank geworden. Herr Trick beobachtete Stubborn deshalb unausgesetzt und verfolgte ihn auf allen Wegen, was dieser bald bemerkte und wofür er ebenso schnell den richtigen Grund fand. Es machte ihm dann ein kleines Vergnügen, Trick hinter sich herzulocken und ihn in der Irre umherzuführen. Er fuhr nach Wandsbek und schlich in den Wald, wo sich alte, hohle Eichen befanden, in die er vorsichtig kroch und von denen er ebenso vorsichtig wegschlich, um dann aus dem Gebüsch mit grimmigem Behagen zu sehen, wie Trick, wenn er ihn fern glaubte, in den Baum kroch, um ihn erfolglos zu durchsuchen und, ihn dann verzweifelnd betrachtend, wie ein Baumspecht an seine Nase zu klopfen. Er ging einige Tage darauf nach demselben Baume, schlüpfte hinein und kam mit einer Handvoll Banknoten heraus, die er vor den Augen des lauernden Trick zählte, den er dann nochmals in die Eiche kriechen und sie in allen Ritzen durchsuchen sah, bis er halb erstickt und voller Moder und faulen Holzes herauskam und den Baum fluchend von außen betrachtete.

Es war eine kleine Genugtuung für Stubborn, seinen Peiniger so auf die Folter zu spannen. Er führte ihn bald hier-, bald dahin, auf alte Werften und Höfe, an die Stadtgräben und in die Inseln hinüber, wo er in Schilfbrüche kroch und endlich den Plan faßte, ihn dort beiseite zu schaffen und mit einem guten Stein um den Hals in einem Kanal verschwinden zu lassen. Er war nur zu feige, dies selbst zu tun, und diesem Umstande verdankte es Herr Trick zunächst, daß er mit heiler Haut von seinen Spioniergängen zurückkehrte.

Für seine Sicherheit fürchtete Stubborn von Tricks Seite nichts, denn er wußte nur zu gut, daß er für ihn die Ente mit den goldenen Eiern sei, die er nicht schlachten würde. Die goldenen Eier waren es aber, die Trick nicht kriegen sollte, und da Wolf gerade einige Tausend Mark, die Ergebnisse eines sehr guten Geschäfts, einlieferte, so sah er mit großer Angst der Ankunft des verwünschten Kompagnons entgegen, der sich beim Erblicken des Geldes ohne weiteres in den Besitz der Hälfte gesetzt haben würde. Die Berechnung mit Wolf wollte kein Ende nehmen, da dieser so viel als möglich für sich zu bekommen suchte. Stubborn horchte immer über den Tisch nach der

Treppe hin und krallte seine Hand über das Geld, sobald sich nur das mindeste Geräusch hören ließ, bei welcher Gelegenheit der alte Wolf seine langen dürren Finger ebenfalls über das Geld schlug, um es nicht fahren zu lassen, worauf sich die zwei liebenswürdigen Herren gegenseitig bei den Handgelenken packten und sich wie zwei Hähne ansahen, die einen Regenwurm gefunden haben, den keiner dem andern gönnt.

Als sich endlich die Schritte von zwei Leuten auf der Treppe hören ließen, packte Stubborn alles Geld vom Tisch mit einem schnellen Griff und warf es in den Geldkasten, den er verschloß. Es gelang Wolf hierbei, zwei Banknoten zu stibitzen, die er als gute Beute in die Tasche schob, während Stubborn gespannt nach der Tür blickte.

Die Schritte näherten sich, und es traten zwei Männer ein. Stubborn blickte mit weit aufgerissenen Augen auf den ersten. Es war Schwarz, den der alte Wolf ebenso erstaunt betrachtete. Er wurde jedoch bald durch einen Ausruf Stubborns auf den andern Herrn aufmerksam gemacht, dessen sonnenverbranntes Gesicht dem Kaufmann unsäglichen Schrecken einzujagen schien, denn er streckte beide Hände abwehrend gegen ihn aus und rief mit heiserer Stimme: „Was wollt Ihr hier? Fort! Ihr seid ein Schatten aus dem Reich der Toten. Ich will Euch nicht sehen! Fort!"

„Ja, elender Mann! Ich komme aus dem Reich der Toten, wohin Sie mich und andere geschickt haben. Aber ich verschwinde nicht eher, bis Abrechnung gehalten worden ist! Abrechnung bis auf den letzten Pfennig – Abrechnung über das Vermögen, das Sie Schwarz geraubt haben! Abrechnung über seinen gemordeten Vater und Bruder! Über die Mannschaften der Schiffe, die –"

„Hört ihn nicht! – Hört ihn nicht! Es ist ein Wahnsinniger!" schrie Stubborn auf die Beschuldigungen Kerns. „Ein Betrüger! Hinaus mit ihnen! Schaffen Sie die beiden fort!" drängte er, den alten Wolf vorschiebend.

Dieser besann sich eben, daß er eigentlich der Prinzipal von Schwarz sei, und machte einen höchst unglücklichen Versuch, seine Autorität zu zeigen, indem er Schwarz befahl, sofort nach dem Geschäft an den Kajen zu gehen und seinen verrückten Begleiter mit aus dem Hause zu nehmen.

Schwarz sah ihn mit der größten Verachtung an und sprach: „Wenn einer hier unnötig ist, so sind Sie es. Die Verhandlungen, die hier geführt werden, sind nicht für Ihre Ohren. Scheren Sie sich augenblicklich nach Ihrem Keller! Es ist ein Werftmann dort, von dem Sie gewöhnlich gestohlenes Kupfer kaufen. Er hat wieder eine schöne Partie. Es sind ferner ein paar Kerle mit gestohlenem Kaffee da, mit denen ich nichts zu tun haben mag. Es ist auch ein Makler dort, der fragt, ob Sie wieder etwa tausend Zentner Glasscherben zur Befrachtung eines Schiffes für diesen da brauchen, das man dann, als mit guten Waren beladen, hoch versichert, damit es in den indischen Gewässern verschwinden kann." Bei diesen Worten drückte er dem verblüfften Wolf seinen Hut auf den Kopf und schob ihn zur Tür hinaus und an die Treppe, worauf dieser sehr eilfertig hinabstieg.

Schwarz kehrte zu Stubborn zurück, der, hinterm Tisch verschanzt, Kern sprachlos anstarrte und überlegte, wie er sich gegen seine Angreifer verteidigen könne. Schwarz beehrte ihn mit den Titeln „Schurke" und „Meuchelmörder". Dann rief er ihm alle Schändlichkeiten in das Gedächtnis zurück, die er gegen ihn und seine Familie begangen, und verlangte schließlich die Rückgabe des unterschlagenen Vermögens nach der Berechnung Kerns, ohne sich deshalb erst an das Gericht wenden zu müssen.

Stubborn gewann während der Auseinandersetzung seine Ruhe und Sicherheit soweit wieder, um, auf Kern zeigend, fragen zu können:

„Und auf die Angaben dieses vom Sonnenstich getroffenen Irrenhauskandidaten hin wagen Sie solche Beschuldigungen gegen mich? Glauben Sie denn, daß Sie ein Kind oder einen Narren vor sich haben, der Ihnen auf Ihre lächerliche Forderung sogleich ein Vermögen hinlegt, an das Sie unbegründete Ansprüche erheben? Haben Sie irgendwelche Beweise dafür? Beweise! Vollgültige, schriftliche Beweise! Nicht Einbildungen verrückter, durchgegangener Buchhalter!"

Stubborn blickte beide Gegner lauernd an.

„Sie haben vortrefflich gespielt! Sie haben die Beweise aus dem Haus des Lotsen gestohlen und beiseite geschafft. Jenes Lotsen Nielsen, dem Sie die Kapitänstelle des Schiffes in die Hände spielten, das dem Verderben geweiht war", entgegnete Schwarz.

„Lächerliche Beschuldigungen!" höhnte Stubborn, der immer sicherer wurde. „Bringen Sie mir Beweise! Zeugen! Ich lasse mich auf nichts ein. Beweise will ich! Beweise!"

Ein Gepolter auf der Treppe unterbrach ihn. – Es war Herr Trick, der in außerordentlicher Hast heraufstürzte und in die Stube sprang. Er zeigte mit krampfhaft ausgestrecktem Finger nach der Treppe, auf der ein leiser Schritt hörbar wurde.

Es war der Lotse, der in der Tür erschien, sich vorsichtig umsah und verschwand, nachdem er Schwarz gewinkt, ohne einen Laut von sich zu geben.

Schwarz und Kern folgten ihm sofort, nachdem der erstere Stubborn zugerufen: „Einen Beweis? Da ist er – wir kommen wieder!"

Die beiden Verbrecher saßen einander wie festgebannt gegenüber und blickten sich an. Die Erscheinung des Lotsen konnte ein furchtbarer Zeuge gegen sie werden. Ihr Spiel war verloren.

„Es war nicht nur sein Geist, wie ich erst glaubte", murmelte Trick endlich. „Was nun?"

Ein eiliger Schritt auf der Treppe schreckte beide auf.

Herr Stork, der Polizeimann, trat ins Zimmer.

„Wissen Sie schon, daß Ihr Kapitän, der Lotse Nielsen aus Neumühlen, wieder da ist, und daß er den Zollwächter Jörs draußen umgebracht hat?" sagte Stork außer Atem.

„Ah!" riefen beide.

„Alle Umstände sprechen dafür, daß es der Lotse gewesen ist", fuhr Stork fort. „Man fand den Dänen Neumühlen gegenüber an einen Weidenbusch festgebunden, wo ihn die steigende Flut ersäuft hat, die einen Fuß hoch über seinen Kopf gestiegen war. Man sucht den Lotsen draußen und hier. Die Hafenrunde hat alle Boote ausgeschickt. Bin neugierig, ob sie ihn finden."

Damit ging Herr Stork davon, weniger um den Lotsen zu suchen, als die Neuigkeit von dem ersäuften Zollwächter weiterzutragen und seine Bekannten damit zu traktieren.

Herr Trick holte tief Atem und klopfte sehr bedeutungsvoll an seine Nase.

„Sie dürfen ihn nicht finden! – Wir haben ihn zum zweitenmal, und das Spiel kommt wieder in unsere Hand. Der Beweis wird sich jetzt wohl hüten, zu kommen. Wir wollen ihn vor der Polizei hüten, aber wir wollen ihn zugleich aus seinen Schlupfwinkeln hetzen, daß er übers Wasser geht, und das andere Gespenst, diesen Kern, wollen wir auch noch beiseite schaffen", sprach Trick grimmig lachend. „Geben Sie Geld 'raus, Kompagnon. Ich muß meine Freunde traktieren. Schnell, damit mir der Lotse nicht entkommt!"

Stubborn öffnete den Geldkasten und warf Trick eine Summe Geld hin, die dieser aufraffte und einsteckte, worauf er davonrannte. Sein Kompagnon horchte gespannt auf seine verhallenden Schritte und schloß dann die Tür ab. Hierauf ließ er die Vorhänge herunter und öffnete den geheimen Wandschrank, aus dem er ein Paket Wertpapiere zog, die er unter dem Rock verbarg. Er schloß den Schrank wieder und schlich dann vorsichtig die Treppen hinab und in den hintersten Teil des Hauses, wo er in einem Schuppen verschwand, in dem ein alter Dampfkessel sowie die Teile einer Maschine lagerten, die der Rost zernagte. Stubborn hatte die Maschine mit der Bedingung von dem Eigentümer gekauft, daß sie so lange dort lagern könne, bis er sie verwende.

*

Der Lotse, der so unerwartet bei Stubborn erschienen war, winkte Schwarz und Kern, ihm zu folgen, und drückte sich scheu durch die Deichstraße nach den Brodschrangen zu, wo er nach dem Wasser hinunterstieg, um in der Kajüte eines Leichterschiffes zu verschwinden.

Seine Begleiter blieben oben stehen und sahen sich verwundert an.

„Was muß Nielsen vorhaben, daß er so geheimnisvoll tut?“ fragte Kern kopfschüttelnd.

„Gehen wir zu ihm hinunter, wir werden es ja hören. Halt! Einer nach dem andern“, sprach Schwarz, als Kern mit ihm hinabsteigen wollte. Er ging zuerst und kroch in die Kajüte, worauf Kern nachfolgte. Sie fanden den Schutenführer Wilm nebst einigen Kollegen und Buttjes von der alten Werft in St. Pauli.

„Was habt ihr vor?“ fragte Schwarz verwundert.

„Sie sollen ihn nicht kriegen!“ schrie Wilm, mit der Faust auf sein Knie schlagend. „Solange er in den Leichterschiffen ist, sollen sie ihn nicht kriegen! Was, Jungens?“

„Ho, ho! Wenn wir einen verstecken wollen, dann müßte die Hafenrunde zehntausend Mann stark sein, und die dürften vierzehn Tage lang nicht schlafen, um ihn zu finden“, bestätigte ein Kamerad.

„Nimm dich nur vor dem Land in acht, denn die sind mit dem Teufel gehetzt“, warnte ein Dritter.

„Wärst du auf deinem Ewer nicht sicherer?“ fragte Wilm den Lotsen.

„Nein, dort gar nicht. Man ist noch nicht an Bord gewesen, um nach mir zu suchen, aber man beobachtet das Fahrzeug von allen Seiten. Die Hannoverschen spüren dabei herum. Die Dänen umlauern es zu Wasser und zu Lande, und die Hamburger desgleichen. Man wartet nur darauf, daß ich an Bord steige, um mich beim Kragen zu nehmen. Dies läßt mir Hansen durch den guten Jungen von der Werft hier sagen, dem er es im Vorbeitreiben zuflüsterte."

„Aber was gibt es denn?" fragte Schwarz verwundert.

„Wissen Sie denn nicht, daß die Polizei hinter Nielsen her ist, weil er den Schuckelmeier Jörs umgebracht hat?" sprach Wilm. „Hat ihn im Ried festgebunden, daß er wie eine Katze ersaufen mußte, als die Flut kam."

„Herr Gott im Himmel! Was habt Ihr da getan?" rief Schwarz erschrocken.

„Was ich noch hundertmal mit solchen Hunden tun würde!" antwortete Nielsen finster.

„Es handelt sich hier nicht um den Kerl. Ihr habt uns da einen fürchterlichen Streich gespielt und aller Macht beraubt, die wir über Stubborn besaßen. Wer soll nun gegen ihn in der Schiffsgeschichte zeugen, wenn der einzige Zeuge, der am Leben ist, sein Leben dem Blutbann der Stadt verwirkt? Wer soll in meiner Sache die Angaben Kerns bestätigen? Ihr müßt jetzt fort, und wir werden genug zu tun haben, um Euch zu retten, anstatt daß wir Hilfe von Euch erwarten könnten", rief Schwarz.

„Verwünscht! Daran habe ich nicht gedacht. Aber geht doch hin und seht Eure teuer erworbene Heimat von einem solchen Schurken verwüstet, Euer Geld gestohlen! Laßt von ihm nach Euch schießen und fühlt die Kugel an Eurem Schädel vorbeistreifen, und dann bleibt kalt wie ein Fisch und laßt ihn ruhig und gemächlich sitzen! Ich will den sehen, der das kann!" entgegnete Nielsen.

Schwarz nickte: „Was wollt Ihr jetzt anfangen?"

„Grämt Euch darum nicht!" sagte der Lotse. „Ich brauche nur bis morgen abend ein Versteck und jemand, der mich dann an den Londondampfer setzt. Ich habe schon mit dem Kapitän gesprochen, dem ich die ganze Geschichte erzählte. Zum Glück für mich ist sein zweiter Steuermann auf der Herüberfahrt eines Nachts betrunken statt in sein Bett über Bord gestiegen und in der Nordsee schlafen gegangen. Ich werde seine Papiere nehmen und seine Stelle ausfüllen."

Da sich vorderhand nichts Besseres tun ließ, so wurde beschlossen, daß die Werftbuttjes Nielsen in der Gegend von Neumühlen an den Londondampfer setzen sollten, was sie mit Vergnügen zu tun versprachen. Sie standen meist im Solde von Schwarz, der jetzt einen Schmuggelhandel mit Lebensmitteln nach der Stadt führte und dabei sehr viel Geld verdiente, während man glaubte, der alte Wolf sei der Unternehmer. Sein Keller eignete sich vortrefflich zu diesem Geschäft, Jakob aber war ein ganz ausgezeichneter Spion und Unterhändler, ein Talent, das in diesem Fach Außerordentliches zu leisten versprach. Schwarz hatte aus Grimm über seine Abweisung in soliden Geschäften diesen Erwerb ergriffen. In ihren freien Stunden war diese ganze Schmugglerbande hinter Trick und Stubborn her und beobachtete jeden ihrer Schritte. Auch heute lauerte einer an Stubborns Haustür, während zwei andere die Wasser- und Rückseite des Hauses bewachten, bis sie Stubborn wieder aus dem Hofe kommen und nach seiner Wohnung hinaufgehen sahen.

Schwarz fragte den Lotsen, ob er Geld brauche. Dieser hatte jedoch am selben Tage, wo er Jörs die Rumfässer entriß, diese in Altona verkauft und war so vorderhand gedeckt. Man besprach noch verschiedenes, worauf sich Schwarz und Kern sorgenvoll entfernten, während Nielsen in der Kajüte zurückblieb.

Aber auch dem alten Wolf gingen die Dinge von heute im Kopf herum. Wer war der Fremde, der auf Stubborn solchen Eindruck machte? In welchem Verhältnis stand er zu Schwarz? Was trieb dieser? Da Jakob vom Tiefen Keller gesprochen, so glaubte er, dort etwas herauskriegen zu können, und nahm sich vor, gegen Abend hinabzusteigen.

Sobald es dunkel wurde, ging er nach der Bettlerherberge, in deren Nähe er umherlungerte, bis ein größerer Trupp Gäste hinunterschlich, dem er sich anschloß, um so unbemerkt wie möglich einzutreten.

Im Keller war schon eine große Anzahl Gäste vorhanden und infolgedessen ein Tabaksnebel, in dem die Talgkerze wie der Mond erschien. Diesen Umstand benutzte der alte Wolf, um sich hinter einem Tisch auf eine Bank zu schieben und dort dem Gespräch im Nebel zu horchen.

Der Tabaksqualm wurde aber dem Wirt endlich doch zu dick. Er konnte nicht sehen, was getrunken wurde, weshalb er ein verstecktes Ventil und das Kellerfenster durch eine Leine öffnete, worauf ein Zug entstand, der die Tabakswolken hinausfegte. Die Kerze konnte dadurch etwas mehr leisten, und das erste, was Wolf aus dem schwindenden Nebel sich gegenüber auftauchen sah, war das Gesicht seines Freundes Trick, den er mit etwas unbehaglicher Verwunderung anstarrte. Er hatte schon früher ein hohles Klopfen gehört, das ihm bekannt vorkam, jetzt hörte er es wieder, denn Herr Trick, der ihn ebenso verwundert betrachtete, trommelte einen kleinen Marsch auf seiner Nase, tat aber dann, als habe er Wolf früher niemals gesehen und beachtete ihn gar nicht mehr. Nachdem er ein Weilchen leise mit den Zimmerleuten gesprochen, fragte plötzlich einer, auf Wolf deutend:

„Was ist denn das für ein Gesicht da drüben?"

„Kenne es nicht", erwiderte Trick.

„Hallo, alter Junge, wer seid Ihr?" rief der riesige Zimmermann zu Wolf hinüber.

„Ah! Ihr kennt mich ja, Wolf, Lumpenhandel von den Kajen. Kaufe alles, was man mir bringt", sprach Wolf lachend.

„Was?" schrie der Zimmermann, indem er auf den Tisch schlug. „Ihr wollt doch nicht etwa sagen, daß Ihr der Lumpenhändler Wolf seid? Lügensack! Wo Herr Wolf, den wir alle kennen, Euch hier gegenübersitzt?" Hierbei zeigte er auf Trick, der sich erstaunt umsah.

„Das will Wolf sein?" quiekte der wirkliche Wolf entrüstet, denn er vermutete eine Schwindelei Tricks.

„Ja, das ist Wolf", schrie der Zimmermann. „Ihr aber seid ein Schwindler, ein Spion, der sich hier eingeschlichen hat. Ich werde Eure schundigen Knochen entzweischlagen und zum Knochenhändler tragen, um ein Glas Kümmel dafür zu trinken." Dabei ergriff er Wolf mit seiner Riesenfaust beim Kragen.

„Halt!" rief der Lahme. „Du würdest für die schlechten Knochen nicht einen Sechsling kriegen. Vielleicht gibt das Lügengerippe etwas heraus, ehe es zu Knochenmehl verarbeitet ist. Wenn er einen guten Grog für uns machen läßt, so lassen wir ihn noch zum Skandal herumlaufen! Also 'raus mit den Schillingen!"

„Ich habe nur vier Schillinge bei mir", jammerte Wolf, indem er diese Summe, die er aus Vorsicht nur eingesteckt, herauszog und auf den Tisch legte.

„Vier Schillinge?" schrie der Lahme lachend. „Kathrine, kehr ihm mal die Taschen um."

Kathrine tat dies sofort mit großer Geschicklichkeit, wobei nur noch ein altes Messer zum Vorschein kam.

„Der Lump hat wahrhaftig nicht einen Dreiling mehr", sprach sie verächtlich.

„Der Bettelsack!" rief alles lachend.

„Smiet den Lump rut!" schrie der Lahme.

„Rut mit em!" ertönte der allgemeine Ruf, und von zwanzig Fäusten gepackt, wurde der alte Wolf über den Tisch gezogen und nach der Tür geschleppt. Kathrine setzte ihm unterwegs seinen Hut auf und gab ihm dann mit der flachen Hand einen Schlag darauf, daß er bis an das Kinn hinabfuhr.

Vor dem Traualtar

Siebenundvierzigstes Kapitel

# Es schmilzt eine Million

Der Hochsommer, die Sonnenwende war da und Schröpfer u. Komp. in der größten Verzweiflung, denn jede Frucht und jedes Gemüse stand in der schönsten Reife und war spottbillig für jeden gemeinen Menschen zu haben. Was sollten Schröpfer u. Komp. jetzt essen? Die Armen! Sie waren samt dem Millionenklub in einer jämmerlichen Lage und nahe am Verhungern. Man sieht hieraus, daß auch Millionäre Sorgen haben.

Dies war in vollem Maße bei Eiskuhl der Fall, dem das Glück jetzt den Rücken zu kehren schien. Die Scheidung von seiner Frau, auf die er bereitwillig einging, war vollzogen, und die nächsten Folgen traten in Gestalt von höchst empfindlichen Vermögensrückzahlungen in barem Geld und der Herausgabe der Villa in Neumühlen ein, auf die die Senatorin ein Besitzdokument vorbrachte, an das der Senator nicht mehr gedacht. Herr Eiskuhl mußte den Platz verlassen und nahm mit einem tiefen Seufzer Abschied von seinen geliebten Rübenbeeten; ebenso die Töchter, die treu zu ihm hielten und mit nach dem alten Hause in der Stadt zogen. Jost räumte fluchend den Keller aus und schaffte die Weinflaschen in ein Boot, worauf das Landhaus leerstand und auf seine Gebieterin wartete.

Sie kam auch bald mit ihrem Geliebten an und bereitete dem Senator neuen Ärger, indem sie sich, ihm zum Possen, in Altona mit Henri trauen ließ und dabei eine Pracht entwickelte, die Madame Spickmann in Verzweiflung stürzte, als sie in der Kirche versteckt dem feierlichen Akt zusah. Und wer mußte den glücklichen Bräutigam nicht beneiden, wenn man sah, wie sie an seiner Seite dahinschwebte? Der glückliche Henri! Er trug nicht die geringste Spur mehr weder vom Bambus des Senators noch vom Rechen Josts. Er war heute himmlisch schön: der schwarze Frack glatt wie ein Aal, die weißen Glacéhandschuhe, die lackierten Stiefel. Wie er mit einer Hand die Angströhre hielt und mit zwei Fingern der andern die Braut in die Kirche führte!

Das Hochzeitsmahl dauerte lange, und der Toaste waren viele. Man saß bis gegen Abend an der Tafel, bei deren Schluß Henri erklärte, daß die Villa von heute an den Namen Villa Henri führe. Dann ging man hinaus in den Garten, wo Henri die verlassenen gelben Rüben des Senators aus den Beeten riß. Hierauf ging er nach der Flaggenstange, ließ vom Gärtner zwei Flaggen bringen und zog sie unter dem Donner des Böllers auf. Oben eine blaue mit dem weißen Namen Henri und darunter die Hamburger mit den drei Türmen.

Da stand er, der früher als Sklave hier diente und sich „Hinrich" nennen lassen mußte, den man vor kurzem noch die Wiese hinab und durch das Loch im Zaun geprügelt hatte. Da stand er heute als Herr desselben Terrains und blickte umher. Er sah befriedigt nach der Flagge und verließ den Platz erst, als er ein rosa Seidenkleid durch die Büsche schimmern sah. Er zog eine Grimasse und suchte das Gebüsch auf.

Erst nach einer Stunde ließ er die untröstliche Gattin wissen, daß man den Sonnenuntergang am Strande erwarten wolle und sie bitten lasse, herabzukommen. Die Senatorin oder vielmehr Madame Henri eilte hinab und machte dem jungen Gatten zärtliche Vorwürfe, daß er sie so lange verlassen. Er vertröstete sie jedoch auf die Zeit, wo die Gäste sich verabschieden würden und er nur ihr gehörte, für welchen Trost sie ihm einen so übermenschlich zärtlichen Blick schenkte, daß ihn die Gänsehaut überlief und er einen wirklichen, ungeheuchelten Seufzer tat, den die liebende Gattin seiner Ungeduld zuschrieb. Er fügte sich sofort diesem Wunsch und machte den freundlichen Wirt, während sie entzückt mit aller Sehnsucht zusah und Vergleiche zwischen dem alten, rübenverzehrenden Ungeheuer und ihrem neuen Adonis anstellte. Ihre scharfen, grüngrauen Augen blitzten deshalb auf, und die Nasenspitze, die bisher eine glückliche Stimmung mit dem rosa Kleid hielt, begann einen intensiveren Ton anzunehmen, als sie bemerkte, daß ein Boot mit sechs Rudern an den Strand lief, aus dem ihrem Gatten ein Billett überbracht wurde. Er las es und ging nach dem Fahrzeug, das ein großes Rennboot war, und worin eine Menge junger Herren saßen, von denen einer ihn zu sprechen wünschte. Herr Henri trat deshalb hinein.

Kaum hatte er jedoch einen Fuß an Bord gesetzt, so stieß das Boot vom Ufer ab und hielt nach der Mitte des Stromes, während man Henri packte, der über Bord zu springen versuchte. Die sechs Ruderer setzten ein, und das Fahrzeug flog wie ein Vogel davon, während Henri die Arme nach der Gattin ausstreckte, die halb wahnsinnig am Ufer hinlief und Himmel und Erde um Hilfe anrief. Die Arme! Sie mußte sehen, wie die schändlichen Piraten ein Tau nahmen und ihren Henri an die Bank festbanden, damit er sich nicht in die Flut stürzte. Sie rang die Hände und bot dem Schiffer hundert Mark, der ihn wiederbringe. Die Bootsführer sprangen in ihre Fahrzeuge und ruderten nach. Aber ach! Wo blieben sie gegen die sechs Ruder der Räuber, deren Boot bald in der Ferne den Augen der erschrockenen Gesellschaft entschwand!

Die Schiffer kehrten von der zwecklosen Jagd um, und die Gäste drückten sich ohne Abschied davon. Madame Henri stand allein in der Villa, eine Stroh- oder wirkliche Witwe, an dem so lange ersehnten Tag. Sie irrte im Garten umher. Wo war ihr Geliebter? Wer waren seine Entführer? Ein Gedanke fuhr ihr durch den Kopf: Eiskuhl. Sollte er sich vielleicht an Henri rächen wollen? Hatte er ihn geraubt und setzte nun vielleicht mit dem schändlichen Jost die Abschiedsszene vom Pavillon fort? Eine grenzenlose Angst packte sie und jagte sie hinauf und nach Hamburg hinein, wo sie sich an die Nachtwächter wandte. Hundert Mark demjenigen, der ihr Kunde brachte. Hundert Mark! Ein blondgelockter, schöner junger Mann mit weißer Krawatte und Weste, in schwarzem Frack. Abzuliefern in ihrer Wohnung am Neuen Jungfernstieg zu jeder Stunde der Nacht.

Ach, es wurden wenigstens zehn junge blondgelockte Männer von den Nachtwächtern weggefangen und gewaltsam zu ihr geschleppt, aber keiner war der rechte. Der blieb verschwunden, und die trostlose Gattin fuhr am Morgen jammernd hinaus nach der Villa, um zu sehen, ob er sich etwa dort befände.

Nichts, alles öde und leer. Kein Leben als nur die Flaggen, die noch aufgezogen wehten. „Henri" vom Winde hin und her gepeitscht. Da, endlich, gegen zwölf Uhr wankte eine Figur am Strande einher. Ihr ahnendes Herz sagt ihr, daß er es ist, obgleich er in der Ferne nur erst in der Größe einer Fliege erscheint. Sie eilt ihm entgegen. „Henri, mein Henri! Wo warst du?"

„Ich weiß es nicht", sagt er matt. Er sieht übernächtig, blaß und eingefallen aus und wankt knickebeinig daher.

„Was hast du, mein Henri?" ruft sie, außer sich über den Zustand des jungen Gatten.

„Durst! Fürchterlichen Durst!" murmelte Henri, die trockenen Lippen mit der Zunge anfeuchtend. „Und Hunger!" setzte er gähnend hinzu.

„O Gott! Man hat mein Schäfchen hungern und dursten lassen! Die Schändlichen! Wie bist du ihnen entkommen, mein Herz?" fragte sie zärtlich.

„Nur mit genauer Not", lallte er, „„entsprungen! Man hat mich in ein Loch geschleppt, wo ich vielleicht noch säße, wenn ich nicht durch ein Kellerfenster entkommen wäre. Ach, ich habe schrecklichen Durst!"

„Und wer hielt dich gefangen? Ich glaube ganz gewiß, niemand als Eiskuhl", rief die Gattin Henris bestimmt.

„Eiskuhl?" sprach dieser schluchzend. „Eiskuhl? Das ist möglich." Er nickte tiefsinnig. Dann fuhr er auf: „Ha, nicht eher ruhen werde ich, bis ich es heraus und Rache genommen habe! Erst aber muß ich etwas essen und trinken, und schlafen. Dann auf nach der Stadt, und Rache! Rache! Sind Pistolen hier?" fragte er wild.

„Um Himmels willen, Henri, stürz dich nicht in Gefahr! Bleibe bei mir!" schrie die Gattin.

„Ich kenne keine Gefahr und will ihnen zeigen, mit wem sie es zu tun haben, ehe sie es wagen, ihre Hände nach dir selbst auszustrecken! Schweig, geliebtes Weib! Keine Einreden! Mein Entschluß steht fest. Ich will sie vernichten." Mit diesen Worten und einem Kopfschütteln auf alle Bitten der Gattin setzte sich Henri an den noch unberührten Frühstückstisch und begann unter den Pickles und dem marinierten Lachs furchtbar aufzuräumen. Er wollte sich jedenfalls Kräfte gegen die Feinde sammeln. Dazu trank er große Mengen Wasser und wies den Champagner mit Widerwillen zurück. Er brauche einen klaren Kopf, sagte er. Rache – Rache! Mit diesen Worten warf er sich auf ein Sofa und schnarchte nach zwei Minuten in einer so entschieden rächerischen Weise, daß Madame Henri gelindes Entsetzen überkam.

Spät am Nachmittag erwachte Henri. Er sprang auf, ging in sein Schlafzimmer, wusch sich und machte andere Toilette; dann kam er in den Salon, wo ihm die Gattin um den Hals fiel und mit süßer Stimme bat, bei ihr zu bleiben.

Henri sprach ein entschiedenes „Nein!" und als die Gattin dringender wurde, stampfte er mit dem Fuße: „Wenn ich mir etwas vorgenommen habe, so geschieht es – ohne Widerrede. Ich habe einen Schwur getan, daß ich nicht eher wieder herauskomme und mein süßes Täubchen küsse", hier drückte er mit einem raschen Entschluß einen Kuß auf die dünnen Lippen der Gattin, etwa mit derselben Resignation, mit der man eine Tasse Quassiatee hinunterschluckt, „als bis ich mit den Feinden fertig bin. Wo ist der Schlüssel zu unserem Geld? Ich will es nicht tot liegenlassen, sondern zugleich einige Geschäfte einleiten." Er streckte bei diesen Worten die Hand gebieterisch nach dem Schlüssel aus.

Seine Frau sah ihn ganz verblüfft an und suchte einen Schlüssel aus ihrer Tasche, den sie ihm zögernd gab. Es wollte ihr scheinen, als ob der himmlische dumme Junge gar nicht so dumm sei, wie sie gedacht.

Henri ging nach dem Sekretär und nahm eine Besichtigung seines Inhalts vor, bei der er immer freundlicher schmunzelte.

„Weshalb willst du Geschäfte machen, mein süßer Henri?" sprach die Senatorin. „Laß dies doch gehen. Wir haben genug, um von den Zinsen dieser Kapitalien zu leben."

„Wir müssen sie verdoppeln, um glänzend leben zu können! Mein Täubchen soll wie eine Fürstin dastehen", entgegnete Henri, indem er nochmals eine Dose Quassia nahm und dabei zehntausend Taler einsteckte.

„Ich gehe jetzt. Sei ohne Sorge. Ich kaufe vor allen Dingen Pistolen und sammele gute Freunde. Sollte ich nicht herauskommen können, so findest du mich in der Stadt. Kein Wort mehr! Adieu, mein süßes Täubchen!" Und ohne die erstaunte Gattin auch nur eine Silbe sprechen zu lassen, nahm er nochmals mit Todesverachtung eine Dosis Quassia, riß sich los und war verschwunden, ehe das Täubchen noch seine Gedanken sammeln konnte.

Frau Henri stand am nächsten Morgen mit einer bestimmten, grimmigen Laune auf und beschloß, sich den dummen Jungen nicht über den Kopf wachsen zu lassen und die Zügel zu fassen, wie sie sie beim Senator gefaßt hatte. Sie war von Henri förmlich überrumpelt worden. Er wollte Willen haben? Nein! Hier sollte kein anderer Wille gelten als der ihre.

Indem sie so nach dem Strand blickte, brachte man ihr einen Brief. Sie erbrach ihn und las:

„Teure Freundin!

Sie verdienten eigentlich diesen Namen nicht mehr, da Sie mir die Zurücksetzung angedeihen ließen, mich nicht zu Ihrer Hochzeit mit dem schönen Henri, Ihrem früheren Bedienten, einzuladen –"

„Nichtswürdige Kanaille!" murmelte Madame Henri und sah nach der Unterschrift, bei der sie im Begriff war, den Brief zu zerreißen. Die Neugier gewann jedoch die Oberhand und sie las weiter:

„einzuladen. Ich will jedoch nicht Gleiches mit Gleichem vergelten und Ihnen beweisen, daß ich als treue Freundin für Ihr Wohl besorgt bin, indem ich Ihnen Mitteilungen über Ihren Henri mache, die Sie gewiß dankbar anerkennen werden.

Am Tage Ihrer Hochzeit wurde Ihr schöner Henri vor Ihren Augen entführt, und Sie mußten die Hochzeitsnacht allein zubringen, was etwas ärgerlich für Sie gewesen sein mag. In unsern Jahren ist man aber Gott sei Dank über die Kümmernisse und

Sorgen der Verliebten hinaus und erträgt die Abwesenheit eines Mannes mit der Geduld, die das Alter bringt –"

„Kanaille!" knirschte die Ex-Senatorin und las weiter:

„In dieser Voraussetzung hoffe ich nun, daß es Sie nicht besonders alterieren wird, wenn ich Ihnen mitteile, wo sich Ihr liebes Männchen befand und wer seine Entführer waren. Ich bin durch ein Gespräch meines Sohnes, das ich belauschte, mit den Umständen bekannt geworden.

Die Entführung war eine Komödie und die Entführer Freunde von Henri, die sich die fidelen Seehunde nennen, der Name einer Gesellschaft, der sie angehören.

Es gibt hier eine Straße, in der sich ein Haus befindet, das von einer Familie bewohnt wird, die sehr viele erwachsene Töchter besitzt. Es soll eine liebe, gemütliche Familie sein, bei der leicht Zutritt zu erlangen ist und wo sich die jungen Leute köstlich amüsieren und oft bis gegen Morgen zusammenbleiben. Da der Hausvater nicht reich genug ist, um seine Gäste fortwährend zu traktieren, so bezahlen diese den Wein, den sie dort trinken, wobei der Hausvater vielleicht einen kleinen Profit hat, denn wie ich erlauschte, zahlt man für die Flasche Rotwein fünf, und für Champagner zehn Mark.

Dorthin nun zog Ihr lieber Gatte am Hochzeitstage mit seinen Freunden und Entführern und verbrachte die Nacht unter Jubel und Champagner. Er soll hundertfünfzig Flaschen zum besten gegeben haben, wie ich erlauschte. Aber lassen Sie ihm das Vergnügen, die Jugend will sich austoben!

Ihre treuergebene Freundin
Amalie Spickmann."

Die Ex-Senatorin knickte zusammen. Sie war niedergeschmettert. Ihr Mund schnappte nach Luft. So lag sie wohl eine Stunde lang fast besinnungslos, bis sie sich erholte und wild aufsprang. Sie zog die Klingel und ließ sich eine Flasche Portwein bringen, von der sie einige Gläser trank, wobei sie sich ankleidete. Dann nahm sie ein Boot und fuhr, da gerade Flutzeit war, nach der Stadt.

In Hamburg angekommen, stand sie ein Weilchen unentschlossen still und ging dann nach ihrer Wohnung am Jungfernstieg, um Gericht zu halten.

Herr Henri saß dort im Kreise fröhlicher Freunde und Freundinnen in der heitersten Laune. Er ahnte nicht im geringsten, daß seine liebe Gattin, über die er die schändlichsten Witze zum besten gab, immer näher rückte, um ihm die gute Laune zu verderben. Die Gesellschaft trank Kaffee, den man aus dem nächsten Kaffeehaus brachte, denn man war nicht lange mit einem Frühstück fertig, das fünf Stunden in Anspruch nahm und den Töchtern der im Brief erwähnten Familie gegeben wurde. Man trank jetzt Kaffee, um sich für das Souper vorzubereiten. Herr Henri vergaß jedoch hierbei nicht, die Geschäfte einzuleiten, für die er zehntausend Taler einsteckte, denn er legte eine Bank an, die seine Freunde zu sprengen suchten. Er setzte das Geschäft des alten Wolf mit den fidelen Seehunden fort. Dabei versäumte er nicht, für seine Sicherheit zu sorgen und einer Überraschung durch seine Gattin oder die Polizei vorzubeugen. Der von ihm deshalb in Sold genommene Hausmeister stand, wenn es Gesellschaft gab, stets an der Tür und blickte scharf nach verdächtigen Mitgliedern der heiligen Hermandad aus. Sobald er etwas dergleichen von fern entdeckte, gab er ein Zeichen durch starke Züge an der Glocke, die in die erste Etage führte. Verdächtige Fremde wurden durch zwei, die Hausfrau durch drei schnell folgende Züge angezeigt.

Herr Henri erschrak nicht wenig, als plötzlich die Glocke dreimal erklang. Er sprang vom Stuhl auf und steckte hastig sein Geld ein, wobei er die Karten zusammenraffte und schrie:

„Herrgott! Meine Alte! Die Damen in die Garderobe! Alles mitgenommen! Ein paar Herren mit, die andern bleiben hier und streiten sich mit mir über Preise, währenddessen schleichen sich die Damen aus der Garderobe fort. So, hinaus! Ein paar Bücher her – Papier und Schreibzeug. Legt alle eure Zigarren auf einen Haufen – so – das sind Proben. Schütten Sie die Zuckerdose vor sich aus – Zuckerprobe. Eure Messer alle auf einen Haufen – so. Hat sonst einer etwas? Sechs Stangen Siegellack. Her damit – Siegellackprobe. Eine Tüte Leinsamen. Vortrefflich. Schütten Sie auf den Tisch – nun kann's Geschäft losgehen. Kling! Aha, der Vorhang geht auf, das Stück beginnt. Nur ernsthaft!"

Die Damen hatten sich während dieser Zeit in der Garderobe verkrochen. Der Tisch sah indes ganz geschäftsmäßig aus, und die Gäste saßen so ernsthaft vor ihren Notizbüchern, als wären sie niemals mit etwas anderm als ihren Proben beschäftigt gewesen.

Es wurde stärker und sehr entschieden an der Glocke gerissen.

Ein junger Seehund ging und öffnete die Tür. Er tat sehr erstaunt, als er die Ex-Senatorin erblickte, die wie ein etwas aufgebrachter Lindwurm hereinschoß und mit der glühenden Nase in der Luft den Zigarrenrauch schnupperte.

„Zu wem wünschen Sie?“ fragte der Seehund.

„Was tun Sie hier?“ entgegnete der Lindwurm mit einem durchbohrenden Blick.

„Holla!“ schrie ein junger Mann im Salon, „ist mein Hausknecht mit den Teeproben gekommen?“

„Nein“, sprach der Seehund, durch die Gardine der Tür hereinschauend. „Es ist eine Dame!“

„Eine Dame?“ schrien einige lachend. „Oho! Herr Henri empfängt Damenbesuche. Wenn das Ihre junge Frau wüßte!“

Der Lindwurm erschien im Salon, wo er die Proben mit Verwunderung erblickte. Doch der Argwohn wurde sogleich wieder durch die Kaffeetassen erregt, von denen eine größere Menge dastand, als für die Anwesenden nötig war.

„Ah, welche Überraschung!“ rief Henri erstaunt. „Meine liebe Frau, meine Herren“, wandte er sich vorstellend an die Gesellschaft.

Allseitige Bewunderung und Komplimente.

„Ich bin erfreut, dich, mein Täubchen, zu sehen“, fuhr Henri fort. „Es tut mir nur leid, daß du gerade zu dieser Geschäftsverhandlung kommst, wo es ohne Tabakrauch nicht abgeht. Du erlaubst indes, daß wir unsere Geschäfte beendigen.“ Bei diesen Worten öffnete er die Tür zu den inneren Gemächern mit großer Galanterie und ließ die etwas verblüffte Dame eintreten. Dann fuhr er im Geschäftston fort:

„Was also ist der letzte Preis für die Havanna, Herr String?“

„Wenn Sie die zweihunderttausend nehmen, dann lasse ich Ihnen per Mille mit zweiundsechzig und eine halbe Mark. Ein Spottgeld, da Sie oben im Binnenlande sofort hundert Prozent daran verdienen“, sprach der Kaufmann.

„Das macht per Mille zweiundsechzigeinhalb zweihundertmal – zwölftausendfünfhundert Mark Courant in runder Summe, das ist in preußisch Courant fünftausend Taler. Ich gebe Ihnen zweitausendfünfhundert bar und die andere Hälfte in Wechseln drei Monat dato“, sagte Henri, indem er auf die Tür zeigend mit dem Kopf schüttelte.

„Tut mir leid", erwiderte der Kaufmann achselzuckend. „Ich kann bei dem Spottgeld die Ware nur gegen bar hergeben. Da Sie aber Anfänger sind, so will ich Ihnen die Hälfte per Wechsel einen Monat kreditieren."

„Gut, abgemacht!" rief Henri. „Stecken Sie die Proben ein, meine Herren! – Weiter. Ich biete Ihnen für das Gros von diesen Messern neunundzwanzig Taler. Aber keinen Dreiling mehr, Herr Schmidt. Ohne ein Wort. Ich habe keine Zeit und kann meine liebe Frau nicht warten lassen. Wollen Sie? Dann nehme ich die hundert Gros und lasse sie mit nach Afrika abgehen!"

„Wenn Sie neunzehnhundert Taler bar zahlen und einen Wechsel auf tausend, dato ein Monat, ausstellen, bin ich es zufrieden", entgegnete der Messerlieferant.

„Ich kann keine so kurze Wechsel geben, denn mein Geld gehört eigentlich meiner Frau, die sich wundern würde, wenn solche Summen zu zahlen wären."

„Oh! Ihre Frau ist unermeßlich reich, aber Sie haben wir in der kurzen Zeit als einen Geizhals und Pfennigfuchser kennengelernt, der aus einer Million in fünf Jahren zehn machen wird. Sie wollen nur lange Wechsel geben, um den Profit in der Tasche zu haben, ehe Sie das Geld herausholen. Na, Ihre Frau kann sich zu solchem Geizhalz gratulieren."

Dann begann der Handel um den Siegellack, den Herr Henri für die Türkei nötig brauchte, worauf der Zucker für das Binnenland an die Reihe kam, über dessen Güte sich ein allgemeiner Streit entspann, währenddessen sich die Damen aus der Garderobe glücklich fortschlichen. Die Ex-Senatorin horchte an der Tür und wurde ganz verwirrt von den soliden Geschäften, die ihr Henri trieb. Sie begann wieder zu glauben, daß Madame Spickmann eine Verleumderin sei, durchsuchte aber doch die ganze hintere Zimmerreihe und kam sehr erleichtert wieder zurück, als sie nichts Verdächtiges fand.

Der Handel war indes zu Ende. Henri entließ die Geschäftsfreunde und flog in die Arme seiner Gattin, die er um Verzeihung für das Warten und um die Erlaubnis bat, seine Notizen fertigzumachen, worauf er sie an seine Seite zog und Ankaufssumme sowie Gewinste berechnete. Es zeigte sich, daß er am nächsten Tage noch zehntausend Taler bar und in einem Monat zwanzigtausend für die Wechsel brauchte, welche Summen in einem halben bis dreiviertel Jahr hundert Prozent eintragen sollten.

Madame Henri betrachtete ihren Gatten immer noch mit etwas Mißtrauen, obgleich der größte Teil davon geschwunden war. Als Henri jedoch bat, sie möge heute bei ihm in der Stadt bleiben, man wolle in das Theater gehen, bei Martens soupieren und sich dann zur Ruhe begeben, da schmolz der Rest allen Verdachtes hinweg, und Madame Spickmann erschien ihr als eine elende Verleumderin der gemeinsten Sorte. Sie sagte von dem Briefe kein Wort und kam nur vorsichtig auf die Entführung zurück, über deren nähere Umstände sie sich erkundigte und dabei fragte, ob Henri noch nichts entdeckt habe. Dieser merkte nur zu gut, daß ein Verdacht in den Augen des Lindwurms lauerte, und log sich so geschickt heraus, daß sie den letzten Rest ihres Mißtrauens über Bord warf, der Spickmann eine gründliche Verachtung widmete und nur noch an die Mittel dachte, sich die Herrschaft zu sichern.

Henri ließ ihr indes nicht viel Zeit zum Nachdenken. Er hatte sofort bemerkt, daß sie ihm auf der Spur sei; deshalb war er doppelt wachsam. Er führte sie nach dem Theater, in dem er nur einmal im Zwischenakt auf kurze Zeit von ihrer Seite wich, um einen Sprung in die Apotheke zu tun, wo er etwas kaufte. Dann führte er sie zu Martens, um dort kostbar zu soupieren, bei welcher Gelegenheit er ihr so zutrank, daß sie endlich einen kleinen Rausch bekam. Henri brachte sie hierauf nach Hause und machte den Vorschlag, noch ein paar Gläser Punsch bringen zu lassen. Seine Frau überraschte ihn nach kurzer Zeit, indem sie in einem reizenden Nachtneglige erschien und sich schwärmerisch in seine Arme warf. Herr Henri fühlte, daß ihn ein Gruseln überlief. Zu seiner Freude erklang jetzt die Türglocke. Man brachte den bestellten Punsch, und er ging, um ihn in Empfang zu nehmen.

„Habt Ihr ihn aus Rum, Zucker und Zitronen gemacht?“ fragte er laut.

„Versteht sich“, sagte der Küchenjunge, der ihn brachte.

Henri schloß die Tür, sah sich vorsichtig nach dem Salon um, nahm dann ein Papier, welches er vorher beiseite gelegt, und schüttete dessen Inhalt, aus einem weißen Pulver bestehend, in das zweite Glas. Dann trug er es mit dem andern hinein.

„Hier, mein süßes Täubchen. Es geht nichts über ein Glas Punsch vor dem Schlafengehen. Es erregt die Phantasie und macht süße Träume.“ Bei diesen Worten rührte er den noch unzergangenen Zucker klar, nahm von den Lippen der holden

Gattin einige Dosen Quassia und gab ihr dann das Glas mit dem Pulver in die Hand, wobei er ihr etwas in das Ohr flüsterte, was sie bewog, ihren Punsch mit einem furchtbar zärtlichen Blick auszutrinken, worauf sie sich, das Haupt an seine Achsel gelehnt, in das Schlafzimmer führen ließ.

Henri betrachtete sie mit Spannung und mußte beinahe lachen, als er sie unterwegs schon einschlafen sah. Im Schlafzimmer angekommen, schnarchte das zarte Wesen nach einer halben Minute bereits hörbar und ließ sich wie eine Gliederpuppe in ihr Bett legen.

Herr Henri hörte ein Weilchen zu, dann warf er einen Stuhl um, worauf er laut sang, und als der Lindwurm bei diesem Geräusch fest und ruhig fortschlief, nickte er zufrieden: „So, du alte Vogelscheuche! Ich denke, das halbe Gran Morphium wird dich wohl bis morgen vormittag schlafen lassen. Hiermit begann er die Kleider der Schlafenden zu durchsuchen und steckte mehrere Schlüssel zu sich, die er fand. Das wichtigste Resultat seiner Nachforschung war jedoch der Brief der Madame Spickmann. Als er ihn gelesen, tat er einen leisen Pfiff und blickte auf die schnarchende Gattin.

„Ach!“ sprach er leise, tief Atem holend, „du wußtest also alles und wolltest mich fangen? Oh, da mußt du zeitiger aufstehen. Warte, mein Drache, ich will dich schon hinter das Licht führen!“

Henri steckte den Brief und nach einigem Besinnen auch die Schlüssel wieder an ihren Platz und ging leise davon, die Wohnung hinter sich abschließend.

Bald traf er seine Freunde und machte sie mit dem Umstand bekannt, daß er seine Alte glücklich zu Bett gebracht und eingesungen habe, was ungeheure Heiterkeit hervorrief. Dann wandte er sich an Spickmann und machte diesem Vorwürfe über die Unbesonnenheit, mit der er sich von seiner Mutter belauschen lasse. Er besprach mit Spickmann und den Seehunden einen Plan, wonach diese am nächsten Tage zu einer bestimmten Zeit sich in der Alsterhalle einfinden und, ihn und seine Frau nicht bemerkend, ein Gespräch führen sollten, in dem Spickmann erzählte, daß er seine horchende Mama mit einer erfundenen Geschichte von Henri angeführt habe, die sie als Freundin der Madame Henri dieser wahrscheinlich wiedererzählen werde, wodurch Henri zugleich einen höchst spaßhaften Spektakel bekommen müsse, den man beobachten wolle. Nachdem dies besprochen war, setzte man das unterbrochene Geschäft mit dem Bänkchen fort und trank und jubelte dabei, bis der Morgen graute, worauf Henri vorsichtig in das Schlafzimmer schlich, in dem seine Frau noch immer von süßen Träumen umgaukelt wurde. Er legte sich leise neben die Schlafende und stimmte bald ein Schnarchduett mit ihr an.

Die Ex-Senatorin war ganz Zärtlichkeit beim Frühstück, das sie bringen ließ und zu dem sie den Schnarchkünstler nach vielen vergeblichen Versuchen weckte. Dann schwebte sie elfenartig an seiner Seite durch die Stadt, beneidet von allen, die ihr begegneten, worauf sie in die Alsterhalle geführt wurde und den bösen Spickmann belauschte, bei dessen Mitteilungen ihr alles klar wurde und der arme Henri als Opferlamm einer Intrige erschien.

Nachmittags fuhr das Paar nach Neumühlen hinaus, wo Henri seine Gattin nach dem Strand hinunterführte, um vor Sonnenuntergang noch eine kleine Wasserfahrt zu machen. Er lag dabei behaglich im Boot und blickte mit einem Lächeln der Genugtuung auf die Villa, aus der er seinen Tyrannen verjagt und seine statt dessen Flagge aufgezogen hatte.

Ein Gedanke durchfuhr ihn! Das Boot wollte landen, und Herr Henri setzte an, um vorher herauszuspringen. Er versah es und fiel, so lang er war und zum Gelächter der Strandleute, ins Wasser, aus dem er pudelnaß an das Ufer kroch.

Madame Henri wäre vor Schreck beinahe gleichfalls über Bord gefallen, erschrak jedoch noch mehr, als Henri, auf dem Trockenen angekommen, ganz krumm zusammengezogen und ächzend dastand. Er mußte von zwei Schiffern in die Villa geführt werden, wo er sich ins Bett legte und Glühwein bestellte. Zum Glück war die Sache ohne Folgen, denn nach einem guten Schlaf stand er gesund auf und machte sich fertig, an die Geschäfte zu gehen, die in der Stadt auf ihn warteten. Er holte zu diesem Zweck ungeniert weitere zehntausend Taler aus der Kasse und wollte sich eben damit drücken, als die Senatorin ihren Arm in den seinen schob und erklärte, sie ginge mit in die Stadt. Der arme Henri! Er mußte in den sauren Apfel beißen und sein Gehirn abermals mit Entrinnungsplänen zermartern.

*

Während Herr Henri Feuerchen unter dem Vermögen der geschiedenen Frau Senatorin anmachte, um es zum Schmelzen zu bringen, vergaß das treulose Glück sein Wächteramt bei dem Vermögen des Senators im alten Hause an der Petrikirche. Die Assekuranzmakler standen an der Börse lachend beisammen, worauf sie einzeln und mit höhnischem Gesicht an Eiskuhl vorübergingen, der wie ein übelgelaunter Gemeindestier an einem Pfeiler stand und in das Börsengewühl blickte. Die Selbstversicherung seiner Schiffe begann üble Früchte zu tragen, denn es waren wieder zwei der größten untergegangen und nur die Mannschaft mit genauer Not gerettet. Er hätte es viel lieber gesehen, wenn die Mannschaft untergegangen und die Schiffe gerettet worden wären.

Aber nicht nur die Schiffe allein, auch eine Ladung Baumwolle ging mit verloren. Die gewaltigen Schläge so schnell nacheinander machten ihn wanken. Schon die Herausgabe des Vermögens der Frau, die in Barschaft erfolgen mußte, brachte Eiskuhl in Verlegenheit. Der Verlust von vier Schiffen nacheinander ruinierte ihn fast. Es wollte scheinen, als sei die Hemdenbrust des Senators nicht mehr so blendend weiß wie früher, obgleich Jakob jetzt viel zu nobel war, um Teerpfeile danach abzuschießen.

Die Töchter des Senators lebten still und zurückgezogen. Sie vergossen bittere Tränen über das Treiben ihrer Mutter und schämten sich infolgedessen, unter die Leute zu gehen. Emma sorgte liebevoll für die Bequemlichkeit und den Tisch des Vaters, auf dem die gelben Rüben niemals fehlten. Selma zeichnete und malte von früh bis spät. Sie machte ihre Studien an Elbe und Alster. Ihr scharfer Blick hatte die ungeheuren Verluste des Vaters bemerkt. Eine dunkle Ahnung sagte ihr, daß die Fertigkeit im Zeichnen vielleicht noch einmal Wert für sie haben könnte. Sie sah mit Schreck und Staunen, wie schnell und spurlos große Summen schwinden können, und begriff das erste Mal in ihrem Leben, daß erworbene Kenntnisse und Fertigkeiten doch mehr wert sein können als Kapitalien.

Es war merkwürdig, daß die beiden Schwestern seit jener Katastrophe, in der Schnepfe als Barbier entlarvt wurde, die jungen Männer kaum erwähnt hatten, während doch jede fortwährend an den dachte, der ihr am nächsten stand. Der alte Jost versuchte oft, ein Gespräch über Bernhart und Schnepfe anzuknüpfen, die Mädchen hörten seinen Erzählungen jedoch höchst gleichgültig zu. Er bemerkte nicht, mit welchem gespannten Interesse die jungen Damen im geheimen auf jedes seiner Worte lauschten, um etwas von den jungen Männern zu erfahren, die aus ihren Herzen verbannt schienen.

Jost ging dann oft zu Bernhart, wo er sich still in eine Ecke setzte und die Skizzen aus Neumühlen betrachtete. Diese führten seine Gedanken bald auf Henri, der jetzt als Besitzer in der Villa saß, worauf er seinen Grimm über solchen Skandal ausließ. Dann kam er auf die Prügelsuppe bei der Entlassung Henris zurück, ein Kapitel, das ihn jedesmal mit Wonne erfüllte. „Es war doch etwas", meinte er stets am Schluß der Erzählung.

Fragten die jungen Männer nach den Mädchen, so war seine stehende Antwort: „Nur Geduld! Geduld überwindet Sauerkraut. Es wird sich schon machen."

Vor Schaarhörn

## Achtundvierzigstes Kapitel

# Wer hängen soll, ersäuft nicht

Über die Finkenwerder Vitalienbrüder war große Betrübnis gekommen, denn die Hamburger Polizei hatte sie wegen des Geschäftes mit Stubborn in die Acht erklärt, und das Stadtgebiet war ihnen verschlossen.

Als Peter Wübbe in seiner Unschuld eines Tages mit der Flut beim Blockhaus hineintrieb und an der Akzise die Fische klarierte, fragte ihn ein Beamter, ob er Peter Wübbe aus Finkenwerder sei. Er nickte ihm Bestätigung zu, daß die Quaste an seiner Zipfelmütze wackelte. Sie war noch nicht ruhig geworden, als auch schon ein Boot von der Hafenrunde an seiner Seite lag, dessen Fährleute ihn ins Schlepptau nahmen und unbekümmert um alle Lamentationen in den äußersten Winkel innerhalb des Pfahlwerkes an den Vorsetzen schleppten, wo sie seinen Ewer an die Kette legten und ihn zu bleiben baten, bis sie Anzeige von seiner Erlangung gemacht hätten.

Wübbe stellte sich sehr ungebärdig und fragte die Polizei, was mit seinen Fischen in dieser Brühe werden solle, in die man ihn hier gebracht?[48] Da die Fische der Polizei nicht in einer Brühe vorgesetzt wurden, so war ihr die Sache sehr gleichgültig, und sie ruderte in völliger Gemütsruhe durch das schwimmende Stroh und dergleichen davon, weil sie Peter Wübbe in der Ecke so sicher wußte wie Robinson auf seiner Insel.

Die Polizei übersah jedoch etwas, und das war Wübbe jun., der bei dem Blockhaus vom Ewer stieg, ehe man diesen packte, und vorsichtig hinter den Pfählen beobachtete, wohin man den Alten brachte. Sobald er das Polizeiboot aus dem Winkel an den Vorsetzen kommen sah, nahm er einen Jollenführer und ließ sich hineinrudern, um zu dem teuren Vater an Bord zu steigen.

Dieser saß, ein Bild der Verzweiflung, auf dem Ewer. Seit ihn Krischaan an der Holzbrücke mit dem Tau gefangen und fast erwürgt hatte, war er nicht so in der Klemme gewesen. Er merkte wohl, weshalb man sich seiner versicherte, und es wollte ihm scheinen, als ob die Sache nicht gut gehen werde. Er wäre um den Preis seiner ganzen Fische gern wieder draußen gewesen und blickte die kleine, dünne Kette, mit der man ihn an einen der Pfähle geschlossen, ingrimmig an, ohne jedoch zu wagen, die Hand an sie zu legen. Er schob die Hände tief in die Hosentaschen, denn er gehörte noch zur alten Schule, die, einmal gefangen, sich in ihr Schicksal ergibt.

Nicht so Wübbe jun., der der neueren Richtung angehörte, einem anderen Geschlecht, das sich nicht eher gefangen gibt, als bis es hinter eisernen Türen und dicken Mauern sitzt, die es nicht durchbrechen kann. Er stand kaum auf dem Ewer, als er in die Kajüte kroch und mit einer großen Zange wieder heraufkam, mit der er ohne weiteres die dünne Kette, zum Entsetzen seines Alten, durchbrach.

„Jung! Jung! Wat makst du?“ jammerte der Vater leise, indem er sich vorsichtig umsah.

Wübbe jun. gab gar keine Antwort, sondern nahm den Haken und zeigte auf einen anderen, indem er kommandierte: „Man too!“ und den Ewer in Bewegung setzte.

„Herrgott! Wie komt nich bie't Blockhuus dör“, klagte Wübbe sen., den Haken unentschlossen ergreifend.

„Oberbaum“, sagte Junior leise, und der Alte, sofort verstehend, schob nun aus Leibeskräften, wodurch das Fahrzeug bald in den Binnenhafen, durch die Brooksbrücke in das Dovenfleet und dann nach dem Oberbaum gelangte, wo man die Stadt verließ und die Elbe gewann. Die Finkenwerder setzten sogleich durch den Reiherstieg nach Harburg, um vor allen Dingen den Hamburgern aus den Händen zu kommen, denn sie wußten, daß der Kettenbruch sehr schlecht für sie ablaufen werde, wenn sie der Hafenrunde jetzt in die Hände fielen. Sie beschlossen vorderhand den Hamburger Markt zu meiden und ihre Fische nach Harburg, Stade und Glückstadt oder höchstens nach Altona zu bringen, wo man Gelegenheit fand, den Hamburgern hie und da etwas abzuzwacken und zu entführen, um doch etwas von ihnen zu haben.

Die Entrüstung der Hafenrunde, als sie in den Winkel kam und Peter Wübbe samt Kette nicht mehr fand, war unbeschreiblich.

„Es ist ganz unerhört“, sprach einer der Beamten kopfschüttelnd. „Kein großer englischer Dampfer würde gewagt haben, mit der Kette durchzugehen.“ Es war jedoch von Stund an ihre Lieblingsbeschäftigung, auf Wübbe und alle Finkenwerder zu vigilieren, was zur Folge hatte, daß ihr der alte Stiefelmann und einige Freunde von Wübbe in die Hände fielen und so arg gerupft wurden, daß sie alle Lust verloren, nach der Stadt zu kommen.

Der alte Stiefelmann saß deshalb in sehr übler Laune neben Peter Wübbe auf der Segelkiste vor dessen Haus und blickte über den Deich und die Elbe hin, wobei er versuchte, seine Nase in einen Schinken zu verwandeln, denn sie hing unmittelbar über der kurzen Tonpfeife, aus der er rauchte. Die Elbpiraten warfen ihre durstigen Blicke spekulierend stromauf und stromab, um etwas zu finden, aus dem sich Genever ziehen ließe. Die Aufmerksamkeit beider richtete sich plötzlich auf ein kleines Fahrzeug, welches abwärts segelte und die Admiralitätsflagge an der Gaffel führte. Es war ein kleiner Ewer mit Schwertern an der Seite, der unter den Fischern der „Tonnenewer“ genannt wurde, weil er zum Legen und Bergen der Tonnen diente, die unten das Fahrwasser anzeigen. Diese Tonnen holt man im Herbst, ehe das Eis kommt, von ihren Ankerplätzen, um sie den Winter über in Sicherheit und im Frühjahr wieder an ihre Plätze zu bringen.

Peter Wübbe erblickte das Fahrzeug kaum, als er einen schnellen Blick auf das Gesicht seines Nachbarn warf und ihn eine Sekunde mißtrauisch beobachtete, dann sah er nach Hamburg zu und nahm gar keine Notiz von dem Ewer. Der alte Stiefelmann warf jetzt einen ebenso raschen forschenden Seitenblick nach Wübbe und sah gleichfalls stromauf, ohne sich um das Schiff zu kümmern oder es überhaupt zu bemerken.

Es war die Zeit, in der die Herbststürme hereinzubrechen pflegen, und in der die Leuchttürme von der Admiralität aus mit dem Ölbedarf für den Winter versehen werden. Der Tonnenewer brachte eben die Ölfässer für die Lichter von Cuxhaven und Neuwerk hinab. Er führte aber auch verschiedene dickbauchige Steinkrüge voll Rum und Genever an Bord, zu denen ein respektables Stück Speck gehörte, mit dem sich ein lediger Mann wie Peter Wübbe die Zeit im Winter angenehm vertreiben konnte. Außerdem waren noch eine Partie Schiffszwieback sowie einige dicke wollene Decken dabei, was alles in den Kopf der Schaarhörnbake gebracht und dort für Schiffbrüchige niedergelegt wurde, denen es etwa gelang, sich in der bösen Winterzeit dahin zu retten.

Diese alten Vitalienbrüder wußten so genau, daß sich alle diese Gegenstände an Bord des Ewers befanden, als sei er von Glas. Sie wußten auch, daß die Sachen nach der Schaarhörnbake gebracht wurden, und waren deshalb entschlossen, sich hinunterzuschleichen, um dort einzubrechen und sich auf Kosten der Hamburger für den Winter zu verproviantieren. Was mit den armen Schiffbrüchigen wurde, die ihre Hoffnung und Rettung in der Bake suchten, danach fragten die alten Piraten nicht.

Als das Fahrzeug verschwunden war, stand der alte Stiefelmann von der Segelkiste auf, knurrte etwas neben seiner Pfeife heraus, was ein Abschiedsgruß sein konnte, und schlotterte in seinen großen Stiefeln auf dem Deich hin, wobei er von Zeit zu Zeit stehenblieb und sich nach Wübbe umsah. Dieser saß auf der Kiste und blickte ihm nach, indem manchmal ein schlaues Lächeln seinen breiten Mund umspielte. Dann murmelte er:

„Gesehen hat er ihn. Ob er daran dachte, was er hinunterführte? Hm! – Es scheint nicht. Aber Vorsicht ist immer gut. Warte, Junge, du sollst nichts finden, wenn du etwa dahl kommst."

Bei diesen Worten stand Peter Wübbe auf und ging nach seinem Ewer hinab, um ihn zu einer Fahrt in Ordnung zu bringen. Als Segel und Tauwerk instand gesetzt waren, holte er Torf und Kohlen herbei und brachte von Lebensmitteln an Bord, was sich im Haus vorfand. Das war freilich nicht viel und ließ keine Gedanken an schwelgerische Mahlzeiten aufkommen, wie sie etwa an Bord des verschollenen „Seehund" von Meister Wöllers gehalten wurden. Ein großes Schwarzbrot, ein Sack voll Kartoffeln und einer voll Schiffszwieback, ein Korb voll getrockneter Butt und Schollen sowie ein Rest Butter in einem kleinen Fäßchen war alles, was die Küche enthielt. Nachdem er dies beiseite gestaut, warf Wübbe einen hoffnungslosen Blick auf den Geneverkrug und ging mit einem großen Seufzer daran, die Wassertonnen für den Ewer mit Elbwasser zu füllen und sie dann auf dem Fahrzeug festzumachen. Zuletzt brachte er einen alten Kompaß aus dem Haus und befestigte ihn vor dem Ruder, worauf er sich wieder auf die Segelkiste setzte, um auf Wübbe jun. zu warten, der mit dem Boot auf irgendein Unternehmen ausgegangen war.

Der hoffnungsreiche jüngere Wübbe kam endlich in seinem Boot dahergeschlichen und kroch mit vergnügtem Gesicht an Land. Er brachte einige Flaschen mit, bei deren Anblick der alte Wübbe auftaute und zu schmunzeln begann.

„Nehm büst du so lang west, min Jung?" fragte er, nach dem Boot sehend, wo er noch verschiedene Gegenstände bemerkte, die ihn interessierten.

„In Hamborg", antwortete Junior lachend.

„Düwel ook!" rief Senior verwundert. „Wie büß du 'rin komen?"

„As wi damals rutkomen sün, bi'n Öberboom, denn bün'k in die Stadt rümfohrt un heff allerhand funnen. Hier dree Buddel Rum."

„Ah!" sagte der Alte, eine Flasche ergreifend, von der er den Stöpsel zog, um erst hineinzuriechen, denn er war ein sehr vorsichtiger Mann, was fremde Flaschen betraf, weil er einmal Brennöl erwischt hatte, dann tat er aber einen Zug, der sicher zum Beifall seines Ahnherrn Störtebeker ausgefallen wäre, worauf er sich in der Gegend umblickte, als sei nun erst wieder das Gleichgewicht in der Natur hergestellt worden.

„Ah!" sagte er nochmals. „Un wonehm hest du den her, min Jung?"

„Nich wiet af von de Holtbrüch is Wilhelm Grahmke, de lüttje dicke vergneugte Steenkohlenhöker, kennst em jo. He hett en Kutter, wo he ümmer mit utfohrt. Da brochen se grad Buddels rin. Se leegen noch op't Deck, un dor lang ick mi dree von rünner, as ick vorbifohrn deh."

„Hm!" brummte der Alte mißbilligend, „worüm man dree?"

Wübbe jun. stieg schmunzelnd in das Boot hinunter: „Hee! Wat's dütt hier?"

„Warraftig! En Holländer Käs', as he lacht un levt. Das ist was!" schrie der Alte. „Nehmher is he?"

„Ein Endchen von der Holzbrücke trieb ich bei einer Schute vorbei, die voller Käse war, da ist der hier in mein Boot gefallen." – Beide lachten.

„Was ist das? Ah! Ein nettes End' Tauwerk. Ungeteert, gut zu laufendem Zeug. Wenigstens zwanzig Faden. Woher?"

„Von einem Torfewer", erklärte Junior, indem er einen Eimer emporhielt. „Dies hier hat mir die meiste Mühe gemacht. Den Eimer fand ich auf einer Treppe, und da ich doch etwas rin haben mußte, so legte ich mich im Hafen neben eine Schute mit Zuckerfässern, zog den Maiskolben aus einem Luftloch und stocherte mit dem Messer den Zucker heraus, bis der Eimer voll war, als gerade die Schutenführer vom Frühstück kamen und mich beinahe erwischt hätten. Er ist gut zum Grog und Tee", schloß Junior, indem er eine Handvoll von dem Rohzucker in den Mund steckte.

Der Alte brachte das Gleichgewicht des Universums durch einen zweiten Zug aus der Flasche des kleinen, lustigen Kohlenhändlers Grahmke vollends in Ordnung und kommandierte dann: „Bring alles in den Ewer un maak Füer in de Kajüt. Wi seilt."

„Nehmhen?" fragte Junior verwundert.

Der Alte sah sich vorsichtig um und sagte leise:

„Siems war hier und sah den Hamburger Tonnenewer hinuntersegeln. Er tat, als habe er ihn gar nicht bemerkt. Der und ein Fahrzeug nicht sehen! Ich wußte gleich an seiner Nase, daß er auf die Schaarhörnbake spekulierte, als er es sah. Er ist nach Haus, ich wette, daß er seinen Ewer klarmacht!"

„Teuf!" sprach Wübbe jun. und verschwand an der Binnenseite des Deiches, an dem er sich hinschlich, bis er an des Stiefelmanns Haus kam. Hier duckte er sich in das Weidengebüsch und kroch dann auf allen vieren vorwärts, bis er einen Platz erreichte, von dem aus er das Treiben des Nachbars beobachten konnte. Er sah diesen eben aus dem Haus kommen und eine runde Schachtel unter dem Arm tragen.

„Aha!" murmelte der Lauscher. „Der Kompaß. Du willst also nach unten, mein Junge." Dann warf er einen Blick nach dem Fahrzeug und erkannte sogleich, daß dieses zur Fahrt hergerichtet war, worauf er sich zurückzog und, beim alten Wübbe angekommen, erklärte, man müsse sofort unter Segel gehen, damit einem der alte Siems nicht zuvorkäme.

Peter Wübbe war ganz damit einverstanden. Sie brachten die „gefundenen" Gegenstände in den Ewer, schlossen das Haus zu und trieben mit ihrem Fahrzeug am Deich hin, bis sie außer Sehweite des alten Stiefelmanns waren, wo sie das Segel aufzogen und in den Strom steuerten.

Der alte Wübbe saß am Ruder und blickte oft rückwärts, als erwarte er Siems folgen zu sehen. Er segelte sorglos fort, indem er mit Junior das Mahl verzehrte, das aus Kartoffeln und Käse bestand, wozu man Grog trank.

Peter Wübbe fühlte sich nach dem dritten Glas sehr behaglich, was er dadurch anzeigte, daß er auf den Bauch klopfte und dann eine kurze Tonpfeife mit Tabak stopfte und anzündete. Da ihm Junior noch ein viertes vor den Kompaß hinstellte, so zog er den Mund breit und lachte still, denn er dachte an den Stiefelmann, der nun doch hinten war und, wenn er kam und mit seinen schweren Stiefeln mühsam in die Bake hinaufkletterte, das Nest dort ausgenommen fand. Der alte Elbpirat steuerte in einem angenehmen Dusel fort, bis er am Horizont den Leuchtturm von Cuxhaven erblickte. Nun wurde er aufmerksam, denn es galt, sich in Cuxhaven nicht sehen zu lassen. Er sprach deshalb einige Worte zu seinem Sohn, der das Segel etwas lose gab, worauf das Fahrzeug nach Steuerbord abfiel und direkt nach Nord lief, als wollte es nach Tönning hinüber. Als Cuxhaven außer Sehweite passiert war, steuerte Wübbe wieder nach West und segelte auf Neuwerk zu, in dessen Nähe er in die Watten und vor Anker ging, als wolle er fischen.

Hier lauerten die beiden nun geduldig auf den Hamburger Ölewer. Sie wußten sehr genau, daß er jetzt in Cuxhaven lag und bald kommen mußte. Um sich die Zeit zu vertreiben, fingen sie bei der Ebbe Krabben und verspeisten diese dann zur Abwechslung mit Holländer Käse und Grog, wonach sie Butt fingen und diesen mit Grog und Käse verzehrten. Auf diese Weise verloren sie die Geduld nicht und blieben auch ruhig liegen, als das Ölschiff erschien und seine Fracht bei der Insel auslud. Auch als es wieder hinaussteuerte und nach See zu ging, blieben sie ruhig und verfolgten das Fahrzeug mit den Augen. Sie warteten ebenso ruhig, bis es wieder zurückkam, und hoben erst ihren Anker, als es bei der Kugelbake aufwärts verschwand.

Das Ölschiff wurde indessen nicht allein von Peter Wübbe beobachtet. Es gab noch mehr Augen, die danach ausschauten, denn bei Cuxhaven lag der alte Stiefelmann und wartete auf die Abfahrt und Rückkehr des Fahrzeuges.

Das Wetter begann sich in der Zeit zu ändern, und indem der Wind, der bisher südlich wehte, sich nach West umsetzte, stiegen Wolken am Horizont auf, die in den Schiffern eine Idee an Öljacken und Südwester erweckten. Der Wind fing an, die Wellen vor sich herzurollen und ihnen weiße Kämme aufzusetzen, während der Regen den Blick in die Ferne verwehrte. Peter Wübbe hielt dies Wetter für sehr günstig für sein Unternehmen und segelte gerade vor dem Winde in die Elbe hinaus, um den Beobachtern auf dem Neuwerker Turm den Glauben beizubringen, das Fahrzeug wolle nach der schleswigschen Küste. So steuerte er, bis er außer Sicht des Feuerturms war, was bei den Regenschauern bald geschah, und ging dann hinter Vogelsand seewärts, um von dort nach der Schaarhörnbake aufzusegeln.

Das Schiffchen kletterte gehorsam die Wogen hinauf, stürzte sich drüben hinab, um wieder hinauf zu steigen und die Kämme zu durchbrechen, die es nicht mehr tragen konnten, deren Schaum über Wübbe sen. und jun. hinflog und sie salzte wie Heringe.

Obgleich man rundum nichts als Wasser sah, hielt Peter Wübbe doch seinen Kurs so sicher, daß man die Schaarhörnbake bald über das Chaos von Schaum und Wirbel herausragen und sich fast gespenstig erheben sah.

Die Wellen rollten bei der Bake nicht so arg, weil die Ebbe eingetreten war und die Schaarhörnsandbank den Seegang brach, der mit dem Wind von Südwest kam. Es war trotzdem kein kleines Kunststück, das Fahrzeug hart an die Bake zu bringen, ohne daran zerschmettert zu werden. Es gelang jedoch der Geschicklichkeit der Fischer, so nahe zu kommen, daß sie ein Tau um einen Stamm brachten, worauf sie das Fahrzeug nach Belieben an und ab bringen konnten, da es der Wind von den Stämmen wegtrieb.

Peter Wübbe stand vorn am Steven und ließ den Ewer mit einer günstigen See von seinem Sohne heranbringen, worauf er schnell in die Hölzer stieg, um hinaufzuklettern, während Wübbe jun. das Fahrzeug einige Klafter abtreiben ließ.

Das Hinaufsteigen wollte indes zur Zeit nicht so leicht gehen, weil sich an den unteren Querhölzern eine Menge Seetang angesetzt hatte, der naß und schlüpfrig wie Seife war. Peter Wübbe kroch trotzdem einige Sprossen dieser Leiter in die Höhe, worauf er anhielt und sich umblickte.

„Alle Teufel!“ schrie er plötzlich, denn er entdeckte in der Ferne ein Segel, das nach der Bake zu kommen schien. Als er aber nach dem Ewer hinunterblickte, schrie er nochmals: „Alle Teufel! Junge! Heran! Wirf mir ein Tau zu und mach eine Laufschlinge dran! Schnell! Das Tau an der Bake ist schamfilt[49] und hängt nur noch an einem Garn. Es wird gleich brechen, und dann sitze ich hier oben wie die Maus in der Falle. Das Tau! Das Tau!“

Wübbe jun. ergriff das gestohlene Tau, machte eine Schlinge daran, legte es in lange Ringe durch die Hand und schleuderte diese, wie es die Schiffer tun, zu dem Alten hinauf. Er wurde dabei aber von dem Segel gehindert, das oben geblieben war, damit man augenblicklich in Fahrt kommen konnte. Man hatte nur die Schot losgemacht, jetzt flabbte es und schlug mit dem Schotblock so um sich, daß Wübbe jun. mehrere sehr empfindliche Püffe erhielt und, um sich zu sichern, nach Schot und Block griff.

Alle diese Umstände trafen aber zum Verderben des alten Diebes zusammen, denn das geworfene Tau kam dadurch unklar hinauf, und es gelang jenem nur noch, das letzte Ende mit der Schlinge zu fassen, die er sich der Sicherheit halber um den Leib legen wollte. Da sein Sohn in diesem Augenblick den herumschlagenden Block packte, so faßte das Segel den Wind, und das Fahrzeug erhielt einen Stoß, der das defekte Tau sprengte, mit dem es an der Bake festlag.

Peter Wübbe hatte gerade den Kopf durch die Schlinge gesteckt; er wurde von den Querhölzern gerissen und stürzte in die Wellen, durch die ihn das Tau hinter dem Ewer herschleppte, wobei sich die Schlinge um den Hals ganz so zuzog, wie es ihr Träger noch vor kurzem von ihr erwartete.

Der junge Wübbe konnte ihm in diesem Moment nicht beistehen, denn er mußte mit Segel und Ruder kämpfen, um das Fahrzeug in dem hohlen Wasser nicht kentern zu lassen. Da er das Tau straff und den Kopf seines Alten hinter sich aus dem Wasser schauen sah, so hielt er ihn für geborgen, denn auf das Naßwerden kam es nicht an und der Alte würde sich, wie er dachte, schon heranholen, wie dies in ähnlichen Fällen geschehen war.

Er kümmerte sich deshalb nicht weiter um ihn, sondern wandte seine ganze Aufmerksamkeit dem Segel zu, das er festlegte, weil eine neue Bö heranstürmte und die Wellen hoch aufpeitschte, während zugleich ein Regenguß niederbrach. Es bedurfte aller Kraft und Geschicklichkeit des Fischers, den Ewer quer durch die Wellen zu führen, da er nicht vor den Wind gehen durfte, weil ihn diese Richtung gerade auf den großen Vogelsand brachte, wo die Brandung jetzt donnernd emporspritzte. Alles, was er tun konnte, bestand darin, daß er das Tau, an dem sein Alter hing, schnell durch einen starken Zug ein Stück anholte und dann festlegte, worauf er sogleich wieder mit beiden Händen nach der Ruderpinne greifen mußte. Sobald ihm eine Welle einen Augenblick Zeit ließ, zog er wieder und brachte endlich den Alten nahe an das Ruder. Hier schrie er ihm zu, nun selbst an Bord zu klettern, er müsse jetzt den Ewer beim Winde halten, um nicht auf den kleinen Vogelsand zu kommen, der das Segel, das er gesehen, zum Umkehren gezwungen habe.

Peter Wübbe kam aber nicht an Bord.

Ein alter Schulmeister hatte dem Alten einmal in dessen Jugend gedroht: „Was hängen soll, ersäuft nicht.“ Die Prophezeiung war erfüllt. Peter Wübbe war nicht ertrunken. Er hatte keinen Tropfen Wasser geschluckt, denn das Tau zog ihm die Kehle so eng zu, daß er erstickte. Er wurde im Wasser erhängt.

Wübbe jun. war nun Waise und merkte dies erst, als er in den Windschutz von Neuwerk kam, wo die Wellen nicht so arg waren und er daran denken konnte, dem Alten hineinzuhelfen. Als er sich umdrehte, bemerkte er, daß der Alte mit glasigen Augen gespenstig in den Ewer starrte, wenn ihn eine See emporhob. Der Sohn hätte vor Entsetzen über Bord springen mögen.

So ging die grausige Fahrt fort bis Cuxhaven, wo es Wübbe jun. erst gelang, in ruhiges Wasser zu kommen, indem er hinter die „Alte Liebe“ lief.

Hier traf er den Stiefelmann, der eben erst vor ihm eingelaufen war. Man zog nun Peter Wübbe an Bord, machte die Schlinge los, rieb ihn mit Rum, goß ihm Rum in den Mund, denn wenn ein Mittel in der Welt imstande gewesen wäre, ihn lebendig zu machen, so war es dieses. Aber er blieb tot, so hartnäckig tot, wie nur ein Mann bleiben kann, den man eine Stunde lang in einer Schlinge um den Hals mit der Schnelligkeit von acht Knoten durchs Wasser nachschleppt.

Der alte Stiefelmann sagte „joo“, kroch in seine Kajüte und suchte Trost bei der Steinflasche, wodurch er endlich in eine weiche Stimmung geriet. Im Anfang war er geneigt, sich über Peter Wübbes Geschäftsaufgabe zu freuen, denn der war von allen Finkenwerdern und Blankenesern der geriebenste. Dann bedachte er aber, was für ein guter Kamerad er gewesen sei, wenn es das Geschäft nicht betraf, denn „Handel und Wandel leiden keine Freundschaft“. Jetzt sei er tot und aller Hader vorbei. Beim sechsten Glas war der Stiefelmann so weich, daß er ein paar Tränen vergoß und den besten Freund auf der Welt verloren zu haben glaubte, worauf er eine alte hannoversche Flagge hervorsuchte, mit der er hinaufkroch, um sie über seinen Freund zu breiten, der still und steif auf dem Verdeck seines Ewers lag, während sein Sohn und Erbe ihm zu Häupten saß und ihn nicht mehr mit Rum einrieb, sondern diesen selbst trank, wobei ihm der Stiefelmann half und trotz aller Weichheit das Geheimnis seiner Steinflasche nicht verriet.

Auf dem Finkenwerder Kirchhof

Neunundvierzigstes Kapitel

# Die Verschollenen

Wenn in Finkenwerder große Trauer um Peter Wübbe war, der, auf dem Wasser umgekommen, jetzt doch wenigstens in einem Sarge lag und von den Leidtragenden zur Gruft gebracht werden konnte, so war der Jammer und die Trauer im Hause des Meisters Wöllers noch größer, denn man wußte nicht einmal, wo er samt Krischaan und dem „Seehund" ein Ende genommen hatte. Die Meisterin weinte Tag und Nacht, weil sie sich für die Ursache von Wöllers' und Krischaans Untergang hielt. Sie war es, die ihn hinaustrieb, die ihm sein Vergnügen auf dem Wasser stets verbitterte und ihn hetzte, bis er den verzweifelten Entschluß faßte, davonzugehen, und dabei den Tod fand. Madame Wöllers merkte erst, was sie an ihrem Manne verlor und wie sehr sie ihn liebte, als er fort und vielleicht auf ewig geschieden war. Sie grämte sich so sehr, daß ihr Essen und Trinken nicht mehr schmecken wollte und sie bedeutend abmagerte.

War die Meisterin nun infolge von Wöllers' Verschwinden mager geworden, so war Gevatter Schünnemann zu einem Schatten zusammengeschwunden, denn auch er glaubte an des Gevatters Unglück schuldig zu sein, da er auf seine Nachricht hin in See ging. Er glaubte nicht an des Gevatters Untergang, sondern vermutete, daß dieser mit dem „Seehund" vielleicht von einem Schiff aufgenommen worden sei, mit dem er nun eine unfreiwillige Reise nach Australien oder China machen müsse.

Indem Schünnemann alles dies bedachte und sich im Geiste ausmalte, wie Wöllers die Elbe hinabsegelte und dann in See stach oder an der Küste hinsegelte, fiel es ihm ein, daß sich bei genauer Nachforschung, die man elbabwärts und dann am Strand hin anstellte, doch wenigstens eine Spur von Schiff und Mannschaft oder eine Nachricht vom Untergang finden lassen müsse. Er faßte den Entschluß, sich aufzumachen, um persönlich der Fährte des Gevatters zu folgen. Er lief sogleich zur Meisterin. Als diese hörte, was er vorhabe, erwachte auch bei ihr ein neuer Funke der Hoffnung. Sie faßte die Idee begierig auf und erklärte dem Gevatter, daß sie mitreisen wolle.

Da sowohl Schünnemann wie Wöllers wohlhabende Leute waren, so kam der Kostenpunkt nicht in Betracht. Schünnemann wandte sich an die Hafenrunde, die er um Rat bat, wie und wo er nach Wöllers suchen solle. Man riet ihm, vor allen Dingen bei den Finkenwerder Fischern und bei den Blankenesern nachzufragen, von denen einige stets in und außer der Elbe lägen, wobei sie aus Instinkt jeden Schiffbruch witterten wie die Raben eine Beute.

„Es gibt in Finkenwerder besonders einen alten Spitzbuben", sprach einer von der Wasserpolizei, „der uns sogar vor einiger Zeit von der Kette entwischt ist, an die wir ihn gelegt hatten. Er heißt Peter Wübbe, und ich glaube, wenn einer imstande ist, etwas auszuspionieren, so ist es der. Aber sagen Sie ja nicht, daß wir Sie schicken."

Schünnemann beschloß nun, die Nachforschungen in Finkenwerder zu beginnen und sie längs der Elbe fortzusetzen. Welche Reisegelegenheit sollte er aber benutzen? Es blieb ihm nichts übrig, als den Wasserweg zu wählen. Er lief deshalb am Wasser umher und suchte einen Ewer, dessen Kajüte in so gutem Zustande war, um eine Dame zu beherbergen. Er fand einen Torfewer von der Oste, der diesem Zweck ganz entsprach, verhandelte mit dem Besitzer und verproviantierte sich, worauf er die Meisterin an Bord brachte.

Das Wetter war stürmisch, als das Fahrzeug den Strom hinabsegelte. Die Meisterin saß auf dem Verdeck und dachte über die sonderbare Fügung des Schicksals nach, das sie jetzt unter Segel brachte, um ihren Mann zu suchen, dem sie das Segeln stets verleiden wollte.

Auf Finkenwerder angekommen, stiegen die Reisenden aus und fragten einen Mann, ob sie Peter Wübbe antreffen würden.

Ein Junge lief auf dem Deich voraus und zeigte auf eine Gruppe Männer und Frauen, die alle im Sonntagsstaat vor der Kate versammelt waren.

„Hier ist Peter Wübbe", sprach der Junge, auf einen Sarg zeigend, der in der Mitte der Leute stand.

Gevatter Schünnemann war über den Anblick erschrocken und wollte es für ein böses Anzeichen halten. Er erkundigte sich bei den Fischern nach dem „Seehund" und erzählte sein Verschwinden, worauf man ihm sagte, daß dieses wohlbekannte Fahrzeug, der Spaß aller Elbleute, zuletzt in der Gegend der Weser gesehen worden sei.

„Wenn Ihr ihn also suchen wollt, so müßt Ihr den Strand jenseits der Weser absuchen. Vielleicht erfahrt Ihr etwas an der Jade oder weiter hinein", schloß der Erzähler, denn der Küster kam, um den Sarg anzuführen.

Der Sturm jagte auf die Elbe hinaus, wohin die Meisterin nun um keinen Preis zurück wollte, da sie schon die Fahrt bis Finkenwerder beinahe seekrank machte und Sturm wie Wellen zunahmen. Gevatter Schünnemann besorgte deshalb einen Wagen, in dem man auf der Straße längs der Elbe hinzufahren dachte, während der Ewer auf dem Fluß zur Disposition der Reisenden blieb, damit Schünnemann nach dem gegenüberliegenden Ufer fahren und dort Erkundigungen einziehen konnte. Die Reise ging auf diese Art nur sehr langsam vonstatten, da die Meisterin in jedem Fischerdorf und bei jedem Fischer nach ihrem Mann und seinem Fahrzeug fragte. Man kam erst am dritten Tag nach Cuxhaven.

Schünnemann bestand hartnäckig darauf, jeden Winkel der Küste abzusuchen, weil man sonst gerade den Punkt verfehlen könne, wo sich eine Spur von Wöllers finde. So ging denn die Fahrt weiter hinunter nach Duhnen, der äußersten Spitze des deutschen Festlandes links der Elbe, dann herum an den Weserstrand nach Ahrensch, Nordholz und Bremerhaven, hierauf mühsam an der Weser fort bis nach Vegesack und endlich nach Bremen.

Gevatter Schünnemann aber zog aus allen seinen Uferstudien weiter keinen Nutzen, als daß er in Vegesack einen Schiffer aus Norderney auftrieb, der ihm bestimmt versicherte, den Kutter vor allen Segeln zwischen Norderney und Norden gesehen zu haben, und ihm riet, nach dieser Stadt zu gehen und an der Küste herum nach Emden hin zu suchen.

Schünnemann folgte diesem Rat und bestellte einen Wagen nach Oldenburg, wo man wiederum ein Gefährt nach Norden mietete, und zwar einen jener offenen Wagen, von denen aus man eine freie Umschau genießen kann, was bei dem schönen Wetter, das dem Sturm folgte, sehr angenehm war. Die Gegend, durch die man fuhr, eignete sich allerdings zu einer freien Umschau, denn sie lag als Heide und Moorland weit ausgebreitet rundum, bot aber dem Auge wenig Abwechslung und nahm einen traurigen, einsamen Charakter an, als man sich der niederländischen Grenze näherte, wo die Straße durch das Apermoor führte, das sich bei Moorburg in das Hochmoor zieht und mit diesem bis an den Jadebusen erstreckt.

Nach einer Weile erhob sich das Terrain etwas, und die Moorgegend ging in dürres Heideland über. Die Meisterin sah trübsinnig auf die braunen, unwirtlichen Landstrecken, die sich ausdehnten, so weit das Auge reichte, und nur hier und da von Sandwegen durchschnitten und von zottigen Schafen belebt waren. Man sah oft stundenlang keinen Menschen und kein Tier und heftete das Auge auf jedes Wesen, das sich bewegte.

Endlich erblickte man auch Menschen auf der Straße, obgleich nur in der Ferne als drei Punkte erscheinend, die langsam näher kamen. Als man die Gestalten unterscheiden konnte, sah man etwas in der Sonne blinken und bemerkte dann, daß es das Gewehr eines Gendarmen, und daß die beiden Nebenfiguren, in Hemdärmeln und barhäuptig, jedenfalls ein paar Vagabunden waren, die nach Oldenburg transportiert wurden.

Als die Gestalten näher kamen, bemerkte man, daß der größere Vagant sich aus seinem Taschentuch eine Mütze gemacht hatte, indem er, die vier Zipfel in Knoten gebunden, es auf dem Kopfe trug. An den Füßen sah man alte Schuhe, die vorn ihre Schnäbel in die Höhe bogen wie Adler und offenbar von einem Landschuster herstammten, der noch an der Mode der dreißiger Jahre festhielt. Außerdem trug er ein blaues wollenes Hemd und leinene Hosen, in deren Taschen seine Hände staken. Der jüngere Malefiziant lief barfüßig einher, war ebenfalls mit einem baumwollenen Hemd bekleidet und pfiff sich einen Marsch. Der Gendarm ging etwa zwanzig Schritte voraus und las in einer Zeitung.

Sobald der Wagen herankam, blieb der Gendarm stehen. Der junge Verbrecher erblickte jedoch kaum Madame Wöllers, als ihm sofort das Pfeifen zwischen den Lippen erstarb und er einen Seitensprung von zwei Klaftern machte, worauf er quer durch die Heide davonrannte. Der Gendarm war wie aus den Wolken gefallen und schrie: „Gottverdamm! Is de Jung verrückt! Halt, oder ich schieße!“ wonach sich der Flüchtling auf den Boden setzte, da er ungefähr dreihundert Schritte entfernt war. Der ältere Reisende hatte mit Verwunderung seinem Kollegen nachgesehen. Sein Blick fiel jedoch kaum auf die Dame im Wagen, als er die Hände aus den Hosentaschen zog und einen Ansatz nahm, um gleichfalls über den Graben zu springen und seinem Kollegen zu folgen.

Er blieb aber plötzlich stehen, breitete seine Arme gegen den Wagen aus und fing die Dame darin auf, die bei seinem Anblick mit einem Satz heruntersprang und nun weinend an seinem Halse hing, während Gevatter Schünnemann, im Wagen stehend, drei Hurras zum besten gab, wie man sie in dieser Gegend wohl schwerlich gehört hatte, und dazu seinen Hut in die Luft warf. Der Kutscher und der Gendarm standen mit offenen Mäulern dabei und wußten nicht, was das bedeuten sollte.

Daß die beiden Vagabunden Meister Wöllers und Krischaan waren, die man so nach Hause führte, braucht wohl weniger dem Leser als dem Gendarmen erklärt zu werden. Dieser hatte sie nach Oldenburg zum Weitertransport abzuliefern und konnte sie natürlich nicht freilassen; deshalb bestiegen alle drei, nachdem der Kutscher auf der Stelle ein Extratrinkgeld von zwei Talern und Krischaan von der Meisterin Generalpardon erhalten hatte, den Wagen und fuhren nach Oldenburg zurück, wo es Schünnemann gelang, Wöllers in Freiheit zu setzen, da weiter nichts gegen ihn vorlag, als daß er erst in Hamburg Auskunft über sich geben wollte, was hier genügend geschah.

Wöllers söhnte sich, gerührt durch ihre Tränen und ihr Unternehmen, ihn aufzusuchen, vollständig mit der Meisterin aus, während sie Gott dankte, daß sie ihn wiederhatte. Als sie jedoch fragte, wo er so lange geblieben, weshalb er in einem solchen Zustand sei und wo der „Seehund" wäre, entgegnete er kleinlaut: „Der Seehund ist in seinem Element, und wo wir waren, erzähle ich euch zu Hause, von wo du mich hoffentlich nicht wieder fortjagst." Die Meisterin gab ihm einen Kuß, und die ganze Gesellschaft fuhr mit der nächsten Post nach Harburg zurück, was bei Wöllers und Krischaans Kostüm nicht wenig Aufsehen und der Gesellschaft den größten Spaß machte. In Hamburg angekommen, setzte man sich in eine Droschke und fuhr nach Haus.

Es wurde kaum bekannt, daß Wöllers wieder erschienen war, so kamen alle Freunde und Verwandte, um seine Schicksale und den Ausgang der abenteuerlichen Seereise zu erfahren.

Es war gekommen, wie es kommen mußte. Krischaan wurde noch in der Weser seekrank und war durch nichts aus der Kajüte zu bringen, wo er alle viere von sich streckte. Da nach kurzer Zeit ein Gewittersturm losbrach, so konnte der Meister nicht vom Ruder gehen und wußte auch in der Angst nicht, was er mit den Segeln anfangen sollte, die, zum Platzen gespannt, den „Seehund" pfeilschnell durch die Wellen rissen. Endlich packte auch ihn die Seekrankheit, und nun war das Unheil da. Er hatte zwar noch soviel Besinnung, das Ruder festzubinden, um den Kutter nicht auf das Land laufen zu lassen; denn er jagte zwischen der Küste und den Inseln Wangerooge und Norderney dahin. Nach zwei Stunden war er jedoch durch die kurzen Wattenwellen in eine Verfassung gekommen, in der ihm alles egal war und er Ruder Ruder sein ließ, indem er, sein Ende erwartend, in die Kajüte kroch und nur noch soviel Besinnung hatte, die Luke zuzumachen.

Da der „Seehund" sich nun selbst, obgleich mit festgebundenem Ruder, überlassen war, so benutzte er die Gelegenheit und lief bald aus dem Ruder, was in dem hohlen Wasser besonders leicht anging. Dadurch drehte er an den Wind und rannte endlich wie ein tolles Pferd mit Hochwasser in der Gegend von Delfzyl auf den Strand, wo er liegenblieb und von den Wellen überspült und zerstampft wurde, während Wöllers und Krischaan in der Kajüte wie die Steine in einer Kinderklapper hin und her flogen und ihr Ende nahe glaubten. Endlich lag der „Seehund" wieder ruhig, und das Wasser verlief sich aus der Kajüte. Durch die Ruhe ließ die Seekrankheit nach, die Liebe zum Leben kehrte wieder. Wöllers steckte den Kopf aus der Luke und sah, daß die Ebbe eingetreten war und das trockene Land nur noch etwa zweihundert Schritt entfernt lag. Er bekam eine solche Angst vor der Wiederkehr der Flut, daß er Krischaan, der sich für tot hielt, mit Gewalt aus der Luke zerrte, seine Brieftasche mit dem Geld in die Hosentasche steckte und ohne Schuhe und Rock, Krischaan ebenso nachschleppend, durch das knietiefe Wasser dem Strande zueilte, wo er sich auf eine Erhöhung setzte, um den „Seehund" zu betrachten, der ein vollständiges Wrack geworden war.

Der Schiffbruch war zwar in einer einsamen Gegend geschehen, jedoch bald von den Strandleuten bemerkt worden, die mit Ablauf der Ebbe herbeikamen. Diese guten Leute sind nun sehr ordnungsliebend und können es nicht leiden, wenn auf dem Strand allerlei liederlich umherliegt. Deshalb begannen sie auch jetzt vor den Augen des erstaunten Meisters aufzuräumen, und zwar mit einer Schnelligkeit, die von großer Übung zeugte. Es war wunderbar, wie der „Seehund" Stück für Stück verschwand, als wäre er eigens zum Auseinanderschrauben und in eine Kiste zu packen angefertigt.

Um Wöllers hatte sich bisher niemand bekümmert. Da jedoch nun aufgeräumt war, so kamen einige Personen auf ihn zu und fragten in einem fürchterlichen Plattdeutsch, ob er der Schiffer sei und woher, was der Kutter für Ladung geführt, und an der Küste gewollt habe. Kurz, man lud Wöllers ein, nach einer Art Zollwache zu kommen, wo man ihn nochmals verhörte und am Ende für einen Schmuggler erklärte. Daß er angab, er sei der Schneidermeister Wöllers aus Hamburg und Krischaan sein Lehrjunge, diente nur dazu, ihn verdächtiger zu machen und am Ende gar für verrückt oder einen Verbrecher zu halten, wozu noch die über vierhundert Taler kamen, die man bei ihm fand. Er wurde deshalb nach Delfzyl geschafft und dort mit Krischaan vorderhand eingesteckt. Als er sah, daß man ihn für etwas anderes als den Hamburger Schneidermeister hielt, und es ihm dabei einfiel, welchen Triumph seine Frau feiern würde, wenn man um Auskunft an sie schrieb, so legte er Krischaan Schweigen auf und erklärte, er werde nur in Hamburg Auskunft über sich geben. Da er Hartnäckigkeit genug besaß, das Amt aber, wie alle Ämter, das Geld gern zu Akten machen wollte, so ließ man endlich Wöllers und Krischaan per Schub über die Grenze ins Hannoversche und dort weitertransportieren, bis sie die Meisterin fand.

Wöllers klagte beim holländischen Konsul wegen Strandraubes und gewaltsamer Zurückhaltung seines Geldes, worauf er es wiedererhielt. Der „Seehund“ war jedoch spurlos verschwunden, worüber Madame Wöllers eine geheime Freude nicht ganz unterdrücken konnte.

## Fünfzigstes Kapitel

# Einer wird gevitzliputzliet

So günstig auch der Umstand für die Schurken Trick und Stubborn war, daß der Lotse den Durst seines Feindes Jörs durch die Flut für immer gestillt, sosehr ängstigte sie doch das gleichzeitige Wiedererscheinen Nielsens und Kerns, von denen sie das Schlimmste erwarteten.

Stubborn wußte, daß er von Spionen umlagert wurde und keinen Schritt tun konnte, ohne beobachtet zu sein. Er traf auf allen Wegen verdächtige Gestalten, die sich an ihn drängten, sobald er versuchte, sich irgendeiner Reisegelegenheit nach auswärts zu nähern.

Nasenspuren im Elbsand

War es eine Landgelegenheit, so trat sicher im Augenblick, wo er sich nach Preis und Fahrt erkundigte, einer jener falschen Zimmerleute an ihn, die ihre Heimat im Tiefen Keller hatten, und brachten ihm ein Billett mit einer dringenden Einladung von Herrn Trick, der ihn augenblicklich zu sprechen wünschte; war es eine Schiffsgelegenheit, so standen wiederum einige Gentlemen mit Teerhosen bereit, ihn in ihre Boote zu nehmen und zu Trick zu bringen, mochte er sich auch noch so heimlich und unbemerkt auf ein Schiff geschlichen haben. Das Billett von Herrn Trick erhielt er doch, er konnte die Dampfschiffbrücke betreten, das Neumühlener Ufer zur Abfahrt wählen oder sich an Post und Omnibus einfinden.

Der Schutenführer Wilm, der aus Spickmanns Dienst in den von Schwarz getreten war, wo er in der Beschäftigung, den Akzisebeamten eine Nase zu drehen, das größte Vergnügen fand und dabei von den sämtlichen Schutenführern und Leichterschiffern unterstützt wurde, war gewissermaßen Hauptmann der Schmugglerbande und bezog eine Tantieme, die ihm monatlich an fünfhundert Mark einbrachte. Die Masse von Lebensmitteln, die man zu Land und Wasser einschmuggelte, war so bedeutend, daß Schwarz monatlich gegen zweitausend Mark dabei gewann, während Jakob, der Hauptspion, sich auf zwei- bis dreihundert stand, auch die übrigen Helfer, Händler und Abnehmer, noch viel profitierten.

Der alte Wolf bemerkte seit einiger Zeit mit großem Verdruß, daß Stubborn seine außenstehenden Gelder einzog und immer weniger zu dem hundertprozentigen Wechselgeschäft herausgab. Er brachte dies mit der Erscheinung Kerns zusammen und vermutete, daß Stubborn etwas vorhabe. Nur wußte er nicht, was. Er belauerte deshalb all seine Schritte, ohne zu wissen, daß er selbst bereits von zwei Seiten beobachtet wurde.

Stubborn beabsichtigte wirklich einen Fluchtversuch zu machen und zunächst über Hamburg nach Bremen, von dort nach Amerika zu gehen. Daß er mit den gewöhnlichen Reisegelegenheiten nicht fortkommen würde, wußte er nur zu genau. Er beschloß deshalb, einen Versuch zu unternehmen, ob er über die Insel Wilhelmsburg zu Fuß nach Harburg kommen könne, ohne von den Spionen Tricks belästigt zu werden. Gelang dieser Versuch, so stand ihm der Weg offen.

So schlecht auch Stubborn war und so wenig er sich um seine Töchter bekümmerte, die Notwendigkeit fiel ihm doch ein, daß er vor seinem Verschwinden etwas für sie tun müsse. Es kostete ihn eine ungeheure Überwindung, von seinem Mammon zwölftausend Taler zu nehmen und sie derartig anzulegen, daß die Töchter eine Rente erhielten, bei der sie nicht zu verhungern brauchten. Nachdem dies bittere Geschäft besorgt war, dachte er daran, seine übrige Barschaft aus dem eisernen Geldkasten in das Versteck zu dem Hauptkapital zu bringen, denn er wollte bei dem Übergangsversuch nach Harburg nur einige Taler einstecken, damit sich, im Fall man ihn anhielte, nichts bei ihm fände. Er wartete deshalb, bis die Dunkelheit eintrat. Dann ging er die Treppen hinab und trat aus der Haustür. Eine Gestalt an der Ecke und eine andere an der nahen Brücke richteten sofort ihre Aufmerksamkeit auf ihn. Er murmelte einen Fluch und trat in das Haus zurück, wonach der Mann auf der Brücke einen leisen Pfiff in das Fleet hinab hören ließ.

Stubborn ging an die Treppe, die nach dem Wasser führte, und bemerkte, daß ihn dort ein Mann in einem Boot scharf beobachtete. Er trat zurück und ging nach der Hinterseite des Hauses, wo sich eine Tür zu dem Nebenhof befand. Er sah aber auch diesen von zwei Männern besetzt, die er schon oft auf seinen Wegen erblickte, worauf er wieder umkehrte und nach vorn ging.

Dann schlich er in den Hof und verschwand hinter einigen Tonnen, die vor dem Eingang des Schuppens lagen, in dem sich die alte Dampfmaschine befand.

Er stand hier eine Weile, horchte, spähte mit langgestrecktem Hals und öffnete endlich leise das Schloß und die Tür des Schuppens, die er wieder hinter sich zuzog, als er eintrat. Dann tappte er vorsichtig nach dem Dampfkessel, an dem er die Klappe suchte und ohne Geräusch aufmachte, worauf er hineinkroch und sie wieder zulehnte. Hierauf hing er ein Stück Segeltuch von innen vor den Spalt, den die nicht ganz geschlossene Klappe offen ließ. Er horchte wieder und kroch nun auf den Knien nach dem hinteren Teil des Kessels, da beim Gehen der leiseste Tritt seiner Stiefelsohlen einen solchen Widerhall in dem geschlossenen Raum erweckte, daß er glaubte, man müsse es draußen auf der Straße hören. An der Rückwand angekommen, griff er in die Öffnung des Dampfrohres und zog eine kleine Blendlaterne heraus, die er anzündete. Er leuchtete damit auf einen Haufen Kesselstein, der sich in der Ecke des Kessels, vom letzten Ausputzen her, angesammelt hatte, und zog unter diesem ein eisernes Kästchen hervor, bei dessen Anblick sich ein Lächeln der Befriedigung über sein fahles Gesicht zog. Er horchte nochmals eine Weile und schloß dann das Kästchen auf, dessen Inhalt er mit gierigen Blicken durch seine Finger laufen ließ. Dann zog er eine Brieftasche heraus und legte noch verschiedene Summen dazu, denen einige Handvoll Goldstücke folgten.

Er besah und befühlte die Wände des Kästchens, die aus doppelten Eisenplatten bestanden, deren Zwischenräume Asche ausfüllte. Es war ein Meisterstück von einem Schlosser, der behauptete, es sei feuerfest. Stubborn schloß es und verbarg es unter dem Schutt, worauf er die Laterne auslöschte und durch die Klappe wieder hinauskroch und sie schloß.

Er schlich vorsichtig aus dem Schuppen und in den Hof, wo er sich abermals an den Ausgängen zeigte und die Wachen nach wie vor stehen sah.

Als er das Haus betrat, fand er Trick auf der Treppe, der ihm ärgerlich zurief: „Machen Sie doch keine vergeblichen Spaziergänge, Kompagnon. Es hat ja keinen Zweck. Seien Sie vernünftig und teilen Sie endlich ehrlich mit mir. Es wird mir zu heiß, ich möchte mich davonmachen, sonst kommen noch mehr Leute, die mit uns teilen wollen."

„Ich habe nichts mehr zu teilen und möchte wissen, wer noch in der Absicht kommen könnte", sprach Stubborn höhnisch.

„Wer noch?" flüsterte Trick. „Kommen Sie herein zur Lampe und lesen Sie diesen Brief. Ein Freund meldet sich darin zum Besuch an, um zu teilen."

Dabei gab er Stubborn einen Brief.

Dieser nahm ihn und betrachtete die Adresse und den Poststempel – er wurde blaß und murmelte: „Batavia! Auch der noch!"

Dann las er den Brief durch und sank in den Stuhl zurück. Trick nahm ihm den Brief aus der Hand und verbrannte ihn an der Lampe.

„Er hilft mir nichts und kann uns nur schaden", sprach er. „Jetzt aber in allem Ernst, heraus mit meiner Hälfte, Kompagnon! Ich mache mich fort."

„Soll mir sehr angenehm sein, wenn Sie je eher, je lieber zum Teufel gehen. Reisegeld kann ich Ihnen aber nicht dazu geben. Sie haben mich schon vollständig ausgeraubt", erwiderte Stubborn.

„Hilft Ihnen alles nichts. Machen Sie mir nicht weis, daß Sie nichts haben. Sagen Sie nicht, daß Sie bestohlen worden sind. Sie sind selbst der Dieb. Sie haben wenigstens noch achthunderttausend Mark in Ihrem Versteck. Wenn ich es erst weiß, so haben Sie die Stunde darauf gar nichts mehr darin. Also ist es besser, Sie geben die Hälfte gutwillig her. Deshalb heraus damit! Heute abend brauche ich wenigstens so eintausend Mark. Morgen das übrige."

Stubborn warf Trick auf diese Forderung ärgerlich den Schlüssel des Geldkastens vor die Füße und brummte grinsend: „Nehmen Sie sich!"

Herr Trick griff nach dem Schlüssel und schloß die Kasse auf. Er griff mit beiden Händen hinein und stieß einen Laut der Überraschung aus, als er sie leer fand. Er blickte nach Stubborn und schrie: „Es ist nichts mehr hier!"

„Ah!" rief dieser, „wirklich? Haben Sie wieder Ihre Fenster ausbessern lassen? Oder haben Sie einen anderen Weg in die Kasse gefunden? Nun, Sie haben nicht viel erwischt, denn ich disponierte glücklicherweise gestern über eine Summe. Geben Sie sich keine Mühe mehr, ich habe jetzt nichts. Wenn ich morgen aus der Stadt gehe, so strapazieren Sie sich und Ihre Spione nicht umsonst, denn ich will nur ein Wort mit meinen Töchtern sprechen. Ich muß es ja wohl meinem Wächter melden und hoffe, Sie erlauben es mir", schloß Stubborn höhnisch.

Trick gab keine Antwort, sondern ließ nur seine Blicke rundum laufen, sah in alle Winkel und betrachtete seinen Kompagnon dann ein Weilchen scharf, worauf er den Hut nahm und ohne Gruß grimmig fortging.

Auf der Brücke trat er an den Mann, der am Geländer lehnte, und sprach: „Paßt gut auf. Er hat etwas vor."

Ein Gedanke stieg plötzlich in Trick auf.

„Die fidelen Seehunde!"

Er schlug sofort den Weg zum Klublokal ein, das sich in einem Keller der Reichenstraße befand. Der Keller war verschlossen.

Herr Trick stand verwundert vor der Tür und wandte sich endlich in einen Nachbarkeller, wo er fragte, ob nicht nebenan ein Austernkeller gewesen sei.

„Allerdings", war die Antwort. „Das Nest ist aber vor zwei Tagen von der Polizei ausgenommen worden."

Trick schlich fluchend davon und sprach: „Das Geschick hat also auch die fidelen Seehunde ereilt. Schade um die guten

Jungen! Aber verdammt! Es geht alles schief, und wer weiß, ob die Kerle nicht schwatzen."

In den Vormittagsstunden des nächsten Tages steckte Stubborn einige Papiere zu sich und verließ seine Wohnung. Er ging mit einem finsteren Blick an seinen Aufpassern vorbei, die vor dem Hause lauerten, und schlug den Weg nach Altona ein.

Herr Trick, der durch die Leere des Geldkastens wachsamer denn je geworden war, beobachtete ihn schon seit Tagesanbruch mit einigen seiner Spießgesellen und verfolgte ihn sofort auf seinem Wege. Diese Wachsamkeit wurde zufällig vom Schutenführer Wilm bemerkt, der sogleich schloß, daß Trick etwas vorhaben müsse, worauf er einen Trupp Schmuggler zusammenholte und sich ebenfalls auf die Lauer legte.

Die Bande der Viktualienschmuggler hielt stets einige Boote an verschiedenen Plätzen des Hafens bereit, die auf ein ihnen bekanntes Zeichen sofort stromauf oder stromab gingen und sich durch gewisse Stellungen eines aufgesteckten Ruders durch eine Flotte anderer Boote verstärken konnten. Man hatte einen vollständigen Dienst und ein Telegraphenwesen eingerichtet, das am Lande von einer Anzahl Hanseaten unterstützt wurde, die zu der Genossenschaft gehörten und für die Winterzeit von großer Wichtigkeit für das Geschäft waren. So gab die Höhe des Stintfangs[50] eine gute Signalstation, auf der ein alter Besen die unten Vorbeifahrenden belehrte, ob sie vor- oder rückwärts fahren mußten, während im Hauptlager der Akzise, am Blockhaus, ein Stück geteertes Segeltuch die Boote schon von weitem benachrichtigte, ob die Beamten sehr beschäftigt und der Augenblick zum Durchwischen geeignet sei oder nicht. Andere Sicherheitszeichen waren am Ufer verteilt. Unter ihnen spielte eine am Wasserrand irgendwo aufgehängte Wachstuchmütze eine große Rolle, da sie die Nähe von Polizei- oder Akzisebeamten anzeigte, wobei die Richtung des Mützenschildes Land- oder Wasserpolizei bedeutete.

Sobald Wilm die Gewißheit hatte, daß Stubborn elbabwärts und wahrscheinlich nach Neumühlen gehe, beorderte er ein paar Boote dorthin, um ihn zu hindern, etwa einen englischen Dampfer zu besteigen; dann behielt er Herrn Trick im Auge, weil er wußte, daß dieser seinerseits Stubborn nachfolgte.

Der so umstellte Bösewicht ging in stillem Grimm nach seinem Landhaus, um den Töchtern die Papiere zu bringen, die ihnen eine kärgliche Rente sicherten. Er fand Julie in höchstem Unmut und Berta in stiller Trauer. Als er beiden eröffnete, daß er wahrscheinlich für lange Zeit verreisen müsse, weil er ein ruinierter Mann sei, daß er aber dennoch väterlich für sie gesorgt und ihnen ein Kapital gesichert habe, dessen Zinsen sie jeden Monat erheben und wovon sie gerade leben könnten, sah Julie gespannt auf die Papiere, die er herauszog und auf den Tisch legte, während Berta bitterlich zu weinen begann.

„Was ist dabei zu weinen?" fuhr Stubborn sie an.

„O Vater! Wenn dieses Geld etwa von dem ist, was Schwarz zukommt? Dann gib es ihm. Gib es ihm um Gottes willen! Ich rühre keinen Pfennig davon an und will mir mein Brot gern durch meine Hände verdienen!"

„Von dem, was Schwarz zukommt?" keuchte Stubborn, vor Wut bebend. „Stehst du noch mit Schwarz in Verbindung? Nichtswürdige Kreatur! Hat Schwarz auch dir von seinen verrückten Einbildungen in den Kopf gesetzt? Ha, kommt mir nicht!" schrie er plötzlich. „Bringt mir Beweise – Beweise! Was weißt du von Schwarz?" sprach er, die Tochter schüttelnd.

„Ich habe nicht mit ihm gesprochen. Er wendet sich verächtlich von mir. Buchhalter Kern traf mich und hat mir einige Worte gesagt, die schreckliche Vermutungen in mir weckten. O Vater, gib –"

„Bringt mir Beweise!" schrie Stubborn, sie unterbrechend. „Beweise! Also auf das Geschwätz dieses verrückten Buchhalters hörst du? Ich will dich ver–"

„Halt!" sprach die Tochter entschieden. „Nicht weiter, Vater. Du hast uns nie wie ein Vater geliebt und brauchst uns nicht auch noch zu verfluchen."

„Laß doch, wenn es ihm Spaß macht", fuhr jetzt Julie mit höhnischem Grimm dazwischen, denn sie hatte indes die Papiere durchgesehen und war über die geringe Summe, die er ihnen zum Leben ausgesetzt, in Zorn geraten.

„Er hat uns so gestellt, daß wir das Kartoffelschälen treiben können und bei dem Geschäft kommt es auf ein bißchen Verfluchung nicht an. Ha, ha! Wir werden ihn dann wieder verfluchen, wie ich alle Männer verfluchen möchte, denn alle scheinen nur darauf auszugehen, mich um die Mittel zu betrügen, durch die ich meine Jugend genießen kann. Und ich will meine Jugend genießen!" schrie der schöne Dämon, indem sie mit beiden Händen in ihr volles, blondes Haar griff und im halben Wahnsinn daran riß und zerrte. „Ich will genießen, ehe ich ein altes Weib werde. Alle haben mich betrogen, und jetzt kommt mein eigener Vater und betrügt mich noch dazu! Was willst du mit deinem Geld anfangen, du alter Mann? Uns gehört es! Verächtlich machst du dich durch deinen Geiz!"

„Schwester, Schwester!" bat Berta händeringend, „was für gräßliche Worte sprichst du aus! Ich kann hier nicht mehr bleiben. Leb wohl, Vater! Ich nehme dankbar an, was du mir von deinem ehrlichen Eigentum bietest, sonst nichts!" Mit diesen Worten verließ sie das Zimmer, von einem Fluch Stubborns begleitet, der nun mit der wütenden Julie den Streit fortsetzte.

Berta flüchtete in das Weidengebüsch unter dem Hause, wo sie oft still weinend der schönen Stunden gedachte, die sie früher hier mit Schwarz verlebte.

Als sie in das dichte Gebüsch nach dem Schilf hinunterkam, hörte sie eine Männerstimme, die jemand etwas sehr eindringlich zu erklären und keine Einwendungen zu dulden schien. Sie blieb stehen und sah lauschend durch die Blätter, denn was sie hörte, war von höchstem Interesse für sie.

Durch die Zweige blickend, war sie ungemein erstaunt, Herrn Trick auf dem Bauch liegend zu sehen, während auf seinem Rücken der Schutenführer Wilm saß, ihn bei den Haaren festhielt und mit der Nase in den nassen Sand drückte, sobald er den Mund zum Sprechen öffnete.

Herr Trick war eben erst in diese mißliche Position geraten. Er hatte das Haus umstellt und schlich nun durch die Weiden, um zu horchen, weil er die Stimme Stubborns hörte. Wie er nun eben einen sehr dichten Busch auseinanderbog, befand er sich plötzlich einem roten Gesicht gegenüber, das er mit Schrecken als dem Schutenführer zugehörig erkannte, dessen Faust ihn sofort am Kragen packte und tiefer in die Weiden zog, wo sich ein kleiner Flutdeich, von Schilf umsäumt, fand, dessen Ufer ein feiner schlammiger Sand bildete. Hier warf Wilm Herrn Trick ohne weiteres auf die Nase und setzte sich auf seinen Rücken, wonach er eine gemütliche Unterhaltung führte, die damit begann, daß er seinem früheren Vorgesetzten in die Haare griff und, als er schreien wollte, einen Abdruck seiner Galgenphysiognomie in dem nassen Sand herstellte, der sich dazu vortrefflich eignete.

„So, du olle Spitzboov! Heff ick di nu an en gooden Platz! Kiek an, dat is 'n scheunen Platz, um eenen to vitzliputzlien, un nu warst du vitzliputzliet!" sprach er.

Herr Trick, der von der ersten Abformung, die Wilm mit seinem Gesicht vorgenommen, den Mund voll Sand hatte und diesen heraussprudelte, versuchte nochmals, um Hilfe zu schreien. Er brachte aber kaum einen Ton hervor, als sich seine Nase auch schon wieder in den Sand vergrub.

„Vitz – li – putz – liet!“ fuhr Wilm fort, indem er bei jeder Silbe die Nase des Herrn Trick in den Sand bohrte und damit vier Löcher nebeneinander herstellte. „Aha, dat smeckt di nich so good as Austern un Poortwin. Ah, ick gleuv di dat. Smekt aber ümmer noch beeter as de Suppen, de du anner Lüd inbrockt hest. He? Denk man an Schwarz sinen Vadder, den hest du doch von de Franzosen mit Blei traktieren laten! Du Halunk, du Mörder. Denk an die Schiffe, die du mit falscher Fracht in See schickt un an die Seeräubers verkauft hest, um die Assekuranz zu betrügen und die armen Seeleute mit Salzwasser zu traktieren! Du und Stubborn! Denk an Nielsen, den du um Haus und Hof gebracht hast und um das Leben bringen wolltest wie den jungen Schwarz, un Stubborn seinen Sohn, der heimlich mit en Schiff fortging und den Alten dröben betrügen wollte. Denk an Schwarz, dem du seine Papiere gestohlen hast, und den ihr in den Verdacht des Diebstahls brachtet und ihn einsperren ließet – em, den gooden Jung, den allns tohört, watt ji Deev hebbt!“

Trick gab, halb erstickt, einen Schreckenslaut von sich, den ihm die Angst erpreßte, als er hörte, daß sich Wilm im Besitz aller dieser Geheimnisse befand.

„Du wullt weeten, wo ick dat von weet?“ fragte Wilm, indem er Trick ein Stückchen weiter rückte, um neuen Platz für Gesichtsabdrücke zu gewinnen. „Ick heff dat heurt, as se doröber snaken dehn, un ick segg di dat, damit du weetst, worum du vitz – li – putz – liet warst.“ Hier bohrte er wieder bei jeder Silbe ein Loch mit Herrn Tricks Nase in den Sand. „Na, ick weet dat ja man alleen, un du brukst –“

Bei diesen Worten fühlte sich Wilm gepackt und von Tricks Rücken herabgeworfen. Er sah den großen Zimmermann neben sich stehen, der Herrn Trick aufsetzte und, während dieser Sand spuckte, über Wilm herfallen wollte. Wilm war aber ein echter Hamburger Wassermann, der Tod und Teufel durchgeprügelt haben würde, wenn sie ihm vor die Hände gekommen wären.

Der Zimmermann war deshalb kaum zu dem Entschluß gelangt, über Wilm zu kommen, als er auch schon zwei Püffe von diesem erhielt, die selbst für seine Zimmermannskonstitution zu stark waren und ihn auf den Bauch warfen. Den ersten versetzte ihm Wilms respektable rechte Faust zwischen die Augen auf die Nasenwurzel, worauf er sofort etwa fünfzig Wilms in der Luft tanzen sah, deren jeder ein paar Armleuchter mit vier Lichtern trug, die wie Sternschnuppen flimmerten; eine halbe Sekunde später fuhr ihm Wilms linke Faust gerade vor den Magen, was ihm alle Luft benahm und ihn wie ein Taschenmesser zusammenklappen machte. Kurz, er lag in weniger als zwei Sekunden bewußtlos auf dem Sande und wurde von Wilm „ge-vitz-li-putz-liet", solange der Sand zum Abdrücken ausreichte, worauf sich der Schutenführer in höchster Befriedigung zurückzog, die also Behandelten zu ihrer Erholung allein ließ und abends seinen Freunden erzählte, daß es ihm heute endlich gelungen sei, Herrn Trick und einen seiner Spießgesellen zu „vitzliputzlien".

„Segg mal, Wilm, wat is dat eentlich, un wonehm is dat Mod?" fragte ein Wassermann.

Wilm erklärte mit der Überlegenheit der Intelligenz: „Dat stammt ut Mexiko, wo de Vanille herkummt. Dor weer mal en gewissen Vitzliputzli Polizeisenater, und wenn se eenen vor den brochen, ja, dann hebbt se em vitzliputzliet."

„Ah so!" riefen die Schutenführer, die Sachlage erkennend, „dat heet fief Mark veertein!"

„Ganz richtig! Fief Mark veertein is vitzliputzliet. Aber dat gifft noch anner Arten."

„Und wie ward dat makt?" forschten die Wasserleute.

„Oh! Dat kümmt ganz op de Umstänn' an", bemerkte Wilm und erzählte dann die heutige Art und Weise, wozu ihm der nasse Sand die Gelegenheit geboten habe. Man sei aber nicht an dieses Verfahren gebunden und könne jemand ebensogut mit einem Teerquast, einem Tau oder einem Haken vitzliputzlien, je nachdem es Zeit und Ort erlaubten.

Während Herr Trick mit seinem Freunde in den Weidenbüschen saß und sich, Sand sprudelnd, erholte, stand Berta, bleich und von Entsetzen gelähmt, auf der Stelle, wo sie alles gehört.

Ihr Vater ein Mörder – ein Dieb – ein Betrüger, ihr Geliebter nebst seinem Bruder und Vater seine Opfer. Ein Tränenstrom brach aus ihren Augen. Sie ging händeringend nach dem Haus und sank dort besinnungslos auf ihr Bett.

Dachlogis am Burstah

## Einundfünfzigstes Kapitel

# Am alten Platz

Bernhart und Schnepfe verließen beim Eintritt der kurzen kalten Tage ihr Quartier in St. Pauli, wo sie sich nicht recht sicher vor dem Patron dieser Vorstadt fühlten, und zogen wieder in ihr altes Dachlogis, in dem sie glückliche, hoffnungsvolle Stunden verlebt hatten. Der Maler bückte sich tief, als er unter jenem Balken wegging.

„Nun, Freund?" lachte er. „Da sind wir ja am alten Fleck. Unsere Karriere bei den Millionären wäre gemacht. Fangen wir von vorn an, aber diesmal nicht als Doktor und Professor."

„Hm", brummte Schnepfe. „Als Doktor vielleicht nicht."

„Willst du den Doktor aufgeben?" fragte Bernhart verwundert.

„Habe ihn vorderhand aufgegeben. Habe etwas Besseres. Ein famoses Geschäftchen, sobald ich meine Erbschaft erhalte“, erklärte Schnepfe ernsthaft.

„Ah!“ rief Bernhart lächelnd. „Wirst du in Öl oder Wein machen? Hast du schon Speicher gemietet?“

„Ich brauche keine Speicher. Mein Artikel geht aus der Hand weg“, bemerkte Schnepfe.

„Ah!“ rief Bernhart nochmals. „Geräucherten Stör vielleicht?“

„Mit dem Räuchern kannst du recht haben. Aber Stör ist's nicht. Gib dir keine Mühe. Es ist mein Geheimnis, und du bist mein Kompagnon, du magst wollen oder nicht!“

Bei diesen Worten stand Schnepfe auf und ging mit einer vielversprechenden Geschäftsmiene fort.

Bernhart begann indes eine Reihe von Bildern auszuführen, die alle dem Hamburger Leben entstammten.

Eines Tages kam Schnepfe um die Nachmittagsstunde, in der sich auch Scapin und sein treuer Diener Jean einzufinden pflegten, nach Hause und warf seine Mappe lachend in die Ecke.

„Was ist Ihnen denn Heiteres passiert, daß Sie so zum Lachen geneigt sind? Haben Sie vielleicht Ihre Erbschaft bar ausgezahlt erhalten?

„Ich muß lachen“, erklärte Schnepfe, „weil ich mit dem jungen Spickmann zusammentraf, den ich lange nicht sah, und weil dieser mir in großer Entrüstung erklärte, daß ich weder ein Doktor noch ein Freimaurer sei und gewagt habe, ihn an der Nase herumzuführen. Dabei rannte er in großer Wut weiter, weil ich ihm gerade ins Gesicht lachte.“

„Mit mir hat er es noch schlimmer gemacht“, sagte Scapin. „Ich grüße ihn letzthin ganz gemütlich auf dem Jungfernstieg, da sieht mich dieses Kalb mit offenem Munde stier an und stottert endlich: ‚Äh, äh, Krabitsch? Nicht wahr? Habe nicht die Ehre zu kennen! Äh!‘ Ich steckte die Hände in die Hosentaschen und sah ihn mit einem so vernichtenden Blick an, daß er ganz verlegen wurde. Morgen gehen wir alle in den Alstersalon, wo er Kaffee trinkt, da will ich ihn zum besten haben, daß es eine Lust ist. Ich habe ihn für einen dummen, guten Kerl gehalten; da ich aber sehe, daß er ein dummer, boshafter Esel ist, so hören die Rücksichten gegen ihn auf.“

Spickmann junior saß am nächsten Tage kaum auf seinem Platz im Alstersalon, als auch Bernhart und Schnepfe erschienen, die sich in seiner Nähe niederließen und ihn mit einer Art Verwunderung betrachteten, worauf sie die Köpfe schüttelten und leise Bemerkungen austauschten. Bald darauf trat der treue Diener Scapins ein, der das Kalb ebenfalls stutzend ansah, als sei sein Erscheinen an diesem Ort ganz ungewöhnlich. Spickmann glaubte, es müsse etwas an seiner Garderobe in Unordnung sein, und besah sich, soweit ihm dies möglich war, worauf er vor einen Spiegel trat und das schöne Bild musterte, das ihn aus dem Glas genau so dumm ansah, wie das Original hinblickte. Es war alles in der besten Ordnung: der strohgelbe Scheitel und Backenbart regelrecht, die Krawatte ohne Fehler und das übrige genau nach dem Modenjournal. Herr Spickmann konnte sich deshalb beruhigt niedersetzen und die kritischen Blicke sämtlicher Elegants von Europa mit dem Bewußtsein seiner Untadeligkeit ertragen, womit er jetzt seinen Kaffee umrührte.

Da erschien Scapin in der Tür. Er trug wie gewöhnlich beide Hände in die etwas hochgezogenen Hosentaschen gesteckt, womit er andeuten wollte, daß er es nicht der Mühe wert halte, der Menschheit wegen auch nur einen Finger zu rühren. Er drückte die Augen vornehm zusammen und besah die Gäste mit einer herablassenden Nachlässigkeit, die fast Ärgernis erregen konnte. So kam er bis zu Spickmann, wo er plötzlich zurückprallte, ihn ungläubig anstarrte, dann das Lorgnon hervorzog und nun das Kalb wie ein seltenes Kunstwerk von allen Seiten so auffallend betrachtete, daß die Umgebung das Lachen kaum zurückhalten konnte.

Spickmann war unter seinem Blick gebannt wie ein Vogel der Schlange gegenüber und konnte kein Wort aus dem offenstehenden Munde bringen.

Scapin wandte sich an Bernhart und zeigte auf Spickmann, wobei er sagte:

„Äh! äh! Wachsfigur? Schneiderfirma vom Alten Wall! Wie kommt hierher?“

Ein Gelächter der Nachbarn war die Folge, denn zu jener Zeit stand im Schaufenster eines Schneiders am Alten Wall eine Wachsfigur in Mannesgröße, die stets nach der neuesten Mode angezogen war und allerdings einige Ähnlichkeit mit Spickmann junior hatte.

Das Kalb konnte in seiner Wut nichts weiter vorbringen als: „Äh! äh!“

„Ah! Es kann auch sprechen!" rief Scapin, sich in höchster Verwunderung umblickend, was neues Gelächter hervorrief.

„Äh! äh! Krabitsch!" schrie Spickmann durch die Fistel den Gästen zu.

„Ah! Krabitsch heißt es also!" erklärte Scapin vermittelnd.

„Schauspieler!" quiekte Spickmann, auf ihn zeigend, gegen die Umstehenden.

„Richtig!" erklärte Scapin weiter. „Ich erkenne ihn jetzt. Er ist erster Liebhaber beim Direktor Kümmelhanne. Spielen im Sommer in Buxtehude und im Winter in Pinneberg. Nennt sich auf Zettel Isidor Boomöl, heißt aber eigentlich Tran. Ist ein Modeluder und kriegt immer die Sachen von der Figur des Schneiders am Alten Wall, wenn sie aus der Mode sind. Muß dafür als lebendiges Aushängeschild des Schneiders herumlaufen."

Spickmann war von der ungeheuren Unverschämtheit Scapins gänzlich niedergeschmettert und ergriff die Flucht vor dem losbrechenden Gelächter. Der größte Teil der Anwesenden wußte genau, wer er war, und kannte seine Verhältnisse. Aber gerade dies trug zur komischen Wirkung bei.

Spickmann war von diesem Tage an der Lächerlichkeit verfallen. Der Name Boomöl ging wie ein Lauffeuer durch die Stadt, da er zugleich eine feine Anspielung auf das Geschäft der Spickmanns enthielt. Wo sich das Kalb sehen ließ, hörte er den Ruf Boomöl. Der Jungfernstieg wurde ein Marterstieg für ihn, und endlich wurde er sogar von den Nachtwächtern als „Boomöl" nach Hause geschafft.

An den Butenkajen

## Zweiundfünfzigstes Kapitel

# Liebe und Haß

Berta, die Tochter Stubborns, erwachte aus ihrer Betäubung mit der schrecklichen Erinnerung an die Dinge, die sie gehört, und mit dem Bewußtsein, einen entsetzlichen Bösewicht und Verbrecher ihren Vater zu nennen.

Der Eindruck dieser Entdeckung war so furchtbar, daß sie glaubte, den Verstand zu verlieren. Es war ihr, als ob sie die Geister der Verzweiflung von allen Seiten packten und in ihre unsichtbaren Netze einschnürten. Ihre Angst wurde so unerträglich, daß schon der Gedanke, ihr durch den Tod ein Ende zu machen, Linderung brachte. Berta floh deshalb aus dem Hause und ging mit der dunklen Idee nach den Weiden hinab, ein Leben von sich zu werfen, von dem sie keine glückliche Stunde mehr erwarten konnte.

Die Blätter der Weiden begannen sich zu färben und hatten die Kraft verloren. Ihre Lebenszeit war abgelaufen. Einzelne sanken schon vor der lauen Luft zu Boden, die erfrischend am letzten schönen Herbsttag von Süden herüberwehte und das Wasser leicht kräuselte. Berta sah in ihnen das Bild ihres Lebens, sah sich, von allem losgerissen, in die kühle Tiefe sinken und mit den Blättern forttreiben.

„Versunken und vergessen ist dann alle Qual mit mir!" flüsterte sie. „Aber nein! Müßte er nicht glauben, daß ich meiner Schwester gleiche und die Armut nicht tragen will, in die uns seine gerechten Ansprüche bald bringen werden? Nein! Nicht in den Strom, in das Leben will ich mich stürzen und alles ungerechte Gut von mir werfen, damit ich durch eigene Kraft ihm beweise, daß ich keinen Teil an dem Raub haben will, den man so schändlich an ihm beging. Ich will ihm alles schreiben, was ich weiß und was ich tun werde, vielleicht trifft mich dann weniger seine Verachtung. Fort, fort von hier, aus diesem Hause, auf dem der Fluch liegt!"

Sie ging in das Haus zurück und suchte ihre Schwester auf, der sie das Gehörte mitteilte. Dann sprach sie den Entschluß aus, von der festgesetzten Rente des Vaters keinen Pfennig anzunehmen, sondern diese ihrem rechtmäßigen Eigentümer, Schwarz, zuzustellen. Sie bot alle Überredungskunst auf, um die Schwester gleichfalls zu diesem Entschluß zu bringen, aber vergebens.

Berta wandte sich weinend von dem herzlosen Mädchen ab, packte ihre notwendigsten Sachen zusammen und fuhr nach der Stadt, ohne sich umzublicken. Was sie beginnen wollte, wußte sie eigentlich selbst nicht. Als der Bootsmann ihr Gepäck in Hamburg an das Ufer geschafft hatte, stand sie dabei und blickte in das Gewühl der Leute, ohne zu wissen, wohin.

So stand sie lange ratlos, bis ihr endlich eine alte, dicke Dame auffiel, die sie umkreiste und seit ihrer Landung beobachtete. Berta blickte sie kaum an, als diese auch schon schmunzelnd herbeikam.

„Sie sind gewiß in Hamburg fremd und wissen nicht wohin, mein liebes Kind", sprach die Dame, indem ihre Blicke prüfend über das Gepäck wanderten und dann lauernd auf der Gestalt des Mädchens haften blieben. „Wenn Sie hier ein Quartier oder eine Stelle suchen, dann sind Sie mir zu Ihrem Glück begegnet, da ich eine Pension für junge Damen halte und diese als Gesellschafterinnen, Gouvernanten und dergleichen unterbringe. Kommen Sie deshalb nur getrost mit mir, mein süßes Kind."

Bei diesen Worten versuchte sie Bertas Hand zu fassen. Dieser kam die Frau jedoch unheimlich und abstoßend vor, weshalb sie kurz sagte: „Ich danke. Ich brauche niemand und bin nicht fremd in Hamburg."

„Ach, mein süßes Kind, weshalb warten Sie denn hier?"

„Ich warte auf einen Bekannten", sprach Berta. Sie bereute fast, sich so allein ins Leben gewagt zu haben. Es war das erste Mal, daß sie ganz auf sich angewiesen dastand.

„Ach! Ich werde warten bis er kommt", sagte die Dame etwas höhnisch, „und wenn er nicht kommt, so kommen Sie mit mir."

Nach diesen Worten ging sie vor Berta hin und her, wodurch die Angst des Mädchens stieg. Sie war völlig ratlos.

In demselben Augenblick legte Herr Stork, der Polizeimann, seine breite Hand auf die Achsel der Dame und nickte ihr schmunzelnd ins Gesicht. Sie fuhr ängstlich zurück. Herr Stork sagte ruhig: „Das ist nichts für Sie, deshalb glaube ich, Sie tun am besten, wenn Sie sich in zwei Minuten allein dort um die Ecke machen. In drei Minuten gehe ich mit."

Die Dame brauchte von der bewilligten Zeit nicht den vierten Teil, um hinter der angedeuteten Ecke zu verschwinden.

Herr Stork war seiner Gewohnheit nach an der Hafenseite hingegangen, wobei seine scharfen grauen Augen alles Auffällige sofort in näheren Betracht zogen. Herr Stork war ein Polizeimann, wie sie eigentlich sein sollten. Es entging ihm nichts, was für den ehrlichen Mann gefährlich werden konnte. Er kannte alle Spitzbuben unter und über sich, aber er genierte auch nur diese. Die Dame war kaum „um die Ecke", so betrachtete Herr Stork Berta mit einiger Verwunderung und sprach dann: „Ich kenne Sie, Fräulein. Ich kann mich aber diesen Augenblick nicht auf Ihren Namen besinnen."

„Mein Name ist Stubborn", sagte Berta.

„Stubborn? Ah! Richtig, ich sah Sie in der Deichstraße, als der große Diebstahl geschehen war. Wollen Sie jetzt nach Neumühlen hinaus, wo der Winter angeht?" fragte Stork, auf die Sachen blickend.

„Nein, ich komme herein und bin in Verlegenheit um ein Quartier."

„Ah!" machte Stork verwundert.

„Ich habe mich mit meiner Schwester veruneinigt", erklärte Berta.

„Ah! Und zum Vater gehen Sie nicht? Kann mir's denken!" sprach Stork geheimnisvoll nickend.

„Wissen Sie etwas von ihm?" fragte Berta erschrocken. „Um Himmels willen, was?"

„Weiter nichts, als daß er wieder bestohlen wurde. Da Sie aber in Verlegenheit wegen einer Wohnung sind, so erlauben Sie, daß ich Ihnen beistehe, damit Sie nicht in unrechte Hände kommen. Wie wollen Sie ungefähr wohnen? Mehrere Zimmer?"

„O nein, nein!" rief Berta. „So einfach und billig wie möglich. Bei kleinen, ehrlichen Leuten, wo mich niemand sieht."

„Hm!" machte Herr Stork und zog die Augenbrauen erstaunt in die Höhe. „Nun, da warten Sie mal."

Hierauf sann er eine Weile, wobei er nicht versäumte, rundum zu blicken. Er sah scharf auf das Wasser. Dann rief er einen alten Jollenführer herbei, der gleich darauf nach oben kam und, ihm die Hand reichend, fragte, was Gevatter Stork wolle.

„Du hast ja ein Zimmerchen zu vermieten, ist es noch frei?" sagte dieser.

„Jo!" rief der Bootsmann, indem er auf Berta und ihr Gepäck blickte.

„Nun gut. Diese junge Dame hier, für die ich bürge, braucht es. Was soll es kosten?"

„Das ist eigentlich Sache meiner Alten. Aber soviel ich weiß, sollen es zehn Mark sein. Ist 'n nettes Zimmer. An den Vorsetzen. Aussicht nach 'm Hafen. Dreimal Teewasser täglich", erklärte der Alte freundlich.

Er war ein alter, grauer, ausgewetterter Bootsmann, und Berta faßte sogleich Zutrauen, als sie seine Stimme hörte. Sie ergriff mit beiden Händen seinen Arm und sprach: „Bringen Sie mich nach Hause! Ihnen, lieber Mann, danke ich herzlich für Ihren Beistand." Hierbei gab sie Stork die Hand, die dieser behutsam zwischen seine großen Finger nahm und ein wenig schüttelte. Dann packte er mit dem Bootsmann die Sachen Bertas und trug sie in das Boot hinab, worauf der Alte seinem Haus zuruderte und das Mädchen seiner Alten übergab, die sie ebenso freundlich aufnahm und in ihr kleines Zimmer brachte, in dem zwar kein Luxus, aber die äußerste Reinlichkeit herrschte.

Berta saß in tiefem Sinnen in dem kleinen Zimmer und betrachtete die altertümlichen Möbel. Dann sah sie durch die breiten Fenster hinaus auf das Gewirr von Masten, das den Hafen erfüllte. Es kam ihr alles wie ein Traum vor, aus dem sie nach und nach erwachte, um endlich zum vollen Bewußtsein ihrer Lage zu gelangen und zu überlegen, was zu tun sei.

Der Entschluß, keinen Pfennig von ihrem Vater anzunehmen, stand bei ihr fest, deshalb mußte sie an einen Erwerb denken. Eine mäßige Summe von Spargeld schützte sie zwar einige Monate lang vor Mangel, sie entwarf jedoch sofort einen Plan, sich etwas durch Musikstunden und Handarbeit zu verdienen, und beschloß deshalb, die Vermittlung ihres Musikalienhändlers zu suchen. Dann besorgte sie Feder, Tinte und Papier, um einen Brief an ihre Verwandten und einen an Schwarz zu schreiben. In jenem erklärte sie ihren Entschluß, nichts mehr von dem verbrecherisch erworbenen Gut annehmen zu wollen. In diesem teilte sie Schwarz alles mit, was sie in den Weiden gehört, und bat ihn auf das rührendste, sie, die Tochter, nicht mit der Verachtung und dem Haß zu strafen, die er gegen den Verderber seiner Familie fühlen müsse. Sie sagte ihm, wie sie jede Gemeinschaft mit den Ihrigen abgebrochen und alles von ihnen zurückgewiesen habe; daß sie die ihr ausgesetzte Rente ihm als sein Eigentum erstatte, daß sie von ihrer Hände Arbeit leben und alles anwenden wolle, um zur Erlangung seines rechtmäßigen Eigentums mitzuwirken.

Berta siegelte weinend den Brief und ging dann aus, um ihn an Schwarz zu senden. Sie wußte, daß dieser in Wolfs Keller sein Domizil hatte, und glaubte jetzt den Jakob zu treffen, dem sie den Brief zur Besorgung übergeben wollte. Jakob kam auch des Weges daher, als sie an die Kajen gelangte, denn er erwartete, da die Dunkelheit eintrat, Viktualienzufuhren, die er weiterdirigieren wollte. Berta erkannte aber den Stutzer Jakob nicht und wartete vergeblich auf die Gestalt mit den großen Stiefeln und der Riesenjacke.

Als sie in die Nähe des Kellers kam, hörte sie die Töne einer Geige, die schon manchen Vorübergehenden lauschend stehenbleiben ließen. Sie erkannte das Spiel von Schwarz. Eine tiefe Klage klang aus den Tönen, dann ein wilder Schmerz, der bald in leise Trauer und Sehnsucht überging, die sich wieder in abgerissene Erinnerungen und wilde Phantasien verlor, bis solche abermals in sehnsüchtige Klagen zurückfielen.

Berta war, von der Musik angezogen, dem Keller immer näher gerückt und endlich auf der Treppenmauer niedergesunken, wo sie das Gesicht mit dem Taschentuch verhüllte und bittere Tränen vergoß. Mit den Tönen zog all ihr verlorenes Glück an ihrer Seele vorüber. Sie preßten ihr die Tränen aus, und doch waren sie Balsam für das arme zermarterte Herz. Der Spieler zog eben einen leisen Akkord, als er über sich heftiges Schluchzen hörte. Er sah auf und erkannte das Mädchen, an dessen Seite er soeben in der Erinnerung zwischen dem Schilf am Neumühlener Strande hingewandelt. Er stand einen Augenblick wie festgebannt und sah hinauf nach der lieben Gestalt. Dann aber kamen die Dämonen der Rache, von den Gedanken an ihren Vater und ihre Schwester gerufen, über ihn. Der Grimm zog seine harten Linien über sein Gesicht, er hob die Geige hoch in die Luft in der Absicht, sie an dem eisenen Ofen zu zerschmettern.

„O Gott, nein! Ernst, Ernst! Tu es nicht! Zerstöre nicht die guten Geister, die darin wohnen! Lies, lies, und vergib mir!"

Bei diesen Worten fiel ein Brief zu Ernsts Füßen, und das Mädchen war verschwunden.

Schwarz holte tief Atem und ließ den erhobenen Arm sinken. Dann ging er im Keller hin und her, ohne den Brief aufzuheben. Als sich jedoch der Schritt Jakobs auf der Treppe hören ließ, griff er schnell danach und steckte ihn in die Tasche.

Er las ihn erst, als er in seinem Zimmer saß, um sich schlafen zu legen. Er las ihn zwei-, dreimal und legte ihn endlich seufzend zusammen.

„Armes Mädchen, armes, liebes Herz!" flüsterte er. „Ich habe ja nie geglaubt, daß du auch nur eine Ahnung von den Schändlichkeiten deiner Verwandten hast. Ich bewundere deinen Entschluß, aber ich wollte, ich hätte nichts davon erfahren und meinen Haß behalten. In welchen Zwiespalt schleuderst du mich! Was soll ich beginnen? Ich muß deinen Vater und deine Schwester bis in den Tod verfolgen, während ich dich lieben muß und bei meiner Rache mein eigenes Herz mit treffe. Was ist denn stärker? Haß und Rache, oder Liebe? Gerechter Himmel, zeige mir einen Weg!"

Gegen neun Uhr am nächsten Morgen versammelte sich der Stab der Schmugglerarmee bei Schwarz. Da war sein Adjutant Jakob mit Spionierberichten. Dann kam Wilm, um die Ordre de Bataille zu holen. Dann erschienen verschiedene Hanseaten, die bei gefrorenem Stadtgraben eine wichtige Rolle spielten. Es kamen Ewer- und Leichterschiffer, und endlich Takel-Jan, der für heute abend die Lieferung von fünfzig Karpfen übernahm und der Akzise am Blockhaus eine ganz besondere Nase zu drehen versprach, indem er sich vermaß, daß ihm die Beamten noch selbst mit durchhelfen sollten. Er bot den Schutenführern eine Wette auf die Wahrheit seiner Behauptung an und setzte eine Bowle Punsch, die von den Herren akzeptiert wurde, und stellte dann die Zeit der Ausführung auf den Anfang des Sperrläutens fest.

Takel-Jan war in solchen Sachen ein Mann von Wort. Wenn er versprach, eine gegebene Menge Tauwerk oder Eisenzeug zu stehlen, so konnte man sich auf pünktliche Besorgung verlassen, im Falle sich die gewünschten Gegenstände nicht über fünfzig Schritte vom Wasser befanden, denn über diese Entfernung vom Strom war Takel-Jan der ehrlichste Mann, den man finden konnte, und hätte die ganze Takelage eines Linienschiffes unangerührt liegen lassen[51].

Die Gesellschaft der Schutenführer war um die Zeit der Torsperre am Blockhaus versammelt und machte sich an ihren Fahrzeugen zu tun, um die Ankunft Takel-Jans zu erwarten. Dieser ließ sich jedoch nirgends sehen. Die Sperrglocke auf dem Türmchen des Blockhauses schickte bereits ihre verhaßten Klänge über den Hafen; die Beamten machten sich fertig, den Baum vor den Hafeneingang zu legen[52], als Takel-Jan in größter Eile mit seinem Boot um die Ecke des Pfahlwerkes kam. Er stand mit einem Bein auf dem Rand des Fahrzeuges und mit dem anderen auf der Bank, wobei er den Riemen hintenaus gesteckt hatte und das Boot vorwärtswriggte. Er arbeitete ganz verzweifelt, um weiterzukommen, denn als er an die Zollstätte gelangte, zeigte sich, daß das Boot dreiviertel voll Wasser gelaufen war, in dem sein Hut und seine Jacke umherschwammen.

„Alle Deubel! Jung! Du versupst! Wat hest du makt? Hol di jo nich opp!“ schrien die Schutenführer.

„Verflucht! De olle Kasten is leck“, sagte Takel-Jan. „Ik denk' aber doch, ik kam woll bit an de Kajen. Schuv een beeten na!“

„Na, denn man tau!“ sprach lachend der wachthabende Zollbeamte, wobei er einen Haken ergriff und damit das Boot längs des Blockhauses vorwärts schob. Daß er dabei die fünfzig Karpfen, die im Wasser des angeblich lecken Bootes versteckt waren, und von der schwimmenden Jacke und dem Hut verborgen wurden, selbst mit durchschmuggeln half, wußte er freilich nicht. Er erfuhr es aber später und schöpfte von Stund an jedes lecke Boot gewissenhaft bis auf den Grund aus, ehe er es durchließ, was ihn bei den Matrosen in den Ruf eines sehr diensteifrigen Mannes und zu dem Vorteil brachte, daß alle Boote, in denen Wasser stand, an seine Station gerudert wurden. Er schöpfte trotzdem unverdrossen bis an sein Lebensende fort.

*

Der Winter trat bald ein und zwang Takel-Jan, sein Boot ans Land zu ziehen. Takel-Jan kehrte das Boot um und nahm einen Schlitten zur Hand, mit dem er abends dem Stadtgraben zusteuerte, wo er verschiedene gute Sachen ablud und den Hanseaten zur Weiterbeförderung übergab, die ihren Schmugglerdienst mit großer Pünktlichkeit besorgten. –

Herr Trick war in einer sehr borstigen Laune, weil es ihm nicht gelingen wollte, eine größere Summe von Stubborn herauszupressen, und die kleinen Summen, die im Geschäft mit Wolf abfielen, von seinen Freunden, den Zimmerleuten, in Anspruch genommen wurden. Auch die fidelen Seehunde waren wertlos für ihn, denn sie saßen meist fest, da ihre Eingriffe in die Kassen ihrer Herren an den Tag gekommen waren, oder man hatte sie davongejagt, um Weitläufigkeiten zu sparen. Trick ließ Stubborn Tag und Nacht bewachen und machte es ihm fast unmöglich, zu seinem Geld im Dampfkessel zu gelangen. Er war dadurch nur auf die Geschäfte angewiesen, die der alte Wolf mit den Wechseln machte, und dieser wollte auch immer mehr Kapitalien haben. Dabei widmete ihm Herr Stork eine beunruhigende Aufmerksamkeit, die ihn glauben ließ, auch er habe eine Ahnung von dem Geheimnis, obgleich dieser Herr ihn nur für etwas verrückt hielt. Kurz, Stubborn sammelte bereits immer mehr Früchte seiner Saat in der Angst vor Entdeckung und der Schwierigkeit des Entkommens.

Der Winter war vorüber, und der Verbrecher hoffte auf den Frühling, wo er um jeden Preis die Flucht versuchen wollte.

Den Brief von seiner Tochter Berta hatte er voll Grimm zerrissen. Herr Trick fand die Stücke, suchte sie zusammen und las ihn auch, worauf er mit der Hand alle seine Haare mit den Spitzen nach vorn brachte.

„Verflucht!“ brummte er. „Es muß etwas geschehen. Ich muß herauskriegen, wo er sein Geld hat, muß es haben. So oder so!“

Er blieb im Vorzimmer Stubborns sitzen und machte Entwürfe, worin er indessen bald von Stimmen unterbrochen wurde, die sich der Tür näherten. Er kannte die Stimmen und verbarg sich hinter dem Bettschirm. Die Tür öffnete sich, Schwarz trat herein, dem Kern folgte. Beide gingen sofort nach dem Zimmer Stubborns.

Dieser saß, ebenfalls mit unheilvollen Entwürfen gegen seinen Kompagnon im Vorzimmer beschäftigt, hinter dem Tisch und sah die Eintretenden mit trotzigem Grimm an. Er war gehetzt bis auf das äußerste und bereit, sich wie ein gestellter Eber zur Wehr zu setzen.

„Erbärmlicher Mann!" sprach Schwarz, ihn finster anblikkend. „Wir kommen, um Ihnen einen Vorschlag zu machen, den Sie nimmermehr verdienen, denn wie Sie Ihre Mitmenschen in Unglück und Tod gejagt haben, ebenso sollte man Sie jetzt unbarmherzig hineinhetzen. Der letzte gute Engel, den Sie noch an Ihrer Seite hätten haben können, hat sich von Ihnen gewandt. Ihm nur haben Sie es zu danken, daß ich die Toten ungerächt und Ihnen einen Ausweg frei lassen will."

„Also meine liebenswürdige Tochter hat sich der Gesellschaft angeschlossen, die mich ausplündern möchte. Vielleicht wird sie dann mit Ihnen teilen", entgegnete Stubborn spöttisch.

„Wir wollen Ihnen einen Vorschlag machen", fuhr Schwarz fort, ohne die Unterbrechung zu beachten, „nach dem Sie greifen müssen, wenn Sie nicht ganz wahnsinnig sind, was man dank den Bemühungen Ihres Freundes Trick bereits allgemein glaubt."

„Oh, dieser Schuft! Also damit denkt er mich zu kriegen", knirschte Stubborn.

„Also kurz und gut. Geben Sie drei Viertel von dem Vermögen heraus, das Sie mir gestohlen haben. Es wird Ihnen dann immer noch eine große Summe bleiben, mit der Sie über das Meer gehen und Ihre übrigen Tage in Ruhe zubringen können, wenn der Zustand Ihres Gewissens einen solchen Platz finden läßt. Ich lasse, wie gesagt, alle meine Rachepläne gegen Sie fallen, mögen mir die Schatten der Gemordeten verzeihen. Der Schuft, der Sie bei Ihren Untaten unterstützt hat, bleibt mir noch übrig."

Stubborn bog sich bei diesen Worten von Schwarz zusammen, als habe er Gift erhalten. Er sah hier einen Ausweg, aber der Geiz wühlte in seinen Eingeweiden und machte dem Elenden wirkliche Schmerzen. Er wimmerte: „Ich kann nicht. Man hat mir alles gestohlen. Und wenn ich wirklich wollte, das heißt, wenn ich wirklich was hätte, dann würde dieser Trick mit mir teilen wollen und mit seinem verfluchten ‚halb und halb' kommen. Oh, schafft mir diesen Teufel vom Halse, der mich noch wirklich wahnsinnig macht. Schafft ihn beiseite! Dann kommt wieder. Aber ich habe nichts mehr! Gar nichts!"

„Wir wissen zu genau, daß Sie Ihr Vermögen versteckt haben. Die Ausrede mit dem Diebstahl nützt Ihnen nichts. Was Trick und seine Bande betrifft, mit der er sie bewacht, so will ich Ihnen davon helfen, bis Sie auf dem Ozean schwimmen und nicht mehr verfolgt werden können. Aber meine Forderung muß erst erfüllt sein", entgegnete Schwarz.

„Ich habe nichts mehr. Nichts als ein paar tausend Mark", jammerte der Geizhals.

„Wer recht hat, kann warten. Habe ich so lange gewartet, nun, dann warte ich auch noch länger", sprach Schwarz.

„Auch ich", fuhr Kern fort, „gebe meine Rache gegen Sie auf, und zwar diesem jungen Mann und Ihrer guten Tochter zuliebe. Die Rache hat Sie schon hart genug getroffen. Denken Sie an die Toten, zu denen Sie Ihren eigenen Sohn geschickt haben."

„Mei-nen – Sohn?" flüsterte Stubborn erschrocken. „Seit anderthalb Jahren habe ich nicht das geringste von ihm gehört. Ich habe ihn nirgendwohin geschickt."

„Dann will ich Ihnen sagen, daß er bei Cuxhaven an Bord der ‚Gebrüder' kam, um, wie er angab, in Ihrem Auftrage mit nach Singapore zu gehen. Nach den Mitteilungen Nielsens scheint ihm Ihr wackerer Kompagnon Trick diese Idee beigebracht zu haben. Er ist also in Ihrem Auftrage mit untergegangen. Glauben Sie nun an eine Vergeltung?" sprach Kern ernst.

„Lassen Sie mich mit Ihrem dummen Schreckbild für alte Weiber verschont!" grollte Stubborn. „Ich glaube an keine Vergeltung. Ich verlache Hölle und Teufel. Das lassen Sie meine Sorge sein. Wenn Ihr eine Hölle wißt, so schafft den Teufel Trick hinein. O ja, in die Hölle mit ihm! Dann kommt wieder. Dann will ich herausgeben, was ich kann. Eher nicht!"

„Nun, wir können warten!" Mit diesen Worten entfernten sich Schwarz und Kern. Sie ließen Stubborn in tiefem Nachdenken zurück.

Als die Schritte beider verklungen waren, öffnete sich die Tür leise, und Herr Trick erschien in ihr. Er lachte auf eine unnatürliche Art und zeigte mit dem Daumen über seine Achsel nach den Abgegangenen, wobei er krähte: „Jetzt haben wir auch die. Hahaha! Haben sich selbst in unsere Hände gegeben. Wollen Ihnen übers Meer helfen und machen sich dadurch zu unsern Mitschuldigen. Wollen mich fangen und hernach die Suppe auslöffeln lassen. O ja! Da müßt ihr früher aufstehen. Entweder wir kommen beide fort, oder essen beide die Suppe aus. Ich verlasse Sie von heute an Tag und Nacht nicht. Sie kommen nicht ohne mich zu Ihrem Geld, das schwöre ich Ihnen. Sie möchten mich umbringen, wenn Sie nicht zu feige dazu wären. He? Ho! Sie verdammter Schuft!" Hier sprang Trick auf ihn ein und packte ihn bei der Gurgel, an der er ihn hin und her schüttelte. „Ich sage Ihnen, halb und halb, oder ich ermorde Sie, oder zeige Sie selbst an. Halb und halb! und bald, denn meine Geduld ist zu Ende. Ich kann nicht warten wie der gute Schwarz."

„Oh, Sie Schurke", keuchte Stubborn, als er sich aus den Fingern Tricks losgemacht hatte. „Ich glaube, Sie haben gehorcht."

„Ah – hohoho!" brach Trick lachend heraus. „Glauben Sie etwa, ich werde nicht horchen? Nein, das ist denn doch zu dumm!"

Herr Trick ging hinaus, denn er hörte jemand im Vorzimmer. Es war Herr Stork, der einmal nachsehen wollte, wie es stand. Trick teilte ihm mit, daß Stubborn schlimmer als je sei und die genaueste Aufsicht brauche, weshalb er selbst hier schlafen wolle. Er bat ihn, ein Viertelstündchen dazubleiben, damit er sich mit einigem Proviant versorgen könne, weil er seinen alten lieben Prinzipal bis zur Besserung keine Minute mehr allein lassen wollte.

Er ging und teilte den Zimmerleuten mit, daß jetzt eine doppelte Wachsamkeit nötig sei, damit Stubborn, der in der nächsten Zeit sicher sein verborgenes Geld holen werde, nicht entwische. Dann ging er zu Stubborn zurück, um ihm wie sein Schatten zu folgen.

Dreiundfünfzigstes Kapitel

# Umstände verändern die Sache

Unter den Leuten, denen der Winter schnell vergangen war, befanden sich auch die beiden Freunde Bernhart und Schnepfe, die die kalte Jahreszeit am Tage in ihrem wohlgeheizten Dachstübchen und die Abende in verschiedenen gemütlichen Kellern verbrachten, an denen Hamburg so reich ist.

Bernhart hatte mehrere Bilder gemalt, um die Vater Kühnmann Goldrahmen besorgte, und nachdem er sie hatte abholen lassen, dem Künstler jedesmal vierzig Taler per Stück bezahlte, worüber er ihn einen wohlgesetzten Empfangsschein unterschreiben ließ, der besagte, daß die vierzig Taler oder „hundert Märk“, wie Vater Kühn-

An der Petrikirche

mann niemals zu bemerken unterließ, als Darlehn auf das Bild von ihm gegeben und das Gemälde so lange in seinen Händen bleiben solle, bis es gut verkauft und das Geld zurückgezahlt sei. Von den Bekannten Kühnmanns wurde es als ein halbes Wunder betrachtet, daß sich der eingefleischte Geschäftsmann so für Kunst interessierte und den Künstler unterstützte, was bei einem Teil Kopfschütteln, bei andern Hochachtung hervorrief. Kühnmann erschrak oft selbst und nahm sich vor, die Liebe zur Kunst nicht zu weit einreißen zu lassen. Deshalb stieg er eines Tages schnell die vier Treppen zu Bernhart hinauf, der eben ein großes Bild vom Hafen anfing, für das die Zeit von drei Monaten projektiert war, und eröffnete diesem, daß dieses Bild in spätestens anderthalb Monaten fertig werden müsse, weil eine Summe von hundertundzwanzig Talern oder vielmehr „dreihundert Märk" ganz unerhört als Darlehn auf ein Bild sei.

Der Maler ließ, entsetzt über dies Ansinnen, den Pinsel sinken und sagte: „Nein, es ist doch zum Aus-der-Haut-Fahren mit euch Kaufleuten! Ich glaube, wenn ihr dem lieben Gott beikommen könntet, ihr suchtet ihm das Jahr zu fünf Quartalen abzudrücken. Ich bin überzeugt, daß Sie, wenn ich zugebe, das Bild in sechs Wochen zu malen, morgen kommen und es in vier Wochen verlangen."

„Ah! Würde Ihnen dies möglich sein?" fragte Kühnmann lauernd.

„Wenn ich es zusammenschmierte, vielleicht!" meinte der Maler.

„Nein, nein, bitte. Es muß gut ausgeführt werden. Man muß alles Tauwerk deutlich und genau sehen und in den Tauen das Gedrehte. In vier Wochen ist Ihnen dies nicht möglich?"

„Nicht unter drei Monaten", erklärte Bernhart bestimmt.

Nun begann ein hitziger Handel, in dem es Kühnmann doch endlich gelang, dem Maler eine Woche abzuzwicken. Er ging darüber so vergnügt fort, als habe er an Kolophonium oder Palmöl fünftausend Mark verdient.

Kaum hatte Kühnmann die Dachkammer verlassen, als der alte Jost eintrat und sich erschöpft auf einen Stuhl niederfallen ließ. Er sah merkwürdig niedergeschlagen aus und blickte den Maler mit einer verzweifelten Miene an.

„Ja, ja", sprach er. „Ich habe es immer gesagt. Geduld, es wird sich machen. Nun. Es hat sich gemacht! Wir sind fertig!"

Bei diesen Worten liefen ihm die Tränen aus den Augen.

„Was soll das heißen?" rief Bernhart verwundert.

„Nun – wir haben einen Senator weniger", seufzte der alte Diener.

„Eiskuhl gestorben? Wann?" schrie Bernhart erschrocken.

„Schlimmer!" stöhnte Jost. „Noch schlimmer!"

„Oh! Er hat sich doch nicht etwa umgebracht?"

„Nein", sprach Jost. „Das fehlte noch – 's ist aber beinahe so schlimm. Er mußte gestern morgen quittieren – ein gräßlicher Skandal! Vorgestern war ein böser Tag – medio April – Wechsel – Verluste – ungeheuer. Zahlungseinstellung – Insolvenz. Mußte gestern quittieren und ist kein Senator mehr. Ich sage Ihnen, er kam ganz zerknickt nach Haus – sein Hemd sah ganz gelb vor Galle aus. Es war ein Glück, daß die Mädchen da waren. Die guten Dinger haben mehr Mut als wir und haben uns Trost zugesprochen. Dann sind eine Menge Kaufleute und Advokaten gekommen und haben drei Stunden gerechnet, die Aktiva und Passiva zusammengestellt, so daß wir bereits wissen, wieviel uns bleiben wird. Der Alte ist stolz und will fünfundneunzig Prozent bezahlen. Sie sagen, es wäre dumm. Ich sage aber, es ist recht. Wir werden das alte Haus behalten und vielleicht jährlich tausend Mark zum Leben haben. Ich muß da freilich sehen, wo ich auf meine alten Tage unterkomme. Ich freute mich damals, als unser alter Drache geschieden ward, daß sie keine Senatorin mehr wäre. Ach, und nun muß ich erleben, daß mein alter Herr selbst kein Senator mehr ist."

„Nun, nun", tröstete Bernhart. „Ihr werdet schon wieder mit dem Kopf nach oben kommen. Der Senator ist ein tüchtiger Geschäftsmann. Der wird's bald wieder haben. Nur Geduld, es wird sich machen!"

„Ach nein", sprach Jost traurig. „Wenn einer bis in Eiskuhls Alter fortwährend Glück gehabt hat, und das Unglück kommt dann einmal über ihn, dann geht er zugrunde. Das ist gerade wie mit den Schlachtern und Schiffern, die niemals krank sind. Packt es die aber einmal, dann ist es gewöhnlich auch alle mit ihnen. Sie werden sehen. Eiskuhl ist hin. Sie können getrost um die Mädchen anhalten. Ich habe es Ihnen vorausgesagt. Es wird sich machen. Aber was schwatze ich? Wo ist der Doktor? Er bekommt noch zwanzig Mark von seinen Fahrten, die soll er holen. Ich glaube, mein Alter will sich wieder von ihm rasieren lassen."

Bernhart schüttelte mit dem Kopfe und zweifelte daran, daß Schnepfe die Stelle als Barbier bei Eiskuhl von neuem antreten werde. Er horchte nach außen und sagte: „Da scheint er selbst zu kommen, ich höre ihn auf der Treppe."

Die Tür flog auf und Schnepfe sprang herein. Er hielt einen Brief hoch in der Hand und schrie: „Hurra! Ich habe sie endlich! Ich habe sie!"

„Wen?" fragte Jost aufstehend, „die Emma?"

„Ach nein, die noch nicht! Aber hier, lest!" Schnepfe gab Bernhart den Brief. Dieser überflog die Zeilen mit den Augen und ließ den Brief fallen, indem er Schnepfe umarmte.

„Ich wünsche dir herzlich Glück, mein lieber Emil", rief er freudig. „Endlich ist also dieser gerichtliche Erbschaftsbandwurm zu Ende, und du kannst nun in drei Wochen dein Geld erheben. – Er kriegt wirklich jetzt seine Erbschaft", wandte sich Bernhart an den alten Jost.

„Nun wahrhaftig!" sagte dieser. „Habe ich nicht immer gesagt: Es wird sich machen. Unter solchen Umständen getraue ich mir gar nicht, meinen Antrag auszusprechen."

„Was ist es?" fragte Schnepfe, „heraus damit!"

Jost kratzte sich am Kopf und sprach verlegen: „Umstände verändern die Sache."

„Ah!" rief Bernhart. „Wo haben Sie das gehört?"

„Der Herr Senator und der Polizeiherr sagten das immer" war Josts Antwort.

„So? Sieh mal an, diese Logik paßt ja ganz herrlich für republikanische Machthaber, obgleich sie für eine despotische Regierung erfunden wurde, und zwar, wenn ich nicht irre, von Metternich."

„Aber was für eine Sache denn?" fiel Schnepfe ein.

„Ich glaube, der Senator möchte gern wieder von Ihnen barbiert sein", sagte Jost verlegen.

„Von mir barbiert!" rief Schnepfe entrüstet.

„Ich sagte ja, Umstände –"

„Nein, nein!" unterbrach Schnepfe. „Hier verändern Umstände die Sache nicht. Unter gar keinen Umständen. Noch heute will ich meine Messer in die Elbe werfen."

„Tun Sie das nicht. Es wäre schade um die schönen Messer. Wissen Sie was? Schenken Sie sie mir, ich will mich im Rasieren üben, vorderhand an mir selber, später werden sich schon ein paar Dumme finden, die mich weiter üben lassen. Dann kann ich vielleicht mein Leben dadurch fristen, daß ich andere kratze, wenn man mich bei Eiskuhls fortschickt", bat Jost.

„Bei Eiskuhls fortschickt?" wiederholte Schnepfe erstaunt. „Wer wird Sie alten Schweden fortschicken? Der Senator doch nimmermehr!"

„Nein, der nicht. Aber vielleicht Eiskuhl", sprach Jost traurig, worauf er Schnepfe die Lage der Dinge mitteilte.

Schnepfe schwieg gedankenvoll. Dann sprang er lachend in die Höhe, schlug den Alten leicht auf die Schulter und sagte: „Nun, Freundchen, es wird sich machen! – Habt Ihr das nicht immer selbst gesagt? He? Jetzt sage ich Euch, es wird sich machen. Oh, ich wollte, Ihr büßtet noch vollends alles ein, was Ihr habt, und würdet so arm wie die Kirchenmäuse. Desto besser für uns. Dann laden wir Euch in unserer Villa zu Tisch und bitten bei einer riesigen Schüssel voll gelber Rüben den Alten um seinen Segen. Ha! Umstände verändern die Sache! Der alte Diplomat hat recht. Wir haben eine Sache, die jetzt schlecht ist. Da wir aber nun Geld haben, so werden wir Umstände damit schaffen, die sie total ändern. Grüßen Sie die Mädchen von uns und sagen Sie, Emil Schnepfe ginge jetzt, um den Grund zur Villa zu legen, in der sie mit dem Papa und dem alten Jost wohnen sollen. Hurra, unser Geschäft beginnt!"

Mit diesen Worten lief Schnepfe davon. Er ging nach dem Baumhaus, nahm einen Jollenführer und ließ sich auf die Elbe hinausrudern. Vielleicht wollte er seine Messer versenken.

Der Senator, vielmehr Herr Eiskuhl, stieg an diesem Tag in seinem Hause an der Petrikirche[53] wie gewöhnlich bei Sonnenaufgang aus dem Bett und mußte durch Zufall zehn Minuten auf den Barbier warten, so wie im Anfang unserer Geschichte.

Der Senator schüttelte mit dem Kopf und fragte plötzlich: „Was machen die Mädchen? – Wie nehmen sie das Unglück?"

„Oh", rief Jost begeistert, „tapfer! – Das sind mutige Mädchen. – Sie sagen, sie machen sich gar nichts daraus, daß Papa nicht mehr Senator ist, denn nun sitzt er nicht mehr auf dem Rathaus oder bei den Senatoren im Keller, und wir haben ihn für uns allein. – Selma hat Bilder gemalt und hat sie sogar verkauft, und wozu? – Um draußen in St. Georg einen kleinen Garten zu pachten – ha! ha! Ich habe ihn umgegraben, und die Mädchen haben was hineingesät. – Doch halt! – – Da hätte ich bald den Spaß verdorben. – Nein, das sind tapfere Mädchen. – Ordentlich emporgeschnellt und hübscher geworden von dem

Unglück. – Sie sollten mal die schönen Schildereien sehen, die Selma macht!"

Der Senator ging kopfschüttelnd hin und her und seufzte endlich: „Jost! – Du sagst, sie verkauft die Schildereien? – Ist das auch keine Schande für sie? – Ist das nicht eine Schande, solches Zeug zu malen und für Geld zu verkaufen? – Ich hätte mir nie träumen lassen, daß so was in meiner Familie vorkommen könnte."

„Nun", warf Jost ein, „es ist doch immer besser, man verkauft die Dinger für bares Geld, als für Lehmgruben!" –

So traurig auch der Senator infolge seiner Lage war, so mußte er dennoch laut lachen, als ihm Spickmanns Handel mit Bernhart einfiel. Jost konnte gleichfalls nicht ernsthaft bleiben, und beide waren der Meinung, daß Spickmann doch ein geriebener Kerl sei, da dieser Lehmgrubenhandel samt der Art, wie er den Maler „gemacht" habe, ihm bei den Hamburgern großen Respekt verschaffte.

Jost verließ seinen Herrn, welchem die „Tapferkeit" seiner Töchter sichtlichen Trost brachte, und ging später zu Bernhart, um auf eigene Faust zu versuchen, ob er Schnepfe nicht in das alte Haus zurückbringen könne.

Der Senator getraute sich nicht, den Fuß auf die Straße zu setzen. Er glaubte, alle Leute würden mit Fingern auf ihn zeigen. Er dachte daran, wie sich von seinen ganzen Bekannten kein einziger erboten habe, ihm beizustehen, um ihn nicht sinken zu lassen. – Wie alle jene, die stets an seiner Tafel saßen und vor Ehrfurcht fast auf allen vieren in seinen Salon kamen, jetzt wie weggeblasen waren. – Wie Hanfmölcke gestern, als er ihn gegrüßt, nicht einmal die Zigarre aus dem Munde genommen, ja, daß er sie sogar höhnisch wie ein Bugspriet neben die Nase hinaufgedreht und eine Rauchwolke wie aus einem Dampfer gegen ihn geblasen hatte.

Es klopfte. – In der geöffneten Tür erschien eine Gestalt, die wortlos stehenblieb und Herrn Eiskuhl einigemal zunickte.

„Ich habe es heute erst gehört! – Kann ich dir mit was helfen?" fragte sie.

Es war der Kellerwirt, Herr Laarsen, der sich das erste Mal seit vielen Jahren bei dem Senator sehen ließ.

„So? Du kommst also?" sprach Eiskuhl, packte den Stiefbruder bei beiden Rockklappen und schüttelte ihn hin und her. Er wußte offenbar nicht recht, was er tat, denn er zog ihn nach einem Stuhl und setzte ihn mit einem Ruck darauf nieder. Dann ging er hinaus und ließ ihn sitzen.

„Er hat weiß Gott von dem Malheur den Knall gekriegt", murmelte Herr Laarsen, sich ängstlich umsehend. – „Er holt am Ende gar noch ein Messer, mich abzumurksen, und man kann nirgends hinaus; denn wenn ich jetzt versuche, mich die Treppe hinunterzuschleichen, und er erwischt mich, dann bin ich erst recht geliefert. Ich muß sehen, daß ich ihm im guten entkomme. – Der arme Kerl!" Laarsen wischte sich den Angstschweiß von der Stirn und lauschte, denn er hörte Stimmen. Dies beruhigte ihn ein wenig.

Der Senator kam zurück, aber nicht mit einem Messer, wie Laarsen erwartete, sondern mit seinen beiden Töchtern. Die Mädchen betrachteten Laarsen verwundert, ohne ihn zu erkennen, so lange war er nicht im Hause ihres Vaters gesehen worden, die Ähnlichkeit mit dem Senator fiel ihnen jedoch auf.

„Seht euch den mal an, Kinder", sprach Eiskuhl, auf den Kellerwirt zeigend, der beim Anblick der jungen Damen aufstand. „Seht euch den ordentlich an! Das ist der einzige, der von allen Bekannten kommt und fragt, ob er mir helfen kann! Das ist euer Onkel und mein Bruder, der aber Laarsen heißt, und der tut's aus Dankbarkeit, weil ich mich niemals um ihn gekümmert habe."

Dem Senator liefen große Tränen über die Backen, als er versuchte, den Stiefbruder zu umarmen, was sich jedoch bei dem Umfang der beiden brüderlichen Bäuche als unmöglich erwies. – Besser gelang dies den Mädchen, die dem Onkel um den Hals fielen und ihn küßten, worauf sie fragten, wo er her wäre und weshalb er sich so lange nicht habe sehen lassen.

Der Papa wurde bei dieser Frage vor Verlegenheit rot und winkte Laarsen, zu schweigen.

„Nun, wo soll er her sein?" sprach er, „aus Suderburg."

„Ah!" riefen die Mädchen, „wo der Onkel mit der –"

Hier platzten beide in ein Gelächter aus, das wie zwei silberne Glöckchen erklang.

„Nun, was habt ihr Schneegänse denn zu lachen?" fragte Eiskuhl entrüstet. „Was denn? Wo der Onkel mit der – mit was?"

– – – „mit der schönen Weste her war", platzte Emma heraus, indem sie sich in der Erinnerung die Seiten vor Lachen hielt.

Sobald Laarsen an die Weste dachte, mußte er, wie der Senator, ebenfalls lachen und fragte:

„Also Peters Weste hat damals ihre Wirkung getan? Nun, ich dachte mir's."

„Oh, ganz ungeheuer", sagte Emma, sich die Lachtränen abwischend. „Der junge Spickmann ist darüber beinahe in Ohnmacht gefallen."

Der Senator nahm Laarsen bei der Hand und dankte ihm nochmals für seine Teilnahme, worauf er ihn einlud, mit zum Frühstück hinabzukommen. Er setzte dort seine Verhältnisse auseinander und lehnte jeden Beistand ab, da er ihn nicht brauche. Laarsen schien jedoch zu glauben, daß Eiskuhl total ruiniert sei, denn er fragte, ob sich auch noch Wein genug im Keller befinde. Ebenso zog er Erkundigungen über den Vorrat von Käse, Butter und dergleichen ein, wobei er sich erbot, das Haus mit diesen Artikeln zu versorgen. Dann sprang er plötzlich auf, als ihm etwas einfiel, und lief hinaus, um mit einem Korb voll Portweinflaschen zu erscheinen, den er im Haus hatte absetzen lassen. Er entkorkte eine mit vieler Pietät und schenkte ein Glas ein, das er gegen das Licht hielt und dem Senator mit der Bemerkung bot: „Hier, Bruder! Ein Trost für einen Mann in schlimmer Lage, wie es keinen bessern gibt. – Solange ich ihn besitze, will ich ihn dir zukommen lassen."

Als Laarsen fort war, ging der Senator gedankenvoll auf und ab. Er hatte noch nie eine so große Zuneigung für seine Töchter gefühlt wie heute und würde früher jedem liebevollen Annäherungsversuch des Bruders den Stolz des Beherrschers einer Republik entgegengesetzt haben. – Er sann nach, welchen Ersatz für diese Gefühle ihm seine Würden boten, und fand keinen! – Er sah mit der Herrscherwürde einen solchen Wust von Scherereien, Beamtenkriecherei und Hochmut hinter sich liegen, daß er nicht begriff, wie er sich darin wohlbefinden konnte.

Im Portwein des Stiefbruders mußte ein besonderer Trost gelegen haben, denn als Jost nach Hause kam, fand er seinen Herrn ganz verändert, mußte ihm ein schneeweißes Hemd anlegen und konnte sein Erstaunen über die Umwandlung nicht verbergen, was die Laune des Senators noch erhöhte.

Herr Eiskuhl nahm sein spanisches Rohr und ging mit der Absicht aus, der ganzen Stadt ins Gesicht zu sehen und ihr zu zeigen, daß er sich gar nichts aus der verlorenen Senatorenwürde mache. – Auf der Haustürtreppe stand er einige Minuten still und blickte zum Turm hinauf, der gerade seinen Choral abzuhämmern begann.

Vierundfünfzigstes Kapitel

# Noch ein Kompagnon

Während die Verschlimmerung der Verhältnisse bei Eiskuhl eine recht heilsame Wirkung hervorbrachte, geschah bei Trick und bei Stubborn das Gegenteil. Dieser war in grimmigen Trotz verfallen und gab weder Schwarz noch Trick eine Antwort, wenn sie ihn wegen seines Geldes angingen. Er lauerte auf eine Gelegenheit, damit zu entkommen.

So war der April vergangen. – Trick befand sich in einer Hyänenlaune, denn

Dückdalben im Hamburger Hafen

er mußte mit seinen Zimmerleuten mehrere sehr gefährliche Einbrüche und Diebstähle ausführen, um sie zu beschäftigen, da sie eine drohende Haltung gegen ihn annahmen. Er war bereits zum ganz gemeinen Dieb herabgesunken und sah Gefahr von allen Seiten, deshalb wollte er fort und beschloß, um jeden Preis sich Stubborns Geld zu bemächtigen. Er hätte ihn ermorden lassen, wenn er nicht gewußt, daß der hartnäkkige Geizhals dann erst recht geschwiegen und die Summen ganz verloren gewesen wären. Die unausgesetzte Bewachung, die er im Gange hielt, mußte ihm den Ort verraten, wo das Geld lag, sobald sich Stubborn dorthin begab. Trick sann auf ein Mittel, ihn zu zwingen, es von dort zu entfernen, und glaubte endlich, dies müsse gelingen, wenn er ihm eine Gefahr auf den Hals hetze. – Er war auf dem Punkte angekommen, wo alles riskiert werden mußte.

Eine Unterredung, die Schwarz am dritten Mai mit Stubborn führte und die von Trick belauscht wurde, gab den Ausschlag. Schwarz erschien mit Kern an diesem Tag bei Stubborn und verlangte dessen definitiven Entschluß. Es war einer der Maitage, an dem die Hamburger so gern auf ihre Landsitze gehen. Der Verbrecher saß jedoch im dumpfen Zimmer und wartete auf den Augenblick zum Entwischen.

„Wir kommen heute zum letzten Male zu Ihnen, um die Herausgabe meines Eigentums zu verlangen", sprach Schwarz. „Weigern Sie sich nicht – es hilft Ihnen nichts. Sobald Sie das Geld in meine Hände legen, ist Ihr Weg frei, und Trick verschwindet mit seiner Bande in einem Ewer, den wir schon zu diesem Zwecke in einem Elbarm liegen haben. Wenn Sie sich auf See befinden, wird die Polizei die Gesellschaft in dem Fahrzeuge entdecken und festnehmen, dafür werde ich sorgen."

„Ah – recht freundlich von dir, mein Junge", flüsterte Trick.

Schwarz fuhr fort: „Wollen Sie jedoch in Ihrem Trotz verharren, nun, so zeige ich Ihnen an, daß meine Geduld zu Ende ist. Ich rufe dann das Gericht zu Hilfe. – Denken Sie nicht etwa, damit wegzukommen, daß Sie die Beweise vernichtet haben. Ihr schändlicher Handel mit den Seeräubern in der Sundastraße wird von uns bewiesen, denn wir haben Ihren Kompagnon von dort, Ihren malaiischen Agenten, der gestern hier ankam, gefangen. Er ist in unserem Gewahrsam in demselben Ewer, in den Trick kommen wird, damit die Polizei die ganze Gesellschaft beisammenfindet."

„Leere Drohung", murmelte Stubborn. „Wie sollten Sie zu dem kommen?"

„Auch das sollen Sie erfahren. Nielsen kam gestern mit dem Londondampfer herüber. Als er während der Fahrt auf dem Schiffe hin- und herging, sah er auf der Kajütklappe ein Fernrohr liegen, dessen Anblick ihn in Erstaunen setzte, denn er erkannte in ihm sein Schiffsfernrohr von den ‚Gebrüdern', dasselbe, das er mit dem Schiff untergegangen glaubte. Er vermutete erst eine Täuschung und nahm es in die Hand, um nach zwei Strichen zu sehen, die er am Auszuge für Tag- und Nachtglas eingekratzt hatte, worunter sein Name gekritzelt war. Er fand dies alles und hielt das Rohr noch in der Hand, als ein schwarzhaariger Mann kam und es an sich nahm, um nach einem Schiff zu sehen. Nielsen erkannte sofort einen Malaien in ihm, und da dieser das Fernrohr als das seinige bezeichnete, so vermutete er, einen Verbündeten der Piraten oder ihren Chef selbst vor sich zu haben. Je länger er den Mann beobachtete, desto mehr kam er zu der Überzeugung, den Führer des kleinen Schoners vor sich zu haben, den er in der Sundastraße vor der Unglücksnacht betrachtete. Der Lotse ließ ihn nicht mehr aus den Augen und folgte ihm hier in ein Hotel, worauf er uns holte. Kern erkannte augenblicklich jenen Agenten in Batavia, den er als den Ihrigen aufsuchte. Unsere Ahnung wurde zur Gewißheit, als der Pirat Erkundigungen nach Ihnen einzog und von uns nach Neumühlen in Ihr Landhaus gewiesen wurde, wo wir ihn unvermutet festnahmen. Sie sind also auch gegen den gesichert, wenn Sie das Meinige herausgeben."

Stubborn fühlte kalten Schweiß von seiner Stirn rinnen, schwieg aber in verzweifeltem Sinnen nach einem Ausweg.

„Ich sage Ihnen jetzt das letzte Wort, das Sie im guten von mir hören", sprach Schwarz ungeduldig. „Übermorgen, Donnerstag, ist der fünfte Mai, der Tag Eurer Schurkereien. Es ist der Himmelfahrtstag! Habe ich bis morgen abend nicht das Meinige in Händen, so wird es für Euch der Höllenfahrtstag; dann holt Euch das Gericht zur selben Zeit, wenn andere in die Kirche gehen. Mag mein Vermögen vom Gericht mit verschlungen werden! Ihr habt den fünften Mai zu einem Tage des Unheils für mich gemacht. Jetzt soll er es für Euch werden! Sie haben zu wählen zwischen morgen oder übermorgen. Tun Sie es!"

Mit diesen Worten verließen Schwarz und Kern das Zimmer, in dem Stubborn wie ein gefangenes Raubtier umherrannte und endlich nach Trick rief. Herr Trick hatte sich aber schon fortgeschlichen, ehe Schwarz ging, und saß jetzt auf der Wassertreppe zum Fleet, wo er, einem Tiger nicht unähnlich, kauerte, der sich zum Sprunge rüstet.

„So steht die Partie“, knurrte er. „Nun, Geduld, guter Junge. Laß uns einmal überlegen, was wir machen. Es ist also noch ein Kompagnon da, den du indes aufgehoben hast, bis du mich dazu kriegst und dem dritten forthilfst. I, sieh mal an! Du sollst aber weder mich kriegen, noch den Malaien behalten. Nur deinen lieben Stubborn und den guten Lotsen soll die Polizei erwischen. Ist der Malaie nicht als Zeuge vorhanden, so wird der Lotse nicht gleich mit der Geschichte herausrücken, denn du fürchtest, dein Vermögen beim Gericht verschwinden zu sehen .– Hm. Du wirst uns wohl bis morgen abend Zeit lassen, den alten Fuchs aus seinem Bau zu räuchern, um ihm das versteckte Huhn abzunehmen. – Hm – ausräuchern! – Gar nicht übel. Sehen wir erst mal, ob er morgen nach seinem Gelde geht, wenn er erfährt, daß man den Lotsen hat. Ha, ich denke, er wird laufen, daß er fortkommt, und wir haben es ohne Mühe. – So wird's gehen, mein Junge, und nun wollen wir uns den neuen Kompagnon holen. Wo wirst du ihn haben? In einem Ewer in einem Flußarm versteckt. – Kann bloß drüben bei Neumühlen sein, oder bei Steinwerder, bei Wilhelmsburg. Nun, wir wollen ihn bald finden.“

Trick empfahl den Wächtern die größte Aufmerksamkeit und ging, um ein Dutzend von seinen Kellerfreunden zu holen. Mit diesen bestieg er drei Boote, die er am Hafen mietete und wovon er eins nach dem Reiherstieg, das andere nach den Kanälen zwischen dem Steinwerder Schilf auf Kundschaft schickte, während er mit dem dritten das Schilfdickicht gegenüber Neumühlen vorsichtig absuchte. Seine Vermutung war richtig, denn er fand hier den Ewer Nielsens, der ihm bekannt war, vor Anker und beobachtete ihn unbemerkt eine lange Zeit, bis er an einem der kleinen Fenster im Stern ein braunes Gesicht mit schwarzen Augen erscheinen sah. Er schlich nach seinem Boot zurück und fuhr wieder elbaufwärts, wo er die andern Boote traf. Als die Nacht eingetreten war, trieb die kleine Flotte mit der Ebbe vom Köhlbrand aus in den Flußarm, wo der Ewer lag. Das erste Boot ging ein Stück voraus und erregte natürlich die Aufmerksamkeit der vier Männer, die den Ewer bewachten. Sobald das Boot herankam, riefen sie es an. „Fischer“, war die

Antwort, die einer der Bootsleute gab. Er drehte sich dabei so schnell nach dem Ewer um, daß er das Gleichgewicht verlor und über Bord fiel. Er schien nach Art dieser Wasserleute sofort unterzusinken, denn seine Kameraden konnten ihn nicht gleich finden und zogen ihn erst nach einer Weile als leblos unter Wehklagen aus dem Wasser. Sie kamen dabei dem Ewer zur Seite und baten die Besatzung, ihnen zu helfen, den „Ersopenen" wieder ins Leben zu bringen.

Man hob den wassertriefenden Mann auf das Deck, wo er bewegungslos liegenblieb, und beschäftigte sich mit ihm, ohne die drei andern Boote zu bemerken, die jetzt herbeikamen. Der eine Schmuggler war daher sehr erstaunt, als ihn der Ertrunkene plötzlich bei den Handgelenken packte und festhielt, so daß es ihm unmöglich war, nach den Pistolen zu greifen, die er im Gürtel trug, während sich die andern drei von einer Schar Männer umringt sahen, die auf das Verdeck sprangen, sie in wenigen Augenblicken überwältigten und mit Tauen banden.

Herr Trick zündete nun eine Laterne an und zog den Pflock von der Lukenklappe der Kajüte, die er öffnete. Er leuchtete hinunter, wo er des Gefangenen Augen aus einer dunklen Ecke blitzen sah und rief: „Ah, Mister Djal, Herr Kompagnon! Sie sind da in einem unrechten Quartier abgestiegen. Bitte, kommen Sie herauf. Ihre Freunde sind da, um Sie abzuholen und zu Stubborn und Kompagnie zu bringen."

Der Malaie kam vorsichtig näher und schwang sich dann mit der Gewandtheit einer Katze aus der Luke. Er stand bei dem Ruder und übersah das Deck mit glühenden Augen, die auch die Umgebung betrachteten und etwas suchten, was zur Waffe dienen konnte. Dabei war sein rechtes Bein auf der Ruderpinne zum Sprung zusammengezogen und er offenbar bereit, mit einem Satz über Bord zu verschwinden. Sobald er jedoch die gebundenen Wächter erblickte, zeigte er zwei Reihen weißer Zähne und zog den Fuß vom Ruder. Er blickte Trick mißtrauisch an und fragte: „Sind Sie Mr. Stubborn?"

„Nein, der Kompagnon", erwiderte dieser.

„Wer ließ mich hier gefangenhalten?" fragte der Pirat.

„Ah, den Spaß erlaubte sich ein junger Mann aus unserm Geschäft, um einen guten Handel zu machen", lachte Trick.

„Wie kommt das?" fragte der Malaie verwundert.

Trick sagte leise: „Das kommt daher, wenn man Fernrohre bei sich führt, die Leuten gehören, die nicht untergegangen sind."

Der Malaie riß die Augen auf und stieß einen Fluch in seiner Sprache aus. „Ah!“ murmelte er, „der Seemann, der es in der Hand hatte und besah. Oh, ich mußte auch gerade dieses mitnehmen! Wer war der Mann?“

„Es ist der Kapitän von den ‚Gebrüdern‘. Ihr waret sehr leichtsinnig, daß Ihr ihn entkommen ließet!“ knurrte Trick.

„Damn! Es war der Kerl, der meinen besten Kapitän, der zwanzig Männer wert war, umgebracht hat. Ha, wenn ich ihn treffen könnte!“ zischte der Malaie.

„Nehmt Euch in acht, Mister Djal. Nehmt Euch vor dem in acht. Es ist gefährlich, mit ihm anzubinden. Gefährlich auf dem Lande, wo er es mit vier Männern aufnimmt, und gefährlicher im Wasser, wo er zwanzig umbringen würde, denn er schwimmt und taucht wie ein Seehund. Nehmen Sie sich in acht, daß er Sie nicht an einem abgelegenen Ort erwischt. Er hat Ihnen den Tod geschworen“, warnte Trick.

Der Malaie stieß ein kurzes Lachen aus: „Es hat mir mancher den Tod geschworen, aber ich gebe nicht so viel darauf“ – er blies hier über die Hand –. „Wenn mir die Hunde nur meinen vergifteten Dolch nicht weggenommen hätten, ich wollte ihn bald steif machen. Was fangen wir jetzt an?“ fragte er, sich umsehend.

„Vorderhand werde ich Sie sicher und komfortabel unterbringen. Kommen Sie“, sprach Trick, nach dem Boot zeigend.

Der Pirat stieg hinein. Als man abfahren wollte, sah er die gebundenen Schiffsleute auf dem Ewer sitzen und rief:

„Halt! Hat einer von euch ein Messer? Gebt her, ich will den Kerlen die Kehlen durchschneiden!“

Zum Glück verstanden die Kellerfreunde Tricks wenig Englisch und beeilten sich deshalb nicht, den in dieser Sprache ausgesprochenen Wunsch zu erfüllen. Herr Trick packte den Piraten am Arm und sprach:

„Es wäre den Kerlen ganz recht, aber, Mister Djal, das geht hier nicht so wie in der Sundastraße. Wenn die Kerle morgen früh hier abgekehlt gefunden werden, so haben wir morgen mittag die ganze Polizei der Umgegend auf dem Hals, und die ist ein bißchen besser als in der Sundastraße. Ich brauche sie auch zufällig, um den Lotsen fangen zu lassen.“

Nach Tricks Wunsch stiegen einige Zimmerleute auf den Ewer und warfen die schimpfenden Schiffer in die Kajütluke, die sie schlossen.

Dann ruderte man zurück, denn man hatte die Vorsicht gebraucht, die Jollenführer, denen die Boote gehörten, trotz ihres Protestes auf einer kleinen Insel auszusetzen, damit sie keine Zeugen abgeben konnten. Hier holte man sie wieder ab, ließ am Ufer bei Altona landen, wo man den Leuten ein gutes Trinkgeld gab, und ging zu Fuß nach der Stadt.

Der Malaie machte Trick unterwegs Vorwürfe über die Handlungsweise des Hauses Stubborn.

„Ihr müßt euch nicht einbilden", sprach er, „mich betrügen zu können. Glaubt ihr etwa, ich soll in Java für euch umsonst arbeiten, damit ihr hier ruhig den Profit in die Tasche stecken könnt? Ihr habt von mir drei Schiffe versenken lassen, wovon ich die letzten zwei noch nicht bezahlt erhielt. Die Ladungen, womit ihr die Schiffe in See schicktet, waren gänzlich wertlos, und unser ganzer Profit bei der Arbeit bestand in einigem Proviant. Ich komme deshalb, mit Euch abzurechnen, wobei Ihr mir, beim Herrn der Hölle, meine Her- und Hinreise bezahlen sollt, oder ich schneide Euch allen die Kehle ab."

„Sehr gütig von Euch", bemerkte Trick, „nur bitte ich, mich jetzt nicht mehr als Kompagnon des Hauses Stubborn, sondern als den Euren zu betrachten, denn Ihr müßt mir helfen, dem alten Stubborn nicht nur Eure Provision, sondern sein ganzes Geld zu entreißen, das er versteckt hat. Wir teilen. Halb und halb, Kamerad, wenn Sie wollen!"

„Wieviel wird die Hälfte sein?" fragte dieser vorsichtig.

„Das Ganze wenigstens nahe um eine Million", flüsterte Trick.

„Angenommen!" sprach der Malaie und legte seine Mordhand in die ebenso schlimme Tricks.

„Wo liegt das Geld? Können wir es leicht holen?" fragte der Pirat.

„Oh! Holen wollten wir es wohl, es möchte liegen, wo es auch sei. Aber die Kunst ist eben, herauszukriegen, wo es steckt. Der alte Geizhals hat es in einem Versteck, das ich schon seit einem halben Jahre suche. Ich gestehe Euch ehrlich, daß Ihr nicht einen Groschen mehr erhalten hättet, wenn ich den Platz finden konnte. Stubborn muß deshalb gehetzt werden, und zwar ernstlich. Die Gefahr der Entdeckung seiner Geschäfte mit Euch muß ihm auf den Hals gehetzt werden, damit er zur Flucht genötigt wird. Er wird nicht ohne sein Geld fliehen, und sobald er es holt, werden wir es haben. Das beste", fuhr Trick fort, „ist nun, wir bringen den Lotsen in die Hände der Polizei, und zwar muß dies morgen geschehen. Erstens jagen wir dadurch Stubborn aus dem Lager, und zweitens rächen wir uns an dem Lotsen. Es lag mir früher alles daran, ihn nicht in die Hände der Polizei kommen zu lassen. Jetzt ist das Gegenteil der Fall. Er ist hier. Ich werde die Landpolizei und die Hafenrunde davon in Kenntnis setzen und dafür sorgen, daß es Stubborn sofort erfährt, wenn wir ihn haben. Wir lassen uns indessen gar nicht sehen, damit er um so sicherer nach seinem Gelde geht. Sie, verehrtester Herr Kompagnon, dürfen sich auch nicht besonders breitmachen. Ich rate Ihnen, in einem Wirtshaus auf dem Berge[54] Quartier zu nehmen und sich für einen Seemann auszugeben. Haben Sie Geld?"

„Bei mir? Keinen Penny. Die Kerle haben mir alles genommen. Aber im Hotel habe ich noch Geld genug", sagte der Malaie.

„Holen Sie es, jetzt geht es noch", drängte Trick. „Aber was fangen wir mit Ihrem Gepäck an?"

„Gepäck?" erwiderte lachend der Malaie. „Ha, ha, wer wird denn so ein Narr sein und sich auf einer Unternehmung mit Gepäck belasten? Das ist auch so eine europäische Narrheit. Eine kleine Tasche und ein guter Dolch, das ist alles, was ein Mann braucht, um rund um die Erde zu kommen."

„Nun, so holen Sie Ihr Geld."

Man war am Gänsemarkt angekommen, wo Trick nun mit den anderen stehenblieb, während der Malaie den Jungfernstieg hinabging, um sein Geld aus dem Hotel an sich zu nehmen, in dem er eingekehrt war. Herr Trick schlug dreimal an seine Nase und sah tiefsinnig vor sich hin. Dann trat er zu seiner Bande.

„Ihr habt euch doch den Inder gut besehen und gemerkt, der eben wegging?" fragte er leise.

„Wir merken uns jeden, der mit uns anbindet", war die Antwort.

„Gut", sprach Trick flüsternd. „Er ist ein Pirat, der uns den Ort ausfindig machen will, wo Stubborn das Geld versteckt hat. Aber merkt euch das – er will dann auch mit uns teilen!"

Unter der Bande entstand auf diese Nachricht hin ein unwilliges Murren.

„Er will die Hälfte von allem haben, was wir erwischen, und vorher noch zwanzigtausend Taler abziehen, die er von Stubborn kriegt", sprach Trick.

Der belebte Platz hielt die Bande ab, in ein Wutgeschrei auszubrechen. Sie brummten jedoch: „Wir brauchen keinen Gehilfen mehr dazu."

„Habt ganz recht – ganz recht", kicherte Trick, an seine Nase klopfend. „Wir brauchen keinen mehr dazu, deshalb schafft ihn morgen aus dem Wege, sobald wir das Geld haben und zum Teilen kommen."

Die Strolche sahen Trick erschrocken an, denn einen Mord hatte noch keiner von ihnen begangen. Sie nahmen die Aufforderung dafür an.

„Ihr sollt ihn ja nicht umbringen, ihr Dösköppe!" sagte Trick, den Eindruck gewahrend. „Ihr sollt ihn beiseite schaffen. In irgendeinen gut verwahrten Keller stecken, bis wir in Sicherheit sind. Macht ihm weis, im Keller sei unser Versammlungsort. Will er nicht, so gebt ihm eins auf den Magen."

„Ah so!" brummte der große Zimmermann. „Nun, das soll geschehen."

„Gut! Dann schert euch zum Teufel in den Tiefen Keller hinab, aber besauft euch nicht, denn morgen braucht ihr eure fünf Sinne. Es wird ein Hauptschlag ausgeführt. Macht euch fort. Ich sehe da den Polizeimann Stork kommen."

Die Strolche stoben auseinander. Herr Stork kam wirklich des Weges und ging auf Trick zu.

„Was waren doch das für Leute, mit denen Sie eben sprachen?" fragte er aufmerksam.

„Ein paar Schiffszimmerleute von St. Pauli", antwortete Trick. „Sie haben mir eben eine Nachricht gebracht, die für Sie von großer Wichtigkeit sein würde, wenn ich sie Ihnen mitteilte. Es ließe sich ein famoser Fang machen. Aber ich will es meinem Prinzipal nicht zuleide tun, der den Mann in Schutz nimmt, obgleich ich ihm nicht grün bin."

„Hm!" machte der Polizeimann. „Ein –" Hier griff er mit der Hand in die Luft und steckte dann einen imaginären Gegenstand ein.

„Zu wenig", sprach Trick. „Was sagen Sie zu einem Mörder?"

„Ein Mör–der?" murmelte der Polizeimann, sich besinnend. „Nicht möglich! Müßte eben erst jemand umgebracht haben, denn die von den letzten Morden seit drei Jahren haben wir."

„Aber der Zollwächter aus Neumühlen, vom vorigen Jahre?" half Trick nach.

„Alle Donner, der Kapitän? Ist der hier? Unvorsichtig von dem Mann. Wissen Sie, die Geschichte geht uns eigentlich nichts an. Das ist Sache der Hannoveraner drüben, oder der Dänen nebenan. Wir haben da bloß die Schererei. Ich wollte, Sie hätten mir gar nichts davon gesagt, Herr Trick. Jetzt muß ich Anzeige davon machen. Der Teufel mag's Ihnen danken."

Damit kehrte der ehrliche Polizeimann Trick den Rücken und ging nach der Polizei, indem er brummte:

„Dieser Herr Trick gefällt mir seit einiger Zeit nicht, aber von heute an gar nicht. Das ist ein boshafter Kerl, der seine Nebenmenschen ins Unglück bringt, denn er will dem armen Kapitän etwas auswischen, sonst hätte er mir nichts von seiner Anwesenheit gesagt. Ich muß es jetzt anzeigen, sonst riskiere ich, der Buchhalter sagt jemand, daß er es mir mitgeteilt hat."

Trick rieb sich die Hände und ließ seine Finger knacken. Er wartete, bis der Malaie zurückkam, und führte diesen dann nach St. Pauli. „Sie haben sich hoffentlich die Kerle betrachtet, die Ihnen mit aus der Kajüte halfen?" fragte er lauernd.

„O ja", nickte der Pirat lachend. „Nette Jungen, aber ein wenig zu gewissenhaft, scheint mir."

„Hm!" knurrte Trick. „Ich glaube, mehr unverschämt als gewissenhaft. Sie haben den großen Kerl mit dem hohen Hute bemerkt?"

„Allerdings", war die Antwort.

„Das ist der Unverschämteste. Er hält alle anderen in Furcht und will allein die Hälfte haben. Dann kommen erst die übrigen. Da Sie eine besondere Liebhaberei fürs Kehleabschneiden haben, so empfehle ich Ihnen diese Herren. Je mehr Sie davon abkehlen, desto besser für uns. In dem Keller, wo wir unsere Zusammenkünfte halten, haben Sie die schönste Gelegenheit dazu. Es kommt dort auch nicht auf ein wenig Spektakel an."

„Ihr seid ein herrlicher Kerl, Kompagnon!" rief der Malaie lachend. „Der Vorschlag gefällt mir außerordentlich, und wenn Ihr wollt, so stoße ich die ganzen Kerle nieder, ohne daß einer einen Laut von sich gibt oder daß es der Nebenmann merkt. Dies soll der Teil sein, den sie kriegen, wenn wir das Geld haben. Ich werde mir morgen einen handlichen Dolch dazu kaufen. Oh, die Sache wird spaßhaft!" Dabei warf er einen so diabolischen Seitenblick nach Trick, daß dieser sehr deutlich daraus hätte lesen können, was sein Teil sein sollte. Die Dunkelheit verbarg ihm jedoch diesen Blick.

Herr Trick lachte, weil es ihm so gut gelang, seine Konkurrenten aneinander zu bringen. Jeder Teil dachte übrigens dasselbe und hatte im stillen beschlossen, den Raub für sich allein zu behalten und die übrigen darum zu bringen.

Trick brachte den Malaien in einem Hause unter, in dem Steuerleute und Kapitäne verkehrten. Die Polizei hielt dort fast niemals Nachsuchung, weshalb er vorderhand gesichert war. Trick lief nach der Stadt zurück und sah nach den Wächtern Stubborns. Dann ging er zu diesem selbst hinauf und traf ihn im Zimmer hin und her wandelnd und von seinen Anreden keine Notiz nehmend. Die Falkenaugen Tricks entdeckten bald, daß Stubborn Vorbereitungen zur Flucht getroffen habe und einen günstigen Augenblick dazu abwarte. Er setzte sich und sah ihm zu. Nach einer Weile sprach er mit höhnischem Lächeln:

„Ich will Ihnen was sagen, halb und halb! Hören Sie mal ein wenig mit Ihrem Umherlaufen auf, Sie werden Ihre Beine nötiger brauchen, wenn Sie meine Neuigkeiten erfahren. Unser neuer Kompagnon aus Batavia läßt Sie grüßen und wird morgen früh zur Abrechnung kommen. Wollen Sie nicht die Uhrgewichte zurechtmachen?"

Stubborn blieb stehen und sah Trick überrascht an.

„Die Zeit in dem versteckten Ewer wurde ihm zu lang", fuhr Trick fort. „Er ist hier! Wollen Sie ihn erwarten?"

Stubborn glaubte ihm kein Wort und schwieg.

„Ich sage Ihnen jetzt das letzte Wort, das Sie im guten von mir hören", sagte Trick, Schwarz parodierend. „Morgen wird der Lotse seine Aussagen machen. Ha, ha, ha! Laufen Sie, Kompagnon. Übermorgen ist der fünfte Mai. Himmelfahrtstag! Haben Sie Lust, in den Himmel zu fahren, oder ist Ihnen die Hölle lieber? Wenn ich bis morgen mittag nicht das Meinige in den Händen habe, so sind Sie auf dem Weg nach dem einen oder dem andern Punkt. Laufen Sie ‚halb und halb', wie ich laufen werde."

Stubborn gab keine Antwort. Er glaubte nichts und wanderte wortlos auf und ab. Trick verließ das Zimmer und ging in den Hof, wo er einige seiner Leute zusammenrief. Von einem ließ er sich zwei Flaschen Portwein holen, während er ein paar Männer nach der Hafenrunde und Polizei schickte und nochmals die Anzeige machte, daß der Lotse Nielsen, der voriges Jahr den Zollwächter umbrachte, in Hamburg sei, wo man ihn fangen könne. Hierauf setzte er sich hinter zwei Fässer, von wo aus er die Treppe beobachten konnte, und gab den Wächtern Befehl, sich versteckt zu halten, damit sein Prinzipal denke, man passe nicht genau auf.

Stubborn ging indes oben unausgesetzt auf und ab. Sein Geiz kämpfte mit seiner Furcht vor Schwarz. Er hoffte noch bis zum letzten Augenblick, mit allem Geld entkommen zu können. War dies nicht der Fall, so blieb ihm bis morgen abend immer noch der Ausweg, auf die Bedingungen von Schwarz einzugehen. Aber auch nur im letzten Augenblick. Solange sich noch eine Chance zum Entkommen zeigte, so lange wollte er das Geld noch festhalten.

Der Polizeimann Stork ging indes am Abend sehr widerwillig nach dem Stadthaus und machte Anzeige vom Dasein des Lotsen, die sofort allen Beamten der Hafenrunde mitgeteilt wurde, weshalb man den Boten Tricks sagte, daß die Sache schon bekannt sei. Herr Stork ging sehr ärgerlich fort und nahm sich vor, keinen Lotsen zu sehen, ob er auch mit Südwester und Öljacke daherkäme. Ein Gedanke fuhr ihm plötzlich durch den Kopf. Er ging nach den Vorsetzen und besuchte seinen Gevatter, den Bootsführer, bei dem Berta wohnte.

„Was macht das Fräulein, das bei euch wohnt?" fragte Stork.

„Immer fleißig", entgegnete der Bootsmann, mit dem Daumen über seine Achsel nach der Tür von Bertas Zimmer zeigend, die offen stand.

„Ja, das Fräulein scheint mir ein gutes Mädchen zu sein. Ihr Vater hat viel Malheur gehabt. Kennst du vielleicht den Lotsen aus Neumühlen, der Kapitän auf einem Schiffe Stubborns war und den Akzisemann dort umbrachte?" fragte Stork so laut, daß es Berta hören mußte, die jetzt aufmerksam lauschte.

„Jawohl, ich weiß davon", nickte der Bootsmann.

„Nun, dann ist das Neueste, daß er wieder hier ist und daß ihn die Hafenrunde morgen fangen wird, wenn er sich auf dem Wasser sehen läßt, während wir ihm auf dem Land nachstellen. Der Buchhalter Trick von Stubborn hat uns die Anzeige davon gemacht. Ich bitte dich aber, keinem Menschen zu sagen, daß ich gegen dich davon geschwatzt habe. Der arme Lotse tut mir leid."

Herr Stork hatte diese Worte sehr laut gesprochen und ging dann zu einigen gleichgültigen Dingen über, worauf er sich bald empfahl. Er war kaum aus dem Hause, so trat Berta in das

Zimmer. Sie schlug ihr Plaid um sich und sagte den Wirtsleuten, daß sie noch einen notwendigen Weg zu machen habe. Sie ging nach den Kajen an Wolfs Keller und lauschte hinunter, weil sie mehrere Stimmen hörte.

Berta war hinter den Stamm einer Linde getreten, die neben dem Keller stand. Schwarz bemerkte sie deshalb nicht, als er heraufstieg. Er fühlte plötzlich eine leichte Hand auf seinem Arm und zuckte zusammen, als er Bertas Gesicht neben sich sah, aus dem ihm zwei dunkle Augen mit unendlicher Liebe entgegenleuchteten. Er wollte sich abwenden. Die kleine Hand legte sich fest um seinen Arm, und die Stimme des Mädchens flüsterte an seinem Ohr: „Trick hat der Polizei angezeigt, daß morgen der Lotse in St. Pauli sein wird. Man will ihm zu Land und zu Wasser auflauern und ihn fangen."

„Was ist das?" rief Schwarz erschrocken. „Was hat der Schurke vor? Eben waren die Schiffsleute hier und meldeten mir, daß Trick sie überfallen und den Malaien befreit habe, und zwar kaum zehn Minuten, bevor sie von ihren Kameraden abgelöst und aus der Kajüte geholt wurden. Woher hast du –"

Er wollte sich an Berta wenden. Diese war verschwunden. Er rief Jakob.

„Lauf", gebot er ihm, „und bringe mir Wilm, Takel-Jan und einige andere in meine Wohnung. Dann hinaus nach der Werft und gesagt, sie sollen Mützen zur Warnung am Strande aushängen und jeder soll Nielsen zu treffen suchen und ihn warnen, daß er sich verborgen hält. Man fahndet nach ihm. Lauf an den englischen Dampfer und frage nach ihm, und wenn er nicht da ist, laß ihm sagen, das Boot sei leck, er weiß schon, daß er sich dann verkriechen muß. Vorwärts! Hast du Geld?"

Jakob schlug an seine Tasche und verschwand in einem so schnellen Trabe, wie ihn ein junger Stutzer ohne Verletzung des Anstandes nur ausführen kann.

Schwarz schloß den Keller zu und ging nach Hause, wo er seine Leute in höchster Ungeduld erwartete. Sie kamen endlich an und wurden nach allen Seiten geschickt, um den Lotsen zu suchen. Dieser war unglücklicherweise mit einem Bekannten in seinem Boote nach Wilhelmsburg gefahren und blieb die Nacht dort, weshalb ihn niemand von den Schmugglern fand. Schwarz erwartete den Morgen mit fieberhafter Ungeduld.

Mit demselben Gefühl sah Trick den Tag anbrechen. Er stieß schreckliche Verwünschungen über Stubborns Hartnäckigkeit aus, denn er hatte sicher auf sein Entweichen und den Gang nach seinem Gelde gehofft. Geschah dies in der Nacht, so kam der Malaie am Tage zu spät. Dann war Trick sicher mit dem Geld verschwunden. Jetzt blieb ihm nichts übrig, als den letzten Trumpf, die Gefangennahme Nielsens, auszuspielen, darauf mußte Stubborn die Flucht ergreifen. Trick beschloß deshalb, nicht ohne ihn vom Platz zu weichen und die Wirkung der Nachricht von der Ergreifung des Lotsen zu beobachten. Dabei hoffte er immer noch, der Malaie werde zu spät kommen und ihn in der entscheidenden Zeit nicht finden. Er hatte jedoch seinen Mann falsch genommen, denn der Pirat fand den Weg mit dem Instinkt eines Wilden und klopfte ihm plötzlich von hinten auf die Achsel, daß er heftig zusammenschrak.

„Liegt unser altes Schiff noch vor Anker, oder hat es schon seine Luken vernagelt und wartet nur auf den Lotsen?“ sprach der Malaie lachend.

Trick nickte grinsend und antwortete: „Wir müssen die Ankunft des Lotsen, oder vielmehr die Nachricht, daß er da ist, abwarten; ich denke, der alte Stubborn wird dann sofort seinen Anker lichten. – Seid aber so gut und macht Euch ein wenig beiseite, im Fall der Buchhalter Kern kommt. Er kennt Euch von Batavia her. Sie werden Eure Flucht aus dem Ewer bald merken. Laßt Euch nicht wieder erwischen.“

Der Pirat zeigte einen Dolch, zum Stechen und Schneiden gleich gut zu gebrauchen.

„Macht keinen Unsinn, Mister Djal!“ sprach Trick ärgerlich. „Wir sind nicht in der Sundastraße, ich habe Euch das schon einmal gesagt. Sobald Ihr das Ding da gegen jemand zieht, habt Ihr die ganze Stadt auf dem Hals. Steckt es also ein, bis Zeit und Ort günstig dazu sind. – Nieder mit Euch!“

Er zog ihn bei diesen Worten hinter die Fässer, wo er saß. Das Haus war längst geöffnet, und in der Tür erschienen Schwarz und Kern, von Wilm nebst einigen Wasserleuten begleitet, die sich nach kurzer Besprechung auf der Brücke postierten, um nach Stubborns Fenstern sehen zu können. Beide stiegen eilig die Treppe hinauf.

„Kommt!“ sprach Trick. „Wir wollen hören, was es oben gibt.“ Er schlich mit dem Malaien nach und trat im Vorzimmer hinter den Bettschirm, wo er jedes Wort durch ein Loch hören konnte, welches er in die dünne Wand gebohrt hatte. Drinnen sprach Schwarz mit großer Aufregung: „Sagen Sie nicht, daß Sie von der Befreiung des Seeräubers nichts wissen! Glauben Sie denn, es wird Ihnen etwas helfen, daß dieser Schurke nicht mehr in unsern Händen ist? Nun wird es erst gefährlich für Sie sein, mögen Sie sich in unsere Bedingungen fügen oder nicht. Dazu wollt Ihr auch noch den Lotsen fangen lassen, den Trick der Polizei verraten hat. Was wollt Ihr damit bezwecken? Doch nichts als Euer eigenes Unheil!"

„Trick hat ihn der Polizei verraten?" schrie Stubborn erschrocken, „ha, ich sehe, was er damit bezweckt! Ich sehe es!"

„Wie? Sie wußten davon nichts?" fragte Schwarz ungläubig.

„Nicht ein Wort bis zu diesem Augenblick! Er will mich damit zur Flucht zwingen. – Oh, ich sehe es deutlich! Er lauert mit seiner Bande darauf, daß ich mein verborgenes Geld holen soll, um es mir abzunehmen, denn ich habe etwas versteckt, ich gestehe es. Wenn der Lotse gefangen wird, bin ich verloren. Er wird gegen mich aussagen. Ich werde dann nicht mehr fortkommen. Ha! Sie können ihn jeden Augenblick haben. Ich will Ihnen fünfzigtausend Mark geben, Schwarz. Aber helfen Sie mir fort und halten Sie mir diesen Teufel Trick vom Leibe!"

„Ich will Ihnen unter der Bedingung forthelfen, daß Sie mir Ihr ganzes Geld geben, wovon Sie ein Viertel wiedererhalten sollen. Ich bleibe jetzt bei Ihnen, bis ich Nachricht von Nielsen bekomme. Hat ihn die Polizei, so gebe ich Ihnen noch eine Viertelstunde Zeit und bringe Sie dann entweder in Sicherheit oder ins Gefängnis. Kern, rufen Sie Wilm mit den Leuten", sprach Schwarz, worauf man ein Fenster öffnen hörte.

Trick stieß einen Fluch aus.

„Was sagen sie drin?" fragte der Malaie leise, weil er die deutschen Worte nicht verstand.

„Es ist Gefahr da. Kommt!" flüsterte Trick und zog den Piraten aus dem Zimmer und nach der höheren Etage, weil Wilm bereits mit seiner Schar heraufgepoltert kam, die Schwarz im Zimmer bei Stubborn postierte.

„Es sind sechs", brummte Trick, über das Geländer sehend. „Wir können fünfzehn dagegen stellen. Geduld! Wir kriegen es doch noch, und wenn es auch von Euch ist. Warten wir ab!"

Der obere Teil des Hauses war unbewohnt, deshalb beschloß Trick, hier zu warten, bis Nachricht über den Lotsen kam, und dann seine Maßregeln zu ergreifen. Er setzte sich mit dem Malaien auf die Treppe nieder und horchte.

*

Hinter den Kohlenschiffen, die im Hamburger Hafen bei St. Pauli durch rostige Ketten an den Pfählen festgehalten werden, lag ein Boot, das der Strom so weit zwischen zwei Schiffe drückte, daß nur der Vordersteven bei einem großen Anker sichtbar war, der von einem englischen Collier bis zum Wasserspiegel herabhing. Die Bemannung des Bootes bestand aus zwei Leuten, deren blaue Röcke und Tuchmützen sie als zur Hafenrunde gehörig kennzeichneten.

Während der eine auf dem Boden des Bootes saß und gespannt durch eine Lücke, die die Schiffe frei ließen, nach der Elbe hinauslugte, hatte der andere seine Arme bequem auf den Anker gelegt und beobachtete den Raum zwischen den Schiffen und dem Ufer. Sein rotes Gesicht war kaum von dem rostigen Eisen des Ankers zu unterscheiden und lag regungslos an ihm, nur die scharfen grauen Augen bewegten sich und ließen nichts außer acht, was sich am Ufer und auf dem Wasser rührte.

Die Männer waren jedenfalls auf der Spur von irgend etwas und hatten Zeit und Geduld, denn sie blieben einige Stunden regungslos in ihrem Versteck, wo sie, wie es schien, niemand vermutete. Nächst dem Fahrwasser hatte der Beobachter im Vorderteil besonders den Platz im Auge, auf dem sich früher die Schiffswerft befand und wo sich jetzt die Gentlemen sonnten.

Von Altona herauf kam ein Bootsführer; der ohne besondere Eile sein kleines Boot durch das Getümmel ruderte. In seinen höchst respektablen, von der Sonne braungebrannten Fäusten führte er die langen eschenen Riemen.

Es war Nielsen, der, eben von Wilhelmsburg kommend, Schwarz an der Werft erwarten wollte. Er ließ, indem er sein Boot nur gerade treibend erhielt, seine Augen überall umherschweifen. Kein Punkt des Ufers, kein Boot, kein Schiff blieb von ihm unbemerkt. Er schwamm jetzt etwas näher zu den Schiffen hinüber und bekam so die leere Werft in Sicht. Kaum hatte er jedoch den Anker mit den Wachstuchmützen entdeckt und gesehen, wie auch die hellgrauen Augäpfel blitzschnell rundum liefen, als er, den einen Riemen fest ins Wasser haltend, das Boot mit dem andern wie einen Kreisel umdrehte und zwischen zwei Schiffen durch in den freien Strom wie ein Fisch davonschoß.

Zu derselben Zeit hatte der Hafenwächter am Anker seinem Kameraden einen Wink gegeben, worauf dieser die Riemen handrecht legte und sich bereit machte, das Boot mit einem Ruck unter den Ketten durchzuschieben, die an den Schiffen gerade Raum genug dazu ließen, während sie einige Fuß weiter, durch ihre eigene Schwere nach dem Wasser herabgezogen, dies unmöglich machten. Der vordere ließ den Ton einer kleinen Pfeife schrillend über das Wasser schallen und schob dann das Boot aus seinem Versteck, wobei er etwas fluchte, weil es an den Ketten hängenblieb. Durch diese Verzögerung gewann Nielsen einen Vorsprung von wenigstens drei Schiffslängen.

Die Gentlemen auf der Werft waren nach dem Pfiff der Hafenrunde teils auf ein nebenliegendes Schiff geklettert, um den Gang der Dinge von dort aus zu beobachten, teils verließen sie in ihren alten Booten das Ufer und ruderten in die Elbe hinaus, um zu sehen, wie die Sache ablief, oder der Polizei Hindernisse bei der Verfolgung des Lotsen in den Weg zu legen.

Nielsen fuhr in seinem leichten Boote wie eine Forelle durch das Wasser und es hätte keiner Anstrengung bedurft, um den Beamten zu entkommen, die sich mit ihrem großen Fahrzeuge zwischen den Schiffen durchzwängten. Man lauerte ihm jedoch von mehreren Seiten auf, denn plötzlich kamen zwei Polizeiboote von Altona her und eins von Steinwerder, die ihm den Weg verlegten, während ein leichtes Boot, von zwei Beamten gerudert, hinter einem ankernden Schiffe hervorschoß und ihm so plötzlich über den Hals kam, daß es an seiner Seite war, als er es kaum gewahrte. Nielsen befand sich in einer schlimmen Klemme und war, wie es schien, unrettbar in den Händen der Hafenrunde, denn einer aus dem leichten Boote ließ seinen Riemen fallen und faßte Nielsens Fahrzeug mit dem Haken.

Der Lotse warf einen schnellen Blick um sich und sah zu seinem Schrecken, daß es ihm unmöglich sei, zu entkommen. Die Boote hatten ihn von allen Seiten umstellt, und von oben kamen noch zwei mit Beamten. Nielsen ließ seine Ruder in das Boot fallen und schien sich ergeben zu wollen. Plötzlich aber ergriff er den Haken, der sein Fahrzeug festhielt, und riß ihn los, indem er das Polizeiboot von sich stieß. Er verlor dabei jedoch das Gleichgewicht und stürzte ins Wasser, wobei sein Boot weit von ihm weggeschleudert wurde und mit dem Strome abwärtstrieb, während er sich an den Rand des Polizeibootes klammerte und von den Beamten bei der Jacke gefaßt wurde.

„Helft mir hinein!“ rief er, indem er Wasser aussprudelte. Die beiden Beamten wollten ihn an Bord ziehen und bogen sich über den Rand des Bootes, das infolgedessen ganz auf die Seite gelegt wurde. Nielsen stemmte seine Hände auf den Bord und brachte es durch einen gewaltigen Schwung zum Umstürzen, so daß die beiden Polizeimänner kopfüber in das Wasser fielen und das Boot seinen Kiel aufwärtskehrte.

Ein Schrei erklang aus allen Booten. Die von der Hafenrunde kamen eilig herbei und ließen Nielsens Fahrzeug ruhig schwimmen, das nun unbeachtet den Fluß hinabtrieb. Die Gruppe aus dem umgeworfenen Boote blieb einen Augenblick unter diesem verborgen, dann tauchten zwei Köpfe daneben auf, und die dazugehörigen Arme griffen krampfhaft nach dem Kiel und hielten sich daran fest. Es waren die Polizeimänner, die nicht schwimmen konnten. Die Riemen und ihre Mützen trieben mit dem Strome fort.

Der Lotse kam nicht wieder an die Oberfläche des Wassers. Er war untergegangen. Man zog die beiden Männer aus dem Flusse und kehrte das Boot um, um zu sehen, ob er darunterstecke. Vergeblich. Er blieb verschwunden. Die Gentlemen von der Werft erhoben ein Klagegeschrei über den Verlorenen und machten den Beamten Vorwürfe über ihre Unachtsamkeit, durch die das Boot umgeschlagen sei, während die beiden durchnäßten Polizeimänner behaupteten, der Lotse habe es mit Absicht umgestürzt, worüber man hin und her stritt.

Nur Takel-Jan, der sich auch einfand, sagte nichts, sondern lächelte, pfiff und blickte verstohlen über das Wasser. Als der Streit am ärgsten war, wandte er seine ganze Aufmerksamkeit stromabwärts und fing an, laut zu lachen. Ein paar Beamte folgten seinen Blicken und begannen schrecklich zu fluchen.

Nielsens Boot war bis an die unterste Spitze von Steinwerder getrieben, wo der Köhlbrand nach Harburg abzweigt. Hier tauchte plötzlich eine triefende Gestalt auf und zog das Boot so weit nach dem Ufer hin, bis ihr das Wasser nur an die Knie ging, worauf sie hineinstieg. Es war Nielsen, der die Riemen ergriff und, vom Rachegeschrei der Hafenrunde und Triumphgeschrei der Werftgentlemen begleitet, stromabwärts schoß. Die Polizeiboote nahmen zwar seine Verfolgung wieder auf, kehrten aber nach den ersten Minuten um, da sie sahen, daß es ihnen unmöglich war, das leichte Fahrzeug in gerader Richtung einzuholen.

Nielsen verschwand in der Ferne. Tricks letzter Trumpf war umsonst ausgespielt.

Die Nikolaikirche brennt!

## Fünfundfünfzigstes Kapitel

# Der fünfte Mai

Während diese Szene auf der Elbe vor sich ging, saß ihr Urheber neben dem Malaien auf der Bodentreppe und lauschte auf jeden Schritt, der nach oben kam. Er wartete auf die Nachricht von der Verhaftung des Lotsen, die die Krisis herbeiführen mußte, denn er war überzeugt, daß Stubborn dann sofort mit Schwarz nach seinem Geld gehen würde. Geschah dies, so sollte der Malaie Schwarz als den gefährlichsten Gegner überfallen und niederstechen, worauf man in der dadurch hervorgerufenen Verwirrung sich des Geldes bemächtigen und davonkommen konnte. Der Malaie fand die Sache ganz nach seinem Geschmack, worüber Trick entzückt war, da er hoffte, daß sich dann alles auf den Piraten werfen und er ihn so bequem loswerden würde.

Indes Stubborn wie ein Delinquent, der die Stunde seiner Hinrichtung herannahen sieht, auf und ab ging, saßen die beiden Schurken über ihm mit der Geduld beutegieriger Indianer da und warteten schweigend.

Endlich ließ sich ein eiliger Tritt auf der Treppe hören. Trick bog sich über das Geländer. Es war Herr Stork, der fast außer Atem, aber lächelnd heraufkam und zu Stubborn hineinlief. Trick gab dem Malaien ein Zeichen, daß er ruhig bleiben solle, und schlich hinab in das offenstehende Vorzimmer. Er hörte laute Ausrufungen, die ihm ein Lächeln der Befriedigung abnötigten. Sein Gesicht nahm aber bald einen anderen Ausdruck an, als er sein Ohr an das Loch in der Wand legte und auf den Bericht Storks lauschte, der erzählte, wie Nielsen seinen Verfolgern entkommen sei. Er hörte auch, wie Schwarz dem Polizeimann erklärte, daß Herr Trick ein Schurke sei und daß die Leute aus dem früheren Geschäft Stubborns zur Bewachung ihres vormaligen Prinzipals hier wären und bis morgen vormittag bleiben würden, wo sich manches aufklären solle, wozu Herr Stork gebeten wurde, wieder zu kommen. Dann hörte er Stork fortgehen und Schwarz fragen, zu was Stubborn sich entschließen wolle.

Der alte Bösewicht hatte aber durch das Entkommen des Piraten aus den Händen von Schwarz und das des Lotsen aus denen der Polizei neue Hoffnung auf sein eigenes Entweichen gefaßt und versuchte Zeit zu gewinnen, indem er ausweichende Antworten gab. Schwarz geriet darüber in Zorn und stampfte mit dem Fuße auf den Boden:

„Ich sehe, daß jeder gütliche Versuch umsonst ist. Kein Wort mehr! Der morgige Tag, der fünfte Mai, ist Ihnen als Endziel Ihrer Handlungen gestellt. Wohin die Sie bringen, wird der Tag zeigen. Morgen früh um neun Uhr komme ich wieder! Diese Männer bleiben als Wache bei Ihnen!“ Nach diesen Worten verließ Schwarz nebst Kern Zimmer und Haus, während Wilm mit den Wasserleuten blieb.

Trick saß hinter dem Bettschirm und starrte dem Verschwundenen nach, indem er den Mund mehrmals nach Luft schnappend öffnete. Er war durch die Nachricht vom Entkommen des Lotsen für den Augenblick niedergeschmettert und gänzlich ratlos. Die Bewachung Stubborns durch die Leute von Schwarz lag außer seiner Berechnung. Es mußte ein neues Mittel ersonnen werden, das Stubborn noch vor der gefährlichen Stunde forttrieb und ihn zugleich von seinen Wächtern befreite. Trick schlich hinaus und ging zu dem Malaien.

„Nun, wie steht es?" fragte dieser.

Trick stieg, ohne Antwort zu geben, die Treppe hinunter und zog seinen neuen Kompagnon nach sich. Im Hof angekommen, ging er nach der Wassertreppe und winkte den Mann mit dem Boot herbei, in das er stieg. Der Malaie folgte ihm. Er befahl dem Bootsführer, langsam nach dem Hafen zu fahren, und ergriff den Arm des Piraten, den er krampfhaft drückte.

„Also nach dem Hafen sollst du fahren! Hast du verstanden?" rief er nochmals dem Bootsführer zu, jedoch diesmal in englischer Sprache.

„Tut mir leid, mein guter Herr Trick. Ich verstehe wohl good damn und money, aber weiter nichts Englisches. – Was wollen Sie?" erwiderte der Bootsmann.

„Ah so! desto besser. Ich meinte nur, du sollst langsam fahren, weil ich dem Herrn Kapitän hier die Speicher zeigen will, wohin die Waren aus seinem Schiffe kommen. Also jetzt, Mister Djal", fuhr Trick englisch fort, „sperrt Eure Augen und Ohren auf, denn der Augenblick ist gekommen, wo wir handeln müssen. Seht, alle diese Speicher liegen voll Waren."

„Was kann uns das nützen?" rief ärgerlich der Pirat. „Schafft sie mir in ein Schiff und in die Sundastraße! Wollen wir sie etwa herausholen?"

„Nein!" sprach Trick. „Seht den großen Speicher dort, links von uns. Er gehört Roß und liegt voll Arrak, Schellack und Kampfer."

„Damn! Ich brauche keinen Kampfer!" rief der Malaie.

„Schweigt und hört!" sprach Trick, seinen Arm pressend. „Also Kampfer. Der nächste Speicher dort gehört Bostelmann. Es liegt Zucker und Korn darin, ich glaube auch Spiritus. Dann kommt die große Tischlerei von Stuckenberg. Der ganze Speicher liegt voll Holz. Schönes, trockenes Holz, und im untersten Raume, am Wasser, werden die Hobelspäne gelagert. Im Hofe aber wohnt der Schutenführer Wilm und noch zwei von den Kerlen, die eben jetzt Stubborn bis morgen vormittag dort hinter uns bewachen sollen. Nun, Mr. Djal! Wie gefallen Euch diese Speicher? – Glaubt Ihr nicht, daß sie vortrefflich brennen werden?"

„Ah!" rief dieser, die Warenlager mit dem Blicke eines Tigers betrachtend. „Ah! Ich verstehe Euch jetzt. Ich glaube aber, diese alten geteerten Holzhäuser brauchen weder Kampfer noch Spiritus, um wie Pechfackeln zu brennen. Ihr meint doch so? Was ist das, Hobelspäne?"

„Dieses", sprach Trick, auf einen schwimmenden Hobelspan deutend.

„Was ist mit der Bewachung von Stubborn?" fragte der Pirat weiter.

Trick erklärte die Sache, und fuhr dann fort:

„Ihr werdet ohne Zweifel ebenso geschickt im Feueranlegen sein, als Ihr mit dem Dolche umgeht. Es würde Euch vielleicht sogar Spaß machen, die Speicher hier anzuzünden. Ich würde es selbst tun, aber ich bin zu ungeschickt in solchen Sachen. Es darf nicht mißraten, denn es hängt jetzt alles davon ab, daß diese Häuser heute nacht recht lustig brennen. Die Kerle, die als Wache bei Stubborn sitzen, werden dann nach ihren Wohnungen laufen, und den alten Fuchs werden wir ausräuchern. Er wird nach seinem Geld laufen, und wir werden in der allgemeinen Verwirrung leichte Arbeit haben. – Ja, wir machen vielleicht noch ein gutes Nebengeschäftchen."

Der Malaie zeigte die Zähne und nickte. Er ließ die kohlschwarzen Augen über die Häuser laufen und murmelte:

„Es könnte nichts Besseres zum Anzünden geben. Sie müssen wie Rohr brennen. Was haben wir für Wind?" fragte er.

Trick blickte nach den Wetterfahnen und sprach: „Süd – schwacher Süd. Wir hatten den ganzen April Ostwind. Er scheint nach Südwest herumgehen zu wollen. Da ist der Speicher mit dem Holze, und hier drin sind die Hobelspäne. Seht Euch den Platz genau an. Heute nacht um ein Uhr ist Hochwasser. Ihr könnt ein Boot rudern und werdet zusehen, daß es nicht mißlingt."

„Habt keine Sorge. Ich werde mir einen Zünder bereiten, der seine Schuldigkeit tut und Teakholz anzünden würde. Holt mir nur die Sachen dazu, die ich Euch hier aufschreiben will. So, da ist ein Blatt. Etwas Schwefel, Teer, Werg usw. Es braucht's dies kaum bei den Häusern hier. Sie werden lustig weiterbrennen. Wo liegt die Bank?" fragte er leise. „Es sollen dort Silber- und Goldbarren in Massen lagern. Ist das wahr?"

„Seid Ihr des Teufels?" brummte Trick verblüfft. „Dort liegen allerdings Gold- und Silberbarren."

„Nun, Ihr sagtet ja zu mir, wir machen vielleicht ein Nebengeschäft. Wie wäre es denn? Erst den Geizhals und dann – Wieviel Leute habt Ihr zur Disposition?"

„Einige zwanzig."

„Liegt die Bank am Wasser? – Gut! – Könnt Ihr ein Fahrzeug dorthin bringen wie das, worin ich gefangen gehalten wurde?" fragte der Malaie.

„Es liegen Ewer dort an der Mühlenbrücke. Man nimmt einen, wenn man ihn braucht", meinte Trick.

„So kommt und zeigt mir die Bank", sprach der Pirat mit furchtbarem Lachen.

Beide stiegen bei den Brodschrangen an Land. Trick führte den Malaien durch die Deichstraße, wo er ihm die Häuser zeigte, deren Speicher am Kleinen Fleet die Schurken zur Erreichung ihres Zweckes anzünden wollten. Dann führte er ihn über den Hopfenmarkt nach der Neuen Burg und nach dem Rathaus, bei dem die Bank lag. Der Pirat betrachtete die Straßen aufmerksam und sah dabei oft nach seinem Taschenkompaß. „Vortrefflich!" murmelte er, indem er nach den Holzgalerien und Dächern blickte, die man jahrhundertelang gegen den Regen geteert und so für das Feuer zubereitet hatte. „Vortrefflich! Nur der Wind müßte nach West oder West-Süd-West herumgehen." – „Das ist also die Bank?" fragte er Trick, als ihm dieser das Gebäude zeigte. – „Wo liegt das Gold?"

„Unten im Keller", flüsterte Trick.

„Gut! – Holt mir das Zeug, das hier aufgeschrieben steht. Ich will einen Schlüssel zur Bank daraus machen. Aber wo?"

„Könnt es bei mir machen", meinte Trick und holte die Sachen zur Zündmasse aus verschiedenen Läden, worauf das schändliche Paar nach Tricks Wohnung ging, in der der Malaie zwölf unheilvolle Kugeln davon verfertigte.

*

Die Glocke des Nikolaiturmes schloß den vierten Mai mit zwölf langsamen Schlägen ab, die laut die schlummernden Straßen hinschallten, in denen das Geschäftsleben am Tage pulsierte. Die Speicher am Kleinen Fleet standen in tiefer Ruhe und Finsternis. Das Leben in ihnen war gewichen und sie für den künftigen Festtag geschlossen. Die Flut spielte lautlos um ihre Füße und spiegelte die Laternen der Brücken so ruhig wider, wie sie oben standen. – Da geriet das spiegelglatte Wasser in eine leise Bewegung. Der Reflex des Lichtes der Steintwietenbrücke teilte sich in Ringe und schob endlich in hundert Funken auseinander, als ein Boot langsam und unhörbar daherkam. Es schlich bei den Speichern vorbei. Im Bostelmannschen stand ein Fenster offen, durch das ein rotschimmernder Streifen gleich einer matten Sternschnuppe hineinfuhr. Im Holzspeicher nebenan hörte man gleich darauf das Klirren eines eingeschlagenen Fensters. Derselbe rote Schein verschwand darin. Im nächsten Speicher, wo Lumpen lagerten, wiederholte sich das Meteor nochmals. – Die glühenden Schlüssel zum Kerker des Unheils waren in die Schlösser gesteckt, das Unheil entfesselt, losgelassen, bald sollte es vernichtend über die reiche, glückliche Stadt dahinschreiten. Das Boot ruderte nach dem Neuen Kran, wo der Mann, der es führte, ausstieg und es durch einen Fußtritt in den Kanal stieß, in dem es weiterschwamm. Er zündete sich eine Zigarre an, setzte sich auf die Mühlsteine, die beim Kran lagerten, und horchte gespannt.

Zur selben Zeit steckte Herr Trick den Kopf zum halbgeöffneten Fenster heraus und horchte ebenfalls. Seine Augen starrten nach Stubborns Fenster hinüber, wo Licht war und ein Schatten hin und her wandelte. Dann drehten sie sich nach dem Fleet hinab und suchten einen Schein in der Finsternis, während die Ohren mit aller Spannung horchten.

„Noch nichts?" flüsterte der Kopf am Fenster, als die Glocke halb eins anzeigte. – Die alte Stille trat ein.

„Endlich!" murmelte der Kopf und fuhr aus dem Fenster.

Die Feuerglocke auf dem Nikolaiturme wird heftig angezogen. – Im Fleet zeigt sich ein rötlicher Schimmer. – Die Glocken der andern Türme senden ihre Schreckensbotschaft über die Stadt. – Man hört entfernte Schüsse, und die Stimmen der Nachtwächter in den Straßen pflanzen den Ruf in die entferntesten Gegenden: „Füer – Füer! in de Diekstraat!"

Der Kopf am Fenster wird lebendig, als ihn die wachsende Glut anstrahlt. „Jetzt reisen wir beide", zischt er nach Stubborns Schatten hinüber, der still steht und hocht. Trick streckt seine Faust nach ihm aus und zieht sich ins Zimmer zurück.

Die Fenster Stubborns werden aufgerissen, Köpfe fahren heraus.

„Alle Donnerwetter! Es brennt bei uns unten. Jungens, alle dahl und holt meine Sachen 'raus. Ich muß zur Spritze!" ruft Wilm und rast mit seinen Leuten die Treppen hinab. Nur einer bleibt bei Stubborn.

Trick aber steht, sobald die Wasserleute aus dem Hause sind, wieder im Hof hinter den Fässern und behält die Treppe im Auge, von der Stubborn herab muß.

„Feuer! In der Deichstraße!" rufen indes die Wächter monoton in den entfernten Straßen.

„Hörst du? Es ist Feuer!" sagt Bernhart, Schnepfe weckend.

„Wenn du weiter nichts Neues weißt", brummt dieser, „so brauchst du mich nicht zu wecken. – Das ist fast jede Nacht hier." Er dreht sich herum und schläft weiter.

„Feuer in der Deichstraße!" hören die Bewohner am Hopfenmarkt, am Burstah und Rödingsmarkt.

„Oh", denken sie, „weit weg. – Oh, unsere Spritzenleute sind ja da." Sie schlafen ruhig weiter.

Die Spritzenleute sind da, wie immer. Sie kommen gemächlich, aber sicher und voller Zuversicht. Sie verachten ihren Feind, das Feuer. – Das ist schlimm. Man soll nie einen Feind verachten, so sagten schon die Alten.

Es kommen zwei Spritzenleute in ihren weißen Kitteln[55] vom Hopfenmarkt daher, so ruhig, als gingen sie nach Hause. Ein dritter folgt ihnen etwas eilig.

„Oh, stopp! stopp!" rufen sie. „Lat man noch 'n beeten obgahn, sonst find' wi gar nix to dohn."

Geduld, ihr wackeren Spritzenleute! Ihr sollt eure Arbeit haben. Ihr sollt einen furchtbaren Kampf kämpfen und euren Feind achten und fürchten lernen. – Das Wort: „Laß noch ein bißchen aufgehen, sonst gibt es nichts zu tun", soll für dies Jahrhundert diese Nacht das letztemal von euch gehört werden. Aber wackere Männer seid ihr doch.

Die Feuerglocke heult fort und fort, denn die Glut wächst mächtig und beleuchtet den Turm.

Der Malaie am Neuen Kran zündet sich eine neue Zigarre an, zieht seinen Taschenkompaß heraus, macht den Finger naß und hält ihn in die Höhe, um zu fühlen, wie der Wind steht. Dann raucht er ruhig weiter und geht auf die Hohe Brücke, um die Glut über der Deichstraße zu betrachten.

Hier standen drei Speicher nebeneinander in vollen Flammen. Geschrei und Tumult erfüllte die Straße. Man begann die Wohnungen zu räumen, und mitten durch Hausrat, Wasserfässer und Spritzen bewegte sich ein Zug von einigen fünfzig Handwerksburschen mit den Tornistern und Felleisen auf dem Rücken und den Wanderstöcken in den Händen. Diese sonderbare Prozession bestand aus den Tischlergesellen der Stuckenbergschen Tischlerei, die statt zu retten das Weite suchten.

Eine Abteilung der Hanseaten war inzwischen auch eingetroffen und wollte die brennenden Speicher ausräumen. Die schönen Zigarren, die in einem Speicher lagen, schienen am meisten rettungswürdig. Die Spritzenleute schrien ihnen warnend zu, umsonst, sie laufen hinein, der Giebel wankt und stürzt über ihnen zusammen. Tot und verwundet werden sie unter glühenden Trümmern hervorgezogen und, die ersten Opfer, hinweggetragen.

Die trockenen Bretterlagen im Stuckenbergschen Speicher verbreiteten indes eine furchtbare Glut und zündeten ringsum. Die brennenden Stöße wankten und schossen fächerartig in das Fleet und gegen die Nachbarspeicher des Rödingsmarktes hinab, wo sie Verwirrung und Schrecken verbreiteten. Das Korn im Bostelmannschen Speicher flog knatternd und Millionen Funken sprühend in riesigen Feuergarben in die Luft, während der Zucker brennend schmolz und wie Blei niederlief. Einige Explosionen zeigten das Zerspringen der Spiritusfässer an, der sich mit dem Zucker mengte und die Glut vermehrte.

Die Löschmannschaften an den Schiffsspritzen im Fleet arbeiteten unter Feuerregen und niederstürzenden Trümmern fort, als wären sie Salamander, denen die Hitze nichts anhaben könne. Es drang sich ihnen die Überzeugung auf, daß die höchste Zeit zur Bändigung des Feuers gekommen sei. Es mußte nach ihrer Ansicht jetzt nieder.

Da klingen aus dem Speicher von Roß donnernde Schläge wie Kanonenschüsse, dazwischen prasselndes, klirrendes Geräusch. Eine intensive Flamme bricht aus allen Luken hervor; während ein blauer Feuerstrom in Kaskaden durch Türen und Ritzen in das Wasser strömt und sich auf diesem ein blaues Flammenmeer ausbreitet, das die Schiffsspritzen und Mannschaften zur wilden Flucht zwingt: Der brennende Arrak und Spiritus schwimmt auf dem Wasser und zündet die Pfähle und Fahrzeuge an. Der Schellack fliegt prasselnd umher und zündet gleichfalls, während der Kampfer wie eine riesige Kerze strahlt.

Die tapferen Spritzenleute müssen sich mit verbranntem Haar und Augenbrauen zurückziehen. Sie erliegen der Anstrengung und bekommen eine Idee ihrer Ohnmacht. Aber das Feuer muß nieder. Sie stürzen sich wieder dagegen, indes man ihnen frische Mannschaft und Spritzen zuführt.

In der Deichstraße beginnt eine allgemeine Flucht. Man räumt die andere Seite nach dem Großen Fleet, in dem sich mehrere Weinlager befinden. Die Flaschen aus den Kellern von Hein und Junge gehen wie Feuereimer von Hand zu Hand. Die erschöpften Spritzenleute schlagen ihnen die Hälse ab und trinken in langen Zügen Dry-Madeira und Portwein. Die Hanseaten folgen ihrem Beispiel. Herbeikommendes Gesindel greift zu, und inmitten des Flammenscheines der brennenden Straße wird nun ein großes Saufgelage gehalten, bei dem der edle Madeira auf den Boden fließt, während in den Schuten im Großen Fleet die Köpfe der Champagnerflaschen abgeschlagen werden und die Mannschaften vom edlen Schaumwein triefen. – Die Kunde von der unentgeltlich fließenden Weinquelle verbreitete sich bald in der Runde und lockte noch mehr neugieriges und genußsüchtiges Volk herbei. – Der große Zimmermann, der mit seiner Bande in der Nähe von Trick versteckt lag, hörte kaum von den preisgegebenen Weinlagern, als er mit allen seinen Freunden nach der Holzbrücke lief und den fluchenden Trick allein auf dem Posten ließ.

Die Flammen wälzten sich indessen wie Brandungswellen über die Dächer fort und fraßen gierig das alte ausgedörrte Holzwerk und die Schätze des Kaufmanns, die man weit über das Meer hergeführt hatte. Es war, als ob sich die Elemente gegen die Stadt verschwören wollten, denn der Wind, durch das Feuer im Anfange selbst erzeugt, begann stetig aus Südwest zu wehen. Die Flammen fraßen Haus für Haus, Speicher um Speicher. Immer gieriger drangen sie heulend und prasselnd nach dem Rödingsmarkt und über die Steintwiete gegen den Hopfenmarkt vor. Die Deichstraße nach der Holzbrücke zu brannte bereits, während betrunkene Menschen zwischen brennenden Häusern fortzechten, mit der Flasche in der Hand von herabstürzenden Schornsteinen und Hohlziegeln erschlagen oder, total betrunken in den Kellern liegend, von den einstürzenden Gebäuden begraben wurden.

Überall Geschrei, Krachen und Donnern einstürzender Balken und Giebel, dazwischen das taktmäßige Auf- und Niederdrücken der Spritzenschwengel, das Knattern der Flammen. Dann wieder lautes Krachen. Jammergeschrei und Hineinstürzen in den dicken Qualm, aus dem man zwei erschlagene Rohrführer trägt, die ein fallender Giebel traf. Man legt sie auf dem Rödingsmarkt an die Wasserseite. Ein Arzt tritt zu ihnen und untersucht sie. – „Tot!" sagt er kurz und geht eilig weiter. Man hat keine Zeit, sich um die Toten zu bekümmern. Ein Mann bringt eine Flagge, die er über ihre Gesichter deckt. Der Tag bricht an, und mit ihm wächst der Wind und die Verwirrung der Menschen. Das Vertrauen auf die unfehlbaren Spritzenleute beginnt zu schwinden. Man fängt an, in sinnlosem Schreck alles auf die Straße zu schleppen und aus den Fenstern zu stürzen, wodurch die schmalen Gassen in der Nähe des Feuers verstopft und die Rettungsanstalten behindert werden.

„Füer in de Diekstraat!" war der kaum beachtete Ruf der Nachtwächter, als die Dunkelheit noch auf den entfernten Stadtteilen lag, wo sie diese Nachricht hintrugen. – In der Deichstraße! – Es hätte ebensogut in Harburg oder Wandsbek brennen können, so wenig berührte diese Kunde die Bewohner des Alten Walls und des Jungfernstiegs. – „Es brennt noch in der Deichstraße!" hörten sie früh beim Kaffee sagen und blickten dann verwundert nach der Gegend, um den Rauch zu beobachten. Mit dem wachsenden Tage wurde die Aufmerksamkeit auf den Brand größer. Es begannen sich dunkle Gerüchte von erschlagenen Menschen, von dem brennenden Rödings- und Hopfenmarkt, von Spiritus- und Öllagern zu verbreiten. Es wurde von plündernden, betrunkenen Banden erzählt, und die Festtagsfreude wich einer besorgten Spannung. Die beschlossenen Landpartien unterblieben. Die Blicke der Umgegend wurden von der ungeheuren Rauchwolke angezogen, die über die Stadt trieb, und die Landbewohner richteten ihre Schritte nach ihr. – „Es muß ein ungeheures Feuer in Hamburg sein", hörte man ringsum sagen.

Um die Verwirrung auf den Brandstellen einigermaßen aufzuheben, ließen Polizeiherr und Spritzenmeister alle Unbeteiligten mit Gewalt forttreiben und die Straßen absperren. Die todmüden Spritzenmannschaften wurden abgelöst und warfen sich oft zwischen dem verstreuten Hausrat nieder, um sofort, vom Lärm umtobt, einzuschlafen. Die schlimmen Gerüchte wälzten sich von der Brandstätte weiter. Alles blickte ängstlich nach den Flammen und Rauchwogen, die sich ungeschwächt mitten in der Stadt erhoben, und in denen der Nikolaiturm bald hervortrat, bald verschwand, während seine Sturmglocke immer dringender nach Hilfe wimmerte.

Der Senat war im Rathaus versammelt und bot die Hafenarbeiter zum Beistand auf. Auch die Gewerke und Amtsmeister sammelten ihre Gesellen auf den Herbergen, um sie zur Hilfe für die Stadt zu verwenden. Das Interesse des einzelnen begann in den Hintergrund zu treten, und der Sinn für das Ganze in den Bürgern zu erwachen.

Es war immerhin großartig, daß man den Gottesdienst in der von einem Feuermeer umtobten Kirche abhielt[56].

Den vollständigen Überblick der Gefahr konnten am besten jene erlangen, die sich auf dem Nikolaiturm befanden, denn sie blickten unmittelbar in das Glutmeer unter sich und sahen, wie es Haus um Haus verschlang und der Kirche immer näher rückte. Die Hitze war hier oben so furchtbar, daß das alte Holzwerk knackte und sprang. Die Kupferbekleidung an der Feuerseite wurde so heiß, daß man die Hand nicht darauf legen konnte. Einige Bürger fanden die Sache bedenklich und gingen eilig nach dem Rathaus, um dem Senat den Stand der Dinge mitzuteilen und Vorsichtsmaßregeln für den Turm zu verlangen. Sie wurden jedoch barsch abgewiesen, wobei man ihnen verbot, sich um Sachen zu kümmern, die sie nichts angingen, und aufregende Gerüchte zu verbreiten. Sie entfernten sich achselzuckend und hatten ihre Schuldigkeit getan.

Auf dem Hopfenmarkt war indes eine Schar englischer Arbeiter mit ihrem Obmann angekommen, die die hölzernen Verkaufsstände und Buden einreißen sollten, die hier standen. Sie machten sich eifrig darüber her und zerhieben die Dächer und das Sparrenwerk mit ihren Äxten. Das herabgeworfene Holz konnte jeder nehmen, der es nur forttragen wollte. Es wurde von Weibern und Kindern in entfernte Stadtteile geschleppt, um dort später die Flammen weitertragen zu helfen. Teilweise wurde das Holz auch in den nahen Kanal geworfen. Die Buden fingen aber dennoch Feuer und verbrannten. Wochenlang anhaltender Ostwind und Sonnenschein hatten die jahrhundertealten Bauwerke der Hansestadt bis zur äußersten Dürre ausgetrocknet.

Der immer stärker werdende Wind trieb einen glühenden Aschen- und Funkenregen über die Stadt und jagte das Flugfeuer vor sich her. Die brennbaren Sachen aus den Speichern stiegen turmhoch in die Luft, wobei sie ein furchtbar prachtvolles Schauspiel gewährten. Dann verteilten sie sich, garbenmäßig herabsinkend, und wurden vom Wind in unbewachte Bodenluken oder zwischen die Holzgesimse getrieben, wo sie zündeten und Feuer, Schreck und Verwirrung weitertrugen.

Der alte Nikolaiturm wurde manchmal von solchen glühenden Funkenschwärmen gänzlich eingehüllt. Brennender Schellack und dergleichen legte sich auf sein Kupferdach, und durch die offene Kuppel flogen solche Massen Flugfeuer, daß die Leute darin oft von der Brandseite weichen mußten. Nur ein kleiner Schornsteinfegerjunge saß in halsbrecherischer Stellung vor dem Geländer und kehrte die Funken mit einem Besen von den schadhaften Stellen, wo das Kupfer vom Wetter zerfressen und das Holz darunter sichtbar war.

Es wurde dem alten Turm aber dennoch zu heiß. Das Kupfer begann an mehreren Stellen abzuplatzen, weil das Holz so zusammentrocknete, daß die Nägel nicht mehr hielten. Schon fast zur Mumie ausgedörrt, schwand bei der furchtbaren Feuerhitze jeder Rest von Feuchtigkeit aus dem Gebälk. Der ganze Holzaufsatz fing an zu knarren und zu knacken. Er reckte und dehnte sich förmlich wie in todesangstvoller Feuerqual, als ahne der Turm, daß seine letzte Stunde gekommen sei.

Der Türmer hörte entsetzt das spukhafte Leben im Holzwerke über ihm und zog verzweifelt fort und fort an der Feuerglocke. Die Feuermasse verdünnte die Luft dermaßen, daß sich mehr und mehr Wind erzeugte, der fast zum Sturm wuchs.

Die Spritzen waren machtlos. Der Stolz der alten Hamburger Spritzenleute war gebrochen. Man mußte an andere ungewöhnliche Dinge denken, um dem furchtbaren Elemente einen Damm entgegenzusetzen.

Aller Augen hingen am Nikolaiturm, der jetzt aus dem Flammen- und Funkenmeer wie ein Leuchtturm hervorragte, den eine feurige See umspült.

Der Turm hatte die zwölfte Stunde geschlagen. Es war das letzte Mal, daß er dies tat. Gegen ein Uhr sahen tausend Augen eine leichte Röte zwischen den Kugeln, die die oberste Spitze trugen. Schwache Dampfwolken zogen unter dem Kupfer hervor. – Man hielt es für den Reflex des unten wütenden Feuers.

Die oben im Turm wußten es jedoch besser. Ihr Schreckensschrei wurde im Tumult unten nicht gehört, aber man sah ihre Bewegung. Der kleine Schornsteinfeger ließ seinen Besen herabfallen und kletterte eiligst zwischen die Säulen hinein. Es zogen stärkere Rauchwolken von der Spitze hinweg.

„Der Turm brennt!" – Dieses Schreckenswort riefen hunderttausend Menschen gleichzeitig im Umkreis der Stadt. Jetzt schrieb ein feuriger Finger hoch oben vom Turm die Kunde, daß das Unglück über die Stadt schreite. Wer die Schrift lesen konnte, erbleichte und sah, daß ein Tag gekommen war, wie seit Davousts Scheiden keiner dagewesen. – Mit dem Brand des Turmes war das Unheil vollständig entfesselt und schritt riesengroß einher. Der Widerstand dagegen begann zu sinken. Die Bürger standen neben ihren brennenden Möbeln und hatten keinen Blick, keine Hand für sie. Die Augen hafteten am Turm und fragten: „Wird man ihn retten können?"

Man versuchte es. – Der Feuerbeamte Moltrecht[57] stieg hinauf und befahl zugleich, die Kirchenspritze und Wasser hinaufzubringen. Die Kirchenspritze war jedoch nicht in Ordnung. Die Herren Pastoren und Kirchenältesten hielten ihre Weinkeller besser, deshalb hatten sie keine Zeit, sich um die Kirchenspritze zu kümmern[58]. Man brachte Schläuche und Wasser auf den Turm und versuchte, einen Wasserstrahl zwischen das brennende Gebälk zu leiten. Er reichte aber nicht hinauf. Es brachte irgend jemand eine Leiter. Moltrecht lehnte sie an eine der Säulen und stieg mit dem Eimer hinauf, um das Wasser zwischen die Kugeln zu gießen. Es war ein schwindelnder Weg, eine waghalsig gefährliche Stellung. Die Leiter, nur einen schmalen Stützpunkt an der runden Säule findend, würde mit ihm, wenn sie ins Schwanken gekommen, durch die Kuppel hinaus in die furchtbare Tiefe gestürzt sein. Er sah neben sich die freie Luft mit Rauch und Funken erfüllt; unter sich den Hopfenmarkt voller Menschen in Pygmäengestalten, Däumlinge, die alle ihre Gesichter aufwärts gegen ihn gekehrt hatten. Seine Nerven waren aber eisenfest, wie sie bei einem Mann in der Gefahr sein müssen. Er rief den Leuten zu, die Leiter gut zu halten, und goß den Eimer nach den leckenden Flammen hinauf. Er traf sie aber nicht. Sie züngelten hinter den Kugeln. Die Leiter war zu kurz.

„Ich möchte beim Teufel wissen, was dahinten steckt und Feuer gefangen hat!" rief er, die flackernden Flämmchen betrachtend. „Die Balken brennen noch nicht. – Herrgott! Nur eine ordentliche Spritze herauf! – Ich glaube, die Zimmerleute haben Hobelspäne beim Bauen in den Ecken liegenlassen."

„Nein, es sind Vogelnester zwischen den Kugeln!" schrie der kleine Schornsteinfeger. – „Dort, wo es brennt, ist ein großes Habichtsnest, und da und dort sind Dohlennester, die verlassen sind, seit der Habicht hier ist. – Ich habe schon mehrmals versucht, die Jungen auszunehmen, aber es ist nicht möglich, da hinaufzukommen, ohne den Hals zu brechen."

Man versuchte nochmals, die Glut mit den Eimern zu löschen, allein vergeblich. Sie griff weiter, und es fing in der verdeckten Spitze an zu prasseln und zu knacken. Bald fielen einzelne glühende Kohlen herab. Die Flammen krochen unter dem Kupfer hervor und liefen nach dem Kreuze hinauf. Der Sturmwind pfiff zwar durch die Säulen und blies das Feuer auf Augenblicke aus, aber nur, um es dann wieder stärker anzublasen.

Die Männer oben standen in verzweifeltem Schweigen. Einige ergriffen die Flucht und eilten die Treppen hinab. Mehrere Zimmerleute, die mit einem Stadtbaumeister heraufgekommen waren, standen auf ihre Äxte gelehnt und blickten kummervoll auf das Meisterstück und den Stolz der Zimmerkunst, den Holzbau des Turmes, der jetzt der Vernichtung anheimfallen sollte.

Moltrecht sah ihre Mienen und ihre Äxte. Ein Gedanke fuhr durch seinen Kopf.

„Hierher, Leute!" rief er. „Haut die Säulen durch! Hier auf der Luvseite, wo der Wind herkommt. – Dann stürzen wir die ganze Seite hinunter und retten vielleicht das, was unter uns ist."

„Das geht nicht!" sprach der Baumeister, eine Prise nehmend. „Wir müßten wenigstens die Hälfte der Säulen abhauen, und dann würde uns die ganze Geschichte über dem Kopfe zusammenfallen. Wir haben auch keine Zeit mehr. Da!" –

Ein Regen von glühenden Kohlen und ein furchtbares Prasseln der Flammen von oben folgte den Worten und trieb alle hinab. Es war etwa gegen drei Uhr, als die Verteidiger des Turmes die Flucht ergreifen mußten. Die alte Wendeltreppe, die aus dem Holzbau herunterführte, knackte und schwankte unter der ungewohnten Menschenlast. Der Feuerregen von oben nahm zu und trieb zur höchsten Eile. Dennoch blieben die Hinabsteigenden einen Augenblick verwundert stehen, als sie die Töne des Glockenspiels in so wilder Verwirrung erklingen hörten, als ließen die Glocken ihren Todesschrei erschallen. Ein Krachen von oben trieb jedoch alles in schleunigster Flucht hinab. Die Glocken verstummten. Das Feuer brach in den Turm hinein, und oben an der glühenden Treppe erschien der kleine Schornsteinfeger, der das Spiel noch einmal in Bewegung gesetzt hatte, um die oft gehörten und angestaunten Klänge zum letzten Male zu hören. Er sprang die brennenden Stufen hinab, wobei ihn die Flammen wie böse Geister verfolgten. Von Rauch und Funken geblendet, tat er einen Fehltritt und stürzte eine Strecke hinab, wo er besinnungslos mit gebrochenem Bein liegenblieb. Ein mitleidiger Spritzenmann trug ihn fort und legte ihn in einer Straße auf ein Sofa, das er dort fand.

Etwa eine Stunde, nachdem die Männer vom Turme weichen mußten, brach seine Spitze herab und zerschmetterte das Kirchendach sowie das der Predigerhäuser, aus denen sogleich die Flammen schlugen. Der Turm erschien jetzt wie ein riesiger Schmelzofen voll Glut erfüllt. Die Luft stürzte unten in alle Öffnungen und fuhr mit entsetzlichem Heulen und Krachen samt der Lohe oben hinaus. Eine Flamme von nie gesehener Größe entstieg dem Holzbau, von dem die Kupferdachung teils in grünen Flammen verbrannte, teils schmelzend herablief, bis das ganze innere Balkenwerk des Aufsatzes rotglühend erschien, was den Anblick bot, als sei es von purem Gold. – Aller Blicke hingen staunend daran. Es war wie in einem furchtbaren Zaubermärchen, denn die vier kolossalen Rinnen mit den abenteuerlichen Drachenköpfen an der Galerie spien Kaskaden von glühendem, geschmolzenem Kupfer herab, die alles, was lebte, unten verjagte. Die Glocken fielen in Tropfen hinunter, und gegen halb sechs Uhr brach das goldige Gerippe zusammen und trieb eine Glutsäule aus den Turmmauern gegen den Himmel, die die Höhe des Turmes vierfach überstieg und dem Ausbruch eines Vulkans gleichkam. Dann erschien ein dicker, massiver Qualm, der alles verhüllte und sich wie Hagel zur Erde herabsenkte, bis er anfing, rötlich zu schimmern, und bis ein unbeschreiblicher Kohlen- und Brandregen daraus hervorbrach, der die Stadt nach allen Richtungen überschüttete und an hundert Orten zugleich zündete.

Entmutigung, Flucht, Geschrei und Verzweiflung, unendliche Verwirrung war die Folge dieser Szene. Kein Mensch und keine Gegend der Stadt fühlte sich nun noch sicher. –

Der Qualm war gewichen, die glühenden Mauern des Turmes und der Kirche standen klar in der Luft, und zwar in hellen, goldigen Farben. Die alten Spitzbogenfenster waren von der inneren Glut wie von geschmolzenem Gold erfüllt, während hoch aus dem obersten Turmstumpf eine gigantische, spitze, hellgrüngoldige Flamme ohne jeden Rauch flackerte. Eine Opferflamme auf dem Grab eines stolzen Bauriesen der nordischen Hansestadt, die weit in das Land hinaus leuchtete und die Nachbarn zur Hilfe herbeirief.

So weit aber auch die Flamme ihr Licht hinauswarf, so weit trat alles andere in den Hintergrund. Neugier und Mitleid für die brennende Stadt erfüllte jedes Gemüt. Der Trieb zu helfen erwachte, und was im Umkreise vieler Stunden zum Löschen der Flammen dienen konnte, eilte dem Feuerzeichen des Turmes nach.

Eine ungeheure Menge von Wagen bedeckte alle Landstraßen, die nach der Stadt führten. In unabsehbaren Reihen zogen sie leer hinein, um mit den verschiedensten Gegenständen beladen wieder herauszukommen und Waren, mit Hausrat untermischt, zu den Seiten des Weges, auf Wiesen oder an sonstigen Plätzen abzuladen. Die angsterfüllten Leute schleppten auf die Straßen, was ihnen in die Hände kam, warfen es auf die nächsten Wagen und ließen es wegfahren. Wohin, wußte oft weder der Besitzer noch der Kutscher. Nur aus der Nähe des Feuers, weit, weit fort. Dabei wurden die besten, wertvollsten Sachen gewöhnlich ein Raub der Flammen, während man wertloses, lächerliches Zeug mit Sorgfalt wegtrug, um es irgendwohin zu legen, wo man es nie wiederfand, oder es zur Sicherung gegen das Verbrennen ins Wasser warf.

Hatten die daherrollenden Glutwogen schon alles mit Schrecken erfüllt, so raubte ein neuauftretendes Gerücht den Leuten die letzte Fassung. „Es wird gesprengt! Man sprengt die Häuser in die Luft!“ ging wie ein Lauffeuer von Mund zu Mund und brachte die Verwirrung auf den höchsten Gipfel. „Rette sich, wer kann!“ wurde jetzt die allgemeine Losung, mit der die Straßen um die Nikolaikirche von ihren Bewohnern verlassen und dem Feuer preisgegeben wurden.

*

Es gab gewiß noch nicht zwei Menschen in Hamburg, die die Feuersbrunst mit solch teuflischer Freude wachsen sahen, wie die beiden Schurken, die das Unglück angerichtet hatten.

Trick saß hinter den Fässern verborgen und hörte auf die Sturmglocke, indem er seine Haare mit kannibalischer Befriedigung strich und den hellen Schlägen vom Turme durch dumpfe Schläge an seine Nase antwortete. Er horchte auf den wachsenden Lärm und das näher kommende Krachen und Geschrei, ließ dabei aber die Treppe, von der Stubborn kommen mußte, nicht aus den Augen und murmelte: „Oh, du wirst schon kommen! Ich kann ebensoviel Hitze vertragen wie du. – Du entgehst mir durch dein Warten nicht. – Ich warte auch!" – Er schlug wieder an seine Nase.

„Ihr habt die Stelle gut ausgesucht!" Trick fuhr zurück. Es war der Malaie, der sich die Hände vor Freude rieb.

„Es brennt jetzt nach der Kirche zu", sprach er, „wenn diese gefaßt wird, gelingt es noch, daß wir ein Nebengeschäftchen machen! – Denn der Wind steht prächtig und bläst immer besser. Ich helfe bald ein wenig nach. – Wie sieht es mit unserm Manne aus?"

„Ich warte auf ihn!" knurrte Trick, dem der Malaie gar nicht gelegen kam.

„Wo sind Eure Leute?" fragte dieser.

„Der Teufel weiß es. Jedenfalls dort, wo es zu saufen gibt. – Oh, hätte ich doch einen Tropfen! – Ha, da kommt er!" zischte Trick, nach der Treppe blickend, die Stubborn herabstieg, der die Wohnung verließ, sobald sein letzter Wächter davongelaufen war. – „Ha, wie er sich umsieht, ob er allein ist! – Wenn nur Schwarz nicht etwa kommt! Nur jetzt nicht, guter Teufel, der mich bisher beschützt hat! – Er hält einen Schlüssel in der Hand. Ha, ha, zur Tür, wo unser Geld liegt – Halb und halb! Was will er? – Alle Donner!"

Mit diesen Worten kroch Trick vollständig hinter die Fässer, denn Stubborn kam gerade darauf zu und schlich vorsichtig nach der Tür des Schuppens, in dem der Dampfkessel lag. Er sah nochmals im Hof umher, schloß dann auf und schlüpfte hinein, indem er die Tür anlehnte.

Drinnen horchte er. Der verworrene Lärm auf den Straßen klang nur dumpf wider, aber die Schläge der Sturmglocke hörte er deutlich und konnte die Vorstellung nicht loswerden, daß man sie seinetwegen ziehe, damit die ganze Stadt auf die Beine komme und ihn nicht mit seinem Geld fortlasse.

Er öffnete leise die Klappe des Dampfkessels, denn er fürchtete den Widerhall darin. Dann horchte er nochmals und kroch langsam in den Kessel, dessen Tür er anlehnte. Er wollte eben das Stück Segeltuch davorhängen, als er draußen Lärm und seinen Namen rufen hörte.

„Er ist hier in diese Ecke gegangen und muß in dem Schuppen sein“, sagte eine Stimme ganz nahe der Tür. „Er konnte uns nicht entwischen. Ich saß seit Sonnenaufgang an der Wassertreppe, wo Wilm neben mir schlief, und vorn saß Jakob“, fuhr der Sprecher fort, in dem Trick Takel-Jan erkannte.

„Er muß im Schuppen sein!“ schrie jetzt Jakob. – „Da, der Schlüssel steckt! – Hier, Herr Schwarz!“

Stubborn drückte sich zitternd ganz in die Ecke des Kessels, während Trick draußen mit gräßlichen Verwünschungen unter ein leeres Faß kroch und lauschte.

Schwarz sprang herbei. Seine Kleider und Stiefel waren verbrannt und durchnäßt zugleich. Wilm kam von der andern Seite. Er trug einen Lederhut auf dem Kopf und den Leinenkittel der Spritzenleute, der naß und beschmutzt war. Eben erst aus einem tiefen Schlaf erwacht, hielt er ein großes Stück Holländer Käse in der Hand, von dem er abbiß, während er aus einer Weinflasche einen sehr langen Zug tat und sie dann Takel-Jan gab, der ihr vollends den Garaus machte und sie in eine Ecke schleuderte.

„Das ist ein Feuer, wie es seit Menschengedenken keins gab“, sagte er. „Kinder, der Ruhm unseres Korps geht dabei zum Teufel! – Was ist mit meinen Leuten und Sachen?“ fragte er, Schwarz die Hand reichend.

„Ich habe Euch versprochen, dafür zu sorgen. Eure Frau und Tochter sind geborgen, aber die Sachen sehen ungefähr aus wie ich selbst“, antwortete dieser.

„Alle Teufel! Da werde ich euch beide ein bißchen aufpolieren lassen müssen“, sprach Wilm, Schwarz betrachtend.

„Stubborn ist also nicht entkommen?“ fragte dieser jetzt.

„Nein! – Ich setzte mich an die Wassertreppe schlafen, und auf der Brücke steht meine Spritze, bei der zwei Leute von uns sind, die die Nacht nicht gearbeitet haben und auf ihn aufpaßten. Er ist soeben herunter und muß hier stecken“, sagte Wilm.

„Ich sah ihn in diese Tür schleichen“, fügte Jakob bei. „Wenn der Schuppen kein Loch hat, haben wir ihn drin. Suchen wir!“

Die Männer kamen herein und durchsuchten jeden Winkel. Auf die Idee, daß Stubborn durch die Putzklappe in den Kessel gekrochen sein könne, kam niemand. Da man ihn nicht fand, so vermutete man, daß er sich zwischen der Bretterwand verborgen halte oder durch ein Loch entwischt sei. – Jakob kroch unter die Dachbalken und suchte dort. Er fand jedoch nichts und blieb lauschend oben liegen.

„Hallo, Herr Stubborn!“ rief Schwarz. „Sie sind irgendwo versteckt! Sie entkommen mir nicht, denn draußen können Sie nicht fort, und hier lasse ich Sie bewachen, bis das Haus niederbrennt. – Kommen Sie gutwillig! – Was ist das?“ unterbrach er sich, nach außen horchend.

„Der Turm brennt!“ schrie ein herbeieilender Spritzenmann.

„Dann sei Gott uns allen gnädig und unserer armen Stadt dazu!“ rief Wilm erschrocken und lief nach der Brücke.

„Bleibt ein paar Minuten und bewacht den Schuppen, bis ich wiederkomme!“ sagte Schwarz und lief mit den übrigen Leuten nach dem Hopfenmarkt.

Takel-Jan und noch einer blieben im Hof und gingen abwechselnd hinaus, wo sie den Turm sehen konnten, dann beklagten beide sein Ende mit Tränen in den Augen.

„Das schöne Kupfer, womit er beschlagen ist, wird all verbrennen“, sprach Takel-Jan, sich die Augen wischend, als er die grünen Flammen sah.

Als sich im Schuppen nichts mehr rührte, glaubte Stubborn, der brennende Turm, von dem er hörte, werde alle fortgelockt haben. Er hing deshalb das Segeltuch vor die Klappe, kroch nach hinten und zündete die Laterne an, um sich schleunigst mit dem Kasten davonzumachen. Er kniete an dem Kesselsteinhaufen und grub den Kasten heraus, als er ein Geräusch hinter sich hörte, das von außen zu kommen schien und ein Echo im Kessel erweckte. Er blickte sich um und ließ den Strahl der Laterne nach vorn fallen, wo ihn unter dem zurückgeschobenen Segeltuche das Gesicht Tricks angrinste, der den Kopf zur Klappe hereingesteckt hatte.

„Ah, halb und halb!“ rief Trick. – – – Er erschrak jedoch so vor dem ungeheuren Echo seiner Stimme, daß er den Kopf schnell zurückzog. – Es war ihm, als habe die ganze Hölle drin mit „halb und halb“ geschrien. – Stubborn hielt sich beide Ohren zu und sah mit Entsetzen nach der Klappe, in der Tricks Gesicht wieder erschien.

„Ah, halb und halb!“ flüsterte der. Es schallte immer noch schrecklich laut. „Also, hier hattet Ihr es stecken? Nun kommt nur heraus damit, kommt, mein Herzchen! Wir haben gerade einen freien Augenblick. Sie sehen alle den Spaß mit dem Turm an, während wir uns zusammen drücken. Nun, wollt Ihr wohl?" schrie Trick, als er sah, daß sich Stubborn nicht rührte.

Dieser wurde durch den auf ihn eindringenden Riesenschall halb wahnsinnig gemacht und sprang wie ein Tiger nach Trick, indem er ein Dolchmesser zog und einen Stoß auf ihn führte.

Trick fuhr hinaus und schlug die Klappe donnernd zu, wonach er den Riegel vorschob. Stubborn war gefangen und sah mit Entsetzen, daß er sich ganz in Tricks Händen befand.

Er hörte, wie dieser auf den Kessel kletterte, was das unerträgliche Echo erweckte, als er darauf hinlief und nach hinten ging, wo er zum Dampfrohr hineinrief:

„He, Kompagnon! Halb und halb! Wie steht's? Wollt Ihr gutwillig herauskommen und den Kasten mitbringen, oder soll ich meine Leute holen, die hineinkommen und den Kasten allein herausbringen? Dann lasse ich Euch aber drin, damit Ihr vor dem Feuer sicher seid, wenn die Baracke hier anbrennt."

„Geh in die Hölle, du Schuft!" schrie Stubborn in das Rohr hinaus. „Ich bringe jeden um, der hereinkriechen will, und warte, bis Schwarz wiederkommt, den ich um Hilfe gegen Euch anrufen werde."

„Nun gut, Kompagnon!" war Tricks Antwort. „So müssen wir sehen, wer eher kommt. Im Notfall machen wir ein Feuer unter den Kessel und jagen Euch so heraus. Es kommt ja jetzt auf ein bißchen Feuer mehr nicht an."

Trick lief nach diesen Worten hinaus, um seine Bande aufzusuchen. Ein schwieriges Unternehmen in diesem Tumult. Er kannte jedoch seine Leute und glaubte sie dort finden zu können, wo sich die Flamme einem Weinlager näherte oder wo Goldarbeiter und Geldwechsler ihre Geschäfte trieben.

Trick war kaum aus dem Schuppen verschwunden, als sich etwas in den Dachbalken zu regen begann, aus denen Jakob herabkletterte. Dieser junge Mann fand es äußerst spaßhaft, daß der alte Geizhals in dem Kessel gefangen saß. Er klopfte daran und rief: „Lassen Sie sich die Zeit nicht lang werden. Ich komme gleich wieder", worauf er den Schuppen verließ, um Schwarz aufzusuchen und ihm die Kunde von Stubborns Aufenthalt zu bringen. Sowohl Jakob als Trick sollten lange suchen, bis sie die Ihrigen fanden.

Die Feuerwogen wälzten sich indessen auf Stubborns Haus zu, ohne sich auch nur einen Augenblick durch den Widerstand der Löschmannschaften aufhalten zu lassen, die riesenmäßig dagegen ankämpften. Der Sturz des Turmes setzte die ganze Umgebung in Brand. Es war alles verloren.

Stubborn war nach der Seite des Kessels gekrochen, wo sich das Dampfrohr befand, und horchte hindurch nach außen. Was er erst gefürchtet, das hoffte er jetzt: die Ankunft von Schwarz, der allein ihn aus den Klauen Tricks retten konnte. Er hörte das Zusammenstürzen des Turmes und wurde von einer entsetzlichen Angst erfaßt, weil er glaubte, es sei das Haus. Da er jedoch nichts auf den Kessel fallen hörte, so faßte er wieder Hoffnung und lauschte angestrengt. Es blieb alles ruhig. Eine entsetzlich lange Zeit, wie ihm die halbe Stunde vorkam, die nach dem Sturz des Turmes verging. Dann hörte er ein leises Brausen und Knattern durch das Rohr, dem dumpfe Schläge auf das Schuppendach folgten. Es waren die Hohlziegel des Hauses, die von dem brennenden Sparrenwerk absprangen und herabflogen. Haus und Hof waren von allem Lebendigen verlassen. Nur er allein saß in dem festen Eisenkessel gefangen, mit all seinem Geld gefangen und dem Feuer preisgegeben, wenn es den Weg zu ihm fand.

Er begriff seine Lage und schrie mit aller Kraft seiner Lungen um Hilfe.

Ein entsetzliches, unbeschreibliches Geschrei antwortete ihm und drohte seine Ohren zu sprengen. Er stürzte vor Schreck nieder und sah sich verstört um.

Ein neues, donnerndes Echo erfüllte den Kessel so betäubend, daß er fast besinnungslos niederfiel. Es kam von außen, vom einstürzenden Dach des Schuppens, dem dumpfe Schläge folgten, die den Kessel hie und da bogen. Stubborn schrie nochmals nach Hilfe, und abermals stürmte das Echo wie hunderttausend Teufelsstimmen auf ihn ein, schrillend und gräßlich bis in die höchsten Töne hinauf und so Mark und Bein durchdringend, daß er ohnmächtig zusammenbrach.

Als er erwachte, war jeder Lärm von außen erstorben, nur schwaches Knistern und Knacken vernahm er. Die Hitze im Kessel war indes so gestiegen, daß ihm der Schweiß vom Leibe rann. Er stürzte nach der Klappe und machte Riesenanstrengungen, sie zu öffnen. Umsonst! Er wollte um Hilfe rufen, aber er fand es auf einmal lächerlich, da er so gut verborgen war. Das Blut drang siedend nach seinem Kopf und kochte dort den Wahnsinn. Er lachte laut und horchte auf das schreckliche Gelächter, das ihm antwortete. Er sah nach seiner Laterne, deren Licht bald abgebrannt war, aber was kümmerte ihn das? Wurden nicht die Eisenplatten des Kessels über ihm langsam rotglühend von den brennenden Trümmern, die auf ihm loderten? Er kroch wieder nach der Laterne und fiel mit dem Gesicht auf den Kesselstein, aus dem er Kühlung sog. Dann setzte er sich und zog gedankenlos die Uhr aus der Tasche, um zu sehen, wie spät es sei. Sie stand still. Die Eisenplatten vorn fingen an stärker zu leuchten. Die Hitze stieg. Von Stubborns Stiefeln lösten sich die Sohlen. Das Leder rollte sich zusammen, er atmete glühende Luft.

Der Elende sank abermals auf sein Gesicht nieder und begrub es samt den Händen in den kühlen Kesselstein. Er raffte sich wieder auf, zog sein Notizbuch, legte sich neben die Laterne flach auf den Boden und schrieb:

„Es gibt eine Hölle. Ich habe sie herausgefordert. Es gibt eine Hölle, ich fühle sie in und außer mir. Wenn es ewig so dauern sollte! Entsetzlich! Alles, was hier liegt, gehört Ernst Schwarz. Alles unter mir, über mir glüht es – die Hölle – die H–“

Der Unglückliche warf sich auf das Gesicht und wühlte es mit den Händen in den Kesselstein, bis es auf dem Kasten lag. Er zuckte noch einigemal krampfhaft mit den Armen, dann war er ruhig und rührte sich nicht mehr.

Die Laterne verlöschte, aber die Decke des Kessels war glühend geworden und warf ein rotes Licht hinein, das den Mann am Boden nicht im Finstern ließ.

*

Die Spritze auf der Brücke der Grütztwiete mußte ihren Posten verlassen, als das Feuermeer über die Dächer daherbrauste und das bewachte Haus mit in Flammen setzte. Die Häuser vom Rödingsmarkt brannten; Wilm wie Takel-Jan zogen sich halb versengt zurück. In diesem Augenblick kamen Schwarz und Jakob an.

„Ist er noch drin?“ schrie Schwarz Wilm zu.

„Er muß drin sein. Wir haben ihn nicht herauskommen sehen. Aber bleiben Sie. Es ist zu spät!“ rief Wilm.

„Er steckt im Kessel!“ sagte Jakob und sprang, nachdem sich beide aus einem vergessenen Wasserfaß mit Eimern überschüttet hatten, Schwarz durch Rauch und Funkenregen nach.

„Es ist zu spät!" schrie Wilm nochmals und sah erstaunt die Gestalt eines Mädchens in das Haus laufen. Er erkannte die Tochter Stubborns, der der Polizeimann Stork folgte, um sie zurückzuhalten. Der wackere Mann brach jedoch vor dem Hause zusammen und murmelte: „Ich kann nicht mehr." Seine Hände und Kleider waren verbrannt, die Haare versengt. Er hatte seit Mitternacht gerettet, geholfen und gegen Gesindel gekämpft, ohne einen Bissen zu genießen, er fand Berta, die Wohnung ihres Vaters suchend, als er sich eben niederwerfen wollte. Er brachte sie her, denn er wußte nicht, daß es hier bereits brannte, und stürzte nun zusammen, als er das Mädchen Ernst Schwarz folgen sah.

Die Spritzenleute schleppten ihn weg, während Wilm und Takel-Jan ein Bootssegel ergriffen und es in eine Wasserkope tauchten. Dann rannten sie damit in den Funkenregen des Hauses.

Schwarz stand einen Augenblick Atem holend im Hofe und wollte eben mit Jakob nach dem Schuppen gehen, als er sich festgehalten fühlte. Er wandte sich um und sah mit dem größten Erstaunen Berta neben sich stehen.

Das Mädchen war wunderbar schön anzuschauen. Das lose, prachtvolle Rabenhaar hob das blasse Gesicht und die glühenden Augen hervor. Sie sah Schwarz unbeschreiblich rührend an und hob die Hände bittend gegen ihn auf, indem sie sprach:

„Verderbe ihn nicht. Er ist mein Vater!"

„Verderben? Nein, Mädchen! Retten will ich ihn und vor Trick sichern. Dir zuliebe!"

Berta breitete ihre Arme gegen Schwarz aus.

„Alle Donner", schrie Jakob erstaunt, „das ist ein schlechter Platz für Rendezvous!" wobei er Berta packte und zur Seite riß, weil eben ein Hagel von Ziegeln und brennenden Holzstücken niederprasselte. Jetzt liefen auch Wilm und Takel-Jan herbei, die, ohne ein Wort zu sagen, das nasse Segel über das Mädchen warfen, deren Kleider bereits an mehreren Stellen glimmten, und sie so in Sicherheit brachten, denn die Hintergebäude fielen eben krachend über dem Schuppen zusammen. Die Trümmer flogen um Schwarz. Er mußte mit Jakob den Männern eilig folgen und den gefangenen Stubborn seinem Schicksal überlassen.

Es gelangten alle glücklich aus der brennenden Straße und suchten auf dem Rödingsmarkt Schutz und Erholung. Hier erzählte Schwarz, wo Stubborn sei, und sprach die Hoffnung aus, ihn lebend in dem Versteck zu finden, sobald man in das Haus kommen könne.

Takel-Jan, der ein Brot, ein großes Stück Speck und einige Flaschen Wein irgendwo geholt hatte und dies mit dem Polizeimann einträchtig verzehrte, teilte diesem die leise Bemerkung mit, daß man den Alten wohl etwas gebraten finden würde. Herr Stork murmelte: „Der Geiz, der Geiz!" worauf er bedauerte, daß Herr Trick nicht bei seinem Prinzipal sei, oder noch lieber seine Stelle allein eingenommen habe. Mit diesem Wunsch fiel er in ein Packen Wäsche zurück, um einzuschlafen.

Nielsen war gekommen. Er sagte Schwarz, daß er in der Hoffnung sei, den Malaien zu finden, der bei dieser Gelegenheit seine Räubernatur nicht verleugnen werde. Er hielt sich bei der Sachlage für sicher, da die Polizei mehr zu tun habe als auf ihn zu fahnden. Der Malaie müsse aber, tot oder lebendig, wieder in seine Hände kommen. Als er Stubborns Lage erfuhr, flog ein grimmiges Lächeln über sein Gesicht, das jedoch verschwand, sobald er auf Berta blickte, die Schwarz nach Haus führte, nachdem man einen Ort der Zusammenkunft in St. Pauli besprochen. Der Lotse ging in die brennenden Straßen, um seinen Feind zu suchen.

Es war Abend, aber die Nacht, die ihm folgte, brachte keine Dunkelheit mit, denn die brennende Stadt leuchtete weit über ihre Wälle hinaus.

Das Feuer fraß nach der Windrichtung fort. Der Widerstand war fast gänzlich aufgegeben. Alle flüchteten wild durcheinander und trugen mit sich fort, was sie eben aufraffen konnten. War in einigen Straßen die größte Verwirrung, eine Menschen- und Wagenflut, so standen andere, in denen noch kein einziges Haus brannte, gänzlich verlassen und totenstill. Die Türen der Häuser und Wohnungen waren weit geöffnet. Einzelne Diebe trugen in aller Ruhe daraus fort, was ihnen gefiel, und niemand hielt sie dabei an oder störte sie. In der Bohnenstraße standen die Fenster größtenteils offen, aus denen die Vorhänge wie Gespenster hingen oder im Winde wehten.

Hier schlich der Malaie in ein Haus, wie er dies schon auf der Neuen Burg getan. Er blieb eine Weile und kam dann vorsichtig wieder heraus, worauf er die Straße eilig verließ und sie von der Ecke aus beobachtete. Bald nach seiner Entfernung drang Rauch aus dem Hause, und die Flammen brachen durch das Dach und die Fenster. Der Mordbrenner sah nach seinem Kompaß und ging weiter, um das Feuer zur Bank zu leiten.

Es war eine furchtbare Nacht. Viele Hamburger, die im Vertrauen zu ihren Löschanstalten an diesem schönen Festtag weite Landpartien gemacht hatten, fanden, als sie abends zurückkehrten, weder ihr Haus noch ihre Straße wieder und wußten nicht, wo die Angehörigen hingekommen waren, oder wo sie selbst ihr Haupt niederlegen sollten.

Auch Bernhart und Schnepfe verließen schon bei Tagesanbruch die Stadt. Sie trieben in einem Boot mehrere Stunden weit stromab, wo Bernhart Studien machte, während Schnepfe auf derselben Unglücksinsel, die Wöllers damals in Besitz genommen, eine Stegreifküche errichtete und ein wunderliches Mahl aus den Vorräten des Bootes herstellte. Er wurde von keinem Räuber gestört, denn die Finkenwerder waren alle nach Hamburg gesegelt. Die Freunde verbrachten den ganzen Tag ahnungslos in der tiefsten Einsamkeit und wurden erst gegen Abend von einem herabkommenden Ewer angerufen, der sie fragte, ob sie Hamburger wären. Als sie dies bejahten, rief man ihnen zu, ob sie denn nicht wüßten, daß die ganze Stadt brenne, der Nikolaiturm stehe in Flammen.

Die jungen Leute sprangen sogleich in ihr Boot und setzten das Segel auf, um hinaufzukommen. Sie fuhren gegen den Ebbestrom und brauchten lange, bis sie die Biegung erreichten, wo sie die Stadt sehen konnten. Es war Nacht geworden, als sie bei Altona ankamen und das Flammenmeer erblickten. Sie gaben das Boot in Verwahrung und liefen eilig zur Stadt, wo sie etwas Unerhörtes fanden. Die Tore standen weit offen, aber die Beamten verlangten keine Torsperre und sahen müßig und staunend auf den Menschen- und Wagenstrom, der sich brausend durchwälzte. Es gab zwar einige Verrückte, die aus langer Gewohnheit an die Fenster gingen und ihre Schillinge hinlegten. Der Einnehmer nahm sie mechanisch, aber die Markenabnehmer sahen dem Wahnsinnigen erstaunt nach. Auch die Akzise hatte ihre Fänge eingezogen, und ihre Beamten sahen verblüfft in das Gedränge.

Herr Scapin wandelte seit Mittag in der brennenden Stadt umher und trug einen chinesischen Lehnstuhl von Bambusrohr, den er in einer Straße fand, auf den Kopf gestülpt. Er hielt dieses Möbel für einen guten Schutz gegen herabfallende Dachziegel, während er an stilleren Plätzen zum Ausruhen diente.

Unter dem Arme trug er einen Schinken, über den er gestolpert war. Mit diesen Gegenständen beladen, wand er sich zum Großneumarkt durch, um nach St. Pauli zu gehen. Der Brand des Nikolaiturmes hatte alle seine Ansprüche an das Schrecklich-Schöne vollkommen befriedigt. Er war ein so konsequenter Egoist, daß ihn selbst eine brennende Stadt nicht aus seinem Gleichmut bringen konnte. Auf dem Neumarkt traf er Bernhart und Schnepfe, die er anrief.

„Haben Sie alles glücklich fortgebracht?“ fragte er.

„Fortgebracht?“ fragte Bernhart. „Wir kommen eben von der Elbe zurück, wo wir weit unten waren, und wollen nach Hause.“

Scapin nahm den Stuhl vom Kopf und schlug die Hände darüber zusammen.

„Oh, ihr Unglücksvögel!“ schrie er. „Nach Hause wollt ihr? Es gibt für euch kein ‚Nachhause‘ mehr. Daß euch der Kuckuck aber auch gerade heute auf das Wasser führen muß! Dann habt ihr wohl die Kirche gar nicht brennen sehen? Das ist Pech! Da habt ihr wahrlich viel versäumt.“

Die Freunde gelangten bis zu einem Punkt, wo sie mit Schrecken ihr Haus erblickten, oder vielmehr nicht erblickten. Der ganze obere Teil war verschwunden, und mit ihm alles, was die jungen Leute besaßen. Sie standen und schwiegen bestürzt.

„Meine Studien!“ jammerte endlich Bernhart.

„Laß dich's nicht kümmern!“ rief Schnepfe, ihn fortziehend. „Es ist ein Glück, daß ich meine Papiere noch beim Prinzipal habe. Komm! Ich will sie holen und zu mir stecken, denn er kann auch abbrennen. Gräme dich nicht. Du sollst bald andere Studien machen. Ich werde dafür sorgen. Weißt du, was der Dichter sagt:

Einen Blick
nach dem Grabe
seiner Habe
sendet noch der Mensch zurück –
greift fröhlich dann zum Wanderstabe.

Komm, damit uns die Mauern nicht auf die Köpfe stürzen.“

Bernhart warf noch einen Blick nach der Höhe, wo sonst sein Atelier war und wo jetzt die Flammenspitzen in der Luft spielten. Ein Krachen in seiner Nähe schreckte ihn auf. Er verließ mit Schnepfe die brennende Straße und ging nach der Petrikirche zurück.

„Was fangen wir jetzt um Gottes willen an!“ rief Bernhart. „Wir haben nichts, als was wir auf dem Leibe tragen!“

„Omnibus mea mecum porto[59], würde Herr Henri sagen“, sprach Schnepfe.

„Nun wahrhaftig, wenn du noch Lust zum Spaßen hast, dann muß es nur die Aussicht auf die Erbschaft machen“, bemerkte Bernhart seufzend. „Ich habe aber gar nichts mehr! Zum Glück indes doch noch etwas Malzeug im Boot.“

„Und dein Landgut“, lachte Schnepfe.

„Das mag meinetwegen auch der Teufel holen!“ rief Bernhart ärgerlich.

„O nein, der Himmel erhalte es dir. Ich denke, wir ziehen nächstens hinaus, denn wenn es so weiterbrennt, werden die Wohnungen rar werden. Was meinst du?“ fragte Schnepfe.

Bernhart gab keine Antwort und konnte Schnepfes gute Laune nicht begreifen. Die Freunde fanden Scapin an der Kirchenmauer, wo sie ihn verlassen. Um ihn tobte die Flucht über die nächsten Straßen. Er war jedoch durch einige Fässer geschützt und schlief so ruhig, als sei der ganze Brand eine Theatervorstellung und er sitze im Parterre.

Die Freunde setzten sich neben ihn und blickten stumm in das Gewühl und den Funkenregen, der wie Schneeflocken von den Dächern in die Straße flog. Es kam ein Gefühl der Verlassenheit über sie, als sie daran dachten, wie ihre Wohnstätte mit allem Besitztum so plötzlich während ihrer kurzen Abwesenheit von der Erde vertilgt und sie jetzt ganz heimatlos waren.

Ein dumpfer Knall, der den Erdboden zittern machte und vom Sprengen eines Hauses herrührte, erweckte gegen ein Uhr den schlafenden Scapin. Er stand auf und erklärte, es wäre Zeit, nach Hause zu gehen.

Die Freunde berichteten, daß von ihrem Haus nur noch die Tür und die dazu führenden Stufen vorhanden seien.

„Das ist allerdings sehr wenig“, bemerkte Scapin. „Es ist aber immer noch besser, als wenn von euch nur noch die Stiefel da wären; deshalb seid froh, daß ihr gesund darinsteckt, und kommt mit mir.“

„Auch alle unsere Wäsche ist dahin!“ klagte Bernhart. „Es ist ein gräßlicher Gedanke, nur mit einem Hemd in der Welt zu stehen, und anschaffen kann ich mir in der nächsten Zeit nichts.“

„Trösten Sie sich mit Spickmann, dessen einen Ölspeicher ich heute nachmittag brennen sah. Es wäre ein Studium für Sie gewesen, die verschiedenen Farben der Flammen zu sehen. Da brannte Rüböl, Leinöl, Provenceöl, Terpentinöl, Palmöl, Zitronen-, Nelken-, Lavendel- und sogar Rosenöl, jedes mit einer andern Farbe. Ein paar hundert Fässer Leinsamen flogen brennend in die Luft, und wie mir einer sagte, ging dort ziemlich eine Million verloren. Trösten Sie sich deshalb über Ihre paar Ölfarben, denn in diesem Augenblick brennt wahrscheinlich schon das zweite Spickmannsche Öllager, und es scheint mir, daß ich einige Millionäre nicht mehr zu verachten, sondern zu bedauern haben werde."

Bei diesen Worten hatte der Zyniker den Bambusstuhl wieder auf den Kopf gestülpt und den Schinken in den Arm genommen, worauf er den Vorschlag machte, nach der Lombardsbrücke an der Alster zu gehen, wo man einen Überblick nach dem Feuer haben könne. Man ging dorthin und sah, daß keine Hoffnung sei, den Flammen ein Ziel zu setzen.

Bernhart und Schnepfe erklärten, in der Stadt bleiben zu wollen, um zu helfen und zu beobachten.

„Gut, so bleibt!" sprach Scapin. „Da man euch aber weder beim Retten noch bei den Spritzen helfen lassen wird, denn ich bin dort wiederholt weggejagt worden, so beobachtet und bleibt hier in den Promenaden sitzen. Ich lasse euch den Stuhl und den Schinken hier und hoffe beides morgen früh unversehrt wiederzufinden, obgleich ich dies vom Schinken bezweifle."

Scapin stellte den Lehnstuhl auf einen erhöhten Rasenplatz, auf dem schon eine Menge Gegenstände lagen, bei denen einige junge Damen saßen und weinend nach der Glut hinüberblickten, die sich in der Alster spiegelte. Er drängte sich zwischen dem Strom der Menschen und Fuhrwerke zum Dammtor hinaus, von wo er nach St. Pauli hinüberging, um sich in sein Bett zu legen.

Schnepfe konnte den Jammer der jungen Damen nicht lange mit ansehen, ohne teilnehmend zu fragen, ob er helfen könne und wo es fehle. Die armen Kinder waren gleichfalls um ihren Wohnsitz gekommen und wußten nicht, wo die Eltern waren, dazu plagte sie noch der Hunger, denn sie gestanden, daß sie seit vormittags nichts gegessen hatten. Der Schinken mußte hier aushelfen, während Bernhart nach St. Georg ging, um Wein und Brot zu holen.

Das Geschick waltete furchtbar über der Stadt. Wo sonst Komfort und froher Lebensgenuß war, lag jetzt Schutt und Asche. Die heimatlosen Bürger saßen auf den Wällen neben den Trümmern ihrer Habe, getrennt von den Ihrigen, ohne Lebensmittel und Kochgeschirr, so daß Szenen wie die, als Bernhart und Schnepfe den Schinken unter die jungen Damen teilten und die Flasche dabei herumgehen ließen, hundertfach vorkamen. Das entfesselte Element schritt vernichtend weiter. Bei Tagesanbruch fiel ihm das alte, ehrwürdige Rathaus zum Opfer, das man, um die Stadt zu retten, in die Luft sprengte. Das Feuer fraß sich jedoch gierig durch seine Trümmer und wälzte sich unaufhaltsam vor dem Winde fort.

Die Börse von Flammen umhüllt

Sechsundfünfzigstes Kapitel

# Es schmelzen Millionen

Als Trick den gefangenen Stubborn verließ, ging er zum Hopfenmarkt, wo er einige seiner Bande zu finden hoffte. Er blieb hier kurze Zeit stehen und betrachtete den brennenden Turm, wobei er mehrmals an die Nase klopfte und murmelte: „Alle Teufel! Da haben wir ja was Schönes angerichtet. Das ist ein Mordskerl. Ich glaube wahrhaftig, er dirigiert das Feuer nach der Bank hin. Nun, nur zu! Auf die Art werde ich ihn los. Wenn ich nur den Kerl allein aus dem Kessel kriegen könnte. Es geht aber nicht. Ich muß die Bande suchen. Die Idee mit der Bank ist übrigens nicht schlecht", brummte er im Weitergehen. „Hm, Mister Djal, wahrhaftig, Ihr seid ein Genie. So hätte ein deutscher Spitzbube die Umstände nicht benutzt. Der Kerl müßte bloß eine Bande von tausend Mann haben, er wär imstande, alle Hansestädte auszuräumen. Die Bank, die Bank! Das ist eine sehr gute Idee. Lassen wir Herrn Stubborn ein wenig sitzen. Ha, ha, nehmen wir ein Bankkonto, ohne abschreiben zu lassen. Geht's Geschäft mit der Bank, so mag Schwarz den Vogel aus dem Käfig holen. Ich hole die Silberbarren mit meinen Zimmerleuten. Eine Schute voll wird's tun. Ha, ha, und dem Malaien stecken wir ein paar in die Taschen und lassen ihn damit über Bord fallen. So!"

Trick lief überall umher, wo die Gefahr naherückte. Er ging in alle Weinlager, die die Flammen bedrohten, nach allen Geschäften, wo sich wertvolle Sachen befanden, ohne einen seiner Freunde zu treffen. Endlich rannte er nach Stubborns Wohnung zurück. Er hatte den verzweifelten Entschluß gefaßt, den Geizhals auf jede Art aus dem Kessel zu treiben, nötigenfalls ein Feuer darunter anzuzünden und die Klappe zu öffnen. Er trug eine Eisenstange in der Hand, die er von der Straße aufgehoben, um ihn damit auf den Kopf zu schlagen, wenn er herauskröche, und war entschlossen, die Sache zum Ende zu führen, mochte es gehen, wie es wollte.

Als er an den Rödingsmarkt kam, fand er die Straße niedergebrannt und das Haus zusammengestürzt. Die brennenden Trümmer lagen über dem Schuppen, in dem sich der Kessel befand. Trick warf die Eisenstange von sich und kehrte mit einem schrecklichen Fluche um. Er nahm seinen Weg nach dem Tiefen Keller und stieg hinab.

Die Höhle bildete einen schauerlichen Gegensatz zu dem Treiben auf der Oberwelt. Die tiefste Stille herrschte hier. Nur der Wirt saß neben seinem Talglicht, das heute keinen Hof im Tabaksnebel bildete. Unter den Tischen lagen verschiedene Gegenstände übereinandergeworfen, die von den Bettlern „gerettet" und einstweilen hier geborgen waren, während unter dem Büfett und in einem Fasse, auf dem der Wirt saß, eine Menge silberner Löffel, Messer und Leuchter hervorglänzten.

„Waren die Zimmerleute nicht hier?"

„Haben Verschiedenes gebracht. Aber viel Arbeit heute. Sind gleich wieder fort", grinste der Wirt.

„Gebt mir etwas. Etwas Starkes, und zu essen", sprach Trick mit heiserer Stimme.

„Was wünschen Sie?" fragte der Wirt dienstfertig.

„Das Beste, was da ist!" rief Trick, sich auf eine Bank werfend.

„Ich habe da gerade echten Dry-Madeira, aber die Flasche zu zwei Mark."

„Ganz egal!" drängte Trick, „laßt's Dry-Madeira sein, jedoch schnell. Ich bin ausgetrocknet wie der alte Kran."

„Zu essen?"

„Das Beste, was da ist! Alle Donner! Macht, oder ich werfe Euch die Flasche an den Kopf!" schrie Trick ungeduldig.

Der Wirt verschwand und brachte ein großes Stück geräucherten Lachs und eine Flasche, worüber sich Trick wie ein hungriger Wolf hermachte. Als er fertig war, sprach er:

„Wenn der große Zimmermann kommt, so sagt ihm, er soll um zwölf Uhr an den Brodschrangen, bei der Hohen Brücke sein und so viel Leute mitbringen, wie er kann."

Trick eilte die Kellertreppe hinauf und nach dem brennenden Stadtteil, wo er von neuem nach den Zimmerleuten zu suchen begann.

Es war ein gefahrvoller Weg, den er wanderte. Durch brennende Straßen und stürzende Mauern lief er dahin und suchte alle Orte auf, an denen er das Raubgesindel zu finden glaubte. Er fand auch genug davon, aber lange nicht seine Leute. Er wagte zehnmal das Leben, um ihnen zu begegnen. Man sprengte Häuser in die Luft, damit dem Feuer eine Grenze gesetzt würde. Er sah die zentnerschweren Pulverfässer neben sich liegen und die Funken darauf herabregnen. Man schrie ihm zu: „Pulver!" Es rührte ihn nicht. Er fand es sonderbar, daß die Fässer bei dem Feuerregen nicht in die Luft gingen, und sah ruhig zu, wie man ein halbes Dutzend davon in einen Keller trug und Butterfässer darauf packte, um die Grundmauern des Hauses sicherer zu stürzen. Er wartete dann ruhig, bis die Explosion erfolgte. Das Haus stürzte zusammen und wurde durch die auffliegenden Fässer förmlich in Butter gebraten, da die Pulverflamme diese schmolz. Ein Regen von Balken, Steinen und Dachziegeln prasselte auf die Umgebung herab, die dicke Staubwolke der einstürzenden Mauern senkte sich und ließ die Trümmer erkennen, durch deren fettgetränktes Holzwerk sich die Flamme gierig weiterfraß, um die nächsten Häuser zu fassen.

Die Behörden waren gänzlich machtlos, die Polizei nach allen Seiten zerstoben und der Senat im Begriff, die Stätte zu verlassen, auf der seit Jahrhunderten sein Sitz gewesen. Die Ingenieure erklärten, das Rathaus müsse gesprengt werden, wenn man die Bank und das Archiv retten wolle. Es begann jetzt ein Wetteifer, die wichtigen Papiere zu retten. Man schleppte die alten Dokumente und Akten herab und lud sie auf Wagen, deren lange Reihe nach der Michaeliskirche zog, um sie dort in die Gewölbe abzuladen. Die baren Geldvorräte warf man in Schubkarren und fuhr sie nach der Bank, wo sie zu dem Silber gelegt wurden.

Indem man noch mit dem Fortschaffen der wichtigen Papiere beschäftigt war, trugen die Kanoniere der Bürgerartillerie Pulverfässer in das Rathaus. Die Leute hätten wohl nimmer gedacht, daß sie dies zur Vernichtung ihres eigenen Stadthauses tun würden. Man schaffte achthundert Pfund Pulver in ein Parterrezimmer, stellte Tische, Stühle, Schränke und eiserne Geldkassen darauf und machte dann den Zünder fertig. Jetzt stürzte alles in wilder Flucht davon. Man ließ von den Papieren, was noch da war, liegen, wodurch vieles Wichtige vernichtet wurde. Die Bürgergarde mußte mit gefälltem Gewehr einen Ausfall auf das Publikum machen, um es aus der gefährlichen Nähe wegzutreiben, da es unmöglich war, sich den Leuten verständlich zu machen. Man zündete die Lunte an, und es erfolgte eine Explosion, die dem ergrimmten Publikum erst die Ursache des Angriffes der Bürgergardisten klarmachte, über die man eben herzufallen im Begriff war, als der Erdboden wankte und ein großer Teil des alten Rathauses zusammenstürzte. Dabei flogen Steine, Balken und sonstige Trümmer nach allen Seiten. Die Schornsteine der nachbarlichen Häuser fielen herab. Die Dachziegel folgten ihnen. Alle Fensterscheiben der Umgegend flogen in Splitter, die klirrend, Schneeflocken ähnelnd, herunterkamen; was lebendig war, floh mit Entsetzen davon, indem alles Gerettete zurückblieb, den Flammen zum Raube.

Trick wurde mit dem Menschenstrome fortgerissen und konnte sich erst in einer Nebenstraße aus dem Gedränge winden. Er wollte die Suche nach den Zimmerleuten wieder beginnen, als er sich am Arme festgehalten fühlte. Der Malaie stand neben ihm und rief mit lachendem Gesicht:

„Die Bank! Die Bank! Kompagnon, wir haben sie! Schafft eure Bande, daß wir die Silberbarren holen können. Solange die Stadt hier noch brennt, können wir ungehindert damit in See gehen."

„Hallo! Hierher, Kameraden!" schrie eine Stimme neben dem Seeräuber, der, als er sich umblickte, einen Feldwebel der Bürgergarde sah, denselben mit der Rotweinnase, der Bernhart damals den Wachzettel brachte. – „Hallo! Haltet den Engländer hier fest, er will die Bank berauben! Haltet beide!"

Noch ehe aber einer der zerstreuten Bürgergardisten zu dem Feldwebel gelangen konnte, erhielt dieser von dem Malaien einen so gewaltigen Faustschlag vor die Nase und zugleich einen Stoß auf die Brust, daß er an ein Haus taumelte und die Besinnung verlor, während Trick den Piraten fortriß und im Gedränge mit ihm verschwand. Der arme Feldwebel, dem seine Kenntnis der englischen Sprache zu einer breitgeschlagenen Nase verhalf, erholte sich erst wieder, als sein Angreifer längst fort war. Er hatte sich jedoch seine Physiognomie wohl gemerkt und sorgte für eine möglichst scharfe Bewachung der Brandstätte, wo die Silberbarren lagen.

In der nächsten Straße traf Trick endlich einige von seiner Bande, die eben ein Haus durchsuchten und ausräumten, d. h. nahmen, was ihnen gefiel. Als er jedoch unter sie trat und verlangte, daß sie ihm folgen sollten, hob einer seine Axt gegen ihn auf und schrie: „Fort, alter Esel! Wir brauchen dich jetzt nicht und holen, was wir wollen."

Trick griff sich in die Haare und knirschte: „Oh, ihr Schufte! Jetzt wollt ihr mich wegen solchem Lumpenkram, den ihr da habt, im Stiche lassen, wo es Millionen zu holen gibt? Wo ist der große Zimmermann?"

„Er ist nach dem Burstah, wo wir uns im Weinkeller an der Heiligengeistbrücke treffen wollen, wenn es Tag wird", sagte einer von der Bande.

„Spricht einer von euch Englisch?" knurrte Trick.

„O yes!" antwortete ein Strolch.

„Gut! Dann bleibt hier bei dem, der wird euch hinführen, wo es was Ordentliches zu holen gibt. Nach der Bank!" wandte er sich an den Malaien, indem er ihm den Dolmetscher als solchen bezeichnete. „Ich komme mit den anderen dorthin."

Bei diesen Worten verließ er die Gruppe, mit der der Pirat jetzt verhandelte und es in kurzer Zeit dahin brachte, daß sich das Gesindel seiner Leitung hingab.

Der Tag war inzwischen angebrochen, aber nur für jene Stadtteile, die noch nicht brannten, denn in der Nähe des Feuers wurde das Scheiden und Wiedererscheinen der Sonne gar nicht bemerkt. Das Flammenmeer erleuchtete jeden Winkel taghell.

Trick rannte wie ein böser Geist um die brennenden Häusermassen und suchte die Zimmerleute. Er begann die Geduld zu verlieren und geriet in Verzweiflung, weil er glaubte, Schwarz würde Stubborn hervorsuchen, ehe er mit seinen Leuten hinkäme. Er stieß furchtbare Flüche aus und lief mit stieren, blutunterlaufenen Augen um die Trümmer, unter denen der Kessel mit den Schätzen begraben lag. Er zog an den verkohlten, heißen Balken und riß sich die Hände blutig. Dann rannte er wieder davon und drängte sich nach dem Graskeller durch, wohin sich jetzt Menschen und Flammen zugleich wälzten. Hier traf er einen der Tiefenkellergäste, der ziemlich betrunken dahertaumelte und ihm mitteilte, daß er den großen Zimmermann beim Frühstück im Weinkeller finden würde, wo es lustig hergehe und alles umsonst zu haben sei, da niemand so dumm wäre zu bezahlen, da die Nebenhäuser bereits brennten. Der Kerl glaubte frischen Durst zu fühlen und kehrte mit Trick um, indem er schluchzend „Cham–pag–ner – aus Kü–beln" lallte.

Aus dem Weinkeller, der von seinem Besitzer verlassen und der Plünderung preisgegeben war, erklang ein Gebrüll wie von wilden Tieren. Es sollte Gesang sein. Es waren widerliche Zoten, aus heiseren Kehlen hervorgeschrien, zwischen denen man das Klirren zerbrechender Flaschen hörte, denn das Gesindel nahm sich nicht erst Zeit, die Pfropfen herauszuziehen, sondern schlug gleich die Hälse ab und schüttete den Wein in Eimer, die in der Runde herumgingen.

Als Trick hinunterstieg, stolperte er über einen Mann, der sich brüllend am Boden wand und dem das Blut aus dem Munde lief. Der große Zimmermann saß in der Mitte des Kellers auf einem Tisch und goß eben seiner Umgebung einen Eimer voll Champagner, den feinsten Clicquot, über die Köpfe, was als ein ausgezeichnetes Späßchen betrachtet wurde und Hallo hervorrief. Unter dem Tisch lagen in brüderlicher Umarmung ein Bürgergardist und ein Hanseat, beide total betrunken und ohne Bewußtsein. Nur manchmal regten sie sich, wenn man einer Champagnerflasche den Hals abschlug und den kühlen Inhalt auf sie sprudeln ließ. Ein Spritzenmann besorgte dies Geschäft, da es, wie er behauptete, in sein Fach schlug.

Sobald der große Zimmermann Trick bemerkte, schwang er den Eimer über den Kopf und schrie: „Hurra! Da kommt unser Prinzipal! Ein lustiger Junge! Flaschen her!“

Man gab ihm ein Dutzend silberköpfige Clicquots hinauf. Er stellte den Eimer zwischen die Beine und schlug die Hälse der Flaschen so gewaltsam auf dessen Rand, daß die glänzenden Köpfe mit einem Knall abflogen und sich der edle Wein schäumend in den Eimer ergoß, den er Trick mit den Worten bot: „Da sauf, Prinzipal! Jetzt sind wir die Herren der Stadt, und der Senat soll Wasser saufen.“

Trick war abgehetzt und durstig, deshalb ergriff er den Eimer und tat einen langen Zug daraus, nachdem er tief Atem holte und sich gestärkt fühlte. Er setzte nochmals an.

In diesem Augenblick sprangen ein paar Männer die Treppe herab und schrien: „Das Haus brennt. Fort! Rettet euch!“ worauf sie wieder verschwanden.

Ein wieherndes Gelächter folgte ihnen. Der Spritzenmann hielt eben den Eimer zum Trunk erhoben und rief lachend: „Lat man noch ’n beeten opgahn! Wi sünd all eben bi’t Löschen!“ und um den Beweis zu führen, goß er den Eimer Champagner über die Köpfe der Umstehenden, die diesen Spaß mit Hurra begrüßten.

Jetzt erschien der Polizeimann Stork auf der Treppe und forderte die Anwesenden auf, den Keller zu räumen. Er wurde mit Wutgeheul empfangen, und als er Trick betrachtete und die Meinung aussprach, daß dieser Herr in recht angenehmer Gesellschaft sei, flogen die vollen Weinflaschen von allen Seiten so nach seinem Kopfe, daß er gezwungen war, den Rückzug anzutreten. Das Gesindel erhob ein Triumphgeschrei über seinen Sieg und umtanzte den Tisch, auf dem der große Zimmermann eine frische Ladung Champagnerflaschen zertrümmerte und in den Eimer goß. Dabei kam ihm eine neue Idee.

„Jungens!“ schrie er, „solche lustigen Tage kommen so bald nicht wieder. Aber Geld müssen wir dabei auch haben. Geld wie Heu! Hier unser Prinzipal hat auch einen Vogel mit ’ner Million gefangen. Also ’rausgerückt, alter Nasenklopper!“

Trick konnte sich lange kein Gehör verschaffen und mußte sich gegen die Bande wehren, die ihm alle Taschen umwandte.

Endlich gelang es ihm, sich den Zimmerleuten verständlich zu machen und ihnen zu sagen, daß der Schatz erst abgehoben werden müsse.

„Was! Du alter Halunke hast die längst versprochene Million noch nicht? Der Lump hat kein Geld? Zieht ihm mal die Stiebeln 'runter! Immer 'runter damit!" Die Stiefel wurden Trick mit Hallo ausgezogen. „Nun gebt mal her!"

Der Zimmermann nahm einen von Tricks Stiefeln, goß eine Flasche Champagner hinein und sagte: „So! Nun sauf, Prinzipal! Was? Du willst nicht? Du mußt einen Stiefel saufen! Schenkt ihm, wenn er nicht selber will."

Die Bande packte Trick und schüttete ihm den Wein aus dem Stiefel in den Mund, sobald er ihn aufsperrte, wozu ihn eine Faust veranlaßte, die seine Kehle zusammendrückte. Trick sprudelte fürchterlich, was die Lust der Bestien auf die höchste Spitze trieb, die sich jetzt gegenseitig den Wein in die Stiefel gossen, den sie nicht mehr trinken konnten.

Trick schnappte in höchster Wut nach Luft, während der große Zimmermann brüllte: „Jungens, nu sind wi de Herren! Wi spehlt nu Senot un goht hen un geet de Senoters de Stebeln vull Win und stellt se denn opp 'n Kopp! Hurra! Wi wüllt de Stadt regeeren! Wi wüllt –"

Ein dumpfer Knall ließ ihn verstummen. Die Mauern und Balken wankten, und eine dunkle, erstickende Staubwolke wälzte sich aus allen Ecken hervor. Trick sprang nach der Treppe. Es war zu spät.

Ein furchtbares Krachen brach herein. Mit ihm die Mauern und oberen Etagen des Hauses. Ein Mauerstück stürzte auf Tricks Beine und hielt sie wie in einer Zange fest. Der Bösewicht brüllte entsetzlich und schlug seine Nägel in die Treppenstufen, um sich hervorzuarbeiten, aber nur eine Sekunde, dann kamen die Trümmer des Hauses zermalmend herab und schmetterten alles zusammen, was sich im Keller befand. Trick mit seiner Bande lag vernichtet unter Gestein und brennenden Balken, deren Flammen die Leichname bis auf das Gebein verkohlten.

Die bestialische Lust war einer Totenstille gewichen, die nur von dem leisen Knistern der Flammen unterbrochen wurde.[60] Herr Trick war mit seinem Prinzipal gegangen, wie angedroht. Aber einen langen, dunklen Weg; einen anderen, als er gedacht.

*

Es war, als ob das Opfer, das den Flammen in der niedergeschmetterten Bande gebracht worden, diese banne und nicht über die Trümmer der gesprengten Häuser nach der Neustadt wandern ließe. Die gefräßige Glut setzte ihren Weg nordöstlich am Fleet fort und wälzte sich nach der neuen Börse zu, die sie bald von allen Seiten umspann, als wollte sie das Herz der Hansestadt vernichten.

Der allgemeine Schreck wuchs mit dem Tage und ergriff selbst die entferntesten Stadtteile. Nur die gegen den Wind liegenden Viertel hielten sich für gesichert, aber auch hier packte man, zwar ohne Übereilung, die besten Wertsachen zusammen.

Die Hamburger Spritzenleute taten das Übermenschliche und wichen dem Feuer nur zollweise. Sie ließen ihre Familien und Wohnungen im Stich, um auf ihren Posten zu bleiben, aber es war umsonst, das Feuer ging siegreich vorwärts. Gegen Mittag standen der Alte und der Neue Wall in Flammen, zu gleicher Zeit brannten auf der anderen Seite die Mühlenbrücke und die Große Johannisstraße, wodurch sich das Flammenmeer um die neue Börse zusammenzog, deren Untergang jetzt unvermeidlich schien.

Man hielt das neue, massive Gebäude für einen sicheren Zufluchtsort und schaffte aus der Umgebung Möbel und Wertsachen hinein, womit der ganze Raum angefüllt war. Die Börsenältesten wandten ihre ganze Aufmerksamkeit der Erhaltung des Gebäudes zu. Man ließ die Bücher der Bibliothek teilweise in den Keller und von den Fenstern wegschaffen, diese versetzte man mit Mauersteinen, damit das Innere gegen die Flammen der nächsten brennenden Häuser geschützt würde. Der Sekretär des Kommerziums hatte schon vorher die wichtigen Papiere nach seiner Wohnung am Jungfernstieg schaffen lassen. Als sich die Flammen aber auch dorthin wälzten, mußte er damit weiter fliehen und konnte nicht mehr zurückkommen, weil jeder Zugang zur Börse vom Feuer abgeschnitten wurde. Dieses ergriff endlich die Gerberstraße, die noch den letzten Ausgang der vom Flammenmeer umwogten Börse bot. Nun gab man alles verloren und räumte das Gebäude mit Gewalt von den darin befindlichen Menschen, die, um sich zu retten, dem letzten, schon brennenden Ausweg zueilten.

Die Börse verschwand in den Rauchwolken. Tiefe Trauer legte sich auf die Herzen der Hamburger, als sie ihr Heiligtum in den Rauchmassen nicht mehr erblickten.

„Die Börse ist verloren!"

Bei dieser Nachricht geriet die Kaufmannschaft in eine unglaubliche Bestürzung. Alle Verhältnisse begannen zu wanken. Der Ort, wo jeder jeden zur bestimmten Zeit am Platze finden konnte, war nicht mehr vorhanden. Die große Handelsmaschine kam für einige Stunden ins Stocken, aber auch nur für wenige Stunden, denn jetzt zeigte sich der Wert und die Macht eines von der Bürokratie unabhängigen Bürgertums in glänzender Weise.

Schon einige Stunden nach dem Brande der Bank machte die Bankdeputation in einem Anschlage bekannt, daß das Kontor der Bank in der Dammtorstraße zu finden sei, wo wie gewöhnlich abgeschrieben werden könne. Es wurde auch kundgetan, daß Silber vorläufig nicht aus der Bank genommen noch in sie eingebracht werden könne. Eine unter den Umständen etwas komische Bemerkung, da die ganze Stadt wußte, daß die Silbervorräte der Bank unter den glühenden Trümmern begraben lagen, wo zur Zeit das Herausnehmen wie das Einbringen mit einigen Schwierigkeiten verknüpft war.

Die Börse stand verlassen und einsam mitten in dem Brande der Stadt. In ihrer Riesenhalle lagen Möbel und Gerätschaften aufgetürmt, aber keine menschliche Seele war bei ihnen. Da kam ein Mann aus dem Keller, wohin er Bücher in Sicherheit gebracht, und sah sich erstaunt um. Er war vergessen worden und stand nun allein in dem großen Gebäude, wo seine Tritte widerhallten, während die Stille von außen nur durch das Prasseln der Flammen und das Krachen der stürzenden Mauern unterbrochen wurde. Es kam eine feierliche Stille über ihn, die die Idee erzeugte, daß er vom Schicksal bestimmt sei, das Haus zu retten oder mit ihm unterzugehen. Er eilte die Treppen hinauf, um zu sehen, ob das Feuer oben schon gezündet habe. Hier fand er noch zwei Männer, die ihn suchten, um zur Flucht zu mahnen. Als er erklärte, bleiben zu wollen, um die Börse zu retten oder mit ihr unterzugehen, faßten die anderen denselben heroischen Entschluß und gingen eifrig an ihr großes Werk.

Diese drei Männer retteten die Börse. Eine Heldentat, die ihnen zu ebenso großer Ehre gereicht, wie diejenigen Schande auf sich geladen haben, die das Haus bei der anrückenden Gefahr verließen und es dem Verderben preisgaben, wo es mit größeren Kräften noch leicht zu retten war, wie die wenigen Leute bewiesen haben, die das Werk vollbrachten. Ob man die Namen dieser drei Männer, wie die der Männer im feurigen Ofen, der Nachwelt aufbewahrt hat, wissen wir nicht. Wir haben die Namen T. Dill, F. Denicke und H. Hasse nirgends an der Börse mit goldenen Buchstaben eingegraben gefunden. Wir haben nichts davon gehört, daß ihnen von der dankbaren Stadt eine Pension oder ein Ehrenhaus geboten worden ist. Allerdings, was ist weiter daran, das Feuer auszugießen? Dazu gehört weniger Seelengröße und Mut, als die geschickten Dispositionen zu treffen, nach denen zwanzigtausend Menschen in wenigen Stunden umgebracht und dreißigtausend zu Krüppeln gemacht werden, was dann zur Folge hat, daß ein Land in ein paar Monaten ausgesogen und an den Bettelstab gebracht wird. Wenn die drei Männer die Hamburger Börse in Brand gesteckt, statt sie gerettet hätten, so würden sicherlich ihre Namen noch heute im Munde des Volkes fortleben.

Die drei Bürger dachten nicht daran, etwas zu tun, wodurch sie sich einen Namen für die Zukunft machen wollten, sie waren nur ganz von ihrer guten Absicht erfüllt. Sie gingen deshalb vor die Börse hinaus, um zu sehen, von welcher Seite die meiste Gefahr drohe. Draußen fanden sie noch einige Männer, die die Angst fast um alle Besinnung gebracht hatte, weil ihnen das Feuer jeden Weg zur Flucht abschnitt. Sie sprachen den Verzweifelten Mut ein und brachten sie in die Börse, wo man alle vorhandenen Flüssigkeiten zusammensuchte, die zum Löschen dienen konnten. Im Lesezimmer brannten bereits Vorhänge, Landkarten und dergleichen, weshalb man die Sachen herausriß und die Flammen austrat. Gleich darauf brannten in einer Kammer im oberen Stockwerk Papiere, die den Fußboden anzündeten. Ein halber Eimer Wasser wurde von einem Mann fast tropfenweise verwandt, um zu löschen. Kaum war der letzte Tropfen alle, so schlugen die Flammen wieder empor, und der Mann gab die Börse verloren, als ein anderer mit Wasser heraufkam, wodurch man des Feuers Herr wurde.

Es glimmte aber überall, und die Not um Wasser stieg mit jeder Minute. Man goß das kostbare Naß mit Löffeln auf die anglimmenden Stellen und wandte jede nur mögliche Art an, um zu löschen. So gelang es endlich den wenigen Männern, siegreich aus dem Kampf mit dem Element hervorzugehen. Die Börse wurde gerettet und steht heute noch. Acht Tage später wanderten die Kaufleute wieder durch die sie umgebenden Trümmerhaufen nach ihrem Tempel.

Die Feuerwogen wälzten sich indes in ungeheurer Höhe und Breite nach dem Neuen Wall und Jungfernstieg hinüber und spotteten jeden Widerstandes. Ein orkanartiger Luftzug ging ihnen vorher und riß die Fenster und Türen in den unversehrten Häusern auf, wodurch die Flammen wie aus einem Hochofen eindrangen. Das Feuer übersprang den breiten Kanal der Kleinen Alster wie einen schmalen Graben. Die Fahrzeuge mit den geretteten Möbeln darin verbrannten, sogar die Räder der Mühle am Anfang des Jungfernstieges brannten, sich drehend, sobald sie aus dem Wasser kamen, und machten allen die Zwecklosigkeit der gewöhnlichen Löschmittel klar.

Vierundzwanzig Stunden später als beim Nikolaiturm schlugen die Flammen aus den Häusern am Jungfernstieg empor, und in kurzer Zeit war hier die Verwüstung bis an den Rand der Alster gedrungen, woselbst die alten Linden und alle nach diesem Platze geborgenen Möbel Feuer faßten und verbrannten. Man sprengte die Häuser nach dem Gänsemarkt hin, um die Neustadt zu retten. Die Alte Stadt London, das Heinesche Haus und Streits Hotel wurden der Erde gleichgemacht. In den Keller der Stadt London brachte man sechs Zentner Pulver und legte den Zünder an. Er brannte nicht los, und zwei tapfere Männer wagten sich hinunter, um ihn zu erneuern. Es waren der Oberleutnant Voorjans und der Oberfeuerwerker Wegmann. Sie brachten den Zünder in Ordnung und ergriffen die Flucht, aber zu spät. Das Haus flog in die Luft, als sie noch in der Nähe waren, und der Oberfeuerwerker wurde in Stücke gerissen, während der Oberleutnant verwundet unter den Trümmern hervorgezogen wurde.

Am Neuen Jungfernstieg und der Esplanade begann nun die Flucht. An der gegenüberliegenden Seite standen indes Tausende von Menschen und warteten in Spannung auf die Explosionen. Aller Augen waren auf Streits Hotel gerichtet. Plötzlich tat es einen kleinen, fast unmerklichen Sprung. Das ganze Haus erhob sich vielleicht um einen Fuß hoch auf und verschwand dann in einer dichten, grauen Wolke, die sich wollartig herauskräuselte, und aus der einzelne dunkle Klumpen raketenartig hervorschossen und weithin flogen. Ein dumpfer, erderschütternder Knall wurde gleichzeitig gehört. Die Wolke senkte sich zu Boden, das Haus war verschwunden. Nur ein niedriger Schutthaufen lag an seiner Stelle, auf den sogleich die Spritzen ihren Wasserstrahl richteten, um dem Feuer die Nahrung an dem dazwischenliegenden Holzwerk zu nehmen. Dadurch setzte man der Glut hier eine Grenze.

Die Flucht wurde trotzdem allgemein, denn es hielt sich niemand in der Stadt mehr für sicher. Auch hier fehlte es nicht an komischen Szenen. Als Streits Hotel gesprengt wurde, sah man aus der Staubwolke einen dunklen Punkt heranfliegen und endlich einem Manne auf den Rücken treffen, der durch ein großes Paket Betten geschützt war. Der Mann wurde trotzdem vom Steinklumpen niedergeworfen, stand jedoch sofort unversehrt wieder auf und gab einem hinter ihm kommenden Mann eine fürchterliche Ohrfeige, weil er glaubte, dieser habe ihn umgeworfen, worauf er in aller Seelenruhe weiterging, ehe der andere noch recht zur Besinnung kam.

Lächerlich und ärgerlich zugleich ging es dem Kunsthändler Commeter, der alle seine Bilder und Kunstsachen in seinen feuerfesten Keller gebracht hatte, und als er das Haus verlassen mußte, zu seinem treuen Hausknecht sagte: „Nun, ich hoffe, daß die Sachen im Keller sicher sind."

„Oh", meinte der Hausknecht schmunzelnd, „ich denke, das Feuer soll sie in Frieden lassen, ich habe den ganzen Keller voll Wasser gepumpt!" sprach's und nickte seinem Herrn freundlich zu, der die Hände über dem Kopf zusammenschlug.

Auf der Seite nach der Petrikirche, wohin das Feuer ungebändigt mit dem Winde ging, trieb indes der Malaie mit der übriggebliebenen und durch Gesindel verstärkten Bande sein heilloses Spiel.

Er war nach der Bank vorgedrungen. Da jedoch die Silbervorräte unter den brennenden Trümmern lagen und außerdem Bürgergarde trotz Rauch und Flammen Wache hielt, so mußte er sich vorderhand zurückziehen und begann die Häuser zu plündern, aus denen er das bare Geld sowie Gold- und Silbersachen raubte. Die Bande gab sich dabei für Zimmerleute aus, die zum Sprengen vorrichten sollten, und trieb durch dieses Schreckenswort die Bewohner in die Flucht. Sie blieben aber nicht nur in der Nähe des Feuers, sondern suchten entferntere Gegenden auf, wo ihnen ihr Vorhaben bei der allgemeinen Ratlosigkeit und Bestürzung stets gelang und wo der Pirat wohl auch eine seiner Brandkugeln zurückließ, die dann zündeten und neue Verwirrung hervorbrachten.

Der Zufall führte die Bande auch in die Wohnung des guten Feldwebels, der wie Scapin zu einem prachtvollen Schinken gekommen war, den er nach Haus brachte und von seiner Haushälterin braten ließ. Gerade war dieser aus der Pfanne genommen und verbreitete einen lieblichen Duft, als die Bande einfiel und sich darüber hermachte. Auch der gute Rotwein des Feldwebels wurde dazu getrunken. Der unglückliche Besitzer mit der breitgeschlagenen Nase kam gerade, als der letzte Bissen und Tropfen verschwunden war. Er stand noch erstaunt an seiner Tür und wollte seinem Zorn über die ungebetenen Gäste Luft machen, als einer der Kerle aufsprang, den abgenagten Schinkenknochen hoch über seinem Kopf schwang und brüllte: „Wenn du ein Wort sagst, dann erschlage ich dich mit dem Schweinsknochen!" Der Arme machte kehrt und lief davon. Er blickte sich nochmals um und sah auf den Malaien, den er wiedererkannte und dem er Blutrache für seine Nase geschworen hatte. Voller Wut lief der gute Feldwebel auf die Straße, um einige Bürgergardisten zu suchen. Es war aber jeder so mit sich selber beschäftigt, daß es ihm nicht möglich war, einen Kameraden aufzutreiben, der sich unter sein Kommando gestellt hätte. Endlich traf er auf Schwarz, der mit Nielsen und Kern daherkam. Er kannte ihn, und da Schwarz verwundert fragte, wie er zu der Nase gekommen sei, so erzählte er den Hergang und das Ende von seinem Schinken.

Schwarz konnte sich nicht enthalten zu lachen, als der Feldwebel aber noch erzählte, daß der Schuft, der ihm die Nase breit geschlagen, sich mit einem andern, einem Hamburger, verabredet habe, die Bank zu berauben, wurde Schwarz aufmerksam und ließ sich den Verbrecher beschreiben.

„Das ist der Pirat!" riefen nach einigen Worten Kern und der Lotse. „Wo finden wir ihn?"

„Herrgott!" schrie jetzt der Feldwebel, nach seinem Haus blickend, aus dem Rauch drang. „Die Kerle haben das Haus angezündet! Es sind Mordbrenner! Zu Hilfe gegen Brandstifter!" wandte er sich an die Vorübergehenden.

Dieses Wort wirkte elektrisierend.

„Wo?" rief man von allen Seiten und warf die Gegenstände, die man trug, zu Boden.

„Dort im Hause! Dort kommen sie heraus", sprach Schwarz auf die Bande zeigend, die eben aus der Tür brach.

„Auf sie! Packt den Schwarzhaarigen dort!" Mit diesen Worten sprang der Lotse auf den Malaien los, dem er nicht Zeit ließ, erst seinen Dolch zu fassen, sondern ihn bei beiden

Ellbogen packte, in die Höhe hob und unter die herbeieilenden Leute schleuderte, wo ihm der Dolch, den er noch im Fallen hervorzog, sofort aus der Hand gerissen wurde.

„Habe ich dich, du Hund!“ schrie Nielsen englisch. „Du Schurke, der mir mein Schiff versenkte und meine Leute ermordete! Ho, ho!“ rief er deutsch, „haltet den Piraten und Mordbrenner! Laßt ihn nicht fort! Hallo! Haltet den Brandstifter! Haltet den Mordbrenner!“

Der Malaie war kaum zu Boden gefallen, als er sich wie eine Schlange aus den Händen und unter den Beinen seiner Angreifer durchwand, von denen die meisten noch dazu in das rauchende Haus liefen, um zu löschen. Eine wilde Jagd folgte. Der Räuber schlüpfte überall durch oder warf zu Boden, was ihm den Weg versperrte. In großen Sätzen rannte er dem Feuer zu, wo er in der größeren Verwirrung besser zu entwischen hoffte. Die Hetze war aber los. „Brandstifter!“ Dies Wort erfüllte alles mit Wut. Die Leute ließen die Sachen fallen, die sie trugen, und folgten der Jagd. „Brandstifter! Brandstifter!“ erklang es die Straße herunter, durch die der Malaie rannte. Vor ihm brannte es, hinter ihm tobte die wütende Menge, vom Lotsen und Schwarz angefeuert. Hinein in eine brennende Straße ging die Jagd. Mitten darin stutzten die Verfolger. Die Häuser zu beiden Seiten sowie der Hintergrund zitterten wie Luftgebilde, die der Wind bewegt. Aus einem Speicher stürzte eine Kaskade von brennendem Spiritus herab, der in der Straße weiterfloß und die Luft zittern machte.

Der Malaie rannte hindurch. Schwarz, Kern und der Lotse folgten ihm und sprangen gleichfalls durch den brennenden Sprit. Als die anderen sahen, daß jene unversehrt weiterkamen, achteten auch sie die Flammen nicht, und der gehetzte Pirat hörte sie wieder hinter sich.

Jetzt kam eine Stelle, wo die Straße mit Terpentinöl bedeckt war, das in roten, prasselnden Flammen brannte und eine pechschwarze Rußwolke verbreitete.

„Hallo! Jetzt haben wir ihn!“ erscholl es hinter dem Flüchtigen. Dieser sprang jedoch wie ein Dämon in die Flammen und raste hindurch.

„Nach!“ schrie der Lotse, „und ginge es in die Hölle selbst!“

„Nach!“ riefen die Verfolger, indem alle durch Dampf und Flammen dahinstürmten und die glimmenden Kleider drüben löschten.

Die Jagd ging weiter. „Ein Brandstifter!“ Durch die rauchenden Trümmer vom vorigen Tag wieder hinein in den frischen Brand, den Jungfernstieg hinunter und durch die flüchtende Volksmenge nach dem Dammtorwall, wo der Pirat in ein Haus rannte, vor dessen Tür mehrere Mädchen saßen, die das Gewühl neugierig betrachteten.

Der Malaie glaubte die Verfolger verloren zu haben. Außer Atem stand er ganz allein in der Küche des Hauses. Da hörte er es wieder herantoben. „Brandstifter! Hallo!“ Er warf einen verzweifelten Blick um sich, denn sie waren schon in der Haustür. Dann sprang er auf den Herd und kletterte wie eine Katze in den Schornstein, aus dem er über die Dächer zu flüchten dachte. Der Schornstein zeigte sich aber entsetzlich eng und nur für kleine Essenkehrer gangbar. Der Pirat jedoch dachte auch hier durchzukommen. Er mußte die Arme über den Kopf strecken, um sich so schmal als möglich zu machen, und arbeitete sich in dieser Lage so hoch empor, daß man ihn von unten nicht mehr bemerken konnte. An der engsten Stelle stemmte er einen Fuß auf einen Stein und hielt an, um zu lauschen. Er war so eingezwängt, daß er von unten nichts hören konnte als einen dumpfen Lärm, der von Minute zu Minute wuchs.

Man durchsuchte das ganze Haus nach ihm, denn die Mädchen hatten gesagt, daß er drin sei, als sie hörten, daß man einen Mordbrenner verfolge. Da sie ihn nirgend fanden, so vermutete man, daß er im Schornstein stecken müsse, und der Gehetzte hörte bald mit Schrecken die Stimmen der Leute über sich, die auf das Dach gestiegen waren, um ihm hier den Weg abzuschneiden.

Jetzt überfiel den Bösewicht Todesangst, weil er sich in einer gänzlich hilflosen Lage befand, aus der ihn alle Gewandtheit nicht retten konnte. In einer engen Röhre eingeklemmt, die Arme emporgehoben, ohne sie gebrauchen zu können, Feinde unter sich und über sich, schwand ihm jede Hoffnung auf Entkommen. So hing er ruhig, bis ein Fluch seinen Lippen entfuhr, denn er fühlte Rauch neben sich heraufdringen, und an seinen Füßen begann es heiß zu werden.

Der Lotse hatte den Vorschlag gemacht, ein Feuer auf dem Herde anzuzünden, um den etwa im Kamin versteckten Mordbrenner herauszutreiben. Einige Lehrjungen aus der Nachbarschaft brachten Stroh und Hobelspäne herbei. Der Lotse stieg mit ein paar Männern auf das Dach, um Schaden durch die

Flamme zu verhüten oder den Flüchtling zu fangen, und Schwarz stand in der Küche, um dort auf ihn zu warten.

Nun zündete man das Stroh und die Hobelspäne auf dem Herde an, daß die Flamme hoch hinaufschlug und den versteckten Bösewicht berührte.

Dieser wand sich, von der Hitze gejagt, höher und gab keinen Laut von sich, während unten alles schweigend lauschte. Plötzlich hörte man jedoch einen verzweifelten Schrei aus dem Schornstein, dem Schrei auf Schrei folgte.

Der Malaie trug in den Taschen seiner Beinkleider noch drei der unlöschbaren Brandkugeln. Diese fingen Feuer und verbrannten ihm den Leib und die Gedärme, da er keine Hand hinunterbringen konnte, um sie zu entfernen. Er kroch deshalb so schnell er konnte aufwärts, um nur dieser furchtbaren Qual zu entkommen, und vergaß dabei jede andere Gefahr.

Nach einer Weile fühlte er sich bei den erhobenen Armen gepackt, emporgehoben und aus dem Kamin gezogen. Er sah, als er aus dem Rauche kam, in das Gesicht des Lotsen, der ihn vollends aus dem Schornstein riß und dabei schrie: „Habe ich dich endlich? Räuber!“ Dann hob er ihn in die Höhe und schleuderte ihn in den Hof hinab, wo die Verfolger racheschreiend standen. „Da habt ihr den Mordbrenner!“ rief er dem herunterstürzenden Malaien nach, auf den nun die ergrimmten Männer einhieben.

Als er endlich tot dalag, versuchte man die Brandkugeln auszugießen, die an seinem Leibe klebend fortbrannten. Es war aber umsonst, und als man dahinterkam, daß der eigene Zündstoff den Verbrecher verzehre, schleppten die wütenden Nachbarn die Leiche über den Wall und warfen sie in das Wasser des Stadtgrabens, wo sie versank.

Auch Schwarz, Nielsen und Kern gingen, als sie sich überzeugt hatten, daß ihr Feind vernichtet war. „Was nun?“ fragte der Lotse, als sie nach dem Großneumarkt kamen.

„Trick!“ sagte Schwarz.

„Richtig! Aber wo sollen wir ihn suchen?“

Schwarz blickte um sich und sah Herrn Stork, den Polizeihauptmann. Er rief ihn an.

„Sie kennen ja doch den Schuft, unsern alten Buchhalter Trick. Haben Sie ihn vielleicht gesehen, und wo?“ fragte er.

Herr Stork warf einen schnellen Blick auf den Lotsen, dann sah er hartnäckig an ihm vorbei: „Ich habe den Buchhalter allerdings gekannt und auch gesehen. Er wird noch dort sein, wo ich ihn gesehen habe", bemerkte Herr Stork.

„Wo?" rief Schwarz. „Wir müssen den Schurken haben, damit er nicht entkommt."

„Er wird nicht wieder entkommen, denn ich sah ihn im Weinkeller von Denker am Graskeller, fünf Minuten zuvor, ehe er einstürzte. Ich behielt den Eingang im Auge und weiß gewiß, daß er noch drin ist", sprach Stork.

„Dann hat er den gerechten Lohn empfangen!" rief Schwarz.

„Glaube fast auch", nickte Stork und fuhr fort: „Ich will Ihnen noch einen guten Rat geben, Herr Schwarz. Wenn Sie einen Ihrer Freunde sehen sollten, der etwa hier in der Stadt nicht sicher wäre, so sagen Sie ihm nur, daß man ihn, solange es noch brennt, nicht sieht. Sobald aber das Feuer vorbei ist und die alte Ordnung eintritt, dann muß man ihn sehen." Dabei nickte er Schwarz lächelnd zu, sah rechts und links an Nielsen vorbei und ging grüßend weiter.

„Merkt euch den guten Rat", sprach Schwarz zum Lotsen.

„Ich habe nun hier nicht viel mehr zu suchen und werde mich davonmachen, eh man mich sieht, und zwar auf Nimmerwiedersehen. Jetzt haben wir nur noch Stubborn. Sollte er noch leben?" fragte Nielsen.

„Das ist kaum möglich!" erwiderte Schwarz. „Die Trümmer lagen hell brennend auf dem Kessel, wir kamen nicht heran. Er muß umgekommen sein. Wenn er aber noch lebte, so bitte ich euch, seid zufrieden mit den zwei, die ihren Lohn haben, und laßt ihn gehen, weil er der Vater meiner Berta ist."

„Ich habe euch das schon versprochen", sagte der Lotse. „Mag er zu Fuß zum Teufel gehen oder mit dem Dampfer, das ist mir egal. Ich gehe wieder nach den Südseeinseln und bringe meine übrigen Tage dort zu."

„Habt Ihr Geld genug, um euch dort einrichten zu können?" fragte Schwarz.

Der Lotse zuckte mit den Achseln. „Verflucht wenig!" brummte er. „Ich kann mein Grundstück draußen nicht verkaufen und habe nur den Ewer, den ich gern dem Mann lassen möchte. Ich komme indes schon durch, wenn ich nur erst drüben bin. Als Bootsbauer, Dolmetscher, Lotse oder sonstwie."

„Wann wollt Ihr fort?" fragte Schwarz.

„Heute abend geht mein Dampfer nach London. Dort gehe ich ab und suche eine Gelegenheit nach der Südsee. Laßt uns hier scheiden, lieber Freund. Ich will den Wirrwarr benutzen, um ungehindert fortzukommen. Lebt wohl für dieses Leben! Meine Rache ist vollbracht!" Der Lotse wollte sich abwenden.

„Mit diesem Seeräuber habt Ihr schrecklich abgerechnet, ebenso wie mit dem Zollwächter, den Ihr eigentlich noch schrecklicher umkommen ließet. Wird Euch die grausame Rache an Jörs nicht einmal reuen?" fragte Kern.

„Nein!" sprach Nielsen fest. „Ich würde hundert solche Schufte dort festbinden, wenn ich in den Fall käme. Auge um Auge und Zahn um Zahn. Ich gebe Gutes gegen Gutes und Böses gegen Böses. Wer sich für empfangene Mißhandlungen und Ungerechtigkeiten nicht mit allen Mitteln rächt, der ist in meinen Augen ein altes Weib und verdient mit Füßen getreten zu werden. Doch lebt wohl!"

„Halt! So lasse ich Euch nicht fort!" rief Schwarz, ihn festhaltend. „Ihr kommt mit mir und nehmt vorderhand ein paar hundert Taler an. Keine Einwendungen! Ich kann es Euch bequem geben. Dann versprecht Ihr mir, in London zu warten, bis ich schreibe. Ich gehe selbst fort, nach Amerika, und zwar sobald ich über Stubborn und seine Angelegenheiten Gewißheit habe. Ich heirate seine Tochter und kann deshalb unmöglich hier bleiben, schon wegen ihrer Schwester, dieses Scheusals. Also kommt. Keine Umstände!"

Der Lotse ging mit Schwarz und nahm das Geld dankbar an. Dann eilte er nach seinem Schiff, das abends abwärts dampfte.

Alle standen auf Deck. Der Lotse sah lange in den glühenden Himmel hinter sich, bis er nach Neumühlen kam, wo ihm die verbotene und verwüstete Heimat still zur Seite lag. Er fühlte eine Träne über sein Gesicht laufen. Dann blickte er finster nach dem Schilfdickicht hinüber, und als diese Ufer entschwanden, wieder rückwärts nach dem feurigen Himmel, dessen roten Schein man bis Cuxhaven wahrnahm, wo er in der Morgendämmerung erstarb. Die Lotsen unten erzählten jedoch, daß die Schiffer in der Nordsee draußen das Feuermal am Himmel in der Nacht gesehen und gesagt hätten: es müsse ein ganzes Land brennen.

Nielsen stand beim Ruder und sah lange zurück. Es tauchte ein Punkt des heimatlichen Landes nach dem andern hinab. Der Turm von Cuxhaven, der von Neuwerk, die Schaarhörnbake, die Lotsengaliote, und endlich auch Helgoland. Er sah sie nie wieder und wurde nie mehr in der Elbe gesehen.

Siebenundfünfzigstes Kapitel

# Eiskuhl nimmt Schnepfes Gastfreundschaft an

Zum zweitenmal sank der Abend auf die brennende Stadt, und immer noch wüteten die Flammen mit ungeschwächter Kraft fort. Der schöne Jungfernstieg war nun in Asche gesunken, und das Feuer wälzte sich gierig nach der Petrikirche hinüber.

Bernhart und Schnepfe kehrten bei Einbruch der Dunkelheit erschöpft von der Brandstätte nach dem Wall an der Lombards-

Der Brand der Petrikirche

brücke zurück, wo jetzt ihre Heimat bei dem chinesischen Stuhl war, in dem sie Scapin fanden.

„Wir werden bald das Schauspiel eines zweiten Kirchenbrandes haben", berichtete er. „Der Petriturm dort wird sich vergeblich dagegen sperren. Ich muß übrigens sagen, die Hamburger sind wirklich famose Kerle. Gastfrei bis zum Exzeß; sie geben einem nicht nur brennende Kirchen und Jungfernstiege zum besten, sondern traktieren einen noch dazu mit Schinken, Käse und Rotwein. Wirklich! Ausgezeichnete Kerle." Bei diesen Worten schnitt sich Scapin ein Stück Käse ab und teilte dann den Freunden ein paar Scheiben zu.

Schnepfe empfing es mit einem herzbrechenden Seufzer, biß aber doch mit sichtlicher Befriedigung hinein. Bei Bernhart war es fast derselbe Fall. Scapin betrachtete beide und fragte: „Was fehlt euch? Habt ihr Schaden genommen?"

„Ach nein", sprach Schnepfe. „Wir sind nur besorgt um die Töchter des Senators. Die armen Mädchen mußten aus dem bedrohten Hause entfliehen. Eine Bande Gesindel war dort eingebrochen, die den Senator totschlagen wollten, und als er ihnen entkam, alles raubten und zertrümmerten. Ein Bürger hatte sich der Mädchen angenommen und sie fortgeführt, während Jost dem Senator heraushalf und nun mit ihm die Töchter sucht. Gott, wo mögen die armen Kinder umherirren?"

„Ah, unglücklich Liebende", murmelte Scapin mit einem Mephistoblick. „Ihr seid also nicht nur abgebrannt, sondern liebt auch noch unglücklich. Das ist doppelt romantisch. Doch da seht! Das ist originell und hat etwas Schauerliches!" rief er, die Hand in die Luft streckend und nach oben zeigend.

Hoch in der Luft über dem Feuer flogen viele Hunderte von Tauben in großen Kreisen umher. Die Flammen hatten sie um ihre Wohnsitze gebracht und beleuchteten sie grell von unten, so daß sie wie Sterne am dunklen Nachthimmel glänzten. Sie senkten sich oft tiefer herab, wurden aber von der Hitze wieder in die Höhe gejagt und umzogen ihre früheren Wohnstätten in großen Bogen, bis einzelne Partien wieder herabsanken und oft, sich überschlagend und wirbelnd, in die Flammen stürzten.

Es war ein ergreifender Anblick, diese Tiere am Nachthimmel umherziehen zu sehen. Zur Flucht auf der Erde gesellte sich die Flucht in der Luft.

Bei Tagesanbruch ergriff ein panischer Schreck die ganze Einwohnerschaft von Hamburg. Als die Petrikirche von den

Flammen umzogen wurde, als ein Haus nach dem andern, ohne dem Feuer eine Grenze zu setzen, in die Luft flog, wandte sich alles zur wilden, sinnlosen Flucht. Eine unglaubliche Wagenmenge wälzte sich zu den Toren hinaus und war mit dem wunderbarsten Durcheinander beladen. Auf den Grasböschungen der Wälle, von der Esplanade bis zur Eisenbahn[61] lagen alle Arten Waren und Möbel vermischt, die man hier geborgen glaubte. Die Eigentümer dieser Sachen fanden ihre liebe Not, um zu verhüten, daß Fußgänger und Pferde hindurchliefen. Besonders war es ein kleiner, dicker Mann, der seinen ganzen Topfhandel nach dem Wall gerettet und hart am Steintor aufgestellt hatte und manchem ein Lächeln abnötigte, wenn er vor seinen Töpfen und Schüsseln hin und her galoppierte, um sie zu beschützen, wobei ihm der Schweiß von der Stirn rann, denn der Fluchtstrom ging scharf an den zerbrechlichen Sachen vorbei zum Steintor hinaus.

Mitten unter diesen Wagen und Trägern kam ein Leichenzug daher, der keineswegs einen feierlichen Eindruck machte, denn die Leichenträger hatten ihre Flormäntel um die Arme gewickelt und erschienen so „im kurzen Zeug", während die weißen Perücken schief auf den Köpfen saßen. Dazu vergaßen sie den unvergleichlich schwankenden, schwappenden Trauerschritt, den nur allein die Hamburger Leichenträger auszuführen imstande sind, und kamen in einer Art Hundetrab an, der die leidtragenden Verwandten zwang, dieselbe Gangart einzuhalten, obgleich sie fortwährend dagegen protestierten. Der Leichenbitter, der sonst mit imponierender Grandezza voranschreitet und an jedem Rinnstein sich umdreht, wobei er den Trägern meldet: „Rinnstein, meine Herren!" wurde auf eine respektwidrige und rücksichtlose Art von seinem Gefolge vorwärtsgeschoben und mit dem Sargende in den Rücken gestoßen.

Die Morgensonne des dritten Unglückstages vergoldete noch einmal die stolze Pyramide des Petriturmes, als sie schon vom Verderben gefaßt war. Man machte übermenschliche Anstrengungen, um das Feuer von der Kirche fernzuhalten. Durch das Sprengen eines großen Hauses glaubte man einen Damm zu gewinnen und die Flamme von der Kirche abzulenken. Das Haus fiel nicht wie die anderen in sich zusammen, sondern flog in die Luft, so daß seine Balken und Steine hochgeschleudert wurden und die ganze Umgebung von den niederstürzenden Trümmern Schaden litt, während das Feuer weiterging.

Im Turm selbst bot man alles mögliche auf, um den Untergang abzuwenden. Man konnte jedoch nicht zu den Stellen kommen, wo sich die Glut in dem Balkenwerke zeigte, obgleich man fortwährend Wasser hineingoß. Es war indes merkwürdig, daß niemand daran dachte, die wertvollen Geräte und die sonstigen beweglichen Sachen zu retten. Wo der fromme Hirt der Herde von St. Petri während der Gefahr gesteckt haben mag, ist unbekannt. Sicher ist aber bestätigt, daß er sich nicht um die Kirchengeräte kümmerte.

Ein fremder Pastor nahm sich der Sache an, sonst wären alle wertvollen Gegenstände verbrannt. Es war der Pastor Helms aus Wilhelmsburg, dem die Hamburger die Erhaltung der silbernen Kirchengefäße zu danken haben. Als dieser Mann den Turm schon glimmen und keine Anstalten zur Bergung der beweglichen Sachen in der Kirche sah, wandte er sich an zwei Herren, die offenbar zu den Vätern der Stadt gehörten und vor der Kirche standen, wahrscheinlich um ihr Abbrennen amtlich zu beaufsichtigen, denn sie machten keinerlei Versuche, etwas zur Rettung zu tun. Es müssen jedenfalls echte Hamburger Beamte von altem Stil gewesen sein, denn als sie der Wilhelmsburger Pastor aufforderte, die Kirchensachen herauszuholen oder ihn damit zu beauftragen, verlangten sie Bürgschaft für etwa entstehende Schäden von ihm.

Nach dieser Aufmunterung sagte er zu den vor der Kirche stehenden Zimmerleuten, Hanseaten, Bürgergardisten und Polizeimännern: „Kommt, Landsleute, laßt uns retten!“ und alle, gegen dreißig Männer, folgten ihm. Die braven Männer schienen nur auf das Wort gewartet und vorher nicht gewagt zu haben, etwas in der Kirche anzurühren.

Der Pastor bezeichnete jedes Gemälde, das sie abnehmen sollten, wobei er sich nicht nur davon bestimmen ließ, was er für das wertvollste hielt, sondern was er glaubte, daß es ohne große Beschädigung gerettet werden konnte. Die altdeutschen Bilder auf Holztafeln ließ er deshalb nicht retten, weil es ohne Zersplitterung der Holztafeln nicht abgegangen wäre. Nach den Gemälden wurden die Kronen und andere Bronzen sowie die Kanzeldecke gerettet und alles nach der Jakobikirche gebracht.

Der Wilhelmsburger Pastor versuchte oft einzelne dieser kühnen Männer mit Wort und Hand zurückzuhalten, wenn sie für die Rettung eines bronzenen Leuchters gefährlich kletternd ihr Leben wagten. Aber geradezu die beste Anfeuerung war sein Wort: „Aber Kinder, das ist zu gefährlich!“ Als er in der Kirche laut sagte: „Landsleute, dieses sind Kirchensachen, darum reine Hand!“ da erwiderte ein Zimmermann ruhig: „Oh, wir sind Christen.“ Als er das Kirchensilber zuerst nur den Soldaten und Bürgergardisten in die Hand zum Forttragen gab, drängten sich auch ein paar Zimmerleute, die beim Öffnen des Schrankes tätig gewesen waren, herbei und machten mit Miene und Wort auf das Tragen des Silbers als auf eine Ehrensache Anspruch. Mit solchen Leuten war freilich in kurzer Zeit vieles zu retten.

Gegen zehn Uhr stürzte die stattliche Spitze des Petriturmes hernieder und erschlug beinahe Herrn Senator Eiskuhl, der sein Haus suchte und es nicht mehr finden konnte.

Der alte Mann stand dort, in verzweifelter Ratlosigkeit die Stufen seines Hauses betrachtend, vor sich die rauchenden Trümmerhaufen, unter denen vernichtet lag, was er sein eigen genannt, und war so arm, wie er aus der Lüneburger Heide gekommen. Um ihn tobte die wilde Flucht, denn die Kirche und der Turm brannten, mit ihm alle Häuser, die noch standen. Alles entwich aus der gefährlichen Nachbarschaft des feurigen Turmriesen, an dessen stolzer Pyramide die Flammen emporprasselten. Eiskuhl blieb starr auf seinem Platz und sah nach dem Turm hinauf. Entsetzt sprang er zur Seite, als die Spitze des Turmes zu Boden schlug und die brennenden Balken um ihn niederschmetterten. Er war eingehüllt in Rauch und umgeben von glühenden Kupferstücken und Kohle, aber er war unversehrt und sprang aus den brennenden Trümmern; mit Sätzen, wie man sie im Traume macht, wie er sie sich nimmermehr zugetraut, so rannte er davon, durch die Trümmer des Jungfernstieges, bis er nach dem Wall kam, wo ihn Schnepfe fand, der ihn zum chinesischen Stuhl brachte.

Dieser Stuhl war jetzt die Heimat der jungen Leute. Schnepfe bot dem Senator zögernd eine Weinflasche dar, weil er glaubte, er werde sie zurückweisen; der erschöpfte Mann, der seit vierundzwanzig Stunden nichts über die Lippen gebracht, griff jedoch mit Hast danach und tat einen langen Zug. Ebenso hastig griff er nach einem Stück Käse, das Schnepfe verlegen in der Hand hielt. Er biß gierig hinein. Er, der sonst gewöhnt war, die feinsten Leckerbissen von Silber und Kristall zu speisen. Schnepfe sah mitleidig diesem Frühstück zu und dachte an das in Neumühlen. Er bemerkte Bernhart, der in der Nähe saß und die brennende Kirche in sein Skizzenbuch zeichnete. Er ging zu ihm und sprach: „Ich habe dir letzthin gesagt, ich werde den Senator in unsere Villa einladen. Ich habe es getan, er ist dort!"

Bernhart sah seinen Freund verwundert an und blickte dann nach dem Stuhl, wohin Schnepfe zeigte. Eiskuhl saß darin und war eingeschlafen. Der Maler sah suchend ringsum, worauf er fragte: „Und die Mädchen?"

„Sobald er aufwacht, wollen wir ihn fragen."

Der Senator erwachte nach einigen Stunden und sah träumend in die Flammen, die sich jetzt an der Alsterseite nach dem Zuchthaus[62] hinwälzten und bis zum Abend den ganzen Holzdamm[63] in Brand setzten. Dann sah er auf die Ruinen des Alten Jungfernstiegs, über die man, wenn sich die Rauchwolken etwas senkten, das Dach der neuen Börse wohlerhalten emporragen sah. Er schüttelte traurig mit dem Kopf, als wollte er sagen: „Du winkst mir umsonst, denn ich komme doch nicht mehr zu dir." Dann blickte er nach den gesprengten Häusern, die dem Feuer eine Grenze setzten, und sah vor allen Salomon Heines Haus verschwunden. Er wunderte sich darüber mehr als über alles andere. Der ruinierte Mann saß da und starrte gedankenlos und doch gedankenvoll in die Verwüstung rundum, bis ihn Schnepfe ansprach.

Er sah auf wie aus einem Traum erwachend und griff an das Kinn, weil er glaubte, Schnepfe sei gekommen, ihn zu rasieren. Dieser fragte, wo sich die Fräulein Eiskuhl befänden.

„O Herr, mein Gott!" sprang der Senator auf, „wo mögen die armen Kinder sein?"

„Das wissen Sie nicht?" sprach Schnepfe entsetzt.

„Nein! Als das Gesindel bei mir einbrach, liefen sie mit Jost aus dem Haus. Ich weiß nicht, wo er sie hingebracht hat. Er kam bald mit noch einigen Bürgern wieder und rettete mich aus den Händen der Bande, die mich in meinem eigenen Hause aufhängen wollte. Dann wurden wir getrennt, ich suchte die Kinder die ganze Nacht. Am Morgen kam ich wieder nach der Kirche hin und dachte vielleicht noch einige wichtige Papiere aus meinem Hause zu retten. Ich fand nichts mehr. Nur die Treppe. Es ist alles hin – alles verloren, was mir noch blieb. Sogar die Kinder. – Oh, hätte mich doch der Turm erschlagen, der neben mir zusammenstürzte!"

Der Senator legte bei diesen Worten die Hände über die Augen und fing an bitterlich zu weinen.

„Wir müssen die Mädchen suchen“, sprach Bernhart. „Bleiben Sie hier. Wir werden die ganze Stadt durchstreifen, bis wir sie finden.“

Die jungen Leute wollten forteilen, blieben jedoch erstaunt vor Scapin stehen, der den jungen Spickmann führte, der eine halb lächerliche, halb erbarmungswürdige Figur spielte, indem er den Mund aufsperrte, woraus klar wurde, daß sein bißchen Verstand sich fast verloren hatte. Seine Frisur stand wie ein Kornfeld, in das der Hagel gefallen ist. Der Zylinder war greulich zerknüllt. Von den Hosen waren die Stege abgeplatzt, während ein Knie einen großen Riß zeigte. Als er den Senator erkannte, nahm er seinen Hut ab und versuchte ihn mit der Hand zu glätten, was einen komischen Eindruck machte, da Herr Eiskuhl ebenso zerknüllt und heruntergekommen aussah wie Spickmann selbst.

Scapin stand zwischen beiden und betrachtete sie, als sei er ein böser Dämon, der sie in diesen Zustand versetzt habe.

„Da sind“, sagte er leise zu Bernhart, „zwei Millionäre, vor denen alles gekrochen ist!“

„Der arme, alte Senator dauert mich“, sprach Bernhart.

„Sie bedauern ihn, weil er der Vater Ihrer Geliebten ist. Er verdient aber im Grunde so wenig Mitleid wie die ganze Sippschaft. Ich möchte wissen, was unser naß gewordenes Modenjournal nun anfängt, wenn er nichts mehr hat, denn es scheint, daß alles hin ist. Die sämtlichen Speicher Spickmanns sind verbrannt und sein Haus am Holzdamm drüben brennt. Ich fand ihn unten an der Alster sitzen und sagte zu ihm: Boomöl! Brennt dort drüben nicht Ihr Haus?“

„Sehr“, sagte er.

„Zum Teufel! Gibt es da nichts Wichtiges zu retten?“

„Äußerst!“

„Ist Ihr Alter drüben?“

„Alter ist drüben in London. Wird sich wundern. Äh!“ wimmerte er.

Spickmann hatte sich indes in das Gras niedergesetzt und versuchte die Beulen aus seinem Hut zu machen. Die Ereignisse hatten ihn so überwältigt, daß er fast blödsinnig geworden war. Die Freunde rüttelten ihn etwas auf und fragten aus ihm heraus, weshalb er nicht drüben in seinem Hause die wichtigen Papiere u. dgl. gerettet habe und wie er in einen solchen Zustand geraten sei.

Das arme Kalb war allerdings in der Absicht, sich nach dem Stadthaus, in dem alle wichtigen Papiere lagen, umzusehen, von der Villa hereingekommen. Er wußte nicht, wie nahe das Feuer schon gerückt war. Als er mit seinen gelben Glacés und Lackstiefeln unter die Löschmannschaften in der Nähe des Feuers geriet, fielen diese mit schlechten Witzen über ihn her, trieben ihm den Hut ein und begossen ihn mit Eimern, worauf sie ihn packten und an eine Spritze schleppten, an der er zwölf Stunden pumpen mußte. Als ihn endlich ein Bekannter freimachte, fand er sein Haus in Flammen und alles weggeschleppt und verwüstet. Zum Unglück wußte das Geschäftspersonal nicht, wo der alte Spickmann seine Wertpapiere verborgen hielt, deshalb gingen sie alle verloren, und Spickmanns blieb von ihrem Besitztum nichts als das Landhaus an der Außenalster, ein Besitz, der gar nichts einbrachte, sondern Geld kostete.

Ganz anders war Vater Kühnmann hinter seinen Sachen her. Als das Feuer sich seinem Kontor nahte, bot er die Mannschaften der Dampfschiffe auf und ließ alle Bücher und Geschäftspapiere fortschaffen, dann kamen die sonstigen Gegenstände daran, worunter Uhren, Vasen und verschiedene Marmorfigürchen unter Glasglocken, die den Schiffsleuten aufs dringendste empfohlen wurden. Ein riesiger Matrose nahm denn auch eine der Glasglocken mit so großer Zartheit und Vorsicht in den Arm, daß sie wie eine Seifenblase zerplatzte, worüber Vater Kühnmann mehr erschrak als über den Brand der alten Börse. Nachdem alles nicht Niet- und Nagelfeste entfernt war und das Feuer schon das Nebenhaus ergriffen hatte, holte Kühnmann den großen Kassenschlüssel hervor und öffnete die Geldkasse. Vor allen Dingen steckte er alles Papiergeld ein und belud dann den Vetter Schwarzknopf, einen Buchhalter und seinen Schwiegersohn mit dem Silber und Gold, woran diese zu tragen hatten. Dann verließ er als Arrieregarde das Haus, dessen Dach schon brannte, und trieb seine Vormänner zur Eile an, da es wirklich die höchste Zeit war, sich davonzumachen.

An der Ecke der Straße blieb er jedoch plötzlich stehen, kehrte mit der größten Eile und den Worten: „Ordnung muß sein!“ alle Gefahr verachtend, wieder um und lief in das nun gänzlich brennende Haus zurück.

Seine Begleiter sahen ihm erstaunt nach. Schwarzknopf warf den Geldsack, den er trug, mit einem Fluche zu Boden und sagte: „Wartet! Was um's Himmels willen muß er vergessen haben?"

Herr Kühnmann hatte sich besonnen, daß er die Schuldscheine des Malers Bernhart in einem Fach des Geldkastens hatte liegenlassen und sie dort verbrennen könnten. Er lief trotz verschiedener Warnungsrufe die Treppe hinauf, schloß das Kontor auf, denn er hatte es seiner Gewohnheit nach beim Fortgehen sorgfältig zugeschlossen, und suchte nochmals den großen Kassenschlüssel aus der geheimen Tasche hervor. Er blies wie immer hinein und steckte ihn dann in den Kastendeckel, den er öffnete, worauf er die Papiere in seine Brieftasche legte. Er tat dies nicht eiliger, als er es ein anderes Mal getan haben würde, nur verschloß er den Geldkasten etwas weniger sorgfältig, weil ihn der Rauch genierte, der das ganze Haus erfüllte und vor dem er kaum die Tür sehen konnte. Vater Kühnmann schob trotzdem den großen Kassenschlüssel in die hintere Rocktasche und wollte nun eilig und hustend davongehen, als ihn ein lautes Krachen vor der Eingangstür erschreckte. Er lief dorthin und fand einen erstickenden Qualm und die Tür verrammelt. Das Dach war im Treppenhause heruntergestürzt, dessen brennende Balken nun das Öffnen des Eingangs unmöglich machten, da die Tür nach auswärts ging. Vater Kühnmann war gefangen, ein Opfer seines übergroßen Ordnungssinnes, und hatte die Aussicht, für einige Schuldscheine, für die noch dazu Pfänder in seinen Händen waren, gebraten zu werden. – Aber „Ordnung muß sein" war seine Devise.

Die Gefährten Vater Kühnmanns warteten indes mit Angst und Ungeduld auf ihn und blickten mit Besorgnis nach dem Hause, aus dessen Fenstern jetzt schon Rauch und Flammen brachen. Vetter Schwarzknopf schlug sich endlich vor die Stirn und schrie: „Alle Donner, meine Würste!" – Er besann sich eben, daß der Koffer mit den Würsten in seiner Stube stehengeblieben war, und stürzte nun in das Haus zurück, um seinen Onkel und sie zu retten. Als er an den herabgestürzten Balkenhaufen kam, packte er die Trümmer und warf sie mit einer Riesenkraft wie Späne beiseite, dann öffnete er die Tür und lief in den Gang, wo er über den am Boden liegenden Kühnmann fiel, der auf die Frage: „Sind Sie tot?" kein Lebenszeichen von sich gab. Schwarzknopf rannte nach seinem Koffer, riß ihn auf und drückte zwei große Zungenwürste wie gerettete

Kinder liebevoll an sich, worauf er den bewegungslosen Onkel unter den andern Arm nahm und davonlief.

Als er sich durch die herabgefallenen Balken bei dem eisernen Treppengeländer drängte, fühlte er sich festgehalten. Die Ursache davon war der unselige große Kassenschlüssel Kühnmanns, der mit dessen Rockschoß durch das Geländer geraten, sich nun gegen dieses feststemmte. Schwarzknopf hatte keine Hand frei, denn er wollte weder seinen Onkel noch seine geliebten Würste fahrenlassen, deshalb tat er einen verzweifelten Ruck, bei dem der ganze Rockflügel Kühnmanns krachend ausriß und samt dem Schlüssel im Geländer hängenblieb. Leider steckte auch die Brieftasche mit den Schuldscheinen, einigen Wechseln und zweitausend Talern in Banknoten in derselben Tasche, die samt dem Inhalt verbrannte.

Schwarzknopf trug den wie leblosen Kühnmann nebst den Geldsäcken und Würsten mit Hilfe der Freunde nach seiner von dem Feuer entfernten Wohnung, wo er mit Jammer und Wehklagen empfangen wurde. Vetter Schwarzknopf setzte sich an das Fenster und lauerte auf den Arzt, wobei er von seiner geretteten Zungenwurst ein großes Stück nach dem andern abschnitt und verzehrte.

An der Oberelbe

## Achtundfünfzigstes Kapitel

# Das Landgut trägt Zinsen

Die Nacht des siebenten Mai brach an, des dritten Brandtages, an dem das Feuer den ganzen Holzdamm erfaßte, der in himmelhohen Flammen stand, die, sich in der Alster widerspiegelnd, ein nie gesehenes Glutmeer bildeten, gegen das es keinen Widerstand gab. Schon am Vormittag hatte man die Gefangenen aus dem Spinnhaus fortgebracht. Von Soldaten umgeben, zogen sie mit verwunderten und entsetzten Gesichtern an der verwüsteten Stadt vorüber nach dem Hafen, wo man sie auf einem Schiff unterbrachte und bewachte. Das Feuer fraß das letzte Haus bis zum Wall, wo es die dorthin geretteten Möbel in Brand setzte und sich so den Weg nach der Vorstadt St. Georg zu erzwingen suchte, die mit einem Funkenregen überschüttet und nur mit großer Anstrengung erhalten wurde.

Am achten Mai, gegen Mittag, bezwang man endlich das feindliche Element mit Aufbietung aller Kräfte und konnte den großen Brand als beendigt ansehen[64].

Daß hier und da noch einzelne Häuser brannten, kam nicht in Betracht, denn diese wurden mit leichter Mühe gelöscht. Die Hauptanstrengung galt nun den Grenztrümmern, damit diese das Feuer nicht weitertrugen; auch diese Gefahr wurde bald bezwungen, und die Stadt begann frischen Mut zu fassen.

Aber welche Verwüstung, welche Verwirrung zeigte sich in den nächsten Tagen den Blicken, nachdem der Wind die Rauchwolken verweht!

Die größten Warenlager und Geschäftslokale waren verschwunden, das Personal zerstreut oder abgebrannt, mit den eigenen Angelegenheiten beschäftigt, und doch sollten die Geschäfte fortgehen und die einlaufenden Wechsel bezahlt werden, was bei den meisten auch merkwürdigerweise der Fall war. Der Geschäftsstrom ergoß sich, als kaum die Flammen erloschen, durch die noch heißen und rauchenden Trümmer nach der erhaltenen Börse. Die Flüchtigen kehrten in ihre unverbrannten Wohnungen zurück. Eltern und Verwandte suchten die verlorenen Familienmitglieder, während diese nach ihnen umherirrten.

Auch Bernhart und Schnepfe durchforschten die ganze Stadt und Umgegend nach den Töchtern des Senators. Siebzehn Stunden lang streiften sie umher und kehrten bei Dunkelwerden nach dem chinesischen Stuhl zurück, ohne etwas ausgerichtet zu haben.

Sie fanden den Platz leer. Scapin war mit dem Stuhl nach Hause gegangen, da die Sache für ihn uninteressant wurde. Die Freunde gingen deshalb gleichfalls nach St. Pauli, wo sie den Millionärverächter in seinem Quartier trafen, das sie mit ihm teilen mußten.

Scapin erzählte ihnen, daß während seiner Abwesenheit der Senator von einem alten Diener, wahrscheinlich dem alten Jost, im Stuhl gefunden und abgeholt worden sei, wie ihm die Nachbarn vom Wall bei seiner Rückkehr sagten; daß er hierauf seinen Sommersitz, den Stuhl, genommen und ausgezogen sei. Dann bot er Bernhart dies Möbel an, im Fall er etwa nach seinem Landgut hinausziehen wolle.

„Was fangen wir nun an?“ seufzte Bernhart.

„Ich weiß nicht, ob sich die Hamburger unter diesen Umständen noch rasieren lassen werden“, erwiderte Schnepfe. „Vorderhand will ich einmal zu meinem Prinzipal, der nicht abgebrannt ist. Geh du zu deinem Mäzen, Herrn Kühnmann, dessen Kontor zwar das Feuer zerstört hat; doch sind seine übrigen Häuser unversehrt geblieben. Der wird schon Rat und Hilfe für die nächste Zeit wissen. Was weiter passiert? Nun, das wollen wir dem Himmel überlassen. Ich denke, unsere Zeit kommt auch einmal. Wir machen doch noch mit den Millionären Geschäfte. Paß auf!“

Am nächsten Morgen ging Schnepfe zeitig fort, um seine Barbierstube aufzusuchen. Scapin sagte Bernhart, daß er sich ruhig bei ihm einrichten solle, da er ihm die Wohnung wahrscheinlich ganz überlassen werde, denn seine Mission, die Millionäre zu verachten, sei hier vollständig erfüllt. Er habe Lust, die Sache in Frankfurt am Main fortzusetzen, um zu sehen, was dort für eine Sorte von Millionären existiere.

Bernhart ging nach der Stadt zu Vater Kühnmann, von dessen Unfall er nichts wußte. Als ihm die Tür geöffnet wurde, hörte er einen höllischen Lärm und wartete horchend. Vater Kühnmann stand wieder vollständig auf den Beinen. Er war von seinem Erstickungsanfall kuriert und hatte die Abwesenheit seines Rockflügels mit Schlüssel und Brieftasche entdeckt, worüber er sich gar nicht zufriedengeben konnte und dem Vetter Schwarzknopf die entsetzliche Rücksichtslosigkeit zu Gemüt führte, mit der er ihm den Flügel des guten schwarzen Rockes ausriß, statt den Schlüssel vorsichtig aus dem Geländer loszumachen. Merkwürdigerweise war es ihm viel weniger um die Brieftasche mit dem Gelde, als um den geliebten alten Schlüssel zu tun. Wer sollte das Schloß der Geldkiste, die er jedenfalls wohlerhalten unter den Trümmern des Hauses zu finden hoffte, nun öffnen? Er gab dies Schwarzknopf zu bedenken, der indes glücklich aus der Traufe kam, sobald Kühnmann Bernhart erblickte.

„Ah! Gott sei Dank, leben Sie noch?“ rief Kühnmann erfreut. – „Was macht das große Bild? Haben Sie es gut fortgebracht und Ihre übrigen Sachen dazu?“

„Leider ist mir nicht nur das Bild, sondern alles, was ich besaß, verbrannt", sagte Bernhart achselzuckend.

„Alles verbrannt? – Herrgott, weshalb haben Sie es denn nicht fortgeschafft?"

„Wir waren unten bei Blankenese, wo ich Studien machte, denn als wir früh fortgingen, hatte niemand eine Idee, daß das Feuer bis zu uns kommen würde."

„Da haben wir's!" rief Kühnmann. „Da haben wir die Folgen Ihrer ewigen Studienmacherei und Herumbummelei. Ich sagte es ja immer, das Herumtreiben auf dem Wasser und dem Lande wird Sie noch einmal an den Bettelstab bringen. Jetzt sind Sie daran. He? Was nun?"

„Ich habe glücklicherweise noch meine Pinsel und Farben und meine gesunden Glieder", entgegnete Bernhart lächelnd.

„Bravo! Das ist ganz gut. Aber wer wird jetzt hier etwas malen lassen oder Bilder kaufen? – He? – Sehen Sie! Nun sitzen Sie auf dem trockenen, denn auch der Buchhändler Campe ist abgebrannt und kann Ihnen jetzt nichts zu tun geben. Da müssen wir also zu helfen suchen und haben gerade Gelegenheit dazu. Ich lasse eben zwei Seedampfer ausputzen. Für diese malen Sie mir in die Damenkajüten Bilder: Elbpartien, Seebilder und Blumenstücke. In jedes vier Stück. Da wir in Neumühlen wohnen, können Sie Ihr Atelier hier im Salon aufschlagen. Also angefangen! Basta! Kommen Sie, wir wollen Maß nehmen und Leinwand kaufen, wenn noch welche zu kriegen ist. Green am Schaarmarkt ist zum Glück nicht abgebrannt."

Und fort ging es nach den Schiffen, wo Maß genommen wurde, dann nach dem Schaarmarkt, wo es Leinwand und Farben gab. Dann in die Ruinen, wo verschiedenes skizziert werden mußte, und endlich nach den Trümmern des Kontors, die noch rauchten, und wo man, da das Haus nicht ganz niedergebrannt war, das Treppengeländer und unter ihm den geliebten Schlüssel fand, der zwar etwas verbogen war, den aber Vater Kühnmann im Triumph zu einem Schlosser trug, der ihn zurechthämmern mußte. Kühnmann war durch den Fund des Schlüssels in außerordentlich gute Laune gekommen, weil er diesen Schlüssel als eine Art Talisman betrachtete, an den sein Glück gebunden sei. Er hatte diesen Schlüssel auch eigentlich sein Glück zu verdanken, das seinen Anfang nahm, sobald er ihn in die Hand bekam, denn er hielt durch einen sonderbaren Zufall das Glück für Kühnmann fest.

Als Vater Kühnmann vor vielen Jahren als junger Mann nach Hamburg kam, besaß er die ungeheure Summe von dreißig Talern und den Willen, so viel wie möglich daraus zu machen. Er suchte nicht erst eine Stelle als Kommis, sondern begann den Handel gleich auf eigene Hand, erstand in Auktionen billig und verkaufte schnell und gut, so daß er in kurzer Zeit sein Kapital verzehnfachte. In Zeit von einem Jahr besaß er schon ein kleines Kontor und brauchte bald eine Geldkasse. Er ging deshalb eines Tages auf die Judenbörse[46] und fand dort den massiven Kasten, den er zur Zeit noch führte und der ihm billig angeboten wurde. Indem er darum handelte, fiel ihm der Schlüssel zu Boden und gerade auf ein Papier, das der Wind dahertrieb und welches so der Schlüssel festhielt. Ein kleiner alter Jude kam nachgerannt. Er trug mehrere Papiere in der Hand und bat sich den Flüchtling aus, den Herr Kühnmann aufhob und als Los der Leipziger Lotterie erkannte.

„Wissen Sie was, Verehrtester, behalten Sie es! Behalten Sie es! Es muß in Ihrer Hand gewinnen! Sie werden Ihre fünfzigtausend Taler dafür mit demselben Schlüssel in den Kasten schließen", sagte der Lotteriekollekteur, dem der Wind das Los entführte. Herr Kühnmann war kein Spieler, aber der Zufall war zu verlockend. Er kaufte das Los auf der Stelle, schloß es in den Kasten, bezahlte und ließ die alte Kasse in sein Kontor schaffen. Das Los lag einige Wochen unbeachtet darin, er hatte es fast vergessen, als der Kollekteur hereingestürzt kam und ihm die Anzeige machte, daß sein Los 40000 Taler, bare hunderttausend Mark, gewonnen habe, die er ihm sogleich auszahlen wolle, wenn er ein Prozent fahren lasse. Es fiel Herrn Kühnmann gar nicht ein, auch nur ein halbes Prozent fahren zu lassen. Er wartete ruhig den Tag der Auszahlung ab und legte dann die hunderttausend Mark in den Kasten, den er zuschloß und sich, tief Atem holend, daraufsetzte.

„Das sind nicht nur hunderttausend Mark, die jetzt da drin liegen. Nein, das sind zugleich zehn oder fünfzehn mühselige Lebensjahre, die ich gewonnen habe, und um die ich jetzt reicher bin", murmelte er. „Nun vorwärts!"

Es war für den sparsamen, scharfsinnigen Mann nun ein Kinderspiel, mit solchem Kapital vorwärtszukommen. In ein paar Jahren war es verdoppelt. Der solide Kaufmann war überall gern gesehen und zog bald noch einmal das große Los in der Ehestandslotterie, indem es ihm gelang, die Liebe und die Hand eines reichen, gebildeten, schönen und wirtschaftlichen Mädchens zu erhalten, wodurch sein Glück gesichert war und die Million nicht lang auf sich warten ließ. In der Lotterie spielte er nur noch einmal, als ihm der Zufall wieder ein Los in die Hände brachte, worauf er einen bedeutenden Gewinn machte, den er stillschweigend in den Kasten legte, dann aber alle Lose abwies, weil er behauptete, man gewinne nicht immer.

Herr Kühnmann tat als eingefleischter Kaufmann und unter den obwaltenden Umständen wirklich ein halbes Wunder, indem er die Bilder für das Dampfschiff bei dem Maler bestellte. Er hätte ja ebensogut den Platz dafür einfach anstreichen lassen können. Er tat aber noch mehr, denn als er an die Börse kam und erfuhr, daß eine Anzahl Kaufleute gesonnen sei, Nutzen aus der allgemeinen Kalamität zu ziehen, indem sie den Wechseldiskont hinauftreiben und das Halsabschneidegeschäft in Blüte bringen wollten, tat er alles mögliche, um diesem Wucher entgegenzuarbeiten. Er ging zu Salomon Heine und veranlaßte diesen Börsenfürsten, ebenfalls gegen die Wucherer ins Feld zu ziehen. Als dieser Gewaltige für 300000 Mark Wechsel zu 4 Prozent diskontierte, worauf Herr Kühnmann und einige Kaufleute noch ein paar hunderttausend Mark zu demselben Kurs anlegten, war dem emporschießenden Wucher die Spitze abgebrochen. Eine Wohltat, die die Geschäftsleute nur Herrn Kühnmann zu danken hatten.

Bernhart war hoch erfreut, daß er trotz der ungünstigen Umstände doch einen Auftrag erhielt, und verwandte den ganzen Tag dazu, um alles zur sofortigen Inangriffnahme der Bilder zu besorgen. Gegen Abend ging er nach St. Pauli hinaus. Er fand Scapin mit dem Einpacken seiner Sachen beschäftigt, weil er in den nächsten Tagen nach Frankfurt abreisen wollte. Bernhart fragte nach Schnepfe und erfuhr, daß dieser in Scapins Abwesenheit zweimal dagewesen sei und ihn gesucht habe. Indem man ihn erwartete, um den Abend im Freien zuzubringen, brachte ein Mann einen Brief von ihm. Er zeigte darin an, daß er bei seinem Prinzipal ein Schreiben aus Dessau vorgefunden habe, infolgedessen er sofort abreisen müsse. Bernhart solle bleiben und ihn ruhig in Hamburg erwarten.

„Was muß ihm in den Kopf gefahren sein?“ fragte Bernhart, die wenigen, schnell hingeworfenen Zeilen betrachtend. „Es wird doch mit der Erbschaft nicht solche furchtbare Eile haben? Nun, warten wir, er wird ja bald wiederkommen.“

Bernhart ging an die Arbeit und blieb ernstlich dabei, denn er war bald allein, da Scapin, seinem Vorsatz getreu, nach Frankfurt abreiste. Wie weit er es dort in der Verachtung der Millionäre gebracht und ob sich Rothschild und die andern Geldfürsten unter seiner Verachtung gekrümmt haben, wissen wir nicht. Da es Heinrich Heine nicht gelang, diese Herren totzuärgern, so war vorauszusehen, daß ihnen Scapin auch nicht den Rest geben würde, denn Millionäre sind gegen Verachtung unempfindlich, solange sie ihre Millionen besitzen.

Nach acht Tagen erhielt Bernhart einen Brief von Schnepfe, der weiter nichts als fünfzig Taler enthielt und die Worte: „Warte. Es wird sich machen. Geduld überwindet Sauerkraut, sagt der alte Jost. Dein Emil."

Bernhart schüttelte verwundert den Kopf, legte das Geld beiseite und arbeitete rüstig fort. In den Erholungsstunden durchstreifte er die ganze Stadt und Umgebung, suchte in der Barackenstadt und an der Alster nach Eiskuhl und seinen Töchtern. Als er einmal die Ruinen durchstrich, sah er endlich an der anderen Seite eines Kanals Selma sitzen und zeichnen, während ihre Schwester neben ihr stand. Er versuchte mit stürmischem Herzklopfen durch die Ruinen um das Wasser zu gelangen, was nur auf einem großen Umweg geschehen konnte. Als er endlich hinüberkam, waren die Mädchen verschwunden. Der Platz war leer, und Bernhart sah sich umsonst nach dem lieben Bilde um, das ihm vorhin über dem Wasser erschien. Indem er den Platz betrachtete, wo sie gesessen, sah er einen vergessenen Bleistift liegen, den er an sich nahm und als ein Pfand des Wiedersehens betrachtete.

Er wäre gern am nächsten Tag nach dem Platz zurückgekehrt, denn die Sehnsucht nach dem geliebten Mädchen war mit doppelter Stärke bei ihrem Anblick wieder erwacht. Er mußte jedoch mit dem Dampfschiff nach Cuxhaven hinab, um dort etwas aufzunehmen. Da er einmal unten war und Studien machen wollte, verzögerte sich sein Aufenthalt um mehrere Wochen. Dann erhielt er den Auftrag, mit dem Schiff nach Helgoland hinüberzugehen und dort verschiedene Ansichten zu zeichnen. Als er danach nach Hamburg zurückfuhr, waren zwei Monate vergangen. Er betrat mit freudigem Herzen die Stadt, wo er seinen Freund und die Geliebte wiederzufinden hoffte.

Bernhart ging nach seiner Wohnung in St. Pauli. Er fand dort aber zu seiner Verwunderung weder Schnepfe noch einen

Brief von ihm und erfuhr von seiner Wirtin nur, daß ein junger Mann zweimal nach ihm gefragt habe, ohne seinen Namen zurückzulassen. Der Beschreibung nach mußte es Schnepfe gewesen sein. Weshalb war er aber dann nicht dageblieben? Weshalb ließ er gar nichts von sich hören? Diese Fragen legte sich Bernhart besorgt vor und erwog alle Möglichkeiten des langen Schweigens und Ausbleibens seines Freundes. Er konnte krank sein oder eine weite Reise gemacht haben.

Bernhart ging am nächsten Morgen in die Stadt, um seine zwei letzten Bilder für die Dampfschiffe Kühnmanns fertig zu malen. Es war gut, daß dieser jeden Tag kam und um die Bilder trieb, da die Schiffe bald fertig wurden. Bernhart wollte manchmal ungeduldig werden, weil er Selma in den Ruinen zu finden dachte, wo er sie vor seiner Studienreise sah, aber Vater Kühnmann ließ ihn nicht los. Schon morgens um sechs Uhr kam er in die Stadt und holte den Maler oft aus dem Bett und an die Staffelei, wodurch die Bilder denn auch bald fertig wurden.

Er hatte eines Abends den letzten Strich daran gemacht, warf Pinsel und Palette beiseite und zog sich an, um nach St. Pauli hinauszuwandern. Indem er nun bei dem Kasperletheater stand und die Gesichter einiger Negermatrosen betrachtete, die eben ganz entzückt darüber waren, daß Kasper den Tod so kannibalisch durchprügelte, fühlte er sich stürmisch umarmt und sah Schnepfe vor sich, den er beinahe nicht erkannte, weil er von der Sonne verbrannt war und in einem Schifferanzug erschien, der Spuren starker Strapazen zeigte.

„Wo um Gottes willen hast du gesteckt, und wie siehst du denn aus?" fragte Bernhart, ihn erstaunt betrachtend. „Bist du etwa gar ein Schiffer geworden?"

„Es ist so etwas da herum", sagte Schnepfe lachend. „Heute bin ich ganz und gar Schiffer. Mein Ewer liegt unten am Strand bei den Kohlenschiffen. Ich bin gekommen, um dich an Bord zu holen und zu einer Kreuzfahrt einzuladen. Ich habe während der Zeit meiner Abwesenheit ein Reich gegründet, worin du Mitregent werden sollst. Frage heute nicht. Du erfährst nichts Näheres, sondern sollst sehen."

„Aber was sind das für geheimnisvolle Geschichten?" rief Bernhart.

„Die du erfährst, wenn du selbst siehst. Eher nicht eine Minute", entgegnete Schnepfe lachend. „Jetzt komm, wir wollen etwas essen. Dann muß ich Vorräte hinunterschicken, und schließlich holen wir deine Sachen, denn du mußt heute nacht an Bord schlafen, weil wir die Flut benutzen wollen."

„Ich wollte morgen die Töchter des Senators suchen, die ich einmal in den Ruinen sah", wandte Bernhart ein und erzählte Schnepfe, wie er sie von weitem erblickt habe.

Schnepfe saß schweigend und legte den Kopf in die Hand. Dann blickte er auf und sprach: „Geduld! es wird sich machen. Das Geschäft geht vor. Wir werden die Mädchen finden, wenn sie hier sind. Jetzt mußt du mit mir kommen."

Bernhart war ungeheuer neugierig, was Schnepfe wohl angefangen habe. Dieser sagte ihm weiter nichts, als daß er sein Erbschaftsgeld erhoben, das bereits angelegt sei. In was, das werde er selbst sehen. Da Schnepfe durchaus keine Mitteilungen über das Geschäft machte, so holte Bernhart die zu einer Reise nötigen Sachen und ließ sie an Bord des Ewers bringen, an dem er mit Erstaunen eine solche Menge von Lebensmitteln fand, als gälte es eine ganze Insel zu verproviantieren. Er schloß daraus, daß sein Freund einen Provianthandel treiben müsse, und ging mit ihm, um ein Beefsteak zu essen und eine Flasche Wein zu trinken. Dann stieg man zum Strand hinab und ging zum Schlafen in die Kajüte, die Bernhart sehr geräumig, höchst komfortabel und mit zwei Betten versehen fand. Er bemerkte gegen seinen Freund, daß dieser sich hier recht gemütlich eingerichtet habe und wahrscheinlich auf Gäste rechne, wie das zweite Bett vermuten lasse, in welches er sich eben legte.

„Nun!" rief Schnepfe lustig. „Ich hoffe, du wirst dies Bett so lange als das deinige betrachten, bis uns das Eis von der Elbe vertreibt! Gute Nacht, mein Junge! Paß auf, was du siehst, wenn du morgen früh die Augen aufmachst." Hiernach schlief er ein, und auch Bernhart verfiel bald in einen gesunden Schlaf, der nur einmal in der Nacht durch das Rasseln der Ankerkette gestört wurde, die man bei eintretender Flut aufholte.

Als es Tag ward, erwachte er. Ein Getrampel auf dem Deck machte ihn munter. Er sah nach seiner Uhr, die die fünfte Stunde zeigte, und wollte sich wieder zum Schlafen niederlegen. Dabei warf er einen Blick durch das kleine Kajütenfenster, um zu sehen, wo er sich eigentlich befinde. Er erwartete einen Wasserhorizont zu erblicken, denn er glaubte, der Ewer sei abwärts nach Cuxhaven zu gesegelt; deshalb war er verwundert, lauter grünes Gebüsch vor sich zu sehen.

Neugierig stand er auf und stieg zur Luke hinaus. Er sah sich rundum und blickte erstaunt und fragend auf Schnepfe, der ihm lächelnd zunickte. Dann sah er nochmals die Gegend an und betrachtete kopfschüttelnd den rauchenden Ziegelofen, der aus dem Weidengebüsch hervorragte, während neben ihm ein zweiter gebaut wurde, der ziemlich fertig war. Am Ufer lagen zwei große Elbkähne, und auf dem Lande trieben sich gegen zweihundert Leute geschäftig umher und hatten eben den Proviant vom Ewer geholt, den Bernhart am Abend zuvor gesehen. Dieser mochte das Ufer anschauen, so viel er wollte, es blieb kein Zweifel, es war das Landgut, womit ihn Spickmann angeführt. Es war die Lehmgrube.

„Hallo, mein Junge! Wie gefällt dir dein Landsitz?“ rief Schnepfe lachend.

Bernhart sah verblüfft nochmals nach dem Ziegelofen und zwickte sich in den Arm, um zu sehen, ob er munter sei oder träume. Der Ziegelofen rauchte aber fort und zerfloß nicht in seinem eigenen Dampf, wie er erwartete. Dabei leuchtete aus dem Gebüsch ein Haufen neuer Ziegelsteine, die ihm auffielen.

„Ja, sieh nur hin. Das ist der erste Brand. Schon verkauft. Wollen sie morgen nach Hamburg fahren und das erste Geld dafür einkassieren“, jubelte Schnepfe.

„Aber wie ist das möglich? Ist das wirklich die Lehmgrube?“ sprach Bernhart.

„Wie sie leibt und lebt. Deine alte Lehmgrube, womit dich Spickmann zu deinem Glück angeschmiert hat. Ich sagte es ja: unsere Zeit kommt noch. Hamburg ist zu unserem Glück abgebrannt und braucht jetzt Ziegelsteine. Wir machen doch noch unser Geschäftchen mit den Millionären: Durch Lehm zum Gold! Schon ehe der Brand die Sache für uns so günstig machte, sagte ich dir, daß du mein Kompagnon bist, du magst wollen oder nicht. Das Geschäft, für das ich mir lange im geheimen die Platzkenntnis sammelte, ist nun eröffnet. Du hängst die Malerei so lange an den Nagel, wie der Lehm hier reicht, und hilfst mir Gold aus ihm machen. Willst du?“

„Versteht sich“, sagte Bernhart eifrig. „Aber sag mir, wie hast du die Sache in so kurzer Zeit in Gang gebracht?“

„Sehr einfach“, erklärte Schnepfe. „Mit Geld ist alles möglich. Als ich vor ein paar Monaten nach der Stadt hineinging, um nach meinem Prinzipal zu sehen, der vom Feuer verschont blieb, fand ich dort einen Brief aus Dessau, in dem mir angezeigt wurde, daß ich meine Erbschaft jede Stunde ausgezahlt bekommen könne. Schon während des Brandes war mir die Überzeugung gekommen, daß das Ziegelgeschäft bei den Neubauten sehr florieren müsse. Ich hatte lange vorher den Entschluß gefaßt, meine Erbschaft in deiner Lehmgrube anzulegen. Jetzt war keine Stunde zu verlieren. Ich besorgte bei der Behörde alles, was zum Bau der Ziegelei nötig war. Man ergriff die Sache mit Eifer und machte bei dem dringenden Bedürfnisse an Steinen alle Formalitäten mit einem Strich ab. Nun fuhr ich noch in der Nacht fort, um mein Geld in Dessau zu heben. Sobald ich es in der Hand trug, mietete ich diese zwei Elbschiffe, engagierte einen Maurermeister, der Kenntnisse im Ziegelofenbau besaß und der die Pläne auf der Herunterfahrt machte. Dann wurden Maurer und Zimmerleute angenommen, die alle mit Vergnügen zur Reise bereit waren und sich ihre Quartiere in den Elbschiffen zurechtmachten. Zuletzt nahm ich die Ziegelstreicher und Brenner in Lohn, worauf Bauholz, Steine und Kalk sowie Brennholz für ein halbes Jahr eingeladen wurde. Der Proviant für die vielen Menschen machte den Schluß. Dann schwammen wir stromab, wobei die Zimmerleute das Balkenwerk zurechtarbeiteten, und die Maurer taten, was sie konnten. Es war ein merkwürdiger Anblick, der sich bot, als meine zwei Schiffe eines Vormittags hier an diesem wüsten Platze anlegten und die paar hundert Arbeiter aus ihrem Bauche hervorbrachen wie die Griechen aus dem Trojanischen Pferd. Der Deichvogt sperrte Maul und Nase auf, als er die Ziegelöfen gleich einem Zauberwerke aus dem Gebüsch wachsen sah, während die Lehmstreicher gruben und formten. Kurz, in zwei Monaten waren wir fertig, der erste Brand ist gemacht. Der Lehm gibt vortreffliche Ziegel und ist genug für eine halbe Stadt. Morgen gehen die Schiffe mit den Arbeitern wieder stromauf, und wir beide bleiben in diesem Ewer hier. Die Ziegelstreicher wohnen in der Villa Spickmann, wie ich den alten Schuppen getauft habe. Ich hoffe, du bist mit der Einrichtung zufrieden?!“

Bernhart sah mit Verwunderung auf Schnepfe und sprach die Meinung aus, daß dieser ein ganz verteufelter Geschäftsmann sei, der Spickmann durch seine Ziegelidee einen ungeheuren Ärger bereiten werde. „Ich kann aber nur einen kleinen Teil des Gewinnes von diesem Geschäft in Anspruch nehmen, da du doch das Geld dazu hergegeben hast“, schloß er.

„Unsinn!" sprach Schnepfe. „Wäre die Lehmgrube nicht dagewesen, so konnte ich das Geschäft gar nicht anfangen und wäre gar nicht auf die Idee gekommen. Es bleibt dabei: wir teilen den Profit; denn ich hoffe, mein Kapital in ein paar Jahren herausgeschlagen zu haben. Wenn es gut geht, bauen wir noch ein paar Öfen, weil man Millionen Ziegel brauchen wird. Ich sage, wir machen Gold aus dem Lehm!"

Die Freunde richteten sich auf dem Ewer häuslich ein und fuhren täglich frische Ladungen Ziegel nach Hamburg, wo sie ihnen fast aus den Händen gerissen wurden. Schnepfe, der noch Kapital besaß, kaufte ein großes Stück angrenzendes Land mit Lehmboden und ließ noch drei Ziegelöfen bauen. Dann kaufte er einige alte Schuten, die jeden Tag mit Ziegelsteinen beladen mit der Ebbe nach Hamburg schwammen und mit der Flut wieder heraufkamen. Das Geschäft ging brillant, und das Geld floß in lustigem Strome für den gebrannten Lehm in die Kajüte des Ewers, die bald mehr Tausende barg, als das Unternehmen gekostet.

Bernhart und Schnepfe führten ein lustiges Junggesellenleben auf ihrem Schiffe, von dem aus der Maler unablässig Studien machte, da das Ein- und Ausladen Sache der Leute war, während einer der Freunde nur die Anzahl der Steine notierte. Die beiden jungen Männer befanden sich ausgezeichnet wohl dabei. Die frische Luft kräftigte sie, und die Sonne brannte sie braun, während ihre Matrosenkleider bald vom Ziegelstaub rot gefärbt erschienen. In der Kajüte befand sich ein ganz respektables Wein- und Delikatessenlager. Eine Kaffeemaschine lieferte Kaffee und Tee, und da sie oft mehrere Tage in Hamburg, im Hafen oder in den Fleeten der Brandstellen lagen, um Silber für ihren Lehm zu kassieren, so ließen sie das Essen von einem guten Restaurant kommen und führten zur Zeit einen besseren Tisch als Schröpfer und Kompagnie, den das Feuer so zusammengeschmolzen hatte, daß er nach den billigsten Gemüsen und Rindfleisch greifen mußte.

*

Als der treue Jost den alten Senator Eiskuhl im chinesischen Stuhle antraf, fand er einen armen, ruinierten Mann, der nicht mehr von den schönen Leinwandhemden, seinem Stolz, besaß als das zerknitterte, das er auf dem Leibe trug. Jost führte den Willenlosen nach den Kajen, wo ihn Laarsen und der Bruder mit der furchtbaren Weste aus der Lüneburger Heide empfingen und zu den Töchtern führten, die hier eine Zuflucht fanden. Als diese an seinem Halse hingen, brach er in Tränen aus und jammerte über Gegenwart und Zukunft. Die Brüder trösteten ihn und versprachen, ihm wieder auf die Beine zu helfen. Vorderhand solle er nebst Jost mit nach Suderburg gehen, wo auch gelbe Rüben wüchsen und er ein wenig Landwirtschaft treiben könne. Die Töchter sollten indes bei ihrem Onkel in Hamburg bleiben, bis sich eine feste Bestimmung treffen lasse.

Sobald das Feuer gelöscht war, ging Eiskuhl mit seinen Brüdern nochmals nach dem niedergebrannten Hause, wo man die Überzeugung gewann, daß nichts als der Platz vorhanden war, aus dem der Abgebrannte das Kapital zu neuen Geschäften lösen könnte. Sowohl Laarsen als der Heidebewohner, der auf die erste Nachricht vom Brande, den man in der Heide gesehen, herüberkam, waren entsetzt über die Verwüstung, die sie erblickten. Die Ruinen boten einen Anblick, den man fast nur an einer seit Jahrhunderten verwüsteten Stadt findet. Sie standen meist wie ausgewettert, in hellen Farben, ohne vom Rauch geschwärzt und mit verkohltem Holzwerk untermischt zu sein. Die ungeheure Glut hatte alles Brennbare vollständig verzehrt, und die Flammen waren so hoch über die Häuser emporgestiegen, daß sie der Rauch nicht schwärzen konnte.

Die Ruinen der Kirchen standen riesengroß unter den Trümmern der Stadt und sahen aus, als wären sie vor Jahrhunderten zerstört worden. Der Turm der Nikolaikirche war bis zum Grunde von Sprüngen durchzogen, die seinen Einsturz fürchten ließen. Die Petrikirche zeigte Pfeiler- und Bogenruinen, wie man sie sonst in alten, zerfallenen Klosterkirchen sieht. Die herabgestürzte Turmspitze war von der Gewalt des Falles über zwölf Fuß tief durch das Steinpflaster in die Erde eingedrungen und bildete ein trichterförmiges, mit Kupfer ausgeschlagenes Loch, in das der Senator mit Entsetzen hinabschaute, wobei er bedachte, was aus ihm geworden wäre, wenn ihn die Spitze, die hart neben ihm niederschmetterte, getroffen hätte. Man ging weiter durch die Verwüstung nach der alten Börse, die von der Erde verschwunden war, deren Säulen noch hier und da auf dem Platze umherlagen, während das Gebäude, ins Wasser gestürzt, teilweise daraus hervorragte, wenn die Ebbe tief stand. Man sah mit Schmerz den Trümmerhaufen, der sonst als Jungfernstieg lustig und prächtig dastand und in dessen Alsterbassin jetzt statt der Schwäne und Segelboote verbrannte Möbel und Schiffe umhertrieben. Der Senator ging mit Tränen in den Augen an der Ruine des Rathauses vorbei, an dessen Mauern noch die alten Kaiserstatuen[65] Wache hielten.

Der Senator fuhr nach einigen Tagen nebst Jost und seinem Bruder in einem Milchewer nach Harburg hinüber. Er nahm die Gastfreundschaft in Suderburg an und machte sich mit dem alten Diener dort so nützlich wie möglich. Die Töchter Eiskuhls blieben bei Laarsen. Selma brachte den ganzen Tag mit ihrer Schwester in den Ruinen zu und zeichnete Albumblätter aus den Brandstätten, besonders die Kirchenruinen, die sehr gesucht waren und wodurch sie sich bald einen kleinen Schatz verdiente, den Laarsen in Verwahrung nahm und mit großer Freude betrachtete, zu der sich das Erstaunen gesellte, wie man doch für solche Bildchen zwei, drei Dukaten bezahlen könne. So vergingen über zwei Monate, Selma dachte ihren Vater mit dem Geld zu überraschen. Die Ruine der Nikolaikirche wurde fortwährend aufs neue bestellt und von ihr stets von andern Standpunkten aufgenommen. Eines Tages wollte sie sie von einer Gegend zeichnen, wo im Vordergrund ein gesprengtes Haus mit seinen Türen und Fenstern, an denen sogar noch Vogelbauer hingen, nach dem Fleet hinabgestürzt lag, in dem bereits die Schiffahrt wieder im Gange war. Man wollte dies Haus am nächsten Tage aufräumen, da in den Nebenplätzen die Neubauten bereits begonnen hatten. Der beste Platz zur Aufnahme war vom Wasser aus, weshalb Selma mit ihrer Schwester hinunterstieg und über ein Brett nach einem Ewer ging, von dem man Ziegelsteine in eine Schute lud. Die beiden Schiffer lagen auf dem Verdeck und sahen nach dem Wasser hin. Einer zählte die Steine, die von den Leuten aus dem Ewer gegeben wurden, während der andere ein Buch vor sich hielt, in das er die Zahlen einschrieb.

Die Mädchen kamen unbemerkt auf das Schiff, wo sich ein vortrefflicher Platz zum Zeichnen fand. Selma berührte die Schulter des Buchführenden und sprach freundlich: „Ach, lieber Mann, erlauben Sie“ –

Ein Schrei entfuhr ihr, als der Mann sich umdrehte und aufsprang. Sie wurde blaß und wollte umsinken, weshalb sie der Schiffer in seine Arme nahm und auf eine Bank trug, die unter dem Sonnenzelte auf dem achteren Teile des Schiffes stand. Hier setzte er sie zögernd nieder. Er wollte sie gar nicht aus den Armen lassen und konnte es auch nicht, denn ihr Kopf lag so fest auf seiner Schulter und die Augen dieses Kopfes sahen ihn so fesselnd an, daß er nicht loskommen konnte.

Selma wurde bei Bernharts Anblick von einem unbeschreiblichen Gefühl ergriffen, das aus Liebe, Erstaunen, Glück und Schreck gemischt war und ihre Sinne schwinden machte. Sie hielt sich an ihm fest, als wollte sie ihn niemals wieder loslassen, bis sie endlich ihre Schwester erblickte, die der andere Schiffsmann, Schnepfe, in den Armen hielt und unter dem stillen Beifall der Schutenleute herzhaft küßte, wogegen sie nicht den geringsten Widerstand leistete; denn daß sie seine Küsse nicht behalten wollte und ihm sofort zurückgab, konnte nicht als Widerstand gelten.

Als die erste Überraschung vorbei war, begannen sich die Mädchen zu schämen und bedeckten die Augen mit ihren Taschentüchern.

Bernhart brach nun das Schweigen; es war noch kein Wort gesprochen worden.

„Also endlich sehen wir uns wieder!" sagte er, Selma bei der Hand fassend.

„Endlich nach Monaten, die wir umsonst nach Ihnen gefragt und gesucht haben. Aber unter welchen veränderten Verhältnissen? Sehen Sie uns an. Wie finden Sie uns?"

„Ach Gott!" sprach Emma. „Dieser Brand hat alles umgestürzt. Vor allen Dingen mögen Sie aber wissen, daß wir so arm – ich muß es Ihnen sagen –, daß wir so arm wie Kirchenmäuse geworden sind. – Papa hat alles verloren, und wir mit. Wir sind ein paar ganz arme Mädchen! So, jetzt wissen Sie es. Aber was ist um's Himmels willen aus Ihnen geworden? Sind Sie Schiffer?"

„Wir sind Schiffer!" rief Schnepfe.

„Wie kommt das?" fragte Emma erstaunt.

„Wir fahren Bernharts Landgut stückweis nach der Stadt, das er von Spickmann für sein Bild eintauschte. Da es sich nicht im ganzen verwerten läßt, so tun wir es im einzelnen. Sehen Sie, jeder Stein ist ein Stück davon. Wir sind Alchimisten geworden und haben das Geheimnis, Gold aus Lehm zu machen."

„Ah!" riefen beide Mädchen freudig, und Schnepfe fuhr fort: „Ich habe meine Erbschaft in Ziegelöfen verwandelt, von denen bereits vier brennen, während eben wieder zwei neue gebaut werden. Zehn Fahrzeuge schaffen täglich herunter, was gebrannt wird. Wir spekulieren auf neue Lehmgruben und auf einen Platz zu einer kleinen Villa. – Sie sind also arm – ganz arm?" fragte er plötzlich.

Die Mädchen nickten stumm.

„Das freut mich unendlich!" sprach Schnepfe. „Geduld, es wird sich machen! sagte der alte Jost immer. Wo ist er, und wo ist Ihr Papa?"

„Sie sind beide in der Lüneburger Heide. Bei dem Onkel mit der Weste", antwortete Emma lachend.

„Und wo wohnen Sie selbst?"

„Bei unserem Onkel Laarsen, an den Kajen", erzählte Emma.

„Ist das ein Onkel von Ihnen?" rief Schnepfe verwundert. „Herrgott, so nahe sind wir Ihnen gewesen! Wir haben erst vor acht Tagen Proviant bei ihm gekauft. Nun, Sie müssen uns dort vorstellen. Sobald wir leer sind, bringen wir den Ewer an sein Haus. Wollen Sie?"

Die Mädchen wollten mit Freuden. Selma erklärte Bernhart ihre Beschäftigung und begann dann ihr Bild zu zeichnen, während die Freunde dafür sorgten, daß indes die Steine aus dem Schiffe kamen.

Gegen Abend war es soweit, das Fahrzeug wurde nach den Kajen gebracht und bei Laarsen festgelegt. Dieser saß wie immer vor seinem Keller und war erstaunt, die Nichten den Weg heraufkommen zu sehen, den sonst nur die Milchleute und Schiffer einschlugen. Sein Erstaunen stieg, als ihm Emma lachend die zwei ziegelroten Schiffer vorstellte. Er glaubte erst an ein Späßchen. Als ihm aber Bernhart die Sache erklärte und Schnepfe ihn ersuchte, das bare Geld in Verwahrung zu nehmen, das sich in der Kajüte angesammelt und bei der großen Summe dort keinen sicheren Platz mehr habe, wie die jungen Leute über zwölftausend Taler heraufbrachten und diese den Mädchen zu Füßen legten, wobei sie erklärten, daß ihre Herzen mit dabeilägen, da mußte Onkel Laarsen es wohl glauben.

Er besah sich die jungen Männer nun erst genauer, nahm dann das Geld mit großer Würde in Empfang, stellte einen Schein darüber aus und versprach, dem Senator Bericht über die merkwürdigen Schiffer nach Suderburg zu schicken, worauf er eine Flasche vom Besten hervorbrachte und mit den jungen Leuten in die Kajüte des Ewers stieg, wo er eine lange Verhandlung pflog. – Er stieg endlich mit Bernhart und Schnepfe wieder herauf, um den Brief zu schreiben. Die beiden hatten die

Ziegelschiffer abgelegt und kamen als Gentlemen aus der Luke hervor, zur gerechten Verwunderung ihrer Schiffsleute, die sie stets nur in dem Matrosenzeug gesehen.

Auf den Wangen der Schwestern leuchteten die Rosen, die in ihren Herzen für die jungen Männer blühten, als diese bei ihnen eintraten. – Laarsen schob seine Brille in die Höhe und betrachtete sie, in seinem Briefe innehaltend, mit Wohlgefallen, worauf er verschmitzt nach den Mädchen hin lachte und sagte:

„Nun, eben schreibe ich an euren Papa. Ich kann doch wohl bemerken, daß ihr einverstanden seid? Hm?"

„Einverstanden? Mit was denn, Onkelchen?" fragte Emma feuerrot, während Selma die dunklen Wimpern senkte.

„Mit dem, was ich schreibe und was die Herren sagen werden", sprach Laarsen lachend und schrieb weiter.

„Wo wollen Sie denn hin?" fragte Emma, schüchtern nach Schnepfe blickend.

„Wir reisen noch heute! Wir haben in Suderburg bei einem alten Herrn eine wichtige Frage zu tun. Sollen wir sie tun?" sprach Schnepfe, Emma fest anblickend.

„Selma?" flüsterte Bernhart leise.

Diese saß noch immer mit gesenkten Augen vor ihm. Helle Glut stieg in ihre Wangen. Sie hob die dunklen Wimpern, und die Glut brach aus den Augen hervor. Und mit den Augen zugleich hob sie die Arme empor und warf sich an die Brust des Geliebten, was Emma schon getan hatte; denn Schnepfe rief eben, zu Atem kommend: „Sie sind einverstanden!"

Der Ewer blieb einige Tage bei Laarsen liegen. Die Mädchen stiegen in die Kajüte hinab, die er ihnen aufschloß, und besahen dort alles neugierig, wobei Emma „Ordnung" machte, denn es war eine greuliche Junggesellenwirtschaft, wie sie bemerkte.

Nach einigen Tagen kam ein Brief an Laarsen, in dem zwei an die Mädchen lagen, die diese in der Kajüte lasen und dann lange still selig dasaßen.

Herr Laarsen rief aber einen Schutenführer an und fragte nach einem Mann, bei dem man Flaggen leihen könne. Indem sich der besann, ruderte Takel-Jan vorbei, der sich sofort erbot, so viele Flaggen zu besorgen, als Herr Laarsen nur immer wollte. Dieser übergab ihm das Geschäft und verlangte den Ewer zu morgen früh wunderschön beflaggt, was auch Takel-Jan zum Entzücken der Nachbarschaft und der Wasserleute ausführte, denn der Ewer trug eine Wolke von Flaggen aller Nationen, die existierten, ja sogar einiger, die gar nicht existierten. Laarsen saß am Ufer und erklärte jedem, der es nur wissen wollte, daß die Sache zu Ehren der Töchter Eiskuhls und zur Feier ihrer Verlobung mit zwei reichen jungen Männern stattfände.

Bernhart und Schnepfe waren indes nach Suderburg gereist und fragten dort nach dem Hause des Vogtes. Der betrübte Senator saß kummervoll vor einem großen Tisch beim Frühstück. Er hatte zwei Forellen und eine Schüssel voll Krebse aufgezehrt, die Jost schon früh gefangen. Da dies sein Herz noch nicht beruhigte, so ging er einem Schinken zu Leibe, der herausfordernd vor ihm stand und ganz geeignet war, sein betrübtes Gemüt zu trösten, wozu Laarsens Portwein das seinige beitrug.

Herr Eiskuhl betrachtete die Ankommenden mit Verwunderung und einiger Freude. Er erstaunte aber noch mehr, als er den Brief Laarsens las. Er tat einige Schnaufer, wobei er die Augen weit aufriß und die jungen Leute betrachtete.

Dann schüttelte er mit dem Kopf und murmelte: „Verfluchte Kerrels!“ worauf er Jost herbeirief und ihm sagte:

„Jost, denke dir, die Jungens da wollen die Mädchen heiraten – halten um sie an – haben aus der Lehmgrube, mit der sie Spickmann anschmierte, eine Goldgrube gemacht und werden reiche Leute, während wir arme Teufel geworden sind. Jost, was sagst du dazu?“

„Ich habe immer gesagt: Es wird sich machen! Habe das schon kommen sehen“, sprach Jost lachend.

„Was! und da hast du mir nichts davon gesteckt!“ rief Eiskuhl verblüfft. „Oh, dieser verfluchte Kerrel, der Schnepfe! – Nun, Jungens, Umstände verändern die Sache. Ich bin's zufrieden, aber laßt euch vorher sagen, daß ihr ein paar arme Mädchen heiraten wollt. Sie haben nichts, fast gar nichts, nicht einmal eine Ausstattung, wenn ich meinen Platz nicht verkaufen kann.“

Die jungen Leute erklärten, daß sie nichts erwarteten und beanspruchten, als den Segen des Papas und seine Beihilfe am Geschäft, welches eine große Ausdehnung erlange und wozu Herr Eiskuhl ganz der Mann sei.

Der Vorschlag elektrisierte den alten Herrn. Er sprang auf und wäre am liebsten gleich mit nach der Ziegelbrennerei gefahren; denn er war an Geschäftstätigkeit gewöhnt. Bernhart stellte ihm jedoch vor, daß erst für eine Wohnung gesorgt werden müsse, da er nicht wie sie in der Schiffskajüte kampieren könne, worauf Herr Eiskuhl sich so lange zu gedulden versprach.

Nachdem die Verhandlungen abgeschlossen waren, schrieb man sofort an Laarsen und ging dann, die Umgegend zu besehen. Der Senator führte Schnepfe auf einen Heidehügel und sprach, als er mit ihm allein war:

„Ach, mein lieber Doktor! Es wäre hier alles recht hübsch. Es ist mit dem Leben auszuhalten. Die Daucus carota delikat, aber –“, hier strich er sich mit betrübter Miene um das Kinn, welches, sonst glatt rasiert, heute ein stoppliger Bart umstand, „aber der Barbier hier – das ist ein fürchterlicher Kerl! Ich sage Ihnen, mich schüttelt's, wenn ich ihn von weitem kommen sehe. Die Messer müssen Sie sehen, die er auspackt. Ich wollte mich erst jeden Tag rasieren lassen, das wäre aber mehr, als ein christlicher Märtyrer jemals ausgehalten hat. Ich lasse mich wöchentlich zweimal barbieren und werde damit für alle meine Sünden gestraft. Ich glaube, der Kerl haut in seinen Mußestunden mit seinen Barbiermessern Gras und dengelt sie hernach. Ich sage Ihnen, der Kerl treibt mich fort, ehe ihr mich dort brauchen könnt.“

Dabei sah er Schnepfe wehmütig an und strich wieder um sein Kinn. Schnepfe konnte kaum das Lachen verbeißen; denn er sah deutlich, daß Herr Eiskuhl gern kunstgerecht rasiert sein wollte, ihm aber nicht das Anerbieten zu machen getraute. Er nahm deshalb seinen künftigen Schwiegervater unter den Arm und führte ihn in das Haus, wo er ihn in einen Sessel setzte und ihm die Serviette umband.

In Bernharts Atelier

## Neunundfünfzigstes Kapitel

# Schluß

Munteres Gelächter erklang aus dem kleinsten Landsitze Neumühlens, in dem Vater Kühnmann gesund und frisch umherging, um die Schnecken über den Zaun zu werfen, die ihm das Leben sauer machten. Aber an jedem Nachmittag fand er dann wieder so viel Schnecken, daß er behauptete, sie müßten aus der Luft fallen, wobei er sie rücksichtslos und zornig hinauswarf, daß ihm Vetter Schwarzknopf mehr Sorgfalt empfahl, da er sonst wegen Tierquälerei in die Zeitung kommen könnte. Diese Bemerkung erinnerte Kühnmann daran, daß er das Blatt heute noch nicht gelesen habe, weshalb er seine Brille mit einem entschiedenen Ruck festsetzte und nach der Veranda lief, wo er hinter der Zeitung verschwand.

Plötzlich ließ er einen Ausruf der Verwunderung hören und sagte: „Das ist doch außerm Spaß! Da hört – nein, 's unglaublich, in einem Jahr so aufzuräumen. Es ist dem alten Drachen aber recht!"

„Was gibt es denn?" rief die Familie.

Herr Kühnmann las: „E. Henri – Neuer Jungfernstieg, mit Mark Banko 250 000 und Courant 280 000. – Alle Donner! Das ist ja das ganze Vermögen der alten Senatorin, was der Kerl da allegemacht hat! Wie muß er denn das angefangen haben?"

„Er ist ein Spieler, und außerdem hat er teure Liebschaften. Eine Kunstreiterin soll ihm beinahe hunderttausend Mark abgenommen haben. Er hat ihr den großen Schmuck gekauft, der am Jungfernstieg jahrelang die Augen aller Fremden auf sich zog und allen Prinzen zu teuer war. Dann ließ er von Paris die brillantesten Kleider und Hüte für sie kommen und endlich von Kairo zwei arabische Pferde, die bis zum Platze zwölftausend Mark kosteten. Auf diese Weise wird einer bald mit einer Million fertig", erklärte Schwarzknopf.

„Schauderhaft!" murmelte Kühnmann, indem er die Gläubigerliste durchlas. „Da steht ein Wolf mit 50 000 Mark Wechsel, hat Deckung."

„Er hat ihm die Villa Eiskuhl hier verschrieben, wie ich hörte", sprach Förster.

„Das kann er ja nicht, die gehört doch der Senatorin, seiner Frau!" entgegnete Kühnmann.

„Die hat ihm vor der Trauung ihr Besitztum abgetreten."

„Na, dann geschieht's ihr recht!" riefen alle. – Kühnmann las weiter und kam zu den Trauungen, die er stets mit Interesse studierte und in spaßhafter Weise als Unglücksfälle vorlas. Es war heute eine überraschende Zeitung, die Herr Kühnmann in der Hand hielt, denn auch bei diesem Kapitel fand sich etwas, wodurch er in die höchste Verwunderung versetzt wurde. Er las: „Getraut wurde: Herr Carl Bernhart, Kunstmaler und Ziegeleibesitzer, mit Fräulein Selma Eiskuhl, vormaligen Senatorstochter, und Herr Emil Schnepfe, Schiffsdoktor und Ziegeleibesitzer, mit Emma Eiskuhl, vormaligen Senatorstochter.–

Das sind die beiden wahrhaftig!" rief Kühnmann. „Aber wie kommen sie zu dem Titel Ziegeleibesitzer?"

„Oh! Das habe ich euch zu erzählen vergessen", sagte Schwarzknopf. – „Vor ein paar Wochen traf ich den Maler und den Doktor auf einem Ewer voller Ziegelsteine, ganz rot gefärbt, und glaubte, es stehe so schlecht mit ihnen, daß sie Ewerknechte geworden seien. Die Sache ist aber anders. – Ihr wißt doch, wie Spickmann damals dem Maler die Lehmgrube für das Bild aufhängte?"

„Ah!" rief Kühnmann gespannt. „Und nun?"

„Und nun haben er und der Doktor, der eine Erbschaft bekam, eine Ziegelei daraus gemacht und verdienen ein Heidengeld", fuhr Schwarzknopf fort.

„Dacht' ich's doch!" sprach Kühnmann, auf den Tisch schlagend. – „Man ist aber manchmal ganz blind gegen seinen Vorteil. Der Maler bot mir vorigen Winter das Ding zum Kauf an und hätte es mir für hundert Taler gegeben. Ich lachte ihn aus – jetzt könnte ich hunderttausend Taler daraus schlagen. Das ärgert mich barbarisch. Konnte mir zu dem Worte Lehmgrube nicht das Wort Ziegelstein einfallen? Es liegt so nahe auf der Hand. Der Mann konnte dann bei seiner edlen Malkunst bleiben und brauchte sich nicht mit diesem Lehm zu befassen."

„Dann hätte er sich aber auf keinen Fall so schnell ein Vermögen verdient", bemerkte Förster.

„Ein Künstler muß nicht nach Besitz streben[66]. Das ist unrecht. Jetzt soll er mir auch seine Vorschüsse auf die Bilder nebst Interessen wiedergeben", sagte Herr Kühnmann.

In der Villa Eiskuhl gab es indes ärgerliche Auftritte.

Der alte Wolf war mit einem Advokaten und Gerichtspersonen erschienen, um Beschlag auf alles zu legen. Er hatte wieder eine Spielbank errichtet und Herrn Henri nebst Konsorten nicht nur ausgezogen, denn er war ein ausgezeichnet geschickter Falschspieler, sondern ihm auch noch von dem gewonnenen Geld zu zwei-, dreihundert Prozent auf Wechsel geborgt, gegen die er sich die Villa als Deckung geben ließ.

Die Senatorin weigerte sich in der letzten Zeit, Geld herauszugeben und behielt ihre Schlüssel hartnäckig bei sich, denn sie war hinter das Verhältnis mit der Kunstreiterin gekommen und wurde von Wut und Eifersucht so weit hingerissen, daß sie der Amazone das Gesicht mit den Nägeln zerkratzen wollte, wobei sie aber von dieser gymnastischen Dame jämmerlich durchgeprügelt wurde, was Herr Henri am nächsten Tage fortsetzte, als er betrunken nach Neumühlen kam, der Senatorin unverhohlen sagte, daß sie ein „altes Bockfell" sei, das gegerbt werden müsse, womit er sein Täubchen durch Villa und Garten jagte und in den Pavillon trieb, wo er sie in Erinnerung an seine eigenen Prügel unbarmherzig „durchgerbte" und dann zu seiner Kunstreiterin zurückkehrte.

Die Senatorin lief in der größten Wut nach ihrem Zimmer, um ihre sämtlichen Wertpapiere zu holen und zu entfliehen, denn der himmlische Junge hatte ihr beim Abschied zugerufen, daß er jeden Abend wiederkommen und sein süßes Täubchen mit dem spanischen Rohr liebkosen wolle. Die Augen waren ihr gräßlich geöffnet worden, gingen ihr aber noch mehr auf, als sie ihren Geldschrank öffnen wollte und die Schlüssel daran steckend fand, die sie doch sorgfältig aufbewahrt in ihrer Tasche trug. Sie erkannte mit Schrecken, daß sich der himmlische dumme Junge Nachschlüssel hatte machen lassen; sie fand von sämtlichen Wertpapieren und barem Geld nichts mehr vor. Herr Henri blieb von diesem Tage an in der Stadt und ließ sein Weibchen gar nicht in das Quartier, das die Amazone mit ihm teilte, die jedoch bei seinem Bankerott verschwand. Von diesem Tage an wurde Herr Henri nicht mehr nüchtern und kehrte unverhohlen seine wahre Natur heraus. Da er bald weder Geld noch Kredit besaß, so kam er vom Champagner sehr schnell zum Schnaps herunter und nach Altona hinauf, wo er in kurzer Zeit den Rest seiner Garderobe in Kümmel umsetzte und den teerhosigen Gentlemen auf der Werft als Hanswurst diente.

Es gab noch ein Haus in Neumühlen, auf dem der Fluch ruhte. Dies war Stubborns Landhaus, das die schöne Julie wie ein böser Dämon einsam bewohnte.

Schwarz machte, sobald es die Glut erlaubte, die größten Anstrengungen, um zu dem verschütteten Kessel zu gelangen, in dem Stubborn gefangen war. Man spritzte unablässig in das noch glimmende Holzwerk und räumte dann die rauchenden Trümmer herab. Als der Kessel ausgekühlt war, kroch Jakob durch die Öffnung und ließ sich eine Laterne hineinreichen. Er kam nach einiger Zeit blaß wieder vor, denn er hatte den toten Stubborn beiseite geschoben, um den Kasten, den er unter seinen Fingern erblickte, herauszuholen. Er gab ihn Schwarz.

Da der Tote herausgeholt werden mußte, so kroch Takel-Jan, welcher gewohnt war, durch ungewöhnliche Öffnungen zu kriechen, und starke Nerven besaß, in den Kessel und brachte den Verunglückten vor, worauf man ihn herauszog und ihn in ein Segel wickelte.

Kern gab jetzt Schwarz den guten Rat, den Kasten schnell in Sicherheit zu bringen, ehe ihn das Gericht in die Hände bekäme und sich darin wüsche. Schwarz ging mit Kern nach seiner Wohnung, wo man den Fund untersuchte und mit Erstaunen die besten Wertpapiere von über einer Million Talern fand, die Schwarz an sich nahm und etwas über fünfzigtausend Mark an barem Geld im Kasten ließ, den er samt dem Notizbuch durch Kern zu Berta schickte, wobei er diese bat, die Sachen beim Gericht zu deponieren und den Inhalt des Kastens für ihre Schwester zu bestimmen.

Kern machte Berta mit den Umständen bekannt. Sie war vollständig damit einverstanden, daß man dem Gericht die Hauptsumme nicht in die Hände gäbe, wo sie jahrelang tot liegen bliebe, während man sie in Amerika lange verwenden könne.

Da niemand eine Ahnung von der Größe der Summe besaß, die Stubborn verborgen hielt, so war man über das Vorhandene schon erstaunt, und das Gericht bekam nebst den Advokaten nur einige magere tausend Mark, nachdem die Sache zu Juliens Ärger ein paar Jährchen hingeschleppt worden war. Julie erhielt zirka fünfzigtausend Mark. Sie erwartete eine halbe Million und war wütend über die geringe Summe.

Schwarz war indessen nach London abgereist, wohin ihm Kern und Berta bald folgten. Nielsen, den man dort traf, wurde leicht dahin gebracht, sein Projekt mit den Südseeinseln aufzugeben und bei Schwarz zu bleiben, der sich mit Berta trauen ließ, und zwar zur großen Befriedigung seines alten, gutmütigen Wirtes vom Strande, bei dem er wieder Quartier genommen hatte. Da ihn dieser vorsichtige Herbergsvater abermals auf dem alten Ankertau sitzen sah, das nach ein paar Jahren noch ruhig dort lag, so wäre er vielleicht ebenso wachsam wie früher gewesen, wenn ihn Berta nicht beruhigte, die vom Arm des jungen Mannes fest umschlungen neben ihm saß und auf das Schiffsgewühl der Themse blickte. Der Wirt nickte lächelnd und murmelte: „Wenn einer so dasitzt, dann springt er nicht ins Wasser", worauf er in seine Gaststube ging und einen Krug Porter auf das Wohl des Paares leerte.

Auf dem Achterdeck eines Schiffes, das bald darauf die Themse hinabsegelte, stand Schwarz mit seiner Frau; neben ihm Nielsen und Kern. Alle vier blickten nach den zurückbleibenden Ufern, die weiter und weiter auseinanderrückten, bis sie ganz im Wasser verschwanden. Schwarz sagte:

„Wie jetzt das Land dort im Wasser versinkt, so mögen alle bösen Erinnerungen hinter uns versinken und uns drüben nimmer in dem Glück stören, das wir zu finden hoffen!"

Die Männer reichten sich die Hände. Berta umfaßte Schwarz und flüsterte: „Es soll mein einziges Lebensziel sein, dich glücklich zu machen und für dein Glück zu sorgen."

„Du sprichst das aus, was ich dir eben sagen wollte", sagte Schwarz, sie auf die schönen Augen küssend.

Die Reisenden hatten eine gute Überfahrt. Schwarz kaufte sich oberhalb Neuyorks am Hudson an und übernahm eine große Landwirtschaft mit bedeutendem Viehstand, deren Erzeugnisse sich in Neuyork gut verwerten ließen. Ein Schweizer veranlaßte ihn, einen Versuch in der Käsefabrikation zu machen, und er stellte Käse her, die ein Mittelding zwischen Holländer und Schweizer Käse waren. Sie fanden in Neuyork großen Beifall und Abnahme, weshalb das Geschäft bis nach England ausgedehnt wurde. Eine prachtvolle Villa mit der Aussicht auf die Catskillberge wurde von dem glücklichen Paar bewohnt. Die europäischen Erinnerungen waren im Ozean versunken.

Hart am Ufer des Stroms stand ein kleines Haus, bei dem die Sonne in helle Holzspäne schien und wo den ganzen Tag gesägt und geklopft wurde. Fertige und halbfertige Boote lagen umher. Auf dem Wasser schwamm eine kleine Jacht vor ihrem Anker, die eben bemalt wurde, was Nielsen vom Ufer aus beobachtete. Er war als Bootsbauer hier etabliert und besorgte das Verladen und den Transport der Produkte, während Kern das Geschäft in Neuyork führte. Die so hart vom Schicksal Verfolgten lebten nun in ruhiger Zufriedenheit.

*

Es waren einige Jahre seit dem großen Brand von Hamburg vergangen. Der Tag des Unglücks, der fünfte Mai, dämmerte wieder herauf, die Sonne stieg über den Vierlanden empor und blickte auf den Exsenator Eiskuhl, der wie gewöhnlich auf sie wartete, nur ein Stückchen näher, denn er stand vor einem komfortablen Landhaus, von dem man verschiedene Ziegeleien erblickte. Er teilte seine Aufmerksamkeit zwischen der holländischen Pfeife und dem alten Jost, der in einer Anlage von grünen Beeten umherkroch und Unkraut ausriß. Dabei warf er verschiedene Blicke nach verschiedenen Ewern und nickte zufrieden, als er Rauch aus ihren Kaminen aufsteigen sah, ein Zeichen, daß die Mannschaften mit ihrem Frühstück beschäftigt waren. Eine helle Frauenstimme rief Jost, der in das Haus ging, um mit Tischtüchern und Geschirr wiederzukommen und den Tisch in der Laube zum Kaffee zu decken, den die Gattin Schnepfes nun servierte. Schnepfe kam gleichfalls heraus, und nachdem man gefrühstückt und er zärtlich Abschied von seiner Emma genommen, ging er mit Eiskuhl zu einem Ewer hinab, um mit der eintretenden Ebbe nach Hamburg zu fahren.

Herr Eiskuhl war kaum nach Hamburg zurückgekehrt und hatte die Sachlage überblickt, als er auch schon sah, wo etwas zu machen sei. Das Geschäft wurde sofort ausgedehnt, denn es war ein ungeheurer Bedarf von Baumaterialien vorhanden. Eiskuhl kaufte ein altes Elbschiff und brachte es auf einen bequemen Landeplatz am Grasbrook. Da die Mieten für Speicher sehr hoch standen, so benutzte er es als solchen und legte vor allen Dingen eine Kalkniederlage sowie einen Vorrat von Bauholz und Brettern darin an. Im Elbkahn war das Nebengeschäft des Exsenators, der dort bald Nägel oder Leim, bald Holz, Kalk oder Türschlösser verkaufte. Dann pries er einem Maler verschiedene Borstenpinsel an und zeigte ihm vortreffliche Ölfarben und Lacke, worauf er einen Tapezierer packte, um ihm eine Sendung neuer französischer Tapeten zu zeigen. Das Schiff glich einem großen Bienenkorb, und Herr Eiskuhl war auf dem besten Wege, wieder zu etwas zu kommen. Er war ganz verändert und genierte sich nicht im mindesten, mit einer Schürze und aufgestreiften Hemdärmeln umherzulaufen. Das Unglück und das Feuer hatten den Hochmut, der sich in glücklichen Tagen wie eine Kruste an ihn gelegt, abgeschmolzen.

Schnepfe hatte sein Kontor gleichfalls in das Elbschiff verlegt und nahm dort die Zahlungen an. Ein ununterbrochener Strom von barem Geld floß über seinen Tisch in seine Kasse. Er und Bernhart waren nach drei Jahren jeder zu einem Vermögen von hunderttausend Talern gekommen und mußten beim Stand der Geschäfte dies Vermögen bald verdoppeln.

Auch Herr Jakob war ein Kunde Eiskuhls. Der junge Mann war zu einem vollkommenen Stutzer ausgewachsen. Er warf oft einen Blick nach Eiskuhls weißer Hemdenbrust, die einst sein Ziel gewesen. Jetzt waren seine Ziele andere. Er hatte das Lumpengeschäft vom alten Wolf übernommen und Takel-Jan als Geschäftsführer hineingesetzt, denn sein Hauptgeschäft war der Schmuggelhandel mit Lebensmitteln nach der inneren Stadt. Jakob war dadurch auf dem Wege, ein reicher Mann zu werden, und seine Träume von einer Einladung in den Salon eines Geldfürsten konnten mit der Zeit wohl in Erfüllung gehen. Er legte im Keller an den Kajen eine Filiale des Elbschiffes mit Eisenzeug zu den Neubauten an, die er im ganzen von Eiskuhl bezog. Den mäßigen Gewinn daran nahm er nebenbei mit und gab dem Geschäft dadurch einen solideren Anstrich. Da sich Takel-Jan von nun an nur mit dem Schmuggelgeschäft und dem Kellerhandel beschäftigte und nicht mehr am Strand stahl, so übernahm Herr Henri diese Branche und verwandelte seine Beute so gut in Kümmel und Rum, wie dies Takel-Jan getan. Er konnte jedoch niemals zu der achtbaren Stellung bei seinen Kollegen von der Werft gelangen, die sein Vorgänger genoß. Sein Spitzname „der lateinische Pomadenbuttje" war auf irgendeine Art aus der Villa Eiskuhl unter die Werftgentlemen gekommen, die die schandbarsten Späße mit ihm trieben, sobald er betrunken war.

Als Schnepfe und Eiskuhl eines Tages in Geschäftsangelegenheiten nach St. Pauli hinausgingen, sahen sie vor dem Millerntor einen Volksauflauf, den ein Betrunkener veranlaßte, der, unter einer Herde Kinder hervorragend, von weitem für einen Neger gehalten wurde. Als er näher kam, erkannte der Exsenator mit innigem Vergnügen in ihm Herrn Henri, den die Schiffszimmerleute am Strande beim Stehlen von altem Kupfer erwischt und dem sie Gesicht und Hände angeteert hatten.

Herr Eiskuhl war ungemein erbaut über den Anblick, den sein Feind bot. Er teilte Schnepfe mit, daß die Senatorin um alles gekommen sei, im Holsteinischen von der Gnade ihres Bruders in einem kleinen Hause lebe und nicht einmal soviel habe, daß sie ihre Haare schwarz färben könne, worüber er sich besonders amüsiere.

Der alte Wolf ergriff Besitz von der Villa in Neumühlen und errichtete dort ein Halsabschneidergeschäft im großen, wobei die geldbedürftigen Opfer hinauskommen mußten, um die Wechsel zu unterschreiben. Die Villa erhielt dadurch den Spottnamen „die Krawattenfabrik". Der alte Wolf war dem Beispiel Jakobs gefolgt. Er legte sich einen ehrbaren schwarzen Anzug mit weißer Wäsche zu, worin er einen höchst merkwürdigen

Anblick bot. Er sah aus wie ein Spitzbube, der bei einem Landgeistlichen eingebrochen ist und sich mit dessen Garderobe davongemacht hat. Er hätte sich in der Villa ganz wohl befunden, wenn Herr Kühnmann nicht sein Nachbar gewesen wäre, der ihm viel Ärger verursachte.

Dieser edelmütige Kaufmann kannte die Geschäfte Wolfs gar wohl und lag die meiste Zeit auf der Lauer, um ihm seine besten Kunden abwendig zu machen. Sobald er bemerkte, daß ein von der Not gedrängter Geschäftsmann nach der Villa Wolfs suchte, warnte er ihn und bot ihm Geld zu vier Prozent an, sobald er sich von seiner Solidität überzeugt hatte. Er riß dem Blutsauger dadurch viele Opfer und Tausende von Talern aus den Klauen. Er kam sogar manchmal in Schaden, aber er freute sich der guten Tat, die er vollbrachte.

Dem Maler Bernhart konnte er es aber nicht vergessen, daß er, von der edlen Malerei abgewandt, nach „Besitz" strebte und ein reicher Mann geworden war. Das gehörte sich nicht für einen Künstler. Er gab ihm deshalb alle seine Bilder zurück, um durch sie nicht an diese betrübende Tatsache erinnert zu werden. „Es ist unerhört", murmelte er. „Ein Künstler fängt an zu handeln und verdient sich eine halbe Million! Wenn nun die Kaufleute anfangen wollten zu malen? Was dann?"

Bernhart war aber kein Geschäftsmann. Die Liebe zur Kunst brach wieder durch, sobald er sich durch den Handel so viel verdient hatte, daß er bequem davon leben konnte. Er zog sich mit einem Reingewinn von hundertfünfzigtausend Talern vom Geschäft zurück und überließ seinen Teil dem Schwiegervater, während er mit seiner reizenden Frau, die sich unter den Kaufleuten nie wohl fühlte, nach Dresden übersiedelte, wo er am Ufer der Elbe den Traum der Jugend verwirklichte und ein Atelier erbaute, wie er es gewünscht.

Herr Eiskuhl fuhr eines Tages in Begleitung Schnepfes und seiner Tochter Emma elbaufwärts bis Magdeburg und von hier nach Dresden. Selma hatte Bernhart mit einem Sohn beschenkt, bei dessen Taufe ein Familienfest gefeiert wurde.

Nach den ersten Begrüßungen sah Bernhart Schnepfe an und mußte über ihn lachen. Sein üppiges, lockiges Haar war so kurz geschnitten, daß es fast komisch aussah.

„Du scheinst den Künstler, vielmehr den Gelehrten ganz aus- und den Kaufmann angezogen zu haben, denn deine Frisur ist jetzt außerordentlich merkantilisch", sagte Bernhart lachend.

Schnepfe fuhr mit komischer Verzweiflung in seine Haare: „Diese Schur habe ich den Freimaurern zu danken."

„Unsinn!" rief Bernhart verwundert.

„Es ist doch so. Der junge Spickmann, der jetzt einen Friseurladen besitzt, hat mich so zugerichtet. Ich war so leichtsinnig, ihm vor der Abreise meinen Kopf zum Haarschneiden anzuvertrauen. Als ich ihm Vorwürfe über die Kürze der Haare machte, flüsterte mir dieses boshafte Kalb zu: Solche Frisuren tragen die Freimaurer, worauf er sich halbtotlachen wollte. Was sollte ich machen? Ich mußte selbst mitlachen. – Du hast dir übrigens hier ein kleines Paradies geschaffen, lebst ganz als Künstler, hast ein prachtvolles Atelier, keine Sorgen, malst, was du Lust hast. Was willst du mehr? – Bist du nicht glücklich?"

„Oh! in vollem Maße. Aber es ärgert mich doch manchmal, daß ich dies nicht den Pinseln und Farben, sondern dem – Lehme verdanke", entgegnete Bernhart. „Doch siehe da, um Himmels willen!" rief er, lachend nach dem Ufer zeigend, wo ein Mann und ein Junge einen Kahn im Schweiße ihres Angesichts stromaufzogen, während eine dicke Dame und ein magerer Herr, der steuerte, in ihm saßen.

„Wahrhaftiger Himmel!" sagte Herr Eiskuhl, der herzugetreten war, „Hamborger! De Sniedermeister Wöllers, der damalen in See gahn is. Holla! Herr Wöllers! Stopp! Holl di jo nich opp!" schrie er hinab.

Der Herr sah herauf. Es war wirklich Herr Wöllers, der, als er die beiden jungen Leute erblickte, verblüfft stehenblieb, indem er sich an jenen Sonntag erinnerte, wo sie ihm mehrmals in so ärgerlichen Situationen begegneten. Er hätte sich beinahe geärgert, doch mußte er lachen, zog seinen Kahn ans Ufer und kam, als er den Senator erkannte, herauf.

*

Herr Eiskuhl kam mit dem Aufbau der Stadt allgemach wieder zu Wohlstand, während Schnepfe ein reicher Mann wurde und die Villa in Neumühlen vom alten Wolf kaufte, der sich nach der Stadt zurückzog, wo ihm Kühnmann seine Opfer nicht so leicht entreißen konnte. Herr Eiskuhl hißte seine Flagge draußen wieder auf, wozu der alte Jost den Böller losbrannte. Emma hat Selmas Pavillon bezogen, und die Rübenbeete stehen wieder in der schönsten Blüte. Das Loch im Zaun, durch das der Millionärsverachter gekrochen war und in dem

Henri verprügelt wurde, hat der alte Jost von neuem geöffnet, da es Wolf verschließen ließ. Herr Eiskuhl findet es sehr bequem, um mit seinen Enkeln hindurchzukriechen, wenn er sie nach dem Strand führt. Der alte Spickmann kommt manchmal heraus. Er konnte sich nicht wieder in die Höhe bringen und machte den Ölmakler. Er behauptet, das Glück Bernharts und Schnepfes durch seinen Tausch begründet zu haben und hat damit nicht ganz unrecht, nur daß es nicht in seiner Absicht lag.

Spickmann jun. wurde der närrischste Friseur, den man sich denken konnte. Das vollkommenste Modenjournal und ganz eingenommen von seiner Kunst, wie es es nannte. Er wurde von Schnepfe manchmal zum Frühstück geführt, womit dieser die gleiche Schuld alter Zeiten abtrug. Solche Einladungen nahm er mit „äußerst" an und fühlte sich „sehr" –

Es waren wieder ein paar Jahre vergangen, als ihn Schnepfe eines Tages beim Millerntor traf und fragte, ob er Lust habe, mit zu frühstücken.

Spickmann sagte nicht einmal „sehr", sondern machte ein so verblüfftes Kalbsgesicht, daß ihn Schnepfe fragte, was los sei. Ob er vielleicht das Freimaurergeheimnis entdeckt habe?

Spickmann sagte: – „Entdeckt habe was – seehr! – äußerst merkwürdig. – Besinnen sich noch auf Apfelbaum in Neumühlen? – Kommen Sie mit, will Ihnen zeigen."

Er führte Schnepfe die Hütten hinunter und beim Dragonerstall vorbei, wo er ihm ein Fenster zeigte, an dem gemalte und vergoldete Blumentöpfe standen, hinter denen eine blonde Dame von großer Schönheit saß und in ein Buch blickte. An ihrem Halse glänzte jener große Diamant und die Grafenkrone „für zwei Taler". – Es war Julie Stubborn, die all ihr Geld an die Eroberung eines reichen Mannes gesetzt und zwecklos durchgebracht hatte. „Wird die schöne Gräfin genannt", flüsterte das Kalb Schnepfe zu, und beide entfernten sich schnell, als die Dame vom Buch aufschaute.

# Anmerkungen

1 Peter Ahrens und Joachimstal. Peter Ahrens war der Inhaber eines Wirtschaftslokals in der Neustädter Neustraße, der schon in den zwanziger Jahren die Gasbeleuchtung einführte und daher im Volksmund Peter Gas genannt wurde. (Abbildung bei Borcherdt, Das lustige alte Hamburg, II, 82.) – Joachimstal in St. Pauli lag da, wo jetzt das Carl-Schulze-Theater ist; es wurde von den Franzosen zerstört, aber nach ihrem Abzug von dem Besitzer sofort wiederaufgebaut. Es enthielt einen großen Tanzsaal und dahinter einen Garten mit einem Teich, Grotten und Statuen. Es wurde in der Zeit, in der der Roman spielt, sehr stark besucht. (S. 15)

2 Erbgesessenen. Die Hamburger Bürgerschaft, die sich mit dem Senat in die Souveränität der Stadt Hamburg teilte, bestand bis zur Verfassung von 1860 nur aus Erbgesessenen, d. h. solchen Bürgern, die mindestens 500 Reichstaler unbeschwert in ihrem „Erbe" hatten; beschwert mußte das Erbe mindestens einen die Beschwerung um diese Summe übersteigenden Wert haben. (S. 20)

3 Schiffsbergen = Fender, eine Art Polster, die man beim Anlegen der Schiffe zwischen Schiffswand und Brücke ausbringt. (S. 76)

4 Die Figur auf der alten Börse. Die Figur auf der alten Börse, richtiger auf der Waage, stellte die Justitia dar als Schutzgöttin mit Schwert und Waage. (S. 80)

5 London-Tavern. Gemeint ist wohl die 1826 unter diesem Namen in St. Pauli bei den Tranbrennereien Nr. 11 angelegte Wirtschaft; Wirte: Heidemann, später Louis Pudey. Außerdem gab es noch New-London-Tavern in der Poststraße, ein Wirtshaus, das 1850 nach englischem Geschmack eingerichtet wurde, zuerst gut ging, sich aber dann nicht lange halten konnte. (Wichmann, Heimatkunde, S. 140.) (S. 83)

6 Rainville, ein ehemaliger französischer Oberst, kam als Emigrant 1794 nach Hamburg, wo er in dem ehemaligen Schimmelmannschen Palais in der Mühlenstraße eine Wirtschaft aufmachte; er errichtete dann westlich von Ottensen die nach ihm benannte Gastwirtschaft an der Elbe, die lange Zeit im 19. Jahrhundert der Sammelpunkt der guten Gesellschaft von Hamburg-Altona war. (S. 83)

7 Blockhaus und Baumhaus. Am Ende des Kehrwieder lag die Bastion Georgius, vor ihr das „hölzerne Wams", eine Bastion, die 1568 mitten im Wasser zum Schutze des Hafens erbaut und 1655 durch ein Blockhaus Neptunus verstärkt wurde, wohin vom Kehrwieder aus eine schmale Brücke, die Neptunusbrücke, führte. – An der Ecke des Steinhöfts und des Baumwalls stand am Wasser das Baumhaus, das 1662 von Hans Hamelau erbaut und 1859 abgebrochen wurde. (Wichmann, Heimatkunde.) (S. 90)

[8] Trichter. Es gab zwei Trichter in Hamburg, einen in St. Georg bei der Kirchenallee (Münchs Trichter) und einen in St. Pauli; hier ist dieser gemeint, der ein bekanntes Kaffeehaus war. Die Franzosen hatten hier einen Torpavillon, auch Mischels Trichter nach seinem trichterförmigen Dach genannt, zerstört. Nach ihrem Abzug wurde der Trichter in größeren Dimensionen wieder errichtet und existierte bis in die sechziger Jahre. Später Mutzenbechers Wirtschaft, dann Hornhardts Etablissement, und jetzt wieder Trichter. (S. 117)

[9] Elysium-Theater. Das Mattler- oder Elysium-Theater (an der Bude stand Elisium-Theater) auf dem Spielbudenplatz wurde durch seinen Direktor Dannenberg und seinen Ausrufer Schwanenhals berühmt. Tagsüber war Dannenberg Ausrufer und Gelegenheitsarbeiter, abends Heldendarsteller und Theaterdirektor. Dannenberg starb 1868. (S. 118)

[10] Alsterhalle, Ecke Neuer Jungfernstieg und Gänsemarkt. (S. 129)

[11] Kirchhoff, bekanntes Original, gestorben 1844, seines Berufes Leinenmakler. (Vgl. Borcherdt, Das lustige alte Hamburg, II, S. 5ff.) Einen Streich Kirchhoffs schilderte Reinhardt in der ersten Auflage seines Romans, Kapitel 20: „Der Millionen-Eulenspiegel.“ Dieser Abschnitt, der in den späteren Auflagen ausgelassen war, ist auch hier wieder gestrichen. (S. 140)

[12] Pferdeborn. Es gab in Hamburg mehrere Pferdeborne, einen in der Stadt an der Stadthausbrücke, den andern in der Vorstadt St. Pauli (Circusweg). Reinhardt meint bald den einen, bald den anderen. (S. 157)

[13] Schiffspavillon. Der Schiffspavillon, der sich seit 1830 auf dem Grundstück Pinnasberg 41 befand, war ein großer ausgedienter Ostindienfahrer, den man halb auf die Helgen gezogen hatte und dessen Zwischendeck von dem Segelmacher P. H. Möller zu seinem Geschäft benutzt wurde, während er auf dem Deck einen Pavillon bauen ließ und darin eine Wirtschaft betrieb. Hier genoß der Gast, während er die herrliche Elbstrom-Szenerie bewunderte, vorzügliche Natives (Austern) und treffliche englische Biere. Später verpachtete Möller, der sein Segelmachergeschäft im Rumpf des Schiffes weiterbetrieb, den Pavillon an den früheren Schiffskapitän Lincker, dessen Witwe noch bis gegen Ende der 50er Jahre musikalische Nachmittagsunterhaltungen veranstaltete. Endlich verschwand das alte Schiff, das mehrere Jahrzehnte dort gelegen hatte. Adreßbuch von 1842: P. H. Möller, Wirtschaft im Schiffs-Pavillon, St. Pauli, Pinnasberg, Platz Nr. 41. Georg Friedrich David Lincker, Schiffskapitän, Wirtschaft, St. Pauli, Marienstraße 32. 1866 P. H. Möller Wwe., Schiffs-Pavillon, Pinnasberg 41. G. F. D. Lincker Wwe., Heinestraße 12 und 13. (Mitt. des Herrn Aug. Holler.) (S. 163)

[14] Lüchter, Leichter, Lastschiffe zum Laden und Löschen größerer Schiffe, namentlich Dampfer. (S. 168)

16 St.-Pauli-Theater (Aktien-Theater), das spätere Varieté-Theater. (S. 177)

17 Telegraph. Der sog. optische Telegraph, der auf der Plattform des Postturms in der Poststraße Aufstellung gefunden hatte und durch den Nachrichten durch Verstellen verschiedener Arme zu bestimmten Zeichen übermittelt werden konnten; er war 1837 durch J. L. Schmidt aus Altona aufgestellt und hatte anfangs acht Stationen: Cuxhaven, Dobrock, Klintberg (Hechthausen), Stade, Kösterberg (Blankenese), Altona, Hamburg (Baumhaus und Postturm). Während des Brandes 1842 leistete er sehr gute Dienste. Später kam Schulau hinzu. Im Volksmunde hieß der Telegraph „Der lange Konrad". (S. 188)

18 Trampgang. Einer der engsten, winkligsten Gänge des sog. Gängeviertels der Neustadt, 1612 im Stadterbebuch zuerst genannt. (S. 192)

19 Der Turm von Neuwerk, 1372 erbaut in ähnlichen Dimensionen wie das Ritzebütteler Schloß, trägt in seiner Krone einen Leuchtapparat. (S. 203)

20 Torsperre, nach der französischen Besetzung, während der sie aufgehoben war, 1814 wieder eingeführt und 1836 verschärft, erst am 31. Dezember 1860 endgültig aufgehoben. (S. 213)

21 Wurstfriesen. Die Friesen aus dem Wurster Land. Der Name bedeutet: die auf den Worten, den Wurten, den Erdaufschüttungen sitzen, Wortsatten, Wurster. Mit Wurst hat der Name nichts zu tun. (S. 220)

22 Stenge. (Stänge), Verlängerung des Mastes nach oben. (S. 225)

23 Saling. Ein zu beiden Seiten des Untermastes befestigtes Gerüst, auf dem der Mars (Obermast) aufsitzt und dessen Zweck es vor allem ist, die Stängewanten, durch die die Stänge gehalten wird, zu tragen. (S. 225)

24 Der Verfasser bemerkt zu dieser Schilderung von der glücklichen Künstlerstätte beim Holstentor, daß die Künstler Herzler – gemeint sind wohl Gensler – ihren schönen Wohnsitz 1864 an die Stadt verkaufen mußten, weil man beabsichtigte, vom Gänsemarkt durch die ABC-Straße einen geraden Weg anzulegen. Es gelang ihnen jedoch, eine nicht minder gemütliche Wohnung zu finden, die vor mehr als 100 Jahren das Gartenhaus des Naturdichters Senator Brockes, eines Freundes des Malers Denner, war. (Der Garten von Brockes lag am Besenbinderhof.) (S. 229)

25 Hermann Kauffmann, geb. 7. Nov. 1808 in Hamburg, gest. 24. Mai 1889. Vgl. Lichtwark, Hermann Kauffmann und die Kunst in Hamburg 1800–1850. (München 1894.) Adolf Friedrich Vollmer (1806–1875), ein Schüler Prof. Suhrs (vgl. Rump, Lexikon der bildenden Künste, S. 146). (S. 229)

26 Reisigbündel, richtiger eingesteckte Weidenbüsche, die den Weg von Duhnen nach Neuwerk kennzeichnen; wer bei ihnen entlangfährt,

„up die Troje", d. h. auf sicherer Bahn ist, kann den Weg nicht verlieren und kommt auch durch die Priele nach Neuwerk. (S. 238)

27 Gängeviertel. Auf ehemaligem Gartengelände billig und winkelig errichteter Stadtteil, zwischen Ellerntorsbrücke und Großneumarkt, der als Versteck von allerlei Gesindel schließlich in Verruf kam (saniert 1935–1939). (S. 249)

28 Reitendiener, „reitende Diener", Garde des Senats, die ihm zur Aufwartung und Begleitung bei feierlichen Gelegenheiten beigegeben waren. „Als Rest ihrer früheren Tätigkeit", schreibt Wichmann 1863, „ist ihnen hauptsächlich nur die Leichenbegleitung geblieben, welche wohl den unruhigen Zeiten des 17. Jahrhunderts ihren Ursprung verdankt." (S. 253)

29 Hanseaten waren im Gegensatz zu den Bürgergardisten die Angehörigen des sog. Bundeskontingents; die Truppe war nicht sehr angesehen, weil sie sich aus den Angehörigen aller möglichen Staaten zusammensetzte und die Disziplin nicht allzu streng war. (S. 266)

30 Anm. Reinhardts: „Wir selbst wurden damals durch einen Sachsen – aus ‚Zwicke' –, der in Hamburg diente, mit der Sache bekannt und erhielten für 8 Schilling eine Marke, die in einem Siegel auf Kartenblatt bestand, auf dem die Türme und die Jahreszahl 1842 befindlich waren. Der Zwickauer war der Geschäftsführer dieser Branche. Der Weg wurde von Leuten benutzt, von denen man es nimmermehr erwartet hätte. Im Jahre 1855 schien er jedoch nicht mehr zu existieren, da das Gebüsch gelichtet war und das Wasser sich tiefer zeigte." (S. 267)

31 Das Badehaus in Cuxhaven stand da, wo jetzt der Seepavillon ist; es brannte 1823 nieder, wurde dann wieder neu erbaut. 1862 wurde es abermals eingeäschert. (S. 271)

32 Der weiße Kittel des Spritzenmannes: Die Spritzenmänner trugen weiße Leinenmäntel. Die Weißkittelmannschaft diente bis zur Einrichtung der Berufsfeuerwehr. (S. 322)

33 Hohe Brücke, Verbindungsbrücke zur Neustadt, wird zuerst 1260 erwähnt, und führt ihren Namen von dem hohen Bogen, in dem sie über das Fleet führt, was früher, als noch das Fleet zwischen Neue Burg und Catharinenstraße den Niederhafen bildete, nötig war. (S. 347)

34 Souverains (richtiger Sovereign geschrieben) = 1 Pfund Sterling, als geprägtes Goldstück so bekannt. (S. 351)

35 Grütztwiete oder Görttwiete, nach den Grützmachern so benannt, war vor 1842 eine sehr enge Gasse. (S. 355)

36 Horn, jetzt Stadtteil, früher Dorf, in dem viele Hamburger – ebenso wie in Hamm – Landhäuser hatten. (S. 355)

37 Stadtbuch = Stadterbebuch, jetzt Grundbuchamt. (S. 355)

38 Tiefer Keller. An der Nikolaistraße war eine Bettlerherberge, wo Vagabunden, Bettler usw. für ein billiges Entgelt ein Unterkommen finden konnten. 1831 brach dort die Cholera aus. (S. 356)

[39] Anker. Ältestes Flüssigkeitsmaß = $^1/_4$ Ohm = $^1/_6$ Oxhoft = 36,327 Liter. (S. 360)

[40] Pferdeborn, s. Anm. 12. (Abbildung in Wendt & Kappelhof, Hamburgs Vergangenheit und Gegenwart I, 220.) (S. 381)

[41] Ne sutor ultra crepidam, zu deutsch: Schuster, bleib bei deinem Leisten. (S. 423)

[42] Senator Meier. Die beiden Vorstädte St. Pauli und St. Georg hatten je ein Senatsmitglied als Patron. Meier wurde 1830 in den Senat gewählt und beging 1855 unter großer Beteiligung aus St. Pauli sein 25jähriges Senats-Jubiläum. (S. 435)

[43] Buchhändler Campe, gemeint Julius Campe, 1792–1867, der Verleger Heines, Börnes, Gutzkows, Anastasius Grüns und Hoffmanns von Fallersleben, ein aufrechter Mann und Patriot. (S. 439)

[44] Der Verf. Reinhardt bemerkt hierzu: „Man entschuldige hier einen kleinen Anachronismus. Die Szene ist dafür genau nach der Natur gezeichnet; der Verf. erlebte sie im Jahre 1855 persönlich mit Senator Meier.“ (S. 440)

[45] Kapitän Marryat, englischer Romanschriftsteller, 1792–1848, schrieb namentlich Seeromane, die gern gelesen wurden. (S. 455)

[46] Judenbörse. Die zweite Elbstraße, wurde so benannt, weil hier Israeliten auf Karren Waren und allerlei Trödel feilzubieten pflegten. (S. 456)

[47] Övelgönne und Neumühlen, zu Reinhardts Zeiten zwei getrennte Ortschaften, die später in Altona eingemeindet wurden. (S. 457)

[48] Die Fischkutter beförderten seinerzeit die gefangenen Fische lebend in sogenannten Bünnen, Schiffsräumen, die durch Löcher mit dem Wasser draußen in Verbindung standen, so daß dieses ständig frisch blieb, falls eben das Wasser außen frisch war. Andernfalls gingen die Fische ein. (S. 497)

[49] schamfilt – durchgescheuert. (S. 504)

[50] Stintfang hieß am Ende des 18. Jahrhunderts das Wasser vor der Kurtine, zwischen den Bastionen Johannes und Albertus, vermutlich weil dort früher Stinte gefangen wurden. Später wurde im Volksmund der Name auf die Bastion Albertus übertragen. Offiziell heißt sie seit 1834 Elbhöhe. (S. 520)

[51] Anm. Reinhardts: „Ein Charakterzug, den ich bei solchen Wasserhalunken mehrfach gefunden habe. – Takel-Jan ist übrigens kein Gebilde meiner Phantasie, sondern wie alle Personen dieses Buches eine genau nach der Natur gezeichnete Figur, die ich jahrelang in Hamburg studierte.“ (S. 535)

[52] Der innere Hafen wurde jede Nacht durch im Wasser schwimmende Bäume (Baumhafen, Baumwall!) für jeden Verkehr geschlossen. (S. 535)

[53] Das Bild zeigt die alte Petrikirche vor dem Brand von 1842. (S. 544)

[54] Auf dem Berge. Gemeint ist St. Pauli (Hamburger Berg). (S. 555)

55 Weißkittel-Mannschaft. Die Feuerwehrleute trugen weiße Kittel. „Bei den ausgezeichneten Löschanstalten, deren Hamburg sich vor allen deutschen Städten rühmen darf, konnte niemand die Gefahr ahnen, von der die ganze Stadt heimgesucht werden sollte." (Friedrich Saß, Geschichte des Hamburger Brandes, Leipzig 1842.) (S. 572)

56 Sowohl der Hauptgottesdienst wie auch der Mittagsgottesdienst wurden in der Kirche abgehalten. Es war der Kandidat Wendt, der für den Pastor D. Carl Mönckeberg den Mittagsgottesdienst übernommen hatte; er mußte seine Predigt abbrechen und schloß sie mit einer Fürbitte für die Erhaltung der Kirche. (C. Mönckeberg, Geschichte der Freien und Hansestadt Hamburg, S. 475.) (S. 576)

57 Der Spritzenkommandeur Moltrecht, der Spritzenmeister Adolf Repsold und sein Bruder Georg waren mit anderen Bürgern auf den Turm gestiegen. (S. 578)

58 Diese Behauptung ist nicht erwiesen; Faulwasser (Die Nicolai-Kirche, S. 44) sagt nur, daß sich der eigentliche Herd des Brandes nicht mit dem „bescheidenen Strahl der Spritzen" erreichen ließ. (S. 578)

59 Fehlerhaftes Latein; eigentlich comnia mea mecum porto – all meine Habe trage ich mit mir. (S. 592)

60 Der hier geschilderte Einsturz ereignete sich in einem Keller Ecke Burstah und Schlickutbrücke; als man in den nächsten Tagen den Schutt des Hauses abräumte, wurden achtzehn Leichen hervorgezogen, darunter mehrere Bürgergardisten, ein Soldat der Garnison und mehrere Bürger. (Saß. Der Hamburger Brand, S. 18.) (S. 602)

61 Eisenbahn. Die Eisenbahn Hamburg–Bergedorf sollte am Himmelfahrtstag 1842 eingeweiht werden; statt dessen war ihre erste Fracht Spritzen von Bergedorf nach Hamburg. Ihr Bahnhof in Hamburg lag bei der Altmannshöhe beim Steintor, also etwa auf dem Gelände, auf dem sich jetzt das Hauptpostamt 1 befindet. (S. 616)

62 Das Zucht- und Spinnhaus – so genannt, weil die weiblichen Insassen mit Spinnen beschäftigt wurden, was auch mit den Geisteskranken geschah, woher sich die Bezeichnung „der spinnt" herleitet – lag am Holzdamm: (S. 619)

63 Holzdamm. Wenn Reinhardt vom Holzdamm schreibt, so ist damit nicht der jetzige Holzdamm in St. Georg gemeint, sondern der alte Holzdamm, der vom Alstertor nach der Gertrudenstraße führte und 1842 mit eingeäschert wurde. Seit 1821 hatte man begonnen, die Alsterseite mit Häusern zu bebauen, deren Gärten bis zur Alster reichten, die damals noch größer war, ehe der Alsterdamm aus dem Brandschutt am Ufer aufgeschüttet wurde. (Vgl. die Beschreibung von Spickmanns Haus.) (S. 619)

64 Dem Feuer wurde Einhalt geboten an der Stelle der Straße, die man „Brandsende" benannte. (S. 625)

65 Kaiserstatuen: Sie befanden sich am alten Rathaus, wurden beim Brand gerettet, dann im Lichthof des Johanneums untergebracht und

befinden sich jetzt im Museum für Hamburgische Geschichte. Man hatte sie einst, obgleich die Stadt bis dahin noch keineswegs offiziell Freie Reichsstadt war, sondern geschickt sich gegenüber anderen als nur den eigenen Interessen einmal als gräflich schauenburgisch, dann als geistlich bischöflich, dann endlich als Reichsstadt zu behaupten versuchte, als ein stolzes Bekenntnis am Neubau des für die bischöfliche wie für die gräfliche Stadt gemeinsam errichteten Rathauses angebracht, die seitdem als Freie Reichsstadt galt. (S. 637)

66 Anm. Reinhardts: Wirkliche Äußerung eines Leipziger Kunstmäzens gegen einen Künstler, dem er Geld zu einem kleinen Hausbau borgen sollte. (S. 645)

# Nachwort

Carl August Reinhardt, ein im Jahre 1818 in Leipzig geborener Maler, ließ 1866/68 bei Carl Wigand in Leipzig den „Fünften Mai" erscheinen, in dem er das Hamburg um die Mitte des vorigen Jahrhunderts schildert. Wenn er das Datum des großen Brandes am Himmelfahrtstag 1842 als Titel wählte, so wohl deshalb, weil er die gewaltige Katastrophe, die wie ein ungeheures Naturereignis über die ehrwürdige Hansestadt hereinbrach und ihre wichtigsten Teile in Schutt und Trümmer legte, nahezu als ein Strafgericht des Himmels über das reiche, damals in althergebrachten Formeln vielfach erstarrte Gemeinwesen darstellen wollte, zugleich aber auch als eine Bewährungsprobe für das, was in Hamburgs Volkskörper wertvoll war. Das Buch sollte wie eine Anklage wirken gegen Reaktion und Restauration, die auf das Zeitalter der Befreiungskriege gefolgt waren, doch war es auch als Satire gegen eine ungeistige, schnell reich gewordene Schicht von Geschäftemachern gedacht, die sich neben dem traditionsbewußten alten Kaufmannsstand mit allzuviel Selbstzufriedenheit spreizte.

Doch sein Buch ist nicht nur eine Sammlung von Karikaturen, sondern weit mehr. Reinhardt hatte sich zwischen 1852 und 1857 in Hamburg aufgehalten und hier als Maler Fuß zu fassen versucht. Er schrieb das Buch jedoch in seiner sächsischen Heimat, und zwar in Dresden, wohin er inzwischen zurückgekehrt war und sich als Landschaftsmaler, mehr noch durch zeichnerische Beiträge in den bedeutendsten deutschen Witzblättern und Illustrierten Zeitungen sein Brot verdiente. Ein schmerzhaftes Gichtleiden fesselte ihn fast ganz an den Rollstuhl, während er im „Fünften Mai" seine Erinnerungen an Hamburg niederlegte. Mit Hamburg verband ihn ein zwiespältiges Gefühl. Er schrieb sich nicht nur seine Enttäuschung, sondern auch seine Liebe von der Seele. Man wird ihn in der Literaturgeschichte wie in der Kunstgeschichte vergeblich suchen. Einige seiner einst viel beachteten malerischen Werke, z. B. „Der alte Kran in Hamburg" und „Der Brand der Michaeliskirche" sind in der Hamburger Kunsthalle und im Museum für Hamburgische Geschichte aufbewahrt. Als begabter Karikaturist seiner Zeit hatte er starken Erfolg (das Blatt „Der Löwe kommt" wurde in ganz Europa verbreitet!), denn er hatte wirklich Humor. Und er hatte Phantasie, als Zeichner wie als Schriftsteller. Sein Roman „Der fünfte Mai" ist gewiß kein geschlossenes Kunstwerk (die wesentlichen Unebenheiten sind ausgeglichen worden), aber er gibt ein breit angelegtes, farbenbuntes und handlungsreiches Bild des alten Hamburgs zwischen Biedermeier und Moderne, eine verblüffend gut beobachtete Darstellung der Landschaft, der Menschen und der Zustände.

Als der geborene Karikaturist geht Reinhardt in erster Linie den „Typen" nach, die ihm dankbare Objekte sind, um sie zu belächeln, zu verspotten, zu geißeln. Dennoch spürt man immer wieder das erstaunliche

Verständnis des von außen Hinzugekommenen für das typisch Niederdeutsche. Reinhardt hat selbst betont, daß die Persönlichkeiten, die er schildert, wirklich gelebt hätten, daß er jedoch die Freiheit des Dichters gebraucht und seine Gestalten gelegentlich „überzeichnet" habe. Aber diese Menschen leben. Sie sind trotz aller Übertreibung echt, die „Elbpiraten" so gut wie die „Deminoblesse" von Neumühlen, Jungfernstieg und Börse. Wenn Reinhardt auch das Platt nicht beherrscht, so hat er das Wesen seiner Hamburger Gestalten doch treffsicher erfaßt. Man spürt hinter diesen Typen immer die Wucht und Eigenart des echten Hamburgers. Darüber hinaus ist das Kolorit der Stadt, der Heide, der Niederelbe und der Insel Helgoland so wesenhaft zum Ausdruck gebracht, daß man das Malerauge spürt. Es gibt kein Buch, das mit solch köstlichem Humor in solch spannend verwickelter Handlung und in so lebensvoller Schilderung das alte Hamburg vor uns erstehen läßt, wie dieser „Fünfte Mai".

Reinhardt, der 1877 verstorben ist, hat im „Fünften Mai" nicht nur eine Hamburgensie, sondern auch einen wirkungsvollen Unterhaltungsroman geschaffen, in dem er ohne Skrupel Geschichte und Erfindung miteinander verwob, wie es zu seiner Zeit etwa auch Spielhagen und Stinde zu tun pflegten. Sind viele Einzelheiten auch genau der Wirklichkeit entlehnt (und das meint Reinhardt mit seiner Behauptung, daß die Gestalten seines Romans wirklich gelebt hätten), so darf man dies Buch doch nicht als einen Schlüsselroman betrachten, denn der Autor schaltet frei nach Belieben mit den Tatsachen, indem er sie verbindet, trennt oder verändert. Ist es notwendig, zu sagen, daß die Auslösung des großen Brandes, wie Reinhardt sie schildert, auf seiner freien Erfindung beruht? Der Malaie, den Reinhardt als Brandstifter anführt, ist ein Geschöpf seiner Phantasie. Brandstiftung hat sich niemals als Anlaß der Katastrophe nachweisen lassen. Vieles andere stimmt genau mit den Tatsachen überein, z. B. die Charakteristik der Hamburger Maler, die er zum Teil ungeniert mit ihrem wahren Namen einführt (bis auf die Gebrüder Gensler, welche Reinhardt, ohne daß man weiß warum, Herzler nennt). Nach dem Leben gezeichnet sind das Hamburger Original Kirchhoff und die Männer vom Elysiumtheater. Historisch getreu sind auch die niedrigen Preise für Spirituosen wiedergegeben, denn der Zollanschluß war ja noch nicht erfolgt. Das von Reinhardt erwähnte Gruppenporträt der Hamburger Künstler existiert heute noch, und zwar in der Hamburger Kunsthalle.

Der Kreis derer, die den „Fünften Mai" gelesen haben, die ihn mit Schmunzeln, mit Interesse, mit Spannung lasen, ist seit Erscheinen des Buches ständig gewachsen. Wir glauben, daß dies selbst nach der letzten grauenvollen Katastrophe, die Hamburg heimsuchte, nicht anders sein wird; denn das Wesentliche dieses Hamburg-Romanes ist heute noch so aktuell wie vor achtzig Jahren: das Menschliche; ja, es hat inzwischen nur noch den Reiz altertümlicher Patina hinzugewonnen, als Zeugnis einer – trotz allem – guten alten Zeit. Dr. H. B.